THERESA SCOTT

Die Sternentoch

Buch

Das Leben der jungen Stern scheint zerstört. Ihre Familie ist in alle Himmelsrichtungen zerstreut, ihr zukünftiger Ehemann in Gefangenschaft, und sie selbst ist der Gnade eines verbitterten Jägers ausgeliefert. An Stärke und Kampfgeist ist keiner dem Falken überlegen, aber der harte, einsame Überlebenskampf in der Wildnis hat ihn geprägt: sein Herz bleibt vor allen Gefühlen verschlossen. Sterns abgrundtiefe Verzweiflung endet jedoch, als sich eines Abends über das Lagerfeuer hinweg ihre Augen treffen, und sie den stummen Hilfeschrei im Blick des kühnen Kriegers erkennt. Mit viel Liebe, Mut und weiblicher List bringt sie die eisigen Mauern seines Herzens zum Schmelzen. Doch dann entzweit ein schrecklicher Verrat die Liebenden. Eine Zeit der Prüfungen und Gefahren beginnt, denn es sieht so aus, als müßten sich beide zwischen ihrem Leben und ihrer gemeinsamen Liebe entscheiden...

Die Sternentochter ist der dritte Roman in Theresa Scotts farbenprächtiger Urzeit-Trilogie.

Autorin

Nach ihrem Studium der Anthropologie, ihrer Heirat und der Geburt ihrer Töchter widmet sich Theresa Scott seit nunmehr fünfzehn Jahren mit riesigem Erfolg dem Schreiben. Sie lebt mit ihrer Familie an der Pazifikküste im Nordwesten der USA.

Von Theresa Scott ist bereits erschienen

Die Windjägerin. Roman (Band 1; 43522)
Die Wolkentänzerin. Roman (Band 2; 43523)

THERESA
SCOTT

Die Sternen-tochter

Roman

Aus dem Amerikanischen
von Elke Bartels

BLANVALET

Die Originalausgabe erschien 1995 unter dem Titel
»Broken Promise« bei Leisure Books,
Dorchester Publishing Co. Inc., New York

Umwelthinweis:
Alle bedruckten Materialien dieses Taschenbuches
sind chlorfrei und umweltschonend.
Das Papier enthält Recycling-Anteile.

Blanvalet Taschenbücher erscheinen im Goldmann Verlag,
einem Unternehmen der Verlagsgruppe Bertelsmann

Deutsche Erstveröffentlichung Juli 1998

Umschlaggestaltung: Design Team München
Satz: Uhl + Massopust, Aalen
Druck: Elsnerdruck, Berlin
Verlagsnummer: 35019
Redaktion: Petra Zimmermann
MD · Herstellung: Heidrun Nawrot
Made in Germany
ISBN 3-442-35019-0

1 3 5 7 9 10 8 6 4 2

Dieses Buch ist Vivian Atwell gewidmet,
einer modernen Heilerin bekümmerter Seelen

Mit speziellem Dank für fachspezifischen Rat an:

Andy Appleby, Fischereibiologe, Olympia, WA;
Dr. Richard Daugherty, Archäologe;
Christopher Johnson, PA/SA, medizinische Beratung;
Ruby Martin, Krankenschwester u. Hebamme,
Olympia, WA;
und Daniel S. Meatte, Archäologe, der all die guten
Schauplätze für mich findet.

Nordamerika

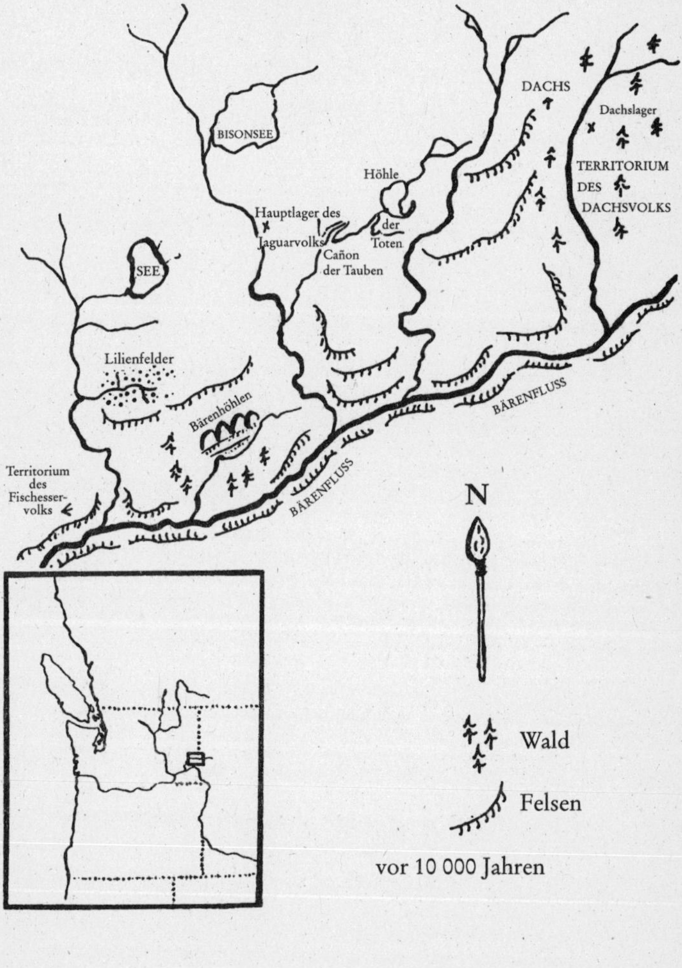

vor 10 000 Jahren

1. Kapitel

Zehntausend Jahre zurück in die Vergangenheit
Herbst, im Gebiet des Palouse River

»Trag mehr Schlamm auf dein Gesicht auf.«

Stern gehorchte ihrer Mutter und goß Wasser aus einer Hirschblase auf das Häufchen Erde und Asche neben dem erloschenen Feuer. Sie vermischte das Ganze zu einer dicken Paste und verrieb etwas davon auf ihrer Haut. Harte, grobkörnige Überreste von verkohltem Holz kratzten auf ihrer Wange, und sie rümpfte angewidert die Nase über den beißenden Geruch der Asche.

Blaumeise, ihre Mutter, betrachtete sie prüfend mit schiefgelegtem Kopf. »Noch etwas mehr.«

Gehorsam nahm Stern eine zweite Handvoll der Paste und verteilte sie auf ihrer anderen Wange, dann schmierte sie einen Klecks davon auf ihre Stirn. Die Mischung fühlte sich überraschend kühl und erfrischend auf ihrer Haut an.

»Jetzt auf dein Kinn.«

Stern verteilte eine kleine Menge Schlamm auf ihrem Unterkiefer und verrieb ihn sorgsam.

Als ihre Mutter nach ihrem Kinn griff, zuckte Stern zusammen und blickte in Blaumeises kritisch verengte Augen.

Mit einem Seufzer ließ Blaumeise ihre Hand wieder sinken und betrachtete kopfschüttelnd Sterns Gesicht. »Aber es ist wohl vergebliche Hoffnung, deine Schönheit verbergen zu wollen! Diese dunkelbraunen Augen, diese Wangen …« Ihr Atem ging pfeifend, als sie Luft holte.

Stern starrte ihre Mutter an. »Sicherlich können die Jaguarmänner nicht derart wild und grimmig sein.«

Blaumeise spähte einen Moment lang mißtrauisch zum Zelt

hinaus, bevor sie sich wieder zu ihrer Tochter umwandte. »Doch, das sind sie«, erwiderte sie. »Ich sehe, daß der Jaguarkundschafter noch immer vor Echos Zelt wartet. Ach, ich wünschte wirklich, unsere Männer hätten sich nicht ausgerechnet diesen Morgen ausgesucht, um auf die Jagd zu gehen. Wenn sie gewußt hätten, daß die Jaguar kommen würden, wären sie bestimmt hiergeblieben...«

Sie schob eine Locke von Sterns schwarzem Haar beiseite und musterte ihre Tochter mit nachdenklichem Stirnrunzeln. »Jedes Jahr während dieses Mondes suchen uns die Jaguar auf, um Ehefrauen einzutauschen. Denn wir haben ihnen immer einige unserer Frauen gegeben als Gegenleistung für ihren Schutz gegen die mächtigen Fischesser, die sogar noch schlimmer als die Jaguar sind. Bisher hatten wir großes Glück. Die Jaguarleute konnten uns so viele Jahre«, sie hielt drei schlammverschmierte Finger hoch, »nicht finden. Aber leider ist es jetzt mit unserem Glück vorbei.«

Blaumeise zog die Haarlocke nach vorn über Sterns Gesicht und griff in das Aschehäufchen. Mit zitternden Händen verrieb sie die Asche auf dem glänzenden schwarzen Haar ihrer Tochter.

Stern schloß die Augen, um nicht mitansehen zu müssen, wie ihr Haar grau, stumpf und schmierig wurde.

»Die Jaguar werden höchst begierig auf Frauen sein. Wir müssen sichergehen, daß sie nicht dich auswählen«, erklärte Blaumeise.

»Und was ist mit den anderen jungen Frauen?« wollte Stern wissen. »Keine der anderen Mütter verlangt von ihrer Tochter, daß sie sich Schlamm ins Gesicht schmiert und Asche in ihr Haar reibt.«

Blaumeise schnaubte empört. »Eine Mutter tut, was sie kann, um ihre Tochter zu schützen. Und wenn die anderen Dachsmütter klug sind, werden sie ebenfalls Schlamm benutzen.«

Stern machte Anstalten, von ihrem Platz aufzustehen.

Doch ihre Mutter hielt sie am Arm zurück und bat: »Nur noch ein bißchen mehr, ja?« Sie griff erneut nach einer Handvoll Asche.

Stern lächelte resigniert und setzte sich wieder. »Na schön, Mutter.«

»Deine Zähne! Ich muß deine Zähne matt machen. Sie sind zu weiß.« Energisch rieb Blaumeise Asche auf die oberen Schneidezähne ihrer Tochter. »So!«

Stern versuchte, die widerlich schmeckende Substanz auszuspucken. Ihre Haut war mit Schmutz verkrustet, ihre Kopfhaut juckte von der Asche in ihrem Haar, und ihr gelbes Lederkleid war über und über mit weißem Staub bedeckt. Sonst immer so sorgsam darauf bedacht, sauber und gepflegt zu sein, schauderte sie regelrecht vor Abscheu bei der Vorstellung, welchen Anblick sie jetzt bieten mußte.

»Spuck es nicht aus«, warnte Blaumeise. »Ich weiß ja, daß du nicht so schmutzig herumlaufen möchtest, aber ich verspreche dir, daß es dich schützen wird.« Sie wischte sich die Hände ab. »Und jetzt steh auf, damit ich sehen kann.« Ihr Blick schweifte nervös über die hochgewachsene, schlanke Gestalt des Mädchens. »O nein! Ich hatte gar nicht mehr daran gedacht, wie groß und aufrecht du bist. Ach, was soll ich nur tun?« Suchend blickte sie sich im Zelt um und griff dann nach einem zerlumpten Fell, auf dem gewöhnlich die Hunde schliefen.

»Hier. Mach den Rücken krumm. Und zieh das über.«

»Mutter!« protestierte Stern. »Ich will das scheußliche Ding nicht tragen. Es ist –« Sie musterte das Fell argwöhnisch. »Es wimmelt nur so vor Ungeziefer. Ich kann überall winzig kleine Tierchen in den Haaren herumkrabbeln sehen …«

»Genug«, erwiderte ihre Mutter energisch. »Hier«, sie zog einen anderen Pelz hervor, »dann zieh den hier drunter. Aber beeil dich. Sie werden bald hier sein!«

»Mutter, ich kann den Pelz unmöglich tragen!«

»Bitte«, flehte Blaumeise. »Zieh ihn einfach an. Und vergiß nicht, die Schultern hängen zu lassen und den Buckel krumm zu machen. Jetzt ist nicht die richtige Zeit für deinen stolzen, aufrechten Gang. Damit würdest du ganz sicherlich die Aufmerksamkeit der Jaguarmänner auf dich ziehen.«

Seufzend legte sich Stern den sauberen Pelz um die Schultern. Dann hob sie mit spitzen Fingern das ungezieferseuchte Fell hoch. Sie zog eine Grimasse, als sie die winzigen schwarzen Flöhe sah, die in den Haaren hafteten. Schaudernd warf sie das schmuddelige Stück wieder auf den Boden. »Das Fell ist für die Hunde! Nein, ich werde es nicht tragen!« rief sie erbost und funkelte ihre Mutter herausfordernd an.

Blaumeise starrte ihre Tochter aus schmalen Augen an. »Ach so. Jetzt verstehe ich. Du würdest dich also freuen, das Bett eines Jaguarmannes zu wärmen, wie? Wirklich ein erstrebenswertes Leben, das muß ich schon sagen! Und er wird dich auch nur ab und zu schlagen. Er wird dich, mein einziges Kind, fortbringen, um bei seinem Volk zu leben, und ich werde dich niemals wiedersehen. Dann wirst du wahrhaftig die glücklichste aller Frauen sein! Und ich eine stolze, glückliche Mutter!«

Stern runzelte die Stirn. »Ich denke gar nicht daran, einen Jaguar zum Mann zu nehmen. Ich werde Pirschjäger heiraten. Das weißt du doch, Mutter. Schließlich hast du mitgeholfen, die Eheschließung zu vereinbaren.«

Blaumeise seufzte. »Es wird keine Heirat mit Pirschjäger mehr geben, wenn vorher einer der Jaguarmänner ein Auge auf dich wirft!«

»Pah! Jaguarmänner, Jaguarmänner! Das ist alles, wovon du reden kannst. Wo sind sie plötzlich hergekommen? Früher hast du dir nie Sorgen wegen ihnen gemacht.«

»Da warst du auch noch jünger, und ich hatte keinen Grund zur Sorge. Aber jetzt bist du eine ausgewachsene junge Frau, deshalb bin ich sehr beunruhigt.« Sie streckte die Arme nach Stern aus und drückte sie einen Moment lang an sich. »Seit dein Vater damals von dem Grizzlybären getötet wurde, bist du mein ein und alles, meine kostbare Tochter. Ich will nicht, daß du gezwungen wirst, mit jenen Leuten fortzugehen.«

»Du hast gesagt, die Jaguar schützen uns vor den Fischessern. Wie können die Fischesser noch schlimmer sein als unsere *Beschützer*?« verlangte Stern zu wissen.

Blaumeise seufzte. »Es heißt allgemein, meine Tochter, daß man das Territorium der Fischesser sofort erkennen kann, wenn man die verwesenden Köpfe ihrer Feinde auf Stöcken aufgespießt sieht. Sie sind dort aufgestellt, um etwaige Eindringlinge vor der Bösartigkeit der Fischesser zu warnen.«

Stern lief ein Schauder über den Rücken.

»Du mußt dich doch noch daran erinnern, daß sie vor vielen Jahren unser Volk überfielen, um Frauen zu rauben.«

»Ja, du hast mir schon einmal davon erzählt.«

Ihre Mutter nickte. »Bei jenem Überfall kam es zu einem schlimmen Kampf, bei dem zehn unserer Männer getötet wurden. Und drei unserer Frauen wurden geraubt.

Nun, die Jaguarleute sind ein starkes Volk, das ebenfalls im Westen lebt. Sie können die Fischesser nicht leiden, und sie hatten versprochen, uns gegen die feindlichen Überfälle zu beschützen. Als Gegenleistung verlangten sie drei unserer Töchter als Ehefrauen. Unser Anführer, Echo, und die anderen Dachsleute weigerten sich, weil sie glaubten, wir wären nicht auf den Schutz der Jaguar angewiesen und könnten uns vor den Fischessern verstecken.«

»Und was geschah, als unsere Leute den Schutz der Jaguar ablehnten?« hakte Stern nach.

»Die Fischesser überfielen uns zum zweiten Mal. Bei diesem Überfall raubten sie fünf Frauen und töteten fünf Männer. In jener Nacht gab es viel Gejammer und Geschluchze und Zähneknirschen in den Dachszelten, das kann ich dir versichern. Deshalb schickten unsere Männer nach den Jaguarleuten, und gemeinsam trafen sie dann die Abmachung. Denn wir wußten, wenn wir es nicht taten, würden die Fischesser unser Volk völlig ausrotten.«

Blaumeise seufzte. »Die Jaguar gewähren uns zwar Schutz, aber sie nehmen auch von uns. Ich weiß, daß wir nicht drumherumkommen, ihnen unsere Mädchen zur Braut zu geben, aber ich bin eine selbstsüchtige alte Frau. Ich will dich, die Freude meines Lebens, keinem Jaguarmann überlassen. Weil ich weiß, daß sie dich wegbringen werden, und weil ich Angst habe, daß ich dich dann viele Jahre lang nicht wiedersehen werde. Wenn überhaupt jemals.«

Als Tränen in Blaumeises Augen aufstiegen, schluckte Stern hart, und sie nahm hastig die Hände ihrer Mutter in ihre und drückte sie tröstend. »Ich liebe dich, Mutter. Ich möchte auch nicht bei den Jaguarleuten leben. Offenbar sind sie nicht anders als die Fischesser.«

»O doch«, erwiderte Blaumeise traurig, »es gibt einen Unterschied. Die Fischesser rauben Frauen und geben nichts dafür. Die Jaguarleute gewähren uns Schutz und machen uns Geschenke im Austausch für die Ehefrauen, die wir ihnen überlassen. Geschenke sind wichtig.«

»Sie geben Geschenke für die Frauen? Nun, dann steht es uns ja frei, die Geschenke der Jaguar zurückzuweisen«, erklärte Stern mit einer stolzen Kopfbewegung. »Wenn ich, eine Dachsfrau, einen Jaguar nicht zum Ehemann haben will, kann ich ihm das doch klarmachen, indem ich seine Geschenke zurückweise, genauso, wie ich es bei einem Dachsmann tun würde!«

»Leider ist es nicht so einfach, wie du dir das vorstellst, meine Tochter. Ein Jaguarmann wird es nicht tatenlos hinnehmen, wenn sich ein Mädchen weigert, ihn zu heiraten.«

»Pah! Diese Männer sind doch alle gleich. Kein Mann mag es, wenn sein Heiratsantrag auf Ablehnung stößt.«

Blaumeise fuchtelte aufgeregt mit den Händen in der Luft. »Ja, und man sollte meinen, daß du dich mit solchen Dingen auskennst, meine Tochter! Du, die bereits die Heiratsanträge von drei unserer tüchtigsten Dachsjäger abgelehnt hat!«

»Ich mochte die Männer nun mal nicht.«

»Erdeichhörnchen ist ein guter Mann.«

»Ich will Erdeichhörnchen aber nicht. Er ist ein fauler Jäger und gibt nichts von seiner Jagdbeute ab. Er hat Fleisch vor der alten Waldhuhn versteckt, als sie Hunger litt und ihr Sohn fort war, um zu jagen.«

»Hmmm, nun ja, aber Findet Den Marder ist ein ausgezeichneter Jäger, und er gibt bereitwillig von seinem Fleisch ab. Und ich mag seine Mutter«, sagte Blaumeise. »Sie ist eine Freundin, der ich sehr zugetan bin.«

»Zugegeben, Findet Den Marder ist wirklich ein ausgezeichneter Jäger und ein freigebiger Mann, und seine Mutter ist sehr freundlich, aber er ist mir zu still. Nicht ein einziges Mal hat er das Wort an mich gerichtet, als er seinen Heiratsantrag machte. Seine Mutter hat die ganze Zeit für ihn geredet. Ich habe nicht das Bedürfnis, mein Leben lang mit einem stummen Mann in einem Zelt zu wohnen.«

»Frettchen schnattert nun mal wie ein Eichhörnchen, das ist ihre Art. Trotzdem, Findet Den Marder ist ein guter Jäger und der Sohn unseres Häuptlings. Und er ist großzügig«, hielt Blaumeise dagegen.

»Richtig. Aber leider betrachtete ich ihn als Verwandten. Er ist mit dem Bruder meines Vaters verwandt. Damit ist unsere Blutsverwandtschaft zu eng.« Stern seufzte. Einen annehmbaren Ehemann zu finden, hatte sich als sehr mühsam erwiesen. Aber sie wollte einen Ehemann; sie wünschte sich eine eigene Familie. Wieder seufzte sie schwer.

»Nun, ich bin froh, daß wenigstens Pirschjäger Gnade vor deinen Augen gefunden hat. Er ist ein guter Jäger und ein großzügiger Mann«, sagte Blaumeise. »Außerdem spricht er mit großer Weisheit, und er ist in keiner Weise mit dir verwandt.«

Pirschjäger würde sicherlich einen guten Ehemann abgeben. Er war freundlich und zudem ein attraktiver Anblick. Sterns zuversichtliches Achselzucken ließ den Pelz von einer schlanken, anmutigen Schulter rutschen, und ihre Mutter zog das Fell hastig wieder herauf.

»Pirschjäger würde es ganz und gar nicht gefallen, wenn ich seinen Heiratsantrag ablehne«, scherzte Stern mit einem verschmitzten Lächeln.

Ihre Mutter fuhr alarmiert auf. »Untersteh dich, seinen Antrag ausgerechnet jetzt zurückzuweisen! Falls dich doch einer der Jaguarmänner entdecken sollte, können wir dann nämlich immer noch erklären, daß du bereits Pirschjäger versprochen bist.« Leise murmelnd fügte Blaumeise hinzu: »Aber ich fürchte, daß sich ein Jaguarmann auch von einem Eheversprechen nicht abhalten lassen würde.«

Sie rieb Sterns Unterarme mit Asche ein. »So, ich denke, deine Ärmel sollten den Rest deiner Arme verhüllen. Oh, ich hoffe inständig, daß dieser Schlamm und die Asche deine

Schönheit verbergen. Weißt du, diese Menschen sind sehr stolz«, warnte Blaumeise. »Sie reagieren sehr ungehalten, wenn man sie abweist. Andererseits, falls wir Pirschjägers Angebot ablehnen sollten, würde er lediglich eine Weile ärgerlich auf uns sein. Und uns vielleicht sogar bitten, unsere Entscheidung noch einmal zu überdenken.«

Stern lächelte. »Ich werde Pirschjägers Antrag nicht ablehnen. Ich bin durchaus zufrieden mit ihm. Ich glaube, er ist der beste Jäger unseres Stammes. Und er übt sich in den männlichen Tugenden der Ehrlichkeit, Tapferkeit und Großzügigkeit. Schon mehrmals habe ich beobachtet, wie er Krähe Fleisch gebracht hat.« Krähe war eine Witwe mit zwei kleinen Kindern.

Ihre Mutter trug noch eine Handvoll Schlamm auf Sterns Schläfen auf und verrieb ihn sorgfältig.

»Pirschjäger und ich werden ein glückliches Leben miteinander führen, Mutter. Ich habe schon alles geplant! Wir werden bald vereint sein und viele gesunde Kinder haben und mit unserem Dachsvolk durch das Land ziehen.«

Blaumeise schnitt eine Grimasse. »Ich will doch sehr hoffen, daß es wirklich so kommt, wie du sagst.«

»Das wird es«, meinte Stern zuversichtlich.

»Aber zuerst müssen wir dafür sorgen, daß die Jaguarmänner nicht auf dich aufmerksam werden. Ich will dir sagen, was passieren wird, meine Tochter.« Blaumeise streichelte Sterns mit Asche bestäubtes Haar. »Sie wollen, daß sich alle jungen Frauen an einem Ort versammeln. Dann werden sie diejenigen auswählen, für die sie Geschenke geben werden. Die derart ausgewählten Frauen müssen ihre Familien verlassen und mit den Jaguarmännern gehen. Wenn sie Glück haben, werden sie ihre Dachsfamilien eines Tages wiedersehen. Aber einige sehen ihre Angehörigen niemals wieder, so wie es meiner Kusine, Blumenduft, ergangen ist. Sie wurde ausgewählt, und ich habe sie seit vielen Jahren nicht mehr gesehen.« Wieder sammelten sich Tränen in Blaumeises Augen.

»Ich will keinen Jaguar als Ehemann haben!« jammerte Stern.

»Nun ja, ich wünsche mir auch keinen solchen Ehemann für dich. Aber vergiß nicht, die Jaguar machen die ausgewählten Frauen zu ihren Ehefrauen. Die Fischesser dagegen rauben Frauen, um sie zur Sklavin zu machen. Fischesser-Sklavinnen arbeiten sehr hart. Sie müssen Holz sammeln und Fische fangen und räuchern. Sich um die Kinder kümmern. Wurzeln und Beeren sammeln. Fischreusen bauen. Fischnetze flicken –«

»Hör auf, Mutter«, protestierte Stern. »Ich werde schon vom bloßen Zuhören müde, wenn du von all der Arbeit sprichst, die sie verrichten müssen.«

»Das Leben bei den Fischessern ist sehr erniedrigend für eine Frau; sie wird nicht besser als ein Hund behandelt, der hart arbeiten und um jedes Stückchen Fleisch betteln muß. Ich glaube nicht, daß dir ein solches Leben gefallen würde.«

Stern hob eine Hand, um ihre Mutter zum Schweigen zu bringen. »Ich glaube, ich sollte jetzt besser gehen und mich in einer der Höhlen verstecken, Mutter. Dort werde ich sicher sein. Wenn ich hierbleibe, könnte einer der Jaguarmänner durch die Schmutzschicht auf meinem Gesicht hindurchsehen.«

Ihre Mutter lächelte grimmig. »Leider haben das schon andere vor dir versucht, meine liebste Tochter. Und die Jaguar waren sehr verärgert, als sie herausfanden, daß sich einige Frauen versteckt hielten. Sie waren so wütend, daß sie drohten, uns ihren Schutz zu entziehen. Sie drohten uns sogar, den Fischessern unseren genauen Aufenthaltsort zu verraten.«

»Aber warum sollten sie den Fischessern sagen, wo wir sind? Ich dachte, die Jaguar und die Fischesser wären Feinde.«

»Selbst Feinde tauschen hin und wieder Nachrichten aus. Es gibt eine gefährliche Gruppe von Händlern, die als Sklavenfänger bekannt sind und die sich ungehindert zwischen den Jaguar und den Fischessern hin- und herbewegen. Die Jaguar würden es den Sklavenfängern erzählen, und die Sklavenfänger würden es den Fischessern weitererzählen.«

Stern schüttelte bestürzt den Kopf. »Diese Sklavenfänger scheinen nicht besonders vertrauenswürdig zu sein.«

»Sie sind ausgesprochen hinterhältig und die schlimmsten

Verräter! Sie jagen Sklaven für die Fischesser. Wir Dachsleute wissen, daß es die Sklavenfänger waren, die sie zu dem Überfall auf unser Lager angestiftet haben. Die alte Großmutter Morgentau weiß eine aufschlußreiche Geschichte zu berichten von jenem Tag, als ein Händler zu uns kam. Kurz nachdem er uns verlassen hatte, überfielen uns die Fischesser zum ersten Mal!«

Stern dachte einen Moment darüber nach, bevor ihre Gedanken wieder zu dem Problem zurückkehrten, wie sie sich retten könnte. »Und was passierte, nachdem die Jaguar die versteckten Frauen fanden und drohten, uns ihren Schutz zu entziehen?«

»Zuerst waren unsere Männer froh, weil sie den Jaguar nur höchst ungern unsere Mädchen überlassen. Aber dann wies Echo, unser geschätzter Häuptling, darauf hin, daß wir nicht genügend Männer haben, um die Fischesser zu bekämpfen. Die Jaguar hingegen schon. Die Dachsmänner hörten auf Echos kluge Worte. Und daraufhin entschuldigte sich Echo sehr höflich bei den Jaguar und überredete sie, uns weiterhin ihren Schutz zu gewähren.«

»Und die Jaguar waren einverstanden?«

»Ja, meine Tochter. Und deshalb sind sie jetzt wieder auf dem Weg zu uns, um sich Bräute zu holen. Der Jaguarkundschafter, den sie vorausgeschickt hatten, sagte uns, daß sie noch heute eintreffen werden, wenn die Sonne winzige Schatten zu unseren Füßen wirft.«

Hastig verrieb Stern mehr Schlamm auf ihrem Gesicht. »Mach dir keine Sorgen, Mutter! Mich wird bestimmt kein Jaguarmann haben wollen.« Sie macht eine wegwerfende Handbewegung. »Nicht wenn ich so wie jetzt nur so vor Schmutz starre und in Lumpen gehüllt bin!«

»Ja, deine Verkleidung als alte Frau sollte dich eigentlich schützen«, stimmte Blaumeise zu. »Und ich werde auch immer in deiner Nähe bleiben. Wir beide werden zwei alte Frauen sein.«

»Hoffentlich treffen sie ihre Wahl möglichst schnell. Ich habe keine Lust, ewig so herumzuhumpeln.«

»Ich bete zum Großen Geist, daß es so sein wird«, erwiderte ihre Mutter grimmig. »Aber wir werden vielleicht Geduld haben müssen.« Ihr besorgter Blick verriet deutlich ihre Befürchtung, daß es Stern an dieser speziell weiblichen Tugend mangelte.

»Paß auf, daß dir das Fell nicht vom Kopf rutscht. Zieh es tief in die Stirn. Und vergiß nicht, wie eine krumme alte Frau zu gehen und gelegentlich zu schnaufen. Falls dich einer von den Jaguar zufällig ansprechen sollte, weigere dich, ihm in die Augen zu sehen. Ich werde dir auch noch einen alten Speer geben, den du als Krückstock benutzen kannst und um damit auf dem Boden zu stochern und Leute beiseite zu stoßen. Tu alles, von dem du glaubst, daß es einen Jaguarmann entmutigen wird.«

»Ich soll schnaufen? Mit einem Speer herumstochern und Leute beiseite stoßen? Mutter, du hast wohl den Verstand verloren!«

»Es ist immer noch besser, den Verstand zu verlieren, als meine Tochter.«

»Ach, Mutter, so schlimm kann es doch nicht sein!«

»Ich hoffe, du hast recht, meine Tochter«, antwortete Blaumeise grimmig. »Ich hoffe inständig, daß du recht hast.«

2. Kapitel

Als der Jaguarkundschafter den Besuch seiner Stammesangehörigen ankündigte, hatte er erklärt, sie würden im Dachslager eintreffen, wenn die Sonne den höchsten Stand erreicht hatte. Inzwischen war es Mittag geworden, doch Stern sah nur ihren eigenen winzigen Schatten, sonst nichts. Von den Jaguarmännern war weit und breit nichts zu sehen. Sie gähnte gelangweilt und streckte sich.

»Mach einen Buckel«, zischte Blaumeise ängstlich.

»Ach, Mutter, die Jaguar sind doch noch gar nicht da. Sie haben sich verspätet, und vielleicht kommen sie überhaupt nicht mehr. Vielleicht haben sie ein anderes Volk gefunden, das sie einschüchtern – äh, beschützen können.« Stern kam sich dumm vor mit dem zerschlissenen Fell um den Kopf und dem schmutzverkrusteten Gesicht. »Keine der anderen jungen Frauen muß so herumlaufen –«

»Still!« unterbrach ihre Mutter sie warnend. »Ihr Kundschafter hat so scharfe Ohren wie eine Eule, die auf Mäuse horcht. Und es kann sein, daß er uns genau in diesem Moment beobachtet.« Mißtrauisch starrte sie in die Richtung von Echos Zelt, wo Echos alte Ehefrau dem Jaguarkundschafter gerade reife rote Beeren vorsetzte.

»Ach, Mutter ...«

»Mach den Rücken krumm. Und tu so, als ob du alt wärst«, lautete die einzige Antwort ihrer Mutter.

Da Stern nichts Besseres zu tun hatte, zog sie erneut die Schultern ein und krümmte den Rücken, jedoch nicht so tief wie vorher. Ihr Kreuz schmerzte bereits von der ewigen Bückerei!

»Hier«, sagte ihre Mutter, als sie ihr einen alten hölzernen Speerschaft reichte, dem die Spitze fehlte.

Stern übte eine Weile, mit langsamen, schlurfenden Schritten zu gehen und den Speerschaft als Krückstock zu benutzen.

»Das gefällt mir schon besser«, bemerkte Blaumeise mit Befriedigung. Stern ging weit vornübergebeugt und starrte auf den Boden, so daß sie weder ihre Mutter noch sonst jemanden sehen konnte. Nur Füße. Sie richtete sich ein wenig auf.

»Sie kommen!« Ein Schauder überlief Blaumeise.

Stern hob mit einem Ruck den Kopf. Die gefürchteten Jaguarmänner! Endlich. Sie warf einen verstohlenen Blick auf die Ankömmlinge.

Eigentlich machten sie keinen derart gefährlichen Eindruck. Stern zählte die großen, in Leder gekleideten Männer, deren schwarzes Haar glatt über ihren Rücken herabhing. Es waren so viele, wie sie Finger und Zehen hatte, und jeder war mit einem Speer bewaffnet.

Sie richtete sich noch ein wenig mehr auf, um einen besseren Blick auf die Fremden zu bekommen, und hörte prompt das scharfe, warnende Zischen ihrer Mutter, deshalb verharrte sie in ihrer halbgebückten Haltung. Der Schmerz in ihrem Rükken gab ihr das Gefühl, tatsächlich alt zu sein.

Neugierig reckte Stern den Hals, um sich kein Wort der Unterhaltung entgehen zu lassen, als die Jaguar mit Echo, dem Dachshäuptling, sprachen. Nach einigen höflichen Vorbemerkungen erklärte der Jaguarhäuptling: »Wir wollen sechs Frauen.«

Echo machte ein bestürztes Gesicht. »Klaue, wir können euch keine sechs Frauen geben«, erwiderte er mit leicht zittriger Stimme. »Wir Dachsleute sind doch nur so wenige an der Zahl. Wenn wir euch sechs von unseren Frauen im heiratsfähigen Alter geben müßten, dann würden ja gar keine mehr für uns übrigbleiben!«

Stern flehte innerlich, daß Echo diesen Fremden keine einzige Dachsfrau überlassen würde.

»Wir haben Geschenke mitgebracht«, meldete sich ein anderer Jaguar zu Wort. Er trat vor. Seine Ledertunika war mit Flecken übersät, sein schwarzes Haar verfilzt und schmutzig. Bei seinem Anblick starrte Stern stirnrunzelnd auf den Boden. Wer würde einen Jaguar heiraten wollen? Sie ganz bestimmt nicht.

Echo sagte nichts zu dem Angebot, und das unbehagliche Schweigen zog sich in die Länge. Vorsichtig hob Stern den Kopf und spähte zu den Fremden hinüber. Klaue, der Anführer und Sprecher der Jaguar, ein großer, dünner Mann mit einem hervorstehenden Bauch, ließ seinen Blick über die versammelten Dachsleute schweifen. »Wo sind eure Frauen? Ich sehe nur alte Leute und kleine Kinder. Und wenige Männer«, fügte er in drohendem Ton hinzu.

Was für ein unglücklicher Umstand, dachte Stern, daß sich unsere Männer ausgerechnet diesen Morgen ausgesucht haben, um auf Antilopenjagd zu gehen.

»Die meisten unserer Frauen sind verheiratet«, erklärte Echo. »Und sie haben Kinder.«

»Es ist gut, daß die Dachsfrauen fruchtbar sind«, bestätigte Klaue. »Aus diesem Grund sind sie ja auch bei unseren Männern so begehrt.«

»Wir können euch zwei Frauen geben«, sagte Echo. »Sie sind jung und hübsch. Und sie werden euch viele Kinder schenken.«

»Zeigt sie uns.« Klaues Stimme klang begierig.

Echo hüstelte und winkte zwei wartende Dachsmütter zu sich. Die Mütter kamen herbei, jede mit einer schüchternen Tochter an der Hand.

Stern richtete sich noch weiter auf und warf einen verstohlenen Blick zur Seite, um zu sehen, wer die jungen Frauen waren. Sie feixte, als sie die erste sah. Na, die braucht bestimmt nicht viel Ermunterung von ihrer Mutter! dachte Stern. Das Mädchen strahlte über sein ganzes rundes Gesicht, und ein plumper Körper unter dem feingegerbten Lederkleid schwabbelte leicht, als es von seiner Mutter vorgeführt wurde. Es war Rehkitz, die mittlere Tochter einer Familie von sechs Mädchen. Ihre Mutter, Ricke, hatte schon alle Hoffnung aufgegeben, jemals genügend Ehemänner für alle ihre sechs Töchter zu finden, und betrachtete dies ohne Zweifel als einmalige Gelegenheit, ein weiteres Mädchen im heiratsfähigen Alter an den Mann zu bringen. Rickes übrige unverheiratete Töchter waren allerdings noch zu jung, um mit den Jaguar zu gehen.

Ricke versetzte Rehkitz einen Schubs in Klaues Richtung. Stern hob den Kopf noch ein wenig höher und sah,wie Klaue die junge Frau angrinste. Dann wurde sein Ausdruck wieder ernst.

»Wer noch?« verlangte er zu wissen. »Tretet beiseite. Laßt sie uns sehen.«

Die junge Frau, die jetzt von ihrer Mutter unsanft in den Kreis der Männer geschoben wurde, versuchte verlegen, ihr Gesicht zu verbergen. Bei ihrem Anblick fühlte Stern Mitleid in sich aufwallen. Es war Elchknie, die kürzlich Witwe geworden war. Keiner der anderen Dachsjäger hatte sich angeboten, sie zu heiraten, weil sie Elchknies scharfe Zunge fürchteten. Gerüchte behaupteten, sie hätte ihren Ehemann mit gehässigen Worten umgebracht, aber Stern wußte, daß es gelogen war. Er war bei einem Jagdunfall ums Leben gekommen. Anscheinend befürchtete Elchknies Familie, daß kein Dachsmann jemals um sie anhalten würde.

»Sie sieht jung und kräftig aus«, sagte Klaue anerkennend.

Echo lächelte.

Es stimmt, dachte Stern. Elchknie ist wohlgestaltet, so schlank und stark wie eine junge Pyramidenpappel. Die Jaguar sollten wirklich zufrieden sein. Wenn sie doch jetzt nur wieder gehen würden!

»Wir sind höchst zufrieden mit den beiden Frauen, die du uns angeboten hast, Echo vom Dachsvolk. Aber ich muß dir sagen, daß wir sechs Dachsfrauen wollen. Nicht mehr und nicht weniger.« Klaues Stimme klang streng, als er sechs Finger hochhielt.

»Aber wir... wir haben nicht mehr Frauen.«

Daraufhin drängten sich die Jaguar um ihren Häuptling, um über Echos Worte zu beratschlagen. An dem Gemurmel tiefer, aufgebrachter Stimmen konnte Stern erkennen, daß ihnen die Antwort des Dachshäuptlings gar nicht gefiel.

Wieder riskierte sie einen heimlichen Blick auf die Jaguar durch die Strähnen ihres langen, mit Asche bestäubten Haares. Keiner der Männer nahm Notiz von ihr, und sie musterte sie unverhohlen, während sie miteinander beratschlagten, was zu tun sei. Die Jaguar waren größer als die Dachsmänner. Sie hatten lange, muskulöse Beine und breite Brustkästen. Stern starrte sie neugierig an. Sie alle hatten langes schwarzes Haar und trugen Tuniken und Beinlinge aus gegerbtem Leder. Die Jaguarfrauen müssen ein Talent für dekorative Künste haben, dachte sie, denn mehrere der Tuniken waren kunstvoll mit Hirsch- und Elchmustern bemalt, der natürlichen Beute des Jaguars.

Einer der Männer hatte ihr den Rücken zugekehrt. Auf dem Leder, das sich straff über seinen breiten Schultern spannte, prangte das Bild eines Falken mit ausgebreiteten Schwingen. Als Stern ihn anstarrte, drehte sich der Fremde abrupt herum, und sie sah sein Gesicht. Der Atem stockte ihr in der Kehle. Seine Augen waren tiefschwarz, seine Züge markant, mit einem kantigen, ausgeprägten Kinn. Er hätte ausgesprochen attraktiv ausgesehen, wäre nicht die lange weiße Narbe gewesen, die sich zickzackförmig von seinem rechten Augenwinkel bis zu seinem strengen Mund hinunterzog.

Er hat Leid ertragen müssen, dachte sie mit plötzlicher Bestürzung. Als sie sah, wie sein Blick über die wartenden Dachsleute schweifte, senkte sie hastig die Augen. Ihr Herz hämmerte zum Zerspringen. Es wäre nicht gut, wenn jener Mann auf sie aufmerksam würde. Gar nicht gut!

»Wir kommen zu euch, um Frauen einzutauschen«, sagte Klaue jetzt. »Wir haben dies schon viele Male getan. Wir haben gemeinsame Enkelkinder mit euch.« Er nannte zwei Dachsfrauen, die seit vielen Jahren bei den Jaguarleuten lebten. Stern erkannte ihre Namen. Die eine war Echos Schwester, die andere war Blumenduft, Blaumeises Kusine.

»Ja, und wir haben sie nie wiedergesehen«, murmelte Blaumeise erbittert.

Stern starrte traurig auf den Boden. Niemals ihre Familie wiederzusehen! Es mußte ein trauriges Schicksal sein, einen Jaguar zum Ehemann zu haben. Sie war erleichtert, daß sie Pirschjägers Antrag angenommen hatte.

»Du scheinst unsere Abmachung vergessen zu haben, Echo«, sagte Klaue scharf. »Wir hatten ausgemacht, daß ihr Dachsleute uns Bräute geben würdet als Gegenleistung für unseren Schutz gegen die Fischesser.«

»O nein, ich erinnere mich sehr deutlich an unsere Abmachung«, erwiderte Echo. »Aber wir haben nun einmal nur wenige junge Frauen. Wenn wir euch noch mehr überlassen, werden wir keine Frauen mehr für uns selbst haben.«

»Sechs sind nicht so viele«, widersprach Klaue.

Wieder blickte Stern auf den breitschultrigen Mann, den sie vorhin beobachtet hatte. Er stand vollkommen ruhig da, mit leicht gespreizten Beinen, während er die versammelten Dachs- und Jaguarleute musterte. Der Ausgang der Verhandlungen schien ihm ziemlich gleichgültig zu sein, als er träge seinen Blick über ihre Leute wandern ließ. Sein langes schwarzes Haar wehte leicht in der Brise, und plötzlich fragte Stern sich, was es wohl für ein Gefühl sein mochte, ihn zu berühren, jene dichten schwarzen Locken zu streicheln.

»Mach den Rücken krumm«, zischte Blaumeise neben ihr.

Stern riß ihren Blick von dem markanten Gesicht los und

zwang sich, den Rücken zu krümmen und auf den Boden zu starren.

Drei der Jaguarmänner, die sich um Klaue drängten, sprachen eine Weile in gedämpftem Ton auf ihn ein. Schließlich wichen sie zurück, und Klaue sagte: »Wir möchten für diese Nacht in eurem Lager bleiben. Wir sind müde von der langen Reise.« Seine ausdruckslose Miene ließ nicht erkennen, ob irgendein Täuschungsmanöver dahintersteckte, doch Stern war sofort mißtrauisch.

Echo trat unbehaglich von einem Fuß auf den anderen, und Stern nahm an, er wollte die Bitte abschlagen und versuchte, sich eine höfliche Ausrede einfallen zu lassen. Wenn die Jaguar zu lange im Lager blieben, würden sie bald herausfinden, daß es mehr Dachsfrauen gab als die wenigen, die sich am Feuer versammelt hatten.

Aber Echo zuckte nur hilflos die Achseln, und die Jaguarmänner faßten sein Schweigen als Zustimmung auf. Sie sammelten ihre Habseligkeiten ein und zerstreuten sich im Lager, während sie nach flachen Stellen im Gras Ausschau hielten, um ihre Zelte aufzustellen.

Dann haben sie also vor, länger zu bleiben, dachte Stern beunruhigt. Wenn sie nur über Nacht bleiben wollten, wie Klaue gesagt hat, würden sie sich nicht die Mühe machen, ihre Lederzelte aufzubauen.

Die Jaguar stellten ihre Zelte auf und rollten Schlafhäute aus. Stern richtete sich ein Stückchen weiter auf.

»Mach dich krumm!« zischte Blaumeise.

Inzwischen waren die Jaguar fertig mit ihren Vorbereitungen für die Nacht, und Stern atmete erleichtert auf. Jetzt konnten sie und ihre Mutter in ihr eigenes Zelt zurückkehren und dort bleiben, bis diese Eindringlinge wieder verschwunden waren.

Leider war ihre Erleichterung nur von kurzer Dauer, denn schon begannen die Jaguar, das Dachslager zu inspizieren und die Zelte zu durchsuchen!

Ein Jaguarmann blieb stehen und spähte in eine Behausung. Ein überraschter Aufschrei ertönte aus dem Inneren, worauf der Mann hastig zurückwich und zum nächsten Dachszelt marschierte.

Mehrere Jaguarmänner drängten sich um ein spezielles Dachszelt.

»Los, beug den Rücken«, befahl Blaumeise hastig. »Sie sind nahe daran, herauszufinden –«

Ein massiger Jaguarmann schlug die Klappe des Nachbarzeltes zurück und griff hinein. »Ho!« Der Jaguar und mehrere seiner Kumpane lachten herzhaft. »Seht euch das an!«

»O nein«, stöhnte Blaumeise. »Ihre Mutter hätte sie in einer Höhle verstecken oder sie mit Schlamm beschmieren sollen, wie ich es bei dir getan habe.«

Stern hielt erschrocken den Atem an, als sie beobachtete, wie die Jaguar eine junge Frau aus dem Zelt zerrten. Ihr langes schwarzes Haar verbarg ihr Gesicht, Stern erkannte jedoch Wildkirsches schmale Gestalt.

Ängstlich biß Stern sich auf die Lippen und duckte den Kopf. Wildkirsche hatte Findet Den Marder heiraten wollen, Sterns wortkargen Verehrer. Stern hatte es als sehr passende Verbindung betrachtet, denn Wildkirsche war ausgesprochen lebhaft und plapperte in einem fort. Aber der Jaguar hielt sie derart fest umklammert, daß es Wildkirsche vor Angst die Sprache verschlagen hatte. Jetzt würde Findet Den Marder niemals mehr ihr Ehemann werden. Statt dessen würde sie einen Jaguar heiraten müssen.

Gleich darauf kroch Wildkirsches Mutter aus der Zeltöffnung heraus. »Meine Tochter ist sehr krank«, jammerte sie und rang verzweifelt die Hände. »Bitte, ihr müßt sie in unserem Zelt ruhen lassen!«

Ein muskulöser junger Jaguar stieß sie grob beiseite, um in das Zelt zu marschieren und eine zweite junge Frau herauszuziehen. Stern drehte hastig den Kopf weg, bevor sie sehen konnte, wer es war.

»Es ist Salbeiblüte«, flüsterte Blaumeise, während Stern den Blick auf den Boden gesenkt hielt und sich auf ihren Stock stützte.

»O nein«, murmelte Stern bestürzt. Salbeiblüte war eine

enge Freundin von Wildkirsche, deshalb überraschte es Stern nicht, daß sich die beiden Mädchen zusammen versteckt hatten. Salbeiblüte war eine liebenswerte, sanftmütige junge Frau und besonders beliebt im Dachslager. »Nicht Salbeiblüte!«

»Sie ist auch sehr krank«, verkündete Wildkirsches Mutter aufgeregt. »Sie sind beide sehr, sehr krank!«

Die Jaguar ignorierten ihre Proteste einfach.

Plötzlich war Stern dankbar für den Schlamm auf ihrem Gesicht und die juckende Asche in ihrem Haar. Blaumeise hatte schließlich doch gewußt, was das Beste für sie war. Stern beugte sich noch tiefer und stützte sich schwer auf ihren Stock.

Die beiden verängstigten jungen Frauen, die zwar bleich, aber völlig gesund aussahen, wurden von dem Zelt weggeführt, und über das Dachslager senkte sich bedrückendes Schweigen, nur unterbrochen von dem leisen Schluchzen von Wildkirsches Mutter.

Zornig marschierte der Jaguarhäuptling zu Echo und baute sich vor ihm auf. »Ihr hattet also vor, eure Frauen vor uns zu verstecken, wie? Das ist aber nicht im Sinne der Freundschaft zwischen unseren beiden Völkern! Überhaupt nicht!«

»Klaue sieht sehr wütend aus«, flüsterte Blaumeise mit zitternder Stimme. »Und wie kann er behaupten, daß wir Freunde sind? Freunde fürchten einander nicht, so wie wir die Jaguar fürchten!«

Stern kniff die Lider zusammen, wagte es nicht, hinzuschauen. Was würde jetzt passieren?

»Diese Frauen sind bereits versprochen!« gab Echo aufgebracht zurück. Tatsächlich wußte Stern, daß Salbeiblüte Echos Sohn, Vielfraß, versprochen war. »Es bestand kein Grund, sie euch zu zeigen. Sie haben beide einen Gefährten, den sie sehr bald heiraten werden!«

»Daraus wird jetzt nichts mehr«, entgegnete Klaue ungerührt. »Sie werden neue Gefährten haben. Jaguarmänner. Bringt sie dort hinüber zu den anderen beiden Bräuten!«

Stern wurde schwer ums Herz. Es war wirklich höchst unglückselig, daß so viele Dachsmänner an diesem Morgen auf die Jagd gegangen waren und jetzt nicht zur Stelle waren, um ihre Bräute zu verteidigen.

Plötzlich fühlte sie eine kräftige Hand auf ihrer Schulter und ertappte sich dabei, wie sie in ein grausames Jaguargesicht starrte. »Und wer ist das hier?« fragte der Mann barsch. Es war der Jäger mit dem schmutzigen, verfilzten Haar und den Fettflecken auf seiner Ledertunika. Als er jetzt so dicht neben ihr stand, stieg Stern sein durchdringender Gestank in die Nase. Sie öffnete den Mund, aber es kamen keine Worte heraus. Sie schluckte hart und versuchte erneut zu sprechen.

»Sie ist nur meine alte Schwester«, erklärte Blaumeise alarmiert und schlug die Hand des Mannes von Sterns Schulter. »Laß sie in Ruhe!«

Der Eindringling funkelte Blaumeise wütend an, und Stern fürchtete schon um das Leben ihrer Mutter. Dann wandte sich der Jaguar jedoch mit einem Achselzucken und einem letzten verächtlichen Blick auf Stern ab, und ihr rasender Pulsschlag beruhigte sich allmählich wieder.

»Wir geben euch schließlich Geschenke für diese beiden Frauen«, fauchte Klaue den Dachshäuptling an. »Wir rauben sie euch nicht, wie es die Fischesser tun!«

»Das weiß ich. Ich habe unsere Abmachung nicht vergessen!« gab Echo scharf zurück.

Stern spähte vorsichtig hoch und sah, wie die beiden Häuptlinge einander zornig anfunkelten.

»Runter mit dir«, flüsterte ihre Mutter.

Es war gar nicht Echos Art, so in Rage zu geraten. Die Dachsleute hatten ihn zum Häuptling gewählt, weil er gewöhnlich so ruhig und besonnen war. Stern vermutete, daß er wütend über den Verlust seiner Schwiegertochter war, denn Salbeiblüte zu verlieren war wirklich ein harter Schlag. Vielfraß würde es das Herz brechen, wenn er erfuhr, daß die Jaguar seine Braut genommen hatten.

Drohend richtete sich Klaue zu seiner vollen Größe auf und kam noch näher. Stern beobachtete, wie er eine Handbreit von dem Dachshäuptling entfernt stehenblieb. »Wir nehmen die Frauen mit, und damit basta«, verkündete Klaue barsch. »Ihr könnt die Geschenke behalten oder auch nicht, das liegt ganz bei euch. Aber wir nehmen die Frauen mit!«

Echo schnappte scharf nach Luft, und Stern sah, wie er dem Jaguar seitlich auswich und dann im Kreis herumging, während sein Blick suchend über die Menge schweifte.

»Spar dir die Mühe, nach deinen Männern Ausschau zu halten«, sagte Klaue verächtlich. »Wir haben wesentlich mehr Männer als ihr.«

Abrupt fuhr Echo wieder zu seinem Peiniger herum und starrte den Jaguar finster an. »Ihr könnt unsere Frauen nicht haben!«

Der andere lachte nur höhnisch. »Du kannst uns nicht daran hindern.«

Ängstlich schielte Stern zu den beiden Häuptlingen hinauf. Die Männer musterten sich gegenseitig mit finsterem Blick, dann ließ Echo entmutigt die Schultern hängen, und er wandte sich ab. Er hat aufgegeben, dachte Stern bestürzt. Ihr Herz hämmerte in ihrer Brust. Wenn die Dachsmänner nicht um sie und die anderen versteckten Frauen kämpfen würden, dann blieben ihr nur noch der Schlamm auf ihrem Gesicht und ihre eigene Schläue, sich zu schützen!

3. Kapitel

Die Jaguar waren jetzt seit zwei Tagen im Dachslager, und Stern hoffte verzweifelt, daß sie bald gehen würden. Ihr Rükken schmerzte von der ständigen gebückten Haltung, doch ihre Mutter wollte ihr nicht erlauben, sich tagsüber im Zelt aufzuhalten, denn die Jaguar hatten noch immer nicht aufgegeben; wieder und wieder streiften sie durch das Lager und durchsuchten sämtliche Behausungen. Bisher hatten sie noch eine weitere Frau gefunden, Kiefer, ein lebhaftes junges Mädchen mit Grübchen in den Wangen, das sich in einer Höhle versteckt hatte.

Die fünf gefangenen Frauen standen dicht beisammen, bewacht von zwei kräftigen Jaguarmännern. Schluchzende Mütter kauerten um sie herum. Geschenke waren angeboten worden, aber diese Geste war die reinste Heuchelei; die Jaguar raubten die Frauen, und niemand konnte etwas dagegen tun.

Stern stützte sich auf ihren Stock und überlegte, wo sie hingehen könnte, um eine Weile unbeobachtet zu sein und ihren verspannten Rücken aufzurichten. Sie hatte es gründlich satt, immer nur vornübergekrümmt herumzuhumpeln. Der Schlamm auf ihrem Gesicht war getrocknet, rissig geworden und abgeblättert und seitdem viele Male erneuert worden, weil Blaumeise darauf bestand, daß Stern ihr Gesicht immer unter der dicken Paste verbarg, sogar nachts. Ihr Haar war mit grauer Asche bedeckt, und ihre Kopfhaut juckte fürchterlich. Blaumeise nutzte jede Gelegenheit, um noch mehr Asche in ihren schwarzen Locken zu verreiben.

Stern mußte jedoch zugeben, daß sich ihre Anstrengungen als erfolgreich erwiesen hatten. Bisher hatte kein einziger Jaguar die schmutzige alte Frau eines Blickes gewürdigt, die auf einen Stock gestützt umherhumpelte.

Stern schlurfte häufig zu dem Pfad, der zum Fluß hinunterführte, während sie sich außer Sichtweite des Lagers hielt und auf die Abreise der Jaguarmänner wartete.

Als sie eines Nachmittags langsam den Weg hinunterging, fragte sie sich verzweifelt, wo Pirschjäger, Vielfraß und die anderen Dachsjäger nur blieben. Wieso brauchten sie so lange?

Nun, dachte sie bitter, wenn sie sich dann endlich entschließen, von ihrer Antilopenjagd oder was immer sie sonst tun, zurückzukehren, werden sie feststellen, daß ich die einzige junge Frau bin, die noch im Dachslager übrig ist!

Während sie dahinschlurfte, wünschte sich Stern inständig, sie könnte die Dachsjäger irgendwie benachrichtigen, damit sie zurückkehrten und sie und die anderen Frauen vor den Eindringlingen retteten. Denn ihr einsamer Häuptling Echo konnte nur wenig gegen die Jaguar ausrichten.

Ach, Pirschjäger! Wie sehr sie sich danach sehnte, einen Ehemann zu haben, ein eigenes Heim, eigene Kinder. Zugegeben, ihre Mutter liebte sie, und sie konnte immer bei ihr wohnen, aber Stern wollte nicht für immer mit ihrer Mutter leben, um alt und grau darüber zu werden. Sie wünschte sich einen Ehemann. Jemanden, den sie lieben und mit dem sie ihr Leben teilen konnte. Pirschjäger würde einen guten Ehemann abgeben – falls er jemals zurückkam, um sie zu retten.

Ein Wäldchen aus Pyramidenpappeln und Espen grenzte an den Fluß. Die dichte Wand aus Bäumen schirmte das Wasser vor den Blicken der Lagerbewohner ab. Sobald sich Stern sicher war, daß niemand sie sehen konnte, richtete sie sich ein wenig auf und entspannte ihre verkrampften Muskeln. Je mehr sie sich dem Fluß näherte, desto aufrechter und schneller ging sie, und schließlich rannte sie die letzten Meter zum Flußufer hinunter.

Erleichtert warf sie die Felle beiseite und watete ins Wasser. Ah, wie herrlich kühl und reinigend sich das Wasser auf ihren Armen und Beinen anfühlte. Sie legte eine Hand ins Kreuz und streckte sich. Und wie gut es tat, endlich den Rücken aufrichten zu können! Sie bückte sich und spritzte sich etwas von der erfrischenden Flüssigkeit ins Gesicht. Dann wusch sie sich den getrockneten Schlamm ab, um wieder ihre Haut fühlen zu können. Später würde sie Stirn und Wangen erneut mit der schwarzen Paste einreiben, aber im Moment schwelgte sie regelrecht in dem Gefühl des klaren, kühlen Wassers auf ihrem Gesicht.

Sie watete tiefer in den Fluß, bis das Wasser um ihre Knie schwappte. Noch einen Schritt weiter, und der Fransensaum an ihrem Lederkleid würde naß werden.

Stern spritzte sich noch mehr Wasser ins Gesicht, bevor sie sich vorbeugte und ihr aschebestäubtes Haar in die kühlen Fluten tauchte. Der saubere, frische Geruch prickelte ihr in der Nase. Eine Weile zog sie Strähnen ihres langen Haares auf der glatten Oberfläche des Flusses hin und her, dann hielt sie abrupt inne. Wenn zuviel von ihrem schwarzen Haar sichtbar wurde, würde sie nicht mehr alt aussehen.

Langsam richtete sie sich auf und blickte sich um. Ein tiefer Seufzer entrang sich ihrer Kehle. Es war so ruhig hier am Fluß, so friedlich – so wie ihr Leben gewesen war, bevor die Jaguareindringlinge gekommen waren.

Der Fluß war von einem trüben Grün, und Schilfkolben wuchsen entlang dem Ufer. Zwei Enten ließen sich in einiger Entfernung von ihr auf dem Wasser nieder, und Stern schaute eine Weile zu, wie sie in den Wellen paddelten und nach Nahrung tauchten und leise miteinander schnatterten. Ein durchdringender Schrei über ihr ließ sie aufblicken. Gänse zogen hoch oben am Himmel vorbei, eine riesige Schar in keilförmiger Formation, die gen Süden strebten. Bald würde der Winter seinen Einzug halten.

Stern watete zum Flußufer zurück und verrieb sorgsam frischen Schlamm auf ihrem Gesicht und Haar. Als ihr Gesicht wieder mit der grauen Schicht bedeckt war, hob sie die Felle auf, griff nach ihrem Stock und wanderte den Pfad zurück. Nachdem sie das Wäldchen hinter sich gelassen hatte, nahm sie wieder ihre gebückte Haltung ein und zog sich eines der Felle über den Kopf.

Sie zwang sich, langsam und schwerfällig zu gehen, wie eine alte Frau, während sie inständig betete, daß die Jaguar bald verschwinden würden.

Falke lächelte in sich hinein, als er die Frau den Pfad zum Lager entlangschlurfen sah. Ihre Verkleidung war gut, sehr gut sogar. Sie hatte ihn und auch die anderen getäuscht, und er fragte sich, wie viele weitere »alte« Frauen des Dachsvolkes sich am Ende als junge, wohlgestaltete Mädchen entpuppen würden.

Schlamm allein konnte ihre Schönheit nicht verbergen. Es war der krumme Rücken, auf den er hereingefallen war. Er hatte sie lediglich für eine bucklige, staksbeinige Alte gehalten, als er sie auf ihren Stock gestützt im Lager hatte umherhumpeln sehen. Tatsächlich hatte er kaum einen Gedanken an sie verschwendet. Aber jetzt kannte er ihr Geheimnis.

Und groß war sie auch. Langbeinig und elegant wie eine Gazelle. Hochgewachsen und kurvenreich und atemberaubend schön. Er grinste vor sich hin. Diese Dachsleute waren schon gerissen, das mußte man ihnen lassen.

4. Kapitel

»Wir brechen morgen früh auf. Hier ist nichts mehr zu holen«, erklärte Klaue seinen Männern. »Wir haben genug Frauen. Ich habe mich vergewissert, daß sie nicht noch mehr von ihnen verstecken. Und die Frauen, die wir haben, sind ausgesprochen wohlgestaltet.«

Nicht so wohlgestaltet wie eine gewisse langbeinige Gazelle, dachte Falke mit einem amüsierten Grinsen.

»Wir haben nur fünf Frauen. Wir wollten ursprünglich sechs mitnehmen«, knurrte einer der Jaguarmänner. Mehrere andere stimmten zu. Klaue ignorierte ihre Einwände.

»Was ist mit den Dachsmännern? Wo sind sie eigentlich?« erkundigte sich Hakennase, einer der Sklavenfänger. Er und sein Kumpan, Rotes Kinn – so genannt, weil die untere Hälfte seines Gesichts mit rotem Ocker bemalt war –, hatten die Jaguar auf ihrer Brautsuche begleitet. Bis jetzt hatten die beiden Sklavenfänger keinen Schaden angerichtet, aber Falke traute ihnen nicht. Sie waren ein verschlagenes, gefährliches Gespann.

»Pah, die Dachsmänner sind kein Problem«, meinte Klaue mit einer wegwerfenden Handbewegung. »Zur Zeit ist nur ein einziger Mann im ganzen Lager, und das ist der Häuptling. Die anderen sind davongerannt. Sie haben Angst vor uns!«

»Trotzdem sollten wir heute nacht Wachen aufstellen«, gab Falke zu bedenken. »Diese Leute fürchten uns vielleicht nicht ganz so stark, wie wir glauben. Dachse, zumindest die Tiere, sind erbitterte Kämpfer. Sie verteidigen ihren Bau und ihre Jungen mit grimmiger Zähigkeit. Es könnte schließlich sein, daß dieses Volk seinen Namen zu Recht trägt.«

Hakennase schnaubte verächtlich. »Sie sind keine Kämpfer. Ich habe noch niemals erlebt, daß ein Volk seine Frauen so widerstandslos ausliefert.«

Falke zuckte die Achseln. »Und du hast auf diesem Gebiet zweifelsohne sehr viel Erfahrung, wie ich annehme.«

Hakennase blickte ihn stirnrunzelnd an und wandte sich

dann zu Klaue um. »Du weißt, daß ich auf der Suche nach Sklaven bin, um sie an die Fischesser zu verkaufen, die am Großen Fluß leben«, erklärte er dem Jaguarhäuptling. »Ich werde jede Frau nehmen, die du nicht haben willst, und sie bei den Fischessern eintauschen. Ich möchte auch Männer eintauschen. Die Fischesser zahlen gut für kräftige Männer, die die schweren Arbeiten verrichten.«

»Ich werde diese Frauen nicht eintauschen«, erwiderte Klaue. »Wir wollen sie für uns selbst behalten. Und was die Männer betrifft«, er breitete die Hände aus und ließ sie wieder sinken, »hier sind keine, wie du selbst sehen kannst. Ich fürchte, du wirst zu einem anderen Stamm reisen müssen, um die Sklaven zu bekommen, die du suchst. Vielleicht wirst du beim Faultiervolk mehr Glück haben.«

Rotes Kinn, der andere Sklavenfänger, protestierte empört: »Sie leben viel zu weit entfernt von hier!« Er lächelte ein zahnloses Lächeln. »Wir können immer einen guten Preis erzielen, egal für wen. Sogar für ein Kind. Und ich habe hier mehrere kräftige, gesunde Dachskinder gesehen.«

Klaue war schockiert.

Hakennase beäugte ihn und fuhr dann aufgebracht zu seinem Kumpan herum. »Nein!« knurrte er. »Wir sind auf diese Brautsuche mitgegangen unter der Bedingung, daß wir die gefangenen Männer eintauschen und daß Klaue und seine Jäger die Frauen bekommen würden. Vergiß die Kinder!«

Klaue nickte erleichtert. Hakennase blickte Rotes Kinn stirnrunzelnd an und schüttelte kaum merklich den Kopf, als wollte er seinen Gefährten warnen, nicht zuviel auszuplaudern.

Falke beobachtete die versteckten Signale. Zu einer anderen Zeit, als er noch jünger war, bevor ihn seine Ehefrau verlassen hatte, hätte er mit Männern wie diesen Sklavenfängern nichts zu tun haben wollen. Jetzt kümmerte es ihn nicht mehr. Er war zu dem Schluß gekommen, daß es keine Rolle spielte, welcher Art von Menschen man sich im Leben anschloß. Das Leben barg nichts Gutes, genausowenig, wie in den Menschen etwas Gutes steckte. Und es gab auch keinen Großen Geist, das wußte er nun.

Sein Blick schweifte über das Feld, dorthin, wo die Jaguarzelte zwischen denen der Dachsleute verteilt standen. Orangefarbene Flammen züngelten von den Lagerfeuern auf. Er starrte zu einem ganz speziellen Zelt hinüber, wo eine kleine, vierschrötige Frau neben einer langbeinigen, vornübergebeugten Gestalt saß.

»Wir werden eine Wache postieren und morgen früh aufbrechen«, entschied Klaue.

Falke lächelte vor sich hin. Vielleicht sollte er sich eine Begleitung für die Reise zurück ins Jaguarterritorium suchen. Es gab da ein gewisses langbeiniges, elegantes Geschöpf, auf das er ein Auge geworfen hatte…

Klaue sah das stille Lächeln des jüngeren Mannes. »Läßt sich das mit deinen Plänen vereinbaren, Falke?« fragte er gereizt.

Falke zuckte lässig die Achseln. Er wußte, daß Klaue noch immer eifersüchtig auf ihn war und glaubte, Falke wolle seine alte Stellung als Häuptling der Jaguar zurückhaben. Falke war jedoch damit zufrieden, Klaue die Führung des Stammes zu überlassen. Klaue hatte einige Änderungen vorgenommen, aber es waren keine, die Falke interessiert hätten. Was kümmerte es ihn, daß die Jaguar wieder in ihre alte Gewohnheit zurückgefallen waren, Frauen zu rauben? Vielleicht lag es ihnen einfach im Blut. Er würde es bald wissen, er, der jetzt mit dem Gedanken spielte, selbst eine Frau zu rauben. Er hatte lange Zeit keine Frau mehr angesehen. Nicht, seit ihn seine Ehefrau verlassen hatte wegen –

Energisch straffte Falke die Schultern und verdrängte den Gedanken an seine treulose Ehefrau aus seinem Bewußtsein. Was interessierte es ihn, mit wem sie schlief? Was kümmerte es ihn, wenn er einem anderen Volk eine Frau raubte? Was die Menschen taten, spielte keine Rolle. Was er tat, spielte keine Rolle. Nichts war wichtig. Jetzt nicht mehr. Er war ein Narr gewesen, jemals etwas anderes zu glauben.

»Falke?« Klaue wartete immer noch auf eine Antwort.

Es amüsierte Falke, daß Klaue seine Zustimmung haben wollte. »Ja, das paßt in meine Pläne.«

Klaue wandte sich an Hakennase. »Wir brechen dann also

morgen früh auf. Es ist Pech für euch, daß ihr keine Sklaven zu verkaufen habt, aber daran können wir nichts ändern. Ich habe euch gewarnt, bevor ihr mit uns gekommen seid, daß wir es nicht sonderlich mögen, Sklaven zu fangen.«

Hakennase lächelte und verbeugte sich. »Wir sind geduldige Männer. Wir werden abwarten.«

»Eine feine Tugend, Geduld«, bemerkte Klaue abgelenkt. »Verdammt, wann werden diese Mütter endlich zu jammern aufhören? Ich habe wirklich genug davon gehört, das kann ich euch versichern!«

Tatsächlich war das unaufhörliche Gejammer der Mütter der gefangenen Frauen ein Klagegesang, der die Brautsuche der Jaguar in letzter Zeit ständig begleitete. Falke gewöhnte sich allmählich daran, und es belustigte ihn, daß sich Klaue so darüber aufregte. Aber andererseits besaß Klaue auch noch so etwas wie ein Gewissen.

»Es wird Zeit zum Schlafengehen«, murmelte Blaumeise laut gähnend. »Ich bin müde.«

»Ich auch, Mut–«, Stern verstummte abrupt. Da war er wieder, der Jaguarmann mit dem Bild des Falken auf seinem breiten Rücken. Nur daß er diesmal nicht einfach an ihrem Feuer vorbeischlenderte. Sondern geradewegs auf sie zukam.

Ihre Blicke trafen sich einen Herzschlag lang. Er starrte Stern an, und um seine Mundwinkel spielte ein leicht schiefes, erheitertes Lächeln. Sie musterte ihn verstohlen von Kopf bis Fuß, bekam einen Eindruck von breiten Schultern, schmalen Hüften, langen Beinen, muskulösen Armen. Er stand jetzt knapp außerhalb des Feuerscheins, und sie mußte blinzeln, um ihn zu sehen.

Ihre Mutter hüstelte warnend.

Hastig senkte Stern den Kopf. Es war eine Erleichterung, auf den Boden zu starren, nachdem sie in jene tiefschwarzen, feurigen Augen geblickt hatte. Ihr Herz hämmerte wild, und ihre Finger verkrampften sich um den Stock, den sie hielt. Er war schon mehrmals an diesem Tag durch das Lager gegangen, hatte sich jedoch kein einziges Mal so dreist wie jetzt benommen.

Sie gab ein tiefes, rauhes Husten von sich. Dann erinnerte sie sich an die Worte ihrer Mutter und spuckte auf den Boden, um den Jaguar abzuschrecken. Vorsichtig spähte Stern hoch und sah, daß er sie beobachtete. Gut. Sie spuckte noch einmal kräftig aus und wartete, um die Wirkung auf ihn zu sehen.

Sie glaubte, ihn leise lachen zu hören, entschied jedoch schnell, daß es ein Laut der Entrüstung sein mußte. Allmählich erwärmte sie sich richtig für ihre Rolle der alten Frau, und sie kratzte sich träge mit ihrem Stock am Bein und stieß einen lauten Rülpser aus.

Ihre Mutter wandte sich ab und blickte den Mann an. »Was gibt es?« fragte sie.

»Nichts, Großmutter«, erwiderte er. »Ich habe mich nur gefragt, wie es wohl zwei alten Frauen an einem so kalten Abend wie heute ergeht. Habt ihr genug Felle, um euch warm zu halten?«

Stern hoffte, ihre Mutter ließe sich nicht von dem höflichen Ton des Jaguarmannes täuschen. Er sah alles andere als höflich aus, als er in den Lichtkreis des Feuers trat. Und er beobachtete sie, Stern, obwohl seine Worte an ihre Mutter gerichtet waren.

Stern rülpste noch einmal und kratzte sich gähnend am Kopf. Wenn er nicht bald geht, werde ich meinen Stock schwingen müssen, um ihn wegzuscheuchen, dachte sie verzweifelt.

»Uns geht es gut, danke«, krächzte Blaumeise. Stern wußte, ihre Mutter versuchte sich den Anschein einer sehr alten Frau zu geben, damit der Fremde weggehen und sie in Ruhe lassen würde.

Statt dessen trat er noch einige Schritte näher an das Feuer heran. »Wir brechen morgen früh auf«, erklärte er.

Ah, dachte Stern, was für eine Erleichterung es sein wird, diese Jaguar endlich verschwinden zu sehen!

»Laßt mich noch ein Stück Holz für euch ins Feuer legen, Großmütter«, sagte der Jaguar, und Stern unterdrückte nur mit Mühe ein Aufstöhnen. Warum ging er denn nicht einfach?

»Danke«, sagte Blaumeise höflich.

Am liebsten hätte Stern ihren Stock vorgestreckt, um den Jaguar stolpern zu lassen, aber sie hütete sich davor und begnügte sich damit, vornübergebeugt dazusitzen und unverständliches Zeug vor sich hin zu brabbeln, wie sie es einmal bei einem alten Mann beobachtet hatte. Vielleicht würde ihn das ja vertreiben.

Er bückte sich und legte sorgfältig ein Holzscheit ins Feuer. Dann griff er nach einem weiteren Scheit und plazierte es ebenso sorgsam auf den glühenden Kohlen. Stern mußte an sich halten, um ihre Frustration nicht laut hinauszuschreien. *Geh endlich!*

Doch statt zu gehen, setzte er sich ihr gegenüber auf den Boden. Sie funkelte ihn aus schmalen Augen an. Gelbe und orangefarbene Flammen züngelten zwischen ihnen.

»Meine Kusine lebt bei eurem Volk«, sagte Blaumeise unvermittelt.

Stern hätte ihrer Mutter am liebsten befohlen, den Mund zu halten. Was für ein unglückseliger Einfall, ein Gespräch mit dem Jaguar anzufangen. Jetzt würde er erst recht bleiben.

»Wie heißt sie, Großmutter?« fragte er höflich. »Vielleicht kenne ich sie.«

Blaumeise schüttelte den Kopf. »Ich glaube, sie ist tot«, sagte sie bedrückt. »Ich habe seit vielen Jahren nichts mehr von ihr gehört.«

Der Jaguar schwieg. Stern fragte sich, ob er wohl begriff, daß dies einer der Gründe war, warum ihre Leute nicht mit den Jaguar gehen wollten. Keiner von ihnen kehrte jemals zurück.

»Ihr Name?« hakte er nach, als Blaumeise nicht auf seine Frage einging.

»Blumenduft«, erklärte sie schließlich traurig. »Ich habe sehr an ihr gehangen. Hast du von ihr gehört?«

Jetzt war es der Jaguar, der keine Antwort gab.

»Nun?« fragte Blaumeise nach einer Weile. »Hast du von ihr gehört? Weißt du, wie es ihr geht?«

Er schüttelte den Kopf und seufzte. »Eine Frau namens Blumenduft hat ihren Ehemann, einen Jaguarmann, zum Volk seiner Großmutter begleitet. Wahrscheinlich ist sie diejenige, nach der du dich erkundigst. Aber sie sind schon seit vielen Monden fort, und mehr weiß ich nicht über die beiden.«

»Ich mache mir Sorgen um sie«, murmelte Blaumeise.

Der Jaguar sagte nichts darauf. Stern nahm nicht an, daß sich die Jaguar sonderlich viele Gedanken um andere Menschen machten.

Sie gähnte laut und stöhnte, in der Hoffnung, er würde denken, daß sie müde sei, und endlich gehen.

Leider verstand er die subtilen Hinweise nicht. Tatsächlich machte er es sich sogar noch bequemer, indem er sich auf die Seite legte und den Kopf in eine Hand stützte. Mit schmalen Augen bemerkte er: »Die alte Großmutter neben dir sagt aber nicht viel.«

Blaumeise warf einen hastigen Blick auf Stern. »Nun ja, sie ist sehr alt«, erklärte sie in gespieltem Mitleid und tätschelte Sterns Schulter. »Sie tut in letzter Zeit kaum noch etwas anderes als sabbern.«

Stern sammelte genug Speichel im Mund, konnte sich jedoch unter dem durchdringenden Blick jener schwarzen Augen nicht dazu überwinden, wie eine uralte Frau zu sabbern. Statt dessen senkte sie den Kopf.

»Dann setz sie doch im Schnee aus.«

Bei dieser Bemerkung hob Stern ruckartig den Kopf. Sie funkelte den Jaguar böse an. Er starrte in das Feuer, ein vergnügtes Lächeln auf seinen feingeschwungenen, sinnlichen Lippen.

»Wir-wir tun solche Dinge nicht«, erwiderte Blaumeise. »Ist das bei den Jaguar so üblich?«

Er zuckte die Achseln und gähnte. »Manchmal. Wenn eine Alte krank ist oder wirr im Kopf, ja, dann schicken meine Leute sie in der kältesten Zeit des Winters in den Schnee hinaus. Dann kann ihr Essen einem anderen zugute kommen.«

Ein Schauder überlief Stern, und sie blickte den Jaguar finster an. Sie wußte, sie hätte besser still sein und so tun sollen, als hätte sie seine Worte nicht gehört, aber sie war zu wütend. Sie konnte eine solche Grausamkeit nicht unwidersprochen hinnehmen. »Deine Jaguarleute müssen ein erbarmungsloses Volk sein«, krächzte sie, in der Hoffnung ihre Stimme klänge wie die einer alten Frau.

»Oder praktisch«, gab er zurück. Lässig griff er nach einem neuen Stück Holz, um es ins Feuer zu schieben.

Stern errötete. »Alte Leute sollten nicht ausgesetzt werden, um zu sterben!« Am liebsten hätte sie ihn mit ihrem Stock geschlagen.

Er legte das Scheit in die Flammen, und Funken flogen, als sich das Feuer knisternd in das frische Holz fraß.

»Deine Großmutter scheint noch ihre fünf Sinne beisammenzuhaben«, meinte der Jaguar zu Blaumeise. »Vielleicht ist sie noch nicht reif für den Schnee.«

Stern knirschte mit den Zähnen.

»Sie ist tatsächlich sehr lieb«, murmelte Blaumeise, während sie Stern einen warnenden Blick zuwarf.

Aber Stern schüttelte die Warnung ab. Schließlich könnte es ebensogut ihre Mutter sein, die er so gnadenlos der Kälte auszusetzen gedachte! »Vielleicht«, stieß sie zwischen zusammengebissenen Zähnen hervor, »sollten gewisse Jäger im Schnee ausgesetzt werden.«

Er starrte sie an. Dann teilten sich seine Lippen, um ebenmäßige weiße Zähne zu enthüllen. »Aber sie würden nicht verhungern, nicht? Schließlich sind sie Jäger.«

»Ohne ihre Waffen natürlich«, fauchte Stern.

»Hmmm.« Er ließ sich ihre Bemerkung durch den Kopf gehen. »Könnte wirksam sein.« Dann verzog sich sein Mund wieder zu jenem blitzenden Lächeln.

Sterns Hand um den Stock zitterte vor Wut. Sie hatte noch niemals einen Mann getroffen, der sie derart in Rage brachte. Er war eindeutig der schlimmste von allen – noch weitaus schlimmer als Erdeichhörnchen, ihr fauler Verehrer, der niemandem von seinem Fleisch abgab!

Blaumeise sagte nervös: »Ich halte es für das beste, wenn wir Alten uns jetzt zurückziehen.«

»Ja, das wäre sicher ratsam«, antwortete der gräßliche Jaguar liebenswürdig. »Alte Großmütter brauchen wirklich ihren

Schlaf. Deine Großmutter scheint Mühe beim Luftholen zu haben.«

Stern bekam tatsächlich kaum noch Luft, erstickte fast vor Zorn. Sie knirschte mit den Zähnen und funkelte ihn böse an, während sie mit dem Stock in seine Richtung fuchtelte und dabei gefährlich nahe an die Flammen kam.

»Sei vorsichtig mit dem Stock, Großmutter«, warnte er. »Du brauchst ihn noch, um dich bewegen zu können.«

Er sprang auf und eilte um das Feuer herum zu der Stelle, wo Stern saß.

Sie fühlte seine unerwünschte Hand auf ihrem Arm, als er sie rasch auf die Füße zog. Zornig schüttelte sie seine Hand ab.

»Zäher alter Vogel«, murmelte er vor sich hin. Zu Blaumeise gewandt sagte er: »Ich will der alten Frau nur eben auf ihr Lager helfen.« Wieder schlossen sich seine Finger fest um ihren Arm.

Blaumeise hastete nervös hinter ihnen her. »Laß nur, ich kann ihr ja helfen –«

»Sie ist überraschend schwer«, bemerkte er.

Plötzlich schoß Sterns Stock vor und traf ihn hart am Schienbein.

Er taumelte und wäre beinahe gestürzt, fing sich jedoch wieder, indem er sich an sie lehnte. Dann schob er blitzschnell seinen Fuß zwischen ihre Knöchel und riß ihr Bein nach vorn. Mit wild rudernden Armen gelang es Stern irgendwie, das Gleichgewicht zu halten und ihm auszuweichen. Ihr Atem ging keuchend vor Wut. Wie extrem unverschämt der Kerl war! In ihrem ganzen Leben war sie noch keiner solchen Kreatur begegnet!

»Immer mit der Ruhe, alte Großmutter«, säuselte er. »Komm, laß dir von mir in dein Zelt helfen.«

Blaumeise flitzte hierhin und dorthin, sprang zurück und eilte dann vor den beiden her, während sie verzweifelt versuchte, Stern in das Zelt zu drängen.

»Laß nur«, bat sie den Jaguar. »Ich kann ihr jetzt helfen.«

»Nur noch ein bißchen weiter«, murmelte er. »Noch ein kleines Stück. Na bitte. Gut gemacht, Großmutter.«

Einen Moment lang stand Stern nur stocksteif da und starrte auf die Zeltklappe, so außer sich vor Wut, daß sie nicht wußte, was sie tat.

Blaumeise versetzte ihr einen sanften Schubs. »Geh hinein, geh hinein«, murmelte sie. »Bitte geh einfach ins Zelt.«

Stern holte tief Luft und wirbelte zu dem Jaguar herum. »Danke für deine Hilfe«, zischte sie.

Seine weißen Zähne blitzten im Mondlicht, als er breit grinste. »Es ist mir eine Ehre, einer alten Großmutter behilflich zu sein.« Er schmunzelte. »Oh, dein Stock. Du hast deinen Stock vergessen.« Sein Blick hielt ihren fest, während er ihr den alten Speer reichte, mit dem stumpfen Ende voran.

Wortlos riß sie ihm den Stock aus der Hand, fuhr herum und verschwand in der Sicherheit des Zeltes.

Blaumeise folgte ihr und schloß sorgfältig die Zeltklappe.

Draußen vor dem Zelt hörte Stern schallendes Gelächter, als der Jaguar in die Nacht davonging.

5. Kapitel

»Die Dachsmänner kommen!« flüsterte der Jaguarwachtposten.

In aller Eile kroch Falke aus seinen Schlaffellen und schlang sich seinen Gürtel mit den baumelnden Obsidianmessern um die Hüften. Dann griff er nach seinem Speer.

»Sie schleichen durch den Wald, bilden sich ein, sie könnten uns überrumpeln«, murmelte der Wachtposten, bevor er weiterging, um den nächsten Jaguar zu warnen. »Es sind insgesamt acht.«

Falke duckte sich aus dem Zelt und sah die Schatten seiner Männer in dem unheimlichen grauen Licht der Morgendämmerung hin- und hereilen. Nebelschwaden waberten vom Fluß herauf, aber in den Bäumen war es still und dunkel. Klaue kam auf ihn zu und zeigte schweigend auf den Wald, von wo der Angriff erwartet wurde. Sechs andere Jaguarmänner gesellten sich rasch zu ihnen. Sie hielten eine hastige, geflüsterte Beratung ab, dann rannten Falke und die anderen zum Waldrand und schlüpften lautlos zwischen die Bäume.

In den Dachszelten war noch alles ruhig. Die Feuer waren heruntergebrannt, und gelegentlich konnte man leises Schnarchen hören. Einmal schrie ein Baby, doch es war gleich wieder still.

Plötzlich ertönten laute Schreie und Gebrüll aus dem Wald, als die Dachsmänner zwischen den Bäumen hervorstürmten und zu den Jaguarzelten rannten, um die schlafenden Eindringlinge zu töten. Aber alles, was sie vorfanden, waren leere Zelte. Und gleich darauf fanden sie sich von grimmig dreinblickenden Jaguarmännern eingekreist, die sich mit hocherhobenem Speer von allen Seiten auf sie stürzten, bereit, Dachsfleisch zu durchbohren. Die Dachsmänner, von dem plötzlichen Gegenangriff völlig überrumpelt, versuchten die Jaguar zurückzuschlagen, doch sie waren ihren Gegnern zahlenmäßig hoffnungslos unterlegen und hatten keine Chance, sich gegen die Jaguar zu behaupten. Sie wurden rasch überwältigt, denn ein Kampf mit Speeren und Messern bedeutete schwere Verletzungen und möglicherweise den Tod für alle acht Dachsmänner, und sie wußten es. Widerwillig warfen sie ihre Speere auf den Boden, zum Zeichen, daß sie sich ergaben.

Der Kampf war vorbei, gerade als die Sonne am Horizont aufstieg, um einen neuen Tag anzukündigen. Acht starke junge Dachsmänner wurden in Fesseln gelegt.

Die Sklavenfänger waren höchst erfreut. »Jetzt haben wir unsere Sklaven!« jubelte Hakennase, während er und Rotes Kinn überglücklich um die gefangenen Männer im Kreis herumhüpften. »Starke Sklaven für die Fischesser!«

Der Kampflärm hatte die Dachsfrauen geweckt, und sie krochen aus ihren Zelten heraus. Als sie das Geschrei der Sklavenfänger hörten – und die Worte –, sprangen sie erschrocken auf die Füße. Panik breitete sich wie ein Lauffeuer unter ihnen aus.

»Man hat unsere Männer gefangengenommen!» schrie eine. »Es sind die gefürchteten Sklavenfänger!«

»Sie sind hier, um auch uns zu fangen! Aaaaiiieeeee!« rief eine andere Frau entsetzt, während sie ihre kleine Tochter an der Hand hinter sich herzerrte. Sie begannen zu laufen, fort von den Zelten in Richtung Wald.

Hakennase und Rotes Kinn lachten grölend und drohten den Frauen mit ihren Speeren. Mehr Frauen rannten aus dem Lager, kleine Kinder mit beiden Armen an sich gepreßt. Wohin Falke auch schaute, überall sah er Frauen und Kinder in Richtung Wald flüchten.

»Schnell, holt die Frauen zurück!« brüllte Klaue. »Sonst entwischen sie uns!«

Die Dachsfrauen und Kinder hatten jedoch einen leichten Vorsprung, und sie liefen schnell. An der Spitze des kleinen Trupps rannte eine langbeinige, schlanke Gazelle – ohne ihren Krückstock.

Hakennase und Rotes Kinn beteiligten sich nicht an der Jagd. Sie strahlten vor Befriedigung über den unerwarteten Fang von acht kräftigen, gesunden jungen Männern und blieben zurück, um ihre Beute zu bewachen.

Falke warf seinen Speer beiseite und sprintete davon. Er raste über das plattgetretene Gras und überholte mehrere der Dachsfrauen, die ihn ängstlich und überrascht zugleich anstarrten, als er einfach an ihnen vorbeirannte. Seine Gegenwart erschreckte sie derart, daß sie noch schneller liefen.

Der Abstand zwischen ihm und der einen Frau, auf die er es abgesehen hatte, verringerte sich schnell, weil ihr Tempo von ihrer langsameren Mutter gebremst wurde. Falke sah, wie sie über ihre Schulter zurückblickte. Als sie den Jaguarmann entdeckte, zog sie noch härter am Arm ihrer Mutter und trieb sie verzweifelt zu größerer Eile an.

Wenig später verschwanden die beiden Frauen im Wald, und Falke schmunzelte vor sich hin. Jetzt würden sie nicht mehr weit kommen.

Aber als er die Bäume erreichte, verblaßte sein Lächeln. Es war dunkel und still. Nichts rührte sich. Sie mußten sich irgendwo verstecken. Niemand kann so schnell verschwinden, dachte er.

Er entdeckte eine andere Frau, die hinter einem Busch kauerte. Sie schnappte erschrocken nach Luft, als sie ihn sah, und das Entsetzen auf ihrem Gesicht wich Ungläubigkeit, als Falke geradewegs an ihr vorbeistrebte. Hastig krabbelte sie in ein sichereres Versteck.

Wo war die langbeinige Gazelle? Er blieb stehen und holte tief Luft, während er seinen Blick suchend über die Bäume schweifen ließ. Er sprang über einen halbvermoderten, grasbewachsenen Baumstamm und trottete tiefer in den Wald. Nach einer Weile blieb er erneut stehen und horchte angestrengt.

Ah, ich höre Keuchen! Sein Mund verzog sich zu einem Lächeln. Alle seine Sinne waren in Alarmbereitschaft, als er verstohlen auf weichbesohlten Mokassins auf sie zuschlich.

Von ohnmächtiger Furcht überwältigt und wie gelähmt beobachtete Stern von ihrem Versteck im Gebüsch aus, wie ihr Verfolger langsam näher kam. Sie war noch ganz außer Atem vom Laufen und rang keuchend nach Luft. Er durfte sie nicht finden! Er durfte einfach nicht! Ein Teil ihres Verstandes sagte ihr, daß er sie noch nicht entdeckt hatte.

Sie waren Sklavenfänger. Irgendwie steckten diese Jaguar mit den Sklavenfängern unter einer Decke!

Entsetzliche Angst kroch in ihr hoch und schnürte ihr die Kehle zu. Wild suchend blickte sie sich um. Ihre Mutter war gut versteckt in einem alten, hohlen Baumstamm. Sie würde in Sicherheit sein. Das Wissen tröstete Stern ein wenig und beschwichtigte ihre Panik. Sie mußte vollkommen reglos in diesem Gebüsch am Fuß einer großen Kiefer hocken bleiben. Und mucksmäuschenstill sein.

Der Jaguarmann war inzwischen stehengeblieben. Er horchte. Worauf? Auf das schreckliche Poltern ihres Herzens? Ihren keuchenden Atem? Was hörte er? *Was?*

Sie verflocht ihre Finger ganz fest miteinander und zwang sich, Ruhe zu bewahren. Nein, sie würde der Furcht nicht nachgeben. Sie durfte es einfach nicht! Wenn sie hier nur ganz still und reglos hocken blieb, würde er sie niemals finden.

Falke schlich auf leisen Sohlen in einem großen Bogen um

sie herum, und seine knappen, geschmeidigen Bewegungen sagten ihr, daß er ein tödlicher Jäger war. Und sie war seine Beute. Aber er weiß nicht, wo ich mich verstecke, redete sie sich beruhigend ein, während ihr das Herz bis zum Hals klopfte. Er konnte es nicht wissen, nicht mit Sicherheit!

Er spähte zwischen den Bäumen hindurch, drehte langsam den Kopf hin und her. Jetzt starrte er genau in ihre Richtung, und sie schluckte krampfhaft und flehte innerlich, daß sie das dichte Laub der Büsche vor jenen durchdringenden schwarzen Augen schützen würde. Dann bewegte er sich auf sie zu.

Er weiß nicht, daß ich hier bin, sagte sie sich wieder und wieder, um ihre neu erwachte Panik zurückzudrängen. Er kann es nicht wissen!

Er schlenderte noch näher und hielt direkt vor dem Baum inne, neben dem sie kauerte. Stern befürchtete, daß das heftige Zittern ihres Körpers die Blätter und Äste über ihr erbeben ließ und sie verraten würde. Sie durfte ihn nicht auf sich aufmerksam machen! Sie wagte noch nicht einmal zu atmen, während er so nahe bei ihr war.

Sie erstarrte, als er sich gegen den Baum lehnte, und dann zuckte sie erschrocken zusammen, als er laut mit sich selbst sprach: »Ich frage mich, wo sie ist?« Einen Moment lang herrschte Stille, nur unterbrochen vom lauten Hämmern ihres Herzens, bevor er hinzufügte: »Hmmmm. Wo kann sie wohl sein?«

Stern hielt den Atem an, wagte es nicht, einen Muskel zu bewegen.

»Sie hat mich an der Nase herumgeführt. Ja, das hat sie. Ich habe sie für eine alte Frau gehalten. Aber sie läuft nicht wie eine alte Frau, nein, überhaupt nicht. Also, wo ist sie bloß hingelaufen?«

Zitternd vor Angst kniff Stern die Augen zusammen, drängte mit bloßer Willensanstrengung die Ohnmacht zurück, die sie zu überwältigen drohte. Er stand so dicht neben ihr, daß sie das weiche Rascheln seiner Lederkleidung hören konnte, als er die Arme verschränkte.

»Ich glaube«, überlegte er laut, »daß sie vielleicht eine junge

Frau ist. Und noch dazu eine schöne junge Frau. Also, wo würde sich eine schöne junge Frau in einem so großen Wald wie diesem hier wohl verstecken?«

Sie hörte, wie er sich von dem Baumstamm abstieß. Seine leisen Schritte entfernten sich von ihr. Hoffnungsvoll öffnete sie die Augen und sah, wie er zu einer Gruppe von Kiefern hinüberschlenderte, deren Stämme so dicht nebeneinander standen, daß sie noch nicht einmal einen Arm hätte dazwischenschieben können.

»Ob sie hier ist?« Er verschwand hinter den Bäumen. Mehrere polternde Herzschläge später tauchte er wieder auf und schüttelte den Kopf. »Nein, hier nicht.«

Nachdenklich wanderte er um die Bäume herum und ein Stück weiter zu einem großen Felsblock. »Ob sie sich vielleicht dahinter versteckt?«

Er tauchte hinter den Felsen und kam so blitzschnell wieder dahinter hervor, daß Stern nur gerade genug Zeit blieb, um einmal zitternd Luft zu holen. »Nein. Hier ist sie auch nicht.«

Er schüttelte den Kopf und machte sich erneut daran, das Gelände zu erkunden. Wieder fiel sein Blick auf das Gebüsch, in dem Stern sich versteckte. Langsam schlich er darauf zu. »Also, wo kann sie sein?«

Stern wäre am liebsten aufgesprungen und davongerannt.

Er blieb vor den Zweigen stehen, die sie verbargen, dann ging er mit einer raschen Bewegung in die Hocke und spähte zwischen den Blättern hindurch, geradewegs in ihre Augen. »Aha«, sagte er leise. »Und was ist das hier für eine hübsche Überraschung?«

Entgeistert über ihre Entdeckung konnte Stern ihn nur in stummem Entsetzen anstarren. Dann schoß sie rückwärts aus dem Gebüsch heraus, machte auf dem Absatz kehrt und rannte davon, ohne sich um die Zweige und Dornenranken zu kümmern, die ihr ins Gesicht schlugen.

Mit einem geschmeidigen Sprung stürzte er ihr nach.

Er hatte sie sofort eingeholt und hielt sie mühelos umfangen, ignorierte ihre wütenden Schläge und harten Fußtritte. Scheinbar ohne jede Anstrengung warf er sich Stern über eine Schulter und versetzte ihr einen kräftigen Klaps auf die Kehrseite, um ihr Sträuben zu unterbinden.

Stern schluchzte und wehrte sich mit aller Kraft gegen seinen eisernen Griff, aber sie hätte ebensogut eine zappelnde Mücke sein können, so wenig nahm er davon Notiz. Ein stummer Schrei der Verzweiflung durchdrang die Panik in ihrem Kopf: Oh, Großer Geist, hilf mir! Bitte hilf mir! Ich werde eine Sklavin sein!

6. Kapitel

Als sie zum Dachslager zurückkehrten, konnte sich Stern endlich von der Schulter des Jaguar winden. Er hielt sie an sich gedrückt, und sie war gezwungen, an seinem harten Körper entlang zu Boden zu gleiten. Plötzlich gaben ihre Knie unter ihr nach. Als er ihr wieder auf die Füße half, eine Hand unter ihrem Ellenbogen, schüttelte sie seinen Griff wütend ab und richtete sich zu ihrer vollen Größe auf, weigerte sich trotzig, noch länger die verhaßte Rolle der krummen alten Frau zu spielen.

Mit einer stolzen Bewegung wandte sie sich von ihm ab, doch sie kam nicht weit, denn Falke hielt sie energisch am Arm fest. Der Wind wehte ihr das aschebestäubte Haar ins Gesicht, und der Jaguar beugte sich vor, um die grauen Strähnen zurückzustreichen. Als sie ihn zornig anfunkelte, starrte er auf ihren Mund. Sie schluckte hart.

Überall um sie herum standen weinende Frauen und Kinder. Stern riß ihren Blick von seinen schwarzen Augen los und sah sich verzweifelt nach den anderen Dachsfrauen um.

Dann entdeckte sie sie, die Dachsmänner. Sie hockten in einer mißmutigen, schweigsamen Gruppe beisammen – in Fesseln. Stern machte einen Schritt auf sie zu, doch Falkes harter Griff um ihren Arm hielt sie zurück. »Vorsicht«, warnte der Jaguar. »Wenn du zu ihnen gehst, glauben die Sklavenfänger, du gehörtest ihnen und sie könnten dich ebenfalls verkaufen.«

»Das ist es doch, was du mit mir vorhast, nicht?« fauchte sie und richtete sich so hoch auf, wie sie konnte. Sie würde nicht betteln, obwohl ihr das Herz vor Angst bis zum Hals schlug.

»Nein«, erwiderte er, und um seine festen Lippen spielte ein abscheuliches, amüsiertes Lächeln. »Das ist nicht das, was ich mit dir vorhabe.«

Dann strebte Klaue auf sie zu. Stern drehte den Kopf weg, unfähig, den Anblick der beiden siegreichen Jaguarmänner noch eine Sekunde länger zu ertragen.

»Wer ist diese Frau, Falke? Wo hast du sie gefunden?«

Sie warf ihrem Peiniger einen finsteren Blick zu. Falke hieß er, aha. Raubvogel. Was für ein passender Name, dachte sie wütend, und ein winziger Schauder überlief sie.

»Sie ist unsere sechste«, erklärte Falke, ohne seinen Griff um ihren Arm zu lockern. »Jetzt haben wir endlich die sechs Frauen beisammen, die wir gefordert hatten.«

Klaue lächelte. »Ja, jetzt haben wir sie. Sehr gut!« Genau in dem Moment entdeckte er Rotes Kinn, der in der Nähe der gefangenen Frauen herumlungerte. »Du da! Verschwinde. Laß die Frauen in Ruhe!« Er eilte hinüber.

Der Sklavenfänger machte ein schuldbewußtes Gesicht und hastete zurück zu der Gruppe von Gefangenen, die er bewacht hatte. Sterns Blick schweifte zu den gefesselten Dachsmännern, und plötzlich schnappte sie entsetzt nach Luft. »Pirschjäger!«

»Du kennst ihn?« Falkes Finger schlossen sich noch ein wenig fester um ihren Arm.

Pirschjägers Gesicht verzerrte sich vor Zorn.

»Vielleicht warst du ihm versprochen, wie?«

Trotzig preßte Stern die Lippen zusammen. Sie würde dem Jaguar nichts erzählen. Gar nichts!

»Sprich, Mädchen!«

Sie drehte störrisch den Kopf weg. Er marschierte hinüber zu den Dachsmännern, wobei er Stern mit sich zog. Mit wachsender Besorgnis beobachtete sie, wie er sich neben den gefesselten Pirschjäger kniete. Sie stieß einen winzigen Schrei aus, als er Pirschjägers Haar packte und seinen Kopf grob zurückriß. Dann flüsterte er dem Dachsmann etwas ins Ohr und zeigte auf Stern. Als Pirschjäger nicht reagierte, riß der Jaguar erneut heftig an seinem Haar. Schließlich bewegten sich Pirschjägers Lippen, aber Stern konnte seine Worte nicht hören. Der Jaguar grinste und ließ Pirschjägers Haar los.

Stern begegnete Pirschjägers schmerzerfülltem Blick, und sie las den Zorn in seinen Augen, sah den verletzten Stolz und die Scham über seine Niederlage. Tränen stiegen in ihren Augen auf. Er hatte versucht, ihr zu helfen; alle Dachsmänner hatten ihr Bestes getan, um die Frauen zu befreien. Alles andere als feige, waren sie von ihrer Jagd zurückgekehrt und hatten einen Überfall auf die wesentlich stärkeren Jaguar organisiert, einen Angriff, der leider fehlgeschlagen war.

»Ich werde dich nicht vergessen«, murmelte sie gepreßt. Pirschjäger betrachtete sie trostlos. Dann senkte er den Blick.

Er glaubt, er hätte versagt, dachte sie. Ohne Zweifel macht er sich selbst heftige Vorwürfe, aber ich weiß, daß er mir zu helfen versucht hat.

Sie sah die Selbstverachtung und die Qual auf seinem erschöpften, mit Blutergüssen bedeckten, attraktiven Gesicht. »Ach, Pirschjäger«, seufzte sie traurig. Ihre Träume von einer glücklichen Ehe mit ihm waren so tot wie die Asche auf ihrem Haar. »Ach, Pirschjäger ...«

»Er kann dir nicht mehr helfen«, sagte Falke kalt. »Er geht in die Sklaverei zu den Fischessern. Du wirst ihn niemals wiedersehen!«

Er könnte ebensogut von einer Jagd auf Tiere sprechen, so gleichgültig ist er, dachte Stern. Nein, für die Jagd würde er ganz sicher mehr Interesse zeigen. Es ist ihm völlig egal, was mit meinen Leuten passiert!

Dann erinnerte sie sich an ihre Mutter, die sich in dem hohlen Baumstamm verbarg. *Dem Großen Geist sei Dank, daß wenigstens Mutter in Sicherheit ist!*

Der Jaguar schob sie vorwärts zu dem Pfad, der zum Fluß hinunterführte. »Komm mit. Ich möchte sehen, wie du ohne all den Schmutz aussiehst.«

Schweigend gingen sie zum Fluß hinunter, während Stern

die Pyramidenpappeln und Erlen und Büsche musterte und nach einer Gelegenheit zur Flucht Ausschau hielt. Aber der Jaguar dachte gar nicht daran, sie entkommen zu lassen.

Stern blieb stocksteif am Ufer stehen, nicht bereit, ihm in irgendeiner Weise zu helfen.

»Geh hinein.« Er zeigte auf das Wasser.

Sie machte einen Schritt vorwärts und blieb dann erneut stehen.

»Muß ich dich eigenhändig waschen?«

Sie zuckte die Achseln, teilnahmslos gegenüber allem, was er sagte oder tat. Ihr Volk war vernichtet, der Mann, dem sie versprochen war, gefangengenommen und im Begriff, in die Sklaverei verkauft zu werden. Verzweiflung schloß sich wie eine eisige Hand um ihr Herz.

Falke watete ins Wasser hinein, während er Stern energisch am Arm hinter sich herzog. Gleichgültig ließ sie es geschehen. Sie sehnte sich danach, sich in sich selbst zu verkriechen, sich an einen geheimen Ort tief in ihrem Inneren zurückzuziehen, um niemals wieder hervorzukommen. Aber er wollte es nicht zulassen.

Falke begann, kaltes Wasser auf ihre Arme und Beine zu spritzen. Die Kälte riß sie schließlich aus ihrer Lethargie, und sie beugte sich hinunter, um den Schlamm von ihrem Gesicht zu waschen. Unwillig stieß sie den Jaguar weg, tauchte ihren Kopf ins Wasser und schrubbte ihre Kopfhaut. Wie gut es sich anfühlte, endlich den Schlamm und die Asche loszuwerden!

Als sie fertig war, watete sie aus dem Fluß, ohne sich darum zu kümmern, daß ihr Kleid naß geworden war und ihr Haar in langen, tropfenden Strähnen über ihren Rücken herabhing.

Er stand am Ufer, die Arme vor der Brust verschränkt, und seine kalten Augen starrten in ihre. Stern drehte den Kopf weg, um seinem hungrigen Blick zu entgehen, und strebte mit eiligen Schritten zurück auf denWeg.

Er hielt sie am Arm zurück. »Nicht so schnell, mein hübsches Dachsmädchen«, sagte er. Wie sie dieses schiefe, belustigte Lächeln verabscheute!

»Wie heißt du?«

Sie blickte ihn in hochmütigem Schweigen an.

»Dein Name?«

Trotzig reckte sie das Kinn vor. »Eher sterbe ich, bevor ich dir meinen Namen sage!«

Er schien überrascht über die Tiefe ihres Zorns auf ihn. Was erwartet er denn? dachte sie. Daß er mein Volk erbarmungslos in die Sklaverei schicken und mich rauben kann und daß ich ihn dann nicht dafür hasse?

»Nun, ich werde schon noch herausfinden, wie du heißt«, erwiderte er, und in seiner Stimme schwang ein unnachgiebiger Unterton mit.

Er kann offenbar ziemlich stur sein, dachte sie. Na schön, aber er wird sich noch wundern, wie stur *ich* sein kann!

Schweigend kehrten sie zum Dachslager zurück, während Stern mit hoch erhobenem Haupt vor ihm herwanderte. Dann schlüpfte sie in ihr Zelt, um ihre Schlaffelle und Nähnadeln und ihren ledernen Haarschmuck einzusammeln.

Sie wollte gerade wieder hinausgehen, als ihr Blick auf einen geflochtenen roten Korb fiel. Ihr Lieblingskleid lag darin, sorgfältig zusammengefaltet, ein Geschenk ihrer Mutter. Blaumeise hatte das helle Rehleder zu samtiger Schmiegsamkeit gegerbt und dann in mühevoller Arbeit jeden einzelnen der schwarzen und weißen Stachelschweinstacheln aufgenäht, die das Vorderteil zierten. Gefaltet unter dem Kleid lag ein Paar passender Mokassins, ebenfalls mit Stacheln geschmückt. Stern hatte das Kleid und die Schuhe bisher nur ein einziges Mal getragen, bei ihrer Volljährigkeitszeremonie, um ihren Leuten zu verkünden, daß sie nun eine erwachsene Frau war. Wehmütig drückte sie den Korb an ihre Brust.

»Was brauchst du denn so lange da drinnen?« ertönte Falkes tiefe Stimme.

Hastig warf Stern ihre Nadeln und den Haarschmuck auf das Kleid. Dann griff sie nach einem kleinen gegerbten Kaninchenfell und stopfte es zuoberst auf ihre Habseligkeiten. Er sollte nichts von ihrem kostbaren Kleid wissen. Um es noch besser zu verstecken, hob sie einen kleinen Korb mit getrockneten Heilkräutern auf und quetschte ihn unter den Henkel des größeren Korbes. Jetzt war ihr Kleid gut verborgen. Sie konnte das Kleid einfach nicht zurücklassen, nein, unmöglich! Im Begriff, all den Menschen entrissen zu werden, die sie liebte, würde sie zumindest dieses Kleid in ihr neues Leben mitnehmen, als eine Erinnerung an die Liebe und Fürsorge, mit der sie aufgewachsen war.

»Frau!« ertönte es gebieterisch auf der anderen Seite der Zeltklappe.

Falke wartete noch immer draußen vor dem Zelt. Er hat Angst, ich könnte fliehen, dachte Stern. Und seine Besorgnis ist nicht unbegründet, denn bei der erstbesten Gelegenheit werde ich genau das tun!

Sie strich sich das Haar aus der Stirn, beruhigte sich selbst mit dieser Geste, dann trat sie aus dem Zelt. »Ich bin fertig.«

Sie wandte sich ab und schaute zum Fluß hinüber. Sie würde auf jeden Fall zurückkehren und ihre Mutter finden, aber sie hatte keine Ahnung, wann das sein würde, und so versuchte sie, sich den Ausblick auf den Fluß und die Wiesen und Wälder und die gewaltigen Felsblöcke ins Gedächtnis einzuprägen, während sie nach Landschaftsmerkmalen suchte und sich ihre Form einprägte, damit sie diesen Ort zu jeder Jahreszeit wiederfinden konnte.

Die Jaguar trieben die Frauen jetzt zu einer Gruppe zusammen. Stern war überrascht zu sehen, daß sie nicht alle Dachsfrauen mitnahmen. Nur die fünf, die sie ursprünglich verlangt hatten. Und sie selbst natürlich. *Ob sie doch so etwas wie Ehrgefühl besitzen?* Sie vergaß die Frage sofort wieder, als Falke auf sie zutrat.

»Wir brechen jetzt auf«, sagte er.

Stern wandte den Blick ab und betrachtete die Dachsfrauen, die bleiben durften. Ohne ein Wort an Falke eilte sie zu Waldhuhn hinüber, der Freundin ihrer Mutter, die auch die Mutter von Findet Den Marder war, jetzt einer der gefangenen Männer. Sie war sich bewußt, daß Falke ihr folgte, wenn auch mit einigem Abstand.

»Sag meiner Mutter, daß ich zurückkehren werde«, erklärte

sie Waldhuhn. Die völlig verängstigte Dachsfrau nickte stumm und starrte zu dem Jaguar hinüber.

Stern sah die Furcht in ihren Augen flackern. »Sag meiner Mutter, daß ich zurückkommen werde«, zischte sie, als könnte sie ihre Worte durch die Schärfe ihres Tons wahr machen.

Waldhuhns Lippen zitterten, als sich ihr Blick auf etwas hinter Sterns Schulter heftete. Falke stand dort.

Und dann schlossen sich seine Finger hart um Sterns Arm, und er zog sie grob zurück, fort von Waldhuhn und von ihrer Mutter, fort von ihrem Volk.

Stern wandte sich ab, ohne Waldhuhn noch einmal anzusehen. Tränen der Verzweiflung ließen alles vor ihren Augen verschwimmen, und sie sah weder die finster vor sich hin brütenden Gefangenen noch ihn, den verhaßten Jaguar. Doch er wollte sie einfach nicht in Ruhe lassen.

»Sag mir deinen Namen«, befahl er grimmig.

Sie schüttelte schweigend den Kopf.

»Sag mir deinen Namen, sonst werde ich zu dem Mann gehen, dem du versprochen bist, und ihn zum Reden zwingen.«

Sie funkelte ihn böse an, forschte in seinen obsidianschwarzen Augen, um zu sehen, ob es ihm ernst mit seiner Drohung war. Aber sie kannte ihn nicht, wußte nicht, ob er tat, was er sagte. Trotzig preßte sie die Lippen zusammen. Sollte er doch zu Pirschjäger gehen!

Er mußte erkannt haben, daß sie nicht bereit war, ihm irgend etwas zu verraten, denn er zuckte die Achseln und schlenderte zu den gefesselten Dachsmännern hinüber. Wieder kauerte er sich neben Pirschjäger und sagte etwas mit gedämpfter Stimme. Pirschjäger starrte Stern mißmutig an und schüttelte den Kopf.

Was hat er zu Pirschjäger gesagt? fragte sie sich verzweifelt. Was immer es ist, er lügt! hätte sie am liebsten geschrien. Aber sicherlich weiß Pirschjäger, daß der Jaguar lügt. Er würde doch sicherlich nichts von dem glauben, was ihm der Jaguar erzählt!

Falke sprach erneut, und wieder schüttelte Pirschjäger den Kopf, die Lippen fest zusammengepreßt.

Ah, er will ihm meinen Namen nicht sagen, dachte sie.

Pirschjäger schützt mich! Sie schenkte ihm ein zittriges Lächeln.

Dann zog der Jaguar sein Messer hervor. Er hielt es lässig in der Hand, während er mit leiser Stimme auf Pirschjäger einredete.

Seine Drohung galt offensichtlich ihr, wie sie an Pirschjägers erschrockenem Blick erkannte, als er sie ansah. Ihr Herz hämmerte heftig vor Furcht. »Sag es ihm, Pirschjäger«, flüsterte sie. »Es ist besser, ihm meinen Namen zu verraten, als zu sterben!«

Sie wartete mit trockenem Mund, hörte nur den heulenden Wind, während sie eindringlich in Pirschjägers Augen blickte.

Als sie sah, wie seine Lippen ihren Namen formten, stiegen erneut Tränen in ihren Augen auf. Pirschjäger senkte beschämt den Blick, und ihr Herz zog sich schmerzlich zusammen. *Ach, Pirschjäger! Ich verstehe. Ich weiß, du mußtest es tun. Und dennoch…* Sie wandte sich ab, von ohnmächtiger Wut erfüllt über seinen erzwungenen Verrat und von Zorn auf den Jaguar, weil er Pirschjäger auch noch den letzten Rest seiner Würde genommen hatte.

Falke kam auf sie zu, ein selbstgefälliges Lächeln auf den Lippen. »Er hätte einen kümmerlichen Ehemann abgegeben«, versicherte er ihr. »Er gibt viel zu leicht auf.«

»Du hast ihn mit deinem Messer bedroht!« fauchte Stern. »Was hätte er denn sonst tun sollen? Sterben?«

Falke zuckte die Achseln. »Vielleicht hätte ich Gebrauch von meinem Messer gemacht. Vielleicht auch nicht.«

Stern fletschte die Zähne. »Das konnte er ja nicht wissen. Ich habe ebenfalls geglaubt, du würdest es benutzen.«

Er grinste. »Wahrscheinlich hätte ich es getan.«

Sie bedachte ihn mit einem haßerfüllten Blick. »Ich verstehe dich nicht, Jaguar. Du bedrohst das Leben eines Mannes mit deinem Messer, und dann sprichst du verächtlich über ihn, weil er keine andere Wahl hatte, als sich deiner Drohung zu beugen.«

»Unwichtig.«

»Es ist *nicht* unwichtig«, gab sie erbittert zurück. »Es zählt sogar eine ganze Menge.«

»Nichts zählt.« Seine weißen Zähne schimmerten, und sie fühlte, wie ihr Zorn erneut anschwoll.

»Mein Leben zählt!« erwiderte sie wütend. »Pirschjägers Leben zählt. Es ist nicht egal, daß du mich gegen meinen Willen von meinem Heim fortbringst, von der Mutter, die ich liebe ...« Sie schluckte hart, unfähig weiterzusprechen bei dem Gedanken, ihre Mutter zurückzulassen.

Plötzlich wurden seine Augen hart und kalt. »Vergiß sie. Vergiß deine Leute. Du wirst jetzt mitkommen und mit mir zusammenleben.«

»Ich will aber nicht mit dir leben!«

Er funkelte sie drohend an und machte einen Schritt auf sie zu. »Du wirst mit mir leben. Ich habe dich durch meine Kraft gewonnen! Kein anderer Mann wird dich mir wegnehmen. Und der Mann, dem du versprochen warst, kann es ganz sicherlich nicht!«

Sie haßte das höhnische Lächeln auf seinem Gesicht.

»Ich werde dich behalten. Du gehörst mir, und ich kann mit dir tun, was ich will. Du wirst für mich arbeiten, wirst Felle für mich gerben, meine Kleider nähen, Fleisch für mich trocknen, und du wirst meine Kinder gebären.«

»Nein!«

Seine Lippen wurden schmal, die Narbe auf seinem Gesicht verfärbte sich weiß, und ein Muskel an seinem Kiefer zuckte. »Du hast keine andere Wahl, Frau! Ich habe dich ausgesucht. Du kommst jetzt mit mir!«

Tränen brannten in ihren Augen und ließen sein Bild vor ihrem Blick verschwimmen. »Ist dir denn alles gleichgültig? Du weißt, daß ich nicht mit dir gehen will. Brauchst du so dringend eine Frau, daß du einfach eine auswählst, egal ob sie dich will oder nicht?«

Seine Miene war steinern, als er sie unter gesenkten Lidern hervor betrachtete. »Wenn ich es so will.«

Sie schüttelte den Kopf, unfähig zu glauben, daß sie gezwungen wurde, ihre Mutter zu verlassen, all jene, die ihr lieb und wert waren. »Du weißt nichts«, sagte sie gepreßt. »Gar nichts.«

Er versetzte ihr einen Schubs in die Richtung der weinenden Frauen. »Ich weiß, daß es einzig und allein das ist, was ich nehmen und in meinen Händen halten kann, was zählt. Alles andere ist flüchtig. Mein Leben, dein Leben. Dein eigener Atem… alles ist vergänglich. Das einzige, was von Bedeutung ist, ist das *Jetzt.* Was ich nehmen kann und was *ich* will.«

Sterns Augen wurden groß. »Was ist bloß mit dir geschehen?« flüsterte sie erschrocken. »Was kann dir nur zugestoßen sein, daß du so denkst?«

Sie starrten sich gegenseitig finster an.

»Eins solltest du wissen, Dachsfrau«, knurrte er schließlich. »Ich habe bereits alles verloren. Ich habe jetzt nichts mehr zu verlieren. Und nichts und niemand wird mir jemals wieder etwas bedeuten!«

Wieder versetzte er ihr einen Schubs in Richtung der weinenden Frauen und marschierte dann davon.

Benommen blickte sie ihm nach, während sie über seine Worte nachdachte. Schließlich griff sie nach ihrem Korb und ihren übrigen Habseligkeiten und stolperte hinüber zu den schluchzenden Bräuten. Innerlich fühlte sie sich so erstarrt und leblos wie Gletschereis. Salbeiblüte griff nach ihrer Hand, um sie zu trösten, und obwohl Stern die Körperwärme der anderen Frau spürte, erreichte sie nicht ihr Herz.

Plötzlich erhob sich lautes Geschrei, als Rotes Kinn durch das Lager gelaufen kam, einen Jungen und ein Mädchen rechts und links unter den Arm geklemmt. Erschrocken beobachtete Stern, wie die Mutter, Krähe, hinter ihren Kindern herstolperte. »Gib sie zurück, gib sie zurück!« schrie die verzweifelte Frau.

Aber Rotes Kinn schüttelte energisch den Kopf und rief Hakennase zu: »Los, laß uns von hier verschwinden! Ich will diese beiden verkaufen. Sie werden uns viele Muscheln einbringen.«

Hakennase lachte und zog die gefangenen Dachsmänner unsanft auf die Füße. »Los, hoch mit euch, ihr Waldratten! Bewegt euch!«

Die erschöpfte, gedemütigte kleine Karawane setzte sich in

Bewegung. Krähe eilte weinend hinter ihren Kindern her, doch Stern konnte sehen, daß sie eine lange klaffende Wunde am Bein hatte. Sie mußte bei dem unglückseligen Angriff der Dachsmänner verletzt worden sein, denn sie konnte kaum laufen.

Stern verschloß die Augen vor dem mitleiderregenden Anblick der Mutter, die mühsam ihr Bein nachzog, während sie flehend die Arme ausstreckte und wieder und wieder schluchzte: »Gib mir meine Kinder zurück. Du darfst sie nicht mitnehmen! Sie sind meine Babys!«

»Was hat das Spektakel zu bedeuten?« verlangte Klaue barsch zu wissen, und ein Fünkchen Hoffnung glomm plötzlich in Sterns erstarrtem Herz auf. »Warum nimmst du diese Kinder mit?«

»Weil ich sie verkaufen will. Ich kann einen guten Preis für sie erzielen«, schnaufte Rotes Kinn, während er die wild zappelnden Kinder festzuhalten versuchte.

Klaue runzelte die Stirn. »Aber –«

»Ich werde dir auch einen Teil des Preises geben, den ich für sie bekomme«, erklärte Rotes Kinn. »Es wird eine ganze Menge sein. Die Fischesser zahlen recht großzügig für kräftige, gesunde Kinder wie diese.«

Klaue wirkte unsicher.

»Die Hälfte. Du kannst die Hälfte haben«, keuchte Rotes Kinn, als das Mädchen mit beiden Fäusten auf seinen weichen Bauch eindrosch.

»In Ordnung, die Hälfte.« Klaue lächelte und nickte zustimmend. Sterns Hoffnung schwand dahin, und Trostlosigkeit erfüllte sie. Es würde keine Hilfe für diese Kinder geben. Ihr Griff um den Korb mit ihren Habseligkeiten verkrampfte sich.

Die Sklavenfänger drängten die Männer jetzt in schnellem Tempo vorwärts, und die humpelnde Mutter fiel immer weiter zurück. Das letzte, was Stern vom Dachsvolk sah, war Krähes Anblick, die kraftlos und verzweifelt schluchzend, die Arme weit ausgestreckt, im Staub zusammenbrach, als sie sich vergeblich hinter ihren geraubten Kindern herschleppte.

7. Kapitel

Sie kamen an eine Weggabelung. Hakennase und seine Gefangenen würden weiter den Flußpfad entlanggehen, während die Jaguar dem von Salbeibüschen gesäumten Weg zurück in ihr Territorium folgen würden.

Falke wandte sich an Hakennase. »Wo bringst du diese beiden Kinder hin?« fragte er, bemüht, seine Stimme beiläufig klingen zu lassen. Er wunderte sich, warum er sich überhaupt danach erkundigte. Muß wohl ein letzter Rest meines früheren anständigen Ichs sein, entschied er.

Hakennases Antwort war ebenso beiläufig. »Zu den Fischessern natürlich. Falls du meinst, zu welchem Stammeszweig... wahrscheinlich zu den Lachsfängern. Sie lieben es, Kinder für sich arbeiten zu lassen. Sehr hart.« Er schmunzelte. »Und aus diesen beiden hier werden sie reichlich Arbeit herausholen.«

Als Falke nichts weiter sagte, hakte der Sklavenfänger nach: »Aber warum willst du das wissen? Bist du vielleicht daran interessiert, die Kinder für dich selbst einzutauschen, hmmm?«

Falke gefiel es gar nicht, daß Hakennase sein Interesse so leicht durchschaut hatte. Beim Anblick der schreienden Kinder, die ihrer Mutter entrissen wurden, hatte Falke einen Stich von Bedauern gespürt, Gewissensbisse, ein leises Unbehagen... er wußte nicht genau, was. Nur daß ihm nicht ganz wohl in seiner Haut war. Aber was sollte er dagegen tun?

Wie er schon seiner Dachsgefangenen, Stern, erklärt hatte, wußte er, daß es gleichgültig war, was er tat. Ob man Gutes oder Böses tat, war völlig belanglos. Er selbst hatte keine Kontrolle über sein Leben. Was geschah, geschah. Das beste, was er tun konnte, war, jede sich bietende Gelegenheit, die ihm erlaubte, das zu tun, was er wollte, beim Schopf zu ergreifen.

Und es amüsierte ihn, sich in der seltsamen Lage zu finden, daß er, der niemals das haben konnte,was er sich am sehnlichsten wünschte – seinen toten Sohn wieder lebendig zu sehen –, nun auf einmal die Macht hatte zu entscheiden, ob eine Dachsfrau leben oder sterben sollte. Er, der noch nicht einmal über sein eigenes Leben bestimmen konnte, hatte ihr Schicksal in der Hand. Was für ein merkwürdiges Spiel das Leben doch ist, dachte er. Es gibt keine Regeln, also erfindet man je nach Bedarf welche, heute diese Regel und morgen eine andere. Und wenn es einem in den Sinn kommt, dann verwirft man sie einfach alle wieder, denn schließlich ist nichts von wirklicher Bedeutung. Gar nichts.

Und was die beiden geraubten Kinder betraf – ihnen zu helfen würde für ihn ebensowenig bedeuten, als wenn er ihnen nicht half. Er hatte jene Lektion gut gelernt. Es gab keinen Großen Geist; also, was spielte es dann für eine Rolle, was er tat? Niemand würde sein Tun beurteilen, seine Handlungen auf Güte oder Freundlichkeit oder Aufrichtigkeit hin überprüfen; niemand würde ihn für eine gute Tat belohnen oder ihn für irgendeine Grausamkeit oder schändliche Tat bestrafen. Es gab keine höhere Macht. Nichts dergleichen. Wenn es sie gäbe, dann wäre sein Sohn Habicht niemals gestorben… *Nein!* warnte er sich selbst. *Hör auf damit! Denk nicht mehr daran. Es hat noch niemals etwas Gutes gebracht, die Vergangenheit wieder aufzuwühlen.* Er mußte diese qualvollen Gedanken aus seinem Bewußtsein verdrängen.

»Was ist nun mit den Kindern?« Hakennase beobachtete ihn neugierig.

Falke beäugte die Kinder. Rotes Kinn hatte ihnen die Hände vor dem Körper gefesselt, und das Seil dann mit der Kolonne der Dachsgefangenen verbunden. Während die Männer vorwärtsschlurften, mußten die Kinder laufen, um mit ihnen Schritt zu halten. Noch während Falke hinschaute, stolperte das Mädchen plötzlich und stürzte. Rotes Kinn vesetzte ihr einen Fußtritt und schrie sie an, schleunigst aufzustehen. Doch das Mädchen hatte Mühe, wieder auf die Füße zu kommen, worauf der Junge seine gefesselten Hände ausstreckte, um seiner Schwester aufzuhelfen. Falke konnte die erschütternde Szene nicht mehr mitansehen und wandte sich ab.

»Die gefangene Frau«, sagte Hakennase beharrlich. »Gib sie mir, und du kannst die Kinder haben.«

Falke lehnte das Angebot augenblicklich ab. Er hatte nicht

die Absicht, Stern dem Sklavenfänger zu überlassen. Als Sklavin würde sie ein ebenso erbärmliches Leben führen wie diese Kleinen.

Dann riß er sich zusammen. *Woher kommt plötzlich diese verabscheuungswürdige Schwäche in mir, dieses Mitgefühl, dieser Wunsch nach Kindern und einer Frau? Ich weiß nur zu gut, daß diese Sehnsucht zu Tod und Demütigung und Verzweiflung führt. Nein, es ist besser, für niemanden etwas zu empfinden, sich um kein lebendes Wesen zu kümmern.* »Nein«, erwiderte er. »Kein Interesse.«

Er kehrte Hakennase den Rücken zu und ging zu der Stelle, wo Klaue und die anderen Jaguar standen. Die Frauen hatten aufgehört zu weinen; einige sahen bereits erschöpft aus von dem kurzen Marsch, den sie hinter sich hatten. Stern jedoch stand stolz und hochaufgerichtet da, während ihr schwarzes Haar wie ein dicker Umhang in dem kalten Wind wehte. Falke überkam plötzlich das Bedürfnis, ihre dichte Mähne zu berühren, so blauschwarz und glänzend wie die Schwingen eines Raben, aber er wußte, sie würde seine Berührung nicht dulden.

»Warum hast du mit Hakennase gesprochen?« Klaue klang mißtrauisch. »Ich möchte nicht, daß du dich einmischst, Falke. Die Kinder werden verkauft, und ich werde einen Anteil von dem Preis bekommen, den sie einbringen. Rotes Kinn hat es mir versprochen.«

Falke lachte spöttisch. »Du erwartest allen Ernstes, daß ein Sklavenfänger sein Wort hält? Du irrst dich gewaltig, wenn du das glaubst.«

Klaue warf einen kurzen Blick auf die Jaguar, die der Unterhaltung schweigend folgten, und errötete vor Verlegenheit. »Spotte nicht über mich«, warnte er.

Falke grinste nur. Ihm war es völlig egal, ob Klaue verlegen war oder was immer Klaue tat oder nicht tat. Es kümmerte ihn auch nicht, was die anderen taten. Nichts war von Bedeutung. Falke war lediglich ein atmender, innerlich leerer Mann mit einem kalten Stein anstelle eines Herzens.

Er zuckte gleichmütig die Achseln. »Es interessiert mich nicht, was du und der Sklavenfänger ausgemacht habt.«

»Gut. Dann misch dich nicht in meine Pläne ein.«

Falke verzog den Mund. »Ich muß nach meiner Gefangenen sehen«, erklärte er.

»Sie ist eine der Bräute für die Männer. Wenn wir in unser Lager kommen, werden wir entscheiden, wen sie heiraten wird«, erwiderte Klaue.

Zornig wirbelte Falke herum. »Ich habe bereits eine Entscheidung gefällt. Sie gehört mir!«

»Jetzt hör mal zu«, warf einer der anderen Jaguar ein, ein kräftig gebauter Mann namens Lanze. »Meine beiden Brüder haben mir geholfen, die Felle zu erbeuten, die wir als Geschenke für eine Dachsfrau geben würden. Und die Geschenke habe ich dann ja auch überreicht. Dafür erwarte ich eine Ehefrau. Du kannst jetzt nicht einfach daherkommen und dir eine der Frauen nehmen.«

Falke zuckte die Achseln. »Was kümmert es mich, was du und deine Brüder getan habt?«

»Seit dich deine Frau verlassen hat, bist du ein anderer Mensch geworden«, gab Lanze ärgerlich zurück. »Ein unehrenhafter Mann.«

Falkes Augen wurden schmal, und er griff nach seinem Messer. »Ich habe die Dachsfrau gefangengenommen. Also behalte ich sie. Wenn du mit mir um sie kämpfen willst, dann tu das.«

Lanze war wesentlich schwerer als Falke, und beide wußten es. Aber Falke hatte den Vorteil, größer und schneller als der andere zu sein, und auch das wußten beide.

Lanze warf einen Blick in die Runde und musterte die versteinerten Gesichter seiner Jaguargenossen. »Ich werde nicht mit dir kämpfen«, erklärte er schließlich. »Aber es beunruhigt mich, daß du dich so benimmst.«

Wieder zuckte Falke nur die Achseln und behielt seine Hand auf dem Heft seines Messers. »Will vielleicht sonst jemand mit mir um die Frau kämpfen?«

Sein Blick schweifte herausfordernd über die schweigenden Jaguar. Niemand trat vor.

»Dann werde ich sie behalten«, sagte er. »Und ich gebe keinerlei Geschenke für sie. Ich raube sie.« Er bewegte seine Hand von dem Messer fort.

»Aber wir hatten ausgemacht, wenn wir auf Brautsuche gingen, würden wir Geschenke überreichen ...«, warf Klaue ein.

»Für diese Kinder da sind auch keine Geschenke gemacht worden.« Falke zeigte auf die gefesselten Kinder, die hinter den Dachsgefangenen hertrotteten.

Klaue blickte seine Männer hilfesuchend an. »Von Kindern ist nicht die Rede gewesen. Wenn die Sklavenfänger Kinder haben wollen, dann ... nun, ich denke, es ist in Ordnung, sie die Kinder verkaufen zu lassen.«

»Und was ist mit dem Rest von euch Jaguarmännern? Seid ihr auch der Meinung?« Falke wartete auf ihre Antwort. Es ist eindeutig eine Befreiung für einen Mann, kein Gewissen mehr zu haben, nicht mehr verpflichtet zu sein, Gutes zu tun, dachte er. Sein Wissen, daß nichts von Bedeutung war, verschaffte ihm eine völlig neue Sichtweise seiner Stammesgenossen und ihrer Taten. Es war amüsant zu beobachten, wer von ihnen versuchte, ehrenhaft zu handeln. Und Klaue, nun ja, manchmal benahm er sich wie ein ehrbarer, aufrichtiger Mann und manchmal auch nicht.

Früher einmal war auch Falke ein Mann von Ehre und Gewissen gewesen, aber jetzt nicht mehr.

Einige von ihnen rangen ernsthaft mit ihrem Gewissen. Er konnte es an ihren Mienen sehen. Doch er sah auch, daß sich keiner von ihnen mit Klaue anlegen wollte. Soviel zum Thema Ehre.

Falke lachte. »Ihr könnt mir nicht vorschreiben, was ich mit meiner Gefangenen tun soll. Nicht, wenn ihr seelenruhig mitanseht, wie schreiende kleine Kinder ihren Müttern weggenommen werden.« Sein Blick wanderte über die stirnrunzelnd dreinschauenden Männer. »Wie viele von euren Ehefrauen würden zulassen, daß ihre Kinder geraubt werden? Wie viele von euch würden sich ihre Kinder wegnehmen lassen?«

Betretenes Schweigen.

Er wandte sich an Klaue. »So. Du wirst deine Muscheln von den Sklavenfängern bekommen und ein glücklicher Mann sein. Und ich werde meine Gefangene bekommen. Mehr gibt es dazu nicht zu sagen.«

Die Männer sammelten ihre Habe ein. »Komm«, sagte Falke zu Stern. »Du kannst mit mir gehen. Du brauchst nicht mit den anderen zu marschieren.«

»Ich ziehe es vor, mit den anderen Frauen zu gehen«, erwiderte sie kalt und wich zurück.

Falke lachte. »Tu, was ich dir sage, Stern, und wir beide werden ein angenehmes Leben miteinander führen.«

»Ich will kein Leben mit dir!« fauchte sie.

»Du hast keine andere Wahl, Frau.« Er schmunzelte und schubste sie vorwärts. »Du gehörst jetzt mir.«

8. Kapitel

Falke warf einen Blick auf Stern, gleichgültig gegenüber dem Zorn, der von ihr ausstrahlte. Warum habe ich sie eigentlich geraubt? fragte er sich. Er brauchte keine Ehefrau. Nachdem ihn die treulose Tula verlassen hatte, hatte er entschieden, daß er keine andere Frau in seinem Leben wollte – nie mehr. Also, warum hatte er dann dieser Frau erlaubt, seine Pläne für ein einsames Leben zu durchkreuzen?

Er musterte sie von der Seite, während sie neben ihm herwanderte. Ihre schmale, gerade Nase, ihre blitzenden dunklen Augen waren ausgesprochen reizvoll. Sie warf den Kopf zurück, und ihr dichtes schwarzes Haar fiel über ihre Schultern zurück, enthüllte die energischen Linien ihres Kinns. Sie war groß und schlank und stark, wie sie da mit weit ausholenden Schritten an seiner Seite ging.

»Was wird mit den beiden Kindern geschehen?« fragte sie unvermittelt und riß ihn aus seiner Gedankenversunkenheit.

»Sie werden an die Lachsfänger verkauft.«

Die Antwort gefiel ihr nicht. Er merkte es an der Art, wie sie leicht die Stirn runzelte und auf ihre Füße starrte. »Ich kenne sie seit der Zeit, als sie noch winzige Babys waren«, murmelte sie.

Was erwartete sie von ihm?

»Ihre Mutter, Krähe, hat keine anderen Kinder.«

»Vielleicht wird sie weitere Kinder bekommen«, antwortete Falke. »Falls die schlimme Wunde an ihrem Bein verheilt. Manchmal können Menschen an schlimmen Wunden sterben.«

Ihr wütender Blick amüsierte ihn. Glaubte sie allen Ernstes, er wünschte der Dachsmutter den Tod? Was mußte diese zornige Schönheit nur von ihm denken? So schlecht war er nun wirklich nicht! Er schmunzelte vor sich hin.

»Es wäre sicherlich auch für dich schrecklich, deine Kinder zu verlieren«, erwiderte sie.

Sein Lächeln verblaßte, seine Hand um den Speer verkrampfte sich.

»Ich denke, es ist sehr unrecht, Kinder ihren Müttern zu rauben. Oder Vätern.«

Falke beschleunigte seinen Schritt.

»Krähe hat keinen Ehemann mehr. Ihr Mann ist tot. Sie ist ganz allein«, fuhr Stern fort.

Warum erzählte sie ihm all diese Dinge? Was kümmerte es ihn, was der verletzten Frau und ihren unglücklichen Bälgern zugestoßen war?

»Ich weiß noch, wie ich den kleinen Jungen im Arm gehalten habe, als er ein Baby war. Milky ist sein Kindheitsname, weil er so gierig auf die Milch seiner Mutter war. Das kleine Mädchen heißt –«

»Schweig still!« brüllte Falke und schüttelte drohend seinen Speer.

Sie blieb abrupt stehen, die Augen weit aufgerissen. Er sah, daß er sie erschreckt hatte, und zwang sich, sich zu beruhigen. »Ich will kein Wort mehr über diese Kinder hören«, erklärte er mit fester Stimme.

Sterns schwarze Augen blitzten zornig, während sie ihn durchbohrend anblickte. »Sie bedeuten dir überhaupt nichts«, erwiderte sie ruhig. »Das weiß ich. Sie sind auch deinen Jaguarleuten völlig gleichgültig. Aber eines sage ich dir. *Mir* bedeuten sie etwas. Ich liebe diese Kinder.«

Er beobachtete, wie sie an ihm vorbeistrebte mit diesem geschmeidigen, eleganten Gang, der so typisch für sie war. Er musterte ihren geraden, schlanken Rücken in dem gelben Lederkleid, ihr langes schwarzes Haar, das im Wind flatterte.

»Liebe?« erwiderte er. »Erzähl mir nichts von Liebe. Sie existiert nicht!«

Danach ging ihm seine schöne Gefangene konsequent aus dem Weg. Als sie haltmachten, um ihr Lager für die Nacht zu errichten, sammelte sie soviel Holz für ein Feuer, wie sie finden konnte, doch sie nahm sich vor Falke in acht und blieb auf Distanz.

Auf ihren Reisen trugen die Jaguarleute immer getrocknetes Fleisch bei sich, um Proviant zu haben. Manchmal ergänzten sie diese Nahrung durch Frischfleisch, wenn sie das Glück hatten, einen Hirsch oder Elch zu erlegen. Aber eine Gruppe von zwanzig Männern und sechs Frauen machte auf ihrer Wanderung derart viel Lärm, daß es ein hoffnungsloses Unterfangen war, auf die Jagd zu gehen, es sei denn, ein Mann verließ die Hauptgruppe und suchte in einer anderen Richtung nach Wild.

»Ich möchte, daß du bei den Frauen bleibst«, sagte Falke, nachdem er und Stern ihr Dörrfleisch in angespanntem Schweigen verzehrt hatten.

Sie öffnete den Mund, um etwas zu erwidern, und schloß ihn sofort wieder.

»Ich gehe jagen«, antwortete er auf ihre unausgesprochene Frage. »Es kann sein, daß ich die ganze Nacht über wegbleiben werde.«

Sie zuckte nur die Achseln, behielt ihr Schweigen und ihre Gleichgültigkeit ihm gegenüber bei.

Er stand auf und ging zu Klaues Feuer hinüber, erklärte dem Häuptling, daß er jagen gehen wolle. Als Klaue einen Blick auf Stern warf, beugte sich Falke näher zu ihm und sagte: »Ich beauftrage dich hiermit, auf meine Dachsfrau aufzupassen. Sorg dafür, daß ihr die anderen Männer nicht zu nahe kommen. Wenn ihr irgend etwas passiert, während ich fort bin, werde ich mich dafür rächen.«

Klaue versuchte, seine Furcht zu verbergen, aber Falke konnte sie mühelos in den dunklen Augen des anderen erkennen. Schließlich nickte Klaue stumm.

Damit kehrte Falke zu dem kleinen Feuer zurück, das er mit der Dachsfrau geteilt hatte. »Nimm deine Schlaffelle und deine Habseligkeiten und setz dich an das Lagerfeuer der Frauen.« Er sah ihr störrisch vorgeschobenes Kinn. »Ich sage dir dies, damit du nicht allein zurückbleibst.«

Sie starrte ihn einen Moment lang aus schmalen Augen an, dann erhob sie sich, um seiner Aufforderung nachzukommen.

Als er sah, daß sie einen Platz am Feuer der Dachsfrauen gefunden hatte, wanderte er ein Stück den Weg zurück, den sie gekommen waren. Er fragte sich, ob Wildfleisch wohl Anklang bei einer Dachsfrau finden würde.

9. Kapitel

Die Morgendämmerung zog herauf. Falke hatte seinen Speer zurückgelassen und weiter unten am Flußpfad versteckt, deshalb zog er nun sein Messer aus dem Gürtel und schlich leise durch das Unterholz, bis er nahe genug war, um die schlafenden Gestalten in dem schwachen Licht unterscheiden zu können.

Er hatte nicht vorgehabt, ihre Spur zu verfolgen, wirklich nicht. Es war ganz einfach so, daß er jeden Gedanken an die Jagd vergessen hatte, sobald er das Jaguarlager hinter sich gelassen hatte. Seine Füße hatten wie von selbst einen anderen Weg eingeschlagen, den Weg zum Fluß hinunter.

Er spähte durch den Wall aus niedrigen Büschen, der ihn von dem Lager der Sklavenfänger trennte. Was tust du hier eigentlich? fragte er sich.

Aber er wußte durchaus, warum er hier war. Ein kleiner, schattenhafter Körper rollte sich herum und stöhnte leise im Schlaf. Wahrscheinlich das Mädchen. Daneben lag ein anderer schmächtiger Körper, der Junge. Schnarcher stiegen von den gefesselten Dachsmännern auf.

Ja, es war das Mädchen. Und Milky. Falke lachte leise in sich hinein bei dem Gedanken an den Babynamen des Jungen. Wenn er zu einem jungen Mann heranwuchs, würde sich Milky bestimmt sehr anstrengen, ein unerschrockener Jäger zu sein; er würde alles dafür tun, um diesen Namen loszuwerden.

Falkes Heiterkeit verschwand, und um seinen Mund erschien ein grimmiger Zug. Milky würde kaum Chancen haben, das Mannesalter zu erreichen, wenn er als Sklave verkauft wurde.

Lautlos kroch Falke näher an das Lager heran, sorgsam darauf bedacht, Rotes Kinn nicht zu wecken, der vornübergebeugt dahockte, mit dem Rücken gegen den Stamm einer Kiefer gelehnt. Er ist eingedöst, obwohl er Wache hatte, dachte Falke voller Verachtung. Hakennase schnarchte auf der anderen Seite des Feuers, wälzte sich gelegentlich von einer Seite auf die andere. Er war derjenige, den man besonders im Auge behalten mußte.

Falke kroch jetzt auf dem Bauch vorwärts. Vorsichtig schnitt er zuerst die Fesseln des Mädchens durch, dann die des Jungen. Keines der Kinder erwachte. Er warf einen argwöhnischen Blick auf Hakennase. Schnarchte immer noch, der dicke Kerl.

Rotes Kinn fuhr grunzend aus dem Schlaf hoch. Falke erstarrte mitten in der Bewegung und wartete. Gleich darauf sank der Kopf des Sklavenfängers wieder auf seine Brust, und leise Schnarchlaute kamen aus seinem Mund.

Falke duckte sich und schob sein Messer in seinen geflochtenen Ledergürtel. Dann griff er nach dem Mädchen. Ihr gedämpftes Wimmern würde die anderen wecken, deshalb legte er ihr eine Hand auf den Mund und schüttelte den Kopf. Ihre braunen Augen weiteten sich vor Schreck. »Keine Angst, ich werde dich zu deiner Mutter zurückbringen«, flüsterte Falke dicht an ihrem Ohr. Sie nickte schläfrig und ließ sich von ihm auf den Arm nehmen.

Behutsam legte er sich die kleine Gestalt über eine Schulter, bevor er den Jungen hochhob und ihn sich unter den anderen Arm klemmte. Er dachte daran, daß sein Sohn jetzt im selben

Alter sein würde, wenn er nicht – *Hör auf damit!* befahl er sich. Mit grimmig zusammengebissenen Zähnen schlich Falke mit seiner Last davon.

Er hatte gerade die Wand aus Büschen erreicht, als ein alarmierter Schrei die Stille zerriß. »Aiiiie!« Es war Hakennase.

Falke rannte den Flußpfad entlang, den Jungen immer noch fest unter den Arm geklemmt, während das kleine Mädchen auf seiner Schulter hin- und herschaukelte. Keine Zeit, um seinen Speer aufzuheben – er lief mit weit ausholenden Schritten, um die Kinder und sich zu retten.

Das Geräusch stampfender Füße ertönte hinter ihm, und Hakennases wütendes Gebrüll, stehenzubleiben, wurde immer lauter. Hakennase mußte Rotes Kinn mit seinem Geschrei wecken, und es würde nicht mehr lange dauern, bis sich der jüngere Sklavenjäger an der Verfolgungsjagd beteiligte. Falke beschleunigte sein Tempo.

Er rannte, so schnell er konnte, doch der Flußpfad wand sich jetzt an einer Felsklippe entlang bergaufwärts. Die Kinder wogen schwer in seinen Armen, als er vorwärtshastete, und behinderten sein Vorankommen. Er konnte nur hoffen, daß der steile Aufstieg Hakennases Tempo ebenso drosseln würde.

Falke erreichte die Kuppe des Hügels und blickte sich hastig um, suchte verzweifelt nach einem Ort, wo er die Kinder verstecken konnte. Vor ihm folgte der Pfad den hohen Klippen am Fluß, schlängelte sich weiter aufwärts und dann hinunter. Wenn er diesen Weg hinauflief, würden seine Kräfte bald erlahmen, und das Gewicht der Kinder würde ihn zwingen, immer langsamer zu werden, bis die Hakennase ihn einholte.

Plötzlich entdeckte Falke einen schmalen Wildpfad, der vom Hauptweg abzweigte und in ein bewaldetes Gebiet führte. In aller Eile bog er auf den Wildpfad ein, die unruhig zappelnden Kinder rechts und links unter dem Arm.

»Ihr müßt ganz ruhig und leise sein«, ermahnte er die Kinder keuchend. »Sonst werden euch die bösen Männer wieder fangen.«

Sie verhielten sich augenblicklich still.

»Jetzt werde ich euch unter dem Baum da drüben verstecken.« Er wies mit dem Kinn in die Richtung. »Ihr müßt euch dort vor den bösen Männern verkriechen. Ihr müßt sehr tapfer und mucksmäuschenstill sein. Ich werde die Männer von euch weglocken. Später komme ich dann zurück und hole euch, also rührt euch nicht von hier fort!«

Er setzte die Kinder am Fuß einer hohen Pyramidenpappel ab. Die dichten, tief herabhängenden Äste würden sie vor spähenden Augen verbergen.

Er fragte sich, ob er sich wohl klar genug ausgedrückt hatte, daß sie ihn verstanden. Es war schon einige Zeit her, seit er mit einem Kind gesprochen hatte.

»Ihr müßt euch ganz still verhalten«, schärfte er ihnen erneut ein und blickte in die Richtung zurück, aus der er gekommen war. Hakennases Gebrüll wurde lauter. »Habt ihr verstanden?«

Das Mädchen antwortete mit einem leisen »Ja.« Der Junge nickte stumm, und Falke schob sie unter die dichtbelaubten Äste.

»Duckt euch auf den Boden«, wies er sie an. Dann eilte er mit großen Schritten davon, wobei er laut knackend auf Zweige trat, um Hakennases Aufmerksamkeit auf sich zu lenken. Mit seinem scharfen Messer in der Hand lief er den Wildpfad entlang, weiter in den Wald hinein.

Hakennase stieß einen zornigen Schrei aus, als er Falke sah, und stürmte den Pfad hinauf. »Du!« schrie er. »Bleib stehen! Bleib sofort stehen!«

Falke baute sich breitbeinig auf dem Wildpfad auf und beobachtete den schwerfällig näher kommenden Sklavenfänger. Um sich die Zeit zu vertreiben, während er wartete, warf Falke lässig sein Obsidianmesser von einer Hand in die andere. Ein verächtliches Grinsen spielte um seine Lippen, als Hakennase langsamer wurde und dann zögerte.

»Was hast du mit ihnen angestellt?« keuchte der Sklavenfänger, während er sich suchend nach seiner vermißten Beute umschaute. »Wo sind sie?«

»Wer?« meinte Falke achselzuckend.

»Versuch nicht, mich für dumm zu verkaufen! Du weißt, wen ich meine. Die beiden Kinder, die du gestohlen hast!«

Falke ließ das Messer elegant in die Luft schnellen. Es schoß herab, mit der Klinge voran, und grub sich in den Boden, genau in der Mitte zwischen Hakennases gespreizten Füßen. Erschrocken sprang der Sklavenfänger einen Schritt zurück.

Seine Augen wurden schmal. »Hüte dich davor, mich noch mehr zu verärgern, Jaguarmann«, knurrte er. »Ich bin kein Mann, den man sich zum Feind machen sollte.«

»Ach, tatsächlich?« höhnte Falke. »Und warum sollte ich einen Sklavenfänger zum Freund haben wollen?«

Hakennase stemmte die Hände in seine dicken Hüften und starrte Falke durchdringend an. »Ich habe einiges über dich gehört, Jaguar. Du bist derjenige, von dem Klaue gesprochen hat. Der Mann, dem alles gleichgültig ist. Der sich um nichts und niemanden mehr kümmert.«

Falke zuckte die Achseln. Hakennase wich noch einen Schritt zurück, als Falke gähnte und sein Messer aufhob. Mit einer blitzschnellen Bewegung hielt er das Messer unter die Nase des Mannes.

Hakennase rührte sich nicht von der Stelle, obwohl sein schwammiges Gesicht rot anlief. »Ich könnte einen solchen Mann gut gebrauchen«, sagte er leise. »Einen Mann, dem nichts und niemand mehr etwas bedeutet.«

Falke lächelte nur und schwenkte sein Messer unter Hakennases großem Zinken.

Der Sklavenfänger zuckte nicht mit der Wimper. »Sag mir, wo die Kinder sind. Ich bin bereit, den Preis mit dir zu teilen. Ich weiß, du hast sie mir gestohlen, um sie dann selbst an die Fischesser zu verkaufen, aber ich kenne mich mit den Fischessern aus und du nicht. Ich werde einen sehr viel besseren Preis für uns herausschlagen.« Er schluckte hart. »Was sagst du zu meinem Angebot?«

Falke lächelte. »Nein.«

»Die Hälfte. Ich gebe dir die Hälfte der Summe, die wir für sie bekommen.«

»Nein.«

»Mehr als das kann ich dir nicht geben! Ich muß schließlich auch meinen eigenen Anteil bekommen. Das ist nur gerecht!«

Falke lachte und schob das Messer in seinen geflochtenen Gürtel zurück. »Ich werde die Kinder behalten, und ich werde überhaupt nicht mit dir teilen.«

»Das kannst du nicht tun!« brüllte Hakennase zornig, daß die Adern an seinem Hals anschwollen. »Die Kinder gehören mir!«

»Jetzt nicht mehr.« Falke funkelte den anderen grimmig an. »Die Kinder gehören mir. Und jetzt zieh deine Waffe und kämpfe oder verschwinde von hier!« Tatsächlich wurde Hakennase allmählich lästig mit seinen sinnlosen Protesten.

Hakennase versetzte Falke einen Stoß. Falke boxte zurück. Härter. Hakennase fauchte: »Glaube nicht, daß ich das hier jemals vergessen werde, Jaguarmann.«

»Es kümmert mich herzlich wenig, ob du deinen eigenen Namen vergißt, Sklavenfänger«, knirschte Falke.

»Ein Mann, der allein einen Wildpfad entlangwandert, sollte besser auf der Hut vor Wölfen sein!« sagte Hakennase.

»Weise Worte«, stimmte Falke zu. »Du würdest gut daran tun, deinen eigenen Rat zu beherzigen.«

Hakennase spuckte auf den Boden. »Ich gehe nicht allein durch die Wildnis«, brüstete er sich. »Ich habe Freunde!«

»Und wer sind deine sogenannten Freunde? Rotes Kinn?« meinte Falke verächtlich. »Pah, du warst nur allzu bereit, ihn zu betrügen, als du mit mir um die Kinder verhandelt hast. Oder vielleicht Klaue? Pah! Du warst mehr als bereit, seinen versprochenen Anteil zu vergessen bei deinem Angebot an mich. Ich glaube«, fügte er nachdenklich hinzu, während er in Hakennases verzerrtes Gesicht starrte, »daß die Freundschaft mit dir etwas sehr Flüchtiges ist. Wie eine Hirschkuh, die vor einem Wolf flieht.«

»Du verdrehst meine Worte und beleidigst meinen guten Namen!« tobte der Sklavenfänger.

»Richtig.«

Hakennase stürzte sich auf ihn und versuchte, mit den Fäusten auf Falkes Schultern zu trommeln. Mit einer einzigen raschen Bewegung schleuderte Falke den Mann zu Boden und umschloß dessen Kehle mit beiden Händen. »Hör zu, Sklavenfänger«, knurrte er. »Du und deinesgleichen sind mir völlig gleichgültig. Jetzt gib endlich zu, daß du die Kinder verloren hast. Und verschwinde!«

Er zog den stämmigen Sklavenfänger auf die Füße, drehte ihn herum und versetzte ihm einen Tritt ins Hinterteil, worauf der Mann der Länge nach in den Staub fiel.

Zornschnaubend kam Hakennase wieder auf die Füße, das Gesicht dunkelrot angelaufen vor Wut. »Das werde ich dir heimzahlen!« Sein Atem ging pfeifend, und er schüttelte drohend seine Faust vor Falkes Gesicht. »Ich werde diesen Vorfall nicht vergessen, Jaguar, darauf kannst du dich verlassen. Und ich werde nicht eher ruhen, bis wir quitt sind.«

»Immer der Händler, wie ich sehe«, meinte Falke trocken.

Hakennase brüllte ihn ein letztes Mal in ohnmächtigem Zorn an, dann machte er auf dem Absatz kehrt und stampfte den Wildpfad zurück, während er wüste Flüche vor sich hin murmelte. Falke schaute ihm lachend nach.

Als er sicher war, daß der stämmige Mann tatsächlich verschwunden war, kehrte er zu der Pyamidenpappel zurück und zog die Kinder unter den Ästen hervor.

Sie sahen verängstigt aus und zitterten vor Kälte. Falke nahm seinen Pelzumhang ab und hängte ihn dem Mädchen um, dann zog er sein Lederhemd mit dem Falkenmuster aus und legte es um die Schultern des Jungen. Die Kleidungsstücke waren viel zu groß für die Kinder, aber sie hielten sie zumindest warm. Er nahm die Kleinen an der Hand. Auch ihre Hände fühlten sich eiskalt an.

»Kommt«, sagte er ruhig. »Laßt uns meinen Speer holen, und dann bringe ich euch zu eurer Mutter zurück.«

10. Kapitel

Nachdem Falke und die Kinder einen sicheren Abstand zwischen sich und Hakennase gelegt hatten, gab er ihren Klagen nach und erlaubte ihnen, sich schlafen zu legen. Sie schliefen so tief und fest, daß es bereits später Nachmittag war, bevor es ihm gelang, sie wachzurütteln. Nur die Erwähnung ihrer Mutter konnte sie überhaupt dazu bewegen, auf die Füße zu kommen. Sie pflückten reife Brombeeren von einem niedrigen, dornigen Busch, und ließen sich dann, nachdem ihr ärgster Hunger gestillt war, willig von Falke weiterführen.

Abgesehen von dem Namen ihrer Mutter wußte Falke inzwischen auch, daß Krähes Ehemann ums Leben gekommen war und daß ein anderer Jäger, der um sie geworben hatte, von den Sklavenfängern bei dem Überfall entführt worden war. Tatsächlich wußte Falke alles, was es über Krähe, ihre Kinder, ihren verstorbenen Ehemann und ihren zukünftigen zu wissen gab, denn Milky und seine Schwester, Beere, hörten gar nicht mehr auf zu erzählen, nachdem sie erst einmal begonnen hatten. Sie plapperten unaufhörlich, während sie neben Falke hertrotteten. Zumindest in dieser Hinsicht erinnerte ihn Milky nicht an seinen Sohn...

Falke erklärte ihnen schließlich, daß er absolute Ruhe brauche, damit er ein Kaninchen oder Reh jagen konnte, um es Krähe zu bringen.

Zu seiner Überraschung verhielten sich Beere und Milky daraufhin ganz still, und Falke war in der Lage, sich an eine kleine Ricke anzupirschen und das Tier zu erlegen. Aber danach, während er dem Tier das Fell abzog, begannen die beiden wieder Fragen zu stellen und Ratschläge zu erteilen. Ihre Münder standen nicht eine Sekunde still, als er den Kadaver ausnahm, und dann bestand Beere darauf, daß sie ihm beide helfen würden, das Fleisch zum Lager zurückzutragen. Falke beobachtete amüsiert, wie sie jeder unter ihrer Last von Fleisch schwankten, und er lächelte in sich hinein, als Milky ihm stolz erklärte, daß auch er eines Tages auf die Jagd gehen würde.

Unbehagen kroch in Falke hoch, als sie schließlich an den Ort der Brautsuche zurückkehrten. Für die Jaguar war es ein Erfolg gewesen, für die Dachsleute eine Katastrophe. Und obwohl das Lager friedlich wirkte im milden Licht der Abendsonne, die die geröllbedeckten schwarzen Hügel in der Ferne vergoldete und die in der Ebene verstreuten Zelte in einen rosigen Schimmer hüllte, zweifelte er daran, daß sich die Lagerbewohner ihm gegenüber – einem verhaßten Jaguar – friedfertig verhalten würden.

Rauch von den flackernden Lagerfeuern mischte sich mit dem Duft brutzelnden Gemüses. Das zwanglose Geplauder von Frauen und Kindern erfüllte die Stille. Zwei Hunde kamen bellend herbeigerannt und umkreisten Falke und die Kinder, während sie das rohe Fleisch beschnüffelten.

Falke scheuchte die Hunde weg. Milky und Beere standen einen Moment lang stumm da beim Anblick ihres heimatlichen Lagers. Dann trottete Beere, noch immer mit Fleisch beladen, auf eines der Zelte zu, von dem Falke annahm, daß es Krähes war, und Milky stolperte hinter seiner Schwester her.

»Mama! Mama!« Ihre jubelnden Schreie alarmierten die anderen Dachsleute. Frauen blickten überrascht von ihrem Platz am Feuer auf, wo sie Wurzeln über den Flammen brieten.

Falke folgte den Kindern, eine Rehkeule über einer Schulter. Er blieb stehen, als eine schwarzhaarige Frau, von dem Gebell der Hunde und den schrillen Schreien der Kinder angelockt, aus der Zeltklappe herauskroch.

Sie erhob sich auf die Füße und blickte sich suchend nach der Quelle des Lärms um. Als sie Milky und Beere erblickte, zögerte sie sekundenlang.

Unsicher bewegte sie sich auf die beiden zu, wobei sie mühsam ihr verletztes Bein nachzog. Nach mehreren Schritten blieb sie erneut stehen und starrte mit offenem Mund auf die Kinder. Ungläubigkeit, gefolgt von Freude, zeichnete sich auf ihrem Gesicht ab. Dann humpelte sie mit weit ausgestreckten Armen vorwärts, hastete auf die beiden kleinen Gestalten zu, so schnell sie konnte. »Meine Babys! Meine Babys!« rief sie überglücklich.

Jubelnd stürzten sich die staubbedeckten, erschöpften, mit Blut von dem Fleisch beschmierten Kinder in ihre Arme. Als die Frau in Tränen ausbrach und ihre Kinder schluchzend und lachend zugleich an sich drückte, mußte sich Falke abwenden. Er konnte es nicht ertragen, solch überschwengliche Freude, soviel Hoffnung und innige Liebe auf dem Gesicht einer Mutter zu sehen. Es erinnerte ihn zu schmerzlich an seinen eigenen Sohn... Hör auf damit! befahl er sich energisch. Du darfst nicht mehr daran denken!

Erschüttert legte er das Fleisch neben einem der Zelte ab und machte kehrt, um den Weg zurückzugehen, den er gekommen war. Er kam jedoch nur ein paar Schritte weit, als er plötzlich laute Rufe hinter sich hörte. Er blickte über seine Schulter zurück. Milky und Beere riefen aufgeregt und winkten ihn zu sich her.

Mit einem Seufzer drehte sich Falke zu ihnen um. Die beiden Kinder kamen auf ihn zugerannt, während ihre Mutter langsam hinter ihnen herhinkte. Als sie vor ihm stand, blickte sie aus leuchtenden dunklen Augen zu ihm auf. »Danke«, murmelte sie und wischte sich die Tränen von den Wangen. »Ich danke dir, daß du mir meine Kinder zurückgebracht hast!«

Falke nickte knapp, dann wandte er sich erneut ab und ging davon.

Sie humpelte hinter ihm her. »Warte! Kann ich dir eine Mahlzeit anbieten? Ein Geschenk? Ich möchte mich bei dir bedanken...«

»Ist nicht nötig«, erwiderte er mürrisch. »Ich erwarte keine Geschenke.«

»Ja schon, aber ich möchte –«

»Nein.« Seine schroffe Stimme ließ sie verstummen, und er sah, wie sie leicht vor ihm zurückwich. Dann baute sich Beere vor ihm auf. »Meine Mutter möchte, daß du mit uns ißt. Komm und setz dich zu uns!« bat sie und griff nach seiner Hand.

Widerstrebend ließ sich Falke von dem kleinen Mädchen zurück zu Krähes Zelt ziehen. Er hockte sich neben dem Feuer nieder, und Krähe eilte geschäftig hin und her, während Beere ihr half, das Fleisch zu zerteilen und zuzubereiten. Sie überließen Falke seinen eigenen Gedanken. Er stellte fest, daß Krähe ebenso lebhaft plapperte wie ihre Kinder, und sein Mund verzog sich zu einem Lächeln bei dem Gedanken, daß er Hakennase wahrscheinlich noch einen Gefallen getan hatte, indem er ihm das unaufhörliche Geschnatter ersparte.

Inzwischen hatte sich die Nachricht von Falkes Ankunft im Dachslager herumgesprochen, und einige der anderen Frauen kamen herbei, um ihn anzustarren. Eine von ihnen war Sterns Mutter. Er sah, wie sie ihn aus zornfunkelnden Augen beobachtete, aber sie schwieg beharrlich, die Lippen zu einer schmalen, strengen Linie zusammengepreßt, und sie blieb auf Abstand. Krähe lud sie alle ein, zu bleiben und das Fleisch mit ihnen zu teilen, und während der Mahlzeit herrschte eine fast festliche Atmosphäre, eine stille Feier von Milkys und Beeres Rückkehr. Nach dem Mahl kehrten die Frauen zu ihren eigenen Feuerstellen zurück.

Falke erhob sich und dankte Krähe. Als sie ihn bat, noch zu bleiben, murmelte er: »Ich muß zurück. Ich kann nicht länger bleiben.« Erinnerungen an Stern beunruhigten ihn, und er brannte darauf, sich wieder den Jaguar anzuschließen, die auf ihrem Weg zurück ins Hauptlager waren.

Er trottete durch das Dachslager und hatte gerade den Waldrand erreicht, als ihn ein lautes Zischen innehalten ließ. Er fuhr herum, um eine stämmige ältere Frau hinter sich herlaufen zu sehen – Sterns Mutter. Mißtrauisch blieb er stehen und wartete.

»Wo ist meine Tochter?« keuchte sie.

»Woher soll ich das wissen?« erwiderte er. Er verlagerte seinen Speer von einer Hand in die andere, voller Ungeduld, endlich zu verschwinden.

»Du warst bei den Männern, die sie geraubt haben. Ich weiß es. Meine Freundin hat dich wiedererkannt. Und ich erkenne dich ebenfalls wieder.«

Sie musterte ihn aus schmalen Augen, während sie näher kam. »Du bist derjenige, der sie geraubt hat!«

Er wartete schweigend.

»Du mußt sie zurückgeben! Gib mir Stern zurück!«

Er zuckte nur die Achseln.

»Du hast Milky und Beere zu ihrer Mutter zurückgebracht. Dann bring mir auch *meine* Tochter zurück!« bestürmte ihn die Frau.

Falke blickte in die dunklen Augen, die Sterns so sehr ähnelten. »Das kann ich nicht tun.«

Die alte Frau rang verzweifelt die Hände. »Du hast sie entführt! Du hast keine Geschenke für sie gegeben! Du hattest kein Recht, sie mitzunehmen!«

Unbehagen erfüllte ihn bei ihren Vorwürfen, und er trat verlegen von einem Fuß auf den anderen. Dann funkelte er sie zornig an und fauchte: »Nein!«

Ihr Gesicht war schmerzerfüllt, als sie ihn anstarrte. »Es liegt in deiner Macht –«

»Ich habe nein gesagt!«

Sie kam noch einen Schritt näher. »Wenn ich ein Mann wäre, würde ich dich für das, was du getan hast, töten!«

Er lachte. »Wenn du ein Mann wärst, würdest du zu den Dachsgefangenen gehören und inzwischen auf deinem Weg zu den Fischessern sein.«

»Nein«, gab sie aufgebracht zurück. »Ich würde mit den Füßen auf deiner Leiche herumtrampeln!«

Er verzog verächtlich das Gesicht. »Geh nach Hause, alte Frau«, sagte er. »Geh zurück an deine Feuerstelle, wo du sicher bist.«

Sie öffnete den Mund, um zu sprechen, dann klappte sie ihn wieder zu. »Ich verstehe. Du kostest deine Macht gründlich aus.« Sie hielt inne, während sie ihn aus schmalen Augen musterte. Dann fügte sie flehend hinzu: »Bitte hilf mir. Sie... sie ist mein einziges Kind. Ich habe keine anderen. Sie ist alles für mich. Mein Leben. Mein –«

»Nein.« Es kümmerte ihn nicht, daß seine Stimme brüsk klang.

»Bitte!« Sie umklammerte seinen Arm.

Beleidigt wich er zurück.

»Oh«, rief sie bestürzt. »Ich wollte nicht –« Sie spähte zu ihm auf, interpretierte seinen Ausdruck als Abscheu. »Ich sehe, daß ich dich beleidigt habe. Nun, ich bin eine alte Frau, und es fällt mir schwer, zu betteln und zu flehen. Ich will nur meine Tochter zurück, mehr nicht. Und du kannst mir helfen. Du weißt, wo sie ist... du kannst sie finden –«

»Ich kann dir nicht helfen«, erwiderte er kalt.

»Aber sie ist in Gefahr! Sie –«

»Nein! Ich habe es dir schon einmal gesagt, ich kann dir nicht helfen.«

Sie starrte ihn böse an. »Du meinst wohl, du *willst* mir nicht helfen.«

Falke weigerte sich zu antworten.

Frustration und Verzweiflung spiegelten sich auf ihrem zerfurchten Gesicht wider. »Na schön. Du weißt, wo sie ist. Du hast sie geraubt, und dennoch ziehst du es vor, mir nicht zu helfen.« Sie blickte zum Dachslager zurück, dann fuhr sie erneut zu ihm herum. »Ich weiß zwar nicht, warum du die beiden Kinder zurückgebracht hast –«

Falke biß die Zähne zusammen, bis er ein nervöses Zucken in seinem Kiefer spürte.

»– aber du hast es getan. Folglich muß noch etwas Gutes in dir stecken, aber ich glaube, es liegt sehr tief verborgen. Ich kann es jedenfalls nicht finden!« Wieder funkelte sie ihn zornig an. »Wenn du meine Tochter siehst, sag ihr –«

»Ich werde sie nicht sehen.« Er war überrascht, wie wenig ihm die Lüge ausmachte.

»– wenn du sie siehst, sag ihr, daß ich sie liebe.«

Er blickte sie bestürzt an. Warum wollte ihm die Frau nicht glauben?

Sie erhob sich auf die Zehenspitzen und richtete sich zu ihrer vollen Größe auf, als versuchte sie ihn einzuschüchtern. »Sag ihr, daß ich sie liebe. Verstehst du das? Liebe?«

Gereizt zuckte er die Achseln und wandte sich ab.

»Offensichtlich hast du nicht verstanden, wie ich sehe.« Ihre Worte verfolgten ihn wie Wespen, die ihm keine Ruhe ließen und um seinen Kopf schwirrten.

Damit marschierte Falke endgültig davon. Als er die Sicherheit des Waldes erreicht hatte und einen letzten Blick zurückwarf, stand Sterns Mutter noch immer auf dem Pfad, die Hände in die Hüften gestemmt, während sie ihm zornig nachschaute.

11. Kapitel

»Wo bist du so lange gewesen?« verlangte Klaue zu wissen.

Falke ignorierte ihn. Er ließ seinen Blick durch das Lager schweifen, suchte nach seiner Dachsgefangenen. Als er sie sah, durchflutete ihn Erleichterung. Er nickte ihr zu, doch sie blickte hastig in eine andere Richtung.

»Ich habe dich gefragt, wo du gewesen bist! Du hast mir erzählt, du wolltest jagen gehen, und jetzt sehe ich, daß du mit leeren Händen zurückgekommen bist.«

Falke wandte sich zu Klaue um. »Nicht jeder Jäger hat das Glück, jedesmal Wild zu finden.«

Klaue schnaubte verächtlich. »Nicht jeder Jäger, richtig. Aber wir sprechen hier von dir. Du findest Wild, wann immer du willst.« Er beäugte Falke mißtrauisch. »Du hast irgendwas ausgeheckt«, knurrte er, »und ich will wissen, was!«

Falke tat die Forderung mit einer wegwerfenden Handbewegung ab. »Wie hat sich meine Dachsgefangene aufgeführt? Hat sie dir irgendwelche Schwierigkeiten gemacht?«

Klaue fuhr herum, um Stern einen grimmigen Blick zuzuwerfen. »Oh, du hast dir da wirklich eine feine Dachsfrau ausgesucht, das kann ich dir versichern! Zuerst hat sie die anderen Bräute zu einem Fluchtversuch angestiftet. Dann, nachdem wir sie von den übrigen Frauen getrennt hatten, zettelte sie einen Streit zwischen Lanze und Roter Habicht an. Lanze will sie als seine Ehefrau. Roter Habicht will sie ebenfalls. Ich mußte die beiden Kampfhähne mit Gewalt trennen!«

»Dann bin ich ja gerade rechtzeitig zurückgekommen.« Falke war überrascht über den Zorn, den er in sich aufsteigen fühlte. Weder Lanze noch Roter Habicht würden sie bekommen!

»Allerdings. Du behauptest ja so nachdrücklich, daß sie dir gehört. Na schön, dann halte *du* auch die anderen Männer davon ab, sich ihretwegen zu prügeln. Ich habe es nämlich satt, ständig Streit schlichten zu müssen!«

Falke lächelte und klopfte Klaue begütigend auf die Schulter. »Meinen Dank, daß du auf sie aufgepaßt hast.« Wahrhaftig, dachte er, wenn Klaue nicht den Kampf zwischen Lanze und Roter Habicht beendet hätte, wäre meine Gefangene vielleicht sogar verletzt worden!

Er schlenderte hinüber zu der Stelle, wo Stern allein am Feuer saß.

»Was habe ich da gehört? Du hast die Frauen zu einem Fluchtversuch überredet? Und Streit zwischen den Männern gestiftet? Ich muß schon sagen, du bist recht fleißig gewesen, kleine Dachsfrau!«

Stern blickte finster zu ihm auf, und er war plötzlich ganz überwältigt von der Schönheit ihrer Augen. Sie waren groß und dunkel und von langen, üppigen schwarzen Wimpern umkränzt. Als er in ihre unergründlichen Tiefen starrte, fühlte er, wie er darin versank. Er schüttelte den Kopf, als könnte er so den gefährlichen Zauber abschütteln, und blickte statt dessen auf ihre vollen Lippen, um sich abzulenken. Doch als sie sich mit ihrer rosigen Zungenspitze über die trockenen Lippen leckte, mußte er die Augen schließen und hart schlucken. Oh, was hatte er bloß getan?

Es ist ein Fehler gewesen, eine so schöne Frau zu rauben, dachte er. Tatsächlich pulsierte es heiß in seinen Lenden, und sein ganzer Körper schmerzte vor Verlangen nach ihr. Hastig riß er den Blick von ihr los und zwang sich, an ihr vorbeizugehen und sich auf einen Felsblock auf der gegenüberliegenden Seite des Feuers zu setzen, in sicherer Entfernung von ihr. Ihre Nähe verwirrte bloß seine Gedanken und brachte seine Sinne in Aufruhr.

Er konnte ihre Augen auf sich fühlen, doch er starrte ins Feuer, bis er sich wieder in der Gewalt hatte. Als er sich schließlich erlaubte, erneut ihrem Blick zu begegnen, durchzuckte es ihn heiß. Ihre Augen spiegelten die orangefarbenen

Flammen wider, und er beobachtete fasziniert, wie winzige Feuer in ihren schwarzen Augen zu tanzen schienen. »Woher kommst du?« fragte er voller Staunen, ohne zu merken, daß er laut sprach.

»Vom Dachsvolk. Das weißt du doch«, erwiderte sie. »Du bist derjenige, der mich meinem Volk geraubt hat.«

Er schüttelte den Kopf, um die merkwürdigen Gefühle zu verdrängen, die ihn überkamen, wann immer er sie ansah.

»Streite es nicht ab«, sagte sie.

»Ich streite es nicht ab. Mir war nur nicht bewußt, daß du so ... so ...« *So bezaubernd bist,* wollte er sagen. *So atemberaubend schön.* Sie wartete darauf, daß er seinen Satz beendete, und plötzlich sahen die winzigen Flammen in ihren Augen kalt für ihn aus. Wieder schüttelte er den Kopf; er durfte sie nicht wissen lassen, wie intensiv er sich zu ihr hingezogen fühlte. »Was hast du zum Abendessen vorbereitet?« fragte er, in der Hoffnung, seine nüchterne Frage würde für Distanz zwischen ihnen sorgen.

»Beeren«, erwiderte Stern knapp. Er wunderte sich, daß sie überhaupt nicht wahrzunehmen schien, was er doch so stark fühlen konnte.

Als sie ihm eine Handvoll winziger roter und blauer Beeren entgegenhielt, ging er um das Feuer herum und starrte auf ihre Handfläche, als hätte er noch nie zuvor eine Beere gesehen. Er zwang sich, sich auf das zu konzentrieren, was er sah. »Ist das alles? Fünf Beeren?«

Stern zuckte die Achseln. »Es ist besser als nichts.« Dann zog sie ihre Hand zurück und schob sich die Früchte in den Mund.

Falke schaute zu, wie sie kaute. Er schluckte trocken. »Ich möchte mehr als Beeren.«

»Klaue hielt es nicht für angebracht, mich mit Fleisch zu versorgen, damit ich ein richtiges Essen zubereiten kann«, erklärte sie unbeteiligt.

Falke runzelte die Stirn und blickte hinüber zu den beiden anderen Feuerstellen. An dem Feuer zu seiner Linken saßen die Dachsbräute und unterhielten sich gedämpft miteinander. Der Duft brutzelnden Wildfleisches erfüllte die Luft, während sie ihr Abendessen kochten. Um das andere Feuer hockten Klaue, Lanze, Roter Habicht und die übrigen Jaguarmänner. Lanze schob gerade einen Fleischspieß zurecht, der über den Flammen schmorte.

Falke konnte das heiße Fett zischen hören, als es ins Feuer tropfte. »Die anderen haben Fleisch«, stellte er fest.

»Ja. Einer der Jäger hat gestern einen Hirsch erlegt.« Er sah den störrischen Zug um ihre von rotem Beerensaft verfärbten Lippen. Mehr würde er offensichtlich nicht aus ihr herausbekommen.

Er marschierte zu Klaue hinüber. »Wo ist das Fleisch für meine Gefangene?«

»Sie bekommt kein Fleisch«, gab Klaue träge zurück. »Sie macht zuviel Ärger. Schwierige Frauen bekommen nichts zu essen. Es wird Zeit, daß sie das lernt.«

Falke zwang sich, seinen aufsteigenden Zorn zu beherrschen. »Hast du ihr gestern abend etwas zu essen gegeben?«

»Zuerst, ja. Ich hatte ihr etwas Fleisch gegeben. Aber dann, als sie den Streit zwischen Lanze und Roter Habicht anzettelte, habe ich es ihr wieder weggenommen. Danach saß sie ganz ruhig da. Ich glaube, sie hatte Hunger.« Er lächelte. »Das wird sie dazu bringen, sorgfältig nachzudenken, bevor sie Jaguarmänner wie mich in Wut versetzt.«

Mit einer raschen Bewegung beugte Falke sich vor, packte Klaue an beiden Armen und zerrte ihn auf die Füße. »Ich hatte dir gesagt, du sollst dich um meine Gefangene kümmern«, stieß er zwischen zusammengepreßten Zähnen hervor. »Und das schließt auch mit ein, daß du ihr zu essen gibst!«

Klaue runzelte die Stirn. »Sie ist schwierig«, wiederholte er. »Ich denke, sie wird umgänglicher sein, wenn sie hungrig ist. Das wird sie sanfter machen.«

Falke löste seinen Griff um Klaues Arme und ließ die Hände sinken. Abscheu erfüllte ihn. Seine Gefangene starrte ihn an. »Sieh sie dir an«, fauchte Falke, während er Klaue unsanft an den Schultern packte und in die Richtung der Dachsgefangenen umdrehte. »Hast du vielleicht den Eindruck, daß sie sanft aussieht?«

»Nein«, erwiderte Klaue. »Sie sieht immer noch grimmig aus. Du mußt sie noch länger hungern lassen, glaube ich. Das wäre mein Rat.«

»Dein Rat?« knurrte Falke. »Ich habe dich nicht um deinen Rat gebeten. Ich hatte dich darum gebeten, für meine Gefangene zu sorgen.«

»Ich habe sie am Leben erhalten, oder etwa nicht?« gab Klaue wütend zurück. »Und sie ist immer noch recht lebendig. Sieh nur, wie böse sie dich anfunkelt, selbst jetzt, während wir miteinander reden.«

Beide Jaguarmänner starrten zu der Gefangenen hinüber. Sie zog ihre Oberlippe in einem stummen Fauchen zurück.

»Meiner Meinung nach ist sie eindeutig noch nicht hungrig genug.« Klaue ließ sich wieder am Feuer nieder. »Komm, setz dich zu uns und bedien dich von dem Hirschfleisch.«

»Nein«, erwiderte Falke. »Ich werde mich nicht zu euch setzen. Aber ich werde mir etwas von eurem Fleisch nehmen.« Er zog zwei der Fleischspieße aus dem Feuer, ohne sich um Lanzes lautstarke Proteste zu kümmern.

Dann schlenderte Falke zurück zu seiner Gefangenen und reichte ihr einen Fleischspieß. Sie beobachtete ihn einen Moment lang argwöhnisch, bevor sie ihre weißen Zähne in das gebratene Fleisch grub.

Falke starrte sie an, während sie schweigend ihre Mahlzeit verzehrten, und er wunderte sich über die neuen Gefühle, die sie in ihm erweckte. Er hatte schon so lange Zeit gar nichts mehr empfunden, daß jene innerliche Leere und Gleichgültigkeit zum Normalzustand für ihn geworden waren.

Aber wegen dieser Frau war seine innere Erstarrtheit von ihm abgefallen, ersetzt durch neue Gefühle: Zorn, Eifersucht, das Bedürfnis zu beschützen. Er wollte sie vor Klaues Grausamkeit schützen. Er war wütend, daß sie Hunger hatte leiden müssen, und böse auf sie, weil sie Streit zwischen zwei Männern gestiftet hatte. Und er war eifersüchtig, weil Lanze und Roter Habicht sie beide zur Gefährtin wollten. Seit er ihr begegnet war, hatte er sogar zwei Kinder gerettet, eine Handlung, die so gar nicht zu ihm zu passen schien, seit sein Sohn gestorben war und seine Frau ihn verlassen hatte. Was war nur mit ihm los?

Falke entschied, daß er diese neuen Gefühle nicht mochte. Das Leben war wesentlich einfacher, wenn die eigenen Gefühle wie die kalten schwarzen Überreste eines lange erloschenen Feuers waren.

12. Kapitel

Falke beobachtete Sterns verführerisch schwingende Hüften, als sie hinter den übrigen Dachsfrauen hertrödelte. Sie war größer als die anderen; ihr schwarzes Haar war lang und üppig, ihre Beine schlank und wohlgeformt. Er lächelte in sich hinein, genoß ihren Anblick.

Der Jaguartrupp wanderte im Gänsemarsch einen mit Salbeibüschen gesäumten Geröllpfad entlang, vorbei an hohen Steilufern aus schwarzem Fels. Klaue trat aus der Reihe heraus und wartete am Rand, während seine Männer weitergingen. Nachdem die Dachsfrauen erschöpft an ihm vorbeigetrottet waren, sagte er zu Falke: »Wir werden für diese Nacht im Cañon der Tauben Rast machen.«

Falke zuckte die Achseln. »Die Frauen könnten wahrscheinlich eine Ruhepause vertragen.«

»Sie sind nicht besonders kräftig«, bemerkte Klaue mit einem Stirnrunzeln, als er den Frauen nachblickte. »Jaguarfrauen können schneller und ausdauernder laufen.«

»Sie werden bald Jaguarfrauen *sein*«, gab Falke zurück.

Klaue räusperte sich. »Ich möchte die eine mit den Grübchen in den Wangen.«

»Deine Ehefrau«, meinte Falke grinsend, »wird höchst erfreut darüber sein.«

»Hmmm, ja, meine Frau. Ich ... äh ... also ich bin überzeugt, meine Frau wird Verständnis dafür haben!« Klaue preßte die Lippen zusammen.

Betafor, Klaues Ehefrau, war eine große Frau in mittleren

Jahren von schwerfälligem, solidem Wesen. Andere Jaguarmänner schüttelten nur den Kopf über die Art, wie sie Klaue und auch jede andere Person in seinem Haushalt beherrschte. Streitsüchtiges Gekeife schallte aus dem Zelt aus Elchleder, wann immer sie und Klaue Meinungsverschiedenheiten hatten. Dann pflegte Klaue aus dem Zelt herauszufliegen und sich so lange im Jaguarlager herumzudrücken, bis ihn seine Frau wieder nach Hause kommen ließ. Selbst seine erwachsenen Söhne und Töchter ergriffen fast jedesmal Betafors Partei, was für den Stolz des Häuptlings eine Quelle großer Kränkung war. Tatsächlich ging im Jaguarlager das Gerücht um, daß jede Weisheit oder Einsicht, die Klaue bewies, in Wirklichkeit von Betafor kam.

»Worüber grinst du so?« verlangte Klaue zu wissen.

»Ich dachte nur gerade daran, wie entzückt Betafor über deine neue Ehefrau sein wird.«

Klaue runzelte die Stirn und schien über Falkes Worte nachzudenken. Als die letzte Dachsgefangene um eine Wegbiegung verschwand, lächelte er gehässig. »Fast so entzückt wie Tula.«

Bei der Erwähnung seiner früheren Ehefrau verging Falke abrupt das Grinsen. »Es ist mir völlig egal, was Tula über meine Dachsgefangene zu sagen hat.«

Klaue schmunzelte. »Oh, sie wird eine Menge zu sagen haben. Darauf kannst du dich verlassen. Und ihr Ehemann desgleichen.«

»Er wird nicht in die Nähe meiner Gefangenen kommen«, schwor Falke grimmig.

»Meinst du nicht? Ich an deiner Stelle würde Murmeltier scharf im Auge behalten. Es sei denn natürlich, du willst noch eine zweite Frau an ihn verlieren.«

Schmunzelnd wandte Klaue sich ab und schlenderte hinter den Dachsfrauen her.

Falke ballte die Hände zu Fäusten. Klaues Worte fraßen sich wie ein scharfer Speer in seine Eingeweide. Es stimmte, daß Tula ihn wegen Murmeltier verlassen hatte. Jeder im Jaguarlager wußte das. Falke biß die Zähne zusammen und verdrängte energisch seinen aufwallenden Zorn. Er hatte schon viele Male erfolgreich alle Gefühle niedergekämpft, die Tula betrafen, so lange, bis er innerlich wie betäubt war, eine Art Frieden gefunden hatte. Und er würde es wieder tun.

Was spielte es jetzt noch für eine Rolle, daß Tula ihn betrogen hatte, als er sie am dringendsten brauchte? Er hatte daraus gelernt. O doch, er hatte seine Lektion gelernt. Nie wieder würde er irgend jemanden brauchen, jemanden lieben, sich auf irgend jemanden verlassen. Niemand – ob Mann, Frau oder Kind – würde jemals wieder eine Chance haben, ihn zu verletzen.

Klaue drängte sich an der Schlange der Frauen vorbei. Stern ging ihm aus dem Weg.

Falke schüttelte energisch den Kopf. Nein, er würde ganz sicherlich nicht zulassen, daß ihm eine Dachsfrau, eine mit einem schwierigen, aufsässigen Wesen, jemals etwas bedeutete!

Als er sich erneut innerlich wie betäubt fühlte, seinen eigenen vertrauten Frieden zurückgewonnen hatte, marschierte er hinter der davonziehenden Schlange her.

Mehrere steile Hügel aus schwarzem Gestein schirmten den Cañon der Tauben ab. Es war einer der bevorzugten Lagerplätze der Jaguar. Wasser war reichlich vorhanden dank des kleinen Baches, der sich über die Sohle des engen, tief eingeschnittenen Tals dahinschlängelte. Außerhalb des Cañons heulte der Wind, doch im Inneren stand die Luft still, und kein Windhauch bewegte die Blätter der Bäume.

Der Cañon hatte jedoch einen Nachteil: Es gab nur einen einzigen Eingang. Ein Rückzug war unmöglich, falls Feinde eindrangen.

Quälende Erinnerungen überfielen Falke, wann immer er den Cañon der Tauben aufsuchte. Dies war der Ort, an den ihn sein geliebter Vater einmal mitgenommen hatte, als er noch ein Jüngling gewesen war. Gemeinsam waren sie die steilen Felswände hinaufgeklettert.

Als sie schließlich hoch oben auf dem Grat des Steilabfalls standen und der Wind an ihrem Haar zerrte, mußte Falke keuchend nach Luft ringen. Er befürchtete schon, er sei krank, denn er hatte niemals zuvor solche Atemnot gekannt. Sein Vater lachte nur und erklärte ihm, daß es an der dünnen Luft läge.

Dann hob sein Vater den Arm und machte eine weit ausholende Geste, während sie das Land zu ihren Füßen betrachteten. »Alles das gehört dir, mein Sohn«, sagte er. »Alles, was du von hier aus sehen kannst, ist dein.«

Ein ehrfürchtiger Schauer überlief Falke, als er begriff, wie mächtig das Erbe war, das ihm sein Vater anbot. Sein Vater zeigte nach Westen. »Eines Tages wirst du fette Elche in jenem Flußbett jagen.«

Dann wies er nach Norden. »Du wirst jenen kalten Eisberg ersteigen auf deiner Suche nach langhaarigen Großhornschafen.«

Er zeigte nach Osten. »In jenen Hügeln dort wirst du gewaltige Hirsche erlegen.«

Zum Schluß zeigte er nach Süden. »Auf jener grasigen Ebene wirst du Antilopen aus dem Hinterhalt überfallen.« Dann wandte er sich zu Falke um, und seine gütigen schwarzen Augen glänzten. »Du bist ein tüchtiger Jäger, mein Sohn, und all dieses Land gehört dir, um darin zu jagen. Ich und davor mein Vater und davor sein Vater haben an genau dieser Stelle gestanden. Es ist Jaguarland. Gutes Land. Und eines Tages wirst auch du mit deinem Sohn hier oben stehen, und es wird deine Aufgabe sein, ihm das Land zu zeigen.«

Mit großen, staunenden Augen hatte Falke die Welt seines Vaters betrachtet. Und er hatte die Worte seines Vaters geglaubt.

Jetzt wünschte er sich, sein Vater wäre noch am Leben, damit er ihm sagen konnte, wie sehr er sich geirrt hatte. Sein Leben war nicht so glücklich gewesen, wie es ihm sein Vater vorhergesagt hatte. Und sein Sohn war tot.

Klaues Stimme unterbrach seine schmerzlichen Gedanken. »Gute Stelle zum Kampieren.«

»Es gibt kein Entkommen, falls der Eingang von Feinden blockiert ist.«

Klaue zuckte die Achseln. »Wir sind viele Männer. Ich habe keine Angst vor einem Angriff.«

Falkes Lippen wurden schmal, und an seiner Wange zuckte nervös ein Muskel, wo Murmeltiers Speer eine Narbe auf seinem Gesicht hinterlassen hatte.

»Ich wollte dir Bescheid sagen, daß vier von uns auf die Jagd gehen«, erklärte Klaue.

Falke nickte, froh, den Mann für eine Weile los zu sein.

»Du hast die Verantwortung für alles, solange ich fort bin.«

»Frag jemand anderen. Ich bin nicht länger Häuptling.«

Klaue funkelte ihn böse an. »Wen soll ich denn sonst fragen? Du kennst diese Gegend besser als jeder andere von uns. Du weißt, welchen Weg ihr einschlagen müßt.« Er schüttelte den Kopf. »Ich verstehe dich nicht, Falke.«

Falke starrte durchbohrend in Klaues schwarze Augen, als wollte er ihn warnen, auch nur ein Wort hinzuzufügen.

Klaue war jedoch noch nie für seine Menschenkenntnis oder sein gutes Einfühlungsvermögen bekannt gewesen, und Betafor – seine Quelle der Weisheit – war leider weit weg im Jaguarlager. »Es ist höchste Zeit, daß ich mal ein ernstes Wort mit dir rede. Du hast dich lange genug so sonderbar aufgeführt. Du bist so bissig wie ein verletzter Hund. Du läßt keinen von uns, deinen Freunden, an dich heran, läßt nicht zu, daß wir über wichtige Dinge mit dir sprechen. Dein Herz ist so kalt und so hart wie ein Stein. Das kann nicht so weitergehen, Falke. Deine Leute brauchen dich.«

Offenbar bemerkte Klaue nicht das nervöse Zucken an Falkes Wange. »Wenn es *meine* Ehefrau wäre, die mit einem anderen Mann davongelaufen ist«, fuhr Klaue rücksichtslos fort, »wäre ich glücklich, daß sie weg ist. Wer will schon eine Frau, die nicht aus freien Stücken bleiben will? Du kannst doch froh sein, daß du Tula los bist.«

Falke erstarrte.

»Und was deinen Sohn betrifft, nun, ich gebe zu, das war sehr traurig.«

Falkes Griff um seinen Speer verkrampfte sich, doch Klaue ignorierte das Warnzeichen.

»Aber selbst du mußt doch zugeben, daß er niemals zu einem starken Krieger herangewachsen wäre oder auch nur zu einem guten Jäger. Ehrlich gesagt, ich glaube nicht, daß er jemals hätte jagen können.«

»Genug!« Falkes Stimme schnitt durch Klaues Worte wie eine scharfe Obsidianklinge durch eine warme Hirschleber. »Was ich tue, geht dich nichts an. Ich bin ein erwachsener Mann. Du hast kein Recht, so mit mir zu reden!« Tatsächlich konnte Falke seinen Zorn kaum zügeln.

Klaue wandte den Blick ab, als ihm allmählich klar wurde, daß er einen verwundeten Bären gereizt hatte. »Ich gehe jetzt jagen«, murmelte er. »Wir brauchen dringend frisches Fleisch.«

Falke schaute ihm nach, wie er davonstolperte, und seine Hand, die den Speer hielt, zitterte unter der Gewalt seines Zorns. Er holte mehrmals tief Luft, drängte seine Wut mit aller Macht zurück, nicht bereit, irgend etwas zu empfinden außer dem Gefühl des innerlichen Betäubtseins, mit dem er schon so viele Monde gelebt hatte. Als sein Zorn abzuflauen begann, blickte er hinüber zu seiner Dachsgefangenen. Sie beobachtete ihn.

Wieder atmete er mehrmals tief durch, um sich zu beruhigen, und als er zu ihr ging, hatte er sich wieder in der Gewalt, und die Narbe auf seiner Wange schmerzte nicht länger.

Sie bückte sich und schob ein Holzscheit ins Feuer, und Falke erkannte, daß sie nicht mit ihm reden wollte. Schön, und *er* wollte etwas anderes. »Heute abend wird es Fleisch zum Abendessen geben«, erklärte er.

Sie schob einen weiteren Ast ins Feuer.

»Sieh mich an.«

Stern hob den Kopf, und ihre dunklen Augen begegneten seinen. Wie immer überlief ihn ein sinnlicher Schauer, wenn er in ihre Augen sah. Wie konnte eine Frau, die noch dazu nur eine Gefangene war, eine solche Wirkung auf ihn haben? Sie musterte ihn ruhig; er konnte keine Furcht in ihrer Miene erkennen. »Ich weiß deinen Namen«, sagte er.

Sie zuckte leicht zurück, offenbar überrumpelt von seiner Bemerkung.

»Stern.«

Ihre Augen wurden schmal, und sie machte Anstalten, sich wieder zum Feuer umzudrehen. Ein Teil von ihm wollte es verhindern. Er wollte, daß sie ihre Aufmerksamkeit auf *ihn* konzentrierte und nicht auf das Feuer.

»Ich weiß, daß du Stern heißt. Ich weiß, daß du aus dem Dachsvolk stammst. Was gibt es sonst noch über dich zu wissen?«

Sie zuckte die Achseln und griff nach einem trockenen Zweig. »Nichts.«

Gereizt fragte er: »Kennst du meinen Namen?«

Ihr verschlagener Blick ließ ihn vermuten, daß sie wußte, wie er hieß. Vielleicht hatte sie gehört, wie ihn einer der anderen Männer mit seinem Namen ansprach. »Nein«, erklärte sie. »Und ich will ihn auch nicht wissen.«

»Ich heiße Falke.«

Vorsichtig schob sie das Ende des Zweiges ins Feuer und stocherte damit in den Flammen, bis er zu brennen begann. Das orangefarbene Licht hob ihre Schönheit hervor, ließ ihre Haut wie Samt schimmern, und verzehrendes Verlangen überwältigte ihn. Er holte tief Luft und ließ den Atem langsam entweichen, kämpfte erneut mit aller Kraft um das Gefühl der inneren Ruhe, des Betäubtseins.

»Sag meinen Namen.«

Schweigend wandte sie sich ab, als suchte sie nach mehr Holz für das Feuer. Falke marschierte um das Feuer herum, packte energisch ihr Kinn und hob ihr Gesicht zu sich hoch. »Sag ihn!«

Ihre Wimpern sind lang und dicht, und ein Mann kann sich in jenen Augen regelrecht verlieren, dachte er, während er fühlte, wie er in ihren unergründlichen Tiefen versank und alles um sich herum vergaß ... *Nein, reiß dich zusammen!* befahl er sich. »Sag ihn«, murmelte er, und der rauhe, verzweifelte Unterton in seiner Stimme überraschte ihn.

»Falke«, fauchte sie. Dann: »Falken sind kleiner als Adler. Und sie können nicht so hoch fliegen.« Verachtung schwang in ihrer Stimme mit.

Er riß seine Hand zurück und starrte sie an. »Falken sind für ihre Größe stärker als Adler«, gab er schroff zurück. »Und sie sind auch mutiger.«

»Ha. Das Falkenweibchen ist größer als das Männchen. Er ist mickrig«, erwiderte sie grinsend.

»Nun, wir sind aber keine Falken, nicht? Und ich bin größer als du«, gab er höhnisch zurück.

»Adler bauen große, sichere Nester für ihre Jungen. Ein Falkennest ist nichts weiter als ein Felsvorsprung. Die Eier rollen herunter«, meinte sie mit verächtlichem Schnauben.

»Für einen Falken ist ein Nest nicht wichtig.«

Sie sah verdutzt aus, und jetzt war er derjenige, der grinste.

Schweigen breitete sich zwischen ihnen aus. Falke stellte fest, daß ihm ihre schlagfertigen Antworten gefielen. »Wer bist du?« fragte er. »Was für eine Frau bist du?«

Sie legte den Kopf auf die Seite und blickte ihn schweigend an, und er beantwortete seine eigene Frage. »Eine Dachsfrau natürlich«, murmelte er stirnrunzelnd. »Niemand anderer als eine Dachsfrau.«

Sie blickte ihn mit klugen Augen an. »Was hat jener Mann gesagt, um dich so wütend zu machen?«

Er fragte sich, warum sie es darauf angelegt hatte, seinen schwachen Punkt herauszufinden. »Er hat Dinge gesagt, deren Macht er nicht kennt.«

Sie musterte ihn schweigend.

»Und ich bin nicht wütend!«

Sie besaß die Dreistigkeit, skeptisch die Brauen hochzuziehen. »Und ob du das bist.« Dann griff sie nach ihrem Grabstock. »Ich werde ein paar Wurzeln für das Abendessen ausgraben.«

Er konnte keinen Tadel in ihrer Stimme entdecken. »Gut. Ich werde dich begleiten.«

Sie wanderten zum Bach hinunter.

Als sie zurückkehrten, trug Falke seinen Speer, und Stern war beladen mit staubbedeckten Lilienknollen und Riedgraswurzeln.

Klaue und die anderen Jäger waren noch nicht zurückgekehrt, aber zwei Feuer waren in der Zwischenzeit angezündet worden, und mehrere Leute saßen darum herum.

Falke schlenderte zum Feuer der Männer hinüber. Roter Habicht polierte eine Speerspitze, und Betafors Bruder, Schleicht Sich Davon, war damit beschäftigt, eine Obsidianklinge zu schärfen.

Falke konnte hören, wie Stern hinter ihm herkam.

Als Roter Habicht Stern entdeckte, starrte er mißbilligend auf ihren Armvoll Riedgrasstengel und Lilienknollen und sagte dann zu Falke: »Du würdest essen, was eine Dachsfrau zubereitet? Ha! Ich nicht. Ich hätte Angst, vergiftet zu werden!« Er drehte sich triumphierend zu seinen alten Freunden um, wartete darauf, daß sie über seinen Witz lachten. Einige der Männer grinsten halbherzig.

Falke wußte, Roter Habicht war noch immer wütend darüber, Stern verloren zu haben, deshalb zuckte er lediglich die Achsel, da er kein Interesse an einem Kampf hatte. Der Spaziergang mit Stern am Bach entlang hatte seinen Zorn beschwichtigt, und er empfand dieses willkommene Gefühl innerlichen Abgestumpftseins, das ihm so vertraut war.

Seine Gefangene starrte Roter Habicht an, als gefiele ihr sein Vorschlag.

»Koch die Wurzeln«, befahl Falke ihr. Er wollte nicht, daß sie einen Streit zwischen ihm und Roter Habicht anzettelte. Er reichte ihr ein kleines Obsidianmesser, um damit die äußere Haut von den Riedgraswurzeln abzuschälen.

»Sei vorsichtig«, warnte Roter Habicht Falke. »Ein Dachs mit einem Messer...«

Falke wartete. »Ja?«

»... weiß nicht, was er damit anfangen soll!« Und Roter Habicht schlug sich auf die Schenkel und brach in stürmisches Gelächter aus. Nachdem er sich die Lachtränen aus den Augen gewischt hatte, meinte er zu Schleicht Sich Davon: »Du hast die Dachsmänner erlebt. Sie bildeten sich ein, sie könnten sich an uns anschleichen. Tja, und wir haben sie hereingelegt. Sie sind Dummköpfe, alle miteinander.«

Stern hatte den Männern den Rücken zugekehrt, doch Falke sah, wie sie sich bei den höhnischen Bemerkungen der anderen versteifte.

»Richtig. Sie haben es wirklich verdient, an die Fischesser verkauft zu werden, wenn sie nicht besser kämpfen können«, stimmte Schleicht Sich Davon zu.

»Sie haben viel zu schnell aufgegeben«, bemerkte ein anderer.

»Ich bin hinter einem Baum hervorgesprungen und hab mir einen von ihnen geschnappt«, brüstete sich Roter Habicht. »Ein magerer Kerl mit einem dicken Haarschopf. Hat versucht, wegzulaufen, der Feigling. Wollte nicht kämpfen!«

Erregt sprang Roter Habicht von seinem Platz am Feuer auf und begann, die Szene nachzuspielen. »Er riß sich von mir los und rannte weg. Ich bin natürlich mit einem Satz hinter ihm her und auf seinen Rücken gesprungen!« fuhr er fort.»Dann fielen wir beide hin, und ich hab mich blitzschnell auf ihn gerollt.« Er wälzte sich auf dem Boden hin und her, um den anderen zu demonstrieren, wie der großartige Kampf abgelaufen war. »Dann war er plötzlich auf mir, mit dem Messer in der Hand –«

Die anderen Männer waren jetzt ebenfalls auf den Beinen und spielten ihre Rolle in dem Kampf nach.

»Und dann hab ich einen von den Burschen an der Kehle gepackt!« rief ein Jaguar.

»Hab ihm sein Wams mit einem Griff vom Rücken gerissen!« brüllte ein anderer.

»Hab ihm seinen Speer weggenommen. Ich habe ihn immer noch; er gehört jetzt mir!« schrie Schleicht Sich Davon und fuchtelte triumphierend mit der Waffe herum.

Die Dachsfrau hörte auf, Wurzeln zu schälen.

»Diese Dachsmänner sind erbärmliche Feiglinge!« schrie Roter Habicht, noch ganz außer Atem von seinem heftigen Kampf mit seinem imaginären Gegner.

Wütend wirbelte Stern herum. »Unsere Männer sind mutig! Sie konnten nichts gegen euch ausrichten, weil sie euch zahlenmäßig weit unterlegen waren!«

Roter Habicht runzelte finster die Stirn. »Schweig still, Frau.« Er drehte sich zu Falke um und knurrte. »Du mußt deine Frau besser erziehen! Für sie ist kein Platz in unseren Geschichten.«

»Außer als Gefangene«, bemerkte Falke trocken, während er sich am Feuer niederließ.

Roter Habicht funkelte Stern böse an. »Wenn sie meine Frau wäre, würde ich ihr klarmachen, daß sie den Mund zu halten hat!« sagte er drohend.

»Sie ist aber nicht deine Frau«, erwiderte Falke.

Widerstrebend fuhr Roter Habicht fort, seine Geschichten zu erzählen, aber er war jetzt weniger überschwenglich und warf Stern gelegentlich einen finsteren Blick zu.

Sie machte sich wieder daran, die Wurzeln zu schälen. Als sie fertig war, erhob sie sich. Falke stand ebenfalls auf. »Komm«, sagte er. »Laß uns zu deinen Dachsfrauen gehen. Du hast genug Jaguargeschichten gehört.«

»Ich habe keine Angst vor den Jaguar«, gab sie grimmig zurück. »Ich fürchte ihre lächerlichen Reden nicht!«

Er musterte sie belustigt. »Ich weiß, daß du keine Angst hast. Aber ich möchte zur Abwechslung mal eine Dachsgeschichte hören.«

Plötzlich lächelte sie, aber es war kein liebenswürdiges Lächeln. »Oh, du wirst eine Dachsgeschichte zu hören bekommen«, versprach sie. »Und sie wird dein feiges Falkenherz mit Furcht erfüllen. Dann wirst du wissen, daß du es mit einem stolzen, einfallsreichen Volk zu tun hast.«

Hinter sich hörte Falke Roter Habicht zornig nach Luft schnappen. »Vielleicht möchte Roter Habicht ja mitkommen, um die Geschichte zu hören«, höhnte er.

»Nein, das möchte ich nicht!« rief Roter Habicht. »Es war ein großer Irrtum von mir zu glauben, daß eine Dachsfrau eine gute Ehefrau abgeben würde. Ich sehe jetzt, daß sie es nicht ist. Aber sie gehört ja jetzt dir, und von mir aus kannst du sie gerne behalten!«

Falke lächelte und schlenderte hinüber zu der Feuerstelle der Dachsbräute. Salbeiblüte lächelte Stern zu und warf einen finsteren Blick auf Falke. Falke beugte sich vor und schob ein Stück Holz ins Feuer, um seine Belustigung zu verbergen.

»Warum hast du ihn mitgebracht?« zischte Wildkirsche, ohne sich bewußt zu sein, daß er ihre Worte mithörte.

»Ich hatte kaum eine andere Wahl«, meinte Stern achselzuckend. »Er möchte eine Geschichte hören.« Sie blickte über ihre Schulter hinweg auf die Jaguarmänner. »Eine Dachsgeschichte.« Dann gähnte sie. »Jaguargeschichten sind nämlich furchtbar langweilig.«

Wildkirsche schnaubte, doch Salbeiblüte lächelte schlau. »O ja, Stern, erzähl ihm eine Geschichte. Und wenn du fertig bist, wird er wissen, wie klug wir Dachsleute sind und wie großartig unser Erbe ist!«

Sterns entzücktes Lachen überraschte Falke, und er ertappte sich bei dem Wunsch, mehr davon zu hören. Schmunzelnd hob er einen weiteren Ast in das hell lodernde Feuer. Diese Dachsfrau amüsierte ihn. Sie zu zähmen könnte sich als interessant erweisen.

13. Kapitel

Stern knabberte an der knusprig gerösteten Rehrippe und ignorierte den Jaguarmann, der sich wie eine große, träge Katze neben ihr räkelte, während er den Erzählungen der Dachsfrauen zuhörte.

Sie rümpfte die Nase, tat so, als nähme sie keine Notiz von ihm. In letzter Zeit ertappte sie sich jedoch ständig dabei, wie sie ihn beobachtete, wenn er sich dessen nicht bewußt war. Er hatte etwas an sich, was sie faszinierte, aber sie wußte nicht, was es war. War es sein starker, muskelgestählter Körper? Oder die Vorsicht, mit der ihn die anderen Männer behandelten? Waren es jene blitzenden schwarzen Augen, die sie zu verschlingen schienen, wann immer er sie anblickte? Sie zwang sich, ihre Gedanken von dem Mann an ihrer Seite loszureißen. Da war ihr doch die Gesellschaft ihrer Dachsfreundinnen bei weitem lieber.

Wilde Zwiebeln und Wacholderbeeren würzten den Rehbraten, den Salbeiblüte und Kiefer, die eine ausgezeichnete Köchin war, zubereitet hatten, und von dem rosigen Fleisch rann der Saft nur so herunter. Stern schloß die Augen, als sie ihr Fleisch kaute und jeden Bissen davon genoß.

Als sie die Augen wieder öffnete, fühlte sie den Blick des Jaguar auf sich ruhen. Er beobachtete sie unter halbgesenkten Lidern hervor, während er ein Stück von dem gebratenen Fleisch abriß, es sich in den Mund warf und langsam kaute. Ein Schauder überlief sie, und sie fragte sich verwirrt, ob er sie auf die gleiche Weise verschlingen würde. Er war ein harter, rücksichtsloser Mann, ein Mann, vor dem sie auf der Hut sein mußte, und sie wünschte inständig, sie wäre ihm nicht so hilflos ausgeliefert, wäre nicht gezwungen, ihn ins Jaguarterritorium zu begleiten, dazu bestimmt, ein Leben mit ihm zu teilen – sei es als Sklavin oder als Gefährtin oder Ehefrau.

Flucht ist meine einzige Wahl, entschied sie, als sie wieder einen Bissen von der Rehrippe nahm. Ich muß zurück ins Dachsterritorium fliehen und meine Mutter finden. Sie musterte die Gesichter der anderen Frauen, rechnete sich aus, wie viele von ihnen ebenfalls fliehen wollten.

Elchknie benutzte einen scharfen Stein, um einen dicken Fleischknochen aufzubrechen. Rehkitz half ihr eifrig, um an das schmackhafte Mark heranzukommen. Wahrscheinlich waren weder die hübsche Witwe, Elchknie, noch die kichernde Rehkitz bereit, ein zweites Mal die Flucht zu versuchen. Elchknie hatte schon gegen den ersten Versuch protestiert, und Stern war es nur mit großer Mühe gelungen, Rehkitz dazu zu bewegen, sich ihr anzuschließen.

Wildkirsche und Salbeiblüte saßen Seite an Seite und flüsterten miteinander. Die beiden würden sie begleiten, wie Stern vermutete, weil sie keinen Jaguar zum Ehemann wollten. Wildkirsche hatte Stern bereits anvertraut, daß sie sich nach Findet Den Marder sehnte. Und Stern hatte Salbeiblüte – die sanfte, liebenswerte Salbeiblüte – nachts weinen gehört, als sie glaubte, die anderen könnten sie nicht hören: Jene bitteren Tränen galten Vielfraß, dem Mann, dem sie versprochen war. Aber sowohl Vielfraß als auch Findet Den Marder waren jetzt Gefangene und höchstwahrscheinlich schon an die Fischesser verkauft. Wildkirsche und Salbeiblüte hatten keine Hoffnung, sie jemals wiederzusehen.

Kiefer saß für sich allein und leckte sich genüßlich den Fleischsaft von den Fingern. Jeden Tag während ihrer Wanderung lachte und scherzte Kiefer mit Lanze, dem stämmigen Jaguar, der mit Roter Habicht um Stern gekämpft hatte, und häufig warf sie Stern finstere, eifersüchtige Blicke zu. Kiefer würde die Jaguar vermutlich warnen, wenn sie herausfand, daß Stern wieder zu fliehen plante.

Stern seufzte schwer. Obwohl eine Flucht immer weniger wahrscheinlich schien, je weiter sie sich von Dachsland entfernten, konnte sie sich immer noch an die genaue Lage des heimatlichen Lagers erinnern. In Gedanken sah sie den Ort vor sich, wo der Wald und die hohen Felsen an die grasige Ebene und den Fluß angrenzten. Ja, sie würde das Lager wiederfinden, das wußte sie.

Das Feuer knisterte und prasselte, und rötliche Flammen loderten auf, als eine der Frauen ein frisches Stück Holz nachlegte. Der Lichtschein reflektierte auf den Gesichtern der Frauen. Stern sah blicklos ins Feuer. Nachdem ihr Magen voll war, lehnte sie sich mit einem zufriedenen Seufzer zurück und wischte sich den Mund ab. *Höchste Zeit, den arroganten Jaguar in seine Schranken zu verweisen.*

»Dieses Essen erinnert mich an die Zeit, als unsere Vorfahren ein großes Festmahl veranstalteten«, begann sie, wobei sie einen verstohlenen Blick auf Falke warf. Als er lediglich ins Feuer starrte, fügte sie hinzu: »Meine Mutter hat mir viele Male von unseren Vorfahren erzählt und wie sie die sieben Ungeheuer töteten und ein großes Fest feierten.«

»Ha! Bei diesem Essen hier gibt es wohl kaum etwas zu feiern«, warf Wildkirsche mit einem scharfen Blick auf den Jaguar ein, der sich bequem ausgestreckt hatte. Er gähnte laut.

»Vor langer, langer Zeit«, fuhr Stern fort, »als die Großmutter meiner Großmutter auf der Erde wandelte –«

»O nein, das war noch früher«, protestierte Elchknie. »Es war zur Zeit unserer Urururgroßmütter! So hat es mir meine Mutter immer erzählt.«

»Na schön. Also, zur Zeit unserer Ururururgroßmütter lebte eine wunderschöne Frau namens Dunkler Stern –«

»Nach der du genannt wurdest«, warf Salbeiblüte ein.

Stern fühlte Röte in ihre Wangen kriechen. Sie wollte nicht, daß der Jaguar über sie Bescheid wußte.

»Dunkler Stern ist die Stammutter unseres Volkes«, fügte Salbeiblüte stolz hinzu.

Der Jaguarmann trug ein amüsiertes Lächeln zur Schau. Es milderte die Strenge, die die Narbe seinen Zügen verlieh.

Stern holte tief Luft und fuhr energisch fort: »Eines Tages ging Dunkler Stern am Fluß entlang. Sie suchte das schlammige Ufer nach Seggewurzeln ab, den großen Knollen, deren milchiges Fleisch immer so köstlich schmeckt, wenn man es röstet. Ihre hungrigen Brüder und Schwestern und Eltern hatten verlangt, daß sie zum Fluß gehen und Wurzeln zum Abendessen ausgraben sollte.

Und so tat Dunkler Stern, worum ihre Eltern sie gebeten hatten. Aber leider waren ihre Gedanken nicht bei der Suche nach den Seggewurzeln. Als sie am Flußufer entlangging, seufzte Dunkler Stern viele Male, denn sie fühlte sich sehr einsam.«

»Ja«, riefen Kiefer und Rehkitz im Chor, völlig versunken in die Geschichte.

»Sie sehnte sich nach jemandem, dem sie ihre Liebe schenken konnte«, fügte Rehkitz hinzu. »Abgesehen von ihren vielen Brüdern und Schwestern und ihren Eltern und Großeltern natürlich.«

»Jemand, dessen Herz nur ihr allein gehören würde«, erklärte Salbeiblüte.

Alle fünf Frauen versanken in Schweigen, und Stern verzog kurz das Gesicht zu einer Grimasse, als sie zwei der Frauen sehnsüchtig seufzen hörte – Wildkirsche und Salbeiblüte. Falkes Augen waren geschlossen; er schien zu schlafen. Stern runzelte mißbilligend die Stirn über seine Unaufmerksamkeit. In dem Moment öffnete er die Augen, und ihre Blicke trafen sich.

Erschrocken fuhr sie fort: »Aber-aber Dunkler Stern konnte die Seggewurzeln, die sie suchte, nicht finden. Sie wanderte weiter und weiter am Fluß entlang, entfernte sich immer mehr von ihren Leuten, bis sich die Dunkelheit herabsenkte und sie erkannte, daß sie sich verirrt hatte.«

»Das ist mir auch schon einmal passiert«, warf Wildkirsche ein.

»Pssst«, zischte Kiefer.

»Inzwischen war es finstere Nacht«, erzählte Stern, »und Dunkler Stern wußte nicht, was sie tun sollte. Und so legte sie sich unter eine Kiefer und schlief ein. Am nächsten Morgen wurde sie von einem Dachs geweckt. Er führte einen Dachstanz auf, und dann sagte er: ›Ich schenke dir diesen Tanz. Und jetzt folge mir.‹

Dunkler Stern hatte keine Angst, denn sie wußte, er war ein Tiergeist. Es wäre sicher ratsam, mit ihm zu gehen, dachte sie; vielleicht würde er sie nach Hause führen. Sie folgte dem Dachs zu einer Höhle, und als er hineinkroch, tat sie es ihm nach.«

»Sie betrat die Höhle der Toten«, erklärte Wildkirsche.

»Ja, und das Licht in der Höhle der Toten war sehr schwach, deshalb konte sie den Dachs kaum erkennen, als er sich vor ihr her bewegte. Schließlich wurde es so dunkel, daß sie sich an den Wänden entlangtasten mußte, um ihren Weg zu finden. Dann fühlte sie plötzlich eine schreckliche Erschütterung, und die Erde begann zu beben. Staub rieselte von der Höhlendecke, und überall um sie herum polterten Steine herab. Als sie kehrtmachte, um aus der Höhle zu fliehen, stellte sie fest, daß der Eingang von einem gewaltigen Felsen blockiert war.«

»Dies ist der gruselige Teil«, unterbrach Wildkirsche wieder.

»Still«, ermahnte Kiefer sie.

»Dunkler Stern war in der Höhle gefangen! Sie rief nach dem Dachs, bat ihn, sie zu führen, aber es kam keine Antwort. Sie wartete lange Zeit auf den Dachs, doch er kehrte niemals aus den Tiefen der Höhle zurück. Sie war ganz allein! Voller Angst jetzt, aber immer noch mutig, tastete sich Dunkler Stern an den Felswänden entlang, während sie tiefer und tiefer in die Finsternis der Höhle der Toten strebte. Einmal rief sie laut, aber nur ihr Echo hallte von den Wänden wider. Sie wußte, die Höhle mußte riesig sein.

Plötzlich drang lautes Grunzen und Schnaufen an ihr Ohr. Langsam kroch sie vorwärts und tastete sich um eine Biegung in der Höhlenwand herum. Und dann sah sie Licht! Es war sehr schwach, aber es war Licht. Sie bewegte sich darauf zu. Weiter voraus in der matt erleuchteten Höhle entdeckte sie eine Herde riesiger Tiere – Ungeheuer!«

»Aiieee!« schrie Rehkitz.

»Beruhige dich«, sagte Kiefer. »Wir nennen sie Mammuts. Unsere Vorfahren haben viele Geschichten über sie erzählt.«

Rehkitz sah immer noch verängstigt aus.

»Die Ungeheuer schubsten und drängelten sich in der Felshöhle, stießen gegen die Wände. Dunkler Stern kroch näher heran, um zu sehen, was sie dort taten, und dann sah sie zu ihrer Überraschung, daß sie an den Wänden leckten. Etwas an den Wänden schien den Ungeheuern zu schmecken. Später kostete Dunkler Stern selbst von den Wänden. Sie waren salzig.«

»Ich gehe nie wieder in eine Höhle«, sagte Rehkitz schaudernd.

»Unsinn«, meinte Elchknie. »Die Mammuts sind inzwischen alle tot. Ich kenne niemanden, der jemals eines gesehen hätte.«

»Auch schon zur Zeit unserer Großväter hat kein Mensch jemals mehr ein Mammut gesehen«, warf Kiefer ein.

»Das ist mir egal«, widersprach Rehkitz. »Ich gehe trotzdem nie wieder in eine Höhle.«

»Einmal hat mein Onkel ein Ungeheuer gesehen, das im Eis eingefroren war«, berichtete Wildkirsche. »Er war auf der Jagd nach den großen Schafen, die in den Bergen leben, und er traf auf einen großen Berg aus Schnee. Als er näher kam, sah er einen Kopf, wie er noch nie einen gesehen hatte – einen riesigen, zotteligen Kopf, aus dem direkt über dem Maul ein langes dünnes Bein herauswuchs. Der Kopf mit dem Bein ragte aus dem Eis heraus. Der Anblick erschreckte ihn derart, daß er entsetzt davonlief.«

»Aiiee«, murmelte Rehkitz schaudernd. Die Frauen blickten sich gegenseitig unsicher an.

»Nach einer Weile«, fuhr Stern fort, »verließen die Ungeheuer die Höhle, und Dunkler Stern folgte ihnen. Offenbar kannten die Ungeheuer ihren Weg, so als wären sie schon viele Male in der Höhle gewesen.«

Sie konnte Falkes schwarze Augen auf sich fühlen. »Als Dunkler Stern aus der Höhle der Toten trat, sah sie, daß die Ungeheuer – oder Mammuts – zu einem steinigen Strand hinuntergegangen waren und aus dem See der Grünen Wasser tranken. Sie schlich ihnen nach. Sie hörte sie schnauben und miteinander reden, aber sie konnte ihre Sprache nicht verstehen.

Viele Tage lang folgte Dunkler Stern nun der Mammutfamilie, und sie aß von den gleichen Gräsern und Blättern wie die Mammuts und trank von dem kalten Wasser, das in den See der Grünen Wasser floß. Eines Tages wurde ein junges Mammut von der Mammutfamilie getrennt und begann plötzlich laut zu schreien. Dunkler Stern bahnte sich einen Weg zu ihm, um zu sehen, was passiert war.

Jäger waren über das Mammut hergefallen! Jäger, die Dunkler Stern noch nie zuvor gesehen hatte. Sie waren in zottelige Bärenfelle gekleidet und trugen scharfe Speere. Viele Male stürzten sie sich auf das verwundete Mammut und stachen mit ihren Speeren in seinen Leib, um es zu töten. Sie erlegten das Tier, und dann entdeckten sie Dunkler Stern. Einer von ihnen, ein schneller Läufer, rannte ihr nach, als sie zu fliehen versuchte, und fing sie ein.«

An dieser Stelle blickte Stern flüchtig zu Falke hinüber. Anscheinend hatte sich Dunkler Stern in genau der gleichen Zwangslage wie sie befunden.

Falke lächelte. *So wie ich dich gefangengenommen habe*, sagte ihr sein wissendes Lächeln.

»Der-der Jäger nahm Dunkler Stern mit, um bei seinem Volk zu leben. Sie blieb einige Zeit bei ihnen. Sie behandelten sie weder freundlich noch grausam.«

»Ich frage mich, ob uns wohl das gleiche passieren wird«, murmelte Salbeiblüte.

»Dann kam der Winter, in dem viele starben. Gewaltige Schneestürme brausten über das Land, und überall ragten Eisberge auf. Die Leute, bei denen Dunkler Stern lebte, litten furchtbaren Hunger. Die Jäger in den zotteligen Bärenfellen konnten nicht mehr genug Nahrung für die Menschen beschaffen. Die Kinder weinten in der Nacht, weil ihre Bäuche vor Hunger schmerzten. Die Alten stöhnten und wurden mager und teilnahmslos.«

»O nein!« jammerte Wildkirsche. »Ich hasse solch schreckliche Winter.«

»Ich auch«, murmelte Kiefer.

»Aus diesem Grund trocknen wir Elchfleisch und legen es als Vorrat für den Winter zurück«, sagte Elchknie praktisch.

»Dunkler Stern erinnerte sich, daß diese Menschen zwar nicht freundlich zu ihr waren, ihr jedoch immer zu essen gegeben und ihr Schutz gewährt hatten. Sie dachte darüber nach. Schließlich traf sie eine Entscheidung. Sie führte die Jäger in die Höhle der Toten, wo sie die Mammuts an den salzigen Wänden hatte lecken sehen. Lautlos krochen sie in die Höhle. Und tatsächlich fanden sie in einer der Höhlenkammern sieben Mammuts. Die Jäger töteten sie allesamt!«

»Oh«, hauchte Rehkitz.

»Jetzt hatten die Menschen reichlich Fleisch. Sie veranstalteten ein großes Festmahl und sangen und tanzten. Die Leute hatten soviel Fleisch, daß die Jäger den Rest des Winters über nicht mehr zu jagen brauchten. Der gesamte Stamm überlebte. Die Kinder hatten wieder volle Bäuche, und die Alten wurden fett. Sie lebten von nun an in der Höhle, um sich vor der eisigen Kälte zu schützen, und sie aßen Mammutfleisch. Und sie malten Bilder auf die Höhlenwände, um die große Jagd zu feiern.«

»Ah«, machte Rehkitz.

»Die Menschen, unsere Urahnen, waren so dankbar und glücklich über Dunkler Sterns Güte ihnen gegenüber, daß sie sich ihr zu Ehren fortan das Dachsvolk nannten. Und sie gaben sie ihrem besten Jäger zur Ehefrau.«

»Dem Jäger, der sie ursprünglich gefangengenommen hatte«, warf Falke ein.

Stern verlagerte unbehaglich ihr Gewicht und starrte auf seinen sinnlichen Mund. »Äh ... ja, er war derjenige.«

Wildkirsche beäugte Stern und Falke nachdenklich.

»Sie heirateten«, fuhr Stern beharrlich fort, »und sie hatten acht Kinder, von denen jedes nach den acht Punkten auf der Erde benannt wurde.

Aber dies war das Seltsame: Nach jenem Winter fanden die Dachsleute nie wieder Mammuts. Es war, als wären die Mammuts weit fort in ein anderes Land gezogen. Nach dieser Zeit jagten die Dachsleute nur noch Elche und Wild. Dunkler Stern brachte ihnen bei, das Fleisch zu dörren, damit es bis weit in den Winter reichen würde.«

»Ich esse gerne Elchfleisch«, verkündete Rehkitz.

»Dunkler Stern lebte viele glückliche Jahre lang mit ihren Kindern und ihrem Ehemann. Und als sie starb«, fuhr Stern fort, »verwandelte sie sich in einen Stern am Himmel – den Dunklen Stern –, den einen, den man nur zu bestimmten Zeiten sehen kann. Aber wann immer ihr Dachsvolk in Gefahr ist, erscheint sie als ein helles Licht am Himmel und führt ihre Leute an einen sicheren Ort.«

»Wir könnten sie jetzt auch gut brauchen«, sagte Wildkirsche düster.

»Manchmal schickt sie einen Dachs, um ihnen zu helfen«, fügte Stern hinzu.

Danach herrschte lange Zeit Schweigen. Stern schaute sich verstohlen um, um zu sehen, ob sich vielleicht ein Dachs in den Felsspalten versteckte. Denn Wildkirsche hatte recht. Die Dachsfrauen brauchten wirklich Hilfe. Dringend.

14. Kapitel

Falke war amüsiert über die Erzählung der Dachsfrau. Sie suchten also jemanden, der sie retten würde, wie? Nun, von mir aus können sie suchen, soviel sie wollen, dachte er, aber sie werden trotzdem Jaguarmänner heiraten. Er würde Klaue warnen müssen. Stern heckte wahrscheinlich schon wieder einen Plan aus, um ihre Leute »an einen sicheren Ort zu führen«. Sie mußten die Dachsbräute scharf im Auge behalten.

»Wir treffen morgen im Hauptlager meines Stammes ein«, verkündete Falke.

»O nein«, stöhnte eine der Frauen erschrocken.

»Sei still, Salbeiblüte«, zischte eine andere.

Salbeiblüte war schlank und hatte ein feingeschnittenes Gesicht. Wenn sie lächelte, war sie bezaubernd. Es gab einmal eine Zeit, da hätte sich Falke eine Ehefrau wie sie gewünscht. Sie erinnerte ihn sogar an Tula. Er fragte sich nur, ob sie auch so falsch und betrügerisch wie seine frühere Ehefrau war.

»Es ist Zeit zum Schlafengehen«, sagte er zu den Frauen. »Wir haben morgen einen weiten Weg vor uns. Die Männer warten schon ungeduldig darauf, in unser Lager zurückzukehren.«

Alle Frauen außer Stern legten sich gehorsam hin und deckten sich mit Fellen zu. Stern funkelte ihn böse an; ihre dunklen Augen blitzten, ihr schwarzes Haar hing in einer dichten Mähne zu einer Seite ihres Gesichts herab und verhüllte ihren Busen. Ein stummes Knurren kräuselte ihre Oberlippe.

»Komm«, forderte Falke sie auf. »Laß uns einen Spaziergang machen.«

Das Licht schwand rasch, als sie das Lager hinter sich ließen und durch das hohe Gras gingen, das in der Nähe des Baches wuchs. Falke wandte sich vom Eingang zum Cañon der Tauben ab und strebte nach Norden, dorthin, wo gewaltige Felsen das Ende des engen Tales markierten. Grillen unterbrachen ihr Zirpen, Frösche hörten zu quaken auf, als sich die Menschen näherten.

»Es ist wirklich ein schöner Abend«, sagte Falke. Der Himmel wölbte sich wie ein riesiges Zelt über ihnen in der kalten, klaren Luft, rot und purpurn und gold gestreift.

Als Stern zum Himmel hinaufschaute, bemerkte er: »Es ist noch zu früh für Dunkler Stern.«

Sie blickte ihn trotzig an.

»Rechne nicht mit Hilfe«, warnte er sie. »Was ich mir einmal genommen habe, gebe ich nicht mehr her. Und auch die anderen Männer werden euch nicht laufenlassen. Ihr Dachsfrauen braucht euch keine Hoffnungen zu machen, daß ihr fliehen könnt, also versucht es gar nicht erst. Wir werden euch verfolgen und aufspüren und euch zurückbringen.«

»Wenn du derjenige wärst, der gezwungen wurde, sein Volk zu verlassen, würdest du dann bereitwillig mitgehen?«

Er lachte. »Nein«, erwiderte er schließlich. »Ganz bestimmt nicht.«

»Dann erwarte nicht, daß ich es tue!«

Sein Mund verzog sich zu einem Lächeln. »Bei einem Mann ist das etwas anderes.«

»Ach ja?« fragte sie mit blitzenden Augen.

»Ja«, antwortete er. »Ein Mann leistet Widerstand, er schlägt zurück. Er rechnet damit, daß er fliehen kann, oder versucht es zumindest. Eine Frau... nun, eine Frau muß sich fügen und sich mit ihrem Schicksal abfinden.«

»Glaubst du?«

Es gefiel ihm, daß ihre Stimme ruhig klang. Es bewies, daß sie die Weisheit in seinen Worten erkannte.

»Ja, das glaube ich. Eine Frau wird sich – wenn sie klug ist – still fügen; sie wird Häute gerben, Wurzeln sammeln, sich um das Feuer kümmern. Die anderen Dachsbräute werden ganz sicherlich gehorsam sein und sich in ihr neues Leben einfügen. Sie wissen, daß sie es gut bei uns haben werden, daß sie einen guten Ehemann bekommen, und sie akzeptieren das. Du jedoch rebellierst dagegen. Ich warne dich, gegen dein künftiges Leben anzukämpfen. Dein Leben mit mir wird sehr viel angenehmer sein, wenn du es nicht tust.«

»Ich kämpfe doch gar nicht dagegen an«, erwiderte sie, »ich bin doch ganz ruhig.«

»Und das überrascht mich«, gestand er. »Ich glaube nämlich, du planst einen neuen Fluchtversuch und hast vor, die anderen Bräute mitzunehmen. Tu es nicht. Ich warne dich!«

Ihr Lächeln war kalt. »Ich werde deine Warnung sicherlich beherzigen.«

Warum hatte er nur das Gefühl, daß sie nicht aufrichtig zu ihm war?

Er hielt inne, fragte sich, ob er aussprechen sollte, was ihn wirklich beschäftigte. Sie hatte sich von ihm abgewandt und pflückte müßig Büschel samtroter Sumachbeeren.

»Wenn wir in mein Lager kommen«, begann er, »wirst du bei mir bleiben.«

Damit hatte er ihre Aufmerksamkeit.

»Ich möchte nicht, daß du mit irgendeiner der Jaguarfrauen sprichst«, fuhr er fort.

»Warum nicht?«

»Den Grund brauchst du nicht zu wissen. Ich möchte, daß du immer in der Nähe meines Zeltes bleibst. Du kannst natürlich mit deinen Dachsfreundinnen reden, aber du mußt dich von den Jaguarfrauen fernhalten. Hast du verstanden?«

»Ja.«

Stern wandte sich wieder ab und fuhr fort, Beerenbüschel zu pflücken. Er wünschte, er wüßte, was ihr durch den Kopf ging. »Es wird besser für dich laufen, wenn du tust, was ich dir sage«, fügte er warnend hinzu.

»Das ist sicher wahr.«

Sie sieht nicht wie der gehorsame Typ Frau aus, dachte er unsicher. Vielleicht sollte er besser die andere nehmen, wie hieß sie doch gleich? Ach ja, Salbeiblüte. Vielleicht sollte er Salbeiblüte zur Ehefrau nehmen. Nein, lieber nicht, sie erinnerte ihn zu sehr an Tula. »Und halte dich von den anderen Jaguarmännern fern, wenn wir ins Lager kommen«, fügte er hinzu. Vor allem durfte sie nicht in Murmeltiers Nähe kommen. Murmeltier pflegte anderen Männern die Ehefrau zu stehlen.

»Du nimmst mich mit, um bei deinen Leuten zu leben, aber du willst nicht, daß ich mit ihnen spreche?«

Er hörte die Verwirrung und Ungläubigkeit in ihrer Stimme.

»Tu einfach, was ich dir sage«, beharrte er und kam sich ausgesprochen töricht vor. Was hatte diese Frau nur an sich, das ihn so reizte, daß er sich immer tiefer verstrickte? Bevor er auf Brautsuche zum Dachslager gereist war, hatte er keinerlei Sehnsucht nach einer Ehefrau gehabt. Aber als er diese Frau gesehen hatte, die sich unter dicken Schichten von Schlamm verbarg, war plötzlich alles anders für ihn geworden. Und was sollte er jetzt, nachdem er sie hatte, mit ihr anfangen?

Sie betrachtete ein verwelktes Büschel Sumach.

»Das ist bei uns so Brauch«, fügte er nach einer Weile hinzu. Es stimmte zwar nicht, aber wenn es sie davon abhielt, mit den Jaguarfrauen zu reden... nun, es war auf jeden Fall besser so. Für ihn.

»Die Jaguar haben seltsame Bräuche«, meinte Stern.

Falke zuckte die Achseln. »Du wirst dich an unsere Lebensweise gewöhnen.«

Sie blickte ihn mit gerunzelten Brauen an. »Ich will mich aber nicht an eure Lebensweise gewöhnen.«

»Nein, das scheint mir auch so.«

»Ich bin eine Dachsfrau. Ich komme aus einem tapferen Volk. Ich will nicht mit dir leben. Oder mit deinem Volk.«

Er sog scharf den Atem ein. »Was du willst, kümmert mich nicht. Du wirst mit zu meinem Lager kommen; du wirst mit mir leben. Und mit mir schlafen.«

»Nein! Das werde ich nicht.«

Blitzschnell packte er sie an den Schultern. Sie stieß einen kleinen Schrei aus, als die Beeren in alle Richtungen flogen. Er zog sie in seine Arme, während er sehnsüchtig ihren Duft einsog. Sie roch nach Rauch und Leder und noch nach etwas anderem – nach Frau. Und – ach, wie gut sie sich in seinen Armen anfühlte! »Ich glaube, du wirst es sehr schön finden, mit mir zu schlafen«, murmelte er rauh. Es überraschte ihn, wie sehr er nach ihr hungerte, sich nach ihrem Körper verzehrte. Es war lange, lange her, seit er mit Tula...

Sie stieß mit beiden Händen gegen seine Brust, und ihre Augen, dunkel und blitzend, begegneten seinem Blick. »Du hast eine ziemlich hohe Meinung von dir selbst, Jaguar«, flüsterte sie.

Er küßte sie auf die Stirn. »Nicht derart hoch. Es ist nur so, daß ich weiß, wie man eine Frau befriedigt. Ich weiß, wie ich dich befriedigen kann.«

Dann beugte er den Kopf und drückte sanft seine Lippen auf ihren Mund. Wie süß sie schmeckte! Er küßte sie lange und ausführlich, dann schob er seine Zunge zwischen ihre Lippen, aber die Barriere ihrer Zähne hielt ihn auf. Er schmunzelte und legte beide Hände an ihre Wangen, während er erneut hungrig von ihren Lippen Besitz nahm. Als sie erregt zu keuchen begann, hob er den Kopf. »Siehst du, wie wundervoll es sein kann?«

Stern berührte ihren Mund mit einem Finger, ihre Augen groß vor Erstaunen. Falke lächelte nur und küßte sie noch einmal, stürmischer diesmal.

»Verdammt!« stöhnte er, als sie ihm urplötzlich ihr Knie zwischen die Schenkel rammte. Er krümmte sich keuchend vornüber, und bis er wieder zu Atem gekommen war und der stechende Schmerz ein wenig nachgelassen hatte, war Stern längst verschwunden. »Komm zurück, Dachsfrau! Komm sofort zurück!« schrie er erbost.

Aber es kam keine Antwort.

Wütend vor sich hin murmelnd rannte er ihr nach, blieb zwischendurch immer wieder kurz stehen, um auf ihre Schritte zu horchen, als sie platschend in den Bach lief. Er konnte ihre schattenhafte Gestalt in dem grauen Zwielicht kaum noch ausmachen,während sie leichtsinnig den Cañon hinaufstürmte. Obwohl er damit gerechnet hatte, daß sie sich losreißen und weglaufen würde – es war einer der Gründe gewesen, warum er tiefer in den Cañon hineingegangen war –, machte es ihn wütend, daß sie jetzt vor ihm floh.

»Was hast du nur an dir, was dich so schwierig macht, Dachsfrau?« knurrte er.

In seinen Lenden pochte noch immer ein dumpfer Schmerz, als er um eine Wegbiegung rannte, hinter der eine steile Felssäule aufragte. Er ließ seinen Blick über die Felsen schweifen, horchte auf das Geräusch gleitenden Gerölls, auf das Poltern von Steinen, die von den felsigen Wänden des Cañons abprallten, doch er hörte nur Stille. Aha, sie hatte aufgehört zu laufen. Sie versteckte sich wieder irgendwo.

»Stern«, rief er ruhig. »Es wird dunkel. Komm heraus. Ich werde dir nichts tun, aber ich möchte nicht die ganze Nacht nach dir suchen müssen.«

Keine Antwort. Seine Lenden schmerzten noch immer von dem heftigen Stoß, den sie ihm versetzt hatte.

»Stern?« Wo konnte sie nur sein? Kauerte wahrscheinlich hinter einem Felsen. Er zögerte, dann schlich er auf einen gewaltigen Felsblock zu. Er spähte um seinen zerklüfteten Rand, strengte seine Augen an, um sie in dem schwindenden Licht zu finden. »Stern?«

Nein, hier war sie nicht. Seufzend lehnte er sich gegen den Felsen und überlegte, was er tun sollte. Die Aussicht, sich die ganze Nacht um die Ohren zu schlagen, während er nach seiner widerwilligen Dachsbraut suchte, war alles andere als verlockend. »Stern?«

In dem Moment hörte er ein leises Rascheln in der Dunkelheit, und er lächelte befriedigt. Auf leisen Sohlen eilte er in die Richtung des Geräusches. Das Rascheln verwandelte sich in ein Zischen, und er hielt inne. Die Frau hat wirklich eine seltsame Art, mich abzuwehren, dachte er.

Dann ertönte ein dumpfes Knurren, und Falkes Herz begann zu hämmern. Das klang eher nach einem Tier.

Ein erneutes warnendes Knurren nur wenige Schritte vor ihm ließ ihn abrupt stehenbleiben. Sekunden später kam der Mond hinter den Wolken hervor, und er sah einen dicken Kopf mit einem weit aufgerissenen Maul und große gelbe Augen, die ihn zornig anfunkelten. Ein Jaguar!

Jetzt wünschte er inständig, er hätte seinen Speer bei sich gehabt. Er tastete nach dem Messer an seiner Seite, und das Gefühl der scharfen Klinge beruhigte ihn etwas.

»Stern«, sagte er mit gedämpfter Stimme, in der Hoffnung, sie konnte ihn hören. »Bleib in deinem Versteck, hast du verstanden? Hier ist ein Jaguar! Ich werde ihn verjagen.«

Die große Raubkatze hockte auf einem Felsvorsprung ein kurzes Stück über seinem Kopf und fauchte ihn drohend an. Falke schätzte sie ungefähr so schwer wie zwei ausgewachsene Männer. Als sie zischend das Maul aufriß, glänzten ihre scharfen Reißzähne im Mondlicht. Sie schüttelte gereizt den Kopf, und ihre kräftigen Nacken- und Schultermuskeln zeichneten sich unter dem glatten gelben, mit schwarzen Rosetten gesprenkelten Fell ab. Ein Mann konnte von einem solch starken Tier mühelos in Stücke zerrissen werden.

»Lauf weg«, sagte er zu der Raubkatze.

Sie fauchte noch grimmiger. Jaguare würden gegen jeden Feind in Reichweite kämpfen. Aber Falke wollte nicht gezwungen sein, mit diesem Tier zu kämpfen. Die Jaguarleute töteten keine Jaguare. Sie verehrten und schützten sie. Als Gegenleistung ließen die Jaguare ihr Namensvolk in Frieden ziehen. Aber vielleicht wußte dieser Jaguar nichts von der Abmachung.

»Laß mich in Ruhe. Geh weg«, sagte Falke und fuchtelte mit seinem Messer vor dem Kopf des Tieres herum. »Ich bin auch ein Jaguar. Meine Leute sind mit deinen verwandt. Ich will mich nicht mir dir anlegen.«

Der Jaguar fauchte.

»Pssst, Falke«, hörte er plötzlich Stern neben sich flüstern. »Hier. Ich habe einen Stein.«

Er packte sein Messer noch fester. »Ich habe mein Messer. Behalte du den Stein.«

Das Tier war der größte Jaguar, den Falke je gesehen hatte. Knurrend kroch er auf Falke zu. Er konnte den fauligen Atem riechen, als die Raubkatze fauchte und mit den Tatzen nach ihm ausholte.

»Geh zurück«, flüsterte er Stern zu. »Hinter mich. Wenn er springt –«

In dem Moment setzte der Jaguar zum Sprung an und zielte nach Falkes Kehle. Scharfe Klauen kämpften um Halt auf seinem Lederhemd. Die rasiermesserscharfen Krallen durchschnitten die Haut auf Falkes Schultern, als er sich gegen den Aufprall des massigen Körpers wappnete. Mann und Raubkatze gingen zu Boden.

»Falke!« schrie Stern voller Angst.

Sie wälzten sich im Staub hin und her, während der Jaguar wütend fauchte und spuckte und Falke verzweifelt versuchte, eine geeignete Stelle zu finden, um sein Messer hineinzustoßen. Die Raubkatze hob ihre mächtigen Hintertatzen und versuchte, ihre Krallen in Falkes Unterkörper zu schlagen, um ihm die Eingeweide herauszureißen. Plötzlich brüllte die Katze laut auf und ließ abrupt von ihm ab, während ein heftiges Zittern durch ihren kraftvollen Körper lief.

Stern schlug unablässig mit dem Stein auf den Kopf des Tieres ein. Falke starrte sie einen Moment lang erstaunt an, dann sprang er auf die Füße und griff den Jaguar erneut an. Er riß das Tier zu Boden und stieß sein Messer tief in die Halsschlagader. Die Raubkatze starb mit einem letzten zornigen Fauchen.

Wachsam und noch völlig außer Atem von dem Kampf beobachtete Falke das Tier auf irgendein Anzeichen von Bewegung. Er war bereit, sich erneut auf sie zu stürzen, sollte sich die Raubkatze wieder rühren. Aber sie war tatsächlich tot. Eine milde Abendbrise zerzauste das blutbefleckte Fell.

»Falke?«

Er drehte sich zu Stern um.

»Falke, du blutest!«

Benommen blickte er an sich herab. Sein Lederhemd – Tulas letzte Handarbeit für ihn – hing in Fetzen um seinen Körper. Die dicken Lederschichten hatten ihn vor den scharfen Krallen der Raubkatze geschützt und ihm das Leben gerettet. Schmierige Streifen von Blut bedeckten seine Brust und seine lederumhüllten Schenkel. »Es ist nicht weiter schlimm.« Es stimmte; er fühlte im Moment keinen Schmerz. Der würde erst später kommen.

Sie nahm seine Hand. »Komm, laß uns zum Lager zurückgehen. Du brauchst Hilfe.«

Er lachte und riß sich die zerfetzten Überreste seines Lederhemds vom Leib und schleuderte es achtlos beiseite. Es amüsierte ihn, daß sie glaubte, er brauche Hilfe. Er hatte nur ein paar Kratzer abbekommen. Sicher, sie konnten sich entzünden und zu eitern anfangen, aber er hatte schon weitaus Schlimmeres ertragen.

Stern kniete sich hin und berührte das gelbe, gefleckte Fell des Jaguars. »Beeil dich. Zieh ihm das Fell ab, und dann laß uns gehen«, drängte sie. »Ich habe Angst. Vielleicht taucht noch ein zweiter Jaguar auf.«

Falke starrte bedrückt auf die mächtige Raubkatze hinunter

und wünschte, das Tier hätte seine Warnung beachtet. Als es sich geweigert hatte, von ihm abzulassen, war er gezwungen gewesen, es zu töten! Jetzt würde der unglückselige Vorfall schlimme Folgen haben, vielleicht sogar Menschenleben kosten.

Mit raschen, geschickten Handgriffen zog er dem Jaguar das Fell ab, ließ das Fleisch jedoch liegen. Er konnte kein verwandtes Wesen essen.

Sie wanderten zurück in Richtung des Jaguarlagers und hielten zuerst am Bach an.

Falke wartete geduldig, während Stern Wasser auf seine Wunden träufelte. »Das hilft nichts«, beschwerte er sich. »Es tut weh.«

»Wie sollen deine Wunden heilen, wenn du sie nicht vorher säuberst?« Sie blickte sich suchend um. »Ich brauche ein paar spezielle Blätter. Ah, da drüben.« Sie watete zu einer buschigen Pflanze und pflückte zwei Blätter ab. »Hier«, sagte sie, tauchte die Blätter in das Wasser und drückte sie auf seiner blutverschmierten Haut aus. »Der Saft wird helfen, den Schmerz zu lindern«, erklärte sie.

Ihre Besorgnis gefiel ihm nicht. Und auch ihre Versuche, seine Verletzungen zu behandeln. Aber solche Blätter waren nutzlos. Nur ein Jaguarschamane und seine Gesänge konnten bewirken, daß Falkes tiefe Schnittwunden verheilten. »Danke«, sagte er dennoch. »Das fühlt sich schon viel besser an.«

Sie hob den Kopf und blickte nachdenklich in seine Augen. »Warum helfe ich dir eigentlich, Jaguar? Ich fürchte, ich werde es bereuen.«

Er dachte wieder an den Moment zurück, als er sie in den Armen gehalten hatte, an das Gefühl ihres weichen Körpers an seinem. »Du bereust es vielleicht«, gestand er. »Aber ich ganz sicher nicht.« Plötzlich wich etwas von seiner Bedrückung, und er fühlte sich wieder etwas zuversichtlicher.

Sie musterte ihn, während ihre dunklen Augen den gelben Mond widerspiegelten. »Ich helfe dir, Falke, weil du für mich mit dem Jaguar gekämpft hast.« Mit dieser Erklärung wandte sie sich ab und strebte den Weg zurück, den sie gekommen waren. Er schaute ihr einen Augenblick nach, beobachtete den Schwung ihrer Hüften, aber ihm war noch immer unbehaglich zumute, daß er ihretwegen einen Verwandten getötet hatte.

Als sie das Jaguarlager erreichten, sah Falke, daß die Jäger inzwischen zurückgekehrt waren. Roter Habicht schüttelte spöttisch den Kopf bei Falkes Anblick. »Was hat sie dir angetan, Falke? Du verläßt das Lager, um einen Spaziergang mit ihr zu machen, und kommst übel zugerichtet zurück, völlig zerkratzt und blutüberströmt und mit Blättern auf deiner Brust!«

Mehrere der anderen Männer lachten über den Scherz.

»Hüte dich vor den Krallen einer Dachsfrau.« Roter Habicht lachte schallend.

Erschöpft hielt Falke das Jaguarfell hoch und rollte es auf. »Es war der Jaguar, der mich so zerkratzt hat, nicht sie.«

Das Geschmunzel und Gelächter verstummte abrupt. Roter Habichts Miene verfinsterte sich. Klaue sprang erschrocken auf. »Was hast du getan?«

Die Männer starrten ihn alarmiert an, doch Falke zuckte nur die Achseln. »Ich hatte keine andere Wahl. Er hat sich auf mich gestürzt.«

»Du weißt doch, daß du keinen Jaguar töten darfst!« Klaues schwarze Augen blitzten zornig im Schein des Feuers.

»Ja, ich weiß.«

Aufgebrachtes Gemurmel erhob sich unter den Männern. Klaue hob eine Hand. »Falke«, sagte er, und seine Stimme zitterte. »Was du da getan hast, ist eine sehr schlimme Angelegenheit.«

Falke ballte die Hände zu Fäusten und zuckte die Achseln.

»Du wirst Unglück über unser Volk bringen!«

»Er mußte ihn töten«, warf Stern ein. »Der Jaguar sprang ihn an und wollte ihm die Kehle durchbeißen!«

Erbost fuhr Klaue zu ihr herum. »Schweig still, Dachsfrau! Was weißt du schon von unseren Jaguarbräuchen?« Zu den anderen Männern gewandt, sagte er: »Was wollen wir jetzt tun?«

»Wir müssen auf jeden Fall irgend etwas unternehmen«, erwiderte Roter Habicht. »Sonst wird sich garantiert ein Jaguar an uns anschleichen und einen von unseren Leuten töten, um den Tod seines Verwandten zu rächen.«

Die anderen Männer nickten. Lanze meinte: »Das ist nur gerecht. Leben um Leben.«

Falke seufzte. »Es ist nicht nötig, ein Leben zu opfern«, sagte er müde. »Habicht wurde mir genommen. Ihr alle wißt, wie er starb. Ist sein Leben nicht genug für den Großen Geist. Muß es denn noch mehr Tote geben?«

Klaue runzelte nachdenklich die Stirn. »Vielleicht«, sagte er langsam, »haben wir einen Fehler gemacht in unserer Entscheidung, was der Tod dieses Jaguars bedeutet.«

»Was sagst du da?« Roter Habicht sah verwirrt aus.

»Vielleicht ist dieser Jaguar zu dir gekommen, Falke«, meinte Klaue langsam, »und hat sein Leben geopfert, weil Habicht sterben mußte.«

Die anderen murmelten überrascht.

Falke starte den Häuptling an, fragte sich, ob Klaue mit seiner Einschätzung wohl recht hatte.

»Wir müssen bei unserer Rückkehr den Schamanen um Rat fragen«, fuhr Klaue fort. »Aber ich glaube, das ist es, was passiert ist. Unsere Jaguarverwandten haben gehört, wie unglücklich du bist und wieviel Schwierigkeiten du deinen Leuten bereitest.«

Die anderen Männer murmelten zustimmend.

Falke wurde rot.

»Sie haben diesen Jaguar geschickt, um dich für deinen Verlust zu trösten.«

»Aber es hat mich nicht getröstet, ihn zu töten«, hielt Falke dagegen.

»Sein Fell wird dir Trost spenden«, erwiderte Klaue. »Seine Haut wird dich wärmen. Laß die Dachsfrau das Fell gerben und ein Hemd oder einen Umhang für dich daraus nähen.«

Falke dachte über Klaues Worte nach. Das glatte, seidige Fell des Jaguars in seinen Händen war wirklich prachtvoll, wie er zugeben mußte. Der Jaguar war in den besten Jahren gewesen, auf der Höhe seiner Kraft. Wenn das, was Klaue sagte, stimmte, dann war es ein sehr großes Opfer für das Tier gewesen, sein Leben zu diesem Zeitpunkt aufzugeben. Aber andererseits war auch der Tod von Falkes Sohn ein sehr großer Verlust gewesen.

Stern sagte: »Ich werde das Fell gerben. Dein Hemd ist völlig zerfetzt. Ich mache dir ein neues aus dem Fell.«

Falke starrte sie an, fragte sich, ob sie wußte, daß Tula das Hemd mit dem Falkenmuster für ihn genäht hatte. Jetzt bot ihm diese neue Frau an, ein neues Kleidungsstück für ihn anzufertigen. Er strich nachdenklich über das Jaguarfell.

»Na schön«, sagte er schließlich und rollte das Fell sorgfältig zusammen.

»Das wäre dann also geregelt«, sagte Klaue, und Falke konnte die Erleichterung in der Stimme des Häuptlings hören.

Die anderen Männer kehrten zum Feuer zurück, wo mehrere Hirschkeulen über den Flammen schmorten. Stern wanderte hinüber zur Feuerstelle der Frauen. Falke blieb eine Weile bei den Männern und hörte ihren Geschichten zu, aber es wurde ihm bald langweilig. Er wollte mit Stern zusammensein. Und er war es leid, ständig von ihr zurückgewiesen zu werden. Es war an der Zeit, daß die Dachsfrau begriff, daß sie ihm gehörte! Nachdenklich schlenderte Falke zu der Stelle, wo Klaue saß, um unter vier Augen mit dem Häuptling zu sprechen. »Ich brauche deine Hilfe«, begann er.

Klaue runzelte die Stirn. »Du meinst, wegen des Jaguars? Ich habe alles getan, was ich konnte«, erwiderte er. »Ich glaube, jetzt kann dir nur noch der Schamane helfen.«

Falke schüttelte den Kopf. »Nein, es geht nicht um den Jaguar. Es geht um die Dachsfrau.«

Die beiden Männer unterhielten sich in gedämpftem Ton.

»In Ordnung, ich werde es tun«, versprach Klaue mit einem schlauen Lächeln.

Falke nickte und ging hinüber zu der Feuerstelle der Frauen. Stern legte sich gerade zum Schlafen nieder. Er beugte sich über sie und ergriff ihren Arm. »Komm.«

»Wohin gehen wir?« keifte sie.

»Nicht wieder spazieren«, beruhigte er sie. »*Ein* beschaulicher Spaziergang am Bach entlang mit dir reicht vollauf für eine Nacht!«

Sie schaute zögernd zu den Dachsbräuten hinüber. »Die anderen schlafen alle«, versicherte er ihr.

»Wo bringst du mich hin?«

Er konnte die Nervosität in ihrer Stimme hören. »Das wirst du schon sehen.«

Er führte sie von den beiden Feuern fort, weiter in den Cañon hinein, bis er eine grasbewachsene Stelle in der Nähe einer schützenden Kiefer fand. Die Felswand des Cañons befand sich in seinem Rücken, und der Stein strahlte noch immer die Sonnenwärme des Tages aus. »So, da sind wir. Setz dich.«

Stern ließ ihren Blick nervös über die Felsen und Kiefern schweifen.

»Keine Angst, dir wird nichts passieren«, beruhigte er sie. »Hier sind keine anderen Jaguare. Sie jagen allein.«

»Es könnte ein Muttertier gewesen sein. Mit halberwachsenen Jungen, die sich irgendwo versteckt hatten. Vielleicht sind sie uns gefolgt.«

Er schüttelte den Kopf. »Nein, der Jaguar war ein Männchen. Und nichts und niemand ist uns gefolgt.« Sie wich einen Schritt zurück. »Nun komm«, drängte er. »Ich möchte mich endlich schlafen legen.«

»Ich nicht.«

Er seufzte. Die Dachsfrau war wirklich stur. Vielleicht trugen diese Dachsleute ihren Namen doch zu Recht. Diese hier war ganz sicher ein Musterbeispiel an Sturheit und Dickköpfigkeit. Falke stand auf, ging zu ihr und hob sie kurzerhand hoch, einen Arm unter ihren Knien, den anderen um ihre Schultern geschlungen. Sie fühlte sich überraschend leicht in seinen Armen an. Er ignorierte ihre empörten Proteste und marschierte hinüber zu der Felswand. Als sie sich diesmal gegen seinen Griff sträubte und zu zappeln begann, stellte er sie auf die Füße. »Wir schlafen hier«, erklärte er energisch.

»Das werden wir nicht tun«, erwiderte sie ebenso energisch.

Falkes Muskeln schmerzten noch immer von dem Kampf mit dem Jaguar, und er hatte den ewigen Widerstand der Frau gründlich satt. Blitzschnell stellte er ihr ein Bein, und als sie stürzte, fing er sie auf und legte sie auf den Boden. Dann setzte er sich neben sie und blickte in ihre zornsprühenden schwarzen Augen. »Und ob wir das tun.«

Als sie den Mund öffnete, um zu protestieren, beugte er sich rasch über sie und preßte seine Lippen auf ihre.

15. Kapitel

Stern fühlte seinen warmen, weichen Mund auf ihrem. Falkes Sanftheit überraschte sie, und sie ertappte sich dabei, wie sie seinen Kuß erwiderte. Als seine Lippen behutsam über ihre streiften, entspannte sie sich in seiner Umarmung und schmiegte sich an ihn. Ihr Herz begann zu klopfen, als seine Hand über ihren Rücken herabglitt in einer beruhigenden, zärtlichen Bewegung. Er hob den Kopf und drückte hastige kleine Küsse auf ihre Wangen und ihre Stirn. »Ich will dich«, flüsterte er rauh.

Sie nahm seinen Kopf zwischen beide Hände und vergrub ihre Finger in seinem langen, dichten Haar, dann zog sie seinen Mund wieder auf ihren, hungrig nach weiteren Küssen. Ein tiefes Stöhnen entrang sich seiner Kehle, als er erneut Besitz von ihrem Mund ergriff und seine Zunge zwischen ihre Lippen zu schieben versuchte. Zuerst biß Stern die Zähne zusammen, aber bald gab sie seinem beharrlichen Drängen nach.

Seine Zunge spielte in ihrem Mund, erforschte sie hungrig, und sie fühlte sich überrumpelt – überrumpelt und gleichzeitg auf schamlose, leidenschaftliche Art lebendig. Verlangend klammerte sie sich an ihn.

Wieder bewegten sich seine Hände langsam über ihren Rücken. Stern erbebte, als seine Finger ihre Brüste erreichten und zart an den Seiten entlangstrichen.

»Nein«, hauchte sie, während sie ihn wegzustoßen versuchte.

»Laß mich«, murmelte er und küßte sie leidenschaftlich. Ihr

Widerstand schmolz rasch dahin unter seinen erregenden Liebkosungen, seinen sinnlichen Küssen, und sie sehnte sich plötzlich danach, sich ihm hinzugeben. Er konnte mit ihr tun, was er wollte, so köstlich waren die Gefühle, die er in ihr weckte.

Prickelnde Wärme durchströmte ihren Körper, ihre Lider schienen wie mit Steinen beschwert, und mit jeder liebkosenden Bewegung seiner Hand schien ihr Blut heißer durch ihre Adern zu pulsieren. Er ließ eine warme Handfläche an ihrem Bein entlanggleiten und dann hinauf unter ihr Lederkleid. Ihre Beine spreizten sich wie von selbst, und sie fühlte seine Hand über ihren Schenkel streichen und näher, immer näher zu dem warmen, pulsierenden Hügel ihrer Weiblichkeit wandern.

Falkes Atem ging jetzt schwer vor Erregung, und sie fand das Geräusch berauschend. Daß sie die Macht hatte, diesen starken Mann erzittern zu lassen, so wie jetzt, war eine wundervolle Entdeckung.

Sie schob seine Hand fort von dem warmen Nest, das er suchte. »Laß mich«, flüsterte er und legte erneut seine Hand auf ihren Schenkel. Wieder versuchte sie, seine Hand wegzustoßen, aber er behielt sie dort und ließ sie mit sanften, fast qualvoll zärtlichen Streichelbewegungen höher gleiten. Stern stöhnte lustvoll.

»Ja, ja!« murmelte er, und sie drückte ihn noch fester an sich. Seine Küsse ließen sie alles um sich herum vergessen und in einem schwindelerregenden Rausch der Gefühle versinken. Seufzend sank sie gegen die warme Steinwand in ihrem Rükken zurück.

Er folgte ihrer Bewegung, zog sie näher an sich, und sie ertappte sich dabei, wie sie sich an seine nackte Brust klammerte, seine straffe, maskulin duftende Haut mit fiebernden kleinen Küssen bedeckte. Sie küßte die Tätowierung eines schwarzen Falken im Flug auf seiner Schulter, und er zog sanft ihr Kinn herum, um seinen Mund erneut auf ihre Lippen zu pressen.

»O ja«, stöhnte sie. »Küß mich noch einmal.«

Falke schmunzelte. »Es wird noch viel schöner, wenn wir unsere Kleider ausziehen. « Er zog an ihrem Kleid, und sie hob bereitwillig die Arme. Nachdem das Kleidungsstück entfernt war, schlüpfte Falke rasch aus seinen Lederhosen. Jetzt war nichts mehr zwischen ihnen außer warmer, glatter Haut. »Du fühlst dich so gut an«, murmelte er verlangend, während er eine Spur von Küssen an ihrem schlanken Hals hinunterzog.

»Du auch«, flüsterte sie und rieb ihre Brüste an seiner harten, muskulösen Brust. Sie liebte das Gefühl seines Körpers an ihrem, seinen berauschenden Duft, und alles, was er mit ihrem Körper tat, erregte sie aufs höchste. Wieder strichen seine Hände an ihren Schenkeln herauf.

Stern errötete.

Er beugte sich über sie und küßte ihren Mund. Er saugte hungrig an ihren Knospen, und dann wanderten seine Lippen weiter abwärts, über ihren Bauch hinunter.

»Ja«, stöhnte sie. »Mehr«, flüsterte sie, als er abrupt in seinen Liebkosungen innehielt.

»Falke? Bist du das?« fragte plötzlich eine männliche Stimme.

Stern erstarrte vor Schreck.

»Falke?«

»Es ist Klaue«, flüsterte Falke. »Verhalte dich ganz still, dann wird er wieder gehen.«

»Du meinst, wie es der Jaguar getan hat?« erwiderte sie spitz.

Er warf ihr einen warnenden Blick zu.

So leise, wie sie konnte, tastete Stern auf dem Boden nach ihrem Lederkleid. Schließlich fand sie es und preßte es an ihre Brüste, um ihre Blöße zu bedecken. Die Luft fühlte sich überraschend kühl auf ihrer erhitzten Haut an. Als sie horchten, wie sich Klaue in der Dunkelheit davonbewegte, immer noch Falkes Namen rufend, kam Stern allmählich wieder zur Besinnung. Hatte sie denn völlig den Verstand verloren? Was fiel ihr eigentlich ein, hier nackt im Mondlicht mit diesem Jaguarmann zu liegen und ihn aufzufordern, sie an jeder Stelle zu küssen, die er finden konnte?

Sie hob die Arme, um sich das Kleid wieder über den Kopf zu streifen. Falke streckte seine Hand aus, um sie daran zu hindern. »Was tust du?«

»Ich ziehe mich an«, erwiderte sie so ruhig, wie sie konnte.

»Tu es nicht«, bat er. »Wir haben doch gerade erst angefangen.«

Sie starrte in sein attraktives Gesicht. Weiches Mondlicht fiel auf seine Züge, und die dünne weiße Narbe, die sich von seinem Wangenknochen bis zum Mund hinunterzog, hob sich deutlich gegen seine dunkle Haut ab.

»Wir haben überhaupt nichts angefangen, Jaguar«, erklärte sie. Nachdem sich ihr erhitztes Blut jetzt abgekühlt hatte, war sie froh über Klaues unerwartetes Auftauchen. Wer weiß, wenn er sie nicht unterbrochen hätte, wäre sie... nun, sicherlich wäre noch sehr viel mehr zwischen ihr und Falke passiert. Bei dem Gedanken errötete sie unwillkürlich.

Falke beugte sich vor und küßte ihre Lippen, und wieder fühlte sie, wie sie unter seiner Berührung dahinschmolz. »O nein«, stöhnte sie und wich vor ihm zurück. »Was ist das nur für eine seltsame Macht, die du über mich hast, Falke?« jammerte sie.

Er starrte sie schweigend an.

Sie erhob sich auf die Füße. »Ich muß zu den anderen zurückkehren.« Ihre Hände zitterten, als sie das Kleid überzog.

»Stern.« Er stand auf und schlüpfte in seine Lederhosen, ohne das geringste Anzeichen der Beschämung, die sie zu fühlen schien. »Ich möchte Liebe mit dir machen.«

»Nein, das geht nicht.«

»Du wirst meine Ehefrau sein. Es ist nur natürlich für einen Mann, daß er mit seiner Ehefrau liegen will.«

»Das mag schon sein«, gab sie bissig zurück, »aber du scheinst eines vergessen zu haben.«

»Und was ist das?«

»Ich habe nicht eingewilligt, deine Ehefrau zu werden! Du hast mich meiner Familie geraubt. Und ich will nicht mit dir liegen.«

Bei dieser Bemerkung hob er spöttisch eine Braue. »Ich hatte aber einen anderen Eindruck«, sagte er.

Verlegene Hitze kroch in ihre Wangen, und sie wandte sich

abrupt ab, um zu verhindern, daß er an ihrem Ausdruck sah, wie zutreffend seine Bemerkung war. Wahrscheinlich würde er sie sehr bald wieder soweit haben, daß sie sich an ihn preßte und bereitwillig die Beine spreizte, wenn sie nicht schleunigst machte, daß sie zum Jaguarfeuer zurückkehrte.

»Falke? Oh, da bist du ja.« Klaue stolperte aus der Dunkelheit. Er blieb stehen und beäugte die beiden argwöhnisch. »Was tut ihr zwei hier?« fragte er, während er sie neugierig musterte.

Stern gab keine Antwort. Sie fand, daß Klaue selbst sehen konnte, was sie getan hatten, zumal sich Falke viel Zeit damit ließ, die Lederschnur zuzubinden, die seine Hose in der Taille hielt.

Klaue lachte. »Aha! Ihr konntet wohl nicht bis zur Hochzeit warten, wie? Es geht doch nichts über eine schmackhafte kleine Kostprobe, bevor man verheiratet ist!« Er lachte schallend und starrte Stern lüstern an. »Falke! Nachdem du jetzt mit ihr fertig bist, bin ich an der Reihe!«

Falke zog eine Braue hoch. »Zu spät, Klaue. Ihre Schenkel sind geschlossen.«

Stern schnappte entsetzt nach Luft.

Klaue kicherte und versetzte Falke einen kameradschaftlichen Schlag auf den Rücken, als hätte Falke etwas höchst Anerkennenswertes getan. Falke zuckte zusammen.

»Laßt uns zum Feuer zurückgehen, und dann werde ich allen im Lager die gute Neuigkeit verkünden!« jubelte Klaue.

Falke sah plötzlich schuldbewußt drein und wandte sich ab.

»Was für eine Neuigkeit?« fragte Stern stirnrunzelnd.

Klaue schmunzelte. »Frag Falke.«

Schließlich begegnete Falke ihrem Blick, und als er es tat, spielte ein räuberisches Lächeln um seine Lippen.

»Was für eine Neuigkeit? Kann mir einer von euch bitte mal sagen, was hier los ist?« Eine ungute Vorahnung überkam Stern, und die Härchen in ihrem Nacken richteten sich alarmiert auf.

Klaue trat erheitert von einem Fuß auf den anderen.

»Die Neuigkeit, die Klaue verkünden wird«, sagte Falke, »lautet, daß du und ich jetzt verheiratet sind.«

»Was meinst du?« Stern war entsetzt.

»Nun, mein Schatz, genau das, was ich gesagt habe. Wir sind jetzt verheiratet. Nach den Sitten und Bräuchen der Jaguar, wie Klaue so gut weiß, ist ein Mann verpflichtet, eine Frau zu heiraten, wenn er mit ihr gelegen hat. Besonders wenn jemand anderer Zeuge gewesen ist.«

»Aber, aber –«

»So ist es«, fiel ihr Klaue ins Wort. »Und ich bin Zeuge gewesen. Versuch nicht, mir etwas anderes zu erzählen!« Er drohte Stern scherzhaft mit dem Finger.

Stern wäre vor Scham am liebsten in den Boden versunken bei der Vorstellung, daß Klaue sie gesehen hatte. Doch dann beruhigte sie sich wieder. *Es war stockfinster, Klaue ist dort draußen im Cañon herumgewandert, er konnte nichts sehen – und Falke und ich haben nicht wirklich miteinander gelegen und unsere Körper vereinigt! Sicherlich muß das bedeuten, daß wir nicht verheiratet sind. Noch nicht. Ich bin nicht bereit, diesen Mann zu heiraten. Ich brauche Zeit… Zeit, um zu fliehen!*

Falke beobachtete sie, und sein Mund war zu einem grimmigen Lächeln der Belustigung verzogen.

Stern fand die Sache alles andere als lustig.

»Unsere Heiratsbräuche sind absolut eindeutig«, erklärte Klaue. »Ein Mann und eine Frau müssen nämlich bis nach der Hochzeitsfeier warten, bis sie, äh«, er warf einen vergnügten Blick auf Stern, »nun, bis sie sich verdrücken dürfen, um allein miteinander zu sein.«

»Aber, aber –«

»Tut mir leid, Frau. Ohne Zweifel sind eure Dachsbräuche ganz anders, und ich wünschte, unsere Jaguarsitten wären es auch«, sagte Falke glatt, obwohl seine Miene deutlich verriet, daß er nichts dergleichen wünschte, »aber daran läßt sich jetzt nun mal nichts mehr ändern. Wir sind verheiratet. Es ist geschehen. Bist du glücklich, Liebes?«

»Du weißt genau, daß ich das nicht bin!« fauchte sie. »Und wir haben nicht… wir haben nicht miteinander…«

»Nun, nun«, sagte Klaue begütigend. »Genug der Streiterei. Zum Streiten hast du noch dein ganzes Eheleben lang Gelegenheit. Und es wird reichlich Streit geben, das kann ich dir versichern, wenn eure Ehe auch nur annähernd wie meine ist.« Er drehte sich zu Stern um, seine Miene plötzlich ernst. »Ich wünsche dir viel Glück, Dachsfrau.«

Stern straffte die Schultern. »Ich danke dir, aber deine Glückwünsche sind etwas übereilt.«

»Komm, Frau«, sagte Falke, während er sie an einem Ellenbogen mit sich zog. »Wir müssen ins Lager zurückkehren.«

Stern ließ sich von ihm wegführen, zu benommen, um zu protestieren. Sie stolperte immer wieder, so schwach und zittrig waren ihre Beine, und jedesmal mußte Falke sie wieder hochziehen und auf die Füße stellen.

Ich bin verheiratet! Mit einem Fremden! Das kann einfach nicht sein! Ich sollte doch Pirschjäger heiraten. Wir wollten Kinder haben. Wir hatten vor, bei unserem Dachsvolk zu leben. Wir wollten gemeinsam alt werden! Und jetzt bin ich mit einem Fremden verheiratet! Oh, was wird nur aus mir werden…? Wieder gaben ihre Knie unter ihr nach, und sie stolperte und fiel hin.

16. Kapitel

Stern ließ sich von Falke näher zu der Feuerstelle der Frauen führen. Sie entdeckte Wildkirsche, die unter einem Biberfell schnarchte. Die anderen Frauen, ebenfalls in wärmende Felle gehüllt, schlummerten außer Reichweite der Funken. Stern bemühte sich, möglichst leise zu gehen, um sie nicht zu wecken.

»Da du jetzt meine Ehefrau bist«, sagte Falke, »ist dein Platz heute nacht an meiner Seite.«

»Aber ich fühle mich nicht wie deine Ehefrau«, erwiderte Stern kläglich. Es war alles viel zu schnell für sie gegangen.

Die Bräuche der Jaguar waren völlig anders als die des Dachsvolkes. Bei ihren Dachsleuten war es üblich, einen Mann und eine Frau erst nach einer längeren Zeit der Brautwerbung zu verheiraten und nachdem die beiden Familien Geschenke ausgetauscht hatten.

Die Dachsleute machten es richtig, so wie es sich gehörte! Die Mutter oder Tante eines Mannes pflegte die Familie der Frau aufzusuchen und vorzuschlagen, den beiden Zeit zu geben, um sich richtig kennenzulernen, eine Zeit der Brautwerbung. Wenn dieses Ersuchen wohlwollend aufgenommen wurde, dann besuchten sich die beiden jungen Leute gegenseitig unter den wachsamen Augen einer alten Großmutter oder eines Onkels. Wenn das Paar gut miteinander auskam und zu heiraten beschloß, dann überreichte der Mann ein Geschenk in Form eines sorgfältig gegerbten Felles, oder er erlegte einen Elch oder eine Antilope – was immer die Familie der Braut verlangte. Manchmal, wenn die Familie der Braut den Bräutigam nicht mochte, stellte sie ihn auf die Probe, indem sie einen gefährlichen Wolf oder Bären als Brautgabe forderte.

Im Austausch dafür schenkte die Familie der Braut den Angehörigen des Mannes Knochenahlen und Nadeln und Fellschaber. Einige jener Geschenke würden dem jungen Paar als Ausstattung für sein neues gemeinsames Leben dienen. Und natürlich lieferte die Familie der Frau immer die Gemüse und Wurzeln für das Hochzeitsmahl, während die Familie des Mannes grundsätzlich das Fleisch beschaffte.

Aber bei diesen Jaguarleuten wurde alles in Hast getan, und nichts davon ergab einen Sinn für Stern. Daß ein Mann und eine Frau kurzerhand verheiratet werden konnten, weil jemand glaubte, sie hätten miteinander geschlafen, verwirrte Stern. Man brauchte also nur eine Person, die im Lager herumging und behauptete, dieser Mann und diese Frau hätten miteinander geschlafen und jener Mann und jene Frau? Nun, auf diese Weise würde derjenige bald das gesamte Lager verheiratet haben! Nein, es ergab wirklich keinen Sinn.

»Wir werden hier schlafen«, sagte Falke, während er ein Kamelfell auf dem Boden ausbreitete.

Stern blickte sich flüchtig um und stellte erleichtert fest, daß sie noch in der Nähe des Lagerfeuers der Frauen waren und nicht allzuweit von dem der Jaguarmänner entfernt.

Er setzte sich auf das Fell und klopfte auf den Platz neben sich. »Komm her.«

Stern schüttelte den Kopf.

»Was hast du, Ehefrau?«

Vom Feuer der Frauen kam ein Stöhnen. Eine der Bräute war aufgewacht. »Es ist einfach zu plötzlich passiert«, flüsterte Stern. »Ich will nicht verheiratet sein.«

»Tja, dir bleibt wohl nichts anderes übrig, als dich damit abzufinden. Du hast die ganze Zeit gewußt, daß du dazu bestimmt warst, mich zu heiraten. Ich verstehe nicht, warum du dich jetzt so darüber aufregen solltest.«

»Du verstehst nicht –«

»Ruhe«, schimpfte Kiefer. »Ihr habt mich geweckt mit eurem Lärm.«

Stern dämpfte ihre Stimme. »Du verstehst nicht, warum ich mich aufrege? Na schön, dann will ich es dir sagen! Zuerst raubt ihr mich und die anderen Frauen und entreißt uns unseren Familien –«

»Wir haben Felle für euch gegeben.«

»Nicht für mich!«

Falke sagte nichts darauf.

»Du raubst mich meiner Familie«, fuhr Stern fort. »Und du verkaufst den Mann, dem ich versprochen war, an die Sklavenfänger.«

»Dein versprochener Ehemann wurde gefangengenommen, als er uns angriff.«

»Aber ihr habt ihn den Sklavenfängern überlassen!«

»Die Sklavenfänger waren da, das ist richtig …«

»Du entführst mich von meinem Volk und erwartest, daß ich dich bereitwillig heirate!«

»Mehr gibt es dazu nicht zu sagen. Wir sind verheiratet und damit basta«, erklärte Falke ruhig. »Klaue hat es dir mitgeteilt.«

»Wenn Klaue sagt, daß ich verheiratet bin, macht mich das noch lange nicht zur Ehefrau.«

»O doch, das tut es«, widersprach er. »Nach unseren Bräuchen sind wir jetzt verheiratet. Und jeder Mann hier wird Klaues Wort, daß wir verheiratet sind, akzeptieren.«

»Ich will aber nicht verheiratet sein!«

Falke grinste amüsiert.

»Können wir nicht irgendwie aus der Sache heraus?«

»Sicher.«

Stern lächelte zum ersten Mal, als Erleichterung sie durchflutete. Es war alles ein Irrtum. Ein schrecklicher Irrtum. »Gut! Dann laß uns die Eheschließung rückgängig machen.«

»Jaguarmänner können die Verbindung mit ihrer Ehefrau lösen, wenn die Frau keine Kinder bekommen kann. Oder wenn der Mann nicht länger verheiratet sein möchte.«

Stern wartete schweigend, während das Lächeln auf ihrem Gesicht langsam verblaßte.

»Das ist alles? Unfruchtbarkeit oder wenn der Mann nicht länger verheiratet sein will?«

»Richtig.«

»Und was ist mit der Frau? Wie kann sie die Ehe mit dem Mann auflösen?« Ein Verdacht keimte in ihr auf, daß die Frau keinerlei Rechte hatte.

»Sie kann die Ehe nicht auflösen«, erklärte Falke.

»Die Frau muß auf jeden Fall bei ihrem Mann bleiben?« fragte sie erschrocken.

Er nickte. »Ja. Es sei denn, er wird ihrer überdrüssig.«

»Also, das ist doch Schwachsinn!« rief Stern aufgebracht. »Ich habe noch niemals von einem so dummen Brauch gehört. Bei uns Dachsleuten ist es üblich –«

»Bitte«, murmelte Falke gähnend. »Du hältst mich wach. Ich möchte jetzt schlafen. Ich bin sehr müde.«

Stern dämpfte ihre Stimme. »Bei den Dachsleuten kann eine Frau ihren Ehemann jederzeit verlassen, wenn sie will! Sie nimmt lediglich seinen Speer und zerbricht ihn in zwei Hälften und legt die Teile draußen vor ihr gemeinsames Zelt. Wenn der Mann dann nach Hause kommt und seinen Speer derart entweiht sieht, weiß er, daß er nicht länger im Zelt willkommen ist und daß die Ehe beendet ist.«

»Davon halte ich gar nichts«, erwiderte Falke stirnrunzelnd. »Sicherlich gibt es eine Möglichkeit für mich, aus dieser Ehe herauszukommen.«

Er betrachtete sie lange aus ernsten schwarzen Augen. »Es gibt eine«, sagte er schließlich.

»Und welche ist das?« Stern wartete mit angehaltenem Atem.

»Du könntest einen anderen Mann auffordern, dein Schlaffell mit dir zu teilen. Das würde unsere Ehe auflösen.« Sein Ausdruck war nicht zu deuten, als er sie schweigend beobachtete.

Wütend starrte sie ihn an. »Ich will keinen anderen Mann auf meinem Schlaffell!« kreischte sie. »Und ich will auch mit *dir* nicht schlafen!«

»Ruhe!« beschwerte sich Elchknie. »Macht nicht soviel Lärm, ihr zwei.«

Stern knirschte mit den Zähnen. »Ich will nicht mit dir liegen, und ich will nicht mit dir verheiratet sein! Hast du das verstanden?«

Falke schien sich zu entspannen. Er gähnte ausgiebig. »Ja, ja, schon gut. Ich habe verstanden.« Er streckte sich auf dem Fell aus, verschränkte die Arme hinter dem Kopf und blickte hinauf in den Nachthimmel.

Stern wartete. »Nun?«

»Nun was?«

»Ich werde Klaue sagen, daß wir nicht verheiratet sind!«

»Hmmmm. Du kannst es Klaue sagen«, erwiderte er träge, »oder auch jedem anderen der Jaguarmänner. Aber ich muß dich warnen: Inzwischen hat Klaue den Männern bereits erklärt, daß wir verheiratet sind. Wenn du jetzt kommst und ihnen etwas anderes erzählst, werden sie glauben, du bist nicht richtig im Kopf.« Er tippte sich an die Stirn, um seinen Worten mehr Nachdruck zu verleihen.

»Und ich nehme an, ihr Jaguarleute haßt Menschen, die nicht richtig im Kopf sind«, fauchte sie.

»Nein, ganz im Gegenteil, wir mögen sie. Sehr sogar.«

Wieder keimte Hoffnung in ihr auf. »Vielleicht werde ich das tun.« Sie sprang auf.

»Bevor du zu Klaue gehst, solltest du wissen, was wir mit Leuten tun, die nicht richtig im Kopf sind.«

»Und was tut ihr mit ihnen?«

»Wir machen sie zu unseren Schamanen.«

»Oh.« Stern ließ sich wieder auf das Fell fallen.

»Würdet ihr jetzt bitte Ruhe geben?« beschwerte sich Wildkirsche. »Ich kann nicht schlafen bei diesem lauten Gerede.«

Stern flüsterte. »Ich will kein Schamane sein.«

Falke zuckte die Achseln. »Schamane zu sein ist keine leichte Aufgabe«, stimmte er zu.

Tula war sich so sicher gewesen, daß ihr gemeinsamer Sohn, Habicht, einmal Schamane sein würde, wenn er erwachsen war. Falke erinnerte sich, daß Habicht häufig unter seltsamen Anfällen gelitten hatte. Plötzlich hatte er zu zittern begonnen und sich am ganzen Körper zuckend und windend zu Boden fallen lassen, während er wild mit Armen und Beinen um sich schlug und laut schrie. Manchmal hatte er auch lange Zeit nur völlig reglos dagelegen und war nicht ansprechbar gewesen.

Eines Tages, als Habicht wieder von einem dieser sonderbaren Zustände befallen wurde, hatte sich Tula an Rapt, den Schamanen, gewandt und ihn gebeten, ihrem Sohn zu helfen. Rapt hatte sich neben den Jungen gekauert und einen Heilgesang angestimmt. Dann war Rapt in Trance versunken, um den Geist des Jungen, der offensichtlich aus seinem Körper entwichen war, zur Rückkehr zu bewegen. Als Rapt mit dem Geist zurückkehrte, erwachte der Junge. Worauf Rapt sich wieder erhob und Tula erklärte, daß Habicht eines Tages ein großer Schamane des Jaguarvolkes sein würde.

Aber Rapt irrte sich. Und Tula ebenfalls. Eine merkwürdige Krankheit breitete sich unter den Jaguarleuten aus, und Habicht, der kranke, kostbare Habicht – der kleine Junge mit den verrenkten Beinen und den stumpfen, blicklosen Augen, der Sohn, den Falke von ganzem Herzen liebte, der Sohn, dessen Gesicht er Tag für Tag verzweifelt betrachtete, während er ihm Kraft zu spenden versuchte, ihn durch eigene Willenskraft dazu zu bringen versuchte, gesund zu werden, wie die anderen Jungen zu werden und zu einem kräftigen Jüngling heranzuwachsen, damit Falke ihn im Jagen unterweisen konnte –, Habicht war gestorben. Und mit ihm zwei andere starke Jaguarjäger. Jene drei waren die einzigen Opfer gewesen, die die seltsame Krankheit unter den Jaguarleuten gefordert hatte.

Nach Habichts Tod hatte Rapt seinem Volk erklärt, was die rätselhafte Krankheit verursacht hatte. Ein mächtiger Traum hatte ihm die Erleuchtung gebracht. In jenem Traum sah er kleine Mäuse an Habichts Schlaffellen knabbern und ihren Speichel darauf hinterlassen. Dann entleerten die Mäuse ihren Darm auf den Fellen. Giftige rote Würmer aus dem Speichel und den Fäkalien der Mäuse flogen durch die Luft von Habicht zu den beiden starken Jägern und krochen in ihre Nasenlöcher und vergifteten ihren Körper. Rapt berichtete, daß es nur eine Möglichkeit gäbe, die verbliebenen Jaguarleute zu retten, indem Habichts verseuchte Schlaffelle verbrannt würden.

Als die Angehörigen der beiden verstorbenen Jäger von Rapts Traum hörten, wurden sie sehr wütend auf Falke und Tula und verlangten, daß Habichts Schlaffelle auf der Stelle verbrannt wurden. Tula weinte, als sie mitansehen mußte, wie die letzten Habseligkeiten ihres toten Sohnes ins Feuer geworfen wurden. Falke schaute mit versteinerter Miene zu.

Dann, noch immer nicht beschwichtigt, verlangten die Familien, daß Falke ihnen zwei Bergschafe brachte als Entschädigung für den Verlust der Jäger. Und so mußte Falke mitten in seinem eigenen tiefen Kummer über den Tod seines Sohnes das Jaguarlager verlassen und weit hinauf ins Gebirge wandern, um die zwei geforderten Bergschafe zu erlegen, eines für jede Familie. Erst als er schwerbepackt mit den beiden zotteligen Tieren ins Lager zurückkehrte, waren die Familien zufrieden.

Und es war bei seiner Rückkehr von jener Jagd, als Falke feststellte, daß Tula ihn verlassen hatte und in Murmeltiers Zelt gezogen war. Murmeltier war einer ihrer Verehrer gewesen, als Falke damals um sie geworben hatte. Aber Falke hatte sie für sich gewonnen, oder zumindest glaubte er das. Doch nach Habichts Tod schaffte Tula alles aus ihrem gemeinsamen Zelt heraus – ihre Körbe und ihre Nähnadeln und all die Kleidungsstücke, die sie für Falke angefertigt hatte. Sie nahm alles mit, bis auf das Hemd mit dem Bild des Falken, das er am Leib trug.

Habichts Tod hatte eine große Lücke in Falkes Leben hinterlassen. Er hatte Habicht von Herzen geliebt, und dennoch hatte all seine Liebe nichts genützt, um seinen Sohn gesund zu machen, um ihn am Leben zu erhalten, um Tula dazu zu bringen, bei ihm zu bleiben.

Eine Woge von Kummer schlug jetzt über Falke zusammen, als die quälenden Bilder der Vergangenheit vor seinem inneren Auge vorbeizogen, und er kehrte seiner neuen Ehefrau den Rücken zu. Er hatte vorgehabt, Stern in dieser Nacht in sein Bett zu nehmen. Er hatte sogar mit Klaue abgesprochen, daß dieser sie »zufällig« beim Liebesspiel erwischen sollte. Aber jetzt hatten ihn die traurigen Erinnerungen an Habicht und Tula wieder überwältigt und sein Verlangen nach Stern abrupt ausgelöscht. Er durfte sie nicht merken lassen, wie erschüttert er war, wann immer er an seinen toten Sohn dachte.

Falke schloß die Augen und biß die Zähne zusammen, zwang den Schmerz mit bloßer Willensanstrengung, zurückzuweichen. Als er den quälenden Kummer nicht länger fühlte, als sein Herz wieder wie betäubt und von Frieden erfüllt war, drehte er sich erneut zu ihr um.

Sie saß mit dem Rücken zu ihm und starrte auf die schlafenden Frauen und das knisternde Feuer.

»Komm her«, befahl er. Er legte seine Hände auf ihre Schultern und zog sie zu sich herum.

Er war froh, daß sie diesmal nachgab und ihm gehorchte. Im Moment war er zu bedrückt, um sich mit ihr zu streiten. Sie ließ sich widerstandslos in seine Arme ziehen.

»Wir werden jetzt schlafen«, flüsterte er. Er wollte keine Probleme mit seiner neuen Ehefrau. Seine alte hatte ihm genug Schwierigkeiten bereitet. Sein Herz war krank von dem Kummer und dem Leid, das sie ihm zugefügt hatte, und von der Trauer über den Tod seines Sohnes. Alles, was er jetzt wollte, war schlafen.

Er zog Stern sanft an sich. Plötzlich war er dankbar dafür, daß sie sich nicht gegen seine Umarmung sträubte. Er atmete den Duft ein, der an ihrem dichten Haar haftete, konnte die Hitze ihres Körpers durch das Lederkleid spüren. Vielleicht konnte er mit der Zeit lernen, eine gewisse Zuneigung für seine neue Ehefrau zu empfinden…

Falke gähnte, und so schliefen sie schließlich ein – Stern zusammengerollt, mit dem Gesicht zum Feuer, und Falke von hinten an sie gekuschelt.

Er weckte sich selbst, als er laut ihren Namen im Schlaf rief.

17. Kapitel

Am nächsten Nachmittag trafen Stern, ihr neuer Ehemann, die Dachsbräute und ihre Jaguarbewacher schließlich im Hauptlager der Jaguar ein. Das Jaguarvolk hatte einen Lagerplatz auf einer weiten, offenen Grasfläche gewählt, auf der hier und da vereinzelte Kiefern wuchsen. Das Feld fiel sanft zu einem träge dahinfließenden Fluß ab, der in einiger Entfernung eine Schleife zog. Auf der anderen Seite des Flusses ragten schroffe schwarze Felsklippen auf.

In dem hohen Gras standen viele braune Zelte aus Elchleder, über dünne Stangen gespannt. Schwarzhaarige Frauen arbeiteten vor den Zelten, während sie Holz in flackernde Feuer nachlegten, Fleisch schnitten, Häute gerbten und Fliegenschwärme verscheuchten. Kinder rannten durch das Lager, spielten Wettlaufen und warfen Stöcke nach den Lagerhunden. Mehrere Männer kamen herbeigeeilt, um die heimkehrenden Mitglieder des Brautsuchertrupps zu begrüßen. Klaue lächelte stolz über die herzlichen Glückwünsche, die er von allen Seiten erhielt. »Hübsche Dachsbräute, die ihr da mitgebracht habt!« lobte ihn einer der Männer.

Es dauerte einige Zeit, um die Geschichte jeder einzelnen Braut zu erzählen und wie sie eingefangen worden war. Stern hätte sich am liebsten die Ohren zugehalten, weil die Jaguar so unerträglich prahlten und sich mit jeder Erzählung noch kühner und tüchtiger darstellten, während die Dachsmänner zu erbärmlichen, nutzlosen Wichten schrumpften. Ehrfürchtige Zuhörer stellten so viele Fragen über die feigen Dachsmänner, bis Stern es nicht mehr ertragen konnte und sie am liebsten geschrien hätte, endlich zu verschwinden. Sie öffnete den Mund, um genau das zu tun, und wurde prompt von Falke am Arm gepackt und weggezogen.

»Sag kein Wort, Ehefrau«, warnte er sie. »Jetzt ist nicht der richtige Zeitpunkt, um ihnen Geschichten darüber zu erzählen, wie die heldenhafte Dunkler Stern ihr Volk rettete. Meine Leute werden sich das nicht gefallen lassen.«

Stern zog eine Braue hoch. Seit sie verheiratet waren, hatte er keine einzige Gelegenheit ausgelassen, sie »Ehefrau« zu nennen. Als sie an diesem Morgen in seinen Armen erwacht war, geschah es unter den neugierigen Blicken der übrigen Dachsbräute, und Falke hatte sie freundlich wieder »meine Ehefrau« tituliert. Elchknie hatte amüsiert gelächelt, Rehkitz hatte gekichert, und Kiefer schien erleichtert und mitleidig zugleich. Salbeiblüte und Wildkirsche hatten beide schockiert ausgesehen. Und jetzt war Stern hier im Lager seines Stammes, und Falke nannte sie immer noch »Ehefrau«.

Viele der Jaguarleute starrten sie neugierig an.

»Wer ist denn die hier?«

Der Mann, der die Frage stellte, hatte einen verhärmten Gesichtsausdruck. »Wie wurde sie gefangengenommen? Wem gehört sie?« wollte er wissen.

»Sie gehört mir, Murmeltier«, erklärte Falke, wobei er sich blitzschnell zwischen den Mann und Stern schob. In Falkes Stimme schwang ein Unterton mit, den Stern nicht so recht deuten konnte. »Du brauchst dir also keine Gedanken um sie zu machen.«

Eine schöne junge Frau kam herbei, um sich neben Murmeltier zu stellen. Ihr hübsches Gesicht wurde noch durch eine breite Strähne weißen Haares betont, die am Haaransatz über der Stirn begann und durch die gesamte Länge ihrer schwarzen Mähne verlief. Stern starrte die Fremde an; sie hatte noch niemals eine so auffallend schöne Frau gesehen. Auf dem Rücken trug die Frau eine Art Beutel aus dickem Leder, und über den Rand spähte ein Baby mit glänzenden schwarzen Augen.

»Ich grüße dich, Tula«, sagte Falke.

Die Frau schnaubte verächtlich. Murmeltier blähte den Brustkasten und richtete sich zu seiner vollen Größe auf. »Sprich nicht mit ihr. Sie will nichts mit dir zu tun haben.«

Tula begegnete Sterns Blick. »Wer bist du?« verlangte sie zu wissen.

Bevor Stern antworten konnte, kam ihr Falke zuvor: »Meine Braut«, erklärte er.

Tula schnappte nach Luft und musterte Stern aus schmalen, abschätzenden Augen.

Murmeltier runzelte die Stirn.

Falke zog eine Grimasse.

Und Stern wand sich unbehaglich unter den durchdringenden Blicken des fremden Paares. Etwas an dieser Unterhaltung kam ihr merkwürdig vor.

Tula funkelte Stern mehrere Sekunden lang giftig an. »Sind alle Dachsfrauen so häßlich wie du?« fragte sie höhnisch.

»Ich bin nicht häßlich«, erwiderte Stern ruhig, obwohl sie innerlich alles andere als ruhig war. Warum benimmt sich diese Frau so haßerfüllt mir gegenüber? fragte sie sich verwirrt und bestürzt.

Ein strenger Zug lag um Tulas Lippen, als sie Murmeltier aufforderte: »Komm mit!« und dann davonmarschierte, um die übrigen Dachsbräute zu begutachten. Das Baby auf ihrem Rücken drehte den Kopf und starrte Stern an.

Murmeltier leckte sich über die Lippen: »Oh, aber mir gefallen Dachsfrauen«, sagte er. Dann, als er Falkes zornrotes Gesicht sah, lachte er schallend und eilte hinter Tula her.

»Wer war das?« fragte Stern.

»Diese erbärmliche Ratte von einem Mann ist Murmeltier, Tulas Ehemann.« Falkes Narbe hob sich weiß und pulsierend gegen sein krebsrot angelaufenes Gesicht ab. »Und Tula ist meine frühere Ehefrau.«

Stern blinzelte verdutzt. Von einer früheren Ehefrau hatte er bisher nie etwas erwähnt!

»Ich will nicht, daß du mit ihr redest. Sie bedeutet nur Ärger«, stieß Falke zwischen zusammengebissenen Zähnen hervor.

»Ich wüßte nicht, worüber ich mit ihr reden sollte. Ich habe ihr nichts zu sagen. Und sie spricht ziemlich unfreundlich mit mir.« Tatsächlich brauchte Stern wenig Ermunterung, der Frau aus dem Weg zu gehen.

»Ich möchte auch nicht, daß du mit irgendeiner der anderen Jaguarfrauen redest!«

»Ich weiß. Das hast du schon einmal gesagt.«

Sie müssen ja eine ganze Menge Informationen über ihn haben, dachte Stern. Was versucht er wohl zu verbergen?

»Ich rate dir, nichts von dem zu glauben, was Tula sagt.«

»Wie soll ich irgend etwas von ihr erfahren, wenn ich nicht mit ihr rede?« Was immer er zu verbergen versucht, es muß wichtig sein, dachte sie. Aber ist es wichtig genug, um Tula deswegen aufzusuchen und es herauszufinden?

Stern ließ sich von Falke zu einer Stelle führen, wo das Gras flachgetreten war. »Wir werden hier unser Zelt aufstellen«, sagte er.

Stern setzte ihren Korb mit ihren Habseligkeiten auf dem Boden ab. Falke rollte eine dicke, breite Matte aus vielen aneinandergenähten Elchhäuten aus. »Dies ist mein Zelt«, erklärte er.

Er grub zwei tiefe Löcher in den Boden und steckte einen kräftigen gegabelten Ast in das eine Loch. Dann füllte er die Vertiefung mit Erde auf, bis der Ast fest im Boden verankert war. Er tat das gleiche mit einem zweiten gegabelten Ast. Als nächstes legte Falke einen dritten Ast über die beiden Astgabeln, so daß er wie eine Querstange darauf ruhte. Gemeinsam hoben Stern und Falke die schwere Zeltplane aus aneinandergenähten Elchhäuten hoch und legten sie über die Querstange. Die beiden Seiten bildeten die Zeltwände. Anschließend ging Falke um das Zelt herum und beschwerte die Plane mit runden Steinen, damit ihre Behausung nicht in einem starken Sturm weggeweht würde.

Als sie fertig waren, trat Stern ein paar Schritte zurück und bewunderte ihr Werk. Auf jeder der beiden Seiten des Zelts war eine prachtvolle Jagdszene in rotem Ocker aufgemalt. Die eine Szene zeigte einen Falken, der im Sturzflug vom Himmel schoß, um einen riesigen Hirsch mit einem mächtigen Geweih anzugreifen. Auf der anderen Zeltseite prangte das Bild eines Falken im Flug, der ein Kaninchen in seinen tödlichen Klauen gepackt hielt.

Stern schauderte. Sie konnte durchaus nachempfinden, wie dem Kaninchen zumute sein mußte. »Hat Tula die Bilder auf das Zelt gemalt?« wollte sie wissen.

Falke warf ihr einen gequälten Blick zu. »Nein. Meine Mutter hat sie gemalt.«

»Ach so. Deine Mutter ist eine große Künstlerin.«

»Ja. Das war sie. Sie ist tot.«

»Oh.«

Nach Falkes angespanntem Schweigen zu urteilen war es wohl besser, keine weiteren Fragen über seine Mutter zu stellen.

»Sie starb, kurz nachdem mein Sohn geboren wurde.« Falke sprach gepreßt, als kostete es ihn Mühe, die Worte über die Lippen zu bringen.

»Dein Sohn?« fragte Stern verwirrt. Sie starrte ihn an. Noch eine Überraschung! »Du hast bisher nie etwas von einem Sohn erwähnt.« Oder von einer Ehefrau, hätte sie beinahe hinzugefügt.

Er funkelte sie böse an. »Wenn ich gewollt hätte, daß du über meinen Sohn Bescheid weißt, dann hätte ich dir von ihm erzählt.«

»Ist ... ist dies deine Art, es mir zu sagen? Ist das Baby auf Tulas Rücken dein Sohn?«

»Nein!« gab er brüsk zurück und wandte sich zu der hinteren Zeltöffnung, um sie mit einem großen braunen Kamelfell zu verhängen. Dann ging er zur vorderen Öffnung des Zelts und drapierte das weiße, zottelige Fell eines Gebirgsschafes darüber als Türklappe.

Stern wartete darauf, daß er weitersprach, aber er sagte kein Wort mehr. Offenbar wollte er nicht über seinen Sohn reden. Vielleicht sollte sie sich bei Gelegenheit doch mal mit Tula unterhalten ... oder mit einer der anderen Jaguarfrauen.

Falke wußte nicht, warum er dieser Frau überhaupt soviel

erzählt hatte, ein unerträglicher Wirrwarr von Gefühlen tobte in seinem Inneren, so wie jedesmal, wenn er an seinen toten Sohn dachte. Liebe, gemischt mit quälenden Schuldgefühlen, und Enttäuschung und Trauer überwältigten ihn, bis er zu ersticken glaubte. Schmerz wie von einem scharfen Speer durchzuckte sein Herz, und er biß die Zähne zusammen, um seinen Kummer nicht laut hinauszuschreien. Mein Sohn, schrie er innerlich. Mein geliebter Sohn! Ach, Habicht, ich habe dich so sehr geliebt... warum wollte der Große Geist meine Gebete nicht erhören und dich leben lassen? Warum wurdest du mir genommen? Warum nur?

Eine schreckliche Qual ließ Falke am ganzen Körper erzittern, und er mußte seine Bemühungen, die Zeltritzen mit Fellen abzudichten, abbrechen. Wenn sein Sohn doch nur überlebt hätte, wenn der Große Geist doch nur seine Gebete erhört hätte!

Falke hatte alles getan, was ein Mensch tun konnte, um seinen Sohn zu retten. Er hatte den Schamanen dafür bezahlt, heilende Gesänge über seinem Sohn zu singen. Er hatte Habicht mit kräftigender Fleischbrühe gefüttert. Er hatte die besten, stärksten Tiere erlegt und seinem Sohn die Teile zu essen gegeben, denen eine besondere Wirkung zugeschrieben wurde: Das Herz des Löwen, um ihn mutig zu machen und seinen Lebenswillen zu stärken, die Leber des Elches, um ihm Kraft einzuflößen, das Hirn des Fuchses, um ihm die Weisheit und Schläue zu geben, von der Tula so beharrlich behauptete, daß er sie besaß. Aber nichts von alledem – gar nichts – hatte irgend etwas genützt.

Während der letzten Lebenstage seines Sohnes, als Habicht plötzlich todkrank geworden war, hatte Falke stundenlang betend auf den Knien gelegen, hatte den Großen Geist wieder und wieder angefleht, den Jungen am Leben zu lassen. Und hatte er sein Flehen erhört? Nein, er hatte den Jungen genommen – ihn einfach mit sich genommen und an jenen dunklen Ort entführt, wohin die Toten gingen, wo immer das auch sein mochte. Hatte ihn genommen und einen gebrochenen Mann und eine verbitterte, verzweifelte Frau zurückgelassen.

Gemeinsam hatten er und Tula das wenige zerstört, was noch von ihrer Liebe übriggeblieben war, nachdem die schreckliche Krankheit ihren Sohn dahingerafft hatte. Dort, wo einst das Feuer reiner Liebe füreinander in ihren Herzen gelodert hatte, war am Ende nur noch ein Häufchen kalter Asche zurückgeblieben. Durch Habichts Tod war Falke alles genommen worden, was sein Leben lebenswert gemacht hatte: seine Ehe, sein Sohn, seine Hoffnung, daß sein Sohn eines Tages neben ihm stehen würde, stark und gesund und ungebrochen. Alles, was sich Falke für sein Leben erhofft und erträumt hatte, war zu Asche verbrannt.

Das war es, was ihm der Große Geist angetan hatte, indem er ihm Habicht nahm.

Habicht war nicht nur körperlich und geistig anders als andere Kinder gewesen, er hatte auch keinen der üblichen Babynamen gehabt, die man kleinen Kindern gab. Als Falke ein Kind gewesen war, hatte sein Babyname Kleiner Habicht gelautet, und er hatte seinen Sohn nach sich selbst benannt. Aber obwohl er Habicht den Namen eines starken, klugen Tieres gegeben hatte, in der Hoffnung, es würde seinem schwächlichen, geistig zurückgebliebenen Sohn Kraft spenden, hatte es nichts genützt.

Auch Tulas Überzeugung, daß Habicht ein ganz besonderes Kind sei, dazu bestimmt, eines Tages ein großer Schamane zu sein, hatte nicht geholfen. Wenn Falke beobachtet hatte, wie sich sein Sohn an allen Gliedern zuckend und mit Schaum vor dem Mund auf dem Boden wand, wenn er Habichts seltsam verrenkte Beine betrachtet und gesehen hatte, wie langsam sein schmächtiger Körper von Jahr zu Jahr nur wuchs, dann hatte Falke inständig gehofft, daß Tula recht behalten möge, daß der Große Geist tatsächlich besondere Pläne für seinen Sohn hatte, daß er Habicht dazu ausersehen hatte, eines Tages ein großer Lehrer oder Heiler für das Jaguarvolk zu sein.

Aber es ist alles ganz anders gekommen, dachte Falke jetzt, und er fühlte die bittere Hinterlassenschaft von Habichts Tod seine Kehle zuschnüren. Tränen! Ein erwachsener Mann, der über den Tod eines Sohnes in Tränen ausbrach!

Was bin ich doch für ein Schwächling, dachte er. Ich sollte meine Tränen inzwischen überwunden haben. Ich sollte wissen, daß Tränen keinen Unterschied machen. Daß ein Menschenleben keinerlei Bedeutung hat. Denn wenn es anders wäre, hätte mein Sohn gelebt. Und wenn es wirklich einen Großen Geist gäbe, hätte er meine Bitten, das Flehen eines verzweifelten Vaters, erhört! Er hätte die tiefe Liebe gesehen, die ich meinem Sohn entgegenbrachte, und er hätte ihn leben lassen.

Aber er hat es nicht getan. Und deshalb weiß ich jetzt, daß es keinen Großen Geist gibt. Es war alles gelogen, was mir der Schamane erklärte, alles gelogen, was mir meine Mutter damals erzählte, als sie mich lehrte, zum Großen Geist zu beten. Alles gelogen, was mir mein Vater an jenem Tag erzählte, als wir hoch oben im Cañon der Tauben standen und er mir sagte, daß eines Tages mein starker, gesunder Sohn gemeinsam mit mir über das Land hinwegblicken und die Tiere sehen und die Berge und Seen und Wälder erforschen würde.

Lügen, nichts als Lügen! Falke biß die Zähne zusammen, bis sein Kiefer schmerzte und seine Narbe nervös zuckte.

Seine neue Ehefrau beobachtete ihn aufmerksam, und er wollte sich von ihrem prüfenden Blick abwenden. Er konnte ihr nicht anvertrauen, was passiert war. Seine Qual war einfach zu groß, als daß er sie in Worte hätte fassen können.

»Halte dich von Tula fern«, war alles, was er hervorbrachte. Er stolperte davon, ließ eine verwundert hinter ihm herstarrende Stern zurück.

18. Kapitel

Ein riesiges Feuer brannte an einer runden, flachen Stelle, die sanft zum Flußufer abfiel. An jenem Morgen hatten zwei Jaguarjäger das letzte von den sechs erforderlichen Rehen erlegt, und die Lagerbewohenr hatten gejubelt, als sie mit ihrer Beute zurückkehrten. Jetzt konnten die Hochzeitsfeiern der Jaguar endlich beginnen!

Stern beobachtete, wie sich Männer und Frauen am Feuer wärmten. Die Jaguarfrauen besuchten einander und schwatzten aufgeregt und zogen gelegentlich geröstete Wurzeln aus den heißen Erdgruben, die sie neben der großen Feuerstelle gegraben und mit Blättern ausgekleidet hatten. Die Jaguarmänner standen in kleinen Gruppen beisammen, ebenfalls in eine lebhafte Unterhaltung vertieft.

Eine ganze Anzahl von Körben und Schalen mit Speisen stand ordentlich aufgereiht auf dem Boden. Es gab Körbe mit getrockneten Blaubeeren, Körbe mit getrockneten Brombeeren und solche mit getrockneten Heidelbeeren. Auf einer großen, mit Blättern dekorierten Steinplatte lagen frisch gepflückte Pilze aufgehäuft. Sorgfältig entgrätete Lachshälften brieten auf Spießen am Rande des riesigen Feuers. Berge von Bären- und Elchfleisch türmten sich auf hölzernen Tellern, und der köstliche Duft dampfender Lilienknollen erfüllte die Luft.

Erregung pulsierte im Dröhnen der Trommeln. Drei alte Frauen schlugen auf Ledertrommeln, indem sie Stöcke benutzten, die an einem Ende mit weichem Leder gepolstert waren. Zwei alte Männer sangen Jagdlieder. Als die Darbietung zu Ende war, stimmte ein dritter alter Mann mit verschmitztem Lächeln ein Lied über eine Jagdgesellschaft an, die nur Bräute jagte.

Zwei kleine Jungen nahmen sich jeder eine Handvoll schmackhaft gewürztes Bärenfleisch von einer Platte, während ein Lagerhund hungrig an den gerösteten Wurzeln schnüffelte, die zum Auskühlen auf dem Boden lagen. Ein kleines Mädchen kam herbeigerannt und jagte den Hund weg.

Wohin Stern auch schaute, überall sah sie lachende Gesichter, sah Menschen, die heiter und erwartungsvoll miteinander schwatzten. Fröhlichkeit und Festtagsstimmung herrschten im gesamten Lager – nein, nicht im ganzen Lager, dachte Stern mißmutig. Nur unter den Jaguarleuten. Denn von den Dachsbräuten, bei denen sie stand, waren einige glücklich und andere nicht.

Stern war es nicht. Bedrückt blickte sie an sich herunter.

Nachdem sie erfahren hatte, daß die Hochzeiten an diesem Tag gefeiert werden sollten, hatte sie sich gezwungen, ihr neues Kleid anzuziehen, das Kleid aus weichem weißen Leder, das ihre Mutter für sie genäht und bestickt hatte. Aber jetzt ließen der Anblick des Kleides und der hübschen Mokassins nur Tränen in ihren Augen aufsteigen.

An so manchem Winterabend hatte sie ihrer Mutter zugeschaut, wie sie die schwarzen und weißen Stachelschweinstacheln auf das Kleid genäht hatte. An so manchem Abend hatten sie und Blaumeise am Feuer gesessen und Zukunftspläne geschmiedet, hatten geplant, wie Sterns Leben verlaufen würde und was sie alles tun würden, wenn Stern mit Pirschjäger verheiratet war und Blaumeise Großmutter wäre.

Stern würde glücklich in Pirschjägers Zelt leben. Ihre Mutter, Blaumeise, würde ihre Enkelkinder abgöttisch lieben, alle drei. Stern hatte sich ausgemalt, wie sie an langen Winterabenden am Feuer sitzen und winzige Mokassins für ihre Kinder nähen würde. Im Sommer würde sie die Kinder zum Fluß mitnehmen, um mit ihnen zu schwimmen und zu spielen. Sie würde ihnen Geschichten erzählen und Lieder vorsingen und sie führen, so wie Blaumeise *sie* weiterhin führen würde.

Wie sorgfältig Stern ihr Leben geplant hatte! Wie zuversichtlich sie gewesen war, daß sie genau wußte, was sie zu tun hatte, genau wußte, welcher Mann der Richtige für sie war. Sie hatte exakt gewußt, wie sie leben und was auf sie zukommen würde!

Und jetzt war sie hier – verheiratet mit einem Jaguarmann, den sie nicht kannte, und im Begriff, eben diese Hochzeit unter Menschen zu feiern, die ihr völlig fremd waren. Ihr Schicksal hatte eine abrupte Wende genommen, und ihr Leben verlief ganz und gar nicht mehr so, wie sie und ihre Mutter es geplant hatten!

Plötzlich sehnte sich Stern schmerzlich nach ihrer Mutter. Tränen brannten in ihren Augen. Ach, wie sehr sie sich wünschte, die Arme ihrer Mutter um sich zu fühlen und getröstet zu werden. Wie sehr sie sich wünschte, ihre Mutter wüßte, daß sich ihr Leben für immer verändert hatte! Grausame Erinnerungen an ihre zerstörten Hoffnungen und Träume zogen vor ihrem inneren Auge vorbei.

Aber ist mein jetziges Leben wirklich so schlimm? schoß es ihr plötzlich durch den Kopf. Ich habe einen starken, gutaussehenden Ehemann. Einen, der mich erschauern macht, wann immer ich ihn ansehe...

»So. Du hast also bereits den Jaguar geheiratet, den sie Falke nennen!« Elchknies belustigte Stimme riß Stern abrupt aus ihren Gedanken.

»Er hat *mich* geheiratet. Und nicht ich ihn!«

»Ach? Gibt es da einen Unterschied?« Elchknie lachte herzlich.

Stern gab keine Antwort. Sie kämpfte mit Zorn und Verlegenheit, und außerdem ärgerte es sie, daß Elchknie ihre schreckliche Zwangslage offenbar so amüsant fand.

»Ich möchte dir einen Rat geben«, begann Elchknie, als sie näher kam und den Korb mit getrockneten Beeren absetzte, den sie getragen hatte. »Aber zuerst muß ich wissen – hast du mit ihm gelegen?«

»Was?« Stern schnappte schockiert nach Luft. »Wie kannst du es wagen, mich so was zu fragen?«

Elchknie zuckte die Achseln. »Kein Grund, gleich beleidigt zu sein. Es ist von einiger Wichtigkeit«, erwiderte sie. »Ich wollte es lediglich wissen.«

Schweigend wandte sich Stern ab.

Doch Elchknie stellte sich ihr in den Weg. »Ich habe dich aus gutem Grund danach gefragt, Stern. Und nicht etwa, um dich zu verletzen.«

Stern begegnete Elchknies Blick. Die Frau schien es wirklich aufrichtig zu meinen.

»Was ich dir sagen wollte, ist folgendes: Wenn ein Mann einmal mit einer Frau gelegen hat, will er sie wieder und wieder. Zumindest ist es bei den meisten Männern so.«

Stern errötete und starrte verlegen zu Boden.

»Ich sehe, ich habe dich in Verlegenheit gebracht«, meinte Elchknie. »Das war nicht meine Absicht, glaub mir. Mein verstorbener Ehemann wollte ständig mit mir liegen; er konnte niemals genug davon bekommen. Ich wollte dich deswegen warnen. Dein Ehemann wird wahrscheinlich genauso unersättlich sein.«

Stern fühlte, wie ihre Wangen zu glühen begannen.

»Es ist das beste, wenn du ihm nicht zu oft erlaubst, mit dir zu liegen. Dann wird er nicht soviel von dir erwarten, und du wirst nachts öfter deine Ruhe haben. Auf diese Weise ist es sehr viel angenehmer für dich.«

Stern hätte sich am liebsten die Finger in die Ohren gesteckt, um nichts mehr zu hören.

»Natürlich ändert sich die Sache«, fuhr Elchknie fort, »wenn du erst einmal mit deinem ersten Kind schwanger bist. Dann muß er dich in Ruhe lassen. Und auch während der drei Jahre, die du das Kind stillst, bist du frei von seinen Aufmerksamkeiten.«

Stern starrte sie mit offenem Mund an. »Aber-aber es fühlt sich so wundervoll an...«, platzte sie heraus.

»Wundervoll? Hast du den Verstand verloren, Mädchen? Es ist alles andere als wundervoll. Es tut weh; die Männer nehmen wenig Rücksicht auf die Frau...« Sie runzelte die Stirn. »Warum schüttelst du den Kopf?«

»Weil«, murmelte Stern, »es für mich ganz anders war. Es war ein köstliches Gefühl, als er mich berührt hat. Ich-ich wäre vor Wonne fast dahingeschmolzen.«

»Pah! Ich glaube, wir sprechen nicht über ein und dieselbe Sache«, sagte Elchknie aufgebracht. »Für mich ist es nie so gewesen. Ich glaube, du lügst.«

»Ich lüge nicht, Elchknie.«

Die beiden Frauen starrten sich gegenseitig an.

»Eine Frau braucht einen Mann«, sagte Elchknie langsam. »Das weiß ich wohl. Sie braucht einen Mann, der für sie jagt, der Kinder mit ihr zeugt und sie vor gefährlichen Tieren schützt. Aber in den Schlaffellen muß sie leiden; der eheliche Akt ist alles andere als ein Vergnügen. Das ist der einzige Teil der Ehe, den ich nicht mag. Ich möchte zwar einen Jaguarehemann, aber ich verabscheue es –«

»Kommt mit! Das Fest fängt gleich an!« Kiefer kam auf sie

zugerannt, atemlos vor Aufregung. »Sie rufen schon nach uns. Wir sollen uns unten am Feuer versammeln!« Hastig zog sie ihr Kleid zurecht und strich sich übers Haar. »Sehe ich hübsch aus? Ich werde Lanze heiraten!« verkündete sie entzückt.

»Oh!« rief Rehkitz und veranstaltete einen kleinen Freudentanz. Ihr molliger Körper wabbelte in dem glatten gelben Rehlederkleid, das sie trug. Eine Halskette aus getrockneten roten Beeren tanzte auf ihrer Brust, und winzige weiße Blüten waren in ihrem glänzenden schwarzen Haar befestigt.

Wildkirsche und Salbeiblüte tauschten einen entsetzten Blick. »Ich will keinen Jaguarmann heiraten«, stöhnte Wildkirsche. Ihr schwarzes Haar war zerzaust, und ein riesiger Fettfleck prangte auf dem Vorderteil ihres Lederkleides.

Eine Weile zuvor waren sie und Salbeiblüte am Fluß gewesen, um Wurzeln für das Festmahl zu sammeln, und Salbeiblütes nackte Beine waren noch immer bis zu den Knien mit Schlamm beschmutzt. Die beiden Frauen klammerten sich verzweifelt aneinander.

Elchknie bedachte Stern mit einem wissenden Blick. »Bald wirst du verstehen, was ich meine.« Dann schlenderte sie hinter einer jubelnd davoneilenden Kiefer her.

Stern strich ein letztes Mal ihr Kleid glatt, bevor sie den anderen zögernd folgte. Ihr Pulsschlag beschleunigte sich unwillkürlich, als sie an das Gefühl von Falkes Lippen auf ihren dachte, an die zärtliche Berührung seiner Hände.

Als sie das große Lagerfeuer erreichte und sich zu den übrigen Bräuten gesellte, entdeckte sie Falke in der Menge, und sein Anblick raubte ihr einen Moment den Atem. Er war in Hosen aus schmiegsamem braunen Leder gekleidet. Die Ledersenkel seiner Mokassins waren über Kreuz geschnürt bis knapp unter die Knie. Über seiner breiten, nackten Brust trug er eine Weste aus schwarzgeflecktem Fell, um den Hals eine Kette aus Bärenzähnen. Die Zähne waren riesig, größer als alle, die Stern je gesehen hatte, und sie wußte, sie mußten von einem gewaltigen Bären stammen. Stern staunte, daß Falke ein solch gigantisches Tier getötet hatte, denn niemand anderer als der

Jäger, der das Tier eigenhändig erlegt hatte, besaß das Recht, sich mit solchen Zähnen zu schmücken.

Es fehlten die Messer an seiner Taille und der Speer, den er gewöhnlich überallhin mitnahm.

Um beide Handgelenke trug er breite Lederbänder, die mit schwarzen Falkenmustern bemalt waren, und an einer Seite seines Kopfes war eine Schnur mit Federn in sein Haar geflochten – weiße Federn, die sich prächtig gegen seine schimmernde schwarze Mähne abhoben und bis über seine Schulter herabfielen.

Auf jeden seiner nackten, muskulösen Oberarme hatte er sich mit Ocker drei schräge rote Streifen aufgemalt. Stern wußte, daß Ocker Glück bedeutete, und es beunruhigte sie, diese Symbole der Hoffnung auf den Armen des Mannes zu sehen, mit dem sie in wenigen Minuten offiziell vermählt werden würde. Hieß das, er setzte seine Hoffnungen in die Ehe, die sie begonnen hatten? Eine solche Vorstellung schien so gar nicht zu dem Mann zu passen, den sie kannte.

Falke wandte sich zu einem der anderen Männer um, als dieser etwas zu ihm sagte, und warf lachend den Kopf zurück. Fasziniert starrte Stern auf sein energisches Kinn, seine blitzenden weißen Zähne, sein schwarzes Haar, das über seine Schultern floß. Und plötzlich begehrte sie ihn.

Sie verdrängte ihr Verlangen hastig. Sie durfte ihn nicht begehren! Er war gefährlich!

In dem Moment entdeckte er sie, und er hörte abrupt auf zu lachen und blickte sie an. Stern vergaß alles um sich herum, sah nur noch ihn. Seine maskuline Schönheit, seine geschmeidige Eleganz, seine Kraft. Beim Großen Geist, er hatte wirklich etwas an sich, was sie magisch anzog, eine sinnliche Ausstrahlung, der sie wehrlos ausgeliefert war!

Sie schluckte und machte einen Schritt auf ihn zu. Falke kam ihr entgegen, während seine schwarzen Augen ihren Blick gefangenhielten.

»Du siehst bezaubernd schön an deinem Hochzeitstag aus«, flüsterte er. Knisternde Stille hüllte sie beide ein, eine Stille, die vielleicht auch nur in Sterns Einbildung existierte. Aber sie nahm nichts mehr von all dem wahr, was um sie herum vorging, sah nur ihn, fühlte nur seine warme Berührung, als er ihre Hände ergriff und fest in seine nahm. Wie lange sie so dastanden, während sie sich gegenseitig tief in die Augen blickten, hätte sie nicht zu sagen vermocht.

Klaue brach den Zauber. »Bringt die Bräute hierher.« Er zeigte auf die Stelle, wo sechs Rehköpfe auf einem zotteligen braunen Bärenfell arrangiert waren. Jeder Rehkopf symbolisierte das Versprechen des Bräutigams, seine Braut sein Leben lang mit reichlich Fleisch zu versorgen.

Hinter den Rehköpfen standen fünf Bräutigame in einer Reihe nebeneinander, alle in ihrem besten Festtagsstaat. Stern erkannte Lanze und Roter Habicht, die anderen drei Männer waren ihr jedoch fremd, zumindest hatten sie nicht zu dem Brautsuchertrupp gehört.

Kiefer und Rehkitz eilten freudestrahlend hinüber zu dem Bärenfell. Wildkirsche und Salbeiblüte stolperten hinter ihnen her, wobei sie sich gegenseitig stützten. Elchknie schlenderte gemächlich zu dem Platz, den Klaue ihr anwies, einen Ausdruck der Belustigung auf dem Gesicht.

Und Stern... Stern schwebte förmlich an Falkes Hand dahin. Er drückte sanft ihre Finger und lächelte sie an. Seine schwarzen Augen leuchteten, von einem glückseligen Strahlen erfüllt, wie Stern es noch nie zuvor an ihm gesehen hatte. Zögernd erwiderte sie sein Lächeln, als sie ihren Platz ihm gegenüber auf der anderen Seite des Bärenfells einnahm.

Wenig später kam der Schamane herbei, in sein beeindruckendes Schamanenkostüm gekleidet. Zwei lange weiße Federn baumelten von seinem Ohrläppchen herab. Er trug eine Weste aus fein gegerbtem Hirschleder, die mit Tupfern von Gold gesprenkelt war. Sonnenlicht reflektierte bei jeder seiner Bewegungen glitzernd auf den goldenen Ornamenten. Seine Waden steckten in Beinlingen aus dickem, zotteligem braunen Bärenpelz, die an den Knöcheln zusammengebunden waren. Die Beinlinge ließen noch immer die Form des Bären erkennen, von dem sie stammten. Seine nackten Füße waren mit rotem Ocker bemalt, ebenso beide Hände und Unterarme.

Oberhalb des Ellenbogens waren seine Arme schwarz bemalt. Ein Streifen roten Ockers verlief über eine Seite seines Gesichts, die andere Wange wies einen breiten Streifen schwarzer Farbe auf.

Er trug eine Handvoll Wacholderbeerzweige, gemischt mit Salbeizweigen, die er heftig über dem Kopf jeder einzelnen der sechs Bräute schüttelte, während er langsam um sie herumschlurfte und den Großen Geist anrief, um seinen Segen für die Frauen zu erbitten.

Als er beide Arme hob, breitete sich erwartungsvolles Schweigen in der Menge aus. Der Schamane wandte sich nach Norden um und stimmte einen feierlichen Gesang an. Dann blickte er gen Osten, Süden und Westen, wobei er jedesmal ein anderes Lied sang. Stern verstand die Worte nicht und fragte sich, ob er vielleicht eine längst vergessene, uralte Sprache sprach.

Als nächstes schlurfte der Schamane erneut um das Bärenfell herum, um das Laub diesmal über dem Kopf jedes einzelnen Bräutigams zu schütteln, während er seinen Namen nannte und Glück und Segen auf ihn herabrief.

Dann wandte er sich wieder singend in alle vier Himmelsrichtungen um.

Die Frauen standen den Männern schüchtern gegenüber. Stern blickte fiebrig in Falkes hungrige schwarze Augen, Kiefer lächelte Lanze an, und Rehkitz kicherte jedesmal, wenn sie Roter Habicht ansah. Salbeiblüte und Wildkirsche starrten ängstlich in die Gesichter ihrer neuen Ehemänner.

Salbeiblütes Bräutigam, ein großer, eindrucksvoller Mann, wurde Hirschfänger genannt, was Stern vermuten ließ, daß er ein ausgezeichneter Jäger war. Wildkirsches Ehemann, Lauernde Katze, war ein kleiner, muskulöser Mann, dessen dickes Haar nur knapp bis zu seinen Schultern reichte. Seine Hosen und sein Lederhemd schienen aus den gegerbten Häuten von Puma und Luchs gefertigt zu sein.

Um Elchknies Lippen spielte ihr typisches, belustigtes Lächeln, als sie den Mann musterte, der ihr gegenüberstand. Er war ein älterer Jäger, der bereits an den Schläfen ergraute. Der

Schamane nannte ihn Horn. Horn hatte sich nicht an der Brautsuche beteiligt, doch Stern hatte ihn verschiedene Male durch das Jaguarlager gehen sehen, meistens in Begleitung von zwei kleinen Kindern, einem Mädchen und einem Jungen, die sich an seine lederumhüllten Beine klammerten. Elchknie würde jetzt die Mutter von zwei Kindern werden. Vielleicht würde ihr das ja Freude machen.

Plötzlich fühlte Stern, wie jemand sie durchbohrend anstarrte. Es war Tula. Als Stern ihren Blick erwiderte, schnaubte Tula verächtlich und schaute weg.

Stern wunderte sich über die Feindseligkeit der Frau. Genau in dem Moment fühlte sie Falkes eindringlichen Blick auf sich. Der Ausdruck seiner Augen war leidenschaftlich und besitzergreifend, und Stern fühlte einen Schauer der Erregung den Rücken hinunterrieseln.

Jetzt forderte der Schamane die Frauen auf, ihrem jeweiligen Bräutigam die Hände zu reichen. Falkes Hände waren warm, sein Griff fest, als er Sterns beide Hände in seine nahm.

Wildkirsche und Salbeiblüte weigerten sich, Hand in Hand mit ihren zukünftigen Ehemännern dazustehen. Der Schamane unterbrach seine feierliche Rede, marschierte zu den Brautpaaren und legte Wildkirsches Hände energisch in die von Lauernde Katze und Salbeiblütes in die von Hirschfänger. Nachdem er die beiden Frauen ermahnt hatte, sich zu benehmen, da es sich schließlich um eine wichtige Zeremonie handele, stakste er wieder zu seinem Platz am Kopfende des Bärenfells zurück.

Die schüchterne Salbeiblüte stand mit hängendem Kopf da, und Wildkirsche sah zutiefst unglücklich aus. Stern fühlte ihren Kummer, als wäre es ihr eigener, und plötzlich drängte alles in ihr danach, ihre Hände aus Falkes warmem Griff zu befreien. Er spürte ihre Absicht jedoch, und seine Finger schlossen sich noch fester um ihre. Als sie erneut ihre Hände zurückzuziehen versuchte, sah sie das warnende Aufblitzen in seinen Augen. Ihre zitternden Hände waren in seinen gefangen.

Verzweifelt schloß sie die Augen. Sie war dabei, einen Mann zu heiraten, den sie nicht kannte, einen Fremden, dessen warme Berührung und feurige Blicke sie derart erregten, daß ihr Herz Purzelbäume schlug. Und dabei war es doch Pirschjäger, den sie hatte heiraten sollen!

Als sie die Augen wieder öffnete, ließen schuldbewußte Tränen alles vor ihrem Blick verschwimmen. Sie konnte sich nicht dazu überwinden, dem Blick ihres Bräutigams zu begegnen oder eine der anderen Frauen anzusehen, aber sie hörte ein ersticktes Schluchzen aus Wildkirsches Richtung. Wildkirsches Schluchzen brachte ihre Freundin Salbeiblüte dazu, ebenfalls in Tränen auszubrechen, und bald weinten die beiden jungen Frauen unkontrolliert vor der versammelten Jaguarfestgesellschaft.

Stern preßte die Lippen zusammen, wollte ihren Schmerz nicht zeigen, doch sie verstand die Verzweiflung ihrer beiden Dachsfreundinnen nur zu gut. Kiefer gab ein warnendes Zischen von sich, was dem kläglichen Schluchzen der beiden jedoch kein Ende machte.

Der Schamane marschierte erneut herbei und wedelte mit dem Büschel aus Wacholderbeer- und Salbeizweigen über Wildkirsches und Salbeiblütes Kopf. Immer noch weinten die beiden Frauen haltlos.

In seiner Verzweiflung begann der Schamane, laut zu singen, um das Schluchzen der Frauen zu übertönen. Die Jaguarzuschauer waren sichtlich erleichtert, als er schließlich zum Ende der Zeremonie kam und weiße Entendaunen über den Köpfen der Bräute und ihrer frischgebackenen Ehemänner verstreute.

Die winzigen weißen Federn blieben an Falkes Haar und Weste haften. Er pflückte eine ab und reichte sie Stern. »Auf daß unsere Ehe glücklich wird«, sagte er, und in seinen Augen war wieder jenes rätselhafte, freudige Leuchten, das Stern schon zuvor gesehen hatte.

»Ich hoffe doch sehr, daß deine Ehe mit dieser Dachsfrau glücklich wird«, unterbrach ihn Tula, womit sie Sterns Antwort wirksam erstickte. »Alles wird besser sein als das, was wir hatten!«

Sterns Augen weiteten sich verblüfft über die Unverschämtheit der Frau, Falkes Augen verengten sich zu Schlitzen. »Laß uns in Ruhe, Tula. Was ich tue, geht dich nichts mehr an!«

Tula funkelte ihn giftig an, ihre Lippen bewegten sich stumm. Doch bevor sie noch mehr sagen konnte, schob sich Murmeltier zwischen sie und Falke. »Ich möchte nicht, daß du meine Frau belästigst«, fauchte er.

»Dann sag deiner Frau, sie soll sich um ihre eigenen Angelegenheiten kümmern.«

»Ich habe ihm lediglich Glück und Erfolg für seine Ehe gewünscht«, protestierte Tula, und ihre schwarzen Augen blitzten zornig.

Murmeltier blickte von Tula zu Falke und wieder zurück. »Komm, Tula. Wir werden diesen Mann jetzt sich selbst überlassen.«

»Aber ich habe doch nur versucht, ihm meine besten Glückwün –«

»Das reicht jetzt, Tula!« Murmeltier duldete keinen weiteren Widerspruch. Er zog sie energisch mit sich, während das Baby auf ihrem Rücken bei jedem ihrer eiligen Schritte auf- und abhüpfte. Stern stieß einen Seufzer der Erleichterung aus.

Falke schaute den beiden nach, als sie gingen. Stern beobachtete Falke. Sein Gesicht war von Anspannung gezeichnet, und seine mutlos herabhängenden Schultern schienen die Zuversicht, die er bei der Hochzeitszeremonie ausgestrahlt hatte, Lügen zu strafen.

Stern wunderte sich über seine Reaktion, fragte sich, welche Geheimnisse er verbarg, welche Geheimnisse zwischen ihm und Tula stehen mochten.

Er wandte sich wieder zu ihr um. »Reg dich nicht über Tula auf.«

»Ich rege mich ja gar nicht über sie auf.«

»Nein?«

»Nein.« *Nur ein bißchen.*

Falke sah aus, als glaubte er ihr nicht. Er nahm ihre Hand. »Komm, laß uns spazierengehen.«

Stern nickte und ließ sich von ihm an Leuten vorbeiführen, die fröhlich schwatzten und aßen und Speisen auf hölzerne

Teller häuften. Wildkirsche und Salbeiblüte klammerten sich hilfesuchend aneinander, die Augen rot und verschwollen vom Weinen. Im nächsten Moment brach Wildkirsche erneut in Tränen aus, und ihr neuer Ehemann, Lauernde Katze, blickte sich verlegen in der Menge um.

Als Salbeiblüte in ihr Schluchzen einstimmte, hob ihr Ehemann, Hirschfänger, sie kurzentschlossen auf seine Arme und marschierte zu einem nahe gelegenen Zelt. Die beiden verschwanden in dem Zelt. Wildkirsche schniefte, worauf Lauernde Katze sie an den Schultern packte und ärgerlich schüttelte.

Stern konnte es nicht länger mitansehen. Wieder begannen die Trommeln zu dröhnen, und diesmal war es ein scherzhaftes Lied, das die alten Frauen sangen. Diese Art von Lied war lediglich ein Vorwand, um sich über verschiedene Leute im Lager lustig zu machen. Der Refrain des Liedes war stilisiertes Gelächter. Die erste alte Frau sang über diesen und jenen Jäger. Sie sang von der Zeit, als Lanze eines Nachts in einer Höhle Schutz suchte, und wie er am nächsten Morgen beim Aufwachen in die zornigen Augen eines Höhlenbären starrte. Stern schmunzelte.

Das Lied der zweiten alten Frau handelte von einer gewissen Jaguarfrau, die sich aufmachte, um Lilienknollen auszugraben. Doch statt eine Pflanze mit lila Blüten zu wählen, wie es jede Frau weiß, pflückte sie eine weißblühende Lilie, grub die Wurzeln aus, nahm sie mit nach Hause und setzte sie ihrer Familie vor. Ihre gesamte Familie wurde krank. Die Folge war, daß die Frau nicht mehr allein Lilienknollen ausgraben durfte. Stern lachte erheitert.

Die dritte alte Frau warf einen verschlagenen Blick auf die Bräute und begann, Wildkirsches und Salbeiblütes Schluchzen zu imitieren. Sie genoß eindeutig ihre Rolle, während sie mit jedem Vers lauter und heftiger jammerte. Stern fühlte zornige Röte in ihre Wangen kriechen; sie empfand Mitleid für Wildkirsche und Salbeiblüte, die von nun an bis in alle Ewigkeit in den Liedern des Jaguarvolkes verspottet würden.

»Komm«, flüsterte Falke. »Laß uns lieber weggehen, bevor sie dich entdecken und ein Lied über dich erfinden.«

»Oder über dich«, gab sie zurück.

»Über mich? Über mich gibt es nichts zu erzählen.« Er griente.

»Vielleicht«, schlug Stern vor, »sollte ich der alten Frau ein Geschenk machen und sie bitten, ein Scherzlied über Tula zu singen.«

»Das ist nicht lustig, Stern«, sagte er streng.

Stern lächelte. Sie fand die Idee ausgesprochen lustig!

Sie schlenderten an Gruppen von Leuten vorbei, die um das Feuer saßen und sich das üppige Festmahl schmecken ließen. Stern war zu nervös, um zu essen, aber die Speisen sahen köstlich aus.

Schweigend gingen sie hinunter zum Fluß, wo mehrere große Weiden und Pyramidenpappeln sie vor den Blicken der Festteilnehmer abschirmten.

Eine Weile standen sie am Ufer, und Falke zeigte über das Wasser. »Enten«, sagte er, als sich zwei Vögel mit klatschenden Schwingen erhoben und davonflogen. Stern beobachtete ihren schnellen, sicheren Flug. Plötzlich erregte ein lautes Schreien ihre Aufmerksamkeit. Eine riesige Schar Wildgänse kam von Norden her angeflogen.

»Meine Leute werden morgen oder in den nächsten Tagen Jagd auf sie machen«, meinte Falke mit einem Blick auf die Vögel.

»Ich weiß, wie man Entennetze flicht, um sie damit zu fangen«, erwiderte Stern.

»Gut.«

Schweigen breitete sich zwischen ihnen aus, und Stern schaute zum Himmel hoch, tat so, als wäre sie ganz in den Anblick der Wildgänse versunken, obwohl sie sich Falkes Nähe nur zu deutlich bewußt war. Sie war allein mit ihm; sie waren jetzt offiziell verheiratet. Jetzt bin ich seine Ehefrau, dachte sie und fröstelte unwillkürlich, als sie sich fragte, was die Ehe mit diesem Mann wohl mit sich bringen würde.

Er nahm ihre Hand. »Jetzt sind wir offiziell verheiratet«, sagte er, als hätte er ihre Gedanken gelesen.

Sie sah kurz auf ihre Hand und schirmte ihre Augen gegen

das helle Sonnenlicht ab. Verlegen versuchte sie, ihre Finger aus Falkes Griff zu lösen. Er umschlang ihre Hand noch fester, und sie blickte auf in seine dunklen Augen, sah die heiße Begierde darin lodern.

Ein Zittern durchlief sie. »Was willst du von mir?« flüsterte sie.

»Dich«, erwiderte er rauh. »Nur dich.«

Langsam beugte er den Kopf und preßte seine Lippen hungrig auf ihre. Er roch nach Rauch und Leder und schmeckte nach Mann. Stern versuchte zurückzuweichen, aber er vergrub seine Hand in dem dichten Haar an ihrem Hinterkopf und zog sie noch fester in den Kuß.

»Wie sehr ich dich begehre!« murmelte er.

Sie fühlte, wie er zitterte, als er zärtlich ihr Gesicht in beide Hände nahm. Er war tatsächlich genauso erschüttert wie sie! Mit einem wohligen Seufzer schloß Stern die Augen und gab sich seinem Kuß hin, entspannte sich mehr und mehr unter seinen warmen Lippen. Wie gut sich seine Küsse anfühlten!

Bald wollte Falke jedoch mehr als nur Küsse; Stern merkte es an seiner Ungeduld, als er sie mit sich zu Boden zog auf einen Flecken weichen, von der Sonne erwärmten Grases. Und da sie nicht wußte, was sie tun sollte, ließ sie ihn die Führung übernehmen.

Seine Küsse waren so süß, so verlockend, daß ein paar mehr nicht schaden konnten. Sie kuschelte sich in seine Arme und spreizte ihre Finger auf seiner warmen Brust. Wie herrlich sich seine glatte, straffe Haut anfühlte, wie kräftig sein Herz unter ihrer Hand klopfte. Er streifte jetzt mit seinen Lippen über ihr Gesicht, dann über ihren Hals und ihre Schultern. Sie schnappte bebend nach Luft, und auch Falkes Atem ging keuchend. Zärtlich ließ sie ihre Hände über seine Schultern gleiten, von dem Bedürfnis getrieben, seine Kraft zu spüren, diesen Körper zu liebkosen, der so neu und aufregend für sie war.

»Warte. Laß mich das machen.« Er schlüpfte aus seiner Weste.

Seine breite Brust fühlte sich hart und muskulös unter der glatten Haut an. Mit einem Finger berührte sie behutsam die

Tätowierung an seiner Schulter. Dann drückte sie ihre Lippen darauf.

»Das ist meine Volljährigkeitstätowierung.« Seine Worte schienen atemlos. Wieder küßte Stern das Bild auf seiner straffen Haut.

»Es ist«, keuchte er, »ein Falke.«

»Mmmm, ja, stimmt«, murmelte sie.

»Ein schwarzer Falke«, erklärte er mit derselben Atemlosigkeit, die so erregend auf Stern wirkte. »Der sich auf seine Beute stürzt.«

»Mmmm.«

»Eine Vision ...« Er konnte die Worte nicht mehr hervorbringen, wie es schien, und er zog Stern verlangend zu sich herunter, um sie an seine Brust zu pressen.

Sie lag jetzt auf ihm, betrachtete ihn aus schmalen Augen. »Ich habe auch eine Tätowierung«, sagte sie und küßte seine Brustwarzen.

Er hob den Kopf und ergriff Besitz von ihrem Mund, während seine Zunge zwischen ihre Lippen glitt und lustvoll mit ihrer spielte.

Was für ein köstliches Gefühl! dachte sie und wäre vor Wonne fast dahingeschmolzen.

»Ich wußte gar nicht, daß Dachsfrauen Tätowierungen tragen«, murmelte Falke rauh, als der Kuß endete.

Nachdem Stern wieder zu Atem gekommen war, erwiderte sie: »Doch, das tun wir. Ich trage einen Stern.«

»Natürlich«, flüsterte er und küßte sie wieder leidenschaftlich. »Zeig mir, wo deine Tätowierung ist«, drängte er.

»Nein.«

Sie lachte, als er sie blitzschnell herumrollte und sich auf sie legte.

»Zeig mir, wo deine Tätowierung ist, sonst werde ich dich durchkitzeln.«

Stern lachte hellauf, und als er anfing, sie heftig zu kitzeln, wand sie sich übermütig kichernd unter ihm. »Ich-ich kann nicht!« rief sie atemlos.

»Versuch es«, drängte er.

»Hör auf! Hör auf! Nicht mehr!« flehte sie lachend. Dann zog sie eine Seite ihres Kleides hoch und entblößte ihren linken Oberschenkel. »Hier ist sie.«

»Hmmmm.« Er tat so, als wollte er sie beißen, doch stattdessen berührten seine Lippen die Tätowierung ganz sanft, und er küßte sie. »Sie ist sehr hübsch«, grummelte er.

Tatsächlich war sie sehr stolz auf die Tätowierung, einen Stern mit acht Zacken. »Es ist Dunkler Stern«, wisperte sie. »Meine Urahnin.« Die alte Großmutter Morgentau hatte mit viel Geschick das Muster aufgezeichnet und sorgfältig Asche und Fett in die Haut gerieben.

Falkes Lippen begannen, höher zu wandern, fort von dem Stern. »Zurück«, flüsterte sie und schob seinen Kopf wieder auf ihren Schenkel hinunter. Ihre Hand verweilte in seinem Haar, und sie streichelte seinen Kopf.

»Ah ja«, murmelte er, »wie dumm von mir. Ich sollte ja deine Tätowierung küssen.« Nach ein paar Augenblicken hob er den Kopf und sagte: »Dein Kleid ist im Weg. Es muß verschwinden.«

Stern tat so, als schmollte sie.

Er seufzte. »Ich sehe schon, ich muß es dir vom Leib kitzeln.«

Sie lachte. »Nein. Ich werde dir helfen.« Sie hob die Arme, und er zog ihr das Kleidungsstück über den Kopf und warf es achtlos beiseite. Sie sah das kostbare Stück auf dem Gras landen. »Meine Mutter hat es genäht«, sagte sie mit einem warnenden Unterton in der Stimme.

»Sie hat wirklich ein hübsches Kleid gemacht«, lobte Falke, aber sein Blick galt nicht dem Kleid. Seine Augen ruhten auf ihr, verschlangen sie förmlich, und Stern fühlte leichte Angst in sich aufsteigen.

Er lächelte und beugte sich hinunter, um eine Brust zu küssen. »Ich bin auf der Suche«, raunte er. Dann bewegten sich seine warmen Lippen zu der anderen Brust, und seine Zungenspitze zeichnete heiß und feucht die Umrisse der vollen Rundung nach, bevor er behutsam an der festen, samtigen Knospe zu saugen begann.

Stern schloß die Augen. Wie wundervoll sich seine Liebkosung anfühlte! »Auf der Suche – wonach?« brachte sie mühsam hervor. Seine liebkosenden Lippen auf ihren Brüsten raubten ihr schier den Atem.

»Ich«, jetzt streifte er mit seinen Lippen zart an ihrem Hals hinauf, »suche«, dann drehte er Stern herum und bedeckte ihre Schultern mit hastigen kleinen Küssen, »nach Tätowierungen.«

Sie kicherte. »Du wirst keine mehr finden.« Sie rang keuchend nach Luft, als sich seine Lippen wieder einen Weg zu ihren Brüsten bahnten und dann tiefer glitten, zu ihrem Bauch. »Das ist die einzige Tätowierung, die ich habe.«

»Ich«, er leckte ihren Nabel, »glaube dir nicht.«

»Es ist aber wahr«, protestierte sie mit einem entzückten Quietschen, als seine warme Zungenspitze in ihrem Nabel kreiste.

»Ich werde meine Suche fortsetzen müssen«, erklärte er ernst, während er eine Spur von Küssen über ihren Bauch zog und tiefer glitt, ohne sich um ihre wild zappelnden Beine zu kümmern.

»Hier!« Stern packte seinen Kopf und schob ihn hinüber zu dem achtzackigen Stern. »Hier. Nun gib endlich Ruhe!«

Falke schmunzelte und drückte einen Kuß auf die Tätowierung. »Niemals!«

Jetzt streifte seine Zunge köstlich warm und erregend über ihren Schenkel zum Zentrum ihrer Weiblichkeit. Stern schnappte nach Luft, als sich seine Lippen durch das lockige Haardickicht bewegten, das ihren Schoß verbarg. »Oh, Falke«, stöhnte sie, »was tust du mit mir?«

Er gab keine Antwort, sondern beugte sich nur noch tiefer über ihre gespreizten Schenkel und liebkoste die heiße, feuchte Knospe in ihrem Schoß. Als er ihre empfindsamste Stelle mit seiner Zungenspitze berührte, konnte Stern nur mit Mühe einen Schrei der Lust zurückhalten. Sie stöhnte leise und erschauerte am ganzen Körper, als seine Zunge wieder und wieder die schwellende Knospe umkreiste. Plötzlich überwältigte sie ein unbeschreiblich süßes, wildes Gefühl der Verzückung, rollte wie eine Woge über sie hinweg und riß sie mit sich, und sie bäumte sich auf, hob ihm keuchend ihre Hüften entgegen. »Oh, Falke! Falke! Hilf mir!«

Er drückte sie an sich und hielt sie in seinen Armen, bis ihre Erregung langsam verebbte und ihr Zittern nachließ.

Erschöpft strich sie mit den Fingern durch seine dichte schwarze Haarmähne. »Oh, Falke, was hast du nur mit mir gemacht?« Sie lächelte ihn an, befriedigt, von einem Gefühl der Erfüllung und des Wohlbehagens durchströmt. Neue Empfindungen erwachten in ihr, als sie ihn anlächelte: Erstaunen, Dankbarkeit, warme Zuneigung.

Er legte sich behutsam auf sie und küßte sie auf die Nase. »Das ist es, was Eheleute miteinander tun«, flüsterte er. »Genau das ist es, was ein Mann für eine Frau tun kann.«

Dann spreizte er vorsichtig ihre Schenkel und drang in sie ein. Stern fühlte, wie er sich in ihrem Schoß bewegte, und zog ihn näher an sich.

»Du kannst deine Beine um mich schlingen, wenn du möchtest«, ermunterte er sie. Sie tat es, klammerte sich an ihn und zuckte kurz, als sie einen leichten Schmerz spürte.

Mit einem behutsamen Stoß drang er tiefer in sie ein, und seine schwarzen Augen hielten ihren Blick fest, als er sich rhythmisch in ihr bewegte. Sie lächelte zärtlich zu ihm auf, und dann, als sich sein ganzer Körper plötzlich anspannte und er in offensichtlichem Schmerz die Augen schloß, starrte sie ihn erschrocken an. Stimmte irgend etwas nicht? Hatte sie vielleicht etwas getan, was ihm Schmerz bereitete?

»Falke?«

Er erstarrte, preßte sie keuchend an sich.

»Falke?« Sie wollte wild um sich schlagen, sich aus seinem Griff befreien, aber er hielt sie zu fest umschlungen.

Dann seufzte er plötzlich und brach zitternd und in Schweiß gebadet auf ihr zusammen.

»Falke?«

Er öffnete langsam die Augen.

»Bist-bist du verletzt?«

Er schüttelte den Kopf. »So ist es für den Mann, Stern.«

»Oh.« Sie zögerte. »Bist du sicher, daß es nicht – weh tut?«

Sein Mund verzog sich zu einem erschöpften Lächeln. »Nein, mein Schatz. Es tut nicht weh. Überhaupt nicht.« Er hob sich von ihr, stützte sich auf die Ellenbogen und blickte in ihr Gesicht hinunter. »Es fühlt sich wundervoll an.«

Sie lächelte erleichtert. »Für mich auch.«

Er küßte sie wieder auf die Nase. »So«, sagte er mit gespielter Strenge, »gibt es noch irgendwelche anderen Tätowierungen, von denen ich noch nichts weiß?« Er griff nach ihrem Fuß und untersuchte die Sohle. »Ist hier vielleicht eine?«

»Nein!« Sie lachte.

Er schob seine Hand hinter ein Knie und kitzelte sie. »Hier?«

»Nein! Du weißt, daß ich keine anderen Tätowierungen habe. Ich habe nichts vor dir zu verbergen!«

Bei diesen Worten wurde Falke plötzlich ganz still, und ein ernstes Licht glomm in seinen dunklen Augen auf, als er sie betrachtete. »Nein«, erwiderte er schließlich. »Du hast nichts vor mir zu verbergen, Stern.« Er beugte sich über sie, um ihre Lippen zu küssen. »Und darüber bin ich sehr froh.«

Sie wunderte sich über den seltsamen Ernst in seiner Stimme, dann zuckte sie die Achseln und gähnte. »Ich bin müde. Ich möchte schlafen.«

Er grinste. »Ich auch.«

Erschöpft legten sie sich schlafen, Stern fest in Falkes Arme geschmiegt. Als sie aufwachten, war die Sonne bereits untergegangen, und ein kühler Wind wehte vom Fluß herüber.

Falke tätschelte ihre nackten Pobacken. »Komm, wir sollten uns jetzt anziehen, Ehefrau. Ich höre Trommeln und Gesang. Sie tanzen schon.«

»Ich tanze gerne«, meinte Stern.

»Tanzt du so gut, wie du beim Liebesspiel bist?« fragte er, als er in seine Lederhosen stieg.

»Ich tanze ungefähr so gut, wie du Tätowierungen suchst.«

»Ah, dann mußt du wirklich gut sein. Ich kann es kaum noch erwarten!«

Als Stern voll bekleidet war, nahm er ihre Hand, und sie machten sich wieder auf den Weg zurück zum Jaguarlager. Sie waren nur wenige Schritte weit gegangen, als Falke abrupt wieder stehenblieb und sich zu ihr umwandte. »Stern?« Er strich mit sanften Fingern über ihr Haar, dann an ihrer Wange entlang,während er ihr forschend in die Augen sah.

»Ja, Falke?«

»Ich –« Er zögerte.

Stern wartete, doch statt zu sprechen, fuhr er fort, ihr Haar und ihr Gesicht zu liebkosen.

Sie unterbrach seine Liebkosung, indem sie seine Hand in ihre nahm und an ihre Lippen hob. Dann drückte sie einen sanften Kuß auf seinen Handrücken.

Er starrte sie nur schweigend an, und sie fühlte, wie sie sich in jenen schwarzen Augen verlor.

»Ich –«

Falke schien ebenso verloren wie sie, so als ob Hoffnung und Furcht in seinem Inneren miteinander kämpften. Behutsam streckte Stern eine Hand aus und berührte die lange Narbe, die sein Gesicht zeichnete. »Sag es mir«, flüsterte sie.

Plötzlich zuckte er zusammen und wich zurück. »Ich kann nicht.«

Er beugte sich über sie und küßte ihren Mund. Um seine Lippen spielte ein heiteres Lächeln, aber in seinen Augen war immer noch jener trostlose, verlorene Ausdruck. »Ich danke dir«, murmelte er. »Ich danke dir für das, was du mir vorhin gegeben hast.«

»Was habe ich dir denn gegeben?«

»Du hast mir ein wundervolles Geschenk gemacht. Deine Jungfräulichkeit. Ich bin der erste Mann für dich gewesen.« Dann packte er sie plötzlich an beiden Armen und grub seine Finger in ihr Fleisch. »Und ich werde dein *einziger* Mann bleiben. Hast du verstanden?«

Verwirrt suchte sie in den Tiefen seiner Augen und sah den Ausdruck der Qual darin. »Was hast du denn, Falke? Warum hältst du mich so fest, als würde ich vor dir weglaufen?«

Er lachte, aber in seiner Stimme schwang keine Belustigung mit. »Ich habe keine Angst, daß du weglaufen könntest, denn ich werde dich verfolgen und einfangen, wenn du zu fliehen versuchst.«

Ein plötzliches Frösteln überlief sie bei seinen Worten. »Was fürchtest du dann?«

Wieder lachte er unfroh. »Nichts«, sagte er schließlich. »Ich fürchte gar nichts.«

Sie glaubte ihm nicht.

Nach mehreren Herzschlägen zog er seine Hände von ihren Armen. »Komm«, sagte er. »Laß uns mit den anderen tanzen.«

Mit klopfendem Herzen folgte sie ihm den Pfad hinauf zum Jaguarlager, wo das Fest in vollem Gange war. Was war gerade zwischen ihnen geschehen?

19. Kapitel

Stern steckte den Kopf zur Zeltklappe heraus und blickte sich suchend nach Falke um. Wo war er?

Sie trat aus dem Zelt, gähnte und streckte sich ausgiebig. Wie gut sie sich an diesem Morgen fühlte nach einer Nacht leidenschaftlichen Liebesspiels mit ihm! So war es schon die ganze Zeit seit jenem ersten Mal am Fluß. Sie zählte die Tage an ihren Fingern ab. Ja, zehn Tage waren seitdem vergangen. Seltsam, wie lange das schon zurückzuliegen schien, daß die Jaguar das riesige Fest gegeben hatten, um die neuen Eheschließungen zu feiern.

Ihr Blick schweifte unfreiwillig zu dem Zelt hinüber, wo Wildkirsche mit ihrem neuen Ehemann, Lauernde Katze, wohnte. Viele Nächte lang hatte Stern heftiges Schluchzen aus dem bewußten Zelt dringen hören. Tagsüber lief Lauernde Katze mit abgespannter, bedrückter Miene herum. Nachts hörte man Wildkirsche weinend nach Findet Den Marder rufen.

Stern schüttelte mitleidig den Kopf. Arme Wildkirsche.

In der Ferne ging eine Frau zum Fluß hinunter, einen Korb über dem Arm. Furcht zog Sterns Magen zu einem Knoten zusammen. Es war Tula, die ihr Baby wie üblich in einem Lederbeutel auf dem Rücken trug.

Stern lebte zwar erst relativ kurze Zeit bei den Jaguarleuten, doch sie hatte schon häufig Gelegenheit gehabt, Tula zu beobachten. Und nach dem, was sie gesehen hatte, war Tula eine sehr unglückliche Frau, und sie machte jeden in ihrer Nähe ebenfalls unglücklich. Stern hatte gelernt, ihr aus dem Weg zu gehen.

Wo steckte Falke nur? Ob er zum Fluß hinuntergegangen war, um zu schwimmen? Obwohl sich die Blätter an den Bäumen bereits gelb und rot zu verfärben begannen und Stern das Flußwasser für ihren Geschmack zu kalt fand, wußte sie, daß Falke gern am frühen Morgen in den eisigen Fluten schwamm.

Sorgsam darauf bedacht, reichlich Abstand zu Tula zu halten, wanderte Stern den Pfad hinunter, der zum Flußufer führte. Als sie zwischen die dicht belaubten Bäume trat, die den Pfad wie eine grüne Wand vom Lager abschirmten, hörte sie einen kleinen Schrei und sah einen Buntspecht aus dem Unterholz huschen und auf einen Ast fliegen. Die roten Streifen auf der Wange des Vogels erinnerten sie unwillkürlich an Falkes Narbe.

Sie war gerade im Begriff, aus dem Schutz der Bäume zu treten und über den breiten Grasstreifen zu gehen, der sich am Ufer entlangzog, als sie Tula entdeckte. Sie muß einen anderen Weg zum Fluß genommen haben, dachte Stern und wich hastig zurück. Ich muß mich verstecken. Ich will nicht, daß sie mich sieht.

Dann schnappte Stern überrascht nach Luft. Tula war nicht allein; Falke stand vor ihr – vollkommen nackt, und auf seinem prachtvollen Körper schimmerten Wassertropfen von seinem morgendlichen Bad im Fluß. Stern runzelte mißbilligend die Stirn bei seinem Anblick.

Obwohl viele Dachsmänner normalerweise gelegentlich nackt gingen, wenn sie jagten oder schwammen oder wenn es besonders heiß im Sommer war, beunruhigte sie der Gedanke, daß sich Falke völlig unbekleidet vor seiner früheren Ehefrau zeigen würde. Aber Falke schien sich dessen gar nicht bewußt zu sein; er war zu intensiv in seine Unterhaltung mit Tula vertieft.

Eifersucht stach wie mit glühenden Nadeln in Sterns Herz. Sie unterdrückte die Proteste ihres Gewissens und schlich näher, um die beiden zu belauschen, durch dichtes Gebüsch vor den Blicken des Paares verborgen.

»Glaube nicht, daß es mich kümmert«, sagte Tula gerade.

»Ich weiß, daß es dir egal ist«, erwiderte Falke und verschränkte die Arme vor seiner breiten Brust.

Stern schluckte hart. Er sah so unglaublich attraktiv aus, wie er dort stand. Oh, wie konnte er Tula bloß erlauben, seinen nackten Körper anzustarren?

Das Baby fing an zu weinen und lenkte sowohl Tulas als auch Falkes Aufmerksamkeit auf sich. Tula schwang den Kleinen von ihrem Rücken und wiegte ihn in ihren Armen.

»Du hast deinen Sohn«, sagte Falke gepreßt.

»Richtig, ich habe meinen Sohn.« Tula entblößte eine Brust und schob dem Baby ihre Brustwarze in den Mund. Der Kleine hörte sofort auf zu schreien.

Falke starrte auf Tulas nackte Brust. Sterns Hände ballten sich zu Fäusten.

»Wenn du mich nicht verlassen hättest, hätte ich dir einen zweiten Sohn schenken können«, sagte Falke.

Stern sog scharf die Luft ein.

»Ha! Du kannst doch nur kränkliche Söhne zeugen«, gab Tula bissig zurück.

Falke zuckte zusammen. Stern konnte seinen Muskel an seiner Narbe pochen sehen.

»Wir hatten einen kränklichen Sohn. Erinnerst du dich noch?« Tulas Gesicht verzerrte sich zu einer häßlichen Grimasse, und sie spuckte auf den Boden. »Ich war diejenige, die seine Beine mit Arzneiblättern einrieb. Ich war diejenige, die nachts an seinem Lager saß. Ich war es, die den Schamanen zu Hilfe rief, wenn mein Sohn einen Anfall hatte und wild um sich schlug. Ich war diejenige, die ihn geliebt hat!«

Falke sah aus, als hätte ihm jemand einen brutalen Schlag in die Magengrube versetzt. »Du glaubst, ich hätte ihn nicht geliebt? Ich habe ihn von ganzem Herzen geliebt! Ich habe den Schamanen jedesmal mit Antilopenfleisch bezahlt, wann immer er Habichts Geist wieder in seinen Körper zurückholte!«

»Du hast Habicht gehaßt! Du wolltest einen gesunden, kräftigen Jungen. Nur zu oft habe ich beobachtet, wie du ihn angesehen hast – mit einem Ausdruck der Verachtung auf deinem Gesicht.«

»Ich habe nie gesagt –«

»Das brauchtest du auch nicht! Ich weiß, wie du über ihn gedacht hast! Ich habe es gesehen! Du hast ihn gehaßt! Du wolltest einen Jungen, der laufen konnte, der wie die anderen Kinder sprechen konnte –«

»Du hast vollkommen recht!« schrie Falke. »Ja, ich gebe es zu, ich habe mir einen Sohn gewünscht, der körperlich und geistig gesund war! Viele Male habe ich zum Großen Geist gebetet und ihn angefleht, Habicht zu heilen. Den seltsamen, stumpfen Ausdruck aus seinen Augen zu nehmen. Ihm Verstand zu geben, damit er unsere Worte begreifen und mich, seinen Vater, erkennen konnte.«

»Pah. Der Große Geist würde nicht auf Worte aus dem Munde eines solchen Mannes hören!«

»Das mag schon sein. Er hat meine Gebete ganz gewiß nicht erhört.«

»Oh, und ob er das getan hat.« Tulas Gesicht bekam einen grausamen Ausdruck. »Er hat unseren Sohn sterben lassen, genau wie du es wolltest!«

»Ich habe nicht gewollt, daß unser Sohn stirbt!« Falke brüllte so zornig, daß die Adern an seinem Hals anschwollen. Stern wäre am liebsten weggerannt, aber sie rührte sich nicht vom Fleck. Wenn sie sich bewegte, würden die beiden sie sehen und merken, daß sie heimlich lauschte.

»Du *hast* es gewollt! Er war nicht perfekt. Er war nicht stark und gesund. Er wäre niemals zu einem tüchtigen Jäger herangewachsen. Er war nicht gut genug für dich!«

»Ich wußte, daß er sehr krank war.« Falke atmete tief durch. »Ich habe das akzeptiert. Ich war nicht froh darüber, aber ich habe es akzeptiert.«

»Nein, das hast du nicht! Du wolltest nichts mit ihm zu tun haben!«

»Ich habe für ihn gejagt. Ich brachte ihm das beste Fleisch, das ich beschaffen konnte. Ich habe ihm Löwenherzen gegeben, um ihm Kraft einzuflößen. Ich habe ihn mit dem Fleisch von Antilopenbeinen gefüttert, damit er schnell laufen könnte. Ich habe ihm die Hirne von Füchsen zu essen gegeben, damit er klug würde. Ich habe alles getan, was in meiner Macht stand, um ihm zu helfen. Ich wollte, daß er sich zu einem gesunden, starken Jungen entwickelte. Was ist daran so falsch?«

»Es war nicht das, wozu er bestimmt war«, schrie Tula. »Er war dazu bestimmt, ein großer Schamane zu werden! Wenn er auf den Boden fiel und um sich schlug und Schaum vor dem Mund hatte – das war eine wichtige Voraussetzung, um Schamane zu werden! Rapt hat mir das gesagt!«

Falkes Brust hob und senkte sich heftig mit jedem Wort, das er sprach. »Nun, Rapt hat dir Lügen erzählt! Er sagte, unser Sohne würde eines Tages ein großer Schamane sein, und du hast ihm geglaubt. Aber unser Sohn ist tot. Habicht ist tot!«

»Und es ist alles deine Schuld«, zeterte Tula. »Du bist derjenige, der den Bären getötet hat! Er war das Visionstier meines Vaters. Er hatte den Grizzly in seiner Vision gesehen, damals, als er noch ein Jüngling war. Du hättest jenen Bären niemals töten dürfen! Aus Rache hat der Geist des Bären den Großen Geist beschworen, unseren Sohn zu sich zu nehmen!«

»Ich mußte den Bären töten!« brüllte Falke. »Du warst schwanger, du warst gestolpert, du hast hilflos auf dem Boden gelegen! Der Bär war drauf und dran, dich zu zerreißen! Ich mußte etwas unternehmen!«

»Du hättest ihn wegjagen können!«

»Wegjagen? Wie hätte ich ihn denn verjagen sollen? Der Grizzly hatte keine Angst vor mir! Er lachte mich förmlich aus. Es war einzig und allein mein Speer, der dich an jenem Tag gerettet hat, der unseren Sohn gerettet hat.« Plötzlich stahl sich ein eisiger Unterton in Falkes Stimme. »Es war nicht meine Schuld, es war deine. Du bist diejenige, die stolperte, als du meinen Sohn unter dem Herzen getragen hast. Es war dein ungeschickter Sturz, der Habicht zum Krüppel machte.«

»Das ist nicht wahr!« kreischte Tula erbost. Das Baby an ihrer Brust fing an zu weinen. Tula schob ihm erneut die Brustwarze in den Mund, und Stern hörte die gedämpften Proteste des Kleinen, aber Tula schien es nicht zu bemerken.

»Ich habe alles getan, was ich konnte. Ich wäre bei der Geburt jenes Babys fast gestorben! Es war eine lange, qualvolle Geburt. Unzählige Male habe ich deinen Namen geschrien, als ich damals in den Wehen lag. Es war so grausam, daß ich ein Baby von dir gebären sollte, das so lange brauchte, um zur Welt zu kommen!«

Falke sagte nichts, funkelte sie und ihren Sohn nur böse an.

»Bei diesem Baby hier, Murmeltiers Sohn«, sagte Tula und strahlte ihren kleinen Jungen an, »verlief die Geburt dagegen schnell und glatt. War es nicht so, mein kleiner Schmetterling? Aber ja, genauso war es.« Sie hob den Kopf und starrte Falke grimmig an. »Es war alles *deine* Schuld.«

»Es war *deine* Schuld!«

Sie maßen sich gegenseitig mit bitterbösen Blicken. Stern überlegte, ob sie nicht einfach auf Zehenspitzen wegschleichen sollte.

»Du bist mir untreu gewesen, hast mich hinter meinem Rücken betrogen«, fauchte Falke.

»Ich konnte nicht bei einem Mann bleiben, der sein eigenes Kind nicht liebte!«

»Ich habe Habicht geliebt! Ich habe alles getan, was ich konnte –«

»Du hast überhaupt nichts getan! *Ich* habe alles getan. Ich habe die heilenden Blätter auf seine Beine gelegt, ich –«

Falke hob eine Hand, um sie zum Schweigen zu bringen. »Wir fangen an, uns zu wiederholen«, sagte er erschöpft. »Es gibt keinen Sieger in diesem Kampf zwischen uns.«

Tulas Lippen bildeten eine schmale, strenge Linie. »O doch, es gibt einen Sieger«, erwiderte sie schrill. »Und der bin ich! Ich habe einen gesunden Sohn! Ich habe einen Ehemann, der sein Kind liebt, der mich liebt!«

»Murmeltier hat dich mir geraubt!«

»Murmeltier hat mich nicht geraubt! Ich bin bereitwillig mit ihm gegangen. Er ist mehr Mann als du.«

»Er ist ein verschlagener, hinterhältiger Ehefrauenräuber.«

»Nun, ich liebe ihn. Er ist besser als du. Und er ist weitaus besser in den Schlaffellen als du!«

Falke schnaubte verächtlich. »Versuche nicht, mich zu provozieren, Weib. Die Dachsfrau hat keinen Grund zur Klage.«

Tulas Mund verzog sich zu einem verächtlichen Grinsen. »Sie ist eine Schlampe. Eine Sklavin. Sie ist furchtbar häßlich. Ich verstehe nicht, wie du ausgerechnet sie ausgesucht hast. Ich habe noch niemals eine solch große, ungeschickte, häßliche Frau gesehen! Sie ist genau die Richtige für dich!«

Falke preßte die Lippen zu einer schmalen, blutleeren Linie zusammen. »Sie geht dich überhaupt nichts an. Du hältst sie aus dem heraus, was zwischen uns ist, Tula. Hast du verstanden?«

»Das werde ich nicht tun! Ich kann ihren Anblick nicht ertragen, das kann ich dir versichern!«

Falke wandte sich ab. »Geh, Tula«, sagte er kalt. »Hol dein Wasser und verschwinde. Ich möchte allein sein.«

Das Baby begann zu wimmern.

Tula beruhigte den Kleinen, hängte sich den Tragesack mit dem Baby wieder auf den Rücken und band die Schnüre fest, um ihn sicher zu halten. Sie bückte sich und schöpfte Wasser in den fest geflochtenen Korb, der mit Ton ausgekleidet war; dann eilte sie davon.

Hastig versuchte Stern, sich in den Busch zu drücken, als sie sah, daß Tula genau in ihre Richtung strebte, aber sie war nicht schnell genug.

»Aha!« rief Tula triumphierend. »Sieh mal einer an, wen wir hier haben!«

Ihre schwarzen Augen leuchteten, als wäre sie hungrig und hätte gerade ein saftiges Stück Fleisch gefunden. »Ach, Falke«, sagte sie mit zuckersüßer Stimme, »komm doch bitte mal her. Ich möchte dir etwas Interessantes zeigen.«

Falke war wieder ins Wasser gegangen und schwamm in der

Mitte des Flusses. »Geh zurück zu deinem Mann«, rief er. »Ich will nicht mehr mit dir reden.«

Tula rannte zum Flußufer zurück, während das Baby bei jedem ihrer Schritte auf ihrem Rücken wild schaukelte. »Es ist deine Schlampe! Die Dachsfrau! Sie hat jedes Wort gehört, das wir gesprochen haben! Haha!«

Falke sagte nichts, stand nur aufrecht im Wasser und starrte auf die beiden Frauen am Flußufer. Dann schwang er abrupt herum und schwamm mit kraftvollen, schnellen Zügen zur anderen Seite hinüber.

»Er weiß Bescheid«, sagte Tula zu Stern. »Er weiß, daß du ihm nachspioniert hast, Schlampe!«

Stern errötete bis unter die Haarwurzeln, zu verlegen, um zu sprechen.

»Ich werde dir etwas sagen, Mädchen-das-seine Flohstichekratzt-und-mit-den-Hunden-Schläft.« Tula trat so dicht an sie heran, daß Stern ihr linkes Augenlid zucken sehen konnte. »Er wird dich niemals lieben.« Ihr Blick wanderte zu Sterns flachem Bauch hinunter. »Oder irgendein Kind, das du ihm schenkst.«

Ihr Ausdruck war triumphierend und boshaft. »Er kann niemanden leiden. Er ist überhaupt nicht zur Liebe fähig. Er hat unseren Sohn gehaßt!« Sie wandte sich ab, um Falke zu beobachten, wie er zum anderen Ufer kraulte. »Viel Glück in deiner Ehe, Dachsfrau!« sagte sie und lachte höhnisch. Dann wanderte sie den Flußpfad hinauf und verschwand zwischen den Bäumen.

Stern hatte Mühe, ihre Tränen zurückzudrängen, als sie sich ans Ufer setzte, um auf Falke zu warten.

20. Kapitel

Erst als seine Kräfte erlahmten und seine Muskeln zu schmerzen begannen, watete Falke wieder ans Ufer zurück. Er ging zu der Stelle, wo Stern saß und nervös einen Grashalm zwischen ihren langen, schlanken Fingern drehte. Sie starrte zu Boden. Tula mußte etwas besonders Grausames zu ihr gesagt haben. Falke holte tief Luft und sagte: »Sie lügt, weißt du. Ich habe meinen Sohn wirklich sehr geliebt.«

Da hob Stern den Kopf, und ihre schönen dunklen Augen hatten einen gekränkten Ausdruck. »Du liebst *sie* immer noch.«

Falke mußte lachen. »Nein, das tue ich nicht.« Konnte seine neue Ehefrau das denn nicht selbst erkennen? Tula verursachte ihm großen Schmerz. Er schüttelte verständnislos den Kopf. Wenn Stern ihn und Tula dabei beobachtet hatte, wie sie sich stritten und sich gegenseitig wie zornschnaubende Pumas anfauchten, und nicht begriff, was sie gesehen und gehört hatte, dann war das nicht seine Schuld. »Außerdem ist es egal.«

»Das ist es nicht!«

Er liebte das Aufblitzen in ihren Augen, wenn sie wütend war. Er zuckte betont lässig die Achseln, um sie mit seiner Gleichgültigkeit aufzustacheln.

»Es ist *nicht* egal, ob du sie noch liebst oder nicht…«

Ob sie weiß, wie hübsch sie aussieht, wenn sie so in Rage gerät? dachte er. »Warum? Möchtest du, daß ich *dich* liebe?«

Fast hätte er gelacht, als er die verdächtige Röte in ihre Wangen kriechen sah. Sie wünschte sich also tatsächlich, daß er sie liebte, die kleine Dachsfrau. Schön und gut, aber im Grunde waren alle Frauen gleich; alle waren sie darauf aus, ihr Spielchen mit einem Mann zu treiben und ihn in den engmaschigen Netzen der Liebe zu fangen! Doch es war nicht Liebe, wonach sie sich sehnten, o nein. Sondern Macht. Das war es, was sie alle wollten. Macht über einen Mann zu haben, ihn zu kontrollieren und nach ihrer Pfeife tanzen zu lassen.

Nun, bei Tula war er auf dieses Spiel eingegangen. Ihr zuliebe hatte er so getan, als glaubte er, sein kranker Sohn würde gesund werden. Er hatte das Fleisch beschafft, um den Schamanen für seine nutzlosen Ratschläge an Tula zu bezahlen; er hatte Tula geduldig zugehört, wenn sie davon träumte, wie ihr Sohn eines Tages ein großer Schamane des Jaguarvolkes sein würde. Er hatte sogar zum Großen Geist gebetet, seinen Sohn zu heilen, ihn körperlich und geistig gesund zu machen, und als das nichts half und Habicht von der tödlichen Mäusekrankheit befallen wurde, hatte Falke weinend auf den Knien gelegen und den Großen Geist verzweifelt angefleht, seinen Sohn wenigstens am Leben zu lassen. Aber der Große Geist hatte es für angebracht gehalten, seine Gebete zu ignorieren, und Habicht war rasch dahingesiecht.

Nun, Falke hatte nicht vor, sich jemals wieder auf irgendwelche betrügerischen Spiele einzulassen. Nicht mit Tula und auch nicht mit Stern. Er wußte, daß nichts im Leben von Bedeutung war, und er würde nicht länger so tun, als wäre es anders. Und was Frauen betraf – sie waren doch alle gleich. Er würde eine Frau haben und sich mit ihr in den Schlaffellen vergnügen, wenn es ihm gefiel, aber lieben würde er nie wieder eine. Liebe. Pah! Fast hätte er verächtlich ausgespuckt. Alles, was die Liebe einem Mann einbrachte, waren Schmerz und Verrat!

Er begegnete Sterns Blick. »Kommst du mit mir schwimmen?«

Sie schüttelte schweigend den Kopf, und ihr langes schwarzes Haar flatterte in der kühlen Brise.

Mit einem Seufzer hockte er sich neben sie und nahm ihre Hand in seine. »Was zwischen Tula und mir ist, geht dich nichts an.«

Er wußte, seine Worte würden Stern verletzen, aber er sah keine andere Möglichkeit, ihr die Sache begreiflich zu machen. »Was zwischen uns gewesen ist, ist vorbei, und ich bin nicht bereit, darüber zu sprechen. Es ist noch nie etwas Gutes dabei herausgekommen, in der Vergangenheit zu wühlen.«

Wie gründlich er diese Lektion gelernt hatte! Wenn er erst einmal von seinem Sohn und Tula zu erzählen begann, würde ihn wieder der unerträgliche Schmerz übermannen, und er würde in Tränen ausbrechen wie eine Frau. Nein, es war besser, nicht an jenen Schmerz zu rühren. Besser, die willkommene innere Betäubung zu fühlen als den Gefühlstumult, diese Mischung aus Qual und Wut und Trauer, die ihn auf ein Häufchen Elend reduzieren konnte. »Ich möchte nicht darüber sprechen.«

Stern runzelte die Stirn. »Ich bin verwirrt über dich und Tula. Du sagst, du liebst sie nicht mehr, und trotzdem schützt du sie. Vor mir.«

»Ich schütze Tula nicht! Ich will nichts mit ihr zu tun haben!«

Ich schütze mich selbst mit meinem Schweigen, Dachsfrau. Er erhob sich und blickte grimmig auf sie herunter. »Wenn du weiter so beharrlich darauf bestehst, mich über mein Leben auszufragen, werde ich gehen.«

Ihre Augen wurden schmal, und sie zuckte die Achseln. »Dann geh doch.«

Verärgert stampfte er davon. Jetzt mußte er auf ihre Gesellschaft verzichten, weil sie so verdammt stur war. Zwei Ehefrauen hatte er, und beide waren sie störrisch. Großer Geist, bewahre mich vor störrischen Frauen, dachte er, bevor ihm einfiel, daß es keinen Großen Geist gab. Oder falls doch, dann war es ihm offensichtlich gleichgültig, was mit den Menschen geschah, und ganz besonders mit einem Mann namens Falke.

Er beschloß, jagen zu gehen. Vielleicht würde eine einsame Jagd beruhigend auf ihn wirken und ihm den betäubenden Frieden zurückbringen.

Stern war nach Weinen zumute. Der Grashalm, den sie zwischen den Fingern drehte, verschwamm vor ihrem Blick. Sie schloß die Augen, und Tränen kullerten zu beiden Seiten ihrer Nase hinunter. Ach, was war nur mit ihr geschehen? Sie hatte die letzten zehn Tage damit verbracht, eine innige Zuneigung zu ihrem neuen Ehemann zu entwickeln. Und gerade als sie sich bewußt zu werden begann, daß sie ihn liebte, verhöhnte er sie mit dieser Liebe und kehrte ihr dann brüsk den Rücken zu, als sie nicht still sein wollte.

»Aber wie kann ich schweigen«, sprach sie leise für sich, »wenn es seine Beziehung zu Tula ist, die mir immer wieder das Leben schwermacht? Ich habe nicht darum gebeten, von meinem Volk entführt zu werden! Ich habe nicht darum gebeten, mit diesem Mann verheiratet zu werden! Ich war nicht hier, als ihr Baby starb; ich hatte nichts damit zu tun! Also, warum muß ich dann seinen Zorn ertragen und ihren noch dazu?«

Sie schluchzte heftig, dann fuhr sie sich mit dem Handrücken über die Augen und wischte die Tränen von ihren Wangen. »Keiner von beiden weiß, was er tut«, schnaubte sie. »Tula will Murmeltier und Falke, obwohl sie es nicht zugeben will. Und Falke will in Ruhe gelassen werden. Er macht sich überhaupt nichts aus mir, und seine Wut auf Tula zieht ihn immer wieder zu ihr zurück, aber das will *er* wiederum nicht zugeben.« Sie vergrub ihr Gesicht in den Armen. »Ach, was soll ich nur tun?«

Nach einer Weile hob sie den Kopf und starrte auf den Fluß hinaus. Er floß in seinem vertrauten trägen Tempo vorbei, plätscherte leise an den Stellen, wo die Wellen an das flache Ufer schwappten.

Schließlich erhob Stern sich und ging den Pfad zum Lager zurück. Sie kam an Tulas Zelt vorbei, sah die Jaguarfrau draußen in der Sonne sitzen und ihr Baby stillen. Als Tulas Blick auf Stern fiel, zischte sie verächtlich.

Stern seufzte schwer. Es würde ein langer, kalter Winter werden, wenn sie nicht bald das Jaguarlager verließ. *Vielleicht werde ich mit Wildkirsche sprechen. Sie ist genauso unglücklich wie ich. Wir können gemeinsam Pläne schmieden, Pläne, um zu unserem Dachsvolk zurückzukehren.*

21. Kapitel

Als es Zeit fürs Abendessen wurde, marschierte Falke ins Lager, zwei große Kaninchen über der Schulter, die bereits ausgenommen und enthäutet waren. Erleichterung durchflutete Stern bei seinem Anblick. Sie hatte ihn den ganzen Tag nicht mehr zu Gesicht bekommen, seit er am Morgen vom Fluß weggegangen war, und sie hatte sich schon insgeheim Sorgen gemacht, daß er mehrere Tage lang wegbleiben würde, weil er so böse auf sie war.

Aber nachdem er jetzt zurückgekehrt war, tat sie ihre Erleichterung mit einem Achselzucken ab und fuhr fort, an dem Hirschfell in ihrem Schoß zu schaben. Sie mußte zuerst die dicke Fettschicht auf der Innenseite des Fells entfernen, bevor es zu weichem Leder für Bekleidung verarbeitet werden konnte.

Falke legte die Kaninchen neben dem Feuer ab und schlenderte zu Stern hinüber. Als er schweigend vor ihr stehenblieb, blickte sie zu ihm auf.

»So. Du hast also beschlossen, zurückzukommen.« Die Kälte in ihrer Stimme war nicht vorgetäuscht.

»Ich war jagen.«

Sie sagte nichts auf diese naheliegende Feststellung, sondern machte sich wieder daran, das Fell sauberzuschaben.

»Wird das Fell, das du da bearbeitest, unsere nächste Mahlzeit sein?« erkundigte er sich.

»Nein.«

Er betrachtete die ordentlich aufgereihten Körbe mit Sterns Schabewerkzeugen und ihrer Ahle und den Nähnadeln. Die anderen Körbe enthielten Beeren und frisch ausgegrabene Riedgraswurzeln. Stern war stolz auf ihre Arbeit – Arbeit, die ich erledigt habe, während ich mir Sorgen gemacht und mich gefragt habe, wo er bloß bleibt, dachte sie ärgerlich. Ihre Lippen wurden schmal.

»Ich bin nicht von der Jagd zurückgekommen, nur um dabei zuzusehen, wie meine Frau damit beschäftigt ist, ein Fell zu bearbeiten, während mir vor Hunger der Magen knurrt.«

Sie legte sorgsam den Schabestein beiseite und erhob sich. Sie bedachte Falke mit einem kühlen Blick. »Es hat mir nicht gefallen, daß du weggegangen bist, ohne mir zu sagen, wohin du gehst.«

Er zuckte seine breiten Schultern. »Ich bin auf die Jagd gegangen.«

»Ich weiß, daß du jagen warst«, erwiderte sie geduldig. »Aber wenn du das nächste Mal auf die Jagd gehst, sag mir bitte Bescheid. Dann brauche ich keine Angst um dich zu haben.«

»Angst um mich? Du?«

Am liebsten hätte sie den erstaunten Ausdruck aus seinem Gesicht gekratzt. »Ich wußte ja nicht, wo du warst«, erklärte sie beharrlich. »Ich war beunruhigt, daß du vielleicht viele Tage fortbleiben würdest oder daß du verletzt irgendwo in einer Schlucht liegen könntest.«

Er runzelte die Stirn und schien über ihre Worte nachzudenken. »Ich war nicht in Gefahr.«

Stern schnaubte verächtlich. »Sagt ihr Jaguarleute den anderen nicht Bescheid, wenn ihr jagen geht?«

»Doch, das tun wir. Aber ich habe einfach nicht daran gedacht. Ich wußte ja, ich würde nicht lange wegbleiben.«

»Bei meinen Leuten ist es üblich«, erwiderte sie, »daß wir einander diese Dinge sagen. Wie lange wir fortbleiben werden. In welcher Schlucht oder an welchem Teil des Flusses wir jagen oder Wurzeln ausgraben wollen.«

Er nickte. »Ich werde es das nächste Mal beherzigen.«

Seine Antwort überraschte Stern. Sie hatte erwartet, daß er ihr sagen würde, es sei unwichtig. Vielleicht gab es eine Seite an ihm, die sie noch nicht kannte. Als sie sich daran erinnerte, wie liebevoll und zärtlich er zu ihr war, wann immer sie sich liebten, errötete sie unwillkürlich und griff nach den Kaninchen. »Ich werde die hier zum Abendessen schmoren.«

Seine Hand streifte ihre, und ihre Blicke trafen sich. »Gut. Ich esse nämlich nicht gern gegerbtes Hirschfell.«

Stern schmunzelte. »Sicherlich kannst du Kaninchen zubereiten.«

»Ich kann kochen, wenn ich muß, sicher. Aber warum sollte ich? Aus diesem Grund habe ich mir ja eine Ehefrau zugelegt.«

Das Lächeln verschwand abrupt aus ihrem Gesicht. Sie hob die enthäuteten Tiere hoch und betrachtete das rosige Fleisch. Dann ließ sie sie zu Boden plumpsen. »Koch sie doch selbst!« Wütend griff sie nach einer Wasserblase und marschierte davon.

Als sie den Fluß erreichte, war sie so außer sich vor Zorn, daß ihre Hände zitterten. *Zuerst verschwindet er, weil er mir nicht anvertrauen will, was ihn wirklich bekümmert, was immer das auch sein mag; dann bleibt er den ganzen Tag weg, ohne mir Bescheid zu sagen, und jetzt, jetzt prahlt er auch noch damit, daß er eine Ehefrau hat, um die Mahlzeiten für ihn zu kochen. Als wäre das alles, wozu ich tauge! Keine Ehefrau würde sich eine solch schlechte Behandlung gefallen lassen,* schimpfte sie im stillen. *Keine Jaguarehefrau, keine Dachsehefrau und ganz sicherlich nicht ich.*

Sie trug die volle Wasserblase zum Zelt zurück und stellte zu ihrer Überraschung fest, daß Falke die beiden Kaninchen inzwischen auf Stöcke aufgespießt hatte und daß sie über den Flammen schmorten. Sie runzelte verwirrt die Stirn, als ihr Blick auf ihren Wurzelkorb fiel. Einige Wurzeln fehlten. Anscheinend hatte er sie in der heißen Asche vergraben, um sie zu garen. Dann zuckte sie die Achseln. Wenn er ihr damit demonstrieren wollte, daß er ein geübter Koch war und ohne ihre Hilfe zurechtkam, nun, dann hatte sie nichts dagegen. Sollte er doch die ganze Kocherei übernehmen!

Sie betrat das Zelt und hantierte mit ihren Körben herum, um sich vor ihm zu verstecken.

»Das Fleisch ist fertig!« rief er von draußen, und sie verließ widerstrebend die Sicherheit des Zeltes.

Das Fleisch war verbraten und zäh. Die Wurzeln waren ebenfalls verkocht: mehlig im Inneren und außen fast schwarz verkohlt. Immerhin hatte er sich Mühe gegeben, das Essen schmackhaft zu machen, wie Stern bemerkte; er hatte die Kaninchen mit aromatischen Blättern eingerieben, um das Fleisch zu würzen.

Sie knabberte an einer Keule, während sie überlegte. Es wäre nicht ratsam, ihn zu entmutigen und ihm von seinen Kochversuchen abzuraten. Ganz im Gegenteil. Wer weiß, vielleicht würde er mit der Zeit sogar lernen, besser zu kochen und zu braten als sie!

Stern warf den Knochen einem Lagerhund zu, der sich hungrig in ihrer Nähe herumdrückte, und lehnte sich gegen einen Felsen neben dem Feuer.

»Hat dir mein Essen geschmeckt?«

»Es war sehr gut«, erklärte sie in gespieltem Widerstreben.

Falke grinste selbstgefällig, und Stern mußte ein Lächeln verbergen.

In dem Moment schlenderten Horn und Elchknie vorbei. Falke winkte sie herbei. »Kommt her und setzt euch zu uns!«

Die beiden kamen bereitwillig ans Feuer und blieben eine Weile, um sich zu unterhalten, während die Männer über Jagdaussichten sprachen und die Frauen über die Zubereitung von Wurzeln. Als Falke und Horn gerade in eine hitzige Diskussion darüber vertieft waren, wie man die besten Speerspitzen herstellte, erhob sich Elchknie und sagte zu Stern: »Komm, laß uns einen Spaziergang machen.«

Nachdem die beiden Frauen ein Stück von den Zelten entfernt waren, erkundigte sich Elchknie: »Und? War es nicht so, wie ich es dir geschildert habe?«

»Wovon sprichst du?« fragte Stern.

Elchknie warf einen flüchtigen Blick zurück zu der Feuerstelle, wo Horn und Falke miteinander redeten, die Köpfe dicht zusammengesteckt. »Vom Liebesakt. War es nicht so, wie ich gesagt habe? Und ich glaube sogar, ein Jaguarmann will noch öfter mit seiner Frau liegen als ein Dachsmann.«

Stern trat unbehaglich von einem Fuß auf den anderen. Horn machte eigentlich nicht den Eindruck eines Mannes, dessen Gedanken ausschließlich um den Paarungsakt kreisten, aber wie konnte sie das beurteilen?

»Ich hoffe, du hältst ihn von deinem Bett fern.«

»Hältst du Horn denn von deinem fern?« fragte Stern spitz.

Elchknie nickte. Stern zog eine Braue hoch. Sie könnte natürlich versuchen, Falke zurückzuweisen. Aber das wollte sie gar nicht. Die Zeit zwischen den Schlaffellen war zu kostbar, zu wundervoll...

»Es wird Zeit, daß wir gehen, Elchknie«, rief Horn. »Die Kinder werden weinen, wenn wir zu lange wegbleiben.«

Elchknie lächelte ihr amüsiertes Lächeln, als sie zum Feuer zurückkehrten. Stern beobachtete, wie Elchknie ihre Hand auf Horns Arm legte und pflichtschuldig in Gleichschritt mit ihm fiel, während sie davongingen.

Als sich Stern wieder zum Zelt umwandte, starrte Falke sie an, ein kleines, grausames Lächeln auf den Lippen.

»Was ist denn?« fragte sie verwundert.

»Komm nicht auf die Idee, mich wegen Horn zu verlassen.«»Horn?« rief sie verblüfft. »Horn? Warum sollte ich dich wegen Horn verlassen wollen? Er ist glücklich mit Elchknie und sie mit ihm.«

»Nein. Er ist nicht glücklich mit ihr.«

»Was meinst du? Elchknie ist eine liebe Frau. Und sie ist eine ausgezeichnete Köchin.«

Falke lachte spöttisch. »Ein Mann braucht mehr als eine ausgezeichnete Köchin. Ein Mann braucht eine Frau, die seine Gefährtin sein will. In den Schlaffellen«, fügte er hinzu.

»Oh. Und Elchknie will das nicht...?« hakte Stern vorsichtig nach.

»Nein, Elchknie will das nicht.«

»Oh.« Sie starrte ihn an, während sie überlegte.

»Das heißt, nicht oft genug für Horns Geschmack.« Er beäugte sie. »Horn hat mich gefragt, ob du mich auch im Bett zurückweist.«

Sterns Augen wurden groß. »Ich werde es tun, wenn ich will. Heute abend wäre vielleicht ein guter Zeitpunkt, um damit anzufangen.«

Er lachte. »Nicht heute abend. Aber genau das habe ich Horn erzählt. Daß du nicht mit mir schlafen willst. Um zu verhindern, daß er sich für dich interessiert. Ich kann darauf verzichten, daß mir noch eine Ehefrau abspenstig gemacht wird.«

Es schmerzte ihn also immer noch, daß Tula ihn verlassen hatte. Wie lange würde er seine frühere Ehefrau wohl noch lieben?

Falke trat auf Stern zu und nahm sie in die Arme. Er vergrub eine Hand in ihrem Haar und hielt ihren Kopf fest. Seine Augen glitzerten. »Du wirst mich nicht wegen eines anderen Mannes verlassen. Hast du verstanden?«

Stern begegnete seinem gequälten Blick. »Ja«, flüsterte sie.

Plötzlich verschwand der Schmerz aus seinen Augen, und er drückte einen Kuß auf ihre Stirn. »Gut. Wir beide werden wunderbar miteinander auskommen, Ehefrau. Das weiß ich.«

Damit ging er ins Zelt voraus, doch als sie ihre Körbe einsammelte und ihm schweigend folgte, fragte sie sich, was er wohl von ihr denken würde, wenn sie ihn verließ und sich zurück zu ihrem Dachsvolk flüchtete.

Bekümmert kniete sie sich auf die Schlaffelle und hantierte mit den Körben, stellte sie ordentlich an der Zeltwand auf und arrangierte sie dann wieder anders. Falke würde sehr wütend auf sie sein, wenn er merkte, daß sie geflohen war. Das wußte sie. Andererseits war sie sich gar nicht mehr so sicher, ob sie überhaupt noch fliehen wollte.

Denn Falke hatte etwas an sich, was sie verlockte und in ihr den Wunsch erweckte, bei ihm zu bleiben. Sie erkannte allmählich, daß noch viel mehr in ihm steckte, als sie je vermutet hätte. Ständig kamen neue, überraschende Seiten an ihm zum Vorschein. Wie zum Beispiel heute abend, als er versucht hatte, ihr eine Freude zu machen, indem er das Fleisch und die Wurzeln zubereitete. Sie starrte auf die Felle, während sie angestrengt überlegte. Er scheint ein Mann zu sein, der seinen Schmerz verbirgt …

»Komm her, Stern«, befahl er.

Der Hunger in seinen Augen ließ einen sinnlichen Schauer durch ihren Körper rieseln. Sie hielt seinen Blick fest, dann lächelte sie glücklich und schmiegte sich in seine Arme.

22. Kapitel

»Willst du zu unserem Dachsvolk zurückkehren?« flüsterte Wildkirsche.

Stern pflückte eine Handvoll spätherbstlicher Beeren und tat sie in ihren Beerenkorb, während sie sorgfältig überlegte, wie sie ihre Antwort auf Wildkirsches Frage formulieren sollte. Stern wollte nämlich nicht, daß die anderen Jaguar- und auch Dachsfrauen, die die Brombeersträucher in der Schlucht plünderten, ihre Worte mithörten. Und auf einem Felsvorsprung ein Stück über ihnen hockte Horn und hielt wachsam nach den großen Raubkatzen und Wölfen Ausschau, die in den

Hügeln auf Beutefang gingen. Stern wollte auch von ihm nicht belauscht werden.

Wildkirsche schlich sich näher und griff an Sterns Nase vorbei in das Gebüsch. »Du hast eine vergessen«, sagte sie und schob sich die große, saftige schwarze Frucht in den Mund.

Stern murmelte: »Ich weiß, daß du nicht glücklich bist, Wildkirsche.«

Ihre Freundin spuckte die Beere wieder aus. »Ich werde auf keinen Fall hierbleiben!« zischte sie. »Ich mag Lauernde Katze nicht, und ich mag die Jaguarleute nicht! Ich will wieder nach Hause!« Sie sah plötzlich aus, als könnte sie nur mit Mühe ihre Tränen zurückhalten.

»Nicht so laut«, murmelte Stern. »Die anderen werden dich hören.«

Wildkirsche dämpfte ihre Stimme. »Ich will zu unseren Leuten zurück. Ich möchte Findet Den Marder wiedersehen.«

»Findet Den Marder ist fort. Er wurde von den Sklavenfängern entführt. Erinnerst du dich?«

»Natürlich erinnere ich mich«, erwiderte Wildkirsche verbittert. »Aber ich will trotzdem zurück.«

»Er wird nicht dort sein.«

»Das weiß ich. Aber vielleicht kann er fliehen. Vielleicht kehrt er zu unserem Volk zurück, und wenn ich nicht da bin, wird er sehr unglücklich sein.«

»Wildkirsche«, sagte Stern, erschrocken über die Vorstellung, daß sich ihre Freundin trügerischen Wunschphantasien hinzugeben schien, »Findet Den Marder lebt als Sklave unter den Fischessern. Für immer. Er kommt nicht mehr zurück.« Sie blickte die andere Frau eindringlich an, wollte, daß sie die Wahrheit begriff. »Wenn du zu unserem Volk zurückkehrst, dann um alleine zu leben oder mit deinen Eltern.«

»Das ist immer noch besser, als mit Lauernde Katze zu leben.«

»Ist er so schlimm?«

Wildkirsche wich ihrem Blick aus. »Er ist sehr schlimm.«

Stern schluckte hart. »Was-was tut er?«

Wildkirsche schüttelte den Kopf, weigerte sich zu antworten.

Von Mitleid für ihre Freundin erfüllt pflückte Stern eine weitere Handvoll Beeren und legte sie in Wildkirsches Korb. »Hier.«

Die junge Frau starrte blicklos auf die Beeren, dann schaute sie Stern an. »Du hast meine Frage immer noch nicht beantwortet.«

»Welche Frage?«

»Willst du zu den Dachsleuten zurückkehren?«

»Manchmal schon«, erwiderte Stern wahrheitsgemäß. »Vor ein paar Tagen wollte ich zu dir gehen und dich fragen, ob du zu unseren Leuten zurückkehren willst. Ich dachte, wir könnten zusammen fliehen.«

»Gute Idee«, meinte Wildkirsche zustimmend.

»Heute jedoch«, fuhr Stern langsam fort, »bin ich mir nicht so sicher.«

»Was hat dich dazu gebracht, deine Meinung zu ändern?« fragte Wildkirsche, während sie an einem Busch zupfte.

Stern seufzte. »Ach, es ist einfach so, daß ich selbst nicht weiß, was ich will. Ich fühle mich hin- und hergerissen. An manchen Tagen möchte ich mit Falke zusammensein. An anderen Tagen wiederum möchte ich fliehen. Ich bin völlig durcheinander.«

»Ha! Dein Jaguarliebster scheint der Typ Mann zu sein, der einer Frau das Leben ziemlich schwermacht.«

Insgeheim gefiel es Stern, wie Wildkirsche ihn »dein Jaguarliebster« nannte. Laut sagte sie: »Er ist nicht mein Liebster.«

»Na, na! Ich habe beobachtet, wie er dich ansieht. Wie du ihn ansiehst, wenn du glaubst, er merkt es nicht.«

Stern wurde rot.

»Wie schade«, meinte Wildkirsche bedrückt. »Ich sehe schon, daß du nicht mit mir fliehen willst.«

»Das ist es nicht. Viele Male, nachdem man uns hierhergebracht hatte, habe ich an nichts anderes als an Flucht gedacht. Aber ich stelle fest, daß mir immer weniger nach Flucht zumute ist, je mehr Zeit vergeht.«

»Bis auf neulich«, sagte Wildkirsche trocken.

Stern zuckte die Achseln. »An manchen Tagen ist es eben

schwieriger, mit Falke auszukommen. An anderen Tagen wiederum bin ich diejenige, die schwierig ist.«

Wildkirsche schwieg eine Zeitlang, während sie Brombeeren pflückte. Schließlich meinte sie: »Salbeiblüte ist meine beste Freundin, seit wir junge Mädchen waren.«

Stern nickte und fuhr fort zu pflücken.

»Aber Salbeiblüte will nicht mit mir fliehen. Sie mag ihren neuen Ehemann.« Wildkirsches Stimme klang bitter.

»Hirschfänger scheint ein netter Mann zu sein«, bemerkte Stern.

»Zu nett. Salbeiblüte liebt ihn abgöttisch.«

»Es ist traurig, daß Lauernde Katze kein so guter Ehemann ist«, hakte Stern behutsam nach.

»Lauernde Katze«, erwiderte Wildkirsche, »ist alles andere als ein guter Ehemann. Er ist ein böser Mann. Er ist wie ein ... ein Sklavenfänger. Ja, genau das ist er. Er ist wie ein Sklavenfänger.«

Sklavenfänger waren die übelste Sorte Menschen. »Sicherlich kann er nicht derart schlecht sein«, murmelte Stern.

»Er droht mir ständig, mich an die Fischesser zu verkaufen, wenn ich nicht tue, was er sagt.«

»Was verlangt er denn von dir?«

Wildkirsche pflückte Beeren und ignorierte Sterns Frage. Als Stern erkannte, daß ihre Freundin nicht antworten würde, fragte sie: »Ist eine der anderen Frauen bereit, mit dir zu fliehen?«

Wildkirsche schüttelte den Kopf. »Nein, keine. Elchknie und Kiefer sind glücklich mit ihren Männern. Rehkitz kichert immer nur neckisch, wenn Roter Habicht in der Nähe ist, obwohl ich wirklich nicht weiß, warum. Und was Salbeiblüte und ihren Hirschfänger betrifft, nun, Salbeiblüte ist nicht mehr meine Freundin!«

Stern schnappte erschrocken nach Luft. »Das kann ich nicht glauben. Bestimmt seid ihr noch Freundinnen!«

Wildkirsche schüttelte traurig den Kopf. »Nein, sind wir nicht. Sie versteht einfach nicht, wie es für mich ist. Sie glaubt, wenn ich Lauernde Katze nur richtig behandeln würde, dann wäre alles in Ordnung. Aber das ist ein großer Irrtum. Sie rät mir, Lauernde Katze mit diesem Leckerbissen zu füttern oder mit jenem. Sanft und liebevoll zu sein und ihm Honig ums Maul zu schmieren. All die Dinge, die sie tut und die so gut bei Hirschfänger funktionieren. Aber Lauernde Katze ist nicht wie Hirschfänger. Er ist auch nicht wie Findet Den Marder. Er –«

Sie sah, wie Stern sie anschaute, und schlug sich erschrocken die Hand vor den Mund. »Ich habe schon zuviel gesagt!«

»Wildkirsche«, meinte Stern beschwichtigend, »du hast nicht zuviel gesagt. Ich weiß immer noch nicht, was Lauernde Katze so Schreckliches an sich hat –«

Wildkirsche schauderte. »Du darfst es auch nicht wissen. Aber, ach, Stern, du mußt mir helfen zu fliehen.« Sie umklammerte flehend Sterns Arm. »Sag mir, daß du mir helfen wirst, selbst wenn du nicht fliehen willst, bitte!«

Verzweiflung flackerte in Wildkirsches braunen Augen, und Stern brachte es nicht übers Herz, die Bitte ihrer Freundin abzuschlagen. »Ich werde dir helfen, wenn ich kann«, versprach sie. »Obwohl ich wünschte, ich wüßte –«

Wildkirsche schüttelte heftig den Kopf, und Furcht verzerrte ihr Gesicht. »Nein. Bitte dring nicht weiter in mich! Ich kann es dir nicht sagen.« Tränen sammelten sich in ihren braunen Augen. »Ich schäme mich zu sehr…«

»Wildkirsche! Was tut er dir an? Sag es mir! Wenn er dich verletzt –«

Wieder schüttelte Wildkirsche den Kopf und preßte die Lippen zusammen. »Ich kann nicht –«

Plötzlich nahm sie ihre Hand von Sterns Arm und stolperte hinüber zu einem Baum, wo sie sich auf den Boden hockte, mit dem Rücken zu Stern. Zum Glück waren die anderen Frauen inzwischen weiter die Schlucht hinaufgewandert auf ihrer Suche nach den letzten Brombeeren, und es war niemand in der Nähe außer Stern, um das mitleiderregende Häufchen Elend zu sehen, das Wildkirsche war.

Stern ließ ihren Korb fallen und rannte zu ihrer Freundin.

Heftige Schluchzer erschütterten Wildkirsches schmächtigen Körper, und Stern hätte am liebsten mit ihr geweint. Sie legte ihre Arme um die andere Frau und drückte sie tröstend an sich. Und immer noch schluchzte Wildkirsche, während ihre Schultern hilflos bebten. Stern hielt sie in den Armen und wußte, daß etwas im Leben ihrer Freundin ganz und gar nicht in Ordnung war. Wildkirsche wollte der Qual entfliehen, mit der sie lebte, was immer das auch sein mochte.

Stern tätschelte die Schulter der weinenden Frau in einem Versuch, sie zu trösten. Schließlich hob Wildkirsche den Kopf und blickte Stern aus rotgeweinten Augen an. »Ich kann nicht länger mit ihm leben«, stieß sie erstickt hervor. »Ich weiß nicht, was aus mir werden soll, wenn er mich weiterhin –« Sie sog scharf den Atem ein und schüttelte stumm den Kopf.

»Wir werden irgendwie versuchen, dich von hier wegzuschaffen.« Noch niemals zuvor hatte Stern die sonst so praktische, unbekümmerte Wildkirsche in einem solchen Zustand gesehen. »Verzweifle nicht, meine Freundin. Wir werden versuchen, dich zu unseren Dachsleuten zu bringen, wo du in Sicherheit sein wirst.«

Wildkirsche schluchzte, als sie sich hilfesuchend an Stern klammerte. »Ich will einfach nach Hause zu meiner Mutter!«

Nach einer Weile versiegten Wildkirsches Tränen, und Stern fragte: »Was wirst du nun tun?«

»Ich dachte, das könntest du mir sagen«, erwiderte Wildkirsche mit jämmerlich klingender Stimme.

»Ich weiß nicht, was ich dir raten soll, Wildkirsche. Ich weiß ja nicht, was für dich am wichtigsten ist.«

»Von Lauernde Katze wegzukommen!« Wildkirsche machte ein finsteres Gesicht, als sie den Namen ihres Ehemannes aussprach. »Ich verabscheue ihn!«

»Nun, wenn es dir gelingt, den Jaguarleuten zu entkommen, dann kannst du zu unserem Dachsvolk zurückkehren.«

»Ja, genau das ist es, was ich will! Aber ich kann nicht allein gehen.«

Stern blickte sich flüchtig um. »Wenn ich dir helfe, dann bedeutet das, daß auch ich diese Menschen verlassen muß.«

»Es ist gefährlich, allein durch die Wildnis zu wandern«,

jammerte Wildkirsche. »Da draußen gibt es streunende Wolfsrudel. Und Bären.«

Stern klopfte beschwichtigend auf ihre Hand. »Immer mit der Ruhe. Ich wollte dir keine angst machen. Ich habe nur laut überlegt.«

»Ich möchte, daß du mitkommst, Stern. Ich fürchte mich davor, die Reise ganz allein zu machen. Und es ist so ein schrecklich weiter Weg.« Wildkirsche schniefte. »Wann wollen wir weglaufen?« Ihre braunen Augen waren vertrauensvoll auf Sterns Gesicht gerichtet.

Stern schüttelte den Kopf. »Ich weiß es nicht.«

»Ich möchte so schnell wie möglich von hier weg. Heute abend!«

Sterns Augen wurden groß. »Das ist zu früh.«

»Warum?«

»Wir werden Proviant brauchen. Wir werden warme Kleidung benötigen und Felle, um nachts darauf zu schlafen. Außerdem brauchen wir Messer zu unserem Schutz.«

»Pah, ich kann die Sachen ganz schnell beschaffen!«

»Wir müssen den richtigen Zeitpunkt abwarten, wenn uns niemand beobachtet.«

Wildkirsche warf einen Blick zu Horn hinüber, der die Frauen beaufsichtigen sollte. Er starrte blicklos in die Ferne.

»Kein Problem. Wir können uns davonschleichen. Mühelos.«

»Wir müssen auch genügend Wasser mitnehmen«, gab Stern zu bedenken.

Wildkirsche beäugte sie argwöhnisch. »Du willst gar nicht fliehen, stimmt's?«

Stern wandte schweigend den Blick ab. War das der Grund, warum sie all die Dinge auflistete, die erledigt werden mußten, bevor sie fliehen konnten? »Nein«, gestand sie schließlich. »Nein, ich möchte nicht gehen.«

Wildkirsche lächelte bitter. »Du bist meine letzte Hoffnung, Stern. Wenn du mir nicht hilfst, dann laufe ich allein weg. Und wenn mir unterwegs etwas zustößt und ich bei dem Versuch, zu unseren Leuten zurückzukehren, den Tod finde, dann wird es einzig und allein deine Schuld sein!«

Stern schnappte entsetzt nach Luft. »Wildkirsche!«

»Es ist wahr! Salbeiblüte will mir nicht helfen; keine der anderen Frauen will mir helfen. Ich kann nicht bei Lauernde Katze bleiben und weiter ertragen, wie er –« Sie brach ab und machte eine abwehrende Geste. »Du bist meine einzige Hoffnung!« Ihre braunen Augen hatten einen flehenden Ausdruck.

»Warum kannst du nicht bei Lauernde Katze bleiben?«

»Das kann ich dir nicht sagen.«

»Du mußt.«

»Ich will aber nicht darüber sprechen.«

»Ich weiß.« Stern zuckte ungeduldig die Achseln. »Aber du mußt doch auch einsehen, daß du da etwas sehr Schwieriges von mir verlangst. Du weißt, daß ich nicht fliehen möchte.«

»Heute vielleicht nicht. Aber was ist mit morgen? Morgen wirst du ihn vielleicht verlassen wollen.«

Stern mochte es gar nicht, ihre eigene Unentschlossenheit vorgehalten zu bekommen. »Ich muß wissen, ob dir ernsthaft Gefahr von Lauernde Katze droht. Erst dann kann ich dir sagen, ob ich mit dir gehen werde.«

Wildkirsche starrte sie mit wütend blitzenden Augen an. »So ist das also! Ich soll dir von meiner Schande erzählen, damit du dich daran weiden kannst, wie?«

Sterns Wangen färbten sich rot vor Ärger. »Nein, so ist es nicht, Wildkirsche! Es ist ganz einfach so, daß ich Falke nur ungern verlasse.«

»Aber du wirst es tun?«

»Vielleicht.« Immerhin hatte Falke sie gezwungen, ihn zu heiraten. Sie hatte sich längst für Pirschjäger entschieden. Falke hatte alle ihr Zukunftspläne zerstört.

»Lauernde Katze nimmt mich mit Gewalt«, gestand Wildkirsche.

Stern schnappte erschrocken nach Luft.

Wildkirsches Stimme klang gepreßt vor Schmerz. »Jede Nacht sage ich ihm, daß ich nicht mit ihm liegen will. Jede Nacht zwingt er mich dazu. Ich weiß nicht mehr, was ich noch tun soll. Ich weiß nur, daß ich auf keinen Fall bei ihm bleiben kann.«

»Hast du ihm gesagt, er soll aufhören, dich zu bedrängen?«

Wildkirsche nickte. »Ja. Viele Male. Er hört nicht auf mich. Was ich sage, ist ihm völlig gleichgültig. Er macht, was er will. Er sagt, er hätte das Recht, diese Dinge mit mir zu tun, weil ich seine Ehefrau bin. Daß ich kein Mitspracherecht habe! Ich – ich hasse es. Mein ganzer Körper schmerzt... schrecklich. Ich kann nicht mit ihm leben!«

Schließlich sagte Stern langsam: »Na gut, ich werde dir helfen, Wildkirsche. Du solltest nicht so leben müssen. Und ich will nicht, daß dir etwas zustößt bei dem Versuch, allein zu fliehen.«

Wildkirsche lächelte traurig. »Danke, Stern. Ich-ich hatte gehofft, daß du mir helfen würdest.«

Stern nickte, während sie sich fragte, was sie tun sollte. Sie wollte Falke nicht verlassen, aber sie wollte auch nicht, daß ihre Freundin Nacht für Nacht gezwungen war, Lauernde Katzes Brutalität zu ertragen. Die Reise zurück zum Dachsvolk war ein großes Risiko; es gab Wölfe und Bären und Pumas, die in den Hügeln umherstreiften. Ganz auf sich allein gestellt würde Wildkirsche in ernsthafter Gefahr schweben.

Die jüngere Frau beobachtete sie ängstlich. Stern tätschelte beruhigend ihre Hand. »Zuerst müssen wir die Dinge besorgen, die wir brauchen: Wasserblasen, Felle, warme Kleidung. Der Winter wird nicht mehr lange auf sich warten lassen, und falls wir von Schneestürmen überrascht werden, müssen wir geschützt sein.«

Wildkirsche nickte. »Laß uns bald gehen. Bevor die Schneefälle einsetzen.«

»Das wäre das beste«, stimmte Stern zu. Sie half Wildkirsche auf die Füße und überlegte dabei die ganze Zeit, was sie jetzt tun sollte. Eins stand fest: Wenn sie mit Wildkirsche floh, konnte sie niemals zu Falke zurückkehren. Nach dem wenigen, was sie von ihm wußte, war sie sich darüber im klaren, daß ihn ihre Flucht maßlos zornig machen und gegen sie einnehmen würde. Andererseits, wenn sie Wildkirsche nicht half, würde die jüngere Frau ganz sicher auf eigene Faust fliehen und möglicherweise in den Hügeln umkommen. Ach, was sollte sie nur tun?

»Ich bin so froh, daß du mit mir gehst«, sagte Wildkirsche. »Alles wird wieder gut werden. Wir werden unsere Dachsleute ganz bestimmt finden. Du hast scharfe Augen, um das Land nach Gefahren abzusuchen.«

»Ja.« Stern wünschte sich allmählich, sie hätte niemals versprochen, ihrer Freundin zu helfen.

»Ich glaube, wir sollten nachts fliehen, wenn alle schlafen«, meinte Wildkirsche.

»Das wäre sicher gut.« Wenn sie ihr nicht half, würde Wildkirsche zu einem unglücklichen Leben verdammt sein. Ach, was sollte sie nur tun?

»Sag aber kein Wort zu irgend jemandem. Ich will nicht, daß Lauernde Katze uns auf die Schliche kommt. Er darf erst merken, daß wir verschwunden sind, wenn wir längst über alle Berge sind.«

Stern nickte, zu benommen von dem Gedanken an das, was sie gerade versprochen hatte, um zu antworten. Furcht zog ihre Eingeweide zu einem Knoten zusammen. Sie hatte gerade versprochen, Falke zu verlassen.

23. Kapitel

Stern verbarg die Streifen getrockneten Kamelfleisches in einem Korb. Das Fleisch war als Proviant für ihre Reise zurück zu den Dachsleuten gedacht. Sie hatte ein schlechtes Gewissen, als sie das Fleisch vor Falke versteckte, denn der Gedanke, ihn zu verlassen, erfüllte sie von Tag zu Tag mit immer stärkerem Widerwillen.

Er war vor einer Weile fortgegangen, um Klaue an dessen Lagerfeuer zu besuchen und mit ihm zu beratschlagen, wo die Jaguarleute dieses Jahr ihr Winterlager aufschlagen sollten.

Stern legte ein Fell über den Korb, damit Falke nicht den kleinen Fleischvorrat entdeckte, den sie heimlich beiseite geschafft hatte.

Und dabei war er in letzter Zeit so nett zu ihr! Er hatte zwar zwei weitere Mahlzeiten verkochen lassen, und Stern befürchtete schon, er würde nie lernen, genau abzuschätzen, wie lange ein Vogel brauchte, um gar zu werden. Aber er bemühte sich. Ihr zuliebe.

Stern erhob sich und spähte zum Zelt hinaus, fragte sich, wann er wohl zurückkommen würde. Sie stöhnte unterdrückt, als sie Wildkirsche zwischen den Zelten entlangschlendern und geradewegs in ihre Richtung kommen sah.

In den zehn Tagen, die vergangen waren, seit Stern und Wildkirsche beim Brombeerpflücken zum ersten Mal von Flucht gesprochen hatten, war Wildkirsche jeden Tag gekommen, um Stern von irgendeinem neuen Detail des Fluchtplans zu erzählen.

Jetzt summte die jüngere Frau leise vor sich hin, während sie zwischen den Zelten dahinwanderte. Quälende Schuldgefühle plagten Stern, als sie Wildkirsche beobachtete. Sie fühlte sich schuldig, weil Falke zutiefst verletzt und wütend sein würde, wenn sie fortging. Schuldig, daß Wildkirsches Leben unerträglich sein würde, wenn sie bliebe.

Und um die Sache noch schlimmer zu machen, hatte Wildkirsche ihr gestern nachmittag gesagt, daß sie sehr bald fliehen mußten, denn Lauernde Katze hatte seine Drohungen, sie an die Sklavenfänger zu verkaufen, noch verstärkt.

Inzwischen war Wildkirsche vor Sterns Zelt angekommen. »Komm mit, Stern«, rief sie. »Laß uns zum Fluß gehen und Wasser holen.«

Pflichtbewußt holte Stern die Hirschblase hervor, die sie zum Wasserholen benutzte, und folgte ihrer Freundin den Pfad hinunter, der zum Fluß führte. Als die beiden an den Zelten vorbeikamen, erhaschte Stern einen Blick auf Falke. Er hockte mit überkreuzten Beinen an Klaues Feuer. Horn, Roter Habicht, Lanze und einige der anderen Jaguarmänner waren ebenfalls versammelt. Falke sah jung und attraktiv aus, wie er so entspannt dort saß, in ein angeregtes Gespräch mit seinen Stammesgenossen vertieft. Auf eine Bemerkung von Klaue hin warf er den Kopf in den Nacken, und sein fröhliches

Lachen schallte zu Stern herüber. Wie sie es liebte, ihn lachen zu hören!

Wildkirsche beobachtete Stern mit traurigem Blick.

Hastig und fast schuldbewußt wandte Stern sich von der heiteren Szene ab und beeilte sich, ihrer Freundin zu folgen.

»Letzte Nacht hat Lauernde Katze mir wieder Gewalt angetan«, sagte Wildkirsche. Sie hob einen mit Blutergüssen übersäten Arm, auf dem Lauernde Katzes Finger deutlich sichtbare Spuren hinterlassen hatten.

Stern zuckte beim Anblick der blauen Flecken zusammen. »Ich habe nicht vergessen, daß ich versprochen hatte, mit dir zu gehen.«

Wildkirsche ließ ihren Arm wieder sinken.

Stern schwieg betrübt, während sie die Wasserblasen am Fluß füllten und dann wieder zurückgingen. Wildkirsche, gewöhnlich ziemlich redselig, schwieg ebenfalls. Sie kamen zu Sterns Zelt. »Ich schätze, ich muß wieder zu meinem Zelt zurück«, sagte Wildkirsche.

Stern nickte.

»Wann ist es endlich soweit?« fragte Wildkirsche. »Wann verschwinden wir von hier?«

»Bald«, versprach Stern.

»Ich kann es einfach nicht mehr ertragen«, sagte Wildkirsche. Sie blickte zu der Stelle hinüber, wo Falke mit Klaue und Betafor saß. »Ich weiß, du möchtest bei ihm bleiben«, fügte sie traurig hinzu.

Stern zuckte die Achseln, wußte nicht, was sie sagen sollte. Es stimmte. Sie haßte die Vorstellung, Falke zu verlassen. Andererseits konnte Wildkirsche nicht allein fliehen. Allein war sie völlig hilflos den Bären, Pumas, Jaguaren und Löwen ausgeliefert. Außerdem bestand die Gefahr, daß sie sich verirrte und niemals zu ihren Leuten zurückfand, falls die Dachsleute seit der Jaguarbrautsuche ihr Lager in eine andere Gegend verlegt hatten.

»Es gefällt dir hier bei den Jaguarleuten«, sagte Wildkirsche niedergeschlagen.

Stern nickte. »Ich lebe gern mit Falke«, flüsterte sie.

Wildkirsche machte eine unglückliches Gesicht bei Sterns Geständnis. »Stern, ich ... ich brauche deine Hilfe.«

»Ich weiß«, erwiderte Stern leise, und sie fühlte sich ebenso elend, wie Wildkirsche aussah.

Plötzlich huschte ein verschlagener Ausdruck über Wildkirsches hübsches Gesicht. »Wie konntest du Pirschjäger so einfach vergessen?«

Stern war schockiert. »Ich habe Pirschjäger nicht vergessen!«

»Doch, das hast du. Er liebte dich. Er wollte dich heiraten. So wie Findet Den Marder mich heiraten wollte.« Wildkirsches Stimme bebte.

»Wildkirsche«, sagte Stern sanft, »sie sind beide fort. Entführt und an die Fischesser verkauft. Es gibt nichts, was wir tun können, um ihnen zu helfen.«

»Doch, wir können etwas tun«, entgegnete Wildkirsche streng. »Wir können zum Dachslager zurückkehren und dasein, wenn die Männer zurückkommen.«

»Die Männer werden nicht zurückkommen! Sie sind fort! Für immer! Warum bist du so störrisch?«

»Ich bin nicht störrisch. Ich bin treu. Ich halte Findet Den Marders Andenken in Ehren.«

Stern schüttelte den Kopf, aber Wildkirsches Worte hatten ihre Schuldgefühle von neuem geschürt. Wenn sie ehrlich war, mußte sie zugeben, daß sie tatsächlich bereit gewesen war, Pirschjäger zu vergessen. »Er ist fort«, wiederholte sie in der Hoffnung, Wildkirsche endlich zu überzeugen. »Er kommt nie wieder zurück.«

Die andere Frau schüttelte energisch den Kopf. »Er wird zurückkehren. Ich kenne Findet Den Marder. Er wird sehr unglücklich als Sklave sein, und er wird sich nicht tatenlos mit seinem Schicksal abfinden. Er wird alles tun, was in seiner Macht steht, um zu fliehen!«

Unsicherheit kroch in Stern hoch. Was, wenn Wildkirsche die Wahrheit sagte? Pirschjäger würde das Sklavendasein ebenfalls hassen. Sicherlich würde er einen Fluchtversuch unternehmen. Falls er noch am Leben war.

»Komm mit mir, bitte«, beschwor Wildkirsche sie. »Sie werden zu uns zurückkehren. Du wirst es sehen.«

Stern wollte nicht mit ihr gehen. Sie wollte nicht, daß die Männer zurückkamen. Oder eher: Sie wollte Pirschjäger nicht heiraten, falls sie zurückkehrten. Sie war glücklich mit Falke. Einen Moment lang war Stern regelrecht verblüfft über die Richtung, die ihre Gedanken genommen hatten. Sie war tatsächlich aufrichtig zufrieden mit ihrem Leben an Falkes Seite! Was war nur mit ihr los?

»Stern? Was hast du? Du siehst plötzlich so seltsam aus.«

Stern schüttelte den Kopf. »Nichts. Ich habe nur nachgedacht.«

»Über unsere Flucht?« fragte Wildkirsche hoffnungsvoll.

»Nein.«

Wildkirsche seufzte. »Nun, wir müssen auf jeden Fall bald aufbrechen. Bevor die ersten Schneefälle einsetzen.«

»Wildkirsche«, begann Stern langsam. »Ich glaube, ich werde nicht –«

»Nanu, wen haben wir denn hier? Ein kleine Versammlung der Dachsschlampen. Wie nett!«

Beim Klang von Tulas Stimme zuckte Stern erschrocken zusammen. Tulas grausamer Ton strafte ihr hübsches Gesicht und die attraktive weiße Haarsträhne Lügen.

Wildkirsche runzelte die Stirn. »Wer bist du?«

»Ich? Nun, ich bin Tula. Und ich weiß alles über dich.«

»Ach, tatsächlich?«

»Ich glaube, wir gehen jetzt besser«, sagte Stern hastig.

»O nein, das werdet ihr nicht tun«, erwiderte Tula. Sie schob den Tragebeutel mit dem Baby auf ihrem Rücken zurecht und baute sich vor Stern auf. »Du wirst mir zuhören, Dachsfrau.«

»Warum?«

»Weil ich dir etwas Interessantes zu sagen habe.« Tulas dunkle Augen glitzerten bösartig.

Stern hielt den Atem an.

»Horn hat mir erzählt, daß ihr ein paar hübsche kleine Fluchtpläne schmiedet.«

»Horn?« rief Stern entsetzt. »Wie –? Ach, an jenem Tag in

der Schlucht!« Er mußte ihre Unterhaltung mit Wildkirsche belauscht haben. »Aber er war doch so weit weg –!« Sterns Magen verkrampfte sich vor Schreck.

»Ihr beide seid ausgemachte Dummköpfe«, sagte Tula voller Verachtung.

Stern war ganz elend zumute. Wenn Tula Bescheid wußte, würde sie es Falke brühwarm erzählen.Und er würde Stern für ihre Fluchtabsichten hassen!

Wildkirsche war ganz bleich geworden. »Du darfst niemandem davon erzäh –«

»Sag du mir nicht, was ich tun soll«, unterbrach Tula sie giftig und fuhr zu ihr herum. Sie beäugte Wildkirsche. »Oh, ich weiß durchaus, was du durchmachst. Ich kenne Lauernde Katze.« Ihre Lippen verzogen sich zu einem winzigen Lächeln.

»Dann weißt du ja auch, warum ich es nicht ertragen kann!« jammerte Wildkirsche. »Du weißt, daß er mir Gewalt antut! Ich muß vor ihm fliehen! Ich muß einfach!«

Tula lächelte. »Mußt du das?« Das Baby auf ihrem Rücken bekam einen Schluckauf, und sie ließ den Kleinen ein paarmal auf- und abhopsen, bis er sich wieder beruhigte. Dann wandte sie sich an Stern.

»Und du? Warum mußt *du* fliehen?« Ihre Stimme war sanft. Ruhig. Täuschend freundlich.

Stern schüttelte müde den Kopf. Sie würde Tula kein Wort erzählen.

Tula betrachtete sie stirnrunzelnd. »Laß mich mal überlegen. Es hat etwas mit meinem früheren Ehemann zu tun, stimmt's?« Sie lachte.

»Früherer Ehemann?« fragte Wildkirsche überrascht, während ihr Blick zwischen Tula und Stern hin- und herwanderte.

»Falke war mit Tula verheiratet, bevor er mich heiratete«, erklärte Stern und hoffte nur, ihre knappe Antwort verriet nichts von dem Aufruhr in ihrem Inneren.

»Ich hasse ihn!« fauchte Tula. »Ich würde alles tun, um ihn vernichtet zu sehen!«

Wildkirsche blickte Stern mit großen Augen an, aber um ihre Lippen spielte ein gerissenes Lächeln. »Also, wenn du Stern zur Flucht verhilfst, das wird ihn schwer erschüttern. Ich bezweifle zwar, daß es ihn vernichten wird, aber es wird ihn furchtbar wütend machen.«

Stern war entsetzt über Wildkirsches Verrat.

Wildkirsche zuckte die Achseln. »Ich möchte zu meinem Volk zurück«, murmelte sie mit schuldbewußt gesenktem Kopf.

Tula lächelte. »Und das wirst du auch. Ich werde persönlich dafür sorgen.«

»Du?« fragte Stern verblüfft. »Warum solltest du uns helfen?«

»Nun, wenn ich dich damit loswerden kann«, Tulas Augen wurden schmal, »und wenn ich ihn damit verletzen kann, dann werde ich natürlich alles tun, was in meiner Macht steht, um euch zu helfen.« Sie lächelte liebenswürdig.

Stern traute der Frau nicht. Ganz und gar nicht. Tula und ihr helfen? Nein, dahinter mußte irgendeine gefährliche Absicht stecken.

»Ich sehe schon«, sagte Tula, »daß du meinen Worten nicht traust.«

»Du hast recht. Ich traue dir nicht«, erwiderte Stern wahrheitsgemäß.

»Falke hat dir ohne Zweifel einen Haufen Lügen über mich erzählt...«

»Falke hat mir überhaupt nichts über dich erzählt. Er weigert sich, über dich oder sonst irgend etwas, was zwischen euch vorgefallen ist, zu sprechen.«

Tula sah verblüfft aus. »Er haßt mich.«

Stern zuckte die Achseln. »Glaub von mir aus, was du willst.«

Einen Moment lang beäugte Tula sie kritisch, dann fuhr sie fort: »Übermorgen abend findet ein Fest statt, um die Wahl des neuen Winterlagers zu feiern.«

Stern nickte.

»An dem Abend wird es ziemlich ausgelassen zugehen, und

es wird reichlich zu essen geben. Ich werde ein paar Kräuter in Lauernde Katzes und Falkes Essen mischen.«

Stern schnitt eine Grimasse.

Tula lachte. »Du brauchst nicht gleich zu erschrecken, Dachsschlampe«, sagte sie verächtlich. »Es wird ihn nicht umbringen. Wenn ich ihn hätte vergiften wollen, dann hätte ich das längst getan.«

Stern dachte an die Speisen, die sie gegessen hatte, während sie mit den Jaguar unterwegs gewesen war. Falke hatte ihr häufig von seinem Dörrfleisch abgegeben. Dem Dörrfleisch, das noch aus dem Vorrat stammte, den Tula zubereitet hatte. Sie biß die Zähne zusammen.

Tula lachte. »An dem Abend wird es für euch ein Kinderspiel sein zu fliehen.« Sie strahlte die beiden Frauen an, triumphierend.

»Woher sollen wir wissen, daß du und Horn über unsere Fluchtpläne Stillschweigen bewahren werdet?« Stern war immer noch mißtrauisch.

»Ganz einfach. Ich werde niemandem etwas sagen und Horn auch nicht.«

»Ist er dein Liebhaber?« wollte Wildkirsche wissen. »Ist das der Grund, warum du dir so sicher bist, daß er nichts verraten wird?«

Tula bedachte sie mit einem vernichtenden Blick. »Er ist mein Bruder, du hirnloser Eselshase.«

»Oh.«

Tula wandte sich an Stern. »Das ist der beste Plan, den ich mir für eure Flucht vorstellen kann.«

»Er ist sehr gut«, gestand Stern. Was nun? dachte sie verzweifelt. Was soll ich nur tun? Tula wollte ihr zur Flucht verhelfen, also war der Erfolg so gut wie sicher. Wildkirsche brauchte sie auf der Reise nach Hause. Und Falke würde sie für den Rest seines Lebens hassen, weil sie ihn verlassen hatte.

»Wo ist das Problem? Ich höre es an deiner Stimme. Es gibt da ein Problem, stimmt's?« Tula funkelte Stern böse an.

»Sie will nicht fortgehen«, verriet Wildkirsche heimtückisch.

»Ach. Stimmt das?« säuselte Tula. Sie lachte gehässig. »Nun, ich würde sagen, dir bleibt gar nichts anderes übrig, als zu gehen.«

»Das würde ich auch sagen«, stimmte Wildkirsche zu.

24. Kapitel

Der Abend des Fests war gekommen. Falke war ausgegangen, um Klaue zu besuchen, und Stern blickte sich nervös im Zelt um. Heute nacht war es soweit. Heute nacht würde sie fliehen!

Es gelang ihr, siebzehn weitere Streifen Dörrfleisch in einem Korb zu verstecken, bevor Falke zurückkam. Sie war gerade dabei, den Korb mit einem Hirschfell zu bedecken, als Falke das Zelt durch die vordere Türklappe betrat.

»Möchtest du etwas Fleisch?« fragte sie und bewegte sich verstohlen von dem Korb weg. Sie griff nach der Öllampe – einer Steinschale, die ausgelassenes Elchfett und einen gedrehten Docht aus Birkenrinde enthielt – und rückte sie in die Mitte des Zeltes. »Es ist schon spät, und du mußt sicher hungrig sein.«

Falke schüttelte den Kopf, wobei sein langes schwarzes Haar seine Schultern streifte. »Betafor und die anderen Frauen waren so freundlich, den Männern und mir ein reichhaltiges Abendessen vorzusetzen.«

Ein Stich von Eifersucht durchzuckte Stern. »Aber ich habe viele Wurzeln geröstet«, ermunterte sie ihn. »Ich dachte, du würdest gern ein paar essen.«

Wieder schüttelte Falke den Kopf. »Nicht jetzt.« Er schaute sich um, und sein Blick fiel auf die Körbe, die ordentlich an einer Seite des Zeltes aufgereiht standen. Stern hielt den Atem an, als er hinüberschlenderte und sich auf eine Elchhaut in der Nähe des Korbes mit der Felldecke setzte – jenes speziellen Korbes, der den Proviant für ihre Flucht enthielt.

Stern beobachtete ihn nervös, voller Angst, er würde das Fell wegziehen und in den Korb spähen. Sie zwang sich, sich auf ihre Flechtarbeit zu konzentrieren. »Worüber hast du denn mit den Männern gesprochen?«

»In diesem Winter werden wir Jaguarleute in den Bärenhöhlen oberhalb des Bärenflusses wohnen«, verkündete Falke. »Grizzlybären überwintern in jenen Höhlen.«

»Grizzlybären?«

Er nickte. »Bevor die Frauen und Kinder in die Höhlen einziehen, werden die anderen Männer und ich hineingehen und alle Bären vertreiben, die angefangen haben, sich dort für den Winter einzurichten.«

»Du mußt sehr vorsichtig sein, Falke. Grizzlybären sind äußerst gefährlich!«

Er warf ihr einen sonderbaren Blick zu.

»Was ist? Habe ich etwas Falsches gesagt?« fragte Stern verwirrt.

Falke gab keine Antwort, starrte sie nur durchdringend an.

Am liebsten hätte Stern das flackernde Licht der Öllampe gelöscht, um seinem forschenden Blick zu entgehen. Er machte sie zunehmend nervös.

»Die Bärenhöhlen«, fuhr er schließlich fort, »sind warm und gut geschützt vor den eisigen Schneestürmen. Deshalb bevorzugen die Grizzlybären sie als Unterschlupf, um dort ihr Nest zu bauen. Außerdem gibt es reichlich Wild in jenem Gebiet. Die Bären wissen das. Elche und Hirsche fliehen vor dem tiefen Schnee auf den Hügeln und kommen ins Tal herunter. Sie trinken am Fluß und scharren den Schnee beiseite, um Gras zu finden. Manchmal fangen meine Leute auch Fische im Fluß. Es wird ein guter Winter werden. Wir brauchen keine Not zu leiden. Wart's nur ab.«

Stern wagte es nicht, ihm in die Augen zu sehen. Im Winter werde ich nicht mehr bei dir sein, Falke, dachte sie traurig. Ich werde die Bärenhöhlen niemals zu sehen bekommen. Schließlich überwand sie sich und blickte ihn an. »Ich habe schon einmal in einem Zelt überwintert«, sagte sie, »und es war furchtbar kalt. Drei unserer Leute starben in jenem Winter.«

»Höhlen sind besser.« Er beäugte sie. »Es ist gut, daß du mit mir verheiratet bist. In diesem Winter wird dir angenehm warm sein.«

Bei dieser Bemerkung hob sie abrupt den Kopf.

Er lächelte zuversichtlich, seine weißen, ebenmäßigen Zähne schimmerten in dem matten Lampenlicht. Stern sog scharf den Atem ein, als sich ihre Blicke trafen.

»Du hast eine ziemlich hohe Meinung von dir selbst, Jaguar.«

»Die habe ich, ja.« Er machte eine weit ausholende Geste. »Und warum auch nicht? Ich habe eine Frau, die fleißig arbeitet. Du trocknest Fleisch für den Winter. Du flechtest Körbe. Viele Körbe.« Er lachte, als er auf die lange Reihe von Körben an der Zeltwand zeigte. »Du gerbst Felle. Du nähst mir sogar einen Umhang aus Jaguarfell. Also, warum sollte ich keine gute Meinung von mir haben?«

Schuldbewußtsein kroch in Stern hoch, und sie wand sich innerlich vor Unbehagen. Falls er auf die Idee kam, in den einen Korb zu schauen...

Er zog einen der Körbe zu sich heran. »Siehst du? Getrocknete Beeren. Du bist wirklich sehr fleißig.«

Ihre Hände hantierten nervös mit den Binsen in ihrem Schoß. »Falke –«

Er griff nach einem anderen Korb. »Knochenahlen. Dein Hochzeitskleid. Weiße Mokassins. Alles ordentlich zusammengefaltet und verstaut. Du bist eine gute Ehefrau, Stern. Du hältst mein Zelt sauber und ordentlich.«

Ihre Lippen zitterten von der Anstrengung, die es sie kostete, nicht laut aufzuschreien.

»Und dieser hier.« Er zog den Korb mit der Felldecke näher. Müßig strich er über das Hirschfell, das über den Proviant gebreitet war. »Also, ich glaube wirklich, du bist die fleißigste und tüchtigste Ehefrau im ganzen Jaguarlager. Du bist geschickt und flink, kannst hervorragend Felle gerben, dein Essen schmeckt köstlich...« Er ließ seine Hand auf dem Fell ruhen, als er Stern anstarrte. »Jeder Mensch wäre stolz, dich zur Ehefrau zu haben, Stern«, sagte er weich.

Stern war regelrecht elend zumute, als sie seinem leuchtenden Blick begegnete. »Ich – ich –« Ihr fehlten die Worte. Schließlich brachte sie hervor: »Ich freue mich, daß du mit meiner Arbeit zufrieden bist.« Sie flocht die Binsen mit Händen, die heftig zitterten.

Falke stellte den Korb beiseite, und das Fell begann herunterzurutschen. Er fing es gerade noch rechtzeitig auf, bevor der Inhalt zum Vorschein kam, und breitete es wieder sorgfältig über den Korb.

Erleichterung durchströmte Stern.

»Komm her, Stern.«

Sie warf ihm einen Seitenblick durch den schwarzen Vorhang ihres Haares zu. Nachdem die Gefahr jetzt vorüber war, konnte sie sich wieder entspannen. Ein bißchen zumindest.

»Ich will dich, Stern. Jetzt.«

Seine unverblümte Aufforderung ließ sie erregt schlucken. *Und ich will dich!*

Verlangend streckte er die Arme nach ihr aus und legte eine Hand auf ihre Brust in einer unmißverständlichen, besitzergreifenden Geste. »Komm her, meine Dachsfrau, meine fleißige Ehefrau, meine süßduftende Blume.«

Sie lächelte, als er sie an sich zog. Er wiegte sie zärtlich in seinen Armen und drückte seine Lippen auf ihren Hals. Köstliche Schauer rannen ihren Rücken herab. »Ach, Falke«, stöhnte sie. Wie war es nur möglich, daß ihr dieser Mann mit einem einzigen Kuß soviel Lust bereiten konnte?

»Magst du das?« murmelte er.

»O ja!«

»Und wie ist es hiermit?« Wieder küßte er ihren Hals und strich dabei mit den Händen an ihren Hüften entlang. Bald wanderten seine Hände tiefer zu dem weichen Hügel zwischen ihren Schenkeln.

»Laß mich das hier ausziehen«, flüsterte sie und griff nach dem Saum ihres Kleides.

Er half ihr, das Kleid über den Kopf zu ziehen, dann schlüpfte er ungeduldig aus seinem eigenen Lederhemd und den Hosen.

Stern war jetzt nur noch von einem winzigen Lendenschurz

aus dünnem Leder bedeckt, ein Kleidungsstück, von dem sie wußte, daß die Jaguarfrauen es trugen. Es verhüllte nur knapp das lockige Haardickicht, auf das Falke verlangend starrte. »Ach, Stern«, hauchte er. »Du bist so schön.«

Sie lächelte schüchtern. »Findest du?«

Er griente und drückte einen Kuß auf ihre Stirn, während er sich langsam auf sie legte. Als er sich mit seinem ganzen Körper an sie preßte, glaubte sie, vor Wonne dahinzuschmelzen.

Er stützte sich auf die Ellenbogen, um etwas von seinem Gewicht von ihr zu nehmen. »Ich glaube«, murmelte er und blickte ihr tief in die Augen, »es ist gut, daß du in mein Leben getreten bist, Dachsfrau.«

Stern erstarrte, erneut von Schuldgefühlen überwältigt. Bald werde ich wieder aus deinem Leben verschwunden sein, dachte sie. Und du wirst mich dafür hassen. Ach, Falke, was soll ich nur tun?

Behutsam zeichnete er ihre Nase, ihre Wangen und die Umrisse ihrer Lippen mit einer Fingerspitze nach. Als er seinen Finger in ihren Mund schob, biß sie hinein.

»Autsch!« Er schmunzelte und beugte den Kopf. Seine Lippen bedeckten ihre, und sie fühlte, wie seine Zunge Einlaß in ihren Mund forderte. Stern hielt die Zähne fest zusammengebissen, bis er ihre Rippen zu kitzeln begann. Da mußte sie kichern und öffnete den Mund, und er kam in sie, und ihrer beider Zungen vollführten einen leidenschaftlichen Paarungstanz.

»Wie sehr ich dich begehre«, murmelte er rauh, als er seine Hände in ihrem Haar vergrub und ihren Kopf ganz still hielt. Er blickte ihr eindringlich in die Augen, und Stern fühlte plötzlich eine überwältigende Traurigkeit. Dies ist das letzte Mal, daß wir uns lieben, dachte sie verzweifelt. Das letzte Mal, daß ich dich in meinen Armen halten werde, das letzte Mal… Sie mußte die Augen schließen, um ihre Tränen daran zu hindern, über ihre Wangen zu rollen. *Ach, Falke, was habe ich nur getan?* Sie drehte den Kopf zur Seite.

»Stern?«

Sie schüttelte stumm den Kopf, unfähig zu antworten.

»Stern? Was hast du? Fehlt dir etwas?«

Sie schluckte hart, ihre Kehle war wie zugeschnürt. Ihre Arme krochen um seinen Hals, und sie zog ihn noch fester an sich. »Nein«, flüsterte sie, und ihre Stimme klang rauh vor unvergossenen Tränen. »Liebe mich einfach, Falke.«

Fiebernd vor Verlangen riß er ihr den Lendenschurz herunter und schob ihre Schenkel mit einer Hand auseinander. Dann drang er in sie ein, ergriff mit einem kraftvollen Stoß von ihr Besitz. Sie klammerte sich an ihn, während er sich in ihr bewegte. Plötzlich wurden seine Küsse hart und fordernd, als er seinen Mund überall auf ihr Gesicht drückte. Er war fast brutal, als er ihren Hals küßte und seine Zähne in die zarte Haut grub, und sie dachte, wenn er ein tierischer Namensvetter gewesen wäre, hätte er ihre Halsschlagader verletzt, so wild und grob waren seine Liebkosungen.

Aber sie begrüßte seine unsanfte Art, sie zu nehmen. Begrüßte sie aus vollem Herzen. Genauso brutal und rücksichtslos würde er sie nehmen, wenn er wüßte, daß sie vorhatte, ihn im Stich zu lassen... es beschwichtigte die schrecklichen Schuldgefühle, die sie quälten.

Die Gewalt seiner Stöße, seine ungestüme Kraft, als er wieder und wieder in sie eindrang, drückten sie immer tiefer in die Elchfelle. Und immer noch klammerte sie sich wie eine Ertrinkende an ihn, forderte mehr und mehr. Und er gab ihr mehr.

Als sich ihrer beider Lust in einer gewaltigen Explosion entlud, entschwebte Stern in den Himmel der Glückseligkeit und kehrte dann gemeinsam mit ihm in die Wirklichkeit zurück. Schweißgebadet brach Falke auf ihr zusammen.

Behutsam schob sie eine Locke seines schwarzes Haares zur Seite, die in seine Stirn fiel. »Ach, Falke«, flüsterte sie.

Sein Gesicht war an ihrer Schulter vergraben, seine Arme schlossen sich fester um sie. »Du gehörst mir, Stern. Nur mir allein.«

Ein trauriges Lächeln spielte um ihre Lippen, und sie schloß die Augen, um die eine Lüge hervorzubringen, von der sie wußte, daß sie sie aussprechen mußte. »Ja.« Das war alles. Nur eine Lüge: ja.

Er hob den Kopf und blickte forschend in ihre Augen. *Wonach suchst du, Falke? Nach der Wahrheit? Ich kann sie dir nicht sagen, obwohl mein Herz um dich weint.*

»Ich werde dich nicht gehen lassen, Stern!« Sie zuckte unwillkürlich zusammen, als sich seine Finger mit eisenhartem Griff um ihre Oberarme schlangen, und sie zwang sich zu einem Lächeln, um ihn zu beruhigen. Sicherlich ahnte er doch nicht, daß sie …?

»Vergiß das niemals, Frau.«

»Aber, Falke ich –« Sein Kuß hinderte sie daran, die zweite Lüge auszusprechen, die ihr schon auf der Zunge lag. Aber ich kann doch nichts dafür, Falke, hätte sie am liebsten geschrien. Tula in ihrer Eifersucht und Wildkirsche in ihrer Verzweiflung haben mich dazu gezwungen! Sie werden alles tun, was in ihrer Macht steht, um meine Flucht sicherzustellen. Ich kann nichts dagegen unternehmen. Ich möchte es ja verhindern, aber ich kann nicht!

Sie kniff die Lider zusammen, und plötzlich kamen die Tränen. Verzweifelt klammerte sie sich an ihn, während stumme Schluchzer ihren gesamten Körper erschütterten.

Falke rollte sich auf die Seite und hielt sie weiter fest umschlungen. Er bedeckte ihr Haar und ihr Gesicht mit liebevollen kleinen Küssen. »Stern«, flüsterte er, »was bekümmert dich?«

Sie schüttelte den Kopf, fürchtete sich davor zu sprechen, denn sie wußte, wenn sie es tat, würde sie ihm alles gestehen. Alles, einschließlich ihrer wachsenden Liebe für ihn.

Er tätschelte ihr verlegen den Rücken. »Wir werden morgen früh darüber sprechen«, versicherte er ihr. »Dann wirst du dich wieder besser fühlen. Und ich –« Er gähnte und fuhr sich mit einer Hand über die Stirn. »Ich bin auf einmal so merkwürdig müde …« Sekunden später war er eingeschlafen.

Tulas Medizin! dachte Stern erschrocken und holte zitternd Luft. *Aber morgen früh werde ich nicht mehr hier sein, Falke. Ich muß noch heute abend fliehen und dich für immer verlas-*

sen. Ach, Falke! Dies ist weitaus bitterer für mich, als ich jemals gedacht hätte!

25. Kapitel

Als Falke im Morgengrauen erwachte, war Stern verschwunden. In aller Eile schlüpfte er in seine Kleider und blickte sich im Zelt um. Im schwachen Licht der Morgendämmerung konnte er sehen, daß zwei Hirschblasen mit Wasser fehlten – und der bewußte Korb mit der Felldecke.

Er lächelte grimmig. Horn hatte ihm von der geplanten Flucht erzählt, aber zuerst hatte Falke seinem früheren Schwager nicht geglaubt. Hatte es einfach nicht glauben *wollen.* Er war überzeugt gewesen, Stern empfände aufrichtige Zuneigung für ihn und würde ihn niemals verlassen. Selbst in der vergangenen Nacht, als er in ihren Armen gelegen hatte, hätte er noch schwören können, daß er ihr etwas bedeutete. Er war sogar bereit gewesen, ihren Lügen zu glauben, trotz der verräterischen Streifen getrockneten Fleisches, die er in dem Korb entdeckt hatte. O ja, sie hatte ihn wirklich gründlich zum Narren gehalten!

Und wie Horn ihn diesmal auslachen würde! Tulas Bruder hatte schon immer gern seine Witze gemacht. Er war auch ein angenehmer Jagdgefährte gewesen. Es gab einmal eine Zeit, da waren Horn und Falke enge Freunde gewesen, aber nachdem Tula Falke verlassen hatte, war ihre Freundschaft dahingewelkt wie eine verkümmerte Pflanze. Falke hatte sich von Horn zurückgezogen, weil er wußte, daß dessen Loyalität von nun an in erster Linie seiner Schwester, Tula, gelten würde. Horn hatte Falke einmal anvertraut, daß er mit der Wahl seiner Schwester, was ihren zweiten Ehemann, Murmeltier, betraf, gar nicht einverstanden sei.

Horn hatte Falke gerade einen guten Dienst erwiesen. Einen, den er nicht vergessen würde.

Falke griff nach seinem Speer und schlüpfte in den neuen

Umhang aus dem Jaguarfell, das Stern so sorgfältig gegerbt und zugeschnitten und zusammengenäht hatte. Gut! Es war nur passend, daß ihn ein Kleidungsstück, das *sie* für ihn angefertigt hatte, warm halten würde, während er Jagd auf sie machte.

Als Falke das Zelt verließ, hörte er Lauernde Katze hinter sich rufen. Lauernde Katze kam zwischen den Zelten herbeigeeilt, in warme Lederkleidung gehüllt und seinen Speer in der Hand.

»Ha!« grunzte Lauernde Katze. »Meine Frau ist weggelaufen.« Sein Gesicht war zu einer grimmigen Miene verzogen, in seinen Augen flackerte eisige Wut.

»Meine auch«, gestand Falke verlegen.

»Wenn ich das verdammte Weib finde, werde ich sie durchprügeln«, erklärte Lauernde Katze voller Zorn.

Falke zog eine Braue hoch. »Eine Frau kann sich nicht gegen einen Mann wehren, weil sie nicht soviel Kraft hat wie er. Ich halte es für eine schlimme Sache, eine Frau zu schlagen.«

»Misch dich nicht in meine Angelegenheiten ein!« fauchte Lauernde Katze.

Falke zuckte die Achseln. Er nahm an, wenn Lauernde Katze Wildkirsche verprügelte, würde sie bei der erstbesten Gelegenheit erneut davonlaufen. Und was ihn selber betraf – er hatte seine eigenen Pläne mit Stern, sobald er sie wieder eingefangen hatte, und Schläge gehörten nicht dazu.

»Sind noch andere Frauen geflohen?« wollte Falke wissen. Er war sich so sicher gewesen, daß Stern bei ihm bleiben würde...

Lauernde Katze schüttelte den Kopf. Falke fiel in Gleichschritt mit ihm, und die beiden Jäger verließen das Lager und strebten nach Osten in die Richtung des alten Dachslagers.

Da der Boden zum größten Teil mit Basaltgeröll bedeckt war, war es schwierig, die Spuren der Frauen zu finden. Doch schließlich wurde Falkes und Lauernde Katzes Beharrlichkeit belohnt, als Falke einen frisch abgeknickten Zweig auf einem Pfad durch die Schlucht entdeckte. Er lächelte vor sich hin. Alles deutete darauf hin, daß sie hier entlanggewandert waren.

Später fand Lauernde Katze einen Fußabdruck in der weichen Erde eines Pfades, der über eine Hügelkuppe führte. Sie folgten dem Pfad bergabwärts zu einem schmalen Bach. Dort zeigte ein einzelner Abdruck eines weiblichen Fußes im Schlamm in Richtung Wasser. »Sie sind schlau«, murmelte Falke. »Sie sind auf dem Basaltgeröll geblieben, damit wir ihre Spuren nicht finden konnten, und jetzt verwischen sie sie, indem sie durch das Wasser waten.«

»Ich werde Wildkirsche grün und blau schlagen, wenn ich sie zu fassen kriege«, knurrte Lauernde Katze und ballte die Hände zu Fäusten.

»Du bist wirklich ein erbärmlicher Begleiter«, schimpfte Falke. »Alles, worüber du reden kannst, ist, wie du deine Frau verprügeln wirst.«

»Sei still!« gab Lauernde Katze böse zurück. Falke war mit Lauernde Katze aufgewachsen, dem verwöhnten einzigen Sohn eines starken Jägers und seiner ersten Ehefrau. Obwohl die zweite und die dritte Ehefrau jede zwei Sprößlinge geboren hatten, schien der Vater – vielleicht, weil seine jüngeren Kinder alles Töchter waren – Lauernde Katze immer als seinen besonderen Liebling zu betrachten. Er gab ihm stets das beste Fleisch und mischte sich ein, wenn sein Sohn mit den anderen Jungen spielte, um dafür zu sorgen, daß Lauernde Katze bevorzugt behandelt wurde. Während seiner Kindheit hatte Lauernde Katze immer alles bekommen, was er haben wollte, und selbst jetzt noch, als erwachsener Mann, konnte er es nicht ertragen, wenn etwas nicht nach seinem Willen ging.

Sie folgten dem plätschernden Bach eine ganze Weile, während sie nach verräterischen Fußspuren im Schlamm Ausschau hielten. »Die Frauen sind eine lange Strecke in dem eisigen Wasser gelaufen«, bemerkte Falke. »Ihre Füße müssen inzwischen ziemlich kalt sein.«

»Ich schlage sie grün und blau, wenn ich sie in die Finger kriege«, knurrte Lauernde Katze.

Falke verzog angewidert das Gesicht. »Ich habe es allmählich satt, immer zu hören, wie du sie verprügeln wirst, wenn du sie findest. Hör endlich auf damit.«

Lauernde Katze warf ihm einen finsteren Blick zu, aber er hielt den Mund.

Sie kletterten den steilen Hügel über dem Bach hinauf. Als sie oben auf der Kuppe ankamen, ließ Falke seinen Blick über die zerklüfteten braunen Hügel zu seinen Füßen schweifen. Der Hügel, auf dem sie standen, überragte die anderen ringsherum um einiges, und breite Spalten neigten sich zum Hauptfluß hinunter. Einige dieser Spalten verbargen baumbestandene Schluchten, von schmalen Bächen durchzogen, wie der eine, durch den die flüchtenden Frauen gewatet waren. Die Bäche flossen bergabwärts in den einzelnen breiten Strom, den das Jaguarvolk Bärenfluß nannte.

Weiter stromaufwärts ergoß sich ein Wasserfall über eine steile Felswand, und Falke beobachtete, wie die Wassermassen schäumend in die Tiefe stürzten. Das laute Rauschen des Wasserfalls übertönte jedes Geräusch von Falke und Lauernde Katze.

Plötzlich sah Falke eine Bewegung – einen verschwommenen braunen Fleck. »Da!« Er zeigte in die Richtung.

»Sie sind es!« rief Lauernde Katze aufgeregt. »Ich kann Wildkirsche sehen!«

Falke blickte ihn forschend von der Seite an. Vielleicht empfand Lauernde Katze ja doch so etwas wie Zärtlichkeit für Wildkirsche, ein Gefühl, das am Ende stärker als seine Wut sein würde. »Wenn du sie schlägst, wird sie dich hassen«, warnte Falke ihn sanft. »Dann wird sie bei der erstbesten Gelegenheit wieder zu fliehen versuchen. Aber wenn du sie freundlich behandelst, wird sie bei dir bleiben.«

Der andere Mann musterte ihn mit kaltem, verächtlichem Blick. »Sag du mir nicht, wie ich meine Frau behandeln soll, wenn deine eigene Frau vor dir flüchtet!« Er zeigte mit seinem Speer auf die beiden verschwommenen braunen Flecke, die sich langsam zum Hauptfluß vorankämpften. »Und außerdem geht es dich nichts an!«

Falke wandte sich wieder nach vorn, um die beiden Frauen zu beobachten. Es war ein Irrtum gewesen zu glauben, daß Lauernde Katze irgend etwas anderes wollte, als die Frau zu bestrafen, die sich seinen Wünschen widersetzte.

»Sie versuchen den Bärenfluß zu erreichen. Es ist leichter, an seinen Ufern entlangzuwandern, und sie wissen wahrscheinlich, daß er sie zu ihrem Dachslager zurückführen wird.«

»Sie wird nicht bis zum Dachslager kommen«, stieß Lauernde Katze zwischen zusammengebissenen Zähnen hervor. »Dafür werde ich schon sorgen!«

»Sie haben keinen allzu großen Vorsprung«, stellte Falke fest, »und sie haben uns offenbar noch nicht gesehen. Wir werden sie schnell eingeholt haben.«

Lauernde Katze marschierte mit großen Schritten den Hügel hinunter auf die beiden entfernten Gestalten zu. Falke folgte ihm mit einem Seufzer.

Die beiden Frauen umrundeten gerade einen Hügel und verschwanden in einer engen Schlucht. Als sie nach einer Weile wieder auftauchten, war es neben dem Ufer des breiten Flusses.

Falke und Lauernde Katze behielten ihr rasches Tempo bei, und Falke rechnete sich aus, daß sie die Frauen sehr bald einholen würden. Der Wasserfall übertönte sämtliche Geräusche der näherkommenden Männer, obwohl keine der beiden Frauen nach Verfolgern Ausschau hielt.

»Sie scheinen ziemlich zuversichtlich, daß wir sie nicht aufspüren können«, meinte Falke belustigt. Tatsächlich zog Stern gerade ihr Lederkleid aus, und Wildkirsche schleuderte ihre Mokassins von den Füßen.

»Sie wollen im Fluß baden!« rief Lauernde Katze verblüfft.

»Es ist die beste Methode, um die Zecken loszuwerden«, bemerkte Falke.

Er beobachtete, wie Stern in die langsam dahinfließende Strömung in Ufernähe watete. Ihr glatter brauner Rücken verleitete ihn dazu, noch näher heranzuschleichen. Auch Lauernde Katze starrte auf Wildkirsche, als sie ihr Kleid über den Kopf zog, es auf den Boden fallen ließ und ins Wasser ging. Er runzelte die Stirn und packte seinen Speer fester, während er leise vor sich hin knurrte. Falke empfand Mitleid für Wildkirsche.

Die Männer betraten die enge Schlucht und bahnten sich

einen Weg durch das windzerzauste Dickicht von Bäumen. In dem Moment, als sie aus der Schlucht herauskamen, hob Stern zufällig den Kopf und blickte hinauf. Mit einem gellenden Aufschrei warf sie sich in das tiefere Wasser und begann hastig zu schwimmen. Wildkirsche folgte ihrem Blick, und ihr Ausdruck zeigte ihre Furcht und Überraschung. Dann stürzte auch sie sich mit wild rudernden Armen in die Fluten.

Falke und Lauernde Katze rannten am Ufer entlang, immer auf gleicher Höhe mit den schwimmenden Frauen. »Sie können nicht schneller schwimmen, als wir laufen können«, sagte Falke.

»Und das kalte Wasser wird ihrer Flucht bald ein Ende machen.« Lauernde Katze trug ein grausames Lächeln zur Schau, als genösse er das Leiden der Frauen.

Wildkirsches Kräfte begannen bereits zu erlahmen, wie Falke sehen konnte. Sie lag ein Stück hinter Stern und schwamm mit langsameren, schwächeren Bewegungen als Stern. Es würde nicht mehr lange dauern, bis sie gezwungen war, an Land zu kommen.

Die Strömung in Ufernähe war zwar langsam, aber gleichmäßig, und sie trieb die Frauen dahin. Draußen in der Mitte des Flusses floß das Wasser schneller. Plötzlich tauchte Wildkirsches Kopf unter, und Falke begann zu fürchten, daß sie ertrinken würde.

Sterns schwarzer Kopf hüpfte ein Stück weiter voraus auf den Wellen. »Warte auf mich!« schrie Wildkirsche, dann ging sie erneut unter.

»Wir müssen Wildkirsche retten«, drängte Falke. »Sie erlahmt rapide. Wenn du nicht sofort hinausschwimmst und sie rettest, wird sie ertrinken!«

»Laß sie doch!« Um Lauernde Katzes Lippen spielte wieder jenes grausame Lächeln. »Sie hätte eben nicht vor mir weglaufen dürfen. Das kommt davon, wenn sie sich mir widersetzt!«

»Ich fürchte, sie wird deine Lektion nicht mehr rechtzeitig lernen«, gab Falke zurück. »Sie wird bald tot sein.«

Lauernde Katze zuckte gleichmütig die Achseln. »Es ist mir ziemlich egal, was mit ihr passiert. Soll sie doch ertrinken!«

Falke schüttelte voller Abscheu den Kopf und streifte so schnell er konnte seine Kleider ab. In seiner Hast behielt er seinen Gürtel um, von dem zwei schwarze Obsidianmesser herabbaumelten. Mit einem kühnen Sprung tauchte er ins Wasser und schwamm schräg zur Flußmitte hinaus, bis er Wildkirsche erreicht hatte. Sie sah völlig erschöpft aus, war kaum noch in der Lage, den Kopf über Wasser zu halten. »Hilf mir«, keuchte sie und streckte die Arme nach ihm aus. Mit letzter Kraft klammerte sie sich an seinem Hals fest.

In ihrer Todesangst zappelte Wildkirsche derart heftig, daß Falke mit in die Tiefe gezogen wurde, und er mußte kämpfen, um wieder an die Oberfläche zu kommen und Luft zu schnappen. Er schaffte es, einmal Luft zu holen, bevor sie ihn in ihrer Verzweiflung erneut unter Wasser drückte. Ihr panikartiger Griff würde ihn ertränken!

Seine Füße berührten das Flußbett, und er stieß sich mit aller Kraft aufwärts. Als er die Wasseroberfläche erreichte, gelang es ihm endlich, ihre Arme von seinem Hals zu lösen. »Leg dich auf den Rücken und laß dich treiben!« befahl er.

Doch Wildkirsche war vor Angst wie von Sinnen und schlug wild mit Armen und Beinen um sich, während sie das Wasser um ihn herum aufschäumte. Furcht verzerrte ihre Züge.

»Leg dich auf den Rücken und laß dich treiben«, sagte er noch einmal, bemüht, seine Stimme ruhig klingen zu lassen. Als sie ihm immer noch nicht gehorchte, drückte er sie absichtlich einmal kräftig unter Wasser und zog sie dann wieder hoch. Mit weit aufgerissenen Augen und keuchend nach Atem ringend tauchte sie erneut auf.

»Hör mir zu«, befahl er. »Du mußt tun, was ich dir sage, sonst werden wir beide ertrinken!« Etwas von dem, was er sagte, schien schließlich ihre Panik zu durchdringen, denn sie hörte auf zu kämpfen und starrte ihn an. »Leg dich auf den Rücken.«

Erleichterung durchströmte ihn, als er sah, daß sie begriffen hatte. Sie rollte sich auf den Rücken, ließ sich vom Wasser tragen, und Falke hielt sie an den Schultern fest und zog sie hinter sich her, während er in Richtung Strand schwamm.

Lauernde Katze beobachtete sie vom Ufer aus, die Hände in die Hüften gestemmt, ein bösartiges Lächeln auf den Lippen.

Bei seinem Anblick hörte Falke plötzlich auf zu schwimmen, machte kehrt und begann, auf das gegenüberliegende Ufer zuzustreben. »Hör mir genau zu«, ermahnte er Wildkirsche. Er hoffte inständig, die benommene Frau würde ihn verstehen.

»Ich lasse dich frei«, sagte er, als sie sich mit der Strömung zum anderen Ufer treiben ließen. »Wenn du zu Lauernde Katze zurückgehst, wird er dich verprügeln. Dich vielleicht sogar töten. Du mußt allein fliehen. Hast du verstanden?«

Am Strand rannte Lauernde Katze währenddessen wütend hin und her und schrie Falkes Namen.

Wildkirsche nickte schwach. Wenig später erreichten sie das flache Wasser, und Falke half ihr an Land. »Hier«, sagte er und reichte ihr eines der Obsidianmesser aus seinem Gürtel. »Benutze dieses Messer, um dich zu schützen.« Er fragte sich, ob die nackte Frau, mit nichts als einem Messer ausgerüstet, wohl jemals die Wanderung zurück zu ihrem Volk überleben würde. Aber Flucht war ihre einzige Chance. Wenn er sie zu Lauernde Katze zurückbrachte, würde das ihren sicheren Tod bedeuten.

»Geh«, befahl er und schob sie auf das Ufer. Auf der anderen Seite des Flusses schüttelte Lauernde Katze fluchend seinen Speer und rannte am Strand entlang, sein Gesicht blaurot verfärbt vor Zorn. Als Wildkirsche ihn sah, stieß sie einen entsetzten Schrei aus und stolperte durch den Schlamm davon.

»Lauf!« rief Falke ihr nach.

Danach tauchte er wieder in den Fluß, um Stern zu verfolgen. Er erreichte die Mitte des Flusses und schaute sich suchend um. Sie war verschwunden!

Verzweifelt drehte er den Kopf hin und her und hielt nach ihr Ausschau, während ihn die Strömung stetig vorwärtstrieb. Ein Stück weiter voraus machte der Fluß eine Biegung. Falke schwamm mit einem gelegentlichen Zug, doch die schnellere Strömung in der Mitte des Flusses zog ihn mit sich. *Wo ist sie nur?* dachte er mit wachsender Angst.

Er suchte sorgfältig beide Ufer ab, aber er konnte Stern nirgendwo sehen. Ob sie ertrunken war, während er Wildkirsche zu Hilfe gekommen war? Sein Magen krampfte sich zusammen. Wildkirsche wäre unweigerlich ertrunken, wenn er ihr nicht geholfen hätte. Und dennoch... wenn es bedeutete, daß er Stern dadurch verloren hatte –! Ob er ihre Kräfte und ihre schwimmerischen Fähigkeiten überschätzt hatte?

Das Wasser fühlte sich plötzlich kalt an, und er fragte sich, wie lange sie in seinem eisigen Griff überleben könnte.

»Stern?« Er rief mehrere Male ihren Namen, doch die einzige Antwort, die er bekam, war das Echo seiner eigenen Stimme, das von den hohen Basaltklippen in der Nähe der Biegung widerhallte.

Die Strömung war jetzt sehr schnell; er brauchte nichts weiter zu tun, als sich treiben zu lassen, als er in raschem Tempo an den Ufern vorbeiglitt. »Stern?«

Nachdem er die Flußbiegung hinter sich hatte, entdeckte er plötzlich einen schwarzen Kopf vor sich in den Wellen, der sich langsam in Richtung Ufer bewegte. Unendliche Erleichterung durchströmte Falke, und er schoß vorwärts durch das Wasser mit schnellen, kraftvollen Zügen.

Er konnte sehen, daß Stern am Ende ihrer Kräfte war. Ihre Schultern hingen schlaff herab, während sie ans Ufer schwankte, und ihre Brust hob und senkte sich heftig mit jedem keuchenden Atemzug. Als sie den Strand erreicht hatte, blickte sie einmal flüchtig über ihre Schulter zurück und sah ihn. Entsetzt rannte sie davon und flüchtete in ein Dickicht von Bäumen.

Sie lebt! Falkes Herz jubelte vor Freude, während er ans Ufer schwamm. *Sie lebt!*

Wenig später erreichte er das flache Wasser in Ufernähe und stürmte auf das Dickicht zu. »Stern!«

Sie war verschwunden. Er hörte Äste knacken und schmunzelte. Der Rest war ein Kinderspiel. Er würde sie bald eingefangen haben. Aber das Wichtigste war, daß sie lebte.

26. Kapitel

Stern hielt schweratmend inne und horchte auf Geräusche, die ihr sagten, daß Falke in der Nähe war. *Ich muß fliehen, ich muß einfach!* Die Erschöpfung nach der langen, anstrengenden Flucht drohte sie zu überwältigen, doch sie zwang sich, weiterzuhasten. *Lauf! Versteck dich! Er darf dich nicht finden!*

In einer schmalen Spalte unter einem Felsüberhang fand sie einen kleinen Hohlraum, wo sie sich verbergen konnte. Ein dichtes Gewirr aus Zweigen und knorrigen Baumstämmen verbarg die Felsspalte vor den Blicken etwaiger Verfolger.

Zwei Vögel flatterten erschrocken von einem Ast auf, als Stern an ihnen vorbeirannte. Ihre schrillen Schreic klangen unnatürlich laut in ihren Ohren.

Verzweifelt versuchte sie, ihren keuchenden Atem zu unterdrücken. Falke durfte sie auf keinen Fall hören. Inzwischen kannte sie seine Beharrlichkeit und wußte, daß er sich nicht so leicht abschütteln ließ. Wildkirsche und sie waren sich so sicher gewesen, daß sie keine Fußspuren hinterlassen hatten, und dennoch hatte Falke sie mühelos aufgespürt. Und Stern hatte geglaubt, ihm entwischen zu können, indem sie schnell davonschwamm. Dennoch verfolgte er sie immer noch. Sie durfte sich nicht in dem trügerischen Glauben wiegen, er würde so leicht aufgeben.

Sie preßte eine Hand auf ihr hämmerndes Herz. *Und wo ist Wildkirsche?*

Angst um ihre Freundin ließ Sterns Herz noch heftiger klopfen. Wildkirsche war schon immer eine schlechte Schwimmerin gewesen; selbst als Kind hatte sie es vorgezogen, am Flußufer zu bleiben und nach Wurzeln zu graben und Frösche zu fangen, statt sich zu den anderen Kindern zu gesellen, die übermütig im Wasser tobten.

Das leise Knacken von Zweigen warnte Stern, daß Falke in unmittelbarer Nähe war. Sie hielt den Atem an, lauschte auf seine Schritte. Fast hätte sie vor Verzweiflung laut aufgeschrien, als er auf die Felsspalte zukam und sich vorbeugte, um sie herauszuziehen. Zitternd wich sie zurück, versuchte, noch tiefer unter den Felsüberhang zu kriechen.

»Komm heraus, Stern.« Müdigkeit schwang in seiner Stimme mit – und noch etwas anderes. Erleichterung?

Er packte sie an den Armen und zog. Langsam kroch Stern aus der Spalte heraus. Sie ignorierte die Erleichterung, die sie bei seiner Berührung durchflutete.

Ohne ein Wort zerrte er sie hinter sich her durch das Dickicht, zurück in Richtung Fluß. Er kümmerte sich nicht um die peitschenden Zweige, doch Stern zuckte jedesmal zusammen, wenn eine dornige Ranke über ihren Körper streifte.

Als sie schließlich den Eingang der Schlucht erreichten, stieß Falke sie unsanft vor sich her. Sie stolperte und wäre fast ins Gras gestürzt, doch er fing sie auf und stellte sie wieder auf die Füße.

»Laß mich los!« schrie sie und riß ihren Arm aus seinem Griff.

Sie standen sich gegenüber und blickten einander schweigend an, beide nackt, Falke nur mit seinem Ledergürtel bekleidet, von dem ein einzelnes Messer herabbaumelte.

Stern verschränkte die Arme über ihren Brüsten und funkelte ihn böse an. Falkes Mund war zu einem breiten Grinsen verzogen. Einen Moment lang stockte ihr fast der Atem, als sie in sein attraktives dunkles Gesicht aufblickte. Sein tropfnasses Haar hing glatt über seinen Rücken herab, seine breite, muskulöse Brust hob und senkte sich schwer mit jedem Atemzug.

»Du hast mich hereingelegt«, sagte er.

Sie runzelte die Stirn. Er sprach, als ob dies ein Spiel wäre, das sie spielten. »Ich habe es zumindest versucht«, fauchte sie.

Plötzlich schlang er seine Arme um sie und küßte sie. Sein Kuß war so süß, daß Sterns Widerstand abrupt dahinschmolz, während sie überwältigt die Augen schloß und wünschte, der Kuß würde niemals enden. Als sie die Augen schließlich wieder öffnete, lächelte Falke sie an, und in seinen braunen Augen schimmerte ein warmer Glanz. Sie zwang sich, die seltsame Lethargie abzuschütteln, die sie plötzlich fühlte, und wich vor ihm zurück. »Wo ist Wildkirsche?« fragte sie ängstlich.

Er wies wortlos in Richtung Fluß. Stern reckte den Hals, um zu sehen, worauf er zeigte. Lauernde Katze rannte am Ufer entlang. Und in der Ferne, auf der anderen Seite des Flusses, sah sie eine schmale braune Silhouette am Strand entlangflitzen. Eine Frau!

»Wildkirsche!«

Falke nickte. »Sie kehrt zu ihren Leuten zurück.«

»So wie *ich* jetzt unterwegs zu meinen Leuten sein sollte«, murmelte sie, während sie beobachtete, wie ihre Freundin am Ufer entlangeilte. Eine plötzliche Sehnsucht, zu ihrem Dachsvolk heimzukehren, schnürte Stern die Kehle zu. »Ich sollte bei ihr sein!«

»Du bist jetzt bei mir.«

Sie wirbelte herum und starrte ihn finster an. »Nicht freiwillig.«

Er zuckte die Achseln, völlig unbeeindruckt von ihrem Zorn.

Nach einer Weile sagte Stern: »Hoffentlich passiert ihr nichts.«

»Sie hat ein Messer. Sie wird ihre Leute finden.«

»Ich sollte bei ihr sein«, murmelte Stern, doch insgeheim empfand sie Erleichterung, daß sie es nicht war. Der Mann, der so dicht vor ihr stand, hatte eine seltsame Macht über sie, die sie sich nicht erklären konnte.

Er blickte sie stirnrunzelnd an. »Ich hätte nicht erwartet, daß du fliehen würdest.«

Sie lachte. »Du glaubst, ich müßte auf Gedeih oder Verderb bei dir bleiben, Jaguar? Mich deinem Willen beugen? Ich wollte weg von dir.« Sie fühlte Gewissensbisse bei diesen Worten. »Ich wollte zu meinen Dachsleuten zurück.«

Er funkelte sie grimmig an, und sein Gesicht verwandelte sich vor ihren Augen in eine kalte, steinerne Maske. »Dein Platz ist jetzt an meiner Seite, Frau. Akzeptiere das endlich.«

»Nein!«

»Ja!«

»Nein!« Ihre Augen sprühten Funken vor Zorn.

Er starrte sie nicht minder zornig an.

»Ich werde dir bei der erstbesten Gelegenheit wieder entwischen!«

Er packte ihre Oberarme mit eisernem Griff. »Das wirst du nicht tun! Du bleibst bei mir. Du wirst nicht wieder weglaufen!«

»Was kannst du schon tun, um mich daran zu hindern?« höhnte sie. Gleich darauf durchzuckte sie ein Stich von Furcht, daß sie es wagte, ihn derart herauszufordern; sie fühlte sich wie ein Jäger, der einen zornigen Bären reizt. Aber sie konnte einfach nicht anders.

Plötzlich riß Falke sie in seine Arme und küßte sie brutal auf die Lippen. Sie stemmte ihre Hände gegen seine Brust, wand sich heftig in seinem Griff. Als er sie schließlich losließ, ging ihrer beider Atem keuchend. »Das!« fauchte er. »*Das* kann ich tun!«

Wieder packte er sie grob, und sie sträubte sich gegen ihn. Sie fielen ins Gras, und er rollte sich blitzschnell auf sie, drückte sie mit seinem ganzen Gewicht zu Boden.

Er beugte sich hinunter, um sie zu küssen, und Stern drehte wild den Kopf hin und her, versuchte ihn daran zu hindern, seine Lippen auf ihre zu pressen. Doch er hielt ihren Kopf energisch fest und ergriff Besitz von ihrem Mund, während er seine Zunge zwischen ihre Zähne schob.

Ihre Augen weiteten sich vor Überraschung über seine Unverfrorenheit, und sie versuchte, sich aufzubäumen und ihn abzuwerfen. Vergeblich.

Falke knurrte nur und küßte sie wieder.

Sie stieß gegen seine Schultern in dem verzweifelten Versuch, ihn wegzuschieben, aber er legte sich noch schwerer auf sie, und ihre Arme sanken kraftlos herab. Dann trat sie mit den Füßen nach ihm, doch er schob seine Beine über ihre und unterdrückte ihr Gezappel wirksam. Schließlich trommelte sie mit den Fäusten auf seinen Rücken, aber auch das nützte ihr nichts, denn Falke packte ihre Handgelenke mit einer Hand und hielt sie hoch über ihrem Kopf fest.

Dann fühlte sie etwas Warmes und Hartes an ihrem Schenkel, und sie röchelte erschrocken nach Luft und bäumte sich wild auf, versuchte, sich unter ihm hervorzuwinden. Falke lachte rauh und zog sie noch fester an sich. Bald spürte sie seinen Schaft verlangend gegen ihren Schoß drücken.

Sie wehrte sich noch heftiger, doch er glitt mit einem einzigen schnellen Stoß in sie hinein. Stern fühlte sich völlig hilflos und erregt zugleich, als er sie nahm, wieder und wieder kraftvoll in sie hineinstieß. Ihr Widerstand schmolz dahin, eine köstliche Trägheit breitete sich in ihrem Körper aus, und sie konnte einfach nicht länger gegen ihn ankämpfen. Statt dessen hob sie ihm ihre Hüften entgegen und fiel in seinen Rhythmus ein, und sie klammerten sich leidenschaftlich aneinander. Ihre Lust steigerte sich, bis sie gemeinsam den Höhepunkt der Verzückung erlebten und schließlich erschöpft und keuchend dalagen, während ihre Erregung langsam verebbte.

Nach einer Weile hob Falke den Kopf. »*Das* kann ich tun«, murmelte er, »um dich bei mir zu behalten.«

Stern begegnete seinem triumphierenden Blick. »Ja«, gestand sie glücklich.

27. Kapitel

Stern schaute zu, wie Falke das Elchfell von den hölzernen Stangen des Zeltes zog, das für eine kurze Zeitspanne ihr Zuhause gewesen war. Irgendwie macht es mich traurig, diesen Ort zu verlassen, dachte sie zu ihrem Erstaunen. Ihr Blick schweifte hinüber zum Fluß. Hinter den Weiden und Pyramidenpappeln konnte sie Salbeiblüte und Kiefer sehen, wie sie Wasserblasen für die bevorstehende Reise füllten.

Die Hälfte der Jaguarleute hatte das Lager bereits verlassen, um unter Alte Antilopes Führung in ihr Winterquartier zu ziehen. Sie hatten beschlossen, in den Hügeln am Ufer des Fischsees zu überwintern, wo das Wasser von Fischen nur so wimmelte. Im Frühjahr würden sie sich wieder mit Klaues Leuten zusammentun.

Stern kannte keinen aus der Gruppe der Jaguar, die Alte Antilope folgten. Es schienen eng miteinander verwandte Familien zu sein, die meistens unter sich blieben und kaum Kontakt mit anderen pflegten.

Sie fand, es war eine gute Lösung, daß sich die Jaguar aufgeteilt und ihre Anzahl auf diese Weise verringert hatten, weil es für die Jäger leichter sein würde, eine kleinere Gruppe von Menschen den Winter über mit Fleisch zu versorgen.

»Wie lange werden wir für die Reise zu den Bärenhöhlen brauchen?« fragte sie Falke.

»Wir müssen achtmal schlafen.« Er breitete das bemalte Elchfell mit der Innenseite nach oben auf dem Boden aus. Dann legte er die Gegenstände, die sie mitnehmen würden, in die Mitte.

»Dann ist es also ein weiter Weg?«

Er schüttelte den Kopf. »Nicht so besonders weit. Es dauert nur einige Zeit, dorthin zu kommen, weil wir so viele Sachen tragen müssen.«

Ein schwarzer Mörser und ein Stößel aus Obsidian, mehrere große Brocken schwarzen Obsidians und eine zusammengerollte Schlafmatte lagen auf dem Fell. Stern hatte schon ihren größten Korb bis obenhin vollgestopft mit Knochenahlen, Schabern, Stachelschweinstacheln zum Dekorieren, getrocknetem Fleisch, ihrem Hochzeitskleid und den Mokassins, einem hölzernen Kamm, den Falke für sie gemacht hatte, und ihrem kleinsten Korb voller getrockneter Beeren. Zwei mittelgroße Körbe waren randvoll gefüllt mit getrockneten Lilienknollen und Seggewurzeln.

»Ich will schnell zum Fluß gehen und die Wasserblasen füllen«, sagte sie.

Falke nickte und griff nach einem seiner Speere, um die Klinge zu prüfen. Stern war aufgefallen, daß er stets sorgsam darauf achtete, seine Waffen in gutem Zustand zu erhalten.

Auf ihrer Reise würde Falke die vollen Wasserblasen auf den Schultern tragen, damit er die Hände frei hatte, um seine Speere zu tragen. Die Männer waren immer auf der Hut vor Raubtieren.

Stern würde die schweren Körbe und das zusammengerollte Elchfell schleppen müssen.

Als sie zum Fluß hinunterschlenderte, dachte sie über die Zeit nach, die sie an diesem Lagerplatz verbracht hatte. Es war der Ort gewesen, wo sie zuerst mit Falke gelebt hatte, und deshalb war dieses Fleckchen Erde für sie mit besonderen Erinnerungen verbunden.

Der klagende Schrei von Gänsen riß sie aus ihren Gedanken und ließ sie aufblicken. Eine große Schar Wildgänse flog über sie hinweg. Sterns Blick folgte den Tieren, bis sie nur noch als winzige Pünktchen am bewölkten Himmel zu erkennen waren. Auch sie waren unterwegs zu ihrem Winterquartier.

Eine kalte Brise zerzauste Sterns Haar, und sie fröstelte, plötzlich froh über den warmen Umhang aus Bisonfell, den sie trug. Falke hatte den Bison erlegt, nachdem er von seiner Herde getrennt worden war und verloren im Wald herumirrte.

Sie fragte sich, ob Blaumeise auch einen solch warmen Umhang für den Winter besaß und ob Wildkirsche es geschafft hatte, zum Dachsvolk zurückzufinden. Stern seufzte traurig. Sie würde wohl niemals erfahren, was aus ihrer Mutter und ihrer Freundin geworden war.

An den Pyramidenpappeln und Espen, die in der Nähe des Flusses wuchsen, tanzten ein paar gelbe Blätter im Wind, doch die meisten Blätter waren bereits von den Bäumen gefallen, und ihre kahlen Äste waren eine weitere Mahnung, daß der Winter unmittelbar bevorstand.

Stern ging zum Ufer hinunter und füllte beide Wasserblasen. Als sie sich umdrehte, um wieder zum Lager zurückzugehen, hielt sie abrupt inne. Tula versperrte ihr den Weg. Ihr kleiner Sohn schlief in der Decke, die sie um den Rücken gebunden trug.

»Es ist wirklich schade, daß nur deine Freundin entkommen konnte und du zurückbleiben mußtest.« Tula warf den Kopf zurück und ließ ihre schwarze Mähne mit der dramatischen weißen Haarsträhne über die Schultern fallen.

Stern hatte seit ihrer erneuten Gefangennahme nicht mehr mit Tula gesprochen. Sie zuckte gleichmütig die Achseln. Sie genoß ihr Leben mit Falke, deshalb hatte sie nicht allzu heftig dagegen protestiert, daß er sie zurückgebracht hatte.

»Wann wirst du es wieder versuchen?« Tulas Miene war derart hoffnungsvoll, daß Stern fast gelacht hätte.

»Ich werde nicht noch einmal fliehen«, erwiderte sie, um Tula zu ärgern.

Tulas hübsches Gesicht verzog sich zu einer wütenden Grimasse. »Du mußt!« zischte sie. »Wie willst du sonst zu deinen Leuten zurückkommen?«

»Ich werde sie besuchen, wenn ich möchte.« In Wahrheit wußte Stern nicht, wann das sein würde, oder ob es überhaupt jemals dazu kommen würde, aber sie hatte nicht vor, dies vor Tula zuzugeben.

»Pah! Der Kerl wird dir niemals erlauben, sie zu besuchen.«

Stern wußte, sie sprach von Falke, und sie nahm an, daß Tula wahrscheinlich recht hatte. Aber, ach, wie schön es wäre, ihre Mutter wiederzusehen...

Tulas Augen wurden schmal. »Bist du schwanger?«

Stern war so verblüfft über die Frage, daß sie nicht wußte, was sie sagen sollte.

»Wenn du es bist, dann solltest du besser schleunigst fortgehen. Er wird dein Kind nicht lieben. Und dich auch nicht.«

Beide wußten, wer mit *er* gemeint war.

»Und keiner in diesem Lager mag dich«, fuhr Tula gehässig fort. »Alle finden dich häßlich. Ich werde wohl niemals begreifen, warum du unbedingt bleiben willst. Warum gehst du nicht einfach?«

Sterns Wangen färbten sich rot, als wäre sie von einer grausamen Hand geschlagen worden. Tulas Worte taten weh. »Ich glaube dir nicht«, erwiderte sie schließlich. »Ich habe viele Freundinnen hier. Kiefer, Elchknie, Salbeiblüte –«

»Pah!« Tula wedelte mit der Hand, als ob sie eine lästige Fliege wegschlüge. »Sie taugen soviel wie der trockene Staub auf den Hügeln. Dachsschlampen, alle miteinander! Nein, ich spreche von den wirklichen Leuten. Den Jaguar. Das sind die Leute, die ich meine. Keiner von ihnen mag dich.«

Stern lächelte drohend. »Falke mag mich.«

Tula erbleichte und knirschte mit den Zähnen. »Das ist nicht wahr!«

»O doch, es ist wahr. Er mag mich. Sehr sogar.«

Tula schob trotzig das Kinn vor. »Was *du* sagst, interessiert mich sowieso nicht. Du weißt doch gar nichts.«

»Oh, ich weiß schon ein paar Dinge«, gab Stern zurück. Sie musterte die hübsche, anmutige Frau vor sich. »Ich weiß zum Beispiel«, sagte sie langsam, »daß du ihn immer noch liebst.«

Wut flackerte in Tulas großen braunen Augen auf. »Ich hasse ihn! Ich würde ihn am liebsten zu Staub in meinem Mörser zermahlen. Seine Haut mit meinen Fellschabern kaputtkratzen. Ich würde ihn am liebsten ausgießen, als ob er schmutziges Wasser wäre. Ihn wie Kameldung in meinem Feuer verbrennen! Ich hasse ihn, laß dir das gesagt sein!«

Stern war inzwischen lange genug im Jaguarlager, um einiges von dem aufgeschnappt zu haben, was die Leute über Tula und Falke redeten. »Ich verstehe nicht, worüber du dich so aufregst, Tula«, gab sie kühl zurück. »Falke war derjenige, dem alles genommen wurde. Du hast inzwischen einen neuen Ehemann, ein neues Baby. Er war es, der im Stich gelassen wurde und ganz allein zurückblieb. Er ist derjenige, über den die Jaguarleute hinter vorgehaltener Hand flüstern.«

Tula schnaubte verächtlich. »So sollte es auch sein. Nach dem, was er mir angetan hat, hat er es auch verdient, ganz allein zurückzubleiben. Er sollte niemanden haben, der ihn liebt!«

Sterns Augen wurden groß, als sie begriff, warum die Frau so versessen darauf war, sie zu vertreiben. Tula wollte Falke bestrafen.

»Was hat er dir denn angetan?« wollte Stern wissen.

Tulas Lippen wurden schmal. »Ich weiß nicht, warum ich mich überhaupt mit einer Dachsschlampe wie dir unterhalte. Du hast doch nichts zu –«

»Was hat er getan?«

»Ja, Tula, was habe ich dir so Schreckliches angetan?«

Beim Klang von Falkes Stimme zuckte Stern erschrocken zusammen. Er hatte sich ihnen auf leisen Sohlen genähert, ohne daß sie etwas davon gemerkt hatten. Jetzt stand er vor ihnen auf dem Pfad, die Arme vor seiner breiten Brust gekreuzt, die Beine leicht gespreizt, und versperrte beiden Frauen den Weg.

Tula funkelte ihn hitzig an. »Du weißt genau, was du getan hast! Es ist alles deine Schuld, daß Habicht verkrüppelt zur Welt kam! Alles deine Schuld, daß er nicht richtig wachsen wollte! Du bist an allem schuld!«

Falke schüttelte den Kopf. »Ich hatte nichts damit zu tun.«

»Du hast den Bären getötet!«

»Das Visionstier deines Vaters, ich weiß«, entgegnete er müde. »Aber das war nicht die Ursache für Habichts –«

»Und ob es die Ursache war!« kreischte sie. »Und ob! Du hast den Jungen gehaßt. Sein Geist wußte es und floh aus seinem Körper. Das ist der Grund, warum sich sein Körper zu wachsen weigerte!«

»Tula, Tula«, sagte Falke kopfschüttelnd, während er einen Schritt auf die zornschnaubende Frau zu machte und eine Hand nach ihr ausstreckte. Das Baby auf ihrem Rücken begann leise zu wimmern.

»Wage es nicht, mich anzufassen!« schrie Tula. »Du wirst mir weh tun. Du wirst meinem Baby weh tun!«

»Ich will dir oder deinem Baby nicht weh tun«, erwiderte er.

»Du tust es aber! Du haßt uns, genauso wie du Habicht gehaßt hast!«

Falkes braune Augen verfinsterten sich. »Ich habe Habicht nicht gehaßt!« knurrte er.

»Doch, du hast ihn gehaßt! Ich habe dein Gesicht gesehen, wenn du ihn angeschaut hast. Habicht wäre zu einem starken, gesunden Jungen herangewachsen, wenn du nicht gewesen wärst!«

»Habicht wäre niemals gesund geworden«, protestierte Falke.

»Doch, das wäre er! Der Schamane sagte –«

»Der Schamane hat sich geirrt!« tobte Falke. »Er hat dir falsche Versprechungen gemacht, daß Habicht eines Tages ein großer Lehrer und Heiler sein würde.«

»Habicht wäre ein großer Heiler geworden! Das wäre er! Der Schamane wußte –«

»Der Schamane wußte nichts, gar nichts!«

»Er hat mir Hoffnung gegeben!« schrie Tula. »Er hat mir gesagt, unser Sohn würde eines Tages heilen und lehren –« Plötzlich senkte sie den Kopf und brach in Tränen aus.

Stern starrte in Falkes Gesicht, sah den Ausdruck der Qual darin. Er liebt Tula, dachte sie bestürzt. Er liebt und begehrt sie noch immer. Ach, was tue ich hier eigentlich noch?

Tulas Schluchzen schnitt durch das unbehagliche Schweigen, das sie einhüllte. »Ich-ich habe ihn geliebt«, stieß sie weinend hervor. »Das war mehr, als du getan hast!«

»Ich habe ihn auch geliebt«, erwiderte Falke, und seine Stimme brach.

Tula schüttelte den Kopf. »Nein. Nein, das hast du nicht. Das sagst du nur. Es ist eine Lüge, die du dir selbst einredest!«

»Keine so große Lüge wie die, die du dir ständig eingeredet hast«, gab er kalt zurück. »Du hast dich selbst tagtäglich belogen, wenn du beharrlich behauptet hast, daß er gesund werden würde, daß er zu einem ganzen Mann heranwachsen würde. Du hast ihn gesehen, Tag für Tag, du hast seine verkrüppelten Beine berührt, du hast in seine Augen geblickt, die stumpf waren und deutlich erkennen ließen, daß er nicht bei Verstand war… und dann hast du dich selbst belogen – und mich.«

Tula zuckte zusammen und beugte den Kopf noch tiefer, als seine Worte wie Schläge auf sie niederhagelten. »Ich habe ihn geliebt!« schrie sie. Und in jenem Schrei hörte Stern den qualvollen Schmerz einer Mutter, die ihr geliebtes Kind verloren hatte. Tränen stiegen in ihren Augen auf, Tränen des Mitleids für Tula und den schrecklichen Verlust ihres erstgeborenen Sohnes. Langsam, vorsichtig streckte Stern eine Hand aus und streichelte Tulas weiße Haarsträhne.

Tula hob mit einem Ruck den Kopf, und ihre zornsprühenden braunen Augen begegneten Sterns Blick. »Was fällt dir ein? Ich will nichts von dir, Dachsfrau! Laß mich in Ruhe! Ich brauche dein Mitleid nicht!« Damit wandte sie sich ab, eine

Faust in den Mund geschoben, um ihre Schluchzer zu ersticken, und stolperte den Pfad hinauf.

Stern und Falke blickten ihr einen Moment lang nach. Dann stieß Falke einen tiefen Seufzer aus. »Komm«, sagte er. »Es wird Zeit, daß wir gehen.«

»Aber, aber, Falke...«, protestierte Stern. Sie wollte über das sprechen, was gerade vorgefallen war.

Er nahm ihren Arm und führte sie den Pfad entlang. Stern versuchte, seine Hand von ihrem Arm zu schieben. »Ich-ich fange an zu verstehen, was Tula so schmerzt...«

»Tula und ihr Schmerz sind nicht deine Angelegenheit. Oder meine.«

Sein Griff war fest, als er sie mit sich zog.

»Aber, Falke, siehst du denn nicht, daß sie –«

»Ich sehe überhaupt nichts!« knurrte er. »Die Sache geht dich nichts an, und ich will nicht darüber sprechen!«

Stern blieb mitten auf dem Weg stehen und weigerte sich, noch einen Schritt zu machen. »Falke. Du hast mich hierhergebracht. Du hast mich geheiratet. Ich bin ein Teil von dem, was hier vorgeht, ob ich es nun will oder nicht.«

»Ich hätte dich bei deiner Mutter lassen sollen«, fauchte er.

»Stimmt, das wäre sicher besser gewesen«, gab sie zurück. Seine Worte hatten sie gekränkt, und sie wollte ihn ebenfalls verletzen. »Dann könntest du dein einsames Leben weiterführen. Niemand würde mit dir reden, und du könntest schweigsam deiner Wege gehen. Abgesehen von den Malen, wenn du Tula anbrüllst, natürlich.«

Die weiße Narbe auf seiner Wange zuckte nervös; an seinem Kiefer pochte ein Muskel. »Du bist ja ziemlich schnell bereit, ihren Worten zu glauben, Dachsfrau.«

»Sind ihre Worte denn nicht wahr?«

Er gab keine Antwort, musterte sie nur schweigend, und in seinen schwarzen Augen brannte eine Hitze, die sie nicht verstehen konnte.

»Lügt sie, Falke?«

Immer noch wollte er nicht antworten.

»Lügt sie? Ich möchte es wissen.«

»Tula sagt viele Dinge«, erklärte er schließlich. »Aber soviel ich weiß, lügt sie nicht, nein.«

»Dann hast du deinen Sohn also nicht geliebt.«

Stern verstand die Traurigkeit nicht, die sie plötzlich in seinen schwarzen Augen sah.

Sie starrte ihn an, versuchte ihn durch bloße Willenskraft dazu zu bringen, ihr mehr zu erzählen.

Aber er nahm nur ihren Arm. »Komm. Wir machen uns jetzt auf die Reise zu den Bärenhöhlen.«

Stern stolperte hinter ihm her, in jeder Hand eine tropfende Wasserblase. Doch ihr Herz war von Unbehagen erfüllt über das, was geschehen war. Plötzlich herrschte eine spürbare Kälte zwischen ihnen, die vorher nicht dagewesen war, und sie wußte nicht, was sie dagegen tun sollte.

28. Kapitel

Stern trottete müde vorwärts, ihre bis obenhin vollgepackten Körbe an einem ledernen Trageriemen befestigt, der sich um ihre Stirn wand. Die Körbe baumelten schwer ihren Rücken herunter und schlugen bei jedem Schritt gegen ihre Hüften; ihre Armmuskeln schmerzten von dem Gewicht der zusammengerollten Zeltplane aus Elchfell, die sie trug, und ihre Nase tat weh, weil sie ständig den muffigen, durchdringenden Geruch des Fells einatmen mußte. Zehn Tage lang – nicht die acht, die Falke vorhergesagt hatte – schleppte sie nun schon die schwere Last der Zelthaut und der Körbe, und sie waren noch immer nicht am Ziel angelangt. Inzwischen hatte sie die Reise zu den Bärenhöhlen gründlich satt.

Doch dann hörte sie in den Stimmen der Jaguarleute um sich herum freudige Erregung mitschwingen, und ihre Stimmung hob sich wieder. Kiefer stolperte an ihr vorbei, ihr Gesicht halb verborgen hinter dem Berg von Gepäck, den sie auf den Armen trug. »Mein Mann sagt, daß es nicht mehr weit zu den Bärenhöhlen ist!« rief sie aufgeregt, als sie weiter den Pfad entlangschwankte. Stern hoffte inständig, Kiefer hätte recht; vielleicht würde dies tatsächlich der letzte Tag der langen Wanderung zu den Höhlen sein. Die Aussicht ermunterte sie etwas, und sie beschleunigte ihren unsicheren Schritt.

Ihre müden Augen suchten Falke, der mit raschen, leichtfüßigen Schritten neben den schwerfällig dahintrottenden Jaguarleuten herlief, und sie beneidete ihn um seine Muße. Er brauchte nichts weiter zu tun, als nach Wölfen und Jaguaren und Löwen Ausschau zu halten, dachte sie mißmutig, während ich diese verdammten Körbe und das Zelt mit mir herumschleppen muß!

»Heute abend erreichen wir die Höhlen«, sagte Klaue, als er an ihr vorbeieilte, und er winkte gutgelaunt mit seinem Speer. Hinter sich konnte Stern Betafors keuchenden Atem hören. Betafor, Klaues Ehefrau, transportierte eine sehr schwere Last von Körben und Zelthäuten, doch sie wurde dabei von ihren drei erwachsenen Töchtern und deren Kindern unterstützt.

Stern wünschte, *sie* hätte auch jemanden, der ihr half, die Körbe zu tragen, oder wenigstens jemanden, mit dem sie reden konnte. Seit Wildkirsches Flucht wagte es keine der anderen Dachsfrauen, sich ihr anzuschließen, aus Angst, ihre neuen Jaguarehemänner könnten denken, sie wollten ebenfalls fliehen. Und natürlich suchte keine der Jaguarfrauen ihre Gesellschaft.

Sie wünschte, Falke würde ihr wenigstens etwas von ihrer Last abnehmen, und sei es auch nur ein Korb, aber er war zu sehr damit beschäftigt, hierhin und dorthin zu flitzen und nach Raubtieren Ausschau zu halten. Alles, was er zu tragen hatte, waren seine Speere. Und zwei kleine, sehr leichte Wasserblasen.

Durstig leckte sich Stern mit der Zungenspitze über ihre ausgedörrten Lippen. Ihren letzten Schluck Wasser hatte sie am frühen Morgen getrunken, und das war schon einige Stunden her.

Die lange Schlange der Jaguarleute wand sich über die braunen Hügel dahin, und jede Frau in dieser Schlange war schwer beladen mit Haushaltsgegenständen und Vorräten, Körben mit getrockneten Wurzeln und Beeren für den Winter und gegerbten Fellen, um Winterkleidung und Schlaffelle daraus zu nähen.

Stern kämpfte sich erschöpft vorwärts. Die Jaguar bahnten sich jetzt einen Weg durch ein ausgetrocknetes Bachbett, was das Gehen für ihre staubbedeckten, wunden Füße etwas weniger beschwerlich machte. Sie wischte sich den Schweiß von der Stirn und marschierte weiter.

Die Sonne stand schon tief am Himmel, und die Jaguar hatten das Bachbett gerade hinter sich gelassen, als Klaue schließlich rief: »Alle Mann anhalten! Wir werden hier eine kurze Rast einlegen.« Stern blieb stehen und setzte ihre Last mit einem tiefen Seufzer der Erleichterung auf dem Boden ab. Sie rieb sich die Stirn, wo der breite Tragegurt in ihre Haut geschnitten hatte.

Sie hatten am Fuße eines weiteren braunen Hügels angehalten – einem von vielen, die sich ringsherum um sie ausdehnten in dieser welligen, zerfurchten Landschaft. Zwischen den Hügeln verliefen die Schluchten, wo knorrige Bäume wuchsen, ihre Äste verkrüppelt von dem Wind, der über die Hügel hinwegpeitschte. Stern sah sich um und erhaschte einen flüchtigen Blick auf glitzerndes Blau im Süden. Es war ein Fluß, der durch Schichten schwarzen Gesteins schnitt.

»Es ist eine ziemlich lange Reise«, sagte Salbeiblüte schüchtern, als sie herbeikam, um neben Stern zu stehen.

Stern nickte. »Ja, viel zu lang. Ich bin froh, wenn wir endlich zu den Höhlen kommen.«

Sie beobachtete, wie Salbeiblüte den riesigen Korb absetzte, den sie trug, und sich ermattet den Schweiß von der Stirn wischte. Als Salbeiblüte zu den Männern hinübersah, die durch die Hügel wanderten, wußte Stern, daß sie nach Hirschfänger Ausschau hielt.

Stern lächelte Salbeiblüte zu, froh, daß sich wenigstens die Ehe der jüngeren Frau als glücklich erwiesen hatte.

»Ich wünschte, Wildkirsche wäre hier«, murmelte Salbeiblüte leise.

»Ja, das wünschte ich auch. Mir fehlt sie auch sehr«, erwiderte Stern. »Aber Wildkirsche konnte unmöglich länger mit Lauernde Katze zusammenleben.«

»Ich glaube, sie hat sich einfach keine Mühe gegeben, liebenswürdig zu ihm zu sein«, meinte Salbeiblüte.

Stern zuckte die Achseln. Offenbar hatte Wildkirsche ihrer Freundin Salbeiblüte nicht anvertraut, was das wahre Problem ihrer Ehe war. Doch es war sinnlos, Salbeiblüte jetzt darüber aufzuklären, nachdem Wildkirsche längst fort war.

»Ich muß immer an sie denken. Ich frage mich, ob sie wohl gesund und unversehrt zu unseren Leuten zurückgekehrt ist.«

Stern hörte den bedrückten Unterton in Salbeiblütes Stimme. Sie selbst hatte sich das auch schon mehrfach gefragt. »Ich glaube schon, daß sie es geschafft hat«, antwortete Stern betont zuversichtlich. »Wildkirsche war schon immer eine mutige Frau. Ich denke, sie würde so lange durchgehalten haben, bis sie unsere Leute gefunden hätte.«

»Vielleicht.« Salbeiblütes Blick folgte Lauernde Katze, als dieser um einen Hügel herumstrich. »Trotzdem wünschte ich, sie wäre geblieben.«

Es gab nichts, was Stern sagen konnte, um der anderen die Traurigkeit zu nehmen.

In dem Moment kam Falke aus dem ausgetrockneten Bachbett heraufgelaufen. Er grinste die beiden Frauen an, und bei seinem Anblick begann Sterns Puls zu rasen. Wie attraktiv er aussah, wie stark und gesund und atemberaubend! Sie preßte eine Hand auf ihren Busen, um ihr heftig klopfendes Herz zu beruhigen.

Falke begrüßte Salbeiblüte mit einem respektvollen Nicken, doch es war Stern, auf der seine Augen ruhten. Sie errötete.

Er blickte auf die Körbe und die Elchhaut auf dem Boden, dann wieder in Sterns Gesicht. »Ich bin auch froh, wenn wir endlich die Höhlen erreichen.«

»Wie viele Bären müßt ihr vertreiben, bevor die Jaguarleute sicher darin wohnen können?« wollte Stern wissen.

Er zuckte die Achseln. »Zwei oder drei vielleicht. Nicht viele.«

Salbeiblüte verabschiedete sich höflich und schleifte ihre schweren Körbe zu der Stelle hinüber, wo Elchknie mit ihrer neuen Tochter und ihrem neuen Sohn saß. Stern versuchte, nicht sehnsüchtig zu den beiden Frauen hinüberzusehen, während sie sich zwanglos unterhielten. Sie seufzte schwer, fragte sich, wann die anderen Dachsfrauen wohl ihre Angst überwunden haben und wieder offen mit ihr reden würden. Dennoch war sie Salbeiblüte dankbar für ihren kurzen Wortwechsel.

»Die Bärenhöhlen werden dir gefallen«, sagte Falke, der Sterns Traurigkeit anscheinend nicht bemerkte. Oder falls doch, dann zog er es – wie gewöhnlich – vor, nicht darüber zu sprechen.

Stern nickte schweigend und setzte sich auf den Boden. »Ich glaube, es würde mir überall gefallen, wo wir in Sicherheit überwintern können.«

Falke hockte sich neben sie, um auszuruhen, aber ihr fiel auf, daß sein Blick dabei unablässig über die Hügel schweifte. Er war immer auf der Hut vor möglichen Gefahren.

Wenig später ging Tula an ihnen vorbei; ihr Baby schaukelte sanft in dem Tragebeutel auf ihrem Rücken. Sie gönnte Stern und Falke noch nicht einmal einen Blick, aber Falkes Augen folgten ihr, und Stern fühlte Verzweiflung in sich aufsteigen. Ob er seine frühere Ehefrau wohl jemals vergessen würde?

»Hast-hast du im letzten Winter auch in den Höhlen gewohnt?« platzte sie unvermittelt heraus. »Mit Tula?«

Falkes Augen waren schmal, als er sie anschaute. »Tula hat mich vor zwei Wintern verlassen«, erklärte er knapp, dann stand er abrupt auf und ging fort.

Stern hockte unglücklich da und fragte sich, wann sie wohl endlich lernen würde, nur über belanglose Dinge mit Falke zu sprechen. Nur dann würde er bei ihr bleiben. Traurig starrte sie zu dem schmalen Streifen glitzernden blauen Wassers in der Ferne, und er verschwamm durch den Schleier von Tränen in ihren Augen. Sie blinzelte sie hastig fort und hob ihr Gesicht, um den scharfen Wind ihre Tränen trocknen zu lassen.

Die Männer brachen kurz danach auf, um unter Klaues Führung die Höhlen aufzusuchen. Währenddessen wanderte Betafor von einer Frauengruppe zur anderen. Als sie zu Stern kam, die ganz allein saß, sagte sie: »Wir werden hier warten, bis die Männer zurückkommen. Sie sind gegangen, um die Bären aus den Höhlen zu vertreiben.«

»Ist-ist es gefährlich?« erkundigte sich Stern.

Betafor zuckte mit den Schultern. »Es kann schon mal vorkommen, daß ein Jäger dabei verletzt wird.« Sterns Angst mußte sich in ihrem Ausdruck gezeigt haben, denn Betafor fügte hastig hinzu: »Aber es sind ja viele Jäger. Und nur ein paar Bären.« Sie griente und schlenderte davon.

Stern blieb voller Sorge zurück. Lange Zeit saß sie da und dachte über die Bären nach. Sie hatte Falke verschwiegen, warum ihr diese Tiere so große Furcht einflößten: weil ihr Vater von einem Grizzlybären getötet worden war. Während ihrer Kindheit hatte sie wieder und wieder Geschichten darüber gehört, wie aggressiv und gefährlich Grizzlybären waren, wie tapfer ihr Vater versucht hatte, einen zu töten. Aber der Grizzly hatte seinen Speer zerbrochen und ihn mit einem kraftvollen Hieb seiner gewaltigen klauenbewehrten Tatzen niedergestreckt. Und als ihr Vater bewußtlos auf dem Boden lag, hatte der Bär ihn zerrissen.

In ihrer Phantasie sah Stern jetzt Falke in eine dunkle Höhle eindringen und mit einem riesigen Grizzly kämpfen – der Bär aufrecht auf den Hinterbeinen, mit weit aufgerissenem Maul und zornig gefletschten Zähnen und wild mit den Pranken ausholend, während er Falke aus seinem Bau vertrieb.

Sie dachte wieder an ihren toten Vater. Dann malte sie sich voller Angst aus, wie Falke den Angriff des massigen, zornschnaubenden Grizzlys abzuwehren und ihn mit einem seiner kümmerlichen dünnen Speere zu töten versuchte.

Schließlich konnte sie es nicht länger aushalten. Falke war in Gefahr. Sie wußte es ganz einfach. Er brauchte sie!

Sie ließ ihre Körbe und die Elchhaut liegen und rannte voller Panik in die Richtung, die die Männer eingeschlagen hatten.

»Komm zurück!« hörte sie Betafor hinter sich herrufen, aber Stern lief weiter, so schnell ihre Füße sie trugen.

Mehrere andere Frauen stimmten in Betafors Ruf ein, beschworen sie, zurückzukommen, doch sobald Stern einen Hügel umrundet hatte und aus ihrem Blickfeld verschwunden war, verstummten ihre Stimmen.

Von hier aus hatte sie einen besseren Blick auf den Fluß. Auf einer Seite des Flusses ragten schroffe schwarze Klippen von dem felsigen Ufer auf. Auf der anderen Seite stieg eine Reihe breiter Felsvorsprünge terrassenförmig vom Ufer in die Höhe.

Auf einem dieser Vorsprünge entdeckte Stern mehrere dunkle Löcher im Felsen. Die Bärenhöhlen!

Sie begann, auf die Höhlen zuzurennen, aber sie war zu müde von dem langen Marsch des Tages und konnte bald nur noch im Schrittempo vorwärtsstolpern.

Als sie sich den Felsterrassen näherte, blickte sie hoch, um zu sehen, wie nahe sie an den Höhlen war. Zu ihrer Überraschung rutschten die Männer gerade den geröllbedeckten Abhang hinunter, entfernten sich immer weiter von den Höhlen. Und zwei der Jäger trugen eine vornübergekrümmte Gestalt zwischen sich.

»Falke!« schrie Stern alarmiert, und trotz ihrer Erschöpfung fand sie die Kraft, die mit lockerem Geröll bedeckte Schräge hinaufzuklettern. »Falke!«

Der Schotter rutschte unter ihren Füßen weg, ließ sie mehrfach stürzen und sich die Knie aufschrammen, aber sie kletterte unbeirrt weiter, und ihr Herz hämmerte wie verrückt vor Angst und Sorge. »Oh, Falke!« stöhnte sie. Inzwischen hatten die Männer eine der Terrassen erreicht und legten den Mann vorsichtig in Seitenlage auf den Boden.

»Falke!« schrie Stern entsetzt und rannte zu dem Verletzten, der ihr den Rücken zukehrte. »Ist er –?« Sie wagte nicht, das schreckliche Wort auszusprechen. Wagte es nicht zu fragen, ob er tot war. »Ach, Falke –«

Der verletzte Mann schlug die Augen auf und drehte den Kopf zu ihr um. »Verschwinde. Laß mich in Ruhe!«

Schreckensbleich und am ganzen Körper zitternd starrte Stern in das Gesicht des Jägers.

»Lauernde Katze? Du?« flüsterte sie.

»Was willst du denn hier?« knurrte er. Seit Wildkirsches

Flucht hegte er einen heftigen Groll gegen sie. Stern konnte seine Wut jetzt auf seinem Gesicht erkennen.

»Ich... ich dachte...«, stotterte sie.

»Stern! Was machst du hier?« Falke eilte auf sie zu. »Warum bist du nicht bei den anderen Frauen geblieben?«

»Oh, Falke!« rief sie erleichtert und warf sich in seine Arme. Er fing sie mühelos auf und hielt sie einen Moment an sich gedrückt.

»Ich-ich dachte, du –«

Lauernde Katze warf ihr einen grimmigen Blick zu, und sie vergrub ihr Gesicht an Falkes Schulter. »Ich dachte, du wärst derjenige, der verletzt wurde«, murmelte sie. »Und da bin ich gekommen, um dir zu helfen!«

Er tätschelte ihr verlegen den Rücken. Die Männer um ihn herum schienen eifrig in jede andere Richtung zu sehen, nur nicht auf die beiden.

»Das brauchtest du aber wirklich nicht zu tun, Stern«, sagte er, und die Freundlichkeit in seiner Stimme wärmte sie innerlich. »Ich bin durchaus in der Lage, ohne deine Hilfe gegen einen Bären zu kämpfen.«

Seine Bemerkung löste prustendes Gelächter unter den Jaguarmännern aus. Als Stern den Kopf hob und sich umschaute, wollte keiner von ihnen ihrem Blick begegnen.

Sie befreite sich aus Falkes Armen und trat einen Schritt zurück, fragte sich plötzlich, ob es ihm peinlich war, daß sie ihre Angst um ihn so offen gezeigt hatte. »Ich-ich gehe jetzt wieder zurück, nachdem ich weiß, daß du in Sicherheit bist«, murmelte sie. Sie riß ihren Blick von seinen Augen los, wirbelte herum und rannte den Hügel hinunter, während das Gelächter der Jaguarjäger in ihren Ohren widerhallte.

»Stern! Warte!«

Aber sie dachte gar nicht daran, auf ihn zu warten. Sollte er sie doch auslachen, sollte er sich doch über ihre Angst um ihn amüsieren! Was kümmerte es sie? Von mir aus können sie alle über mich lachen, dachte Stern wütend. Ich brauche sie nicht. Mit flammend rotem Gesicht glitt sie zum Fuß des Schräghangs hinunter und beschleunigte dann ihren Schritt, um zu den anderen Frauen zurückzukehren.

Einmal blickte sie flüchtig über ihre Schulter zurück und sah, wie Falke in halsbrecherischem Tempo hinter ihr herrannte. »Stern!« brüllte er. »Warte! Geh nicht weiter. Bleib stehen! Dort sind –«

Zutiefst beschämt über die Art, wie sie sich Falke in Gegenwart sämtlicher Jaguarmänner an den Hals geworfen hatte, fuhr Stern herum und fing an zu laufen. Und fand sich wenige Sekunden später einem Löwen gegenüber.

29. Kapitel

Stern erstarrte.

Hinter ihr schrie Falke: »Beweg dich nicht, Stern! Bleib ganz still stehen!«

Seine Ermahnung war überflüssig; sie war gar nicht in der Lage, sich zu rühren, selbst wenn er es ihr befohlen hätte, denn die gelben Augen des Löwen hielten Stern mit einem Blick gefangen, der von ihrem bevorstehenden Tod kündete.

»Es sind zwei Tiere«, sagte Falke leise, als er vorsichtig näher kam. »Ein Männchen und ein Weibchen. Möglicherweise sind noch mehr in der Nähe. Löwen habe große Familien.« Seine Stimme war ein gedämpftes Flüstern. Und immer noch hielt der Löwe Stern mit seinem drohenden Blick fest, zwang sie, wie erstarrt dazustehen.

Dann duckte sich das gelbbraune Tier mit der braunen Mähne zum Sprung. Auf ihrer Rechten konnte Stern ein tiefes, dumpfes Knurren hören. Der zweite Löwe!

Sie blickte zur Seite, ohne den Kopf dabei zu drehen.

Ein wütendes Fauchen des Löwenmännchens ließ sie hastig wieder nach vorn sehen.

Sein Fell hat die Farbe des Sandes und des Gerölls um ihn herum, dachte sie. Das muß der Grund sein, warum ich ihn erst gesehen habe, als es schon zu spät war!

Falke war jetzt neben Stern, und seine Anwesenheit nahm ihr etwas von ihrer Angst und flößte ihr neuen Mut ein. »Was soll ich tun?« flüsterte sie, wobei sich ihre Lippen kaum bewegten.

»Geh hinter mich«, wies er sie leise an. »Aber beweg dich ganz langsam, damit du ihn nicht erschreckst. Er ist bereits wütend. Wir haben ihn gestört. Vielleicht hat er ganz in der Nähe ein Tier erbeutet.«

Langsam, ganz langsam, zwang Stern ihre zittrigen Beine, sich zu bewegen. Irgendwie fand sie sich hinter Falke wieder, während sie über seine Schulter hinweg auf den Löwen starrte.

»Paß auf den zweiten Löwen auf«, stieß Falke zwischen zusammengebissenen Zähnen hervor. »Sag mir Bescheid, wenn sich das Weibchen in Bewegung setzt.«

Voller Angst blickte sich Stern nach dem anderen Tier um. Die schlanke, sehnige Löwin schien im Moment damit zufrieden, sich auf einem Felsen zu sonnen und den Kampf ihrem Gefährten zu überlassen. »Sie beobachtet dich nur«, flüsterte Stern.

»Hochverehrter Löwe«, sagte Falke mit ruhiger, beschwichtigender Stimme zu dem fauchenden, sprungbereit auf dem Boden kauernden Männchen. »Du bist sehr stark und edel. Ein überaus würdiger Gegner. Aber ich habe nicht den Wunsch, mit dir zu kämpfen. Du kannst das köstliche Fleisch, das du gejagt hast, für dich behalten. Ich werde mir eine andere Beute suchen. Siehst du? Ich bin bereit, wegzugehen und dich in Ruhe dein Fleisch fressen zu lassen.«

»Falke, das hilft doch nicht. Es hat auch nichts genützt, als du auf den Jaguar eingesprochen hast«, erinnerte Stern ihn leise.

»Manchmal hilft es«, erwiderte Falke flüsternd.

Der Löwe hörte auf zu fauchen. Er starrte Falke aus bernsteingelben Augen an. Stern hielt angstvoll den Atem an. »Wir werden jetzt zurückweichen, hochgeschätzter Löwe«, versprach Falke mit derselben ruhigen, monotonen Stimme. »Du kannst deine Beute ganz für dich allein haben. Alles für dich und deine Familie.«

Verstohlen trat Stern einen Schritt rückwärts, während sie mit einem Fuß den unebenen Boden hinter sich abtastete. Jetzt zu stolpern würde tödliche Folgen haben.

Falke wich ebenfalls zurück und prallte mit dem Rücken gegen sie. Wieder machte sie einen Schritt rückwärts.

Mit langsamen, behutsamen Bewegungen, sorgsam darauf bedacht, den zornigen Löwen nicht noch mehr zu reizen, wichen Stern und Falke Schritt für Schritt zurück.

Als sie sich eine Strecke weit von der mächtigen Raubkatze entfernt hatten, sagte Falke über seine Schulter zu Stern: »Geh zu den anderen Jägern und warne sie vor den Löwen.«

Während Falke fortfuhr, die beiden Löwen im Auge zu behalten und weiter vor ihnen zurückzuweichen, hastete Stern den steilen Abhang zu den Jaguarmännern hinauf. Aber sie hatten bereits selbst gesehen, was Stern und Falke passiert war, und beobachteten die Szene vom Rand des Vorsprungs aus.

Stern stand neben ihnen, die Hände zu Fäusten geballt, und wartete in angespanntem Schweigen, bis Falke endlich wieder an ihrer Seite war. Erst dann atmete sie erleichtert auf.

»Wir können nicht zu unseren Familien zurück«, sagte Klaue. »Wir müssen warten, solange diese Löwen zwischen uns und unseren Frauen und Kindern stehen.«

Unten auf der geröllbedeckten Ebene kauerte der Löwe noch immer wachsam auf dem Boden und ließ die Menschen über sich nicht aus den Augen. Seine Gefährtin aalte sich in der Sonne.

»Wird den Frauen und Kindern auch nichts passieren?« fragte Stern besorgt.

Falke schüttelte den Kopf. »Nein. Sie sind sehr viele. Löwen fürchten große Gruppen von Menschen und gehen ihnen gewöhnlich aus dem Weg, selbst wenn sie in der Nähe Beute erlegt haben. Außerdem sind der Schamane und zwei unserer Jäger dageblieben, um die Frauen und Kinder zu schützen. Sie sind in Sicherheit.«

Stern setzte sich, um die Löwen zu beobachten.

Lauernde Katze lag mit geschlossenen Augen da, und ein dumpfes Stöhnen entrang sich seiner Kehle.

»Wir müssen ihn unbedingt zu unserem Schamanen bringen«, sagte Klaue, und Stern konnte die Furcht in seiner Stimme hören.

Sie spähte hinüber zu dem Verletzten und sah zum ersten Mal, daß sein Bauch tiefe, klaffende Wunden aufwies, aus denen unentwegt Blut sickerte. Entsetzt schloß sie die Augen. Bauchverletzungen waren sehr schwierig zu heilen, das wußte sie. Wenn der Jaguarschamane da noch helfen konnte, dann mußte er tatsächlich sehr kundig sein.

Der Löwe machte jetzt den Eindruck, als schliefe er. »Ich will hier nicht die ganze Nacht liegen«, knurrte Lauernde Katze.

»Pssst, der Löwe schläft«, ermahnte ihn Klaue.

Nach einiger Zeit stieß Lauernde Katze einen lauten, gequälten Schrei aus. »Wenn ich nicht bald zu dem Schamanen gebracht werde, sterbe ich!«

Sein Schrei weckte den Löwen, der mit einem Ruck hochfuhr und fauchend zu den Menschen hinaufblickte. Die Dunkelheit senkte sich allmählich herab, und Stern hatte immer größere Schwierigkeiten zu erkennen, was der Löwe tat.

Die Löwin war inzwischen von dem Felsen heruntergesprungen, wo sie sich gesonnt hatte.

»Vielleicht verzieht er sich bald«, schlug sie vor.

»Wenn der Wind dreht, kann es passieren, daß er von dem Geruch von Lauernde Katzes Blut angelockt wird«, sagte Falke. »Wir können nur hoffen, daß der Löwe weggeht und Lauernde Katzes Witterung nicht riecht.«

Wieder warf Stern einen Blick auf den stöhnenden Mann. »Wieviel länger wird Lauernde Katze wohl noch durchhalten?« flüsterte sie.

»Nicht mehr lange, wenn der Löwe nicht endlich verschwindet«, erwiderte Falke leise.

Sie warteten noch eine Weile, aber der Löwe blieb, wo er war, hockte noch immer sprungbereit auf dem steinigen Boden. Lauernde Katze war in tiefe Bewußtlosigkeit gesunken.

Schließlich meinte Klaue: »Wenn wir dort hinuntergehen und laut miteinander reden und rufen, wird der Löwe vielleicht weglaufen. Mir behagt der Gedanke nicht, unsere Familien so lange allein zu lassen. Vergeßt nicht, wir haben zwei Bären in den Höhlen getötet, aber der dritte ist entkommen. Er könnte in der Gegend umherstreifen und die Frauen und Kinder finden.«

Die Männer berieten sich leise untereinander und entschieden schließlich, Klaues Vorschlag zu folgen.

Roter Habicht und Lanze hoben Lauernde Katze auf, um ihn zu tragen. Der Verwundete stöhnte leise im Schlaf.

Bis sie die Stelle erreicht hatten, wo der Löwe gehockt hatte, war das Tier verschwunden. Stern achtete die ganze Zeit sorgsam darauf, dicht hinter Falke zu bleiben, während sie durch die hereinbrechende Nacht eilten. Ein gelegentliches Stöhnen von Lauernde Katze ließ sie ihr Tempo noch mehr beschleunigen.

Als sie zu den wartenden Frauen zurückkehrten, brannten mehrere Lagerfeuer, und der Duft brutzelnden Fleisches erfüllte die Luft. Betafor kam auf die Männer zugewatschelt.

»Wieso habt ihr so lange gebraucht? Wie viele Bären waren denn dort?«

Klaue erklärte ihr die Situation. Sie beäugte Lauernde Katze, der zusammengekrümmt auf dem Boden lag. »Hol Rapt her, schnell!« befahl sie einem ihrer Enkelkinder, und das kleine Mädchen rannte davon, um den Schamanen zu holen.

Als Rapt gleich darauf kam, trug er sein gewöhnliches Gewand, bis auf ein paar Federn, die schief in seinem Haar steckten. Er trat zu dem Verletzten und ging dreimal um ihn herum, wobei er die ganze Zeit den Kopf schüttelte. Stern nahm an, er dachte wohl, daß Lauernde Katzes Verletzungen nur sehr schwer zu kurieren sein würden.

»Komm«, sagte Falke. »Lassen wir den Schamanen allein, damit er Lauernde Katze helfen kann.«

Sie gingen fort, aber Stern warf noch einen letzten Blick über ihre Schulter zurück. »Der Schamane sieht nicht sonderlich hoffnungsvoll aus«, stellte sie fest.

»Nein. Den Eindruck habe ich auch. Der Bär hat Lauernde

Katze einen mächtigen Prankenhieb versetzt. Es kann sein, daß er an seinen Verletzungen stirbt.«

Sie berührte Falke leicht an seiner tätowierten Schulter. »Ich bin nur froh, daß dir nichts passiert ist. Ich habe mir große Sorgen um dich gemacht.«

»Ja, du bist zu den Höhlen gelaufen, um mir zu helfen«, erwiderte er. »Warum hast du das getan?«

Stern beschäftigte sich damit, in ihren Körben zu wühlen, um etwas Dörrfleisch für ihr Abendessen zu finden. Sie wollte seine Frage nicht beantworten.

»Stern?«

Als sie weiterhin schwieg und zwischen ihren Vorräten kramte, sagte Falke: »Du wirfst mir so oft vor, daß ich zu verschlossen bin, daß ich dir nicht sage, was ich fühle und denke. Und jetzt tust du genau dasselbe, sagst mir nicht, was dich bewegt. Du behältst deine Geheimnisse ebenfalls für dich.«

Das gefiel ihr gar nicht. »Dann werde ich es dir sagen, Falke, aber als Gegenleistung erwarte ich auch einige Antworten von dir. Einverstanden?«

Falke reagierte nicht, sondern tat so, als wäre er vollauf damit beschäftigt, Zweige zu sammeln. »Wir brauchen unbedingt ein Feuer. Es ist heute abend verdammt kalt draußen.«

»Aha, du willst mir also wieder mal gar nichts über dich erzählen! Na schön, wie du meinst, dann werden wir eben beide den Mund halten!«

Sie arbeiteten Seite an Seite, während Stern die Elchhaut ausrollte, um sie als Schlafunterlage zu benutzen, und Falke das Feuerholz aufschichtete. »Ich gehe zu Klaues Feuer«, verkündete er knapp und verschwand in der Dunkelheit.

Stern kochte innerlich vor Wut. Das war mal wieder typisch für ihn! Sich lieber stillschweigend zu verdrücken, statt ihr irgend etwas zu sagen! Gerade als sie zornig vor sich hinmurmelte und sich über das törichte, sture Benehmen von Männern ausließ – von Jaguarmännern im allgemeinen und einem Jaguarmann im besonderen –, kehrte Falke mit einem brennenden Ast in der Hand zurück. Er steckte damit die kleinen Zweige in Brand, und winzige Flammen leckten auf.

Stern wärmte sich am Feuer und blickte nachdenklich zum Himmel hinauf, der sich wie ein indigoblaues Zelt über ihren Köpfen spannte. Weiße Sterne glitzerten in der klaren, kalten Luft. Die Nächte waren inzwischen merklich kälter geworden.

»Suchst du nach Dunkler Stern?« fragte er.

Sie blickte ihn mit hochgezogenen Brauen an, weigerte sich jedoch, darauf zu antworten. Soll er doch von mir aus glauben, was er will, dachte sie trotzig.

In Wahrheit hatte sie Dunkler Stern längst vergessen, hatte überhaupt nicht mehr daran gedacht, jemanden zu finden, der sie und die anderen Dachsfrauen in die Freiheit führen würde, und sie war sich inzwischen auch gar nicht mehr sicher, ob sie überhaupt noch fliehen wollte. Die anderen Dachsfrauen wollten es ganz bestimmt nicht mehr. Oh, sicher, es gab Zeiten, da sehnte sie sich schmerzlich nach ihrer Mutter, nach dem alten, vertrauten Leben, und hin und wieder empfand sie sogar Sehnsucht nach Pirschjäger, aber im großen und ganzen hatte sie ihr neues Leben bei den Jaguar mittlerweile akzeptiert.

»Dunkler Stern wird dir nicht helfen«, sagte Falke.

Er versucht, mich zu provozieren, schoß es ihr durch den Kopf. Würde er sich lieber mit mir streiten, statt mir anzuvertrauen, was er wirklich denkt? Höchstwahrscheinlich, antwortete sie sich selbst trocken. »Du hast mich gefragt, warum ich vorhin zu den Höhlen gekommen bin, um dir zu helfen«, begann sie.

Er schob einen Zweig ins Feuer. »Stimmt, das habe ich gefragt«, erwiderte er.

»Dann will ich es dir sagen.« Sie holte tief Luft. »Ich bin zu dir gekommen, weil ...« Weil ich dich liebe, wollte sie sagen, aber sie brachte es nicht über sich, die Worte auszusprechen, die sie diesem Mann gegenüber verletzbar machen würden. »... weil ich Angst um dich hatte.«

»Das habe ich mir schon gedacht.« Als sie schwieg, fügte er hinzu: »Du hast mir nichts erzählt, was ich nicht schon vermutet hätte.« Falke griff nach einem neuen Zweig. »Ich glaube zwar nicht, daß es uns helfen wird, wenn wir darüber reden, aber im Gegensatz zu dir will ich es noch einmal versuchen. Also... hast du befürchtet, ich wäre nicht fähig, gegen einen Bären zu kämpfen?«

Sie schaute in die Flammen. »Nein, das ist es nicht, Falke. Es ist so, daß mein Vater von einem Grizzly getötet wurde.«

Als sie aufblickte, starrte er sie durchdringend an. »Aha. Dann ist es also etwas Schreckliches für dich, gegen Grizzlybären zu kämpfen.«

»Ja, das ist es.«

Sie schwiegen beide, während sie den Tanz des Feuers beobachteten, aber Stern fühlte auf einmal eine ganz neue Nähe zu Falke.

»Als ich fünf Sommer alt war«, fuhr sie fort, »ging mein Vater auf die Jagd und kehrte niemals zurück. Er wurde von einem Bären angefallen und getötet. Von dem Tag an warnte mich meine Mutter immer wieder vor den gefährlichen Grizzlybären. Furcht ist in diesem Korb voller Bürden, den ich mit mir herumtragen muß.«

»Ich selbst habe auch einige Bürden zu tragen«, stellte Falke nüchtern fest.

Sie schenkte ihm ein trauriges Lächeln.

Er erhob sich. »Aber es hilft nicht, darüber zu reden«, sagte er. »Es macht die Last nur noch schwerer.«

Er ging hinüber zu der ausgerollten Elchhaut. »Es wird Zeit zum Schlafen«, murmelte er, und Stern hörte die unterschwellige Erregung in seiner Stimme mitschwingen. Er will Liebe mit mir machen, dachte sie. Aber wie kann ich mit einem Mann liegen, der mir nichts über sich selbst erzählen will, über den Menschen, der er ist? Der mir mit keinem Wort sagt, was er denkt, was ihn bewegt, was er fürchtet? Wie kann ich einen Mann lieben, den ich überhaupt nicht kenne?

30. Kapitel

Als Falke die Arme nach ihr ausstreckte, rollte Stern sich weg. »O nein«, sagte sie. »Ich will dich heute nacht nicht lieben.«

»Du willst nicht?« Sie hörte die Ungläubigkeit in seiner Stimme.

Eine Weile starrte sie zu den Sternen hinauf, überlegte angestrengt, wie sie ihm ihre seltsamen neuen Gefühle und Gedanken erklären sollte. »Es ist nicht so einfach, einen Mann in meinen Körper eindringen zu lassen, wenn ich diesen Mann überhaupt nicht kenne.«

Falke stützte sich auf einen Ellenbogen und beugte sich näher zu ihr. »Aber wieso denn, du kennst mich doch! Wir sind verheiratet. Sind es schon eine ganze Zeitlang. Du kannst doch nicht behaupten, daß du mich nicht kennst!«

»Oh, und ob ich das kann, Falke. Denn in Wirklichkeit kenne ich dich überhaupt nicht.«

Er knurrte. »Was sagst du da, Stern? Du würdest mir meine Rechte als dein Ehemann verweigern?«

»Richtig, das würde ich.«

»Das kannst du nicht!«

»Ich habe es gerade eben getan.«

»Stern!«

Sie drehte den Kopf, um ihn anzusehen. Er sah ziemlich wütend aus.

»Willst du mich zwingen, Falke? Mich mit Gewalt nehmen? So wie es Lauernde Katze jede Nacht mit Wildkirsche getan hat?«

»Ist das der Grund, warum sie ihn verlassen hat?«

Als Stern bestätigend nickte, sagte er. »Kein Wunder, daß Lauernde Katze so fuchsteufelswütend war.«

Verlegenes Schweigen breitete sich zwischen ihnen aus. »Stern«, sagte Falke schließlich in schmeichelndem Tonfall. »Warum vergessen wir nicht einfach diese kleinen Dinge, die du sagst? Ich begehre dich; du begehrst mich. Komm, laß uns einfach Liebe machen und einander genießen.«

Sie starrte ihn an, wünschte, sie könnte den Ausdruck seiner Augen im Dunkeln sehen. Sie konnte seine Reaktion nur an seiner Stimme erraten. »Und was dann, Falke? Nachdem wir unsere körperlichen Bedürfnisse gegenseitig befriedigt haben, was dann? Dann werde ich dich immer noch nicht kennen. Nicht wirklich. Du hüllst dich in Schweigen, erzählst mir nichts über dich, über das, was dir passiert ist, über irgend etwas.«

»Weil es nichts zu erzählen gibt!« gab er ablehnend zurück.

»Es gibt eine ganze Menge zu erzählen.«

Er drückte mit beiden Händen gegen ihre Schultern und warf sie auf die Elchhaut zurück. »Ich könnte dich jetzt nehmen. So.«

»Das könntest du«, erwiderte sie ruhig, obwohl ihr Herz heftig klopfte. Ihr Mund fühlte sich trocken an. Sie hatte ihn zu weit getrieben – und wofür? Für ein flüchtiges, frustrierendes, unbekanntes Gefühl, daß sie mehr über ihn erfahren wollte. »Aber ich möchte nicht, daß du mich nimmst.«

»Was du willst, spielt keine Rolle.« Da war er wieder – der alte, gleichgültige Falke, dem nichts und niemand etwas bedeutete. Oh, warum hatte sie nur von diesem Thema angefangen?

Er legte sich schwer auf sie. Stern fühlte, wie er nach dem Saum ihres Kleides tastete, spürte die kühle Luft, als sie über ihre entblößten Schenkel strich. »Nein, Falke«, murmelte sie. »Nicht auf diese Weise!«

»Doch«, knurrte er. »Du kannst dich mir nicht verweigern.«

Sie sträubte sich gegen ihn, stieß mit beiden Händen gegen seine Brust. »Tu es nicht, Falke.« Sie konnte den bittenden Unterton in ihrer eigenen Stimme hören, als Furcht in ihr hochkroch.

»Ich kann tun, was ich will«, erwiderte er grimmig.

Seine Stimme klang streng, als er sich über sie beugte, sein Atem war warm auf ihrer Haut. Sie fühlte, wie er mit den Zähnen an ihrem Hals zu knabbern begann, und zuckte zusammen. »Falke? Bitte. Tu das nicht. Bitte, hör auf damit!«

Sein steifes Glied drückte hart gegen ihren Schenkel, und sie versuchte hastig, die Beine zu schließen, aber er schob energisch seine Hand dazwischen. Verzweifelt packte sie seinen Kopf mit beiden Händen, während ihre Finger durch sein dichtes, langes Haar pflügten. »Falke! Hör mir zu!«

Sein keuchender Atem übertönte fast ihre Worte.

»Falke. Bitte tu es nicht. Es ist unrecht.«

Er lachte grausam. »Warum sollte mich das kümmern? Warum sollte es mich interessieren, was du willst? Es spielt keine Rolle. Nichts spielt eine Rolle.«

»Falke!« Sie zog sein Gesicht zu sich herunter, zwang ihn, sie anzusehen. »Wenn du mich gegen meinen Willen nimmst...«

Er stieß spöttisch gegen ihren Schoß.

Stern fühlte, wie sein Schaft das Zentrum ihrer Weiblichkeit berührte. Ihr Atem ging schneller. »Wenn du mich gegen meinen Willen nimmst, dann...«

»Was dann, Stern? Was wirst du dann tun? Na? Mich verlassen?« Ein höhnischer Unterton hatte sich jetzt in seine Stimme geschlichen. »Du kannst mich nicht verlassen, Dachsfrau. Du bist mein Eigentum.«

Verzweifelt wand sie sich hin und her in dem Versuch, jenem intimen Körperteil auszuweichen, der sich unerbittlich gegen ihren Schoß preßte.

Falke streckte einen Arm aus, umfaßte blitzschnell ihre beiden Hände und zog sie über ihren Kopf. Er lachte ihr ins Gesicht. »Du gehörst mir. Du bist mein Eigentum. Wie mein Speer. Oder mein Zelt. Du bist mein, Dachsfrau. Und ich kann mit dir tun, was ich will.« Wieder drängte er hart gegen ihren Schoß, und sein Schaft glitt durch die weichen Locken, die ihr keinerlei Schutz boten. »Und ich will dich.« Er beugte den Kopf und verweilte sekundenlang über ihrem Mund, bevor er seine warme Zunge zwischen ihre Lippen stieß. So wie er mit seinem Schaft in ihren Körper hineinstoßen würde... bald, sehr bald, wenn sie sich nicht gegen ihn wehrte!

Stern fühlte seine Zunge in ihrem Mund kreisen, fordernd, unerbittlich. Sie versuchte, die Hände zu heben, um ihn wegzuschieben, aber er hielt ihre Handgelenke mit eisenhartem

Griff umklammert. »Dein Widerstand wird dir nichts nützen, Stern. Du kannst mir nicht entkommen. Du bist mein.«

»Das bin ich nicht!« schrie sie. »Du kannst das nicht tun.«

»O doch, das kann ich«, erwiderte er glatt.

Sie preßte die Beine zusammen, doch sie konnte ihn nicht abwehren. Dann versuchte sie, sich seinem Griff zu entziehen, aber sein Gewicht preßte sie unerbittlich zu Boden. Sie zappelte heftig, versuchte, sich unter ihm hervorzuwinden. Vergeblich. Er drang brutal zwischen ihre Schenkel. »Nein, Falke! Nicht! Tu es nicht! Ich kann dich nicht lieben, wenn du mir das an –« Der Rest ihrer Worte erstickte in ihrer Kehle. Verzweifelte, heftige Schluchzer erschütterten ihren Körper, als sie sich ihrer eigenen Machtlosigkeit bewußt wurde.

Falke hätte nicht sagen können, wann genau der Moment kam, als er sich selbst zu hassen begann für das, was er Stern antat. Aber es mußte der Augenblick gewesen sein, als er sie von Liebe sprechen hörte und als sie verzweifelt in Tränen ausbrach.

Was ist nur mit mir los? Warum zwinge ich mich dieser Frau auf, die zu schwach ist, sich gegen mich zu wehren? Habe ich es so dringend nötig, meine Überlegenheit zu beweisen und meinen Willen durchzusetzen, daß ich bereit bin, ihr weh zu tun?

Erschüttert ließ er ihre Handgelenke los und rollte sich von ihr herunter. Er war nicht in sie eingedrungen, aber er war ganz knapp davor gewesen. Er lag da, während sich seine Brust unter jedem Atemzug schwer hob und senkte, und starrte in den Nachthimmel hinauf. Was ist nur aus mir geworden? fragte er sich. Was ist bloß aus mir geworden, daß ich dieser Frau lieber Schmerz zufüge, statt mir Beherrschung aufzuerlegen? Habe ich meine Menschlichkeit verloren, die entscheidende Eigenschaft, die mich zum Mann macht?

Er grübelte darüber nach, während er zu den Sternen hinaufschaute, die so täuschend ruhig und friedlich in der Ferne glitzerten. Um ihn herum ertönten die tröstlichen Geräusche der Nacht: das Quaken von Fröschen, das Zirpen von Grillen. Aber in seinem Herzen herrschte ein furchtbarer Aufruhr. Er war nahe daran gewesen, einer Frau Gewalt anzutun, die nicht die Kraft hatte, ihn abzuwehren. Langsam drehte er den Kopf, um Stern anzuschauen, und er sah, daß sie einen Arm über ihr Gesicht gelegt hatte und leise schluchzte. »Stern?«

Er rechnete nicht mit einer Antwort.

Lange Zeit lag er schweigend da, horchte auf ihr Weinen, und er fragte sich zum ersten Mal, ob es nicht doch ein Irrtum gewesen war zu glauben, daß nichts im Leben von Bedeutung war.

31. Kapitel

Stern blickte sich zufrieden in der Höhle um. Auf ihrem Bett aus Elchhaut stapelten sich warme Felle. Die Körbe, die sie den ganzen weiten Weg getragen hatte, standen ordentlich im Hintergrund aufgereiht, bis obenhin gefüllt mit getrockneten Wurzeln und gedörrten Beeren. Zwei von Falkes Speeren lehnten an einer Felswand, an der anderen lehnte Sterns Grabstock. Eine Sammlung von Haushaltsmessern und Nadeln und Nähahlen, alle sorgfältig auf einem Stück Leder ausgebreitet, vervollständigten ihre Habseligkeiten.

Und sie hatte sogar die leere Feuergrube mit Steinen ausgelegt.

Es war wirklich ein Glück, daß sie diese kleine Höhle nicht mit einer anderen Familie teilen mußten. Einige von den Jaguarleuten lebten mit drei oder sogar vier Familien in einer Höhle, aber da Falkes Eltern beide tot waren und er keine Geschwister hatte, gab es sonst niemanden, der einen Anspruch darauf gehabt hätte, dasselbe Wohnquartier mit ihm zu teilen. Darüber war Stern sehr froh.

Aber seit jenem ersten Abend, als sie in die Bärenhöhlen gezogen waren, war sie Falke nach Möglichkeit aus dem Weg gegangen. Und er ihr. O sicher, sie hatten jede Nacht auf derselben Elchhaut geschlafen, aber sie hatten sich seitdem nicht mehr geliebt und kaum noch miteinander gesprochen. Stern litt sehr unter der gespannten Atmosphäre, und sie fragte sich bedrückt, wieviel länger sie noch so leben konnte.

Wenn sie ehrlich war, mußte sie zugeben, daß Falke sie nicht schlecht behandelte, und er hatte auch nicht wieder versucht, ihr Gewalt anzutun. Doch er war kühl und reserviert ihr gegenüber, und sie fühlte sich allmählich sehr einsam.

Als Stern ein junges Mädchen gewesen war und sie und Blaumeise an jenen schönen, friedlichen Abenden Pläne für ihr späteres Leben geschmiedet hatten, da hatte Blaumeise ihr anvertraut, was für eine glückliche Ehe sie mit Sterns Vater geführt hatte. Blaumeise und ihr Ehemann hatten zusammen gelacht, hatten einander aufrichtig geliebt und offen von ihren Gedanken und Gefühlen gesprochen. Und Stern hatte angenommen, bei ihr und ihrem Ehemann Pirschjäger würde es später genauso sein.

Aber, ach, wie ganz anders ihr Leben doch verlaufen war! Pirschjäger war nicht ihr Ehemann geworden, und der Mann, mit dem sie statt dessen verheiratet war, hatte nicht das geringste Bedürfnis, zu lachen und zu lieben oder irgendwelche Worte mit ihr zu wechseln.

Traurig starrte Stern auf den Mörser aus Obsidian, den sie in ihrem Schoß hielt. Die schwarze Schale war durch langjährigen Gebrauch innen ganz rund und glatt geschliffen. Sie hob den schwarzen Stößel hoch, der durch das häufige Mahlen und Zerstoßen in der Steinschale glatt und abgenutzt war, und betrachtete ihn stirnrunzelnd. Ob er Tula gehörte? Dann zuckte sie die Achseln. Nein, höchstwahrscheinlich nicht. Sonst hätte Tula die Gerätschaften mitgenommen, als sie Falke verlassen hatte.

Stern warf den Stößel in den Mörser und stellte beides auf dem Boden ab; sie hatte es satt, weiter Wacholderbeeren zu zerstampfen, um Fleisch damit zu würzen.

Was sollte sie tun?

Sie seufzte schwer. Ihr Leben unter diesen Jaguarleuten war so schrecklich einsam. Früher, als sie noch bei ihrem eigenen Volk, den Dachsleuten, lebte, hatte sie es genossen, die anderen im Lager zu besuchen und sich mit ihnen zu unterhalten.

Ihre Mutter war eine heitere, angenehme Gesellschaft gewesen; sie hatte Stern Geschichten erzählt und ihr alles beigebracht, was eine Frau über das Gerben von Fellen, das Nähen und Dekorieren von Kleidung und das Konservieren von Fleisch und Früchten wissen mußte. Und Blaumeise und ihre Freundinnen hatten sich regelmäßig gegenseitig besucht. Im Dachslager hatte immer rege Geschäftigkeit geherrscht.

Doch hier im Jaguarlager war es still, zu still. Stern fühlte sich von allem ausgeschlossen. Falke wollte nicht mit ihr reden oder mit ihr zusammensein. Die Jaguarleute, unter denen sie lebte, mieden sie; keiner kam zu ihr, um mit ihr zu reden. Und selbst ihre Freundinnen, die Dachsfrauen, kamen nur sehr selten zu Besuch, aus Angst, ihre Ehemänner würden nicht damit einverstanden sein.

Nein, dies war wirklich nicht das Leben, das sie für sich selbst geplant hatte. Wie war es nur möglich, daß alles, was eine Frau so sorgsam geplant hatte, sich zerschlug wie der Flaum, der im Frühjahr von den Pyramidenpappeln wehte? Und dennoch war es genau das, was ihr passiert war. Ihr Leben verlief völlig anders, als sie es sich vorgestellt hatte. Sie war nicht mit dem Mann verheiratet, den sie sich zum Ehemann ausgesucht hatte, sie lebte nicht bei dem Volk, bei dem zu leben sie erwartet hatte. Nichts verlief so, wie sie es geplant hatte! Gar nichts!

Mißmutig erhob sie sich und verließ die Höhle. Falke war fort, auf der Jagd. Die Männer versuchten, soviel Fleisch wie möglich zu beschaffen, bevor die langen, kalten Tage des Winters anbrachen. Im Winter fegten eisige Schneestürme über das Land, und wenn das geschah, würde kein Mann und keine Frau eine warme, geschützte Unterkunft verlassen, um zu jagen. Dann würde das konservierte Fleisch Leben retten.

Stern trottete den Pfad zum Fluß hinunter; der Boden unter ihren nackten Füßen war kalt. Es wurde höchste Zeit, daß sie ihre Mokassins anzog, um ihre Füße warm zu halten.

Wenig später war sie am Flußufer angekommen und setzte sich ins Gras. Sie hatte sogar vergessen, eine Hirschblase mitzunehmen, um sie mit Wasser zu füllen, so traurig und einsam war sie. Sie schaute sich flüchtig um, schon halb bereit, wieder den Pfad hinaufzuklettern, um die vergessene Wasserblase zu holen. Dann zuckte sie die Achseln. Es spielte keine große Rolle, ob sie das Wasser jetzt oder später holte. Ein weiterer Marsch das Felsufer hinauf oder hinunter machte kaum etwas. Gedankenverloren saß sie da und starrte auf den Fluß hinaus, von einem Gefühl innerer Leere überwältigt.

Tränen kullerten über ihre Wangen, als sie an ihr Dachsvolk dachte, und wieder wurde ihr schmerzlich bewußt, wie sehr ihr ihre Mutter fehlte. Sie vermißte Blaumeise, vermißte die Fröhlichkeit ihrer Mutter, ihre Liebe und Fürsorglichkeit.

Plötzlich wurde ihr klar, wie glücklich sie sich hatte schätzen können, in einem Heim aufzuwachsen, das solche Liebe kannte. Wie heiter und unbeschwert ihre Kindheit gewesen war mit all den Menschen um sie herum, die miteinander redeten und lachten und Geschichten erzählten und Lieder sangen! Dennoch hatte Stern, als sie bei ihrem Dachsvolk lebte, nicht ein einziges Mal darüber nachgedacht, hatte nie einen Gedanken daran verschwendet, daß es die Liebe und die Zuwendung unter ihren Leuten war, die ihr Leben so schön, so kostbar machte. Nicht einmal hatte sie erkannt, daß ihre Unbeschwertheit und Zufriedenheit auf die Tatsache zurückzuführen war, daß sie in einer festgefügten Gemeinschaft lebte, unter Menschen, die ihr etwas bedeuteten.

Aber hier, unter den Jaguarleuten, hatte sie nicht Tag für Tag jene Liebe und Zuwendung in ihrem Leben, die früher so selbstverständlich für sie gewesen war. Und, ach, was für ein Verlust das war!

Sie wischte sich die Tränen aus den Augen und begriff mit einem Mal, daß sie, wenn sie bei ihrem Dachsvolk geblieben wäre, lange, lange Zeit gebraucht hätte, um zu erkennen, wie gütig und liebevoll ihre Mutter war, wie stark und innig die Gefühle zwischen ihr und jenen Menschen waren, mit denen sie im Dachslager lebte. Sie hätte lange Zeit gebraucht, um zu begreifen, daß sie wahrhaft glücklich war.

Erst hier, unter den Jaguarleuten, kam ihr die verspätete Erkenntnis, wie glücklich sie damals gewesen war, denn jetzt fühlte sie sich zutiefst unglücklich.

Sie hatte niemanden, der sie liebte, niemanden, dem sie etwas bedeutete, niemanden, mit dem sie reden konnte. Zugegeben, es gab einige Menschen, die ihr wichtig waren – Falke und die Dachsfrauen –, aber sie wollten kaum etwas mit ihr zu tun haben. Stern war zumute, als watete sie bis zu den Schenkeln in einem Fluß der Verzweiflung.

Zu ihren Füßen gluckerte und schwappte der wirkliche Fluß. Sie streckte ein Bein aus und hielt ihren Fuß ins Wasser. Die kühle Flüssigkeit fühlte sich tröstend auf ihrer Haut an. Als es ihr zu kalt wurde, zog sie ihren Fuß wieder zurück.

Was sollte sie tun? Wie konnte sie erreichen, daß ihr Leben an Bedeutung gewann – für sie selbst und für jene um sie herum?

Wie konnte sie ihrem Leben einen Sinn geben?

Ein kleiner Vogel flog von einem Ast herunter und beäugte sie mit schiefgelegtem Kopf. Sie schaute zu, während er im Staub pickte und nach Nahrung suchte. Ich habe genug zu essen, dachte sie. Trotzdem brauche ich mehr als Nahrung, um ein lebenswertes Leben zu führen. Aber was? Was brauche ich?

Der kleine Vogel flog davon, und Stern blickte ihm eine Weile nach, beobachtete, wie er in raschem, elegantem Flug in der Ferne verschwand.

Nachdenklich starrte sie auf den Fluß. In einiger Entfernung vom Ufer tauchte die Schwanzflosse eines Fisches an der Oberfläche auf. *Oh, Lachs, bist du gekommen, um mir etwas zu sagen?*

Sie stand auf und spähte angestrengt in das Wasser, während sie die Botschaft des Lachses zu verstehen versuchte. Es war ein großes männliches Tier; seine rotverfärbte Haut zeigte an, daß seine Laichzeit gekommen war. Gleich darauf schwamm ein Weibchen vorbei, kleiner und zierlicher, und das Männchen folgte ihr.

Ein Gefährte? überlegte Stern. Will mir der Lachs sagen, daß ich mich nach einem Partner umsehen soll? Aber ich habe doch schon einen, dachte sie bestürzt. Und er will nichts von mir wissen...

Sie wartete am Ufer des Flusses auf weitere Ratschläge von den Wassertieren und Vögeln, doch nur eine sanfte Brise liebkoste ihre Wangen und zerzauste ihr Haar. *Was gibt es für mich im Leben?*

War ihr Dasein bei den Jaguarleuten wirklich so trostlos, wie sie glaubte? Gab es nicht doch etwas Positives, etwas, was ihrem Leben Bedeutung verleihen könnte? Vielleicht sollte sie einmal gründlich überlegen, was gut an ihrem neuen Leben unter den Jaguarleuten war.

Sie starrte grübelnd auf ihre Finger, dann berührte sie zögernd ihren Zeigefinger, als sie an die eine gute Sache dachte, die ihr dieses neue Leben tatsächlich beschert hatte. Es war ihr Ehemann. Obwohl Falke und sie im Moment nicht sonderlich gut miteinander auskamen, blieb er zumindest bei ihr, brachte ihr regelmäßig Fleisch und teilte die Höhle mit ihr.

Ein neuer Gedanke schoß ihr durch den Kopf, und sie berührte den Mittelfinger: Sie hatte durchaus eine Chance, ihrer Einsamkeit zu entfliehen und Gesellschaft zu finden, indem sie mit anderen Menschen, den Jaguarleuten, zusammenlebte. Es war ja nicht so, als lebte sie ganz allein draußen in der Wildnis.

Aufgeregt erkannte sie, daß es noch etwas Gutes gab. Auch wenn ihre Mutter weit von ihr entfernt wohnte und Stern sie vielleicht niemals wiedersehen würde, so hatte sie doch zumindest den Trost, daß Blaumeise noch lebte, und darüber war Stern froh.

Tränen ließen alles vor ihren Augen verschwimmen, und Stern mußte wieder eine Weile weinen. Sie vermißte ihre Mutter schmerzlich. Als sie ihre Tränen getrocknet hatte, blickte sie erneut auf ihre Finger. Zögernd berührte sie ihren kleinen Finger; sie war nicht ganz allein unter Fremden, hatte auch jetzt noch Dachsfreundinnen in der Nähe, oder zumindest waren sie früher einmal eng befreundet gewesen. Und Salbeiblüte schien ihr immer noch freundlich gesonnen.

Stern trommelte mit den Fingern, fragte sich, ob es vielleicht noch irgendeinen anderen positiven Aspekt an ihrem Leben bei den Jaguar gab, den sie übersehen hatte. Ach ja, richtig, da war noch etwas! Daumen: Es gab einige Jaguarleute, die recht nett zu sein schienen. Betafor zum Beispiel. Vielleicht konnte sich Stern mit Betafor oder mit einer ihrer Töchter anfreunden. Sie machten den Eindruck, als wären sie eine ziemlich glückliche Familie.

In Gedanken ging Stern noch einmal ihre Vorteile durch: Sie hatte Falke; sie lebte mit anderen Menschen zusammen; ihre Mutter war noch am Leben; sie hatte Dachsfreundinnen in der Nähe; und es gab einige freundliche Jaguarleute im Lager.

Wieder starrte sie nachdenklich auf ihre Finger und überlegte, ob eine Frau mit diesen fünf Dingen ein erfülltes, glückliches Leben führen konnte.

Das Wasser gluckerte zu ihren Füßen und flüsterte: »Ja, ja!« und Stern lachte kurz.

Dann fragte sie sich, ob sie nicht sogar versuchen sollte, ihr weiteres Leben zu planen. Nein, vielleicht doch besser nicht. Vielleicht sollte sie einfach von Tag zu Tag leben, ohne Hoffnungen, ohne Erwartungen, ohne Träume … und ohne Liebe? Nein, das konnte sie nicht! Sie mußte Liebe in ihrem Leben haben. Sie brauchte Liebe, um zu überleben.

»Wo soll ich anfangen?« fragte sie den Wind. »Wo fange ich an, um Liebe und Erfüllung zu finden und meinem Leben einen Sinn zu geben?«

Aber kein Vogel kam herabgeflattert, um es ihr zu sagen. Kein Fisch kam bis dicht vor ihre Füße geschwommen. Nur der Wind liebkoste ihre Wange. Und er gab ihr keine Antwort.

32. Kapitel

Falke wußte, er verbrachte zuviel Zeit ohne Stern, ließ sie zu oft allein. Ein Teil seines Ichs sehnte sich danach, mit ihr zusammenzusein, dennoch spielte er weiter den Feigling und verdrückte sich, sooft er konnte, um jagen zu gehen. Er war nicht in der Lage, seiner eigenen Frau gegenüberzutreten. Was war er bloß für ein jämmerlicher Kerl?

Etwas geschah zwischen ihnen, eine Veränderung, und er wußte nicht, was es war. Schlimmer noch, er fühlte sich unbehaglich in Sterns Nähe, verdammt unbehaglich.

Nein, es war doch besser, sich von ihr fernzuhalten und sich hier in den Hügeln zu verstecken. Hier konnte er so tun, als wäre er vollauf mit der Jagd beschäftigt.

Die Jaguarjäger waren sehr erfolgreich gewesen, nachdem sie die Bärenhöhlen bezogen hatten, und sie hatten bereits den größten Teil des Fleisches erlegt, das sie für den Winter brauchten. Das Fleisch der beiden Bären war getrocknet und sorgsam verstaut worden, und dann hatten sie das große Glück gehabt, siebzehn Stück Wild und zwei große Elche zu töten. Falke war der einzige Jäger, der Einspruch erhoben hatte, als Rapt, der Schamane, einen Fuß auf den Hals der Elche gestellt und behauptet hatte, die Tiere wären nur deshalb ihren Speeren zum Opfer gefallen, weil *er* sie gerufen hätte.

Pah, der Schamane ist ja noch nicht mal fähig, eine Feldmaus herbeizurufen, dachte Falke voller Empörung. Rapt gab sich so prahlerisch, weil Lauernde Katze inzwischen von seinen Verletzungen genesen war. Nach so vielen Fehlschlägen, dachte Falke bitter, hat ihn sein einziger erfolgreicher Heilungsversuch so großspurig und überheblich gemacht, daß Rapt sich vor jedem, der ihm zuhört, damit brüsten muß.

Und Falke war auch nicht der bewundernde Ausdruck auf Sterns Gesicht entgangen, als Rapt die erfolgreiche Elchjagd als sein Verdienst dargestellt hatte. Sie bildet sich ein, der Schamane wäre allwissend und allmächtig, dachte er verächtlich. Sie ist genau wie Tula!

Nachdem er dies erkannt hatte, wollte Falke erst recht nicht mit Stern zusammensein. Und eine unerklärliche Verzweiflung hatte sich seiner bemächtigt.

Er ließ seinen Blick über die einsame, windgepeitschte Landschaft schweifen. Nicht ein einziges Tier war aus den Hügeln gekommen, um an dem Wasserloch zu trinken, in dessen Nähe er sich versteckt hatte. Er wußte, er befand sich im Jagdrevier des Löwen und seiner Gefährtin, aber seit dem Tag, als die Jaguarleute die Bärenhöhlen besetzt hatten, hatten sie andere Jagdgründe gefunden. Falke hoffte es jedenfalls. Das würde den großen Jagderfolg der Jaguarmänner erklären. Keine Löwen als Konkurrenz.

Wenn Stern genau wie Tula ist, überlegte Falke, dann kann ich mich auf ein unglückliches Leben gefaßt machen. Und hatte er nicht schon mehr Kummer und Leid ertragen müssen als die meisten anderen Männer? Er hatte den Verlust seiner Ehefrau an einen anderen Mann erlitten und den Verlust seines Kindes an den Tod. Wieviel mehr konnte ein Mann denn noch verkraften?

Wieder starrte er auf die karge Landschaft hinaus, versuchte, mit bloßer Willenskraft ein Reh, eine Antilope oder sonst irgendein Tier herbeizubeschwören, irgend etwas, damit er es jagen und töten und so die Gefühle abreagieren konnte, die sich in seinem Innern aufstauten. Alles war besser als dieses schreckliche zermürbende Grübeln.

Aber wie so oft bekam Falke nicht das, was er wollte. Wenn es einen Großen Geist gäbe, dann hätte er jetzt zornig seine Faust geschüttelt und seine Wut zu ihm hinaufgeschrien. Aber es gab ja keinen Großen Geist. Er existierte nicht!

Der kalte Wind machte ihm zu schaffen. Seine Glieder waren steif und eisig. Die Nacht brach herein. Die anderen Jäger wären wahrscheinlich längst in ihre Höhlen zurückgekehrt, nachdem sie kein Wild gefunden hatten. Was war es nur, was ihn an dieser trostlosen, windumtosten Stelle festhielt, wenn er doch wußte, daß er vergeblich auf Wild wartete? Nichts als Furcht, entschied er, als er sich auf die Füße erhob. Furcht vor seiner eigenen Ehefrau.

Es war an der Zeit, sich jener Furcht zu stellen und sie zu bezwingen.

Als Falke zur Höhle zurückkam, begrüßte ihn ein tröstlicher Anblick. Ein Feuer brannte in der Grube und spendete willkommene Wärme, der Duft gerösteten Gemüses erfüllte die Luft. Seine Frau, Stern, saß neben dem Feuer, und der Widerschein der Flammen verlieh ihren hübschen, regelmäßigen Zügen einen rosigen Schimmer, als sie sich über ihre Näharbeit beugte. Ihr langes schwarzes Haar floß seidig über ihre Schultern, und er sah die Ruhe und Gelassenheit in ihrem Gesichtsausdruck.

Hinter ihr konnte er ihre gemeinsame Habe ordentlich an der Wand aufgereiht sehen; die Körbe mit Vorräten, die Speere, das Bett aus Elchhaut. Ganz gleich, wo sie sich niederläßt, sie schafft ein behagliches Heim, dachte er. Und sie hatte auch aus dieser kargen Felshöhle ein Heim gemacht.

Plötzlich schlug eine Woge von Furcht über ihm zusammen. Sie war eine Frau; sie war genau wie Tula! Sie würde ein Zuhause schaffen und es dann zerstören, jeden Teil davon zerstören und ihn dazu, bis nichts mehr übrig war außer Asche und Haß. Blitzschnell, wie die Bewegung eine Vogelschwinge, die man gerade eben noch aus den Augenwinkeln wahrnimmt, schoß ihm der Gedanke durch den Kopf, daß ihm, wenn er jetzt alles zerstörte, eigenhändig dieses Zuhause zerstörte, die bittere Enttäuschung erspart bliebe, die er sonst unweigerlich erleben würde.

»Was hast du getan?« brüllte er.

Stern blickte erschrocken auf. Außer sich vor Zorn schleuderte er seinen Speer auf den Boden und schob dann hastig mit einem Fuß Erde auf die zuckenden Flammen. Er mußte dieses Feuer auslöschen, das so trügerisch war und mit falschen Versprechungen von Heim und Herd und Wärme und Liebe lockte!

»Was –?« Stern hob beide Arme, um ihr Gesicht zu schützen, als Erdklumpen an ihr vorbeiflogen.

Sobald das Feuer erstickt war und stinkend unter der Erdschicht schwelte, rannte Falke zu ihrem Ehebett. Er riß das Obsidianmesser aus seinem Gürtel und packte die Elchhaut. Mit mehreren raschen Messerhieben schnitt er die Haut kreuz und quer entzwei, bis er nur noch Fetzen in der Hand hielt.

»Was tust du da?« schrie Stern alarmiert. Er fuhr zu ihr herum und sah, daß sie beide Hände an die Wangen gepreßt hatte und ihn mit offenem Mund anstarrte, einen entsetzten Ausdruck auf dem Gesicht.

Falke ignorierte sie und zerrte wutentbrannt die Körbe von der Wand weg, um ihren Inhalt zu verschütten. Beeren und Wurzeln kollerten bunt durcheinander und rollten überallhin, während er wie ein Wahnsinniger hin- und herlief und die Früchte mit den Füßen zertrat. Er versuchte sogar, die Körbe mit bloßen Händen zu zerreißen, aber sie waren zu fest geflochten, deshalb hieb er heftig mit seinem Messer darauf ein. Dann griff er nach dem weißen Wildlederkleid, das aus einem der Körbe gefallen war, und hob sein Messer, um es ebenfalls in tausend Stücke zu zerfetzen, doch Stern riß ihm blitzschnell das Kleidungsstück weg und rannte aus der Höhle.

Er sah etwas Helles auf dem dunklen Fußboden liegen – Sterns weiße Mokassins – und schnitt das Leder mit wenigen Messerstichen entzwei. In seinem blindwütigen Zorn griff er nach einem gegerbten Fell und schleuderte es mit aller Kraft gegen die Höhlenwand. Es glitt in einem zerknüllten Haufen auf den Boden. Er schnappte sich ein zweites Fell und tat das gleiche damit. Schließlich rannte er hinüber und trampelte erbost mit den Füßen darauf herum, knirschte vor Wut mit den Zähnen. Er fiel auf die Knie und benutzte sein Messer, um tiefe, ausgefranste Risse in die Pelze zu schneiden. Dann sprang er wieder auf die Füße.

Sie wird mir das nicht antun! Ich lasse nicht zu, daß sie mir das antut! hallte es wieder und wieder durch seinen Kopf. *Sie wird mich nicht mit Sanftmut und Freundlichkeit einlullen und sich dann gegen mich wenden und mich vernichten! Niemals!*

»Ich werde alles zerstören! Alles! Nichts wird mehr für sie übrigbleiben, womit sie mir weh tun kann!« brüllte er zur Höhlendecke hinauf.

Wie ein Tobsüchtiger schlug er um sich, und seine Brust hob und senkte sich heftig, als er nach Gegenständen suchte, die er vielleicht übersehen hatte. Körbe, Elchhaut, Feuer, alles zerstört!

Er packte die beiden Speere, die gegen eine Wand lehnten, und versuchte, die hölzernen Schäfte zu zerbrechen. Er schlug sie gegen die Felswand, versuchte, sie über seinem Knie zu zerknicken, aber sie waren zu fest. Angewidert schleuderte er sie auf den Boden. Dann griff er nach Sterns Grabstock und warf ihn zum Höhleneingang hinaus.

Sein Blick fiel auf eine schwarze Steinschale. Der alte Mörser und Stößel, Dinge, die er von seiner Mutter geerbt hatte, folgten rasch dem Grabstock, als er sie wütend zum Höhleneingang hinausbeförderte. Er hörte die splitternden Geräusche, während sie den geröllbedeckten Abhang unterhalb der Höhlen hinunterrollten.

Keuchend blickte er sich um. Vernichtet! Alles mußte vernichtet werden!

Es gab nichts mehr zu vernichten. Wo vorher Falschheit geherrscht hatte: Ruhe und Ordentlichkeit und Zufriedenheit, war jetzt nur noch nackte Wahrheit: Schmutz und schwelende Holzreste und zerfetzte Felle.

Er hatte ganze Arbeit geleistet. Mit einem letzten gequälten Schrei wirbelte er herum und stürmte aus der Höhle.

33. Kapitel

Am nächsten Morgen stand Stern inmitten der Trümmer ihres Höhlenheims und blickte sich fassungslos um. Falke hatte ihre Körbe mit seinem Messer zerschnitten und die Felle zerfetzt, die zu gerben sie soviel Zeit und Mühe gekostet hatte. Er hatte die gedörrten Beeren zu Brei zertreten und Schmutz über die getrockneten Wurzeln und Knollen gestreut. Warum hatte er das getan? Warum hatte er wie ein Wahnsinniger in der Höhle gewütet und alles kurz und klein geschlagen? Und wovon sollten sie sich jetzt ernähren, wenn der Winter kam?

Dank dem Großen Geist hatte sie sich in Salbeiblütes Höhle flüchten und dort die letzte Nacht verbringen können. Und obwohl dort drangvolle Enge herrschte, weil die Angehörigen von Salbeiblütes Ehemann ebenfalls in der Höhle wohnten, hatten sie dennoch für sie Platz gemacht. Stern hatte sich in den Schlaf geweint, ihre Schluchzer gedämpft von dem unvertrauten Fell, das Hirschfängers ernste Mutter ihr gegeben hatte.

Und was Falke betraf, wo immer er auch stecken mochte – er hatte sich nicht mehr blicken lassen. Nicht gestern abend und auch nicht heute morgen.

Warum hatte er diese Zerstörung angerichtet? Warum nur?

Stern stöhnte und fragte sich verzweifelt, was sie jetzt tun sollte. Sie trat über den Kreis aus Steinen. Das Feuer war erkaltet. Sollte sie es wieder anzünden? Salbeiblüte würde ihr sicher einen brennenden Ast von ihrem Herdfeuer geben. Stern fröstelte, als ein kalter Windstoß in die Höhle fuhr. Der Winter stand unmittelbar bevor. Und jetzt hatte sie keine Vorräte mehr. Was sollte sie nur tun?

Sie hatte versucht, Falke zu zeigen, daß ihr Herz von Hoffnung für sie beide erfüllt war. Sie hatte gedacht, sie würde einen Anfang machen, indem sie sich ein gemütliches Heim schuf. Das würde ihm und anderen zeigen, daß sie Selbstachtung besaß. Daß ihr Leben bedeutsam war. Daß sie ihm einen Sinn zu geben vermochte. Falke würde erkennen, daß sie ihn ebenfalls achtete und schätzte, und würde Teil ihres Lebens sein wollen. Genauso hatte sie es geplant.

Tja, und nun hatte sich wieder einer ihrer Pläne zerschlagen. Sie hatte sich große Mühe gegeben, Falke ein schönes Zuhause zu schaffen, eines, auf das er stolz sein und in dem er sich willkommen fühlen würde. Sie hatte ordentlich die Gegenstände und Gerätschaften ausgelegt, die sie besaßen und benutzten, hatte wirklich alles getan, was sie konnte, um die Höhle zu einem Heim zu machen. Und nun das hier.

Vernichtet. In tausend Stücke zerschlagen. Nutzlos, absolut nutzlos.

Der Wind zerrte jetzt grob an ihrem Fellumhang in einer unmißverständlichen Mahnung an den Winter, der bald kommen würde. Was sollte sie nur tun?

Traurig wischte sie eine Träne weg, die über ihre Wange hinuntertropfte. Warum hatte Falke das getan? Wollte er sie nicht mehr? Haßte er sie? Ihr gemeinsames Heim?

In dem Moment hörte Stern ein scharrendes Geräusch hinter sich und wandte sich um. Beim Anblick der Gestalt, die zum Höhleneingang hereinkam, wurde ihr noch schwerer ums Herz.

»Was für ein hübsches, gepflegtes Heim du doch hast«, höhnte Tula.

O nein, warum mußte Tula sich ausgerechnet diesen Morgen aussuchen, um vorbeizukommen?

Tula grinste selbstgefällig. Als sie sich zur Seite drehte, um das Ausmaß der Zerstörung in Sterns Höhle besser begutachten zu können, konnte Stern das kleine, runde Gesicht ihres Babys in dem Tragetuch auf ihrem Rücken sehen. Der Kleine gähnte.

»Als *ich* noch mit Falke verheiratet war, hat er nie so etwas getan.«

Aha, dann hatte Tula also schon von dem Vorfall gehört. Stern hätte sich eigentlich denken können, daß sich die Nachricht von Falkes Tat sehr schnell in den Jaguarhöhlen herumsprechen würde.

»Als er *mein* Ehemann war, hatten wir ein schönes Zuhause. Wirklich ein sehr hübsches, ordentliches Zuhause.«

Stern biß die Zähne zusammen und sagte nichts.

Tula schlenderte zu ihr herüber und blieb eine knappe Handbreit vor ihr stehen. »Ich würde sagen, er mag dich nicht.« Der Gedanke schien ihr Freude zu machen. Sie lachte hellauf und ging zu der Stelle, wo die aufgeschlitzten Felle auf dem Höhlenboden lagen. Ein langer, ausgefranster Riß in einem Fell klaffte regelrecht obszön, wie ein offener Mund.

»Ich würde sagen, ihm mißfällt die Art, wie du Felle gerbst.«

Sie trat mit dem Fuß nach einem zerschnittenen Korb. »Glaubst du, ihm gefällt deine Art, Körbe zu flechten?« Sie lächelte liebenswürdig, dann lachte sie spöttisch. »Nein, den Eindruck habe ich nicht.«

Ihr kleiner Sohn machte schnüffelnde Geräusche, als er nach ihrer Brust verlangte. »Schlaf, mein Schatz«, sagte sie über ihre Schulter zurück. Sie schenkte Stern ein breites Grinsen. »Was für eine Schweinerei«, murmelte sie kopfschüttelnd und schnalzte mißbilligend mit der Zunge.

Stern sagte nichts. Sie fühlte sich entsetzlich gedemütigt. Warum mußte es ausgerechnet Tula sein, die sie in diesem erbärmlichen Zustand sah, inmitten der Trümmer ihres Heims?

»Tja, es war höchst erfreulich, aber jetzt muß ich wieder gehen«, erklärte Tula.

Erleichterung durchflutete Stern.

Tula schlurfte hinüber zum Höhleneingang. Das Baby auf ihrem Rücken begann, leise zu wimmern. Tula war gerade im Begriff, die Höhle zu verlassen, als sie unvermittelt stehenblieb und sagte: »Warum bleibst du eigentlich noch hier? Geh nach Hause zu deinen Leuten, Dachsschlampe. Keiner will dich hier haben. Noch nicht mal Falke!« Mit einem letzten hämischen Lachen machte sie kehrt und marschierte davon.

Stern brach in Tränen aus.

Sie gab ihrer Verzweiflung nach, und heftige Schluchzer stiegen aus ihrer Kehle auf. Todunglücklich hockte sie sich auf den Boden und vergrub ihren Kopf in den Armen. Ihr ganzer Körper bebte unter der Gewalt ihrer Schluchzer. Tula hatte recht: Sie war hier unerwünscht. Niemand legte Wert darauf, daß sie blieb. Weder Falke noch sonst irgend jemand. Sie weinte lange Zeit leise vor sich hin.

Plötzlich fühlte sie eine Berührung an der Schulter. Langsam hob Stern ihr tränenüberströmtes Gesicht.

Betafor stand vor ihr und blickte auf sie hinunter. »Hier.« Sie hielt Stern den Mörser aus schwarzem Obsidian hin. Hinter ihrem Rock spähte eine ihrer kleinen Enkeltöchter hervor. In ihrer winzigen Hand hielt sie den Stößel.

Stern starrte wie benommen auf die schwarze Schale, dann streckte sie langsam die Hand danach aus und schloß ihre Finger um den kalten, harten Stein. Das kleine Mädchen kam herbei und ließ den Stößel klirrend in den Mörser fallen. Dann huschte sie wieder hinter ihre Großmutter, um sich an deren Rock festzuklammern.

Betafor blickte sich in der Höhle um und schüttelte verständnislos den Kopf. »Ich verstehe beim besten Willen nicht, warum der Junge das getan hat.«

Stern blinzelte verwirrt, und sie brauchte mehrere Sekunden, um zu begreifen, daß Betafor Falke meinte. »Ich verstehe es auch nicht.« Nach dem vielen Weinen klang ihre Stimme wie das heisere Quaken eines Frosches.

Betafor schenkte ihr einen freundlichen Blick. »Was wirst du jetzt tun?«

Die kleine Enkelin lugte mit glänzenden schwarzen Augen hinter Betafors Hüfte hervor. Als sie merkte, daß Stern sie beobachtete, versteckte sie sich wieder hinter ihrer Großmutter und vergrub ihr Gesicht verlegen in Betafors ledernem Rock.

Stern schüttelte den Kopf, immer noch wie betäubt vor Kummer. »Ich weiß es nicht.«

Betafor tätschelte mitfühlend ihre Schulter, und dann, als hätte sie Angst, zuviel getan zu haben, zog sie ihre Hand rasch zurück. Sterns Lippen zitterten bei dem Verlust der tröstlichen Berührung.

Wieder schüttelte Betafor aufgebracht den Kopf. »Ich werde mir den Jungen mal vornehmen und mit ihm reden, aber ich weiß nicht, ob etwas Vernünftiges dabei herauskommen wird.« Sie klang zweifelnd.

Ohne nachzudenken berührte Stern Betafors Arm, um sie zurückzuhalten. »Nein. Tu es nicht. Er wird es nicht wollen.« Hastig ließ sie ihre Hand sinken, erschrocken über ihre eigene Unverfrorenheit. »Er-er redet nicht gerne.«

Betafor nickte. »Na schön, wie du meinst.« Sie blickte sich erneut in der dunklen Höhle um. »Trotzdem, ihn das hier tun zu lassen –«

Stern starrte auf das erloschene Feuer, von Scham und Demütigung überwältigt. »Ich konnte ihn nicht daran hindern«, erwiderte sie gepreßt.

»Natürlich nicht, Kind«, murmelte Betafor. »Ich wollte damit ja auch nicht sagen, es wäre deine Schuld. Ich habe nur gemeint... nun, ich meine doch, daß er dir eine Erklärung schuldig ist.«

»Ich glaube nicht, daß er mir irgend etwas erklären wird«, flüsterte Stern.

Betafor ging zu der Stelle, wo die beiden Speere lagen. Ihre Enkelin klammerte sich bei jedem Schritt an ihren Rockzipfel wie ein zweiter Schatten. Betafor griff nach den Speeren und lehnte sie gegen die Wand. Sie hob einen der Körbe auf, prüfte seinen erbärmlichen Zustand und stellte ihn kopfschüttelnd wieder auf den Boden. Schließlich ging sie zu Stern zurück. »Möchtest du mitkommen und dich zu uns ans Feuer setzen?«

Stern schüttelte den Kopf. »Nein, aber vielen Dank für dein freundliches Angebot. Ich-ich werde hierbleiben ...«

Betafor nickte und griff nach hinten, um ihre Enkelin wegzuziehen, die noch immer an ihrem Bein hing. Sie nahm das kleine Mädchen an die Hand und führte es zum Höhleneingang.

Als Stern den beiden nachschaute, empfand sie plötzlich große Dankbarkeit über den Besuch der anderen Frau. Betafor war zu ihr gekommen, als sich sonst niemand um sie gekümmert hatte, und sie hatte versucht, freundlich zu sein. »Danke«, rief sie der Frau nach. »Danke, daß du mir den Mörser und den Stößel zurückgebracht hast.«

Betafor winkte flüchtig. Dann verschwanden sie und ihre Enkelin aus dem Eingang. Stern hörte, wie sich das Knirschen ihrer Schritte auf dem Schotter langsam entfernte. »Also, was soll ich jetzt tun?« murmelte sie laut vor sich hin.

Wieder blickte sie sich in der Höhle um und erhob sich auf die Knie. »Soll ich mich von all dem hier entmutigen lassen?« Sie starrte hinunter auf den Obsidianmörser. Ihre Hand schloß sich um den kalten Steingriff des Stößels, als sie daran dachte, wie Betafor und das kleine Mädchen ihr die Geräte zurückgebracht hatten. »Nein«, sagte sie energisch. »Ich werde mich nicht davon aufhalten lassen. Und ich werde nicht zulassen, daß Tula mich vertreibt. Ich werde mir mein Heim wieder aufbauen.«

Sie stand auf und machte sich daran, die zerfetzten Überreste ihrer Habe einzusammeln.

Während sie arbeitete, kam Salbeiblüte zu einem Besuch vorbei. Hirschfänger war bei ihr, und die beiden begannen schweigend, die Feuergrube in dem Kreis aus Steinen wieder herzurichten. Sie kratzten die Erdklumpen heraus, sammelten Zweige und zündeten das Feuer an. Schließlich knisterten winzige Flammen und züngelten hoch, warfen groteske Schatten an die Höhlenwände.

Stern schaute von der Stelle auf, wo sie die zertretenen Wurzeln und Knollen eingesammelt hatte. Sie sah die beiden, wischte sich hastig das Gesicht sauber und fuhr sich mit den Fingern durchs Haar. Sie war so in Gedanken versunken gewesen, während sie überlegt hatte, wie sie jetzt den Winter überstehen sollte, daß sie die Gegenwart der beiden überhaupt nicht bemerkt hatte.

»Salbeiblüte«, sagte sie höflich und trat auf das gutaussehende Paar zu. »Vielen Dank für deine Hilfe. Und dir auch vielen Dank, Hirschfänger.«

Die beiden nickten. Hirschfänger sah, wie immer, sehr würdig aus.

»Ich-ich hatte nicht erwartet, daß ihr mir –«

»Nicht doch«, sagte Salbeiblüte beschwichtigend. »Natürlich würden wir dir helfen.«

»Falke –« Oh, wie sehr es schmerzte, seinen Namen auszusprechen. Wollte er sie nicht mehr? »Falke –« Stern brachte die Worte einfach nicht über die Lippen.

Salbeiblüte berührte behutsam ihren Arm. »Wir wissen, daß Falke dies getan hat. Aber wir wissen nicht, warum. Es ist wirklich schlimm, was er hier angerichtet hat. Hast du noch irgendwelche Vorräte für den Winter übrig?«

Stern schüttelte den Kopf. Hirschfänger und Salbeiblüte betrachteten sie schweigend, und Stern errötete unter ihrem mitleiderfüllten Blick. »Ich-ich muß jetzt wieder an meine Arbeit. Ich will hier aufräumen und ein paar Sachen reparieren«, murmelte sie. »Vielen Dank für eure Hilfe mit dem Feuer.«

Nachdem sie gegangen waren, schüttelte Stern den Kopf. Von den Jaguarleuten bemitleidet zu werden, war fast noch schlimmer, als ihre Abneigung zu spüren.

Sie ging hinaus und brach einen Kiefernzweig von einem dürren Baum, der im Schutz eines großen Felsens in der Nähe der Höhlen wuchs. Sie brachte den Zweig in die Höhle und benutzte ihn, um den Fußboden sauberzufegen.

Stern war gerade beim Kehren, als Elchknie vorbeischaute. In der Hand trug sie eine Schüssel mit heißem Hirschragout. »Ich hab dir das hier mitgebracht«, sagte sie schüchtern.

Stern stellte die Schüssel beiseite. »Danke. Aber ich bin nicht hungrig«, gestand sie.

Elchknie schaute sich in der Höhle um. »Warum hat er das nur getan?«

Stern zuckte die Achseln. »Frag mich nicht. Ich weiß es nicht.«

Elchknie trat einen Moment lang nervös von einem Fuß auf den anderen, bis sie schließlich herausplatzte. »Ich bin gekommen, um dir zu sagen, daß ich mich geirrt habe.«

»Geirrt? Weswegen?«

Elchknie beugte sich näher zu ihr. »Du hattest recht. Es kann wirklich wundervoll sein, mit einem Mann zu liegen!« Damit wirbelte sie herum und rannte aus der Höhle.

Verwirrt ließ sich Stern die Worte ihrer Freundin durch den Kopf gehen. Dann schmunzelte sie. So, so, Elchknie und Horn genossen also ihre Zeit in den Schlaffellen!

Sie fühlte sich wieder etwas besser und machte sich über das Hirschragout her. Sein köstlicher Geschmack nährte ihren Körper und ihre Seele. Nachdem sie die Schale geleert hatte, stand sie auf und inspizierte leise vor sich hin summend die Körbe. Nein, da war nichts mehr zu machen, sie ließen sich nicht flicken. Aber die beiden Felle und die Elchhaut könnten mit sorgfältigen Stichen repariert werden, dachte sie, und sie schöpfte wieder etwas Hoffnung aus diesem Gedanken.

Den größten Teil der Vorräte mußte sie hinauswerfen, aber in einem der Körbe lagen noch ein paar Wurzeln, und es gelang ihr, den Schmutz von einer Handvoll getrockneter Beeren zu reiben. Es war nicht viel, aber es war immerhin Nahrung.

Sie warf einen Blick zum Höhleneingang hinaus und sah, daß der Himmel noch immer hell war. Es blieb also noch genügend Tageslicht übrig, um hinauszugehen und neue Wurzeln auszugraben.

Stern verließ die Höhle und kletterte gerade den geröllbedeckten Abhang hinunter, als sie ihren Grabstock entdeckte. Erfreut eilte sie über die Schräge und hob ihn auf. Noch war nicht alles verloren! Sie konnte arbeiten, und sie konnte ihr Heim wieder herrichten. Mit einem kleinen Lächeln auf den

Lippen machte sich Stern auf den Weg, um mehr Wurzeln und Knollen zu finden.

34. Kapitel

Falke machte zwei Schritte in die Höhle hinein und blieb dann so abrupt stehen, als wäre er gegen eine Felswand geprallt. Alles sah wieder genauso aus wie vorher, bevor er hier gewütet und alles zerstört hatte, um sich selbst zu retten.

Entgeistert blickte er sich in der Höhle um. Die Elchhaut war sorgfältig geflickt worden und lag an ihrem alten Platz. Auf einer frisch geflochtenen Matte waren fein säuberlich der Mörser und Stößel seiner Mutter, ein paar Knochenwerkzeuge und zwei Nähahlen arrangiert. Er war erleichtert zu sehen, daß nirgendwo Körbe standen, doch dann entdeckte er die beiden Felle, sorgsam repariert. Von seinen wütenden Messerstichen war keine Spur mehr zu erkennen. Und noch schlimmer, an einem neuen Stock, der in der Erdschicht des Höhlenbodens steckte, hingen zwei große Büschel aromatischer Kräuter.

Und neben dem flackernden Feuer saß Stern und flocht in aller Ruhe einen neuen Korb.

Sie hatte alles wieder repariert und aufgeräumt, wie er sehen konnte. Es war, als hätte er niemals etwas getan, um sich selbst zu retten.

Verzweiflung senkte sich auf ihn herab, lastete auf ihm wie ein dicker, schwerer Winterumhang.

Als Stern zu ihm aufblickte, wäre er am liebsten auf der Stelle aus der Höhle gerannt. »Wirst du das hier auch wieder zerstören?« fragte sie, und die Ruhe in ihrer Stimme ließ ihn innerlich zusammenzucken. Sie verstand ja nicht. Sie verstand überhaupt nichts!

»Warum bist du nicht fortgegangen?«

»Wolltest du denn, daß ich gehe?« gab sie zurück.

Nein! antwortete er in Gedanken. Er brachte es nicht über sich, ihr in die Augen zu sehen, und so blickte er blinzelnd durch den Rauch auf die Büschel mit Kräutern. Er zeigte mit seinem Speer darauf. »Wozu hängen die dort?«

»Um einen angenehmen Duft in unserem Heim zu verbreiten.«

Sie begriff nichts, gar nichts! »Wir haben kein Heim«, erwiderte er erbittert.

Stern zuckte die Achseln. »Du vielleicht nicht. Aber ich schon.«

Er machte einen Schritt vorwärts und schwang seinen Speer, um mit einer weitausholenden Geste auf das Höhleninnere zu zeigen. »Dies hier soll kein Heim sein. Verstehst du das?«

»Nein.«

Der herausfordernde Ausdruck in ihren Augen sagte ihm, daß sie tatsächlich nicht verstand. »Was kann ich nur tun, um es dir begreiflich zu machen?« überlegte er laut.

Sie legte den halbgeflochtenen Korb beiseite und erhob sich von ihrem Platz. Sie ging um das Feuer herum, bis sie vor ihm stand. Falke konnte ihren Duft riechen, den Geruch nach Rauch und würzigen Kräutern, der von ihrer Haut, ihrem Haar ausströmte, und er beugte sich unwillkürlich weiter zu ihr vor und schloß die Augen, um ihren Duft zu inhalieren. Ach, sie roch so gut!

»Was ist es, was du mir begreiflich machen möchtest?«

Er öffnete die Augen und starrte schweigend in ihre. Sie beobachtete ihn, und ein Stich von Schmerz durchzuckte ihn, als er ihr Mißtrauen spürte. Er holte tief Luft. Was konnte er schon sagen, ohne ihr von all dem Schmerz zu erzählen, den er mit sich herumtrug?

»Ich höre.«

Er sah, daß sie wachsam war, argwöhnisch. Sie wartete.

Falke zögerte noch immer. Dann fiel sein Blick auf die Elchhaut, jetzt wieder heil und sorgfältig ausgebessert, und er spürte den bitteren Geschmack der Niederlage in seinem Mund.

»Ich will kein Heim haben!« sagte er gepreßt.

»Ah, ich verstehe. Dann bist du tatsächlich wie der Falke, nach dem du benannt wurdest. Der Vogel, der seine Eier auf einem Felsvorsprung ablegt. Er baut sich kein Nest.«

Er lächelte, erleichtert. »Richtig, so bin ich.«

Sie erwiderte sein Lächeln. »Dein Name paßt wirklich gut zu dir.«

Er war froh, daß sie endlich verstand.

»Aber, Falke, ich bin *nicht* so. Ich wünsche mir ein Heim, eine Familie.«

Sein Lächeln verschwand. »Das können wir nicht haben.« Er wandte den Blick ab. »Ich-ich hätte dich niemals von deinem Volk entführen sollen.«

Ihr Lächeln wurde unsicher, und er sah, wie ihre Lippen zitterten. Dennoch hielt sie seinen Blick mit ihren klaren schwarzen Augen fest. »Du kannst von mir aus tun, was du willst, aber da ich nun einmal hier bin, werde ich mir ein gemütliches Zuhause schaffen.«

Machtlosigkeit überwältigte ihn. Sie verstand noch immer nicht; sie würde niemals verstehen, und sie standen einander gegenüber wie Jäger und Löwe. Wieder blickte sich Falke in der Höhle um, und er erkannte, daß sie selbst dann, wenn er ein zweites Mal alles in Fetzen reißen sollte, lediglich hinausgehen und mehr Kräuter und mehr Binsen holen und weitere Körbe flechten würde. Stern würde niemals verstehen, wie es für ihn war. Ihm war zumute, als träte er von einer Klippe und stürzte, stürzte kopfüber in die Tiefe. Und er wußte, das einzige, was seinen Sturz aufhalten würde, war der Tod: sein Tod.

»Dann soll es eben so sein«, sagte er leise und legte seinen Speer nieder. Und nahm Stern in die Arme. Er konnte nicht dagegen ankämpfen. Er konnte sich ihr nicht anvertrauen, konnte ihr nicht von all den Gefühlen erzählen, die in ihm tobten, aber er konnte zumindest Trost in ihren Armen suchen. Das würde den Tod eine Weile in Schach halten.

Stern klammerte sich an ihn, und er war überrascht über die Kraft ihrer Umarmung. Behutsam küßte er ihre zitternden Lippen. Verlangen nach ihr wallte in ihm auf. »Laß uns zu den Schlaffellen gehen«, sagte er ruhig.

Stern nahm seine Hand und führte ihn am Feuer vorbei in den hinteren Teil der niedrigen Höhle, wo die Elchhaut ausgebreitet lag. Sie sanken auf das Bett, und Falke half ihr, das Kleid über den Kopf zu ziehen. Sie half ihm, seine Kleider abzustreifen, und dann lagen sie nackt auf dem Fell, während sich ihre erhitzte Haut gegen seine preßte. Er nahm Stern rasch, und erst als er in ihrem Schoß war, konnte er einen Moment lang die überwältigende Verzweiflung vergessen, gegen die er Tag und Nacht ankämpfte. Sie ist genau wie Tula, meldete sich wieder die quälende kleine Stimme in seinem Kopf. Sie wird dich vernichten und deinen Sohn ebenfalls!

Er schüttelte den Kopf, um sämtliche Gedanken zu verdrängen, und stieß noch fester zwischen ihre Schenkel. Bald fühlte er die allesumfassende, köstliche, lebensspendende Explosion der Verzückung, und sie löschte all seine Ängste, all seinen Schmerz aus.

Erschöpft hielt er Stern in seinen Armen und vergrub sein Gesicht an ihrem Hals, inhalierte ihren süßen Duft. Er würde bei ihr bleiben, er würde mit ihr leben, hier in diesem Höhlenheim. Und wenn die Zeit zu sterben kam, dann würde er gehen, bereitwillig, glorreich, wenn er sie nur so wie jetzt jede Nacht in seinen Armen halten konnte.

35. Kapitel

Winter

Stern saß am Feuer, in einen riesigen, warmen Biberpelz gehüllt, und blickte hinaus auf die dichtfallenden Schneeflocken, die der Wind draußen am Höhleneingang vorbeitrieb. Es war der zweite Tag des Schneesturms, und sie war froh, daß sie und Falke Schutz und Geborgenheit in ihrem Höhlenheim gefunden hatten.

Sie hatte ihm niemals erzählt, woher die zusätzlichen Nahrungsmittel stammten. Zweifellos glaubte er, ihre kümmerlichen Vorräte hätten sich ganz einfach von selbst vermehrt. Es war jedoch Betafor gewesen, die sich von zwei großen Bündeln getrockneter, aus gemahlenen Wurzeln gebackener Kuchen getrennt hatte mit der Behauptung, ihre Töchter seien überaus fleißig gewesen und hätten mehr als genug Wurzeln für diesen Winter gesammelt. Sie gab keine Erklärung ab, als sie Stern wenig später noch ein Paket mit Dörrfleisch brachte.

Salbeiblüte war ebenfalls zu einem Besuch vorbeigekommen und hatte Stern Körbe voller getrockneter Beeren, getrockneten Fleisches und gedörrter Pilze mitgebracht. Auch Kiefer und Elchknie waren an Sterns Höhleneingang erschienen, die eine mit einem Korb voller Kiefernsamen, die andere mit einem Korb getrockneter Heidelbeeren beladen. Als Stern schwach protestierte, hatten sie darauf beharrt, daß sie reichlich zu essen hätten und ihr durchaus von ihren Vorräten abgeben könnten Selbst Hirschfängers ernste alte Mutter hatte Sterns Höhle einen Besuch abgestattet, als Falke gerade ausgegangen war, und hatte Stern schweigend zwei große, warme Biberfelle überreicht, von denen sie eines in diesem Moment trug.

Verstohlen wischte Stern sich eine Träne aus dem Auge, als sie daran dachte, wie hilfsbereit und freundlich die Leute zu ihr gewesen waren. Und nicht nur die Dachsfrauen, sondern auch die Jaguarfrauen. Es war so großzügig von ihnen, sich von den Wintervorräten zu trennen, die sie für ihre Familien aufgespart hatten, und sie hatten es freudig getan. Für sie. Und für Falke. Stern fing an, sich von den Jaguarleuten akzeptiert zu fühlen.

Sie warf einen Seitenblick auf Falke. Er saß in den anderen großen Biberpelz gewickelt auf dem Boden und starrte trübsinnig in die Flammen. Es fällt ihm schwer, untätig dazuhocken und einen Schneesturm abzuwarten, dachte sie, als sie sich fester in das warme Fell kuschelte.

Das Schneetreiben wurde immer stärker, und draußen vor dem Höhleneingang hatten sich die Flocken bereits bis in Schenkelhöhe aufgetürmt. Der Pfad, der an dem Felsvorsprung entlang zu den anderen Höhlen führte, war unter Schneewehen begraben, aber die Jaguarleute konnten den Sturm unbesorgt abwarten.

Später an jenem Abend erwachte Stern vom Tosen des Windes, als der Schneesturm über das Land hinwegfegte. Sie kuschelte sich eng an Falke, und er, der schon tief und fest schlief, zog sie an sich und hielt sie in seinen Armen. Sie lächelte und schlief erneut ein.

Am nächsten Morgen, als sie aufwachten, hatte sich der Sturm gelegt, und es schneite nicht mehr. Stern und Falke verzehrten Streifen von gedörrtem Fleisch zum Frühstück.

»Ich will jagen gehen«, sagte er.

Sie nickte; sie verstand durchaus, daß er nicht viele Tage in der Höhle bleiben konnte, ohne unruhig zu werden. »Vielleicht wird einer der anderen Männer mit dir gehen«, erwiderte sie. »Falls dann wieder ein Schneesturm kommt, werdet ihr zu zweit sicherer sein.«

Er starrte sie wortlos an, so wie jedesmal, wenn sie andeutete, daß sie Angst hatte, ihm könnte etwas zustoßen. Warum überrascht es ihn derart, daß ich um seine Sicherheit besorgt bin? fragte sie sich. Manchmal sah sie einen Ausdruck der Ungläubigkeit in sein Gesicht treten, und dann beschlich sie das Gefühl, er traute ihren Worten nicht. Sie seufzte leise. Ob sie diesen Mann wohl jemals verstehen würde? Nein, antwortete sie sich selbst. Nicht, bis er ihr erklärt hatte, was in seiner Seele vor sich ging.

»Ich werde zu Horn gehen und ihn fragen, ob er mich begleiten will«, sagte Falke.

Stern nickte und trat zu ihm, um ihn zum Abschied zu küssen. Er erwiderte ihren Kuß, dann griff er nach seinem Speer und eilte hinaus. Kopfschüttelnd setzte sich Stern wieder auf ihren Platz am Feuer und griff nach ihrer angefangenen Näharbeit. Sie starrte blicklos auf den Vogel, den sie auf das neue Lederhemd aufgemalt hatte – das Hemd, das sie für Falke angefertigt hatte, um das alte zu ersetzen, das der Jaguar bei dem Angriff vor so langer Zeit in Fetzen gerissen hatte. Doch jedesmal, wenn sie das Falkenmuster betrachtete, fand sie es armselig und kindlich im Vergleich zu dem prachtvollen Muster, das Falke damals getragen hatte. Dem einen, das Tula gestickt hatte.

Mit einem unzufriedenen Seufzer legte Stern ihre Näharbeit wieder beiseite. Jetzt war sie diejenige, die sich ruhelos fühlte.

Vielleicht konnte sie mit Falke auf die Jagd gehen. Er sagte immer, es hätte eine beruhigende Wirkung auf ihn; vielleicht würde sie es ja auch so empfinden.

Sie schlüpfte in ihre kniehohen Mokassins, wickelte sich ein Fell um die Hüften und hielt es mit einem Ledergürtel fest. Dann eilte sie in den Schnee hinaus.

Auf dem Pfad entlang dem Felsvorsprung, der zu den anderen Höhlen führte, war der Schnee inzwischen festgestampft, und es dauerte nicht lange, bis sie die Höhle erreichte, die Elchknie und Horn bewohnten. Leider hatte Stern in ihrer Hast ganz vergessen, daß sie die große, behagliche Behausung mit Horns Schwester, Tula, und Murmeltier und ihrem Sohn teilten.

»Was willst du denn hier?« begrüßte Tula sie höchst unfreundlich am Eingang.

»Ich bin auf der Suche nach Falke«, erwiderte Stern so ruhig, wie sie konnte. Warum fühlte sie nur jedesmal den Drang, laut zu schreien und mit Gegenständen um sich zu werfen, wann immer sie Tula sah?

»Er ist nicht hier.«

»Er sagte, er wollte Horn besuchen.«

»Nein. Er ist nicht hier. Geh weg.«

»Wer ist denn da, Tula?« ertönte Elchknies Stimme aus dem hinteren Teil der Höhle.

»Niemand«, schnappte Tula.

Aber Elchknie kam bereits herbei, um selbst nachzusehen. »Oh, Stern.« Sie lächelte. »Willkommen.« War da nicht ein leiser Hauch von Röte auf ihren dunklen Wangen?

Stern fand es höchst erfreulich, wie Elchknie das ärgerliche Grunzen ihrer Schwägerin einfach ignorierte. Sie ließ sich von Elchknie an der finster dreinblickenden Tula vorbeiziehen und weiter in den rückwärtigen Teil der Höhle, wo ihre kleine Familie saß. Das kleine Mädchen flocht gerade einen winzigen Korb, der Junge schnitzte den Schaft eines Spielzeugspeeres. »Wo ist Horn?« erkundigte sich Stern.

»Er ist mit Falke jagen gegangen«, erklärte Elchknie.

»Oh.« Stern betrachtete die kleine Familie und versuchte, sich ihre Enttäuschung nicht anmerken zu lassen.

»Du hast sie knapp verpaßt.«

Stern nickte. »Wenn ich mich beeile, kann ich sie vielleicht noch einholen.«

»Wenn du dich beeilst, ja«, stimmte Elchknie zu. »Ich hatte den Eindruck, sie brannten förmlich darauf, auf die Jagd zu gehen. In Höhlen herumzuhocken bekommt Männern nicht.«

Stern verabschiedete sich und strebte an Tulas und Murmeltiers Schlafplatz vorbei zum Ausgang zurück, ohne ein Wort zu sagen. Sie konnte Murmeltiers Blick den ganzen Weg über auf sich spüren, und Tula fauchte sie ärgerlich an, als sie vorbeieilte. Doch Stern ging schweigend weiter, den Kopf gesenkt.

»Dachsschlampe ...« Die gezischte Verwünschung folgte ihr aus der Höhle hinaus.

Sie stand am Rande des Vorsprungs und blickte hinaus auf das schneebedeckte Land. Ein Stück weiter entfernt konnte sie die beiden Männer sehen, wie sie sich langsam einen Weg durch die Hügel bahnten. Sie trugen Schneeschuhe. Enttäuscht schaute Stern auf ihre Füße. Sie besaß keine Schneeschuhe. Pech. Heute würde es keine Jagd für sie geben.

Langsam kehrte sie in ihre kleine Höhle zurück. Sie nahm das Fell ab, zog die Mokassins aus und legte sorgfältig etwas Holz ins Feuer. Dann setzte sie sich wieder neben die wärmenden Flammen, um ihre einsame Wache zu halten. Mit einem tiefen Seufzer griff sie nach dem Lederhemd und starrte einen Moment darauf. Dann begann sie, einen neuen Falken darauf zu malen.

Stern döste am Feuer, als sie von stampfenden Schritten draußen vor dem Höhleneingang geweckt wurde.

»Falke!« Sie sprang hastig auf und rannte zu ihm. Überglücklich schlang sie ihre Arme um ihn und drückte ihn an sich. »Ich bin so froh, daß du zurückgekommen bist!«

Er starrte sie verwirrt an, dann zuckte er die Achseln und ließ ihre begeisterte Umarmung über sich ergehen. Schließlich legte er seinen Speer ab und zog den Hirsch herein, den er erlegt hatte.

»Oh! Oh! Ein Hirsch!« jubelte Stern und klatschte freudig in die Hände. »Du hast wirklich Glück gehabt!«

Wieder starrte Falke sie an, als glaubte er, sie wäre kurz davor, den Verstand zu verlieren.

»Es war so schrecklich still hier den ganzen Tag«, erklärte sie. »Ich hatte niemanden zum Reden, nichts zu tun. Ich bin ja so froh, daß du zurückgekehrt bist.«

Falke nickte schweigend.

»Oh!« rief sie wieder, als sie sah, wie groß und kräftig der Hirsch war. »All das viele Fleisch! Wir müssen ein Festessen geben!«

Falke bedachte sie erneut mit einem seltsamen Blick.

»Ich möchte Betafor und Klaue einladen und … und Elchknie und Horn und ihre Familie! Und Kiefer und Salbeiblüte und ihre Ehemänner! Und, o ja, Hirschfängers alte Mutter –«

Falke hob protestierend eine Hand. »Dann werden wir kein Fleisch mehr für uns selbst übrigbehalten.«

»Das ist richtig.«

»Und würdest du mir vielleicht mal erklären, warum wir unser gesamtes Fleisch weggeben sollten?«

»Ja. Wir werden es in den Mägen unserer Freunde lagern. Bei den Dachsleuten gilt es als sehr klug, seine Vorräte in den Mägen anderer Leute zu lagern. Wenn du dann selbst einmal Not leidest, werden sie etwas von ihren Vorräten in deinem Magen lagern.«

»Ich verstehe.«

Sie klatschte aufgeregt in die Hände. »Es ist so still in der Höhle gewesen, und ich hab mir so gewünscht, ich hätte jemanden, irgend jemanden, mit dem ich reden könnte … und jetzt habe ich eine wundervolle Gelegenheit –«

»Stern.«

»Ja?«

»Sag mir einfach, warum wir unser Fleisch in ihren Mägen lagern werden.«

»Nun, es ist ganz einfach freundlich.« Sie blickte ihn strahlend an. »Und du möchtest doch gern freundlich zu deinen Freunden sein, nicht?«

Er gähnte. »Mir ist es völlig egal, ob ich freundlich bin oder nicht. Freunde sind unwichtig.«

Stern fühlte die alte Verzweiflung in sich aufsteigen, doch sie drängte sie mit aller Macht zurück. Sie würde sich nicht von seinen »Nichts im Leben ist von Bedeutung«-Ideen die Freude verderben lassen. Sie wollte sich einfach nicht darüber aufregen…

»Da es dir egal ist, werde ich schnell loslaufen und die Gäste einladen.« Sie war schon auf halbem Weg zum Ausgang, als seine Hand ihre Schulter packte und sie zurückhielt.

»Ich will kein Festmahl. Ich möchte mich ausruhen. Ich bin müde.«

Stern fuhr zu ihm herum. »So, du bist müde. Tja, das ist wirklich schade.« Sie machte einen Schritt vorwärts und lehnte sich an ihn. »Wenn deine Freunde nicht gewesen wären, diejenigen, die dir völlig gleichgültig sind, dann würdest du jetzt so müde sein, daß du tot wärst!«

»Was soll das heißen?« Er starrte sie verständnislos an.

»Das soll heißen«, stieß sie zwischen zusammengebissenen Zähnen hervor, »daß es Betafor und Elchknie und Salbeiblüte und Hirschfängers Mutter waren, die sich darum gekümmert haben, daß wir nicht verhungert sind. Die uns großzügig von ihren Vorräten abgegeben haben. Sie haben dafür gesorgt, daß wir warme Felle für den Winter haben. Und warum haben sie das wohl getan, Falke?«

Er gab keine Antwort, aber seine Augen verengten sich zu Schlitzen.

»Aha! Du weißt also, warum! Weil *du* nämlich jedes Bröckchen Fleisch, jede Wurzel, jedes Fell, das wir für den Winter zurückgelegt hatten, vernichtet hast. Deshalb! Ohne die wärmenden Felle und die Körbe mit Fleisch und Beeren, die sie uns geschenkt haben, wären du und ich jetzt beide tot. Erfroren unter einer eisigen Schneedecke! Verstehst du *jetzt* vielleicht, warum ich sie zu einem Festessen einladen möchte?«

Er zuckte zusammen bei ihren strengen Worten. Schließlich erklärte er in säuerlichem Ton: »Na schön, dann lade sie ein.«

Stern warf den Kopf zurück. »Das werde ich auch tun.« Und damit stampfte sie zur Höhle hinaus.

Als sie mit ihren Gästen im Schlepptau zurückkehrte, stellte sie fest, daß Falke in der Zwischenzeit mehr Holz ins Feuer gelegt und damit begonnen hatte, das Fleisch in Stücke zu zerteilen, um es auf Spießen über den Flammen zu rösten. Sie lächelte ihm zu und winkte, während sie sich fröhlich mit ihren Gästen unterhielt.

Sie versuchte, nicht erstaunt zu glotzen, als Falke das erste gare Stück Fleisch höflich Hirschfängers alter Mutter anbot.

Eine ganze Weile später, als sich die Gäste die vollen Bäuche hielten und vergnügt aus der Höhle wankten, drehte sich Stern zu Falke um und schenkte ihm ein zärtliches Lächeln. »Ich danke dir vielmals, daß du meine Gäste so nett behandelt hast.«

»Sie waren auch meine Gäste«, erwiderte er, aber dann sah sie seine schwarzen Augen zwinkern.

Stern beugte sich vor und lehnte ihre Stirn an seine. Auch ihrer beider Nasen berührten sich. »Falke?«

»Hmmm?«

»Das war wirklich ein schönes Fest, das du gegeben hast.«

»Das wir gegeben haben«, korrigierte er sie.

»Richtig, wir«, stimmte sie lächelnd zu. Dann nahm sie seine Hand und zog ihn in den hinteren Teil der Höhle, wo das Elchfell lag.

Bald belohnten sie einander liebevoll für ein gelungenes Festmahl.

36. Kapitel

Falke stampfte den Schnee von seinen Schneeschuhen und band die Lederschnüre auf, die sie an seinen Füßen festhielten, dann stellte er die Schuhe beiseite und betrat die Höhle.

»Willkommen daheim«, begrüßte ihn Stern.

Er starrte sie an. Wußte sie eigentlich, was sie da gerade gesagt hatte? *Daheim?* Versuchte sie, ihn zu quälen?

Falke grunzte nur zur Antwort, als er seinen Pelzumhang abnahm.

»Keine Tiere?« fragte sie heiter.

Er schüttelte den Kopf. »Die Tiere haben sich alle vor der Kälte verkrochen.«

»Das solltest du auch besser tun«, schalt Stern.

»Ich hocke nun mal nicht gern den ganzen Tag in der Höhle herum«, gab er zurück.

Ihr Ausdruck wurde weicher, und sie erwiderte: »Ich weiß, daß du nicht gerne untätig herumsitzt, Falke. Du bist ein guter Ehemann. Du gehst oft für uns auf die Jagd, und du bist immer sehr großzügig mit dem Fleisch, das du erlegt hast. Du gibst anderen von deiner Jagdbeute ab.«

Er beugte sich hinunter, um seine Mokassins auszuziehen, damit Stern nicht an seinem Gesichtsausdruck erkennen konnte, wie sehr ihm ihre Worte und der sanfte Klang ihrer Stimme zu schaffen machten.

»Es war nicht meine Idee, mit anderen zu teilen«, gab er betont mürrisch zurück. »Du bist diejenige, die darauf besteht, das Fleisch wegzugeben.«

»O nein, ich glaube dir nicht, Mann«, erwiderte sie, und er fühlte, wie er innerlich weich wurde, als er das übermütige Funkeln in ihren braunen Augen bemerkte.

Sie fuhr fort, mit jener Stimme zu sprechen, die ihn so erregte und Schauer der Begierde sein Rückgrat hinunterrieseln ließ. »Ich habe zufällig gesehen, wie du Alte Witwe gestern eine Rehkeule zugesteckt hast, als du dachtest, es merkte keiner. Sie hat niemanden, der für sie jagt, aber ich nehme an, du wußtest das.«

Falke kehrte ihr den Rücken zu und streifte sein Lederhemd ab. »Horn sorgt regelmäßig dafür, daß sie zu essen hat. Und die anderen Jäger auch.«

»Vielleicht solltet ihr sie im Schnee aussetzen«, schlug Stern vor.

Er wirbelte zornig herum. »Nein! Wir werden sie nicht im Schnee aussetzen!« donnerte er.

»Das ist gut«, meinte Stern lammfromm. »Ich kann mich

nämlich noch daran erinnern, daß du damals, als du in mein Dachslager gekommen bist, erzählt hast, eure Leute setzten die Alten im Schnee aus.«

Er starrte sie an, während er an jenen Abend im Dachslager zurückdachte, als er sie und ihre Mutter mit dieser Bemerkung aufgezogen hatte. Wie lange das jetzt schon zurückzuliegen scheint, dachte er müde. Es kommt mir so vor, als wären seitdem viele Jahreszeiten vergangen. Er wandte sich von Stern ab. »Ich bin überzeugt, Alte Witwe wird im Frühjahr einen neuen Ehemann finden. Sie hat immer noch eine gehörige Portion Lebensgeist in sich. Einer der jungen Männer wird ganz sicher um sie anhalten.«

Als er Stern einen verstohlenen Blick zuwarf, um zu sehen, wie sie auf seine Antwort reagierte, sah er, daß sie die Lippen zusammenpreßte. Versucht, sich das Lachen zu verkneifen, die kleine Dachsfrau, dachte er.

Die Vorstellung, daß Alte Witwe wieder heiraten würde, war ja auch wirklich komisch. Sie war die älteste Frau des Jaguarvolkes, und Betafor holte gelegentlich ihren Rat ein, damit sie Klaue besser beraten konnte, bevor dieser wiederum dem Rest der Jaguarleute Ratschläge erteilte. Doch jeder wußte, daß Alte Witwe vollauf damit zufrieden war, unverheiratet zu bleiben. Und die Jäger gaben ihr immer großzügig von ihrem Fleisch ab; sie brauchte niemals Not zu leiden. Eines Tages würde sie unter den Glücklichen sein, die ganz einfach ruhig im Schlaf starben.

»Ich sollte *dich* im Schnee aussetzen«, sagte Falke, und er wunderte sich im stillen über sich selbst, daß er versucht hatte, einen Scherz zu machen. Es schien, als hätte er schon eine Ewigkeit nicht mehr gelacht.

Er sah jedoch, daß seine Frau den Scherz verstand, denn sie schnitt eine Grimasse und feixte. Er erwiderte ihr Grinsen; das kleine Geplänkel zwischen ihnen machte ihm Spaß. *So* also fühlt sich das an, wenn man verheiratet ist? dachte er verwundert. Dieses Glücksgefühl, das durch seine Brust strömte und ihn mit innerer Wärme erfüllte – war es das, was man fühlte, wenn man mit jemandem zusammenlebte, den man aufrichtig liebte?

Er erstarrte. Liebte? Unsinn! So etwas wie Liebe gab es nicht. Er sollte sich besser immer daran erinnern. Er liebte Stern nicht. Er liebte niemanden.

Seine Frau mußte etwas in seinem Ausdruck gelesen haben, denn sie wandte sich schweigend ab und machte sich wieder an ihre Näharbeit. Er trat zu ihr und betrachtete die Arbeit, die sie im Schoß hielt. »Was ist das?«

Hastig drehte Stern des Leder andersherum, so als wollte sie nicht, daß er das Muster sah. Tz, tz, die kleine Dachsfrau, dachte er amüsiert.

Er griff hinunter und drehte das Stück Leder wieder herum, damit er das Bild darauf sehen konnte. »Was ist das denn?« fragte er perplex. »Es sieht aus wie eine Präriehenne oder so was...«

Sie riß es ihm aus den Händen. »Es ist gar nichts!« rief sie.

»Doch, Stern. Es ist etwas. Gib es mir.«

Aber sie weigerte sich, ihm die Näharbeit zu überlassen. Er streckte seine Hand aus. »Gib es mir, Stern.«

»Nein.« Sie senkte den Kopf.

»Ich möchte es sehen.«

»Nein!«

»Stern...«

Als sie sich vorbeugte und beide Arme schützend über das Lederstück legte, um es vor ihm zu verstecken, konnte er der Versuchung nicht widerstehen. »Gib es mir«, sagte er beharrlich, »sonst muß ich dich durchkitzeln!«

Sie begann zu kichern, als seine Finger ihre Rippen und Unterarme fanden, und wand sich lachend unter seiner Berührung. Schließlich lachte sie so heftig, während er sie unbarmherzig kitzelte, daß sich ihr Griff um das Leder lockerte und Falke es ihr wegreißen konnte.

»Aha!« rief er triumphierend. »Ich hab's!«

»Nein!« Sie sprang auf und streckte die Hände wie Klauen vor, als sie an das Kleidungsstück heranzukommen versuchte.

Er wehrte Stern mit einer Hand ab, während er mit der anderen das weiche, zerknüllte Leder ausschüttelte. »Nanu, das ist ja ein Hemd!«

Sie kreischte empört und machte einen Satz auf ihn zu. Nun brauchte er seine ganze Kraft, um sie mit einer Hand von sich abzuhalten. Dann fing er übermütig an zu lachen, denn jetzt kitzelte Stern ihn in der Achselhöhle.

»Gib mir das Hemd zurück, Falke!«

»Nein!«

»Du mußt! Du mußt es mir geben!«

Er schüttelte sich förmlich vor Lachen, und Stern gelang es, das Hemd aus seinen Fingern zu winden.

Falke grinste über den verlegenen Ausdruck auf ihrem Gesicht. »Es ist wirklich eine schöne Präriehenne, Stern«, versicherte er ihr.

»Oh!« schnaubte sie empört. »Das ist keine Präriehenne!«

»Nicht? Aber es sieht genau wie eine Präriehenne aus.«

»Es ist ein Falke!«

Falke konnte einfach nicht anders und brach in prustendes Gelächter aus. Schließlich lachte er so heftig, daß er sich den Bauch halten mußte.

Als er sich endlich wieder beruhigt hatte, sagte er: »Natürlich ist es ein Falke. Warum habe ich das nicht gleich erkannt?«

»Du Dummkopf«, stieß sie zwischen zusammengebissenen Zähnen hervor, und sie lachte jetzt nicht mehr. »Ich habe es für dich gemacht!« rief sie wütend und drückte das Kleidungsstück fest an ihre Brust. Dann wirbelte sie herum und stürmte zur Höhle hinaus.

Falke blieb zurück und starrte nachdenklich ins Feuer, fragte sich, was er jetzt tun sollte. Vielleicht würde er wieder jagen gehen. Alte Witwe konnte immer Fleisch gebrauchen.

Er schnallte sich gerade seine Schneeschuhe an, als Stern zurückkehrte.

»Wo gehst du hin?« verlangte sie zu wissen.

Falke beäugte sie. Sie hielt das Lederhemd dicht an ihren Bauch gepreßt, um es vor seinem Zugriff zu schützen. Ihre Lippen waren schmal, ihre Augen zu Schlitzen verengt.

»Es wird Zeit, auf die Jagd zu gehen«, erklärte er.

»Du bist doch gerade erst von der Jagd zurückgekommen! Und jetzt gehst du schon wieder?«

Er hörte die Bestürzung in ihrer Stimme und zuckte die Achseln. Er wollte eigentlich nicht jagen gehen, aber noch weniger wollte er bei einer wütenden Frau in der Höhle bleiben.

»So! Du willst also wieder weglaufen«, fauchte Stern.

»Ich laufe nicht weg.«

»Du gehst jagen. Das ist das gleiche wie Davonlaufen!«

»Schweig still, Frau. Ich sagte, ich gehe auf die Jagd.«

Sie wandte sich ab. »Na schön«, erklärte sie kühl. »Dann geh jagen.«

Und damit schlenderte sie in die Höhle. Falke konnte nicht umhin, den verführerischen Schwung ihrer Hüften zu bemerken. Er blickte unschlüssig über seine Schulter zurück auf die eisigen, schneebedeckten Hügel. Dann wieder nach vorn auf das warme Feuer und die Frau, die sich gerade mit einer geschmeidigen Bewegung auf ihrem Platz niederließ, um zu nähen.

Mit einem Seufzer schnallte er seine Schneeschuhe wieder ab und kehrte in die Höhle zurück. »Ich habe es mir doch anders überlegt«, erklärte er.

Stern lächelte.

Er erwiderte ihr Lächeln.

Das Feuer knisterte und sprühte Funken, und er schob ein paar Zweige hinein. »Wir werden bald mehr Holz besorgen müssen«, sagte er.

Sie nickte. »Wir könnten zusammen gehen und etwas Holz sammeln.«

»Gut.« Sie standen auf, hüllten sich in ihre Pelzumhänge und wanderten hinaus in die nachmittägliche Kälte.

Als sie zurückkehrten, jeder mit einem Armvoll Zweigen und Holz für das Feuer beladen, war es fast schon dunkel.

»Ich werde das Abendessen zubereiten«, sagte Stern, und Falke nickte. Er stampfte mit den Füßen, um seine Blutzirkulation in Gang zu halten, und hauchte in seine eiskalten Hände, um sie zu wärmen.

Das Feuer hielt sie warm an jenem Abend, und das getrocknete Fleisch und die Beeren schmeckten köstlich.

Als sie danach noch eine Weile am Feuer saßen, wagte Falke zu äußern: »Ich fand, es war eine sehr schön gemalte Präriehenne, Stern.«

Sie warf ihm einen finsteren Blickzu. Schließlich erwiderte sie: »Sie ist überhaupt nicht schön gemalt. Und außerdem soll es ein Falke sein.«

»Laß mich das Bild noch mal sehen.«

Widerstrebend reichte sie ihm das Lederhemd. Es war tatsächlich eine ziemlich verunglückte Darstellung – sie hatte weder mit einer Präriehenne noch mit einem Falken Ähnlichkeit. Um Falkes Mundwinkel zuckte es belustigt, doch er zwang sich, sich das Lachen zu verkneifen, bevor es Stern beleidigen konnte.

Er reichte ihr das Hemd mit betont neutraler Miene zurück.

»Es sollte ein Ersatz für das wunderschöne Hemd sein, das du früher hattest – das eine, das der Jaguar zerfetzt hat«, erklärte sie traurig.

»Oh. Es ist sehr nett von dir, mir ein Hemd zu nähen. Du brauchst es aber nicht mit einem Bild zu verzieren.«

»Tula hat es doch auch getan.«

»Ach so, ich verstehe.« So war das also. Tula hatte das andere Hemd genäht, und Stern wußte es.

»Ja. Ich wollte auch so einen schönen Falken aufmalen wie sie.«

Falke fing an zu lachen, konnte sich einfach nicht mehr beherrschen. Er wälzte sich auf dem Fußboden und brüllte vor Lachen, während seine Frau mit einem verletzten Augenausdruck zuschaute.

»Ich-ich –« Er konnte die Worte nicht hervorbringen, so heftig mußte er lachen. »Sie-sie –«

»Wenn du damit fertig bist, mich auszulachen, du Jaguarschwachkopf«, er konnte den eisigen Unterton in ihrer Stimme hören, »dann kannst du jagen gehen!«

Falke konnte sich noch immer nicht beruhigen und hielt sich den Bauch vor Lachen. Schließlich stieß er keuchend hervor:

»Der Falke war doch gar nicht Tulas Werk. Betafors älteste Tochter hatte ihn aufgemalt.«

»Was sagst du da?«

Damit hatte er die Aufmerksamkeit seiner kleinen Dachsfrau. »Es ist wahr. Betafors älteste Tochter ist eine sehr talentierte Künstlerin. Sie war es, die den Falken auf mein Hemd malte. Nicht Tula.«

Stern sah plötzlich erleichtert aus.

»Und Tula kann auch nicht singen«, fügte er großzügig hinzu.

Stern lächelte breit und schnappte sich das Lederhemd. »Ich verschwinde, um Betafor und ihre Familie zu besuchen. Du brauchst wegen mir nicht extra aufzubleiben.«

Er schmunzelte. Eine Ehefrau zu haben, erwies sich doch als recht unterhaltsam. Und eine Dachsfrau zur Ehefrau zu haben, hatte noch einen zusätzlichen Vorteil: Sie konnte nicht zu ihren Leuten zurück. Sie konnte ihn nicht verlassen. Niemals. Sie war sein.

Falke blickte lächelnd in die Flammen, fühlte sich so entspannt und glücklich, wie er es schon lange, lange Zeit nicht mehr gewesen war.

37. Kapitel

Frühling

Wir haben den Winter überstanden, dachte Stern glücklich. Die Jaguarleute hatten auf ihre Vorräte zurückgegriffen, und die Männer hatten gejagt, und alles in allem waren sie recht gut über die Runden gekommen. Natürlich war erleichternd hinzugekommen, daß es nur zwei Schneestürme gegeben hatte – ein relativ milder Winter. Stern erinnerte sich noch an einen Winter, den sie bei den Dachsleuten verbracht hatte, als viele Tage und Nächte nacheinander heftige Schneestürme getobt hatten. Und sie war dankbar, daß sie diesmal davon verschont geblieben waren.

Und obwohl die Jaguarleute freundlich und hilfsbereit waren, fand sie, sie hätten noch besser auf die kälteste Zeit des Jahres vorbereitet sein müssen. Vielleicht sollte sie mit Betafor sprechen und vorschlagen, daß sie dieses Jahr früher mit dem Sammeln und Einlagern von Wurzeln und Knollen anfingen.

Stern stand am Höhleneingang. Hinter ihr schlief Falke noch immer tief und fest. Sie war leise aus den warmen Bettfellen gekrochen und zum Eingang getappt, angelockt von dem schrillen morgendlichen Gezwitscher kleiner Vögel.

Vor ihr lag eine Landschaft aus Geröll und felsigen Hügeln, und sie konnte das erste Grün frischer junger Grasspitzen hier und dort aus der braunen Erde sprießen sehen. Die Büsche trugen bereits Knospen, und am Tag zuvor hatte sie eine Bärin mit zwei Jungen beobachtet. Ja, es war eindeutig Frühling geworden.

Stern gähnte und streckte sich träge im warmen Frühlingssonnenschein. Ein neuer Tag war gekommen und mit ihm ein glückliches Gefühl. Sie lächelte vor sich hin. Etwas ganz Besonderes war in diesem Winter geschehen. Sie erwartete ein Baby.

Sie wußte es mit Bestimmtheit, weil Salbeiblüte, die jetzt mit einem gewaltigen Bauch herumwatschelte und alles über die Schwangerschaft wußte, Stern versichert hatte, daß sie tatsächlich schwanger war. Kein Blut in diesen vergangenen drei Monaten, Trägheit und auch die morgendliche Übelkeit – alles das waren laut Salbeiblüte Anzeichen dafür, daß Stern ein Kind erwartete.

Sie hatte es Falke allerdings noch nicht erzählt. Es sollte eine freudige Überraschung für ihn sein.

Verträumt schlang sie die Arme um ihren Körper, während sie auf den Gesang der Vögel lauschte. Es war wirklich ein herrlicher Tag. Sie hatte sich bei den Jaguarleuten eingelebt und ihrem Leben einen Sinn zu geben vermocht. Sie hatte sich ein Heim erschaffen, hatte sich mit den meisten der Jaguarfrauen angefreundet, und sie und Falke genossen ihre Zeit miteinander. Sie liebte ihn, und er war ihr ein guter Ehemann. Nein, sie hatte wirklich keinen Grund zur Klage.

Und wenn Falke erst einmal wußte, daß sie ein Kind erwarteten, vielleicht würde er dann so glücklich sein, daß er ihr sogar erlaubte, ihre Mutter zu besuchen. Dann würde tatsächlich alles perfekt sein.

Stern summte ein kleines Lied vor sich hin, als sie in die Höhle zurückging und Falke die Felldecken wegzog. Er grunzte unwillig.

»Steh auf, Faultier«, sang sie.

Er öffnete ein dunkles Auge und blickte sie an. »Du zwitscherst ja heute morgen wie ein Vogel.«

Sie lächelte geheimnisvoll. Heute würde sie ihm die wundervolle Neuigkeit erzählen.

»Steh endlich auf! Es ist Frühling! Höchste Zeit für einen Mann, aufzustehen und sich zu betätigen.«

Er stöhnte, rollte sich herum und legte einen muskulösen Arm über sein Gesicht. »Geh weg. Es ist noch zu früh.« Während des Winters hatten sie sich beide angewöhnt, bis spät in den Morgen zu schlafen.

Stern kicherte und griff nach einem Zipfel der Elchhaut. »Los, aufstehen! Steh auf, oder du wirst es bereuen!«

Falke stöhnte und legte seinen anderen Arm über sein Gesicht.

Sie hob die Elchhaut an und versuchte, ihn herunterzurollen, aber er war zu schwer, und ihr Trick funktionierte nicht.

Plötzlich schlang sich eine kräftige Hand um ihren Knöchel. »Komm her«, befahl er. Mit einer raschen Bewegung zog er sie zu sich herunter und legte sich auf sie.

Stern starrte in seine dunklen Augen und lächelte. »Es ist Zeit zum Aufstehen, Liebster.«

Er küßte sie ausführlich. »Noch nicht. Ich habe etwas Besseres zu tun.«

Seine forschende Hand sagte ihr, was es war, und sie giggelte übermütig. Sie liebten sich leidenschaftlich und in aller Ausführlichkeit. Danach, als sie befriedigt und träge dalag und mit dem Gedanken spielte, sich wieder in die Felle zu kuscheln und noch eine Weile zu schlafen, sprang Falke unvermittelt von ihrem Lager auf. »Also, wer ist denn jetzt das Faultier?«

Stern beobachtete ihn, amüsiert darüber, daß er dachte, er hätte sie übertroffen. Sie streckte sich, von einem köstlichen Wohlgefühl erfüllt. »Falke?«

»Hmmm?«

»Ich muß dir etwas sagen.«

Er erwiderte nichts darauf, scheinbar ganz auf seine Tätigkeit konzentriert, während er ein paar Zweige ins Feuer legte und in der Glut herumstocherte, um sie wieder anzufachen. Dann holte er ein paar Stücke Dörrfleisch aus einem Korb und brachte ihr eines. »Du solltest besser aufstehen und uns Wasser holen, Frau. Wir haben keines mehr«, erklärte er kauend.

Sie lächelte. »Wir können doch zusammen zum Fluß hinuntergehen.«

»O nein. Nicht ich! Du wirst mich nicht dazu kriegen, den steilen Abhang zum Fluß hinunterzuklettern. Ich bleibe hier am warmen Feuer.«

Sie erhob sich lachend und reichte ihm das Stück Fleisch zurück, während sie sich anzog. Als sie es sich wieder holen wollte, ertappte sie ihn dabei, wie er gerade den letzten Rest davon verdrückte. Seine Augen glitzerten fröhlich. Stern streckte gebieterisch eine Hand aus. »Mehr Fleisch«, verlangte sie.

Falke grinste und ging gehorsam zu dem Korb.

Stern folgte ihm und prüfte den Inhalt des Vorratskorbes. Noch drei Stücke übrig. »Mir scheint, du solltest besser auf die Jagd gehen«, bemerkte sie, als er ihr das größte Stück reichte.

Er streckte sich und nickte. »Ein paar der anderen Männer werden sicher auch jagen gehen wollen«, erwiderte er.

Nachdem Falke angekleidet war, gingen sie hinunter zum Fluß und tranken von seinem erfrischenden Wasser. »Was war es denn, was du mir sagen wolltest?« fragte er nach einer Weile.

Wie sein Lächeln sie wärmte! Sie liebte ihn wirklich von ganzem Herzen.

Stern trat näher zu ihm und nahm seine beiden Hände in ihre.

»Etwas ist geschehen«, begann sie. Als sie seinen mißtrauischen Ausdruck sah, mußte sie lachen. »Etwas sehr Schönes.«

Er sah erleichtert aus. Sie schmunzelte. »Wir«, verkündete sie, »werden ein Baby haben!«

Sie lachte laut, entzückt über die Überraschung, die sie ihm bereitet hatte.

Doch Falke wurde plötzlich ganz still, dann ließ er ihre Hände sinken. Als er zurückwich und sich abwandte, verstummte ihr Lachen abrupt. »Falke?« fragte sie erschrocken.

Er drehte sich wieder zu ihr um, und sein Gesicht zeigte einen grimmigen Ausdruck.

»Falke? Was ist los? Was hast du?«

Er schüttelte den Kopf. »Nichts.«

»Bist du nicht glücklich?« Sie brachte die Worte kaum über die Lippen.

Schweigend starrte er sie an, und seine eben noch so heiter blitzenden schwarzen Augen wurden kalt. »Bist du es denn?« fragte er ausweichend.

»O ja! Ich bin sehr, sehr glücklich!«

Stern glaubte zu sehen, wie er zu lächeln versuchte, aber dann blickte er weg, und sein Ausdruck ließ nicht erkennen, was er dachte.

Als er sich wieder zu ihr umwandte, war sein Gesicht ernst. »Ich muß jetzt jagen gehen, Stern.«

Sie starrte ihn mit offenem Mund an. »Jetzt? Aber… aber…«

»Ich brauche Zeit, um darüber nachzudenken.«

»Zeit?«

»Ja. Ich muß darüber nachdenken, was es für uns bedeutet.«

»Aber, Falke, es ist wundervoll! Es bedeutet, daß wir ein Kind haben werden!«

Er blickte sie an, und in seinen Augen schimmerte Mitleid. »Ja, genau das bedeutet es.«

Dann wandte er sich ab und ging davon, ließ Stern neben dem Fluß stehen, in jeder Hand eine tropfende Wasserblase. »Falke?«

Aber er hörte sie nicht.

38. Kapitel

Es war inzwischen einige Tage her, seit Falke erfahren hatte, daß Stern ein Kind erwartete – sein Kind. Und die ganzen langen Tage über hatte sich Falke noch immer nicht dazu durchringen können, die Freude auszudrücken, die Stern so übermäßig zeigte. Wenn sie doch nur nicht schwanger wäre, dachte er verzweifelt. Dann wäre alles wieder gut.

Aber sie *war* schwanger. Sie trug sein Kind unter dem Herzen.

Er lag auf dem Bauch in einer kleinen Schlucht, gut versteckt unter einer knorrigen Eiche, während er darauf wartete, daß Wild herbeikam, um an dem winzigen Bach zu trinken, der in einigem Abstand vorbeifloß. Er hatte an dieser Stelle schon einmal einen Hirsch erlegt, und er hoffte, der Trick würde erneut funktionieren. Außerdem verschaffte ihm das Warten Zeit zum Nachdenken.

Als sich nach einer Weile noch immer kein Hirsch, kein Kojote oder sonst irgendein Tier blicken ließ, rollte Falke sich auf den Rücken und blickte durch die verwachsenen, mit dicken Knospen besetzten Zweige der Eiche in den blauen Himmel hinauf. Ein schwerer Seufzer entrang sich seiner Kehle. Er erinnerte sich noch gut daran, wie glücklich Tula gewesen war, als sie mit seinem Kind schwanger geworden war. Und er war ebenfalls sehr glücklich gewesen.

Aber über Sterns Schwangerschaft war er alles andere als froh. Er war regelrecht krank vor Furcht. Stöhnend rollte er sich wieder herum und vergrub sein Gesicht in den Armen, ohne sich darum zu kümmern, ob er vielleicht irgendein Tier damit verjagte.

Tula hatte jetzt einen gesunden Sohn. Folglich lag das Problem nicht bei ihr. Es lag bei ihm. Tief in seinem Herzen wußte er das. Er, der Vater, war die Ursache, warum Habicht so krank gewesen war und sein Körper so schwächlich und verkrüppelt. Falke wußte es, doch er konnte dieses Wissen niemals irgend jemandem anvertrauen.

Und jetzt – wie konnte er in Sterns schöne, strahlende braune Augen blicken und ihr sagen, daß ihr Baby ebenso krank wie Habicht zur Welt kommen würde? Wie sollte Falke die schreckliche Qual ertragen, noch einmal ein Kind zu verlieren? Wie konnte er hilflos mitansehen, wie ein weiteres seiner Kinder dahinsiechte, wie es Tag für Tag schwächlicher und kränker wurde, bis der Tod es holte, während er die ganze Zeit über wußte, daß es nichts gab, was er tun konnte, um seinem Kind zu helfen. Wie sollte er das ertragen?

Er konnte es nicht. Er konnte es einfach nicht!

Und Stern – was war mit ihr? Nachdem das Baby geboren war und sie sah, wie langsam es wuchs, würde sie alle Hoffnung verlieren, daß es jemals gesund werden könnte, so wie es Falke bei Habicht ergangen war. Dann würde sie anfangen, ihren Ehemann zu verabscheuen, wie Tula es getan hatte. Und es würde ihm das Herz brechen, wenn er miterleben mußte, wie sich Sterns liebevolle, zärtliche Art in Verachtung und Haß auf ihn verwandelte. Und wenn sie ihn dann auch noch wegen eines anderen Mannes verließ, würde es ihn endgültig vernichten. Dann gäbe es nichts mehr für ihn, wofür es sich zu leben lohnte. Er würde ein toter Mann ohne Seele sein.

Stern war bereits grausam zu ihm gewesen, wenn auch unbewußt: Sie hatte neue Hoffnung in ihm geweckt, die Hoffnung, daß er nicht ohne Liebe leben mußte. Auch das wollte er vor niemandem zugeben. Da er jedoch ganz allein unter der Eiche war, konnte er es zumindest sich selbst eingestehen. Nur dieses eine Mal. Stern hatte wieder Liebe in sein Leben gebracht. Er hatte Glück erfahren in der Zeit, seit sie mit ihm verheiratet war. Nachdem Tula ihn verlassen hatte, hatte er geglaubt, er würde niemals wieder glücklich sein, aber Stern hatte ihn wiederaufleben lassen.

Verzweifelt kniff er die Lider zusammen. Was konnte er nur tun, um zu verhindern, daß ihn das schreckliche Schicksal erneut ereilte? Mit jedem Tag, der verging, wuchs das Kind in Sterns Leib, und mit jedem Tag, der verging, hätte Falke Stern am liebsten fester an sich gepreßt, weil er wußte, daß er sie verlieren würde; sie würde sich von ihm abwenden und niemals zu ihm zurückkehren. Was konnte er nur tun?

Wieder und wieder dachte er daran, wie Tula ihm die Schuld am Tod ihres Kindes zugeschoben hatte, wie sie ihn wegen Murmeltier verlassen hatte. Und er wußte, genau das gleiche würde mit Stern passieren. Sein Magen verkrampfte sich zu einem Knoten bei der unerträglichen Vorstellung, sie und ihr gemeinsames Kind zu verlieren.

Er wußte nur eines: Er konnte einen solchen schrecklichen Verlust nicht noch einmal ertragen. Er konnte es einfach nicht.

»Willkommen daheim«, begrüßte ihn Stern.

Falke starrte sie müde unter halbgesenkten Lidern hervor an. Wußte sie denn nicht, wie ihre Worte ihn verspotteten? Ihr »Heim« war im Begriff, vernichtet zu werden, und zwar weitaus gründlicher und vollständiger als durch die bloße Zerstörung einiger Felle und Körbe, die er damals angerichtet hatte.

Er zog eine Grimasse, als er sich ans Feuer setzte. Er hatte versucht, Stern daran zu hindern, ein Heim zu schaffen. Tief in seinem Herzen hatte er gewußt, daß er sie daran hindern mußte, daß er die Liebe und die Hoffnung, die sie beide fühlten, im Keim ersticken mußte. Es war ihm nicht gelungen. Aber jetzt würde das Baby alles für sie zerstören. Nein, nicht das Baby, korrigierte er sich in Gedanken. Er selbst war die Quelle des Unglücks, das sie alle heimsuchen würde.

Stern lächelte ihm zu, als sie ihm eine geröstete Lilienknolle reichte. Er verzehrte sie in düsterem Schweigen, ohne auch nur das geringste von der frischen Frühlingsdelikatesse zu schmecken.

»Ich bin heute mit den anderen Frauen Lilienknollen ausgraben gewesen«, erklärte sie heiter.

Er grunzte nur.

»Wie ich sehe, bist du ohne Fleisch zurückgekehrt. Aber das macht nichts. Morgen wirst du sicher mehr Erfolg haben.«

Er starrte sie verblüfft an. Glaubte sie allen Ernstes, etwas so Unbedeutendes, wie ohne Fleisch zurückzukehren, bekümmerte ihn? Er schnaubte mißmutig.

Stern knabberte an einer abgekühlten Knolle, die sie in der Hand hielt. Er konnte fühlen, wie sie ihn beobachtete, aber er hielt seinen Blick starr auf die Flammen gerichtet.

Lange Zeit herrschte Schweigen zwischen ihnen, ein Schweigen, das zu brechen Falke zu niedergeschlagen war.

»Horn ist vorhin vorbeigekommen. Er möchte morgen mit dir jagen gehen.«

Falke zuckte die Achseln. Es war ihm ziemlich gleichgültig, was er morgen tat.

Er schaute verstohlen hoch und sah den besorgten Ausdruck auf Sterns Gesicht, und er zwang sich zu sagen: »In Ordnung, ich werde mit ihm gehen.«

Sie sah erleichtert aus bei seiner Antwort. Seine schreckliche Angst bewirkte, daß die Lilienknolle wie ein schwerer Obsidianbrocken in seinem Magen lag, und er wäre am liebsten in sich zusammengesunken. Es gab nichts, was er tun konnte, um das Verhängnis abzuwenden, das er für sich voraussah. Und für Stern.

Sie tätschelte ihren Bauch und schenkte ihm ein strahlendes Lächeln. Er schluckte die bittere Galle hinunter, die in seiner Kehle aufstieg. Furcht und Schrecken tobten in seinem Inneren.

»Das Baby bewegt sich.« Stern lächelte. Sie nahm Falkes Hand und legte sie auf ihren sanft gerundeten Leib. »Möchtest du es gerne fühlen?«

Er spürte ein leichtes Zucken unter seinen Fingern und riß seine Hand so schnell zurück, als hätte er sie in einen Löwenrachen gelegt.

Stern sah verletzt aus. Wut stieg in ihm auf. Wie konnte sie von ihm erwarten, daß er glücklich war nach dem, was er durchgemacht hatte?

Er erhob sich von seinem Platz. »Ich werde Horn besuchen gehen.« Damit eilte er aus der Höhle.

»Falke? Falke, komm zurück! Wir müssen miteinander reden –«

Hastig bog er um die Ecke des Höhleneingangs, so daß ihre Worte abrupt abgeschnitten wurden. Er krümmte sich vornüber und zog den Kopf ein, um sich gegen den Klang ihrer Stimme hinter ihm zu schützen. Er mußte etwas tun, um das Schicksal abzuwenden, das sie alle zu vernichten drohte. Aber was?

39. Kapitel

Stern und Salbeiblüte gingen hinter der Gruppe von Frauen her, die zu den Lilienfeldern unterwegs war. Obwohl die Felder in beträchtlicher Entfernung von den Bärenhöhlen lagen, scheuten die Jaguarfrauen nicht den weiten Weg, um die schmackhaften Knollen zu sammeln. Blaublühende Lilien wuchsen auf einer riesigen Fläche in der Nähe eines Flusses. Die Pflanzen gediehen prächtig in der feuchten, fruchtbaren schwarzen Erde.

Es war schon das zweite Mal, daß die Jaguarfrauen hinauswanderten, um die kleinen Knollen aus dem Boden auszugraben, und Stern wollte sichergehen, daß sie genug erntete, um einen ausreichenden Vorrat für den nächsten Winter einzulagern.

»Lauf nicht so schnell«, keuchte Salbeiblüte hinter ihr.

Stern blieb lachend stehen, um auf ihre Freundin zu warten. »Ich weiß, dein dicker, runder Bauch zwingt dich, langsamer zu gehen«, sagte sie voller Zuneigung.

Salbeiblüte warf ihr einen spitzbübischen Blick zu. »Du wirst auch bald so einen dicken Bauch haben. Wart's nur ab.«

Stern tätschelte ihren leicht gerundeten Leib und lächelte. »Das Warten fällt mir so schwer. Ich möchte mein Baby am liebsten jetzt schon sehen!«

Salbeiblüte schmunzelte. »Ja, es ist schon etwas Wundervolles, was wir tun: neues Leben in uns wachsen zu lassen.«

Stern nickte, aber etwas von ihrer überschwenglichen Freude verblaßte. »Ich glaube nicht, daß Falke genauso glücklich über unser Baby ist wie ich.«

Salbeiblüte machte ein derart erschrockenes Gesicht, daß

Stern wünschte, sie hätte besser nichts gesagt. »Aber ich bin sicher, er wird glücklich sein, sobald das Baby erst einmal da ist«, fügte sie hastig hinzu. Doch sogar sie selbst konnte den Zweifel in ihrer Stimme hören.

»Hirschfänger ist schon ganz aufgeregt«, vertraute Salbeiblüte ihr an. »Er massiert mir fürsorglich den Rücken, und abends singt er unserem Baby immer Jagdlieder vor.« Sie kicherte. »Er wünscht sich, daß sein Sohn einmal ein starker Jäger wird.«

Sterns Lippen zitterten. »Er-er tut wirklich lobenswerte Dinge für seinen Sohn.«

»Und was tut Falke?«

Stern biß sich auf die Lippen. »Er geht oft jagen«, erwiderte sie ausweichend. Sie konnte Salbeiblüte nicht sagen, wie kühl und reserviert Falke geworden war. Es war schon schwierig, ihn auch nur dazu zu bringen, sich mit ihr zu unterhalten. Manchmal ertappte sie ihn dabei, wie er blicklos ins Feuer starrte, und der Ausdruck auf seinem Gesicht war derart traurig, daß sie Mühe hatte, nicht in Tränen auszubrechen. Nein, sie würde ihrer Freundin nur die Freude verderben, wenn sie ihr solche Dinge anvertraute.

»Er jagt, um dich mit Fleisch zu versorgen, damit du ein kräftiges Kind zur Welt bringst«, bemerkte Salbeiblüte.

»Ja, das tut er«, erwiderte Stern bedrückt.

»Nun laß mal nicht den Kopf hängen, Mädchen«, sagte Salbeiblüte munter. »Jaguarmänner lieben ihre Kinder. Das wirst du schon noch sehen.«

Stern wandte den Blick ab. Salbeiblüte hatte sich auch geirrt, was Wildkirsche und Lauernde Katze betraf.

Plötzlich blieb Stern abrupt stehen. »Salbeiblüte«, flüsterte sie aufgeregt. »Sieh doch nur!« Langsam hob sie ihren Grabstock und zeigte nach vorn.

Salbeiblüte schnaufte überrascht. Der kräftige, glatte Körper und das zottelige, silbergraue Fell des Tieres waren unverkennbar. »Ein Dachs!«

Beide Frauen tauschten einen verwunderten Blick. Was hatte das zu bedeuten? Argwöhnisch beobachteten sie das Tier.

»Ich glaube, Dunkler Stern hat ihn geschickt«, sagte Salbeiblüte.

Stern zuckte die Achseln. »Aber zu welchem Zweck? Wir brauchen ihre Hilfe doch jetzt nicht mehr. Wir haben sie damals gebraucht, als wir ins Jaguarterritorium gebracht wurden und fliehen wollten. Aber nicht jetzt, nachdem wir unsere Ehemänner akzeptiert haben. Ich verstehe nicht, was –«

Ratlos beobachteten die beiden Frauen, wie sich das Tier einen Gang in den lockeren Boden grub und große Brocken Erdreich und Sand aufwarf, als es sich rasch in die Tiefe verzog. Innerhalb von Sekunden war es verschwunden.

Salbeiblütes Gesicht zeigte einen nachdenklichen Ausdruck.

»Was kann das nur bedeuten?« überlegte Stern laut. »Warum würde uns Dunkler Stern ihren Helfer schicken? Ich möchte jetzt nicht mehr fliehen. Du vielleicht?«

Salbeiblüte schüttelte ihr langes schwarzes Haar. »Nein.« Sie starrten auf die Stelle, wo der Dachs verschwunden war. »Vielleicht ist es ein gutes Omen für uns. Vielleicht bedeutet es, daß uns Dunkler Stern viel Glück mit unseren Babys wünscht.«

»Hmmm, ja, vielleicht«, meinte Stern unsicher. Eine Wolke zog hoch oben am Himmel vorbei und verdeckte für einen Moment die Sonne. Wolkenschatten segelten über die Hügel. Stern fror mit einem Mal. Sie fuhr fort, nachdenklich die Erdfurche zu beobachten, in der das stämmige Tier verschwunden war, aber der Dachs tauchte nicht wieder auf. »Das gefällt mir ganz und gar nicht, Salbeiblüte«, flüsterte sie.

Ihre Freundin schaute sich nervös um. »Komm, wir sollten zusehen, daß wir die anderen Frauen einholen.«

»Ja«, stimmte Stern bereitwillig zu. Die beiden Frauen machten sich eilig auf den Weg, um sich wieder den Jaguarfrauen anzuschließen, die in einiger Entfernung vor ihnen liefen.

Den Rest des Nachmittags verbrachte Stern damit, mit ihrem Grabstock in dem feuchten Boden herumzustochern. Sie grub eine Menge Lilienknollen aus, trotz des seltsamen Unbehagens, das sich ihrer bemächtigt hatte. Einmal fragte sie Salbeiblüte, ob sie nicht auch das Gefühl habe, irgend etwas stimmte nicht, aber die jüngere Frau hielt lediglich ihren Korb voller Lilienknollen hoch und lächelte fröhlich.

Stern machte sich wieder an ihre Arbeit, doch sie wurde das unbehagliche Gefühl einfach nicht mehr los.

Als sie das nächste Mal aufschaute, sah sie, daß die Sonne schon tief am Himmel stand. Die Jaguarfrauen waren bereits dabei, ihre Körbe und Grabstöcke einzusammeln und sich auf den langen Rückweg zu den Bärenhöhlen zu machen. Schließlich wollten sie nicht die Nacht auf den Lilienfeldern verbringen.

Stern griff nach ihrem Korb und schloß sich Betafor und ihrer Tochter an, der einen, die so freundlich gewesen war, das Falkenmuster auf Falkes neues Lederhemd zu malen.

Während sie hinter Betafor hertrottete, kreisten Sterns Gedanken unaufhörlich um den Dachs. Irgend etwas wird passieren, dachte sie besorgt. Dunkler Stern hat den Dachs aus einem ganz bestimmten Grund geschickt. Aber aus welchem?

40. Kapitel

Falke beobachtete, wie Stern die Höhle betrat. Sie schleppte den schweren Korb mit Lilienknollen und bemerkte ihn zuerst nicht in dem dämmrigen Licht der Höhle.

Als sie ihn entdeckte, setzte sie den Korb auf dem Boden ab und rieb sich ihre schmerzenden Arme. »Es ist kalt hier drinnen.«

»Ich werde ein Feuer machen«, sagte er und erhob sich von seinem Platz. Er eilte zum Höhleneingang, um mehr Feuerholz zu holen.

Als er an Stern vorbeiging, streckte sie eine Hand aus, um ihn zurückzuhalten. »Falke?«

Er hielt inne. Langsam, vorsichtig wandte er den Kopf zu ihr um, bis sich ihre Blicke trafen. Seltsam, wie bedrückt sie aussieht, dachte er überrascht. »Was ist?«

»Ist-ist irgendwas nicht in Ordnung?«

»Was sollte denn nicht in Ordnung sein?«

Ihre Hand ballte sich zur Faust und lockerte sich dann wieder. »Wirst du mir niemals anvertrauen, was dich beschäftigt?«

»Nein.« Und damit stakste er aus der Höhle, um das Holz zu holen.

Als Falke zurückkehrte, hatte Stern schon etwas Baumrinde für das Feuer zusammengekratzt. Falke ging zu Klaues Höhle und brachte einen brennenden Zweig mit, um die Späne damit zu entzünden.

Als die Flammen knisternd und prasselnd zum Leben erwachten, herrschte noch immer lastendes Schweigen zwischen ihnen.

»Ich werde ein paar geröstete Lilienknollen von den anderen Frauen holen«, erklärte sie und verließ die Höhle. Sie kehrte mit mehreren heißen, knusprig gerösteten Knollen auf einem hölzernen Teller zurück.

Sie verzehrten ihr Mahl in dem gleichen erstickenden Schweigen. Nachdem sie gegessen hatten, sagte Stern geradeheraus: »Du willst dieses Baby nicht, so ist es doch, nicht wahr, Falke?«

Er hörte eine tiefe Traurigkeit in ihrer Stimme mitschwingen.

Er zuckte die Achseln. »Das Baby kommt so oder so, ob ich es nun will oder nicht.« *Und es wird eine verdammt lange, qualvolle Geburt werden, meine Liebe,* dachte er, während er etwas herumrückte, um Stern nicht ansehen zu müssen. *Ich würde dir mit Freuden das Leiden ersparen, das Tula bei der Geburt unseres Sohnes hat aushalten müssen, wenn ich nur dazu imstande wäre. Ich hätte auch Tula gern jenen unerträglichen Schmerz erspart, wenn ich gekonnt hätte.* Er seufzte schwer. Stern hatte ja keine Ahnung, was ihr bevorstand. Sein Kind zur Welt zu bringen, würde eine bittere Erfahrung für sie sein, und dann würde sie sich haßerfüllt von ihm abwenden.

»Aber es ist genauso, wie Tula gesagt hat, stimmt's? Du hast deinen ersten Sohn nicht geliebt, und jetzt willst du auch dieses Kind nicht.«

Wie kann sie mich nur für so gleichgültig und lieblos halten?

dachte er, als er sie anstarrte. In ihren dunkelbraunen Augen glitzerten Tränen. Ihre Stimme klang tot wie ein Stein. »Tula hat nichts mit dem hier zu tun«, erklärte er mürrisch.

Stern beugte sich vor. »Sag mir, was mit Tula war«, bat sie ihn eindringlich. »Sag mir, warum du diesen Sohn nicht wolltest.«

Falke schüttelte schweigend den Kopf. Er konnte einfach nicht in Worte fassen, was sein Herz mit Schrecken erfüllte.

Sie zögerte. Als sie behutsam seinen Arm berührte, mußte er sich zwingen, nicht zurückzuzucken. Er blickte in ihre Augen, und einen Moment lang fühlte er sich verloren. Alles in jenen wundervollen dunklen Augen rief nach ihm. Sie liebt mich, dachte er, und eine überschwengliche Glückseligkeit erfüllte ihn. Sie liebt mich, und sie sagt es mir mit ihren Augen. Gleich darauf gewann seine beklemmende Furcht wieder die Oberhand.

Und wenn sie mich jetzt liebt, um wieviel mehr wird sie mich dann hassen, wenn sie nach einer langen, schmerzhaften Geburt unseren armen kranken Sohn in ihren Armen halten wird? Sie wird erkennen, daß ich nur kranke Kinder zeugen kann. Und wenn sie sich einem anderen Mann zuwendet, werde ich vor Kummer sterben.

Vorsichtig löste er ihre Hand von seinem Arm und wandte den Blick von jenen leuchtenden, von inniger Liebe erfüllten Augen ab. Er stand abrupt auf. »Ich gehe jagen.«

Sie starrte ihn mit offenem Mund an. »Jetzt? So spät am Abend noch?«

»Rehe und Hirsche kommen mit Vorliebe nachts zum Trinken an den Fluß. Ich werde einen erlegen.«

»Aber-aber wir brauchen doch gar kein Fleisch. Du hast doch erst gestern ein Reh erlegt –«

»Schweig still, Frau. Ich werde jagen gehen, ob du damit einverstanden bist oder nicht.«

Ihre Miene war steinern und undurchdringlich, als sie sagte: »Na schön, dann geh jagen.«

Er griff nach seinen beiden Speeren und ging an ihr vorbei. Unvermittelt sprang Stern auf die Füße und rannte vor ihm her. Sie wirbelte zu ihm herum und legte ihre Hände auf seine Schultern, hinderte ihn so daran, die Höhle zu verlassen. »Bleib! Geh nicht fort!«

Falke starrte sie verwundert an. »Was hast du denn? Was ist nur mit dir los, Dachsfrau?«

»Ich möchte nicht, daß du gehst! Ich möchte, daß du bleibst. Ich möchte mit dir über das sprechen, was sich zwischen uns gedrängt hat.«

Sie blickte zu ihm auf, und er schnappte alarmiert nach Luft, als er die Verzweiflung in ihren Augen sah. Er versuchte, sie wegzuschieben, aber sie rührte sich nicht von der Stelle. »Ich gehe jagen«, erklärte er energisch.

»Nein«, sagte sie.

Ihre Dickköpfigkeit ärgerte ihn. »Tritt beiseite, Dachsfrau.«

»Nein!«

»Du kannst mich nicht aufhalten.«

»Ich will es aber!« schrie sie.

Er verhärtete sein Herz gegen den Schmerz, den er in ihrem Schrei hörte. Wenn er sich nichts aus ihr machte, vielleicht würde er dann nicht so tief verletzt werden. »Ich gehe jagen, und keine törichte Frau wird mich daran hindern!«

Er schob sie brüsk beiseite. Stern jedoch warf ihre Arme um ihn und klammerte sich so fest an ihn, wie sich ein Vogel an einen Ast klammert.

»Geh nicht!«

»Frau! Dein Benehmen ist höchst unziemlich!«

»Das ist mir egal! Du bist mein Ehemann. Ich möchte nicht, daß du fortgehst. Ich möchte, daß du hierbleibst. Hier bei mir!«

Er runzelte verärgert die Stirn. »Keine Frau hat es je gewagt, sich mir gegenüber so zu benehmen«, sagte er zornig.

»Wir müssen miteinander reden! Wenn wir nicht –«

»Reden? Was gibt es denn zu bereden?«

»Unser Baby!« Ihr verzweifeltes Geheul hallte von den Höhlenwänden zurück, hallte in seinen Ohren wider, und er hätte sich am liebsten die Ohren zugehalten, um nicht die schrecklichen Worte hören zu müssen.

»Nein.« Er war stolz auf die Kälte in seiner Stimme. Diese Frau war einfach zu dreist. Sie wußte offensichtlich nicht, was sich gehört. *Das kommt davon, wenn man eine Dachsfrau heiratet.*

Er sprach, ohne nachzudenken. »Morgen früh werde ich dich zu deinen Dachsleuten zurückbringen.«

Stern holte scharf Luft, und ihr Gesicht wurde bleich – ein wachsbleiches Oval in dem matten Licht. »Was?« Ihre Stimme klang wie das Krächzen eines Frosches.

»Ich sagte, ich werde dich zu deinem Volk zurückbringen.«

Sie hob die Hände in einer bittenden Geste. »Aber… aber ich möchte nicht zurück…«

»Du hast keine andere Wahl. Ich habe gesprochen.«

Plötzlich ging ihm auf, daß seine unüberlegten Worte tatsächlich die beste Lösung für sie beide waren. Sobald sie bei ihrem Volk war, würden ihre Leute ihr helfen. Und was ihn selbst betraf – er konnte es nicht ertragen, einer Ehefrau bei einer weiteren anstrengenden, schmerzhaften Geburt zuzusehen. Er konnte nicht mitansehen, wie ein weiteres seiner Kinder viele Monde lang dahinsiechte, und er konnte es nicht ertragen, ein zweites Mal von einer geliebten Ehefrau betrogen und verraten zu werden.

Ja, es war für sie beide am besten so. Sollte Stern bleiben, dann würde er sie lieben, das Kind lieben, und sein Leben würde unweigerlich zerstört sein. Das ist es, was Liebe anrichtet, dachte er voller Ingrimm. Genau das ist es, was ich an jenem Tag zu verhindern versucht habe, als ich unsere Körbe kaputtriß und unsere Felle in Fetzen schnitt. Warum hast du mir damals keine Beachtung geschenkt?

Er mußte sich abwenden von der Qual auf ihrem Gesicht.

»Nein, Falke! Nein!«

Der Ausdruck, den er auf ihrem Gesicht gesehen hatte, zerriß ihm fast das Herz. Furcht, Verzweiflung, Verlust – er wußte nicht, was es war, nur daß es ihm unerträglichen Schmerz bereitete, sie anzusehen.

»Tu es nicht!« jammerte sie und fiel vor ihm auf die Knie. »Bitte, bitte, tu es nicht!« flehte sie.

Sie umklammerte seine Beine. Er blickte hinab auf ihren dunklen Kopf und versuchte sie wegzustoßen. »Laß das, Frau«, sagte er brüsk. »Du bringst Schande über uns beide mit deinem unwürdigen Betteln.«

Sie blickte zu ihm auf, ihr Gesicht tränenüberströmt. »Falke, denk doch mal nach! Schick mich nicht fort. Ich liebe dich. Ich trage dein Kind unter dem Herzen. Bei allem, was richtig und ehrenhaft ist, tu es nicht! Schick mich nicht fort!«

»Meine Entscheidung steht fest«, erklärte er und schob verbissen das Kinn vor.« »Du wirst gehen.« Eine willkommene, friedenspendende Gefühllosigkeit breitete sich plötzlich in seinem Inneren aus. Nichts, was sie sagen konnte, würde ihn jetzt noch erschüttern, weil er nichts mehr fühlen konnte. Er war sicher.

»Neiiin«, weinte Stern und klammerte sich noch fester an seine Beine.

Sie drückte ihn an sich. Konnte er denn nicht begreifen, daß sie ihn liebte, daß sie bereit war, alles zu tun, um bei ihm bleiben zu können? Ihr Kind, so kostbar für sie, bewegte sich selbst jetzt in ihrem Mutterleib. »Das kannst du nicht tun«, schluchzte sie. »Du kannst mich doch nicht einfach wegschicken –«

»Ich kann es. Und ich werde es tun.« Seine harte, gefühllose Stimme jagte ihr eine Gänsehaut über den Rücken.

»Falke, sag mir, warum du diese Dinge sagst! Warum kannst du mir nicht anvertrauen, was dich bedrückt?«

Er löste ihre Finger von seinen Oberschenkeln, die sie immer noch umklammerte. Stern sträubte sich, versuchte, ihn noch fester zu umschlingen, aber sein Griff – obwohl behutsam – war unnachgiebig.

»Falke!«

»Demütige dich selbst nicht weiter, Stern!« Seine Stimme klang streng, als ob sie ein Kind wäre und er sie ausschelten müßte.

Sie sprang auf die Füße und warf ihm die Arme um den Hals, bedeckte sein Gesicht mit hastigen, verzweifelten Küssen. »Falke! Tu es nicht! Ich liebe dich. Laß mich bei dir bleiben, ich flehe dich an –«

Wütend zog er ihre hungrigen Arme von seinem Hals fort. »Hör auf damit, Stern.«

Unbeirrt fuhr sie fort, seine Wangen mit Küssen zu bedecken, in der Hoffnung, er würde endlich die Tiefe ihrer Liebe für ihn verstehen. Aber seine Kraft war größer als ihre, und sie konnte ihn nicht lange halten. »Falke! Wenn du mich nicht liebst, dann denk wenigstens an unser Kind! Es braucht dich. Braucht seinen Vater –«

»Ich *denke* an unser Kind«, gab er grimmig zurück, sein Mund eine schmale, verbitterte Linie. »Und was ich tue, ist nur zu unserem Besten. Es ist auch für unser Kind das beste, wenn du das nur begreifen würdest!«

»Nein! Was du tust, zerstört alles zwischen uns. Unser Heim, unsere Liebe –«

»Es gibt kein Heim. Es gibt keine Liebe.« Seine Stimme klang tot.

Wie soll ich nur dagegen ankämpfen? fragte sie sich mutlos. Wie erreiche ich den Mann hinter der toten Stimme?

Er starrte sie durchdringend an, und seine Brust hob und senkte sich heftig mit jedem Atemzug. »Du wirst gehen, Stern«, sagte er kalt. »Du wirst morgen früh von hier fortgehen. Meine Entscheidung steht fest.« Damit verließ er die Höhle.

»Falke, komm zurück! Falke!« Als nur Schweigen als Antwort auf ihren schrillen Schrei ertönte, ließ sie sich auf die Knie sinken, vergrub ihren Kopf in den Armen und brach in Tränen aus. »Komm zurück! O bitte, Falke, komm zurück…«

41. Kapitel

Stern wachte früh am nächsten Morgen auf, und ihr Gesicht war verquollen vom vielen Weinen. Falke lag nicht wie sonst neben ihr; er war in dieser Nacht nicht zum Schlafen in die Höhle zurückgekehrt. Benommen kroch sie aus ihren Schlaffellen und machte sich daran, ihre Habe in einen großen Korb zu packen: ihr Hochzeitskleid, die zerschnittenen und danach wieder geflickten Mokassins, ein paar Knochenahlen, die er für sie gefertigt hatte, einen Kamm. In einem anderen Korb verstaute sie einige kalte Lilienwurzeln, die vom Abend zuvor übriggeblieben waren, und Streifen getrockneten Wildfleisches, Proviant für die Reise zurück zu ihrem Dachsvolk. Als dies erledigt war, setzte sie sich in die Höhle neben das Feuer, das im Laufe der Nacht erloschen war. Sie fühlte sich innerlich so tot und kalt wie die Asche; ein dumpfes Gefühl der Betäubung breitete sich in jedem Teil ihres Körpers aus. Sie kehrte zu ihrem Volk zurück. Falke wollte sie nicht mehr …

»Ho!« rief plötzlich eine Stimme am Höhleneingang.

Stern fuhr herum und blinzelte, als das helle Tageslicht am Eingang sie sekundenlang blendete. »Wer ist da?«

Aber die Person gab keine Antwort, sondern trat lediglich ein und kam auf sie zu. Stern erkannte den wiegenden Gang auf Anhieb. Tula.

Stern hatte noch nicht einmal das Bedürfnis, aufzuspringen und die Frau wegzujagen. Sie wollte einfach nur neben der toten Asche ihres toten Feuers in ihrem toten Heim hocken.

»Was habe ich da gerade gehört?« gurrte Tula, als sie näher kam. »Dein Ehemann wirft dich hinaus, wie? Was für eine schreckliche, schreckliche Sache!« Und sie lachte amüsiert.

Stern wandte sich von der boshaften Frau ab und starrte die Felswand an. »Du bist gekommen, um dich an meinem Unglück zu weiden, Tula. Na schön, tu es und dann verschwinde wieder.«

»Tz, tz.« Tula schnalzte kopfschüttelnd mit der Zunge. »Jetzt spielst du nicht mehr das sanfte, liebenswürdige Täubchen, wie, zweite Ehefrau?«

Stern gab keine Antwort. Was für einen Sinn hatte es, sich mit Tula auf ein erbittertes Wortgefecht einzulassen? Tula brachte ja doch nie für etwas anderes Verständnis auf als für ihren eigenen Schmerz.

»Ich wußte doch, daß er dich früher oder später satt bekommen würde«, sagte Tula. Sie wandte sich ab und sah sich in der Höhle um. Stern musterte sie verstohlen. Das Baby auf Tulas Rücken schlief. Tula drehte sich wieder zu Stern um.

»Achte nur darauf, daß du alles mitnimmst«, warnte die andere Frau. »Ich möchte nicht sehen, daß du irgend etwas von deinen Sachen zurückläßt.«

»Dies ist nicht deine Höhle, Tula«, erwiderte Stern müde. »Falke ist nicht dein Ehemann. Und was ich hier zurücklasse, geht dich nicht das geringste an.« Es ist mein Herz, das ich zurücklasse, dachte sie.

Tula lächelte und schlenderte näher. »Wußtest du, daß Klaue Besuch bekommen hat?« fragte sie.

Stern blickte benommen auf. Was heckte Tula jetzt wieder aus?

»Oh, ja. Er hat Gäste«, gurrte Tula.

Stern zuckte nur die Achseln. Sie hatte weder Zeit noch Lust, auf Tulas sonderbares Spiel einzugehen.

»Also.« Zu Sterns großem Bedauern ließ sich Tula mit überkreuzten Beinen auf der anderen Seite des erloschenen Feuers nieder, Stern gegenüber.

»Bitte geh«, sagte Stern.

»O nein«, erwiderte Tula. »Auf diesen Moment habe ich zu lange gewartet. Ich möchte ihn genießen.« Sie verzog hämisch das Gesicht.

Stern hockte schweigend da. Wenn die Frau es darauf angelegt hatte, unausstehlich zu sein, dann gelang ihr das wirklich gut.

Lächelnd beugte sich Tula vor. »Falke macht die Runde durch sämtliche Höhlen und erzählt allen, daß er dich zu deiner Mutter zurückbringt.«

Sterns Seele wurde taub.

Tula schlang voller Entzücken die Arme um ihren Körper. »Er stellt dich vor allen bloß. Alle Jaguarleute reden verächtlich über dich. Sie halten dich für eine Närrin.« Sie lachte schadenfroh. »Hach, wie mich das freut!«

Stern starrte sie an. »Ich finde, es ist eine traurige Sache, sich über den Schmerz eines anderen Menschen zu freuen.«

Tula runzelte die Stirn. »Ich werde mich nicht über deine

lächerlichen Worte ärgern, Dachsschlampe. Du weißt doch gar nichts.«

Stern schwieg. Glaubte Tula allen Ernstes, es kümmerte Stern, was sie dachte?

»Also, erzähl doch mal«, fuhr Tula fort. »Warum läßt dich dein Ehemann wie eine heiße Lilienknolle fallen?«

Als Stern sich weigerte, darauf zu antworten, wurde Tula ungeduldig. »Heraus mit der Sprache, Schlampe! Was ist es, was deinen Ehemann veranlaßt, dich so zu behandeln?«

»Warum willst du das unbedingt wissen? Reicht es dir nicht, daß ich im Lager der Jaguarleute gedemütigt werde?«

»Ich kann dich niemals genug gedemütigt sehen.« Tula lächelte, als führten sie eine ganz normale Unterhaltung.

Stern schüttelte sprachlos den Kopf. Sie war in ihrem ganzen Leben noch keinem Menschen wie Tula begegnet.

»Hast du zu oft das Essen verbrannt? Hast du dich ihm im Bett verweigert? Hast du dir einen Liebhaber zugelegt?« Tula kicherte amüsiert über ihre letzte Frage. »Er haßt andere Männer, das mußt du doch wissen.«

»Ich glaube, er haßt Murmeltier«, gab Stern zurück. »Nicht andere Männer im allgemeinen.«

Tula schnitt eine Grimasse. »Murmeltier ist ein guter Mann. Er hat mir geholfen. Wir haben ein gesundes Kind.«

Stern warf einen Blick auf das schlafende Baby. »Ja, das habt ihr«, bestätigte sie. »Aber obwohl ich schon so lange hier bin, weiß ich noch immer nicht, wie dein Kind heißt.«

Tula starrte sie an. »Du bist eine böse Frau. Ich werde dir nicht den Namen meines Kindes verraten. Du wirst nur versuchen, ihm weh zu tun.«

Stern seufzte. »Ich will deinem Kind nicht weh tun«, murmelte sie müde. »Bitte geh endlich und laß mich in Ruhe.«

Tula runzelte ärgerlich die Stirn. »Ich sehe, daß du nicht bereit bist, mir zu sagen, warum er dich verstößt.«

Tulas offensichtliche Enttäuschung bereitete Stern ein fast perverses Vergnügen. Was für ein erfreulicher Gedanke, daß es ihr gelungen war, der Frau wenigstens dieses eine Mal das Handwerk zu legen! »Stimmt, dazu bin ich nicht bereit.«

»Na schön. Dann gehe ich jetzt wieder.« Tula versuchte aufzustehen, aber das Baby auf ihrem Rücken brachte sie aus dem Gleichgewicht, so daß sie nicht auf die Füße kommen konnte.

Stern fühlte sich aus ihrer Lethargie gerissen. Sie erhob sich und trat um die Feuerstelle herum, um Tula aufzuhelfen, während sie ungläubig den Kopf schüttelte. *Wie komme ich eigentlich dazu, dieser Frau zu helfen?*

Tulas Hand fühlte sich kalt an, als Stern sie ergriff. Sie stützte Tula und half ihr auf. In dem Moment, als Tula wieder auf den Füßen stand, ließ sie Sterns Hand abrupt los. »Ich hätte deine Hilfe nicht gebraucht«, sagte sie hochmütig.

Stern ragte über der kleineren Frau auf. »Bitte geh jetzt.«

Tula musterte Stern von oben bis unten, dann blieb ihr Blick plötzlich auf Sterns leicht gewölbtem Leib haften. Sie strich sich mit einer Hand die weiße Haarsträhne aus ihrer Stirn zurück. »Jetzt ist mir klar, warum dich dein Ehemann verläßt!«

Stern hatte gründlich die Nase voll von Tulas Andeutungen. »Schön. Dann kannst du es mir vielleicht erklären«, fauchte sie.

Tula lachte. »Aha. Offenbar weißt selbst du nicht, warum er dich loswerden will. Wie amüsant! Ich darf nicht vergessen, es den anderen zu erzählen.« Sie kicherte hinter ihrer vorgehaltenen Hand.

Stern zitterte mittlerweile vor Zorn. Würde die Frau denn niemals aufgeben?

»Es ist ganz einfach«, erklärte Tula. »Er verläßt dich, weil du sein Kind erwartest.«

»Das ist doch völliger Unsinn!« schrie Stern, aber tief in ihrem Inneren wußte sie, daß Tulas Worte durchaus eine seltsame Art von Sinn ergaben.

»Hast du das denn nicht gewußt?« fragte Tula höhnisch. »Falke kann nur kranke Kinder zeugen. Er kann keine gesunden Babys machen!« Sie fing gellend an zu lachen, aber dann, noch während Stern sie beobachtete, erstickte ihr das Lachen in der Kehle und verwandelte sich in ein furchtbares Schluchzen.

Tula schlug die Hände vors Gesicht und weinte haltlos. Tränen stiegen in Sterns Augen auf, als sie das verzerrte, tränenüberströmte Gesicht der anderen Frau sah. Langsam streckte sie eine Hand aus, um Tula sachte an der Schulter zu berühren und sie zu trösten.

Tulas Schluchzen hörte augenblicklich auf, und sie hob den Kopf, um Stern böse anzufunkeln. Sie schlug Sterns Hand unwillig fort. »Du wirst dafür bezahlen«, stieß sie zwischen zusammengebissenen Zähnen hervor. »Du wirst dafür büßen, daß du sein Kind trägst!«

»Aber, Tula«, gab Stern zurück. »Er ist nicht mehr dein Ehemann. Du wolltest ihn doch nicht mehr. Du hast dich für einen anderen Mann entschieden!«

Tula schüttelte flüchtig den Kopf, als wollte sie Sterns Worte abstreiten. Dann ließ sie die Schultern hängen. »Das habe ich«, murmelte sie. Sie hob erneut den Kopf und starrte Stern durchdringend in die Augen. »Aber du wirst dafür büßen, daß du mich hast weinen sehen!«

Stern protestierte sanft. »Ich selbst weine auch ab und zu. Ich denke nicht geringer von dir, nur weil du –«

»Und ob du das tust! Ich kann dein Mitleid nicht ertragen!«

Stern schüttelte den Kopf. »Glaub mir, Tula. Was ich für dich empfinde, ist nicht Mitleid.« *Wut, vielleicht auch Angst, manchmal sogar Haß. Aber kein Mitleid.*

Tula hatte die Hände zu Fäusten geballt. Sie knirschte mit den Zähnen. »Du wirst dafür bezahlen, Dachsschlampe! Niemand darf Zeuge meiner Schwäche werden!«

Meinte Tula damit ihr Eingeständnis, daß sie Falke noch immer liebte? Oder meinte sie, daß ihre Tränen ein Zeichen von Schwäche waren? Man kann einfach nicht vernünftig mit ihr reden, dachte Stern resigniert. Was immer diese Frau an seelischen Wunden davongetragen hat, man kommt einfach nicht an sie heran. Ich jedenfalls nicht.

Tula bewegte sich zum Höhlenausgang, ihr Körper so steif und gerade wie ein Stück Holz. Stern eilte ihr nach.

Sie erreichten den Ausgang, und Stern blinzelte mehrmals, als sich ihre Augen an das helle Tageslicht gewöhnten.

Geröll knirschte unter Tulas zierlichen Füßen, als sie davonging. Stern schaute ihr nach, und eine unerwartete Traurigkeit für die andere Frau wallte in ihrem Herzen auf.

Plötzlich fuhr Tula erneut zu ihr herum und schrie: »Ich werde dafür sorgen, daß du leidest!« Ein schrilles, grauenhaftes Lachen kam über ihre Lippen.

Verschwunden war jede Spur der verzweifelten, zutiefst verletzten Frau, die noch wenige Sekunden zuvor in Sterns Höhle gestanden und geweint hatte.

Stern wandte sich wortlos ab.

Aber Tula war noch nicht fertig. »Klaues Besucher sind die Sklavenjäger!« schrie sie Stern nach, und in ihrer Stimme schwang Triumph mit. »Und sie sind immer auf der Suche nach neuen Sklaven!«

Furcht wand sich in einer eisigen Spirale durch Sterns Inneres, bevor sie in der Lage war, sie zu verdrängen. Tula kann mir nichts anhaben, redete sie sich wieder und wieder ein. Ich werde diese Leute bald verlassen, und es gibt nichts, was sie tun kann, um mir Schmerz zuzufügen. Ich darf das nicht vergessen!

Aber es war schwierig, sich daran zu erinnern, während Tulas höhnisches, grausames Lachen in ihren Ohren widerhallte.

42. Kapitel

Falke begegnete Tula und ihrem Baby, als er den Pfad entlangeilte, der an den Höhlen vorbeiführte. Tula gönnte ihm keinen Blick, aber er bemerkte den verschlagenen, selbstgefälligen Ausdruck auf ihrem Gesicht, und er fragte sich, wen sie wohl wieder einmal mit ihrer scharfen Zunge verletzt hatte.

Als er die Höhle erreichte, hockte Stern zusammengekauert neben dem erloschenen Feuer. »Komm«, sagte er rauh. »Es wird Zeit, daß wir aufbrechen.«

Er hatte Klaue und Betafor informiert, daß er seine Ehefrau zurück zu ihrem Volk bringen würde, daß seine Ehe beendet sei. Klaue hatte heute viel Besuch gehabt, und in seiner Höhle hatte ein ständiges Kommen und Gehen geherrscht, aber Falke bildete sich ein, daß er die Sache diskret gehandhabt hatte.

Klaue und Betafor würden es den übrigen Jaguarleuten erst sagen, nachdem er und Stern fort waren. Es bestand kein Grund, Stern vor allen seinen Leuten zu blamieren.

Es war nur ausgesprochenes Pech, daß sich unter Klaues Gästen auch die beiden Sklavenfänger befanden. Hakennase und Rotes Kinn hatten beide böse geknurrt, als sie Falke die Höhle betreten sahen. Obwohl er sie nicht fürchtete, hoffte Falke doch sehr, daß Klaue die beiden brutalen Sklavenfänger bald wegschicken würde. Ihre Täuschungsmanöver sorgten nur für Ärger, wo immer sie auftauchten.

Sein Blick schweifte zurück zu Stern, die sich langsam von ihrem Platz erhob. Jede ihrer Bewegungen wirkte, als bereiteten sie ihr Schmerzen. Hastig wandte er den Blick von ihrem leicht gerundeten Leib ab.

Sie griff nach den Körben und wartete schweigend, ohne ihn anzusehen. Falke schluckte hart und blickte sich noch ein letztes Mal in der Höhle um. Wenn er zu seinen Jaguarleuten zurückkehrte, würde er sich eine andere Behausung suchen. Diese Höhle war einfach mit zu vielen Erinnerungen verbunden, Erinnerungen, die er lieber verdrängte.

Schließlich machten sie sich auf den Weg, während Falke vorausging und Stern hinter ihm herstolperte. Nachdem sie eine Weile gewandert waren, blieb Stern abrupt stehen und setzte ihre Körbe ab. »Ich habe meinen Grabstock vergessen.«

»Du kannst von deinen Leuten einen anderen bekommen«, erwiderte er.

Sie zuckte zusammen bei seinen Worten, die sie nur zu schmerzlich daran erinnerten, daß er sie zu ihrem Dachsvolk zurückbrachte. Ihr Schmerz bekümmerte ihn jedoch nicht im geringsten; im Gegenteil, er war stolz darauf, wie kalt sein Herz ihr gegenüber empfand.

Wortlos griff sie wieder nach ihren Körben und marschierte hinter ihm her. Sie wanderten den ganzen Tag über, hielten nur gelegentlich an, um Wasser aus einem der klaren Bäche zu trinken. Als sich die Dämmerung herabzusenken begann, bestimmte Falke, daß sie nun ihr Lager für die Nacht aufschlagen würden. Während Stern Zweige und Äste für ein Feuer sammelte, grübelte Falke darüber nach, wie sie in der Lage war, trotz ihrer Schwangerschaft eine solch weite Strecke zu laufen. Sie ist eine starke Frau, entschied er und fühlte eine gewisse Erleichterung bei dem Gedanken. Nun, sie würde ihre Kraft auch brauchen.

Nach einem schweigsamen Mahl wickelten sie sich jeder in ihre Felle und legten sich zum Schlafen nieder, mit dem Rücken zum Feuer. Stern hielt Abstand zu Falke. Einmal wachte er mitten in der Nacht auf und glaubte, er hörte sie leise weinen, aber als er zu ihr kroch, sah er, daß er sich geirrt hatte. Ihre Augen waren fest geschlossen, ihre Wimpern wie dichte, dunkle Kränze auf ihren Wangen, während sie schlief.

Am nächsten Morgen machten sie sich nach einem kurzen Frühstück aus gedörrtem Rehfleisch erneut auf den Weg. Mir scheint fast, sie kann es kaum noch erwarten, zu ihren Leuten zurückzukommen, dachte Falke, als er sah, wie sehr sie darauf erpicht war, weiterzuwandern. Bei diesem Gedanken stieg eine unbestimmte Traurigkeit in ihm auf, aber er verdrängte sie hastig. Er durfte nicht vergessen, daß sein Herz so kalt wie ein Gletscherbach war.

Falke erlebte die Fortsetzung der Reise in einem Zustand dumpfer Betäubtheit. Es überraschte ihn nur, daß es so leicht sein würde, Stern zu ihrem Volk zurückzubringen. Früher einmal, als sie noch in den Bärenhöhlen gewohnt hatten, hatte er sich doch tatsächlich eingeredet, er liebte Stern. Er schüttelte den Kopf, froh darüber, daß er sich inzwischen von diesem Irrglauben befreit hatte. Denn er hatte die Wahrheit herausgefunden: Liebe war nur eine Illusion. Nichts Wesenhaftes, nichts Echtes oder Wirkliches. Liebe bedeutete nichts, gar nichts, und sie hielt ganz sicherlich nicht an. Nicht die Liebe für eine Gefährtin, nicht die Liebe für ein Kind. Und sie überdauerte niemals den Tod.

Seltsam, wie er genau in diesem Augenblick einen stechenden Schmerz in seiner Brust spürte.

Stern blickte ihn erschrocken an, als er leise aufstöhnte. »Falke? Was ist? Was hast du?«

Er preßte eine Hand auf seine Brust und rieb sie, schüttelte verwirrt den Kopf. »Nichts, Stern.« Er sagte nichts weiter, und der Schmerz verschwand so plötzlich, wie er gekommen war.

Stern wandte den Blick von Falkes kaltem, attraktivem Gesicht ab. Für sie gab es nichts mehr; ihre Welt lag in Schutt und Asche. Ihre Liebe zu ihm war zerstört, ihre Hoffnungen für das Baby, alles war vernichtet. Vorbei.

Sie fragte sich, ob Blaumeise wohl in der Lage sein würde, ihr wieder Lebensfreude zu vermitteln. Was für eine schwere Aufgabe für eine Mutter, dachte Stern niedergeschlagen. Eine Tochter zur Welt zu bringen und ihr dann, wenn sie eine erwachsene Frau ist, einen Grund zum Leben zu geben, die Lebensflamme erneut anzufachen. Denn das war es ganz sicherlich, was Stern brauchte. Es schien, als wäre ihre Seele an einen anderen Ort entschwebt, so abgestumpft und leer fühlte sie sich innerlich. Wie lernte man, wieder zu leben, wieder zu lieben nach einem solch vernichtenden Schlag? Wie konnte Falke sie einfach verstoßen? Begriff er denn nicht, daß sie ihn liebte?

Sie hätte fast laut gelacht, als sie sich an den Dachs erinnerte, den sie und Salbeiblüte an jenem Tag gesehen hatten, als sie Lilienknollen ausgruben. Wie wenig sie doch in jenem Moment geahnt hatte, daß Dunkler Stern sie vor dem Kummer warnen wollte, der ihr bevorstand: Ihr geliebter Ehemann war im Begriff, sie zu verstoßen. O ja, Dunkler Stern hatte durchaus recht gehabt, ihr einen Boten zu schicken. Das einzige Problem bestand nur darin, daß kein Bote Stern jetzt noch helfen konnte. Niemand konnte ihr mehr helfen. Nicht, wenn ihr Leben ein Scherbenhaufen war.

An diesem Abend schlugen sie ihr Lager neben einem schmalen Bach auf. Stern musterte Falke verstohlen, während er Zweige für ein Feuer aufschichtete. Als er ihr einen Streifen getrocknetes Rehfleisch reichte, wirkte sein attraktives Gesicht wie aus Stein gemeißelt. Nach ihrer schweigsamen Mahlzeit waren seine dunklen Augen kalt, selbst als er ihr eine gute Nacht wünschte.

Stern zog sich so schnell sie konnte in ihre Schlaffelle zurück. Warum konnte er nicht verstehen, daß sie ihn liebte und bei ihm bleiben wollte?

Sie vergoß leise Tränen in das warme Fell unter ihrem Gesicht. Sie wollte nicht, daß er sie nachts weinen hörte, denn sie wußte jetzt, daß ihn ihre Tränen völlig ungerührt lassen und nur noch mehr zu ihrer Demütigung beitragen würden.

Denn nichts, was sie sagte oder tat, konnte die Mauer durchdringen, die er um sich herum errichtet hatte. Sie erwartete sein Kind, dennoch kümmerte ihn das nur wenig. Sie hatte ihn verzweifelt angefleht, und doch hatte er ihren Bitten keine Beachtung geschenkt. Und jetzt würden ihr auch ihre Tränen nichts mehr nützen. Dieser Mann hatte sich innerlich zu weit von ihr entfernt, als daß sie ihn noch erreichen konnte.

43. Kapitel

Sie waren auf ein fremdes Lager gestoßen. Stern hockte wartend im Gebüsch, verborgen hinter einer kleinen Gruppe von Kiefern, ihre Körbe neben sich auf dem Teppich aus vertrockneten braunen Kiefernnadeln. Von der Stelle aus, wo sie kauerte, konnte sie zehn oder noch mehr Zelte ausmachen, die zwischen den dürren Bäumen eines Kiefernwaldes verstreut standen. In einiger Entfernung konnte sie Sonnenlicht auf den Wellen eines breiten Flusses glitzern sehen. Blauer Rauch kräuselte sich zwischen den Bäumen.

Falke hatte sie zurückgelassen, damit sie auf ihn wartete, während er sich nahe genug an die Zelte anschlich, um herauszufinden, ob es sich tatsächlich um das Lager der Dachsleute handelte. Stern horchte, aber kein Wachtposten stieß einen lauten Ruf aus, um die anderen zu warnen. Sie scheinen Falke noch nicht entdeckt zu haben, dachte sie, als er ganz plötzlich wieder da war und vor ihr stand. »Deine Mutter ist dort. Es sind tatsächlich deine Dachsleute.«

Stern blickte zu ihm auf, aber er hatte die Sonne im Rücken, und sein Gesicht war von Schatten verdunkelt. So sehr sie sich auch anstrengte, sie konnte keinerlei Trost, keinerlei Zuneigung in jenen starken Zügen entdecken oder in seiner Stimme hören.

Sie erhob sich auf die Füße und griff nach ihren Körben. »Dann gehe ich jetzt zu ihnen«, erklärte sie ruhig. Falls Falke erwartete, daß sie ihn wieder anflehen würde, sie nicht zu verstoßen, dann hatte er sich getäuscht.

Er folgte ihr, seinen Speer scheinbar lässig in der Hand, aber sie kannte ihn jetzt und wußte, daß er immer auf der Hut war und daß seinen schwarzen Augen nichts entging. Sie näherten sich bereits dem Zelt ihrer Mutter, bevor ein Warnruf aus dem Dachslager ertönte. Stern ignorierte Falkes verächtliches Schnauben, das andeuten sollte, daß die Dachsleute viel zu leicht zu überrumpeln waren.

Als sie Blaumeise sah, fing Stern an zu rennen. »Mutter!« rief sie jubelnd.

Ihre Mutter wirbelte herum und ließ den Löffel fallen, den sie in der Hand gehalten hatte. Sie sperrte verblüfft den Mund auf und bewegte sich von dem Feuer fort, während sie durch den Rauch in Sterns Richtung spähte.

»Ich bin's, Mutter!«

Blaumeises Gesicht verzog sich zu einem glückstrahlenden Lächeln, und sie eilte auf Stern zu, so schnell ihre Füße sie trugen. Die beiden Frauen umarmten einander, lachend und weinend zugleich, und Stern klammerte sich an die kräftigen Arme ihrer Mutter. Sie wich nur für einen kurzen Moment zurück, um zu sagen: »Ach, Mutter, ich bin ja so glücklich, dich wiederzusehen!« Dann umarmte sie Blaumeise erneut. Am liebsten hätte sie bis in alle Ewigkeit so dagestanden und die trostspendenden Arme ihrer Mutter um sich gefühlt.

Als ihre erste überschwengliche Wiedersehensfreude abgeklungen war, blickte Stern auf, um Falke dastehen zu sehen, die Arme über seiner breiten, nackten Brust verschränkt. Er beobachtete sie schweigend. »Mutter«, sagte sie vorsichtig. »Falke ist auch hier.«

Ihre Mutter versteifte sich. »Das sehe ich.«

Stern wurde weh ums Herz, als sie den Schmerz in der Stimme ihrer Mutter hörte. Es war hart für Blaumeise gewesen, Stern nicht mehr in ihrer Nähe zu haben, und die Stimme ihrer Mutter sagte ihr das jetzt.

»Er ist willkommen in unserem Lager«, erklärte Blaumeise gepreßt.

Sterns Lippen wurden schmal. Wie willkommen würde Falke wohl noch sein, wenn Blaumeise herausfand, daß er Stern verstoßen wollte?

Echo, der Häuptling der Dachsleute, kam herbei. Er musterte Falke mißtrauisch, begrüßte Stern jedoch mit einem freundlichen Nicken. »Es ist ein glücklicher Tag für uns, daß du zurückgekehrt bist.«

Stern nickte höflich. »Ich bin auch froh, wieder hier zu sein.«

Verlegenes Schweigen breitete sich aus, als weitere Dachsleute herbeikamen, um sich um die Besucher zu scharen. Falke war der einzige, der die angespannte Stille nicht zu bemerken schien.

»Stern!« rief eine freudige Stimme. Es war Wildkirsche. Die beiden Frauen umarmten einander herzlich.

»Oh, Wildkirsche, es ist so schön, dich wiederzusehen!«

»Und dich, Stern!«

Plötzlich kamen zwei Kinder herbeigerannt. Die beiden, ein Mädchen und ein Junge, stürzten sich jubelnd auf Falke. Die anderen Dachsleute standen nur da und beobachteten die Szene mit offenem Mund.

Stern schaute verblüfft zu, wie Falke das Mädchen hochhob und lachend herumschwenkte, während der Junge sein Bein umklammerte. »Ich grüße dich, Beere!« sagte Falke grinsend.

Dann stellte er sie wieder auf die Füße und löste die Finger des Jungen von seinem Bein. Er hob den Kleinen ebenfalls hoch und blickte ihm ins Gesicht. »Hast du deiner Mutter auch immer brav geholfen, Milky?«

»O ja!« versicherte der Junge. Falke lachte und stellte ihn auf den Boden. Die beiden Kinder hielten seine Beine umschlungen und strahlten übers ganze Gesicht.

Stern war nicht die einzige, die sprachlos zuschaute. Als Krähe herbeihumpelte, tat sie so, als schimpfte sie mit ihren Kindern, aber sie zog sie nicht von Falke weg. Sämtliche Dachsleute beobachteten die Kinder und ihre Mutter, und dann traten sie einer nach dem anderen vor, um Falke zu begrüßen.

Blaumeise, die Sterns Verwirrung sah, beugte sich zu ihr und flüsterte: »Falke hat Beere und Milky zurückgebracht, nachdem sie von den Sklavenfängern geraubt worden waren. Das ist der Grund, warum sich die Kinder und ihre Mutter so freuen, ihn wiederzusehen.«

Stern wandte sich zu Falke um, und er begegnete ihrem Blick und grinste breit. Es schien schon so lange her, seit sie ihn das letzte Mal hatte lächeln sehen, daß ihr Herz unwillkürlich einen Hüpfer in ihrer Brust tat, als sie sein Grinsen sah. Es fehlte nicht viel, und sie wäre vor all ihren Leuten in Tränen darüber ausgebrochen, ihn mit einem Mal wieder so entspannt und unbekümmert zu sehen. Ach, Falke, warum willst du mich nicht mehr? schrie ihr Herz in stummer Verzweiflung.

In dem Moment wandte er sich ab, um auf etwas zu hören, was Milky ihm erzählte, und der Zauber war gebrochen. So nahe, dachte Stern, und doch so fern. Dies ist der Mann, den ich liebe, aber es ist, als trennten uns Welten. Ach, Falke, warum hast du dich nur so weit von mir entfernt? Was hast du getan?

Echo erhob seine Stimme, um zu verkünden, daß ein Festmahl stattfinden sollte, um Sterns Besuch zu feiern. Stern blickte verlegen in eine andere Richtung. Wie sollte sie ihren Leuten nur beibringen, daß dies kein Besuch war, sondern daß ihr Ehemann sie für immer zurückbrachte, weil er sie nicht mehr wollte? Egal, schalt sie sich selbst. Denk jetzt nicht daran. Genieße das Fest. Sie werden noch früh genug herausfinden, daß ich zurückgekommen bin, um zu bleiben. Und obwohl ihre Lippen zitterten, zwang sie sich, eine erfreute Miene aufzusetzen.

Gleich darauf erschien auch Waldhuhn, und Stern drehte sich zu der alten Freundin ihrer Mutter um, als sich diese erkundigte, wie es ihr bei den Jaguarleuten ergangen sei. Stern überlegte gerade krampfhaft, was sie darauf sagen sollte, als Blaumeise plötzlich rief: »Stern! Du bist ja schwanger! Du erwartest mein Enkelkind!«

Stern sah das strahlende Gesicht ihrer Mutter, und wieder mußte sie an sich halten, um nicht in Tränen auszubrechen. Sie drängte ihre Tränen energisch zurück, als sie ihrer Mutter flüchtig zunickte, um sich dann wieder Waldhuhn zuzuwenden und ihre Frage mit ein paar nichtssagenden Worten zu beantworten, aber ihre Gedanken waren nicht bei dem, was sie der alten Frau erzählte. Die schmerzliche Demütigung, allein und schwanger und von ihrem Ehemann verstoßen zu ihrem Volk zurückzukehren, kam Stern erst jetzt richtig zu Bewußtsein, und sie hätte sich am liebsten auf den Boden sinken lassen und geweint. Statt dessen biß sie tapfer die Zähne zusammen und zwang sich zu lächeln.

Falke beobachtete Stern aufmerksam, und ihm entging nicht das feine Zittern ihrer Lippen. Er lächelte traurig und wandte sich ab, um mit Blaumeise zu sprechen, damit Stern einen Moment Zeit hatte, ihre Fassung wiederzugewinnen. »Hast du noch andere Enkelkinder?« fragte er Blaumeise im Plauderton.

»Du weißt doch, daß Stern mein einziges Kind ist«, erwiderte die alte Frau, ihre Lippen weiß.

Falke zuckte die Achseln. Natürlich. Er hatte ganz vergessen, daß die alte Frau unter anderem deshalb so wütend auf ihn gewesen war, daß er ihr Stern geraubt hatte, weil sie keine anderen Kinder hatte, die ihr Gesellschaft leisten konnten. Nun, von jetzt ab würde sie reichlich Gelegenheit haben, Sterns Gesellschaft zu genießen. Er schnitt eine Grimasse bei dem Gedanken.

Blaumeise trat einen Schritt näher. »Meine Tochter macht keinen glücklichen Eindruck, Jaguarmann«, zischte sie. »Was hast du ihr angetan?«

Ich habe sie nur vor einem schrecklichen Schicksal bewahrt, dachte er. Oder es zumindest versucht. Er sah Blaumeise an, sah den Zorn in ihrem zerfurchten Gesicht. Du wirst ja doch nicht verstehen, was ich tue, dachte er.

»Wie lange wird meine Tochter hierbleiben?« knirschte sie.

»Frag sie.«

»Ich frage dich.«

Es war offensichtlich, daß die Mutter seiner Ehefrau wenig

für ihn übrig hatte. Der Gedanke amüsierte ihn einen Moment. »Lange Zeit«, erwiderte er.

Bei diesen Worten entspannte sich Blaumeise ein wenig. »Ihr könnt in meinem Zelt wohnen«, bot sie gnädig an. »Ich werde solange zu meiner Freundin Waldhuhn übersiedeln.«

»Das ist nicht nötig«, erklärte Falke mürrisch. »Ich werde nicht länger als diese eine Nacht bleiben. Morgen früh kehre ich zu meinem Volk zurück.«

Blaumeise strahlte. »Dann wird es also ein sehr langer Besuch werden?« Sie freute sich aufrichtig. »Aber ich bestehe darauf, daß ihr mein Zelt nehmt«, bot sie noch leutseliger an, falls das überhaupt möglich war. Sie war schon im Begriff, davonzueilen, als sie plötzlich innehielt und sich erneut zu Falke umdrehte. »Es ist sehr anständig von dir, sie zu einem Besuch herzubringen. Ich danke dir.«

Ein Stich von Schuldbewußtsein durchzuckte Falke. Aber es war nicht stark genug, um die Erleichterung zu verdrängen, die er empfand. *Morgen werde ich fort sein, und Stern wird ihr neues Leben bei ihren Leuten beginnen. Sie wird ihre Mutter und Waldhuhn und Echo haben, und sie werden ihr während ihrer langen, qualvollen Wehen beistehen und ihr mit ihrem kranken Baby helfen. Ich kann nichts für sie tun. Gar nichts.*

Tatsächlich herrschte jetzt ein solcher Gefühlstumult in seiner Brust, daß er glaubte, platzen zu müssen. *Morgen*, sagte er sich beschwichtigend. *Morgen kann ich von hier fort und all das hinter mir lassen. Stern wird in Sicherheit bei ihren Leuten sein, und sie werden ihr beistehen.*

Wenn alles gut war, warum fühlte er dann diese lähmende Dumpfheit? Warum war der wilde Aufruhr in seinem Inneren plötzlich einem Gefühl des Abgestumpftseins gewichen? Was war nur mit ihm los?

Er beobachtete, wie Stern davonging, umringt von Scharen von Leuten, die jetzt, nachdem sie zurückgekehrt war, lebhaft auf sie einredeten. Sie lieben sie, dachte Falke überrascht. Dann ging ihm auf, was er gerade gedacht hatte, und er korrigierte sich hastig. *So etwas wie Liebe gibt es nicht.*

»Komm«, forderte Blaumeise ihn auf, als sie sah, daß er ganz allein dastand. »Hier entlang zu meinem Zelt.« Dann kehrte sie ihm den Rücken zu, erwartete offensichtlich, daß er ihr folgen würde.

Mit einem Achselzucken trottete Falke hinter ihr her.

44. Kapitel

Stern saß am Feuer und starrte düster auf den Fluß hinaus, während ihre Mutter eine Paste aus gemahlenen Nüssen anrührte. Anschließend strich sie den Teig auf große, flache Steine, die im Feuer erhitzt worden waren. Der köstliche Duft backender Nußkuchen erfüllte die Luft. Seit der Zeit, als Stern ein Kind gewesen war, hatten die Nußkuchen ihrer Mutter immer zu ihren Lieblingsspeisen gehört. Aber an diesem Morgen konnte sie sich nicht dazu überwinden, auch nur einen davon anzurühren.

Falke nahm gerade sein gewohntes morgendliches Bad im Fluß. Er hatte Sterns Leuten am Abend zuvor erklärt, daß er am nächsten Morgen wieder aufbrechen würde, und Stern wußte einfach nicht, was sie tun sollte. Sollte sie ihn gehen lassen? Oder von ihm verlangen, daß er sie mitnahm? Sollte sie den Häuptling, Echo, in ihre heikle Situation einweihen und ihn bitten, Falke energisch aufzufordern, seine Ehefrau mitzunehmen? Sollte sie es ihrer Mutter sagen und sie bitten, Falke ins Gewissen zu reden…

»Was ist es, was dich heute morgen so schwer bedrückt, Tochter?« erkundigte sich Blaumeise unvermittelt.

Schweigend blickte Stern auf den Fluß hinaus. Sie konnte einen Kopf in der Flußmitte zwischen den Wellen auf- und abhüpfen sehen. Langes, schwarzes Haar. Falke.

»Tochter? Was bekümmert dich?«

Stern fuhr herum, um ihre Mutter anzusehen. Die Besorgnis in Blaumeises Gesicht erweckte in ihr das Bedürfnis, zu weinen und ihrem Kummer freien Lauf zu lassen, und spendete ihr gleichzeitig Trost. Hier zumindest war Liebe. Und ihr Dachsvolk; sie durfte nicht vergessen, wie freundlich alle zu ihr gewesen waren. Mehrere der Frauen und Kinder hatten ihre Freude darüber zum Ausdruck gebracht, sie wiederzusehen. Die Zahl der Männer hatte sich natürlich beträchtlich vermindert – da sie als Sklaven verkauft worden waren.

Stern stieß einen tiefen Seufzer aus. »Mein Mann will mich nicht mehr.«

Ihre Mutter holte entgeistert Luft. »Wie kann das sein? Er hat dich gewaltsam entführt. Und jetzt bringt er dich einfach zurück und wirft dich weg wie einen verwesenden Hirschkadaver? Was ist nur mit dem Mann los?«

Stern schüttelte den Kopf. »Ich weiß es nicht, Mutter. Ich weiß es wirklich nicht.«

»Und du erwartest sein Kind!« rief Blaumeise entrüstet. »Wie erklärt er sein seltsames Verhalten?« Ihre Augen wurden schmal. »Es *ist* doch sein Kind, nicht wahr?«

Die unverblümten Worte ihrer Mutter ärgerten Stern. »Oh, Mutter, wie kannst du nur! Natürlich ist es sein Kind!«

Blaumeise klatschte eine weitere Portion Nußteig auf einen heißen Stein. Stern horchte auf das Brutzeln und Zischen.

»Warum«, verlangte Blaumeise mit lauter Stimme zu wissen, »will er dich dann loswerden?«

Wieder schüttelte Stern nur hilflos den Kopf. »Ich weiß es nicht.«

»Hat er vor, sich eine zweite Ehefrau zu nehmen?«

»Ich bin seine zweite Ehefrau.«

»Bist du mit seiner ersten Frau nicht gut ausgekommen? Ist es das?«

»Seine erste Ehefrau hat ihn vor einiger Zeit verlassen. Sie ist inzwischen wieder verheiratet.«

»Aha. Dann hat er möglicherweise einen Haß auf Frauen. Weil sie ihn im Stich gelassen hat.«

»Vielleicht. Es wäre bestimmt nicht schwer, solche Gefühle zu entwickeln«, gestand Stern. »Seine erste Ehefrau ist eine sehr schwierige Person.«

»So.« Blaumeise hatte die Hände in ihre ausladenden Hüften gestützt, als sie Stern anstarrte. »Und was wirst du jetzt tun?«

»Ich weiß es nicht genau. Hierbleiben, vermutlich.«

»Vermutlich? Selbstverständlich kannst du hierbleiben. Hier ist dein Zuhause. Wir lieben dich. Wir werden dir helfen.«

Plötzlich klangen die brüsken Worte ihrer Mutter wundervoll tröstlich, und Stern begann sich zu entspannen. »Ich wüßte nicht, wohin ich sonst gehen sollte«, sagte sie mit kleinlauter Stimme.

»Geh dorthin, wo du erwünscht bist, Mädchen«, erwiderte ihre Mutter. »Und hier *bist* du erwünscht.«

Stern berührte flüchtig ihren Bauch. »Und das Baby –«

»Natürlich wollen wir auch das Baby! Was redest du da nur für einen Unsinn? Der Junge wird mein Enkelkind sein.«

»Vielleicht ist es ja ein Mädchen.«

»Was auch immer es ist, es wird geliebt werden«, versprach Blaumeise.

Stern griff nach einem der Nußkuchen. Ihr Appetit war wundersamerweise zurückgekehrt.

Wenn er nicht so maskulin wäre und so atemberaubend aussähe, würde nichts von alledem schmerzen, dachte Stern. Wenn er häßlich und gedrungen und klein wäre und ein gemeines, brutales Wesen hätte, würde nichts von alledem eine Rolle spielen. Aber er ist nicht häßlich oder gedrungen und er hat kein brutales Wesen. Er ist groß und attraktiv, und wenn er nicht gerade versucht, mich loszuwerden, hat er ein ausgesprochen nettes, angenehmes Wesen, fast spielerisch.

Falke kam auf die beiden Frauen zu und blickte hungrig auf die Nußkuchen.

Blaumeise trat ihm energisch entgegen, die Hände in die Hüften gestemmt. »Bleib von den Nußkuchen weg, Jaguarmann! Der Mann, der meine Tochter verstößt, wird keinen Krümel von meinem Essen bekommen!«

Ungläubig beobachtete Stern, wie sich Falkes Mundwinkel zu einem Lächeln verzogen. Er fand die Sache wohl witzig, wie? Nun, dann sollte er ruhig hungrig bleiben.

Sie biß von einem Nußkuchen ab und kaute langsam, wobei

sie Falke völlig ignorierte. »Deine Kuchen schmecken wirklich köstlich, Mutter«, erklärte sie.

Blaumeise runzelte die Stirn. »Was wirst du wegen des Babys unternehmen?« verlangte sie von Falke zu wissen.

Stern nahm noch einen Bissen von dem Nußkuchen, während sie auf seine Antwort wartete.

»Was meinst du?« Er beobachtete Stern. Sie kaute sehr, sehr langsam.

»Du hast das Kind gezeugt. Du kümmerst dich um das Kind.«

Stern richtete sich alarmiert auf. Ihre Mutter hatte ihr doch versprochen, daß das Kind bei den Dachsleuten aufgenommen würde. Was ging hier vor?

»Du möchtest, daß ich mich um das Baby kümmere?«

Stern hätte fast gelacht über die pure Ungläubigkeit in seiner Stimme.

»Jemand muß das Kind im Jagen unterweisen. Ihm beibringen, wie man Vögel in Fallen fängt. Wie man gegen Feinde kämpft. Wenn *du* deinen Sohn nicht unterrichtest, wer soll es dann tun?«

Manchmal war die unverblümte Art ihrer Mutter geradezu ein Segen.

Falke schob störrisch das Kinn vor, und Stern konnte einen Muskel an seiner Narbe zucken sehen. Er schwieg beharrlich.

Aber sein Blick schweifte dabei zu Stern hinüber, und er sah ihr in die Augen. Sag es mir, bat sie ihn wortlos mit ihrem Blick. Bitte. Sag mir, daß du mir helfen wirst, unser Kind aufzuziehen. Sag mir, daß du mich nicht verstoßen wirst. Sie wartete, und es war ihr egal, daß ihn ihre Augen verzweifelt anflehten.

Doch der Ausdruck seiner dunklen Augen blieb unbeteiligt, und er wandte sich schweigend ab.

So ist das also, dachte Stern. Er will die Verantwortung für sein Kind nicht übernehmen. Gut. Dann soll es eben so sein.

»Nun?« Blaumeise wartete noch immer auf eine Antwort.

»Genug, Mutter«, sagte Stern energisch. »Wenn er es vorzieht, mich zu verlassen, sein Kind im Stich zu lassen, dann laß ihn.« Sie stand auf und ging auf Falke zu. »Ich werde bei meinen Leuten bleiben.« Sie dachte, es würde ihr das Herz brechen, als sie die Worte sagte.

Falke sah trauriger aus, als sie ihn jemals zuvor gesehen hatte. Stern reckte entschlossen das Kinn. »Ich kann dich nicht zwingen zu bleiben. Ich kann dich nicht zwingen, mich zu lieben. Oder unser Kind. Es ist das beste, wenn du gehst.«

»Ja, es ist wohl das beste«, flüsterte er. Sie konnte hören, wie ihre Mutter hinter ihr herkam. »Ich liebe meine Tochter«, sagte die alte Frau grimmig. »Ich verstehe dich nicht, Jaguarmann. Ich glaube, du bist ein nichtsnutziger Narr, meine Tochter so zu behandeln!« Sie spuckte ihn verächtlich an.

Schockiert beobachtete Stern, wie der Speichel an der Narbe auf Falkes Wange hinuntertropfte. Er wischte ihn mit einer raschen Handbewegung ab. Er starrte sie an, wortlos und unnachgiebig.

»Sag mir nur eins, Falke«, platzte Stern heraus, unfähig, sich zurückzuhalten. »Sag mir nur, daß du mich als deine Ehefrau willst, und ich werde bei dir bleiben!« Hoffnung keimte in ihrem Herzen auf. Ob er jetzt endlich erkannte, wie sehr sie ihn liebte? Würde er nach ihrer Liebe greifen, sie festhalten? Oder würde er zulassen, daß das Versprechen ihrer Liebe, ihrer Ehe, gebrochen wurde?

Falke schwieg beharrlich.

Blaumeise stellte sich vor Stern. Sie hob ihre Hand und zeigte auf den Pfad, der vom Dachslager wegführte. »Geh«, sagte sie barsch. »Und komm ja nicht wieder.«

Falkes dunkle Augen suchten Sterns Gesicht, und er blickte sie eindringlich an. »Bitte«, flehte sie über die Schulter ihrer Mutter hinweg. »Verlaß mich nicht …«

»Ich muß.« Damit wirbelte er abrupt herum und sprang in langen Sätzen den Pfad hinunter. Er ging aus ihrem Leben. Für immer.

Schluchzend rannte Stern zum Zelt ihrer Mutter.

45. Kapitel

Falke blickte sich verwirrt im Wald um. Was tat er hier eigentlich? Wie war er überhaupt hierhergekommen? Sein Schmerz darüber, Stern verlassen zu müssen, war so überwältigend gewesen, daß er seine Umgebung überhaupt nicht mehr wahrgenommen hatte und wie ein Schlafwandler vorwärtsgestolpert war, wo immer ihn seine Beine hintrugen. Und jetzt war er hier, starrte aus dem Wald hinaus auf die Kuppe eines Felsens und hinunter, immer weiter hinunter auf das schäumende Wasser unterhalb der Klippen.

Er hatte es getan. Er hatte Stern zurück zu ihren Dachsleuten gebracht. Er hatte einen Platz für sie gefunden, mit Menschen um sie herum, die ihr helfen würden, ihr Kind zu gebären und aufzuziehen – besser als er es vermochte. Warum fühlte er sich dann, als hätte er sich seinen Speerarm abgehackt? Warum hörte er dann kein Vogelgezwitscher mehr im Wald? Und warum hatte die Sonne ihre strahlende Helligkeit verloren?

Wie viele Tage lang war er schon so umhergeirrt, verloren und einsam? Er schüttelte den Kopf, versuchte, sich zu erinnern. Wenn ihn seine Erinnerung nicht trog, mußte dies bereits der dritte Tag seiner Wanderung sein. Er holte zitternd Luft, als er auf das strudelnde Wasser in der Tiefe blickte. Er mußte zu seinen Leuten zurückkehren. Er mußte unbedingt zurückfinden, sonst würde er weiter und immer weiter wandern und sich verirren und sterben.

Irgendwie machte ihm der Gedanke keine angst. Wen würde es schon kümmern, wenn er starb? Die Wölfe würden auch weiterhin noch durch den Wald streifen. Die Vögel würden weiterhin nach ihren Gefährten rufen. Es gab keinen Großen Geist, der seine Seele zu sich nehmen würde. Er hatte keine Seele. Nichts. Nur ein Mann ohne Seele war fähig, das zu tun, was er getan hatte: seine schwangere Frau zu verstoßen – die Ehefrau, die er liebte.

Das Wasser unter ihm rief seinen Namen, lockte ihn.

»Komm herunter und spiel mit mir«, rief es. »Falke, Falke, komm und spiel mit mir.«

Er schüttelte den Kopf in dem Versuch, einen klaren Gedanken zu fassen. Irgend etwas stimmte nicht mit ihm. Das Wasser konnte nicht nach ihm rufen. Er blickte sich um. Es wurde allmählich dunkel im Wald. Er sollte ein Feuer machen, sein Lager für die Nacht aufschlagen. Er sollte sich besser nicht über diese Klippe lehnen und darauf horchen, wie das Wasser nach ihm rief.

Jetzt noch unheilschwangerer: »Falke, komm schwimmen. Du warst doch immer so gut im Schwimmen. Komm und schwimm in meinen weißen Tiefen. Für ... im-mer ...«

Er beugte sich weiter vor, um besser sehen zu können, wer da nach ihm rief. Weißer Nebel stieg vom Fluß auf, und er konnte spüren, wie er sein Gesicht liebkoste. »Falke, Falke, komm ... komm in meine Ar-me ...«

Er beugte sich noch ein wenig weiter vor. »Ja, komm nur ... Niemals mehr Schmerz fühlen ...«

Er stürzte sich in die wirbelnden Tiefen und holte nicht einmal Luft, als die kochenden, brodelnden Wogen über seinem Kopf zusammenschlugen.

45. Kapitel

Falke blinzelte verwirrt, versuchte angestrengt, die Augen zu öffnen. »Was-was ist passiert? Wo bin ich?« Er blinzelte noch einmal und konnte die Höhlen hoch oben auf einem Hügel ausmachen.

Das runzlige Gesicht des Schamanen beugte sich über ihn. »Roter Habicht und Horn haben dich aus dem Wasser gezogen. Du wärst beinahe ertrunken. Sie haben dich hierhergebracht. Einige von uns befürchteten, du wärst bereits von uns gegangen, um zum Großen Geist heimzukehren.«

Falke schloß die Augen. »Es gibt keinen Großen Geist«, flüsterte er.

Der Schamane lachte und schüttelte belustigt den Kopf. »Guter Witz.«

Der Schamane begann, seine Sachen einzusammeln, und Falke drehte den Kopf, um zu sehen, was er da tat. Um ihn herum verstreut lagen mehrere mattgrüne Pflanzen und zwei farbige Steine und acht kleine Stöcke und diverse Federn mit irgendeiner schwarzen, klebrigen Substanz darauf. »Ho«, rief der Schamane. »Du darfst diese Dinge nicht ansehen. Sie besitzen große Macht.«

»Es gibt keinen Großen Geist«, wiederholte Falke mit schon etwas kräftigerer Stimme.

»Du solltet es wissen«, gab der Schamane zurück, und Falke glaubte seinem Tonfall zu entnehmen, daß der Mann ihn aufzuheitern versuchte. »Du bist derjenige, der ihn besucht hat, nicht ich.«

»Ich-ich habe ihn nicht besucht«, krächzte Falke. Seine Kehle schmerzte vom Sprechen.

Der Schamane hielt mitten in seiner Tätigkeit inne, seine kostbaren Gegenstände in einen Lederbeutel zu stopfen, und starrte Falke einen Moment lang schweigend an. »Du bist ein seltsamer Mann«, sagte er schließlich und fuhr dann kopfschüttelnd fort, seine restlichen Sachen zu verstauen.

Falke wandte sich ab. »Ich muß aufstehen«, murmelte er.

»Tu das«, erwiderte der Schamane und ging davon.

Falke richtete sich auf und stützte sich auf seine Ellenbogen. Er lag auf einem Schlaffell. Wenig später kam Horn herbei und ging neben Falke in die Hocke, um ihn prüfend anzusehen.

»Ich bin so froh, daß du lebst, Falke«, sagte er ernst. »Roter Habicht und ich dachten schon, wie wären zu spät gekommen, um dich zu retten. Du warst völlig entkräftet und eiskalt, als wir dich aus dem Wasser zogen.«

Falke gab keine Antwort. Er versuchte sich zu erinnern, wie er überhaupt in den Fluß hineingeraten war.

»Hier«, sagte Horn. »Ich helfe dir auf.« Er war gerade dabei, Falke auf die Füße zu helfen, als Klaue herbeieilte.

»Falke! Du lebst!«

»Richtig«, erwiderte Falke trocken. »Hattest du etwa die Hoffnung schon aufgegeben?«

»Wir alle haben nicht mehr zu hoffen gewagt«, antwortete der Häuptling. »Sogar Betafor hatte dich aufgegeben. Nur der alte Schamane fuhr unbeirrt fort, zu singen und zu beten. Der Rest von uns kehrte in unsere Höhlen zurück.«

Falke runzelte die Stirn. Jetzt verdankte er sein Leben also dem Schamanen. »Warum hat er sich überhaupt die Mühe gemacht, mich zu retten?« murmelte er.

»Was hast du gesagt?« fragte Horn.

»Nichts«, erwiderte Falke. Ihm war nicht danach zumute, Horn und Klaue seine Gefühle zu erklären.

Mit einem Mann auf jeder Seite, der ihn stützte, schwankte Falke den geröllbedeckten Abhang zu den Höhlen hinauf.

Horn führte ihn zu der Höhle, die Falke und Stern bewohnt hatten.

»Nein«, murmelte Falke. »Nicht hierher.«

Die beiden Männer starrten ihn verwirrt an, aber Falke wollte keine Erklärung liefern. »Na schön«, sagte er schließlich resigniert. Sie halfen ihm in die Höhle und setzten ihn behutsam auf die Elchhaut neben der erkalteten Feuerstelle. Falke fühlte sich schwach und schwindelig.

»Ich werde dir etwas zu essen bringen«, sagte Klaue und eilte davon.

»Wirst du auch zurechtkommen?« sorgte sich Horn.

Falke nickte. Horn blickte sich in der Höhle um. »Ich werde das Feuer für dich anzünden.« Er schichtete einige Zweige auf und streute dann eine Handvoll Holzspäne darüber, bevor er die Höhle verließ.

Wenig später kehrte er mit einem brennenden Zweig zurück und hielt ihn an die Späne. Winzige Flammen züngelten hoch und brannten dann knisternd.

Gleich darauf kehrte auch Klaue mit einer Schale in der Hand zurück. »Hier ist etwas Wildragout«, sagte er und setzte die Schale neben Falke auf dem Boden ab.

Falke warf einen flüchtigen Blick auf das Essen, aber er war nicht hungrig.

»Können wir sonst noch etwas für dich tun?« wollte Horn wissen.

Wieder schüttelte Falke schweigend den Kopf. Die beiden Männer warteten noch eine Weile, doch als Falke lediglich fortfuhr, blicklos ins Feuer zu starren, gingen sie hinaus.

Und was jetzt? dachte Falke wie betäubt, als er neben dem Feuer hockte. Das Feuer ist angezündet. Ich habe zu essen. Er sah sich in der Höhle um. Nichts deutete mehr darauf hin, daß Stern noch vor kurzem hier gelebt hatte. Seltsamerweise fühlte er keinen Schmerz, wenn er an sie dachte. Nur eine dumpfe innere Ruhe.

Er grübelte über seinen Sturz ins Wasser nach. Er hatte sich vorgebeugt, hatte die lockende Stimme des Wassers nach ihm rufen hören und sich in die Tiefe gestürzt...

Ich habe versucht, mir das Leben zu nehmen, dachte Falke. Wenn Horn und Roter Habicht nicht gewesen wären – und der Schamane, fügte er in Gedanken trocken hinzu –, dann wäre ich jetzt tot. Der Gedanke löste wiederum keinerlei Gefühlsregung in ihm aus, keine Freude und auch keinen Schmerz, nur dumpfe Betäubtheit.

Er starrte ins Feuer. Die lähmende Starre in seinem Inneren ließ nicht nach. Ich habe nichts mehr, wofür es sich zu leben lohnt, dachte er müde. Gar nichts mehr.

47. Kapitel

Sommer

Stern lächelte Blaumeise zu, die ihr gegenüber auf der anderen Seite des Feuers saß und damit beschäftigt war, Babykleider für das Kind zu nähen, das Stern erwartete. Stern hatte ihre Finger zu Hilfe genommen, um auszurechnen, wann es soweit sein würde, und war zu dem Ergebnis gekommen, daß es noch weitere drei volle Monde dauern würde, bis das Kleine auf die Welt kam. Sie lächelte voller Vorfreude und tätschelte sanft ihren Bauch, wie um das strampelnde Baby in ihrem Leib zu beruhigen.

Es verlief etwas anders, als sie es geplant hatte, ihr jetziges Leben bei ihren Dachsleuten. Sicher, ihre Mutter und sie bereiteten alles für die Geburt ihres Kindes vor, und insofern verlief es schon nach Plan, denn das war es, was sie sich immer gewünscht hatte. Aber in einem Punkt war ihr Plan fehlgeschlagen – sie hatte keinen Ehemann. Und ein Mann war immer Teil ihrer Wunschträume gewesen – ein Mann, der bei ihr sein wollte, um gemeinsam mit ihr die Freuden des Familienlebens zu genießen.

Was sie leider erst so spät in ihrem Leben gelernt hatte, war, daß sich die Dinge nicht immer wie geplant entwickelten. O sicher, sie konnte eine Wahl treffen, aber das bedeutete nicht zwangsläufig, daß diese Wahl auch die erhofften Früchte trug. Etwas anderes entschied darüber, ob ihre Wünsche in Erfüllung gingen oder nicht, und sie glaubte, daß es der Große Geist sein mußte. Bisher hatte es der Große Geist noch nicht für nötig gehalten, Falke in ihr Leben zurückzubringen.

Aber er hatte es für nötig gehalten, Pirschjäger zurückzubringen. Als der junge Mann völlig unerwartet wieder im Dachslager aufgetaucht war – erschöpft und abgemagert, aber mit Augen, aus denen die Freude über seine wiedergewonnene Freiheit strahlte –, hatten die Dachsleute wie wild gejubelt. Und als dann auch noch Findet Den Marder erschien und hinter Pirschjäger aus dem Wald heraustaumelte, konnte man Wildkirsches Freudenschreie sogar noch von den Bergen in der Ferne widerhallen hören.

Die beiden Männer waren den Fischessern entkommen und hatten sich tagsüber in den Wäldern versteckt, um des Nachts im Schutz der Dunkelheit weiterzuwandern, bis sie ihr Dachsvolk gefunden hatten.

Stern freute sich für Wildkirsche, denn jetzt warb Findet Den Marder um sie, wie sie es sich immer erträumt hatte. Wildkirsches Augen waren von einem stillen Leuchten erfüllt, wann immer Stern ihre Freundin ansah, und zwischen ihr und der gequälten, eingeschüchterten Frau, die sie als Lauernde

Katzes Ehefrau gewesen war, schienen Welten zu liegen. Vielleicht wird sie diesmal eine glückliche Ehe führen, dachte Stern. Sie hoffte es zuversichtlich für ihre Freundin.

Und was Stern betraf – sie wurde inzwischen von Pirschjäger umworben, doch sie hatte einen Widerwillen dagegen, allein mit dem jungen Mann zu sein. Wenn überhaupt, so hatte ihn sein Aufenthalt bei den Fischessern härter gemacht, und er drängte sehr energisch darauf, daß sie seinen Heiratsantrag annahm.

»Ich habe Pirschjäger eingeladen, morgen abend mit uns zu essen«, sagte Blaumeise in Sterns Gedanken hinein.

Stern preßte die Lippen zusammen, als sie die feine Kante an der Decke aus weichem Rehleder säumte, die für die Babywiege gedacht war.

»Ich finde, er ist ein ausgesprochen netter junger Mann«, fügte Blaumeise hinzu. Sie schnitt die Sehne mit einem Messer durch und verknotete sie dann noch einmal. Sie stickte gerade ein zierliches Rehmuster auf eine warme Decke für das Baby. »Er würde wirklich einen guten Ehemann abgeben.«

»Ja«, murmelte Stern abweisend, so wie sie es jeden Abend während der letzten sieben Tage getan hatte, seit Blaumeise zum ersten Mal davon erfahren hatte, daß Pirschjäger mit seiner Brautwerbung begonnen hatte. Sie hatte es deshalb erfahren, weil Pirschjäger seine alte Tante hergeschickt hatte, um zwischen ihm und Stern zu vermitteln.

»Er ist ein sehr guter Jäger«, fuhr Blaumeise fort, ohne sich von Sterns lustloser Reaktion entmutigen zu lassen. »Die Frau, die er einmal heiratet, wird niemals hungern müssen. Und auch ihre Kinder nicht.«

Das Baby in ihrem Bauch traf heftig mit den Füßen, und Stern zuckte zusammen.

»Er würde jede Frau glücklich machen.«

Mich hat früher einmal ein Mann glücklich gemacht, dachte Stern. Ich kann darauf verzichten, jemals wieder glücklich gemacht zu werden. »Nein, danke«, lehnte sie ab.

Blaumeise zog eine Braue hoch und machte sich wieder daran, an ihrem Rehmuster zu arbeiten. »Ich glaube, ich werde um das Kitz herum noch etwas grünes Gras aufsticken«, meinte sie versonnen und hielt die Decke hoch, um sie prüfend zu betrachten. »Das wird sicher hübsch aussehen.«

»Ja«, murmelte Stern pflichtschuldig.

In dem Moment kam Pirschjäger vorbei, in einen langen Umhang aus feingegerbtem Leder gehüllt, den seine Mutter zur Feier seiner Rückkehr von den Fischessern für ihn genäht hatte. Er hatte nur einigen wenigen Dachsleuten erzählt, wie es ihm als Sklave bei den Fischessern ergangen war. Auch Findet Den Marder sprach nur selten von seinen Erlebnissen, obwohl im Lager allgemein bekannt war, daß beide Männer unter Alpträumen litten und nachts schreiend aus dem Schlaf hochschreckten.

Pirschjäger warf Stern einen durchdringenden Blick zu, dann setzte er seinen Gang durch das Lager fort, um Findet Den Marder einen Besuch abzustatten. Pirschjäger war groß und wohlgestaltet, und bevor er in die Sklaverei verkauft worden war, hatte er allgemein als liebenswürdig und friedfertig gegolten. Doch jetzt hatte Stern das Gefühl, ihn nicht mehr so gut zu kennen.

Um die Wahrheit zu sagen – sie fürchtete sich ein wenig vor ihm. Er war ihr zweimal zum Fluß hinunter gefolgt und hatte sie dabei jedesmal an ihre frühere Abmachung, zu heiraten, erinnert. Sie hatte versucht, ihm zu erklären, daß sie sich immer noch mit Falke verheiratet fühlte, aber Pirschjäger hatte nur grausam gelacht und sie unbarmherzig daran erinnert, wie sie verstoßen worden war.

Danach hatte Stern nicht mehr mit ihm gesprochen, und zwei Tage später hatte er sie im Zelt ihrer Mutter besucht, um sich steif bei ihr zu entschuldigen. Sie hatte seine Entschuldigung zwar angenommen, fühlte sich aber immer noch nicht wohl in seiner Nähe.

»Seine Mutter wäre sehr glücklich, wenn ihr beide heiraten würdet«, begann Blaumeise von neuem. »Waldhuhns alte Schwester ist eine gute Freundin von mir. Wir würden miteinander verwandt sein.« Blaumeise seufzte schwer.

»Waldhuhns alte Schwester muß die einzige Frau in diesem

Lager sein, mit der du nicht verwandt bist«, schnappte Stern unfreundlich. »Ich sehe nicht ein, daß ich Pirschjäger heiraten soll, nur um Waldhuhns Schwester einen Gefallen zu tun.«

»Stern!« rief ihre Mutter empört. »Wie du dich verändert hast!«

»Ja, das habe ich«, erwiderte Stern mit soviel Elan, wie sie ihn schon seit langem nicht mehr gefühlt hatte. Seit Falke sie verlassen hatte, um genau zu sein. Und es war ein gutes Gefühl. »Es ist mein Leben, Mutter, und *ich* werde darüber entscheiden, wen ich heirate.«

»Warte lieber nicht zu lange mit deiner Entscheidung«, riet ihr Blaumeise. »Sonst wird dein Kind erwachsen und aus dem Haus sein.«

»Das ist ziemlich unwahrscheinlich.«

»Sie wachsen schnell«, warnte Blaumeise. »Und sie essen auch viel, sobald sie entwöhnt sind. Du wirst deine liebe Not damit haben, genügend Nahrung zu beschaffen.«

Stern stach wütend mit der Knochennadel in die Wiegendecke. Sie griff nach einem Stachelschweinstachel und trieb die Nadel damit in das Leder.

»Mach nicht so riesige Stiche«, schalt ihre Mutter.

Stern hätte vor Frust am liebsten laut geschrien.

Wieder wanderte Pirschjäger am Zelt vorbei, diesmal in der entgegengesetzten Richtung. Und wieder warf er Stern einen durchdringenden Blick zu. Sie biß die Zähne zusammen und stach heftig in das Stück Leder, in der Hoffnung, er würde nicht an ihrem Feuer stehenbleiben und sie zusätzlich nerven. Es reichte ihr schon, sich heute abend ständig über ihre Mutter ärgern zu müssen. Und Stern hatte geglaubt, es müßte wundervoll sein, mit ihrer Mutter am Feuer zu sitzen und gemeinsam Kinderkleidung zu nähen. Ha!

»Sei gegrüßt, Pirschjäger«, rief Blaumeise, und Stern stöhnte. Der junge Mann faßte die Begrüßung als Ermutigung auf, was sie ja auch war, und kam herbeigeeilt.

Stern stöhnte noch einmal.

»Still«, zischte Blaumeise. »Du wirst ihn vertreiben!«

Stern stöhnte erneut, noch lauter diesmal.

»Sei ruhig«, warnte Blaumeise. Zu Pirschjäger gewandt sagte sie: »Und wie geht es deiner alten Mutter heute?«

»Es geht ihr gut.«

Stern konnte Pirschjägers Augen auf sich fühlen. Als sie von ihrer Näharbeit aufschaute, ertappte sie ihn dabei, wie er sie anstarrte. Er nickte steif.

»Dein Baby wächst«, sagte er, und sein Blick schweifte zu ihrem Bauch hinunter.

Stern verschlug's die Sprache, und Blaumeise betrachtete eingehend ihre Näharbeit, als gäbe es dort etwas ganz Erstaunliches zu sehen.

Pirschjäger ließ sich am Feuer nieder und stocherte nachdenklich mit einem Zweig in den Flammen. »Ich habe es gehaßt, bei den Fischessern zu leben«, sagte er in das angespannte Schweigen hinein. »Aber ich habe von ihnen gelernt. Eine Sache, die ich gelernt habe, war, daß jeder Tag des Lebens kostbar ist.«

»Eine sehr weise Erkenntnis«, murmelte Blaumeise zu ihrer Näharbeit.

Pirschjäger begegnete Sterns Blick. »Wenn eine Frau von ihrem Ehemann verlassen wurde, dann würde ich doch annehmen, daß sie diese Erkenntnis teilt. Jeder einzelne Tag ist wichtig.«

Stern zuckte die Achseln. »Vermutlich.« Tatsächlich hatte sie noch nicht auf diese Weise über das Leben nachgedacht.

»Ich weiß, was ich will«, fuhr Pirschjäger fort. »Und ich werde nicht zulassen, daß mir Dinge oder auch Menschen durch die Finger schlüpfen.«

»Oh.« Stern attackierte ihre Näharbeit so heftig mit der Nadel, daß sie ein zu großes Loch in das Leder bohrte. Jetzt würde sie es mit einem aufgestickten Muster verdecken müssen.

»Ja.« Er erhob sich. »Guten Abend«, sagte er zu Blaumeise. Für Stern hatte er nur ein knappes Kopfnicken, bevor er kehrtmachte und in die Richtung seines Zeltes ging.

»Er ist wie ein starker Wind, der über die Hügel fegt«, bemerkte Blaumeise. »Glaubst du wirklich, du kannst so einen Mann noch lange abwehren?«

Stern starrte seinem entschwindenden Rücken nach. Sie würde es müssen. Zumindest für eine Weile.

48. Kapitel

»Was glaubst du, was mit Falke los ist?« flüsterte Klaue.

Seine Frau schüttelte den Kopf. »Ich weiß es nicht. Ich habe noch nie zuvor einen Mann gesehen, der sich so merkwürdig benommen hat.«

»Er hockt einfach nur an seinem Feuer. Tag und Nacht«, murmelte Klaue. »Wenn das Feuer herunterbrennt und verlöscht, tut er nichts, um es wieder anzufachen, o nein. Er sitzt nur da und starrt vor sich hin. Wenn jemand das Feuer für ihn entzündet, sitzt er immer noch reglos da. Es kümmert ihn nicht, ob ihm warm ist oder ob er friert. Es ist ihm gleichgültig, ob er zu essen hat oder nicht. Wenn du ihm nicht jeden Tag Essen bringen würdest –«

»Und er ißt auch nur sehr wenig davon«, meinte Betafor besorgt.

Klaue versank in ratloses Schweigen.

»Vielleicht sollten wir mal mit dem Schamanen sprechen«, schlug Betafor vor.

»Ja, vielleicht«, erwiderte Klaue. »Es ist auf jeden Fall besser, als weiter mitanzusehen, wie Falke reglos dahockt und nichts tut.«

Sie gingen zur Höhle des Schamanen und fanden ihn dabei, wie er neben dem Feuer hantierte und verschiedene Kräuter in Ledersäckchen sortierte.

»Wir machen uns Sorgen um Falke«, begann Betafor. »Wir möchten ihm helfen.«

Der Schamane legte die Kräuter beiseite und nickte. »Ich habe ihn mehrmals in seiner Höhle besucht. Ich sehe jedesmal, daß er einfach nur dasitzt und wie blind vor sich hin starrt.«

»Ja«, bestätigte Betafor.

»Sorgt jemand dafür, daß er zu essen hat?« erkundigte sich Rapt.

»Ja, ich«, erwiderte sie.

»Zündet jemand das Feuer an, damit er nicht frieren muß?«

»Ja«, erklärte Klaue.

Der Schamane schwieg einen Moment. »Wo ist eigentlich seine Ehefrau?« fragte er schließlich. »Ich dachte, sie erwartete sein Kind.«

»Er hat sie fortgeschickt«, erklärte Klaus. »Er will sie nicht mehr.«

»Was tut Tula?«

»Nichts. Sie tut überhaupt nichts, um ihm zu helfen. Murmeltier auch nicht. Sie mögen Falke nicht. Horn hilft ihm gelegentlich.«

»Was sagen seine Freunde?«

Klaue zuckte die Achseln. »Er hat keine Freunde mehr außer Horn und mir und Betafor. Seine anderen Freunde hat er gründlich vertrieben. Seit sein Kind damals gestorben ist und Tula ihn verlassen hat...«

»Ach ja, richtig«, murmelte der Schamane versonnen. »Sein Kind...« Wieder schwieg er eine ganze Weile. »Ich glaube«, begann er schließlich und kam dann ins Grübeln.

Betafor und Klaue warteten respektvoll, bis Rapt erneut zu sprechen begann. »Ich glaube«, fuhr er langsam fort, »daß seine Seele fortgewandert ist.«

»Fortgewandert, hmmm. Das ist sehr schlimm«, sagte Betafor.

»Kannst du sie zurückholen?« wollte Klaue wissen.

»Ich muß erst darüber nachdenken«, erwiderte Rapt. »Es ist keine leichte Aufgabe, eine wandernde Seele zurückzuholen.«

»Aber wir müssen irgend etwas unternehmen«, sagte Betafor energisch. »Sonst wird er sterben.«

»Ich gebe dir einen Hirsch, wenn du Falke hilfst«, bot Klaue an.

Die klugen Augen des Schamanen blitzten auf. »Es ist eine äußerst schwierige Sache, wenn eine Seele, so stark wie Falkes, auf Wanderschaft gehen will. Es erfordert harte Arbeit, sie zurückzuholen.«

»Zwei Hirsche«, sagte Klaue.

»Es wird einige Zeit dauern«, warnte der Schamane. »Sein Geist ist möglicherweise weit, sehr weit fortgewandert.«

Schweigen breitete sich aus. Betafor stupste ihren Ehemann aufmunternd in die Seite.

»Drei Hirsche«, bot Klaue an.

»Er hat noch immer Freunde, wie ich sehe«, bemerkte der Schamane.

Betafor und Klaue nickten. Der Schamane betrachtete sie schweigend, die Stirn in nachdenkliche Falten gelegt. Mehr Zeit verging.

»Vier Hirsche«, schlug Klaue vor.

Der Schamane grinste. »Gut, ich werde es tun«, sagte er, während er sich schwerfällig auf die Füße erhob. »Für drei Hirsche.« Er verließ die Höhle.

Was will der alte Mann? fragte Falke sich. Wenn er nicht so von Verzweiflung erfüllt wäre, würde er den Schamanen auffordern, wieder zu gehen. Tatsächlich kostete es jedoch zuviel Anstrengung. Lohnte die Mühe nicht. Nichts lohnte sich noch.

Der monotone Gesang des Alten hätte Falke aufgeregt, wenn es sein Zustand zugelassen hätte. Statt dessen ignorierte er einfach den Schamanen und seine stinkenden Kräuter und seine nutzlosen Gesänge, während er dumpf brütend neben dem Feuer hockte.

Der Rauch, der von den brennenden Kräutern aufstieg, reizte Falkes Augen. »Geh weg«, krächzte er schließlich.

»Ah«, sagte der Schamane erfreut. »Du bist zurückgekehrt.«

»Ich bin niemals fort gewesen«, erwiderte Falke verdrossen. »Ich habe die ganze Zeit hier gesessen.«

»Deine Seele, Mann. Ich spreche von deiner Seele.«

»Ich habe keine.«

»Jeder hat eine Seele. Der Große Geist hat sie dir gegeben.«

»Nun, da es keinen Großen Geist gibt, wie kann er mir dann eine Seele geben? Erklär mir das, alter Mann, mit deinen stinkenden Kräutern!« sagte Falke, der allmählich begann, ärgerlich zu werden.

Der Schamane zuckte die Achseln. »Manchmal versinkt die Seele in Schlaf«, murmelte er. »Vielleicht ist es das, was mit deiner passiert ist. Sie ist nicht auf Wanderschaft gegangen; sie ist nur eingeschlafen.«

Falke verzog verächtlich das Gesicht. »Ich bin jetzt hellwach«, erklärte er. »Verschwinde aus meiner Höhle.«

Der Schamane erhob sich. »Es läuft nicht gut für einen Mann, der seine eigene Seele verleugnet, ein Geschenk des Großen Geistes.«

»Es gibt keinen Großen Geist! Ich habe keine Seele! Und jetzt verschwinde aus meiner Höhle!« Zorn wallte in Falke auf und vertrieb die lähmende Dumpfheit in seinem Inneren, und es war ein gutes Gefühl. Er fühlte sich auf einmal wieder lebendig. Er warf das Fell ab, in das er sich gehüllt hatte, um sich gegen die feuchte Kälte der Höhle zu schützen. Seine Beine zitterten vor Schwäche, als er langsam auf die Füße kam.

Der Schamane bewegte sich vor ihm her zum Höhleneingang. Falke folgte ihm und bellte: »Du konntest meinem Sohn nicht helfen. Und du kannst auch mir nicht helfen!«

Der Schamane fuhr herum. »Darum geht es also! Es ist dein Sohn, nicht wahr?«

»Nein!« brüllte Falke. »Es ist nicht mein Sohn!«

»Du hast recht«, erwiderte der Schamane. »Dein Sohn ist tot. Es geht um dich.«

»Nein! Es geht nicht um mich!«

»Dann vielleicht um Tula?«

»Nein!«

Falke schlich auf den Schamanen zu. »Hör mir zu, alter Mann«, knurrte er, während er den Schamanen am Vorderteil seiner Fellweste packte. »Du hast die Gedanken meiner Frau vergiftet. Du hast gesagt, mein Sohn wäre wichtig. Daß er eines Tages ein großer Lehrer und Schamane werden würde!« Falke starrte grimmig in die schwarzen Augen des Medizinmannes. »Nun, du hast dich geirrt, du lügnerischer alter Quacksalber!

Mein Sohn ist tot!« Und er schrie seine Qual und seinen Zorn zur Höhlendecke hinauf.

Der Schamane befreite sich aus Falkes Griff und zog seine Weste zurecht, aber er wich nicht zurück. Als Falkes schmerzerfülltes Geheul von den Höhlenwänden widergehallt war, bis wieder Stille herrschte, sagte der Schamane: »Ich habe nicht gelogen. Mir wurde in einer Vision enthüllt, daß er ein Heiler war.«

»Du alter Narr! Wie kann ein Junge, dessen Augen stumpf und verständnislos blicken, dessen Körper so krank ist, daß er nicht laufen kann, dessen Geist nach Belieben fortwandert, ein Heiler sein?«

Der Schamane zuckte die Achseln. »Ich weiß es nicht«, gestand er.

»Warum«, tobte Falke, »hast du meiner Frau dann diesen Unsinn erzählt?« Er hätte den Alten am liebsten auf der Stelle erwürgt. All die erdrückenden Probleme seiner ersten Ehe, all die törichten, unrealistischen Hoffnungen, die er in Tula erweckt hatte, konnten diesem dürren alten Mann zur Last gelegt werden.

»Weil es die Wahrheit war«, erwiderte Rapt ruhig.

»Bah! Mit dir kann man einfach nicht vernünftig reden!« brüllte Falke. »Verschwinde aus meiner Höhle und laß mich in Ruhe!«

Der Schamane ging.

Nachdem er fort war, tigerte Falke aufgebracht neben dem flackernden Feuer auf und ab und murmelte vor sich hin. Schließlich verebbte die Aufregung und Energie seiner zornerfüllten Konfrontation mit dem alten Mann, und er ließ sich erschöpft neben das Feuer sinken. Und als diesmal die Verzweiflung über ihn kam, war sie ein gähnendes schwarzes Loch, das ihn verschluckte.

49. Kapitel

Als Falke erwachte, saß der Schamane mit geschlossenen Augen neben dem Feuer, während er langsam ein- und ausatmete. Falke versetzte ihm einen Fußtritt gegen das Bein. »Sieh zu, daß du von hier verschwindest, Alter. Ich habe dir schon einmal gesagt, du sollst mich in Ruhe lassen!«

Der Schamane öffnete die Augen. »Du bist wieder zurück, wie ich sehe.«

»Wir sind verschiedener Meinung, du alter Lügner. Ich bin nirgendwo gewesen. Spiel nicht deine betrügerischen Spielchen mit mir.«

»Falke? Rapt? Seid ihr da?«

»Wer ist da?« fragte Falke, während er gegen das helle Licht blinzelte, das zum Höhleneingang hereinströmte.

»Ich bin's, Klaues Frau«, rief Betafor und bahnte sich vorsichtig einen Weg in die dunkle Höhle. Sie kam auf die beiden Männer zu. »Ich bin gekommen, um zu sehen, wie es dir geht, Falke.«

»Es würde mir sehr viel bessergehen, wenn dieser alte Mann verschwinden würde. Wer bezahlt dich eigentlich?« fragte er zu dem Schamanen gewandt. »Ich ganz bestimmt nicht, das kann ich dir versichern.«

Rapt zuckte die Achseln. »Deine Freunde.«

Falke spuckte verächtlich aus. »Ich habe keine Freunde. Geh.«

Der Schamane erhob sich langsam auf die Füße, nickte Betafor zu und verließ die Höhle.

Sie schauten ihm nach, wie er hinaustrottete. »Du bist sehr unhöflich zu dem alten Mann. Er versucht doch nur, dir zu helfen«, schimpfte Betafor.

Falke seufzte. »Ich nehme an, du bist es, die ihn bezahlt, wie?«

Sie stritt es nicht ab, sondern ließ sich schwerfällig auf dem Fell neben der Feuerstelle nieder. Schließlich sagte sie: »Ja, Klaue und Horn und ich bezahlen ihn. Wir wollen dir helfen, Falke. Hast du noch irgendwelche anderen Freunde?«

Falke grunzte. »Nein.«

Sie saßen eine Weile schweigend da. »Bist du diejenige, die mir immer Essen bringt?« erkundigte sich Falke.

»Ja.«

»So, hmmm.«

Wieder breitete sich langes Schweigen aus, nur unterbrochen vom Knistern und Prasseln des Feuers. »Denkst du... machst du dir jemals Gedanken um Stern?« fragte Betafor vorsichtig.

Falke warf ihr einen Blick zu. »Ständig.«

»Warum gehst du dann nicht zu ihr?«

Er lachte bitter. »Warum sollte ich? Welche Frau würde schon den Mann wollen, der sie verstößt, wenn sie schwanger ist?«

»Du bereust es, daß du sie weggeschickt hast?« fragte Betafor mit einem hoffnungsvollen Unterton in der Stimme.

»Nein.« Er stieß einen tiefen Seufzer aus. »Ich habe es für sie getan. Und für das Baby.«

Betafor schwieg lange Zeit. »Das ergibt doch keinen Sinn, Falke«, meinte sie kopfschüttelnd.

Er funkelte sie böse an. »Dräng mich nicht, dir noch mehr zu erzählen, alte Frau.«

»Ich sehe schon, daß ich kein Wort aus dir herausbekommen werde.«

»Nein, das wirst du nicht.«

Wieder herrschte eine Weile Schweigen. Schließlich sagte Betafor: »Ich weiß nicht, warum du getan hast, was du getan hast. Du mußt deine Gründe gehabt haben. Aber ich glaube, Stern ist eine gute Frau. Sie würde dir niemals weh tun.«

Er lachte verächtlich. »Sie ist genau wie Tula.«

»Ach? Wie das? Erklär mir das doch bitte mal, denn mir ist die Ähnlichkeit bisher noch nie aufgefallen.«

Er seufzte. »Nachdem sie tagelang in den Wehen gelegen und ihr krankes Kind zur Welt gebracht hat, wird sie sich verächtlich von mir abwenden und mir die Schuld daran geben. Und«, fügte er rauh hinzu, »ihr Vorwurf wird berechtigt sein. Sie wird mich hassen.«

»Ach so, genau wie Tula.«

»Genauso, ja.«

Betafor schwieg nachdenklich, und nach einer Weile fügte Falke hinzu: »Und ich, ich werde nicht in der Lage sein, ihr zu helfen.«

»Hmmmm. Und deshalb hast du dafür gesorgt, daß du sie loswirst, bevor es dazu kommen konnte?« fragte Betafor.

»Welcher Mann würde nicht so handeln? Welcher Mann würde es vorziehen, mitanzusehen, wie sein Kind dahinsiecht und stirbt und wie seine Ehefrau ihn verläßt? Welcher Mann würde es vorziehen, all den Kummer und den Schmerz noch einmal durchzumachen?«

Betafor starrte nachdenklich in die Flammen. »Kein Mann«, murmelte sie schließlich. »Kein Mann.«

Ein Funke von Hoffnung glomm in Falkes Brust auf. »Dann verstehst du also, warum ich es getan habe?«

»Ja, ich verstehe deine Gründe.«

Zum ersten Mal seit langer Zeit entspannte Falke sich wieder etwas. »Dann verstehst du sicher auch, daß sich der Schamane irrt. Meine Seele wandert nicht umher oder schläft. Ich tue nur das, was ich tun muß. Ich versuche, eine neue Tragödie zu verhindern.«

»Und du versuchst auch, dir selbst den Schmerz zu ersparen«, sagte Betafor.

Falke warf ihr einen scharfen Blick zu, aber sie starrte mit ausdrucksloser Miene ins Feuer.

»Ich versuche, Stern zu schützen«, erklärte er.

»Und das Baby.«

Schuldgefühle stiegen in ihm auf. »Ich kann dem Baby nicht helfen. Ich habe einmal hilflos mitansehen müssen, wie ein kranker Sohn dahinsiechte und starb. Ich kann es nicht noch ein zweites Mal ertragen.«

»Nein. Laß Stern doch diesmal damit fertig werden.«

Als er Betafor anblickte, beobachtete sie immer noch die Flammen. »Das gefällt mir aber gar nicht«, sagte er langsam. »Aus deinem Mund hört es sich so an, als dächte ich nur an mich selbst.«

Betafor hob den Kopf und sah ihn prüfend an. »Und? Denkst du nur an dich?«

»Nein.«

»Nun, was macht dir dann Sorgen?«

»Nichts«, antwortete er hastig. »Überhaupt nichts.«

Sie nickte.

Das einzige Geräusch in der lastenden Stille war das Knistern des Feuers, das langsam herunterbrannte.

»Ich habe herauszufinden versucht«, begann Betafor nach einer Weile, »in welcher Hinsicht sich Tula und Stern ähnlich sind. Ich kann keine Ähnlichkeit feststellen.«

»Was meinst du? Natürlich sind sie sich ähnlich. Sie sind beide Frauen.«

Er fing Betafors amüsierten Blick auf. »Ich weiß, du bist auch eine Frau, aber du bist anders«, fügte er hinzu.

»Vermutlich«, sagte Betafor.

»Tula hat mir schwere Vorwürfe gemacht«, sagte er verbittert. »Sie glaubt, ich hätte meinen Sohn gehaßt. Hätte mir gewünscht, daß er stirbt. Aber das ist nicht wahr. Ich habe ihn geliebt. Ich habe alles getan, was in meinen Kräften stand, um ihn am Leben zu erhalten.«

»Ja, ich weiß.«

Die schlichte Feststellung hallte in Falkes Innerem nach. Endlich glaubte ihm jemand. »Sie hat mich verlassen, noch bevor sie die Wahrheit wissen konnte.«

»Und du glaubst, Stern würde das gleiche tun?«

»Ja.«

Betafor schwieg nachdenklich.

Sie ist eine kluge alte Frau, dachte Falke. Ich werde sie fragen. »Glaubst du, Stern hätte mich ebenfalls verlassen?«

Betafor blickte zu ihm auf. »Was ich glaube, spielt keine Rolle. Ich weiß nicht, ob sie es getan hätte oder nicht.«

Falke verließ der Mut. »Das ist keine Antwort, Betafor.«

»Es ist die einzige ehrliche Antwort, die ich dir geben kann.«

Ausdruckslos starrte er in die Flammen, fühlte, wie ihn die grimmige Verzweiflung erneut zu überwältigen drohte. Eine kurze Zeitlang hatte er Hoffnung gefühlt, hatte geglaubt, daß es einen rettenden Ausweg aus der gähnenden, alles verschlingenden Dunkelheit gäbe. Aber er hatte sich getäuscht. Wie schon so viele Male zuvor.

»Aber eines weiß ich«, fügte Betafor langsam hinzu. »Du wirst es niemals wissen, bis du sie danach gefragt hast.«

Er lachte bitter. »Du klingst wie Stern. Sie wollte immer über unsere Probleme reden.«

Betafor blickte ihm in die Augen und lächelte zum ersten Mal. Nach einer Weile erhob sie sich auf die Füße. »Ich gehe jetzt«, erklärte sie. »Ich kann dir noch etwas Fleisch bringen, wenn du möchtest.«

Es schien, als verbrächte er den größten Teil seiner Zeit damit, düster in die Flammen zu starren. »Das ist gut«, sagte er. »Ich bin hungrig.«

Nachdem sie eine Schale mit Ragout gebracht und wieder gegangen war, dachte er über ihre Worte nach. Ob Stern ihm etwas anderes sagen würde? Wenn er sie fragte, würde sie dann aufrichtig sein und ihm sagen, daß sie ihn verlassen würde, wenn ihr Kind krank zur Welt käme? Oder bestand vielleicht doch noch eine Chance, daß sie ihm erklären würde, sie würde ihn *nicht* verlassen?

Was will ich eigentlich wirklich? fragte er sich. Will ich wissen, wie sie sich verhalten würde, nachdem das Baby geboren ist? Oder will ich von ihr hören, daß sie mich liebt? Bei dem Gedanken erstarrte er. Liebe? Ist es das, was ich wirklich will?

Seltsam, wie plötzlich wieder neue Hoffnung in ihm keimte.

50. Kapitel

»Wo gehst du hin?« fragte Betafor eines Abends, als Falke auf zittrigen Beinen an ihr vorbei aus der Höhle schwankte. Sie betrachtete ihn prüfend in dem matten Zwielicht.

Sie hielt eine Steinschüssel mit Hirschragout in der Hand, seinem Abendessen, das sie ihm gerade hatte bringen wollen.

Falke nahm ihr die Schüssel aus der Hand, schlürfte in aller

Eile das heiße Ragout und wischte sich ungeduldig den Fleischsaft ab, der ihm am Kinn heruntertropfte. »Ich gehe.«

»Das sehe ich«, erwiderte Betafor, als sie ihm die leere Schüssel abnahm. »Aber wohin?«

»Cañon der Tauben.«

»Das ist ein weiter Weg.«

Selbst in dem trüben Licht konnte er deutlich ihre Besorgnis für ihn sehen. Am liebsten hätte er sie weggestoßen und wäre davongelaufen. Leute, die sich um ihn sorgten, waren nur eine Last. Warum kümmerte sie sich überhaupt um ihn? Nichts war von Bedeutung.

Er machte einige weitere unsichere Schritte, wobei er seinen Speer als Stock benutzte. Seine Kraft hatte merklich nachgelassen. Untätig in einer Höhle herumzuhocken, schwächt einen Mann, dachte er. Aber was spielt das schon für eine Rolle? dachte er gleich darauf. Er hatte niemanden, für den er jagen konnte. Und wozu sollte er nur für sich selbst jagen? Es war gleichgültig, ob er lebte oder starb.

»Warum willst du in den Cañon der Tauben?« wollte Betafor wissen.

Er funkelte sie böse an. »Du stellst zu viele Fragen.«

Sie seufzte und nickte. »Ja, vermutlich.«

Er lenkte ein wenig ein. »Ich muß hoch oben auf der Felswand stehen. Wie mein Vater vor mir.«

Er wußte, seine Worte ergaben keinen Sinn, aber es war ihm egal, ob sie ihn verstand oder nicht. Er wollte nicht mit ihr reden. Es lief doch nur wieder darauf hinaus, daß er zuviel sagte. Dabei ertappte er sich jedesmal, wenn er sich mit ihr unterhielt. »Lebwohl«, murmelte er und stakste davon.

»Lebwohl«, rief sie ihm leise nach.

Es war besser so. Still und unauffällig in der Dunkelheit zu verschwinden. Keiner der Jaguarleute würde ihn sehen oder ihm folgen.

Falke brauchte drei Tage, um den Cañon der Tauben zu finden. Und das liegt nur daran, weil ich so schwach vom Herumsitzen in der Höhle bin, dachte er grimmig. Er hatte vergessen,

Proviant mitzunehmen, doch nach dem ersten Tag hatte er keinen Hunger mehr gefühlt. Seinen Durst stillte er an den klaren Bächen, die er auf seinem Weg überquerte.

Als der Morgen dämmerte, setzte er sich auf. Diese vergangene Nacht hatte ihm einen sehr unruhigen Schlaf beschert. Er hatte von Stern geträumt, und sie hatte ihn im Traum gerufen. »Geh weg«, hatte er geantwortet. »Laß mich in Ruhe.« Und dann war er aufgewacht, von Schuldbewußtsein und einem Gefühl der Einsamkeit und Verzweiflung erfüllt.

Über ihm erhob sich die steile Felswand, die den Cañon auf einer Seite begrenzte. »Ich werde hinaufklettern«, sagte er laut vor sich hin. »Ich muß es tun.«

Er wußte nicht, warum er hierhergekommen war. Er wußte nur, daß er es mußte. Einmal hatte er versucht, seinem Leben ein Ende zu machen. Aber er konnte es nicht in den wilden, schäumenden Wassern des Flusses tun, und deshalb würde er jetzt sehen, ob das Leben noch etwas anderes für ihn bereithielt.

Aus irgendeinem Grund fühlte er sich magisch angezogen von den Abhängen des steilen Cañons, wohin ihn sein Vater mitgenommen hatte, als er kaum älter als ein Jüngling gewesen war. Sein Vater hatte ihm das Land gezeigt und erklärt, daß die Tiere und alles, was er sehen konnte, zu Falkes Nutzen da seien. Und mehr noch: Sein Vater hatte ihm versprochen, daß Falke eines Tages erneut hier oben stehen und alles, was er überblicken konnte, seinem eigenen Sohn zeigen würde.

Was für eine gemeine Lüge, dachte Falke wütend. Alles ist eine Lüge. Das Versprechen meines Vaters war eine Lüge. Tulas Liebe war eine Lüge. Das Leben meines Sohnes war eine Lüge. Alles. Und Stern hat mich ebenfalls belogen – sie und ihre sogenannte Liebe! Er schnaubte angewidert, dennoch erhob er sich aus den Schlaffellen und machte sich an den Aufstieg.

Es brauchte den gesamten Tag, um bis zur Spitze hinaufzugelangen. Die geröllbedeckten Abhänge waren sehr mühsam zu erklettern in seinem geschwächten Zustand, und er rutschte so oft ab, daß seine Füße und Beine aus zahlreichen Schürfwunden bluteten. Aber er kümmerte sich nicht darum.

Mit letzter Kraft erreichte er schließlich den Grat und setzte sich erschöpft nieder. Unter ihm erstreckte sich der felsige, mit Geröll und Steinen übersäte Abhang, den er erklommen hatte. Auf seiner anderen Seite fiel die Felswand senkrecht in den Cañon ab. Dunkelheit senkte sich herab, und er konnte nur sehr wenig von dem Land unter ihm sehen. »Ich werde abwarten, was der nächste Tag bringt«, sagte er sich. »Jetzt bin ich zu müde.«

Falke dachte daran, sich zum Schlafen hinzulegen, aber er befand sich in einer heiklen Lage hoch oben auf dem schmalen Grat, und es bestand die Gefahr, daß er im Schlaf den Abhang hinunterrollte. Also blieb er dort hocken, und schließlich nickte er ein, den Kopf auf die Knie gestützt.

Was ihn aufweckte, hätte er nicht zu sagen vermocht, doch plötzlich war er hellwach, von der Art von Wachsamkeit erfüllt, die ein Jäger fühlt, wenn er ein verdächtiges Geräusch hört.

Er blickte sich suchend um, aber alles war ruhig. Der Vollmond stand hell am Himmel und tauchte die Landschaft zu seinen Füßen in ein geisterhaft blasses Licht. Tief unter ihm im Cañon klaffte gähnende Finsternis; auf dem Abhang konnte er die Felsbrocken und Steine sehen. Was hat mich bloß geweckt? fragte er sich verwirrt.

Er griff nach seinem Speer und erhob sich, um einen besseren Überblick zu haben. Es war ziemlich unwahrscheinlich, daß eine Raubkatze den steilen Abhang heraufschleichen würde. Und dennoch hatte er etwas gehört…

Ringsumher herrschte tiefe Stille, so angestrengt er auch horchte. Als er dort oben stand, fühlte er sich, als stände er auf dem Dach der Welt. Mutterseelenallein.

Trotzig hielt er seinen Speer umklammert. »Ich bin hier«, rief er laut zum Himmel hinauf. »Ich lebe.« Er schüttelte wütend seinen Speer. »Hörst du mich, Großer Geist, falls du überhaupt existierst? Dies ist mein Leben, und ich werde tun, was ich will!«

Keine Antwort. Falke wurde kühner.

»Wenn es dich gibt, dann sage ich dir, daß du ein Zerstörer

bist, Großer Geist!« brüllte er. »Du hast mein Leben zerstört! Und ich gebe dir die Schuld an all meinem Unglück! Du hast mir einen Sohn beschert, der verkrüppelt war, eine Ehefrau, die treulos war! Du hast mir eine zweite Ehefrau beschert, die ebenso treulos sein würde. Was ist nur in dich gefahren? Warum quälst du mich so? Hast du nichts Besseres zu tun in deinem Lager hinter der Sonne, als mich mit Kummer und Leid zu überhäufen?«

Keine Antwort.

»Ich bin wütend auf dich, Großer Geist! Ich bin so zornig auf dich, daß ich es nicht in Worte fassen kann! Das Leben ist eine einzige Lüge! Es ist nicht gut! Väter belügen ihre Söhne! Frauen verlassen ihre Ehemänner! Söhne sterben! Was für eine Art von Welt hast du nur erschaffen? Ich will nicht Teil dieser Welt sein. Hörst du mich? Ich will es nicht!«

Wieder herrschte nur tiefe Stille.

Ohnmächtiger Zorn wallte in Falke auf, eine Mischung aus Trauer und Kummer und Schmerz wegen all der Qualen, die er in seinem Leben erlitten hatte. Ein gewaltiger, fürchterlicher Schrei entrang sich seiner Kehle. Als sein Schrei verhallte, herrschte erneut undurchdringliche Stille.

»Ich bin wütend auf dich! Wütend auf Tula! Ich hasse sie! Ich bin wütend auf meinen Sohn! Wie konnte er es wagen zu sterben, wenn ich mir nichts sehnlicher wünschte, als daß er am Leben blieb? Ich hasse Rapt! Ich hasse jeden im Jaguarlager! Sie sind allesamt Narren! Ich hasse alles und jeden!«

Falke dachte darüber nach. Da ihm der Große Geist nicht antwortete, konnte er alles sagen, was er wollte. Er fühlte sich wundervoll frei.

»Ich bin ganz aufrichtig zu dir, Großer Geist! Du bist ein Scharlatan! Der Schamane lügt, wenn er von dir spricht! Die Menschen lügen, wenn sie von dir sprechen! Du erschaffst nicht, nein, du zerstörst! Ich habe genug gesehen, um das zu wissen! Du hast meinen Sohn und meine erste Ehe zerstört! Und jetzt wartest du darauf, daß ich mich selbst zerstöre!«

Wieder kam keine Antwort.

»Was ist nötig, um dich zu erschüttern, Großer Geist? Was ist nötig, um dich endlich dazu zu bewegen, mir zu antworten? Ich stehe hier oben als ein gebrochener Mann. Gebrochen an Körper und Seele. Willst du mir noch immer keine Antwort geben?«

Stille.

»Na schön, wie du willst, Großer Geist! Aber eines sage ich dir: Du bist nicht groß. Du bist mickrig. Ich spucke verächtlich auf dich! Ich bin wütend auf jeden, den du in mein Leben geschickt hast! Ich bin wütend über alles, was du in meinem Leben getan hast! Aber vor allem bin ich wütend auf dich! Du bist völlig gleichgültig gegenüber dem Tod, den du über uns bringst. Du kümmerst dich nicht um mich! Du kümmerst dich um niemanden. Nicht um meinen Sohn! Nicht um meine Ehefrauen! Nicht um mich! Dir ist alles gleichgültig!«

Stille. Falke blickte hinunter ist die gähnende Finsternis auf der anderen Seite des Grates.

»Na schön, dann mach doch, was du willst, Großer Geist«, sagte er müde und setzte sich wieder, um auf die Morgendämmerung zu warten.

51. Kapitel

Falke starrte über den gähnenden Schlund des Cañons hinweg und beobachtete, wie die Sonne hinter den Bergen in der Ferne aufging. Als ihr gelblicher Schein den Horizont erhellte, wallte erneut ohnmächtiger Zorn in ihm auf. Er hatte nichts als Schweigen vom Großen Geist zur Antwort bekommen! Tula hatte ihn betrogen; sein Vater hatte ihm falsche Versprechungen gemacht; sein geliebter Sohn war gestorben. Sein Leben war eine Katastrophe. Er war allein, und es gab niemanden, der ihm helfen konnte. Niemanden.

Er beobachtete, wie die Lichtstrahlen allmählich heller wurden und nach und nach mehr von der Landschaft enthüllten, und er hatte Mühe, seine Wut zu beherrschen. Die steilen Hügel und Flußtäler waren in einen goldenen Schimmer getaucht, als die Sonne höher am Himmel stieg.

Falkes Zorn verebbte wieder, und ihm wurde weicher ums Herz angesichts der Schönheit, die er sah. Er fragte sich, ob sein Vater wohl jemals hier oben auf dem steilen Grat gesessen und den Sonnenaufgang beobachtet hatte. Vielleicht hatte er es getan und war so verzaubert von dem Anblick gewesen, daß er seinen einzigen Sohn hier heraufgebracht hatte, um ihn an der Schönheit teilhaben zu lassen.

Falke dachte an seinen Vater, dachte darüber nach, wie ihn sein Vater im Jagen unterwiesen hatte, wie er versucht hatte, seinen Sohn zu führen. Er hatte alles für seinen Sohn getan, was in seinen Kräften stand, und Falke war zu einem tüchtigen Jäger herangewachsen. Er war froh über die Fertigkeiten, die ihm sein Vater vermittelt hatte, denn er mußte selten Hunger leiden.

Aber sein Vater hatte sich geirrt, als er Falke voraussagte, daß er eines Tages mit seinem eigenen Sohn hier oben stehen würde. Falke erkannte jetzt, wie sehnsüchtig er sich gewünscht hatte, die Vorhersage seines Vaters würde in Erfüllung gehen, daß er das Gefühl gehabt hatte, er würde seinem Vater eine Freude machen, indem er seinen eigenen Sohn hier heraufbrachte. Doch das Schicksal hatte es anders gewollt. Es war ihm nicht bestimmt, die Erfahrung seines Vaters zu teilen.

Er fragte sich, ob sein Vater das wohl verstanden hätte. »Ich habe es versucht, Vater«, flüsterte er. »Ich habe mich nach besten Kräften bemüht, einen Sohn aufzuziehen, dem ich alles über die Jagd beibringen könnte, so wie du es mir beigebracht hast. Ich hätte ihn zu diesem Grat hinaufgeführt und ihm das unermeßlich weite Land gezeigt. Aber ich durfte es nicht!« Ein Gefühl des Versagens überwältigte Falke, das erdrückende Gefühl, gescheitert zu sein und die Hoffnungen enttäuscht zu haben, die sein Vater in ihn gesetzt hatte. Ihm kam die Erkenntnis, daß er mit diesem Gefühl des Versagens schon sehr lange Zeit lebte.

Ein leiser Windhauch wehte über die Wand des Cañons. War es ein Zeichen seines Vaters, um ihm zu sagen, daß er verstand?

Aus irgendeinem Grund glaubte Falke daran. Ein seltener innerer Friede senkte sich auf ihn herab.

Lange Zeit saß er reglos da, während er an seinen Vater dachte und sich der Hoffnungen bewußt wurde, die er selbst gehegt hatte. Vielleicht war es an der Zeit, sie aufzugeben.

Eine tiefe Traurigkeit bemächtigte sich seiner, als er den Sonnenaufgang beobachtete. Traurigkeit, aber auch Akzeptanz. Er saß da, von jenen Gefühlen erfüllt, während die Sonne über den Berggipfeln aufstieg.

Und dann geschah etwas Außergewöhnliches für diese Jahreszeit. In diesem Land der Trockenheit, der langen Dürreperioden, passierte dieses sehr Seltsame:

Es begann zu regnen. Kleine, leichte, kühle Regentröpfchen landeten auf Falkes Gesicht und Haar. Regen wurde von seinem Volk immer überschwenglich begrüßt, denn er brachte dem Land Leben und Fruchtbarkeit.

Falke hob sein Gesicht und fühlte, wie die süßen Tropfen seine Haut benetzten, und er fragte sich, ob ihn der Große Geist am Ende doch erhört hatte.

Er erhob sich auf die Füße und ließ sich von dem Regen berieseln, als er den Abhang hinunterkletterte. Der Abstieg dauerte nicht ganz so lange wie der Aufstieg. Bis er den Fuß des Abhangs erreicht hatte, regnete es in Strömen. Er mußte unbedingt einen Unterschlupf finden. Er wanderte am Eingang des Cañons vorbei, denn er wußte von früheren Erkundungsgängen, daß sich die enge Schlucht zwar über eine beträchtliche Länge erstreckte, daß es aber nirgendwo eine Stelle gab, die ihn vor dem Unwetter hätte schützen können. Er mußte anderswo suchen.

Er ließ den Eingang des Cañons hinter sich und begann, eine schmale Schlucht hinaufzuklettern, von Regen und Wind vorwärtsgetrieben. Die Sonne war längst hinter dicken Wolken verschwunden, und der gesamte Himmel war von einem dunklen Grau überzogen. Es sah danach aus, als würde es den ganzen Tag regnen, vielleicht sogar bis in die Nacht hinein.

Falke zitterte vor Kälte. Und er hatte Hunger. Wo sollte er nur einen Unterschlupf finden?

Die Schlucht endete in einem eckigen Überhang. Er entdeckte den schwarzen Schatten des Überhangs und strebte darauf zu. Der Vorsprung sah groß genug aus, daß er darunterkriechen konnte. Dort konnte er in Ruhe den Sturm abwarten.

Er erreichte den Überhang und kroch unter den Felsen. Zu seiner Überraschung stellte er fest, daß der dunkle Schatten tiefer in den Fels hineinführte. Es war eine kleine Höhle. Erfreut über seine Entdeckung kroch er noch ein wenig weiter und erkannte, daß er sich in einem engen Tunnel befand. Eine kühle Brise wehte ihm ins Gesicht, als er in den finsteren Gang spähte. Luft mit einem stark erdigen Geruch stieg ihm in die Nase. Er fragte sich, was wohl auf der anderen Seite des Tunnels sein mochte.

Er wartete eine Weile, aber der Regen prasselte mit unverminderter Heftigkeit nieder. An diesem Tag würde er wohl nirgendwo mehr hingehen. Er hatte zwar kein Holz und kein Feuer, aber zumindest war es trocken unter dem Überhang. Die Luft war warm, weil es Sommer war, und Falke fühlte sich durchaus behaglich. Nachdem er eine Weile dagesessen und dem Regen zugeschaut hatte, beschloß er, den Tunnel weiter zu erforschen.

Er schob seinen Speer vor sich her und kroch durch die enge Öffnung. Staubiger Schotter und Geröll bedeckten den Boden des Tunnels. Er wäre wieder umgekehrt, aber der Raum war zu beengt, und die Luft, die über sein Gesicht strich, roch frisch. Alles deutete darauf hin, daß der Tunnel bald enden würde.

Und so war es. Gleich darauf hörte die Dunkelheit auf, und helles Tageslicht blendete seine Augen. Vor ihm befand sich eine große, ausgehöhlte Fläche, die den Eindruck erweckte, als wäre sie von Hand aus dem umgebenden Fels herausgeschlagen worden. Aber sie war zu groß, als daß Menschen sie hätten schaffen können, wie er sah, und dann erkannte er den Grund für dieses Phänomen. Ein großer Klumpen Erde in der Mitte verriet ihm, was geschehen war. Dies war einst eine Höhle gewesen, und ein Teil der Decke war eingestürzt, wodurch nur ein riesiger Überhang und ein Teil der Wände stehengeblieben waren.

Falke kroch aus dem Tunnel heraus und landete auf dem Boden. Der Regen strömte noch immer unbarmherzig herab, doch das teilweise erhaltene Dach über der Höhle sorgte dafür, daß er trocken blieb.

Er ließ seinen Blick über die Wände schweifen und holte tief Luft bei dem Anblick, der sich ihm bot.

Auf die freigelegten Höhlenwände waren seltsame Tiere gemalt und eingeritzt, Tiere, von denen er bisher nur in Geschichten gehört hatte, die die Alten manchmal am abendlichen Lagerfeuer erzählten. Tiere, die seine Vorfahren gejagt hatten, die er selbst jedoch niemals gesehen hatte.

Dennoch erkannte er sie – ein braunes, zotteliges Mammut, dessen langer, rudernder Rüssel unverkennbar war. Ein Faultier, sein riesiger, fleischiger Körper mit Speeren gespickt. Den alten Jägern muß es Spaß gemacht haben, Faultiere zu jagen, dachte er, denn es gab viele Darstellungen dieser Tiere auf den Wänden.

Und dann fiel sein Blick auf einen Klecks gelben Ockers mit dunklen Flecken – ein Tier, das wie ein riesiger Jaguar aussah!

Fasziniert trat Falke näher. Obwohl es wie ein Jaguar aussah, war es keiner, denn die Reißzähne in seinem Maul hatten eine beträchtliche Länge und bogen sich abwärts. Wahrlich ein Tier mit furchterregenden Zähnen, dachte er, und dann fiel es ihm wieder ein: ein Säbelzahntiger!

Er stand vor dem Wandgemälde und betrachtete es bewundernd. Ein Säbelzahntiger! Er hatte von ihnen gehört, wußte, daß die alten Vorfahren gegen sie gekämpft hatten. Er war froh, daß er sich niemals einer solch gefährlichen Raubkatze hatte stellen müssen. Er kannte keinen Jäger, der jemals einem Säbelzahntiger begegnet war. Dennoch waren sie hier, auf diesen Wänden.

Die Darstellungen wirkten unglaublich lebendig.

Ein dünner Film von Schweiß brach auf seiner Stirn aus, als er die Bilder betrachtete.

Plötzlich wurde ihm bewußt, wie still es an diesem Ort war. Etwas nagte an ihm, ließ ihm keine Ruhe. Er hatte schon einmal von dieser Höhle gehört, aber wo? Wann?

Er wanderte an den Wänden entlang, während sein Blick über die Bilder schweifte. Mit einer Fingerspitze zeichnete er den breiten, muskulösen Nacken eines riesigen Bisons nach.

Aber inzwischen senkte sich die Dunkelheit herab, und er konnte die Tiere nicht mehr so deutlich erkennen wie vorher. Sein Magen knurrte vor Hunger, und vorhin hatte er ein Beerendickicht an der Stelle entdeckt, wo das Höhlendach eingestürzt war. Er ging hinüber und pflückte einige der Früchte, verschlang sie gierig. Die Beeren schmeckten süß und köstlich.

Nachdem sein ärgster Hunger gestillt war, eilte Falke zurück unter das Dach. Er würde die Nacht hier verbringen. Es goß noch immer in Strömen.

Er konnte auf der überdachten Fläche schlafen. Und da es außer dem kleinen Tunnel, durch den er gekrochen war, keinen anderen Zugang zu dieser Höhle gab, würde er in der Nacht relativ sicher vor Raubtieren sein. Außerdem hatte er immer noch seinen Speer, um sich notfalls zu schützen.

Falke lehnte sich mit dem Rücken gegen einen Felsen, seinen Speer griffbereit neben sich, und döste ein.

Als er aufwachte, bot sich ihm ein erstaunlicher Anblick.

52. Kapitel

»Dies ist die Höhle der Toten«, sagte der Mann, der vor Falke stand.

Falke röchelte erschrocken und setzte sich auf. »Wer bist du?« Er griff hastig nach seinem Speer.

»Hab keine Angst«, erwiderte der seltsam gekleidete Fremde. »Ich werde dir nichts tun.«

Der Mann war in weiches, gegerbtes Leder gehüllt und von einem hellen Lichtstrahl umgeben. Sein Kopfschmuck bestand aus dem präparierten Kopf eines gefährlichen Säbelzahntigers, dessen Rachen weit aufgerissen war und die rote Mundhöhle des Tieres enthüllte. Die polierten gelben Zähne des Säbelzahntigers bogen sich wie kleine Stoßzähne über die Stirn des Mannes abwärts.

»Wer –?« begann Falke erneut, und dann merkte er, daß er nicht wirklich sprach, sondern seine Frage eher *dachte*. Bevor er seinen Satz beenden konnte, wußte Falke plötzlich wieder, wo er schon einmal von dieser Höhle gehört hatte: in der Geschichte über Dunkler Stern, die Stern erzählt hatte. Er war durch Zufall in genau jene Höhle gestolpert, die Sterns Vorfahrin entdeckt hatte!

»Der Große Geist hat mich geschickt«, erklärte der Säbelzahnmann.

»Es gibt einen Großen Geist?« fragte Falke ungläubig.

»Natürlich«, sagte der Säbelzahnengel.

»Wo ist er?« wollte Falke wissen.

Der Säbelzahnengel lachte. »Ah, es dauert noch, bis du ihn zu sehen bekommst. Deine Zeit ist noch nicht gekommen.«

»Ich will ihn aber sehen!«

Doch die Säbelzahngestalt lächelte lediglich geduldig.

Falke mochte die sonderbare Erscheinung. Dann zeigte der Engel auf die Wände und lenkte ihn damit ab. »Ich wurde geschickt, weil du Jaguare magst.«

»Ja, das stimmt«, erklärte Falke. »Obwohl ich vor einiger Zeit einen töten mußte.«

»Ja, ich weiß«, antwortete der Engel, und in seiner Stimme schwang keinerlei Vorwurf mit, nur Verständnis.

»Warum bist du hier?« erkundigte sich Falke.

»Um dir zu sagen, daß der Große Geist deine Klagen gehört hat.«

»Das ist alles?«

»Was willst du denn noch mehr?«

»Ich… ich…« Falke wußte nicht, was er wollte.

»Deinen Sohn?« fragte der Engel.

»O ja, ja, ich möchte meinen Sohn sehen! Ich liebe ihn von ganzem Herzen.«

»Ich weiß.« Hinter dem Engel spähte plötzlich ein kleiner Junge hervor. Er hielt das Bein des Engels umklammert, aber er wollte nicht hervorkommen.

»Habicht?« schrie Falke. »Bist du es es wirklich?« Er sprang auf die Füße, und Tränen brannten in seinen Augen, als er seinen Sohn erblickte.

Der Junge kicherte und nickte, und Falke sah, daß es tatsächlich Habicht war. Aber ein anderer Habicht. Ein Habicht, dessen Augen vollkommen klar waren, der verstand, was man zu ihm sagte.

»Oh, Habicht, wie sehr ich dich liebe!« rief Falke bis ins Innerste erschüttert. Der Kleine schenkte ihm ein breites Lächeln, bevor er sich hastig wieder hinter dem Engel versteckte.

»Er liebt dich auch.« Der Engel lachte. »Er hat dich eine Menge lehren müssen«, fügte er hinzu. »Er hatte dir viel Weisheit zu vermitteln.«

»Ja«, sagte Falke, »das hat er getan.« Jetzt verstand er endlich, welchen Sinn Habichts Leben gehabt hatte. Es war, um Falke und Tula zu erlauben, jemanden zu lieben, der nicht in der Lage war, ihnen zu zeigen, daß er ihre Liebe erwiderte.

»Er hat dir ein Geschenk gemacht«, sagte der Engel. »Ein uneigennütziges Geschenk.«

»Ja«, erwiderte Falke traurig. »Aber ich wollte sein Geschenk nicht. Ich begriff damals nicht, wie wichtig es für mich war, ihn so zu lieben, wie er war. Ich wünschte mir, daß er laufen und sprechen und jagen konnte. Ich dachte, *dann* würde ich ihn lieben.«

»Du verstehst jetzt?« fragte der Säbelzahnengel.

»Ja.«

»Ich wollte auch für mich Liebe«, fuhr Falke fort. »Ich wollte sie von Tula, von Stern. Ich wollte Liebe, ganz gleich, was ich anderen Menschen antat. Ich dachte, Liebe wäre wichtig für mich.«

»Das ist sie ja auch. Wie kannst du andere lieben, wenn du dich selbst nicht liebst? Wenn du dich selbst liebst, hast du auch das Bedürfnis, andere zu lieben. Du strahlst dieses Gefühl aus.«

Es klingt so simpel, dachte Falke.

»Das ist es auch«, bestätigte der Engel.

»Was ist mit Tula? Hat sie inzwischen zu lieben gelernt?«

»Tula wird es lernen... im Laufe der Zeit«, erwiderte der Säbelzahnengel sanft. »Ich bin hier, um dir zu helfen.«

Falke erkannte aus dieser Antwort, daß es dem Engel widerstrebte, ihm mehr über Tula mitzuteilen.

»Das ist richtig«, sagte der Engel. »Ich kann dir nur noch eines über Tula sagen. Und zwar folgendes: Die Krankheit deines Sohnes wurde durch seine lange, schwierige Geburt verursacht, nicht durch irgend etwas, was du oder Tula getan habt. Es ist sinnlos, dir selbst weiter die Schuld daran zu geben. Oder ihr.

Und der Große Geist hat das Leben deines Sohnes beendet, um ihm weitere Leiden zu ersparen. Habichts Krankheit hätte sich immer weiter verschlimmert, und er hätte viel Schmerz und Qual durchmachen müssen. Der Große Geist wollte Habicht von seinem Leid erlösen.«

Falke hätte am liebsten geweint vor Dankbarkeit. Jetzt, *jetzt* verstand er endlich. »Ich liebe Habicht auch von ganzem Herzen«, sagte er erstickt. Er hörte ein Kichern hinter dem Bein des Engels und wurde von einem weiteren kurzen Blick aus jenen vertrauensvollen braunen Augen belohnt. Habicht strahlte seinen Vater an und versteckte sich dann rasch wieder.

Falke lächelte glücklich. Dann verblaßte sein Lächeln, denn es gab noch etwas, was er unbedingt wissen mußte.

»Was ist es denn?« fragte der Engel.

»Was ist mit Stern?« fragte Falke schließlich. »Ich befürchte, ich habe sie tief verletzt. Und... und was ist mit unserem Baby?« Der Gedanke war heraus, noch bevor er ihn zurückrufen konnte.

»Ah, ja«, sagte der Engel. Er trat zur Seite. Hinter ihm stand – Hand in Hand mit Habicht – ein kleines Mädchen mit schimmerndem, schulterlangem schwarzen Haar, dessen Augen vor Neugier glänzten.

Eine tiefe, innige Liebe, wie er sie noch nie zuvor gefühlt hatte, wallte in Falke auf. »Das ist mein Kind?« flüsterte er atemlos, aber er erkannte die Antwort an dem scheuen Lächeln auf ihrem Gesicht.

»Ja, das ist das Kind, das ihr beide, du und Stern, erwartet.«

Das kleine Mädchen zog Habichts Hand hoch und bedeckte sein Gesicht damit, dann spähte es zwischen ihrer beiden verflochtenen Finger hindurch und lachte Falk spitzbübisch an.

»Ich liebe sie«, sagte Falke erschüttert.

Der Engel lachte. »Natürlich tust du das.«

»Und Stern?« wagte Falke zu fragen. »Was ist mit ihr?«

»Das mußt du selbst herausfinden«, erklärte der Engel sanft.

Dann, noch während Falke wie gebannt auf die Erscheinung starrte und auf mehr wartete, verblaßte der Engel plötzlich vor seinen Augen und verschwand, indem er beide Kinder mit sich nahm.

»Komm zurück!« schrie Falke. »Komm zurück!«

Es kam keine Antwort.

Falke ließ sich zu Boden sinken, zu überwältigt von dem, was er gesehen und erfahren hatte, um noch ein Wort über die Lippen zu bringen.

Am nächsten Morgen erwachte er mit einem neuen Gefühl in seinem Herzen. Jetzt hatte er etwas, wofür es sich zu leben lohnte. Er mußte Stern finden!

53. Kapitel

Herbst

Falke saß vor dem Zelt aus Häuten, das er sich gemacht hatte, und atmete den heißen, von Kieferndufr gewürzten Sonnenschein ein. Das vertrocknete Gras auf den Hügeln unter ihm hatte sich inzwischen braun verfärbt, und er hatte seine Jaguarleute nicht mehr gesehen seit jenem Abend, als er sie verlassen hatte, um zum Cañon der Tauben zu fliehen. Mit einem Anflug von Wehmut fragte er sich, wie es ihnen wohl ging. Aber noch intensiver beschäftigte ihn die Frage, wie es Stern ergehen mochte. Bisher hatte er weder sie noch irgendeine Spur ihrer Dachsleute finden können.

Falke schliff die Kanten von einem Stück Obsidian, um eine Speerspitze daraus zu machen. Er hatte Glück gehabt, einen Brocken des kostbaren Materials zu finden. Er hatte sein Zelt im Schutz der Kiefern errichtet, ganz in der Nähe des Steinbruchs, und wann immer er mehr von dem schwarzen Gestein benötigte, um Speerspitzen daraus herzustellen, brauchte er nur hinüberzugehen und es aufzuheben.

In der warmen Sonne zu sitzen, wärmte seinen Körper und erfüllte ihn gleichzeitig mit Traurigkeit. Er dachte an seinen Sohn, an seinen unerträglichen Schmerz, als Habicht gestorben war. Er blickte sich um, vergewisserte sich, daß sich kein gefährliches Tier an ihn anschlich, und wischte sich eine Träne aus dem Auge. Seit seiner mächtigen Vision fiel es ihm nicht mehr so schwer, an jene zu denken, die er geliebt und verloren hatte.

Er hatte Habicht von ganzem Herzen geliebt, hatte ihm gewünscht, daß er laufen und sprechen und spielen konnte wie andere Kinder. Er hatte das Beste für Habicht gewollt, aber er hatte auch um ihn gebangt, hatte sich Sorgen gemacht, daß niemand für Habicht jagen würde, wenn er, Falke, einmal zu alt dafür wäre.

Falke hatte entdeckt, daß er tief in seinem Herzen – unter all der Schuld, die er gefühlt hatte, weil sein Sohn verkrüppelt gewesen war, unter all der Angst, die ihn geplagt hatte, weil er befürchtete, die Ursache sei etwas, was er, Falke, getan hatte, und unter all dem Kummer, den er hatte ertragen müssen, seit sein Sohn tot war – eine tiefe und unvergängliche Liebe für seinen Sohn empfand. Es überraschte Falke, daß diese Liebe da war. Er hatte ihre Existenz zwar geahnt in jener Nacht, als er die Vision in der Höhle der Toten gehabt hatte. Aber jetzt fühlte er sie ganz deutlich: eine starke, reine Liebe für seinen Sohn, frei von Schuldgefühlen oder Trauer oder Wut.

Sie war wie der Brocken Obsidian, von dem er Schicht um Schicht abschlug, um ihn zu schärfen: Nachdem die Trauer und die Schuldgefühle und der Zorn abgesplittert waren, blieb immer noch ein starker Kern übrig. Und für Falke war jener Kern Liebe.

Warum habe ich mich dieser Erkenntnis nicht schon früher gestellt? fragte er sich. Warum habe ich alles getan, was ich konnte, um vor meinem Kummer davonzulaufen?

Weil die Traurigkeit so entsetzlich schwer zu ertragen war, erkannte er. Er hatte sich mit dem Tod seines geliebten Sohnes und mit dem Verlust Tulas an einen anderen Mann abfinden müssen.

Sein Schmerz über den Verlust zweier geliebter Menschen überwältigte ihn auf einmal so sehr, daß er nichts weiter tun konnte, als sich in den Schutz seines Zeltes zu kauern.

Aber jetzt ließ Falke seinen Kummer zu und verdrängte ihn nicht mehr. Er hatte Habicht geliebt, und Habicht war tot. Es gab nichts, was er hätte tun können, um seinen Sohn wieder zurückzuholen. Niemals mehr.

Und es war ein trauriger Schock für ihn gewesen an dem Tag, als er erkannte, daß er auch Tula innig geliebt hatte. Er hatte darauf vertraut, daß sie ihm treu bleiben würde, und obwohl sie ihn verraten hatte, war er inzwischen soweit, daß er ihr immer noch Gutes in ihrem Leben wünschte. Aber die Zeit, die sie miteinander verbracht hatten, war lange vorbei und würde nie wiederkommen. Und es gab auch nichts, was er tun konnte, um Tula zurückzuholen. Sie hatte es vorgezogen, Murmeltier zu heiraten und sein Kind zu haben.

Falke seufzte schwer. Kein Wunder, daß er seine Gefühle immer so hartnäckig verdrängt hatte. Diese Last von Kummer und Traurigkeit war einfach zu schwer zu tragen gewesen.

Er saß in der heißen Sonne und schliff Speerspitzen, wie er es nun schon so viele Tage lang getan hatte, und wie schon so viele Male zuvor ließ er die Traurigkeit zu, die sein Herz überflutete. Manchmal lagen seine Hände dabei müßig im Schoß, weil er durch den Schleier seiner Tränen nichts sehen konnte, um den Stein zu schleifen. Nach einer Weile ebbte die Traurigkeit wieder ab, und er war wieder in der Lage, den Obsidian zu bearbeiten.

Und dennoch – neben der Traurigkeit in seinem Leben gab es noch etwas anderes, etwas Seltsames. Und er war sich dessen ebenso deutlich bewußt. Wenn er die Traurigkeit nicht fühlte, erlebte er Zeiten des Friedens, des echten inneren Friedens in seinem Herzen. Es war nicht der betäubende, todesähnliche Frieden, den er früher gesucht hatte, sondern ein glücklicher innerer Friede. In solchen Phasen konnte er sogar Rapt, dem Schamanen, Gutes wünschen, und er konnte mit Dankbarkeit an Betafor denken, die ihn mit Essen versorgt hatte, als er allein in der Höhle gehockt hatte.

Und dann, in anderen Phasen, überwältigte ihn die Traurigkeit wieder. Er fragte sich, ob sein Kummer wohl so groß war, daß er niemals enden würde.

Aber eines Abends kam der Moment, als er draußen vor seinem Zelt saß und nur Ruhelosigkeit empfand. Woher kommt dieses Gefühl auf einmal? wunderte er sich. Er blickte hinauf in den Himmel, und plötzlich sah er es: einen hellen, silbrig blitzenden Stern. Dunkler Stern, dachte er. Ich wüßte gerne, wo Stern wohl an diesem Abend ist. Seinen Schmerz um den Verlust von Stern hatte er bisher noch gar nicht zu fühlen gewagt. Seine Kraft hatte bisher nur dazu gereicht, um seinen Sohn und Tula zu betrauern.

Aber Dunkler Stern glänzte hell, und er ertappte sich dabei, daß er seinen Blick nicht davon losreißen konnte. Wo bist du, Stern? schrie sein Herz voller Sehnsucht, und plötzlich wußte er, daß ihm der schlimmste Schmerz noch bevorstand: die Trauer um den Verlust von Stern und ihrer beider Kind. Denn das war es sicherlich, was ihm der Große Geist mit seinem ziellosen Umherwandern sagen wollte – er sollte sich auf den Verlust dieser beiden geliebten Menschen vorbereiten. Und dennoch erinnerte er sich an die kleine dunkeläugige Tochter seiner Vision, und ein Teil von ihm hoffte noch immer.

Am nächsten Morgen, als Falke aufstand, entschied er, daß er genug Obsidian für Speerspitzen und Messer hatte. Es war an der Zeit, weiterzuziehen und seine Suche nach Stern fortzusetzen.

Er war geschwächt von seiner Zeit in der Höhle gewesen, doch inzwischen war seine Kraft zurückgekehrt. An hoffnungsvollen Tagen, wenn er glaubte, er würde Stern irgendwann finden, fragte er sich, ob er sie bitten sollte, zu ihm zurückzukehren. An mutlosen Tagen glaubte er, er würde nach ihr suchen, bis er sie nur sehen konnte, mehr nicht. Dennoch sehnte sich sein Herz immer schmerzlich nach ihr.

Manchmal fragte er sich, ob sie das Baby schon bekommen hatte... seltsam, daß er sich nicht mehr daran erinnern konnte, wann das Baby zur Welt kommen sollte.

Wann immer er an Stern dachte, mischte sich Hoffnung in seinen Kummer. Ich werde sie finden und mit ihr sprechen, dachte er, als er einer Hirschfährte in eine von Eichen bestandene Schlucht hinunterfolgte. Dann kann ich sehen, ob noch irgendeine Hoffnung für uns besteht, oder ob ich endgültig aufgeben muß.

Schuldbewußtsein durchzuckte ihn. Er hatte Stern verstoßen. Er hatte sie verstoßen *wollen*. Natürlich würde sie weitermachen und sich ein eigenes Leben aufbauen, ein Leben, in dem für ihn kein Platz mehr war. Welchen Sinn hatte es noch für ihn zu hoffen?

Und dennoch tat er es. Die Hoffnung war da, genährt von seiner Vision des Säbelzahnengels, ein winziges Flämmchen, das in seiner Brust flackerte.

54. Kapitel

Spätherbst

Stern sortierte Ebereschenbeeren in drei Körbe, die auf dem Gras neben dem Zelt standen, das sie und ihre Mutter gemeinsam bewohnten. Die Dachsleute waren erst vor zwei Tagen in diese Gegend gezogen, und immer noch gab es genügend Beeren in der näheren Umgebung. Stern hatte bereits zwei riesige Körbe gefüllt. Sie war ausgesprochen zufrieden; Ebereschenbeeren schmeckten gut und konnten zum Würzen von Wildfleisch verwendet oder gedörrt und gemahlen und zu einer Art

Brot verbacken werden. Sie waren sehr wohlschmeckende und vielseitig verwendbare Früchte.

Ihre Mutter, Blaumeise, saß neben ihr und summte glücklich vor sich hin, während sie das Hinterviertel einer wohlgenährten Antilope in Stücke zerteilte. Pirschjäger hatte das Tier erlegt und ihnen die Keule überlassen. Ein Geschenk, so hatte er erklärt, aber sein Blick hatte dabei auf Stern geruht, und sie wußte, daß der Zeitpunkt näherrückte, an dem sie sich entscheiden mußte, ob sie ihn heiraten wollte oder nicht.

»Pirschjäger ist sehr großzügig zu Witwen«, bemerkte Blaumeise, als sie von ihrer Antilope aufschaute und Stern mit einem strengen Blick maß. »Und zu unverheirateten, schwangeren Frauen, die sich sehr viel Zeit lassen, um eine Entscheidung zu treffen.«

Stern zuckte zusammen.

»Er behandelt auch die alten Leute freundlich«, fuhr Blaumeise fort und machte sich wieder daran, das Fleisch zu zerschneiden. »Und ohne Zweifel würde er sanft mit kleinen Babys umgehen.« Sie unterbrach ihre Arbeit, um auf Sterns gewaltigen Bauch zu starren.

»Mmmm«, murmelte Stern. Eigentlich wollte sie weder ja noch nein zu Pirschjägers Angebot sagen müssen. Sie wußte, ihre Mutter drang darauf, daß sie seinen Heiratsantrag annahm, doch Stern konnte sich noch immer nicht dazu durchringen. Andererseits blieb ihr wohl kaum eine andere Wahl, als Pirschjäger zu heiraten. Sie brauchte einen Mann, der ihr half, in diesen harten Zeiten zu überleben.

Sie durfte es nicht mehr sehr viel länger hinauszögern, ihm ihre Antwort mitzuteilen, ganz gleich, wie sie ausfallen würde. Er hatte ihnen bereits Fleisch für drei Monde gebracht, und er verdiente eine baldige Antwort.

»Es wäre töricht für eine Frau, ihn nicht zu heiraten«, sagte Blaumeise.

»Mmmm.« Das Problem war – wie sollte Stern einen Mann wie Falke vergessen? Es wäre unrecht, Pirschjäger zu heiraten, wenn ihr Herz noch immer Falke gehörte. Denn genauso war es, wie Stern sich traurig eingestand.

»Besonders für eine Frau, die schwanger ist und deren alte Mutter nicht jagen kann. Und überhaupt – es gibt ja sonst keinen Mann mehr in diesem Lager, den du heiraten könntest.«

»Mmmm.«

»Stern! Hör mir zu, wenn ich mit dir rede«, befahl ihre Mutter.

»Hmmm.«

»Tu, was ich dir sage.«

»Nein, Mutter.«

Blaumeise lachte trocken. »Ha! Du hast mir also doch zugehört! Ich rate dir dringend, ihn zu heiraten.«

»Ich weiß.«

Sie lachten gemeinsam.

»Jetzt mal ganz im Ernst, Tochter«, fügte Blaumeise hinzu. »Ich muß dir sagen, daß ich mir ein glückliches Leben für dich wünsche.«

»Ich weiß, Mutter.«

»Ich mache mir Sorgen um dich. Wer wird für dich jagen? Ich werde nicht immer für dich dasein. Eines Tages werde ich sterben.«

»Bitte sag das nicht.«

»Es ist aber wahr. Und wer wird sich dann um dich und dein Kind kümmern? Ich kann es nicht tun, selbst wenn ich noch bei dir bin. Oh, sicher, ich kann Wurzeln ausgraben und Beeren pflücken, aber du brauchst einen Ehemann, der für dich jagt. Einen Ehemann, der dir zur Seite steht. Du brauchst jetzt dringender einen Ehemann als eine Mutter.« Ihre Stimme klang traurig.

»Ich hatte bereits einen Ehemann, Mutter«, erwiderte Stern. »Dich mag ich lieber.« Sie kicherte.

Blaumeise schüttelte nur resigniert den Kopf.

Blaumeise hatte Pirschjäger eingeladen, ihnen beim Abendessen Gesellschaft zu leisten. Stern fand, sie konnte wohl kaum gegen die Einladung protestieren, da er immerhin das Fleisch geliefert hatte.

Pirschjäger verhielt sich ziemlich schweigsam während der

Mahlzeit, obwohl Stern ihn mehrmals dabei ertappte, wie er sie beobachtete, wenn er glaubte, sie merkte es nicht. Einmal überraschte sie ihn dabei, wie er verärgert das Gesicht verzog.

Was hat er denn, worüber er sich so ärgert? fragte sie sich.

Sie hatten gerade die letzten Reste des köstlichen Antilopenfleisches verzehrt, als Blaumeise plötzlich aufsprang, wobei Fleischreste und abgenagte Knochen aus ihrem Schoß kollerten. Einer der Lagerhunde rannte mit einem Knochen davon.

»Wer ist das?« rief sie.

Stern blinzelte verwirrt, als der große, kräftige Fremde ins Dachslager marschierte. Er trug einen Speer, und er war nackt bis zur Taille. Lederbeinlinge bedeckten seine langen, muskulösen Beine. Seine Füße waren bloß. Langes schwarzes Haar wehte um seine Schultern.

Sie schnappte überrascht nach Luft und preßte eine Hand auf ihr Herz, als sie sich von ihrem Platz erhob. Na so was! Der-der Fremde sah aus wie Falke! Aber das konnte doch unmöglich *er* sein! Er hatte sie doch verlassen, und sie rechnete auf keinen Fall damit, daß er zurückkehren würde. Und dennoch…

Auf seiner Schulter prangte die Tätowierung eines schwarzen Falken im Flug.

»Falke!« schrie Stern und rannte watschelnd auf ihn zu.

Er wandte sich in ihre Richtung, und sie blieb zögernd stehen. Hastig hob sie eine Hand an den Mund, um ihren Schrei zu unterdrücken, aber es war schon zu spät.

»Stern?« Er verlangsamte seinen Schritt, als er sie sah, dann blieb er stehen. »Bist du es?«

Sie errötete, aber sie würde nicht zulassen, daß ihre Verlegenheit sie aus ihrem eigenen Lager vertrieb. Sie wußte, sie sah nicht mehr so aus wie damals, als er sie kennengelernt hatte, aber was erwartete er denn? Wenn eine Frau schwanger war und die Geburt des Babys unmittelbar bevorstand, sah sie nun einmal so aus!

»Ja, ich bin's«, erwiderte sie mit soviel Würde, wie sie aufbringen konnte.

Pirschjäger stand hinter ihr. »Was willst du hier?« fragte er unfreundlich.

Falke kam näher. Stern sah sein attraktives Gesicht, und alles in ihr drängte danach, zu ihm zu laufen und sich in seine Arme zu werfen. Sie wußte, ihr verräterisches Herz würde sie dazu bringen, alles stehen- und liegenzulassen und mit ihm zu gehen! Er brauchte nichts weiter zu tun, als sie darum zu bitten.

Was ist nur mit mir los? fragte sie sich unglücklich. Dieser Mann braucht mich nur anzusehen, und ich folge ihm wie ein Hündchen. Ist es denn noch nicht genug, daß er mich verlassen hat – schwanger und allein? Was muß denn noch geschehen, damit ich endlich begreife, daß er nicht gut für mich ist?

Pirschjäger stellte sich vor sie hin und baute sich in provozierender Haltung vor Falke auf. Zum ersten Mal seit seiner Rückkehr ins Dachslager war Stern froh über eine Anwesenheit.

Falke zögerte. »Wer ist dieser Mann?« fragte er Stern.

»Ich bin Pirschjäger. Und wer bist du?« Pirschjäger schob entschlossen das Kinn vor und verschränkte die Arme über der Brust. Sein Ausdruck war grimmig. Andererseits hat er grimmig ausgesehen, seit er von den Fischessern zurückgekehrt ist, dachte Stern.

Genau in dem Moment strampelte das Baby in ihrem Leib. Das Baby erkennt seinen Vater! schoß es Stern durch den Kopf.

Blaumeise kam herbeigelaufen. »Es ist der Jaguarmann.« Sie stampfte ein paarmal wütend mit dem Fuß auf und spuckte dann verächtlich ins Gras. Es war eine äußerst beleidigende Form der Dachsbegrüßung.

»Sterns Jaguarehemann?« verlangte Pirschjäger zu wissen.

»Genau der.« Verachtung schwang in Blaumeises Stimme mit. »Was willst du hier?« fuhr sie Falke an.

Falkes Blick ruhte auf Stern. »Ich bin gekommen, um Stern zu sehen.«

»Es geht ihr gut, wie du siehst. Geh wieder nach Hause.« Blaumeise stand neben Pirschjäger, und ihre stämmige Gestalt verdeckte Sterns Blick auf Falke.

Stern trat ein wenig zur Seite, gerade noch rechtzeitig, um zu sehen, wie sich Falkes sinnliche Lippen zu einem unbekümmerten Lächeln verzogen. Ihr Herzschlag beschleunigte sich.

Falke wandte sich zur Seite und ließ seinen Blick über die Dachszelte schweifen, die im Gras verstreut standen. »Ein angenehmer Ort zum Kampieren«, bemerkte er höflich.

»Geh nach Hause, Jaguar«, sagte Pirschjäger finster. »Du bist hier nicht erwünscht.«

»Wer bist du?« fragte Falke. »Sterns Ehemann?«

Stern blickte schweigend in Falkes Augen, während er auf ihre Antwort wartete. Als sie seinen kühnen, offenen Blick nicht länger ertragen konnte, zwang sie sich, statt dessen auf Pirschjägers breiten Rücken zu starren.

»Aha. Sie ist also nicht deine Ehefrau.«

Pirschjäger versteifte sich. »Ich versorge sie mit Fleisch.«

»Dann danke ich dir dafür«, erwiderte Falke mit einem Nicken.

»Du dankst mir?« fuhr Pirschjäger empört auf. Er ließ die Arme sinken und funkelte Falke böse an. »Du *dankst* mir?«

»Was soll das?« jammerte Blaumeise.

»Ich bedanke mich bei dir, weil du dich um meine Frau gekümmert hast, während ich fort war, aber jetzt bin ich zurückgekommen, und *ich* werde jetzt für sie jagen.« Falke beobachtete Pirschjäger aus kalten, finsteren Augen.

Sterns Herz klopfte alarmiert. Wovon redete Falke eigentlich? Er hatte sie zu ihren Leuten zurückgebracht, weil er sie nicht mehr wollte. Es war nie die Rede davon gewesen, daß er zurückkehren würde, um sie zu sehen. Was meinte er damit, daß er jetzt für sie jagen wollte?

»Du kannst nicht einfach wieder hier auftauchen und Stern zurückholen«, protestierte Blaumeise. »Sie ist kein Wildkadaver, den ihr Jaguarleute in einem Baum lagert und zu dem ihr zurückkehrt, wann immer ihr sonst nichts anderes zu essen habt.«

Stern starrte auf den steifen Rücken ihrer Mutter. Die Frau hatte ja recht. Stern straffte unwillkürlich die Schultern.

»Laß Stern für sich selbst sprechen«, verlangte Falke.

Pirschjäger fuhr zu ihr herum. »Triff deine Wahl«, forderte er sie auf. »Entscheide dich, ob du mich heiraten willst. Oder ziehst du es vor, dich wieder mit dem Mann zu vereinen, der dich hilflos und schwanger verlassen hat?«

Schweiß perlte auf Sterns Stirn. Sie ballte die Hände zu Fäusten. Was sollte sie nur tun?

55. Kapitel

»Ich wähle keinen von euch beiden!«

»Keinen?« rief Pirschjäger erschrocken. Sein Gesicht war ganz bleich geworden.

»Du mußt eine Wahl treffen«, verlangte Falke. Er sah verdattert aus.

»Richtig, du mußt«, bestätigte Blaumeise. Ihre Miene war verzweifelt.

»Ich muß überhaupt nicht.« Stern verschränkte die Arme über ihrem großen Bauch und musterte die drei Dummköpfe, die sie völlig verstört anstarrten. Ihr Herz hämmerte, aber sie würde sich nicht dazu zwingen lassen, eine derartig wichtige Entscheidung übereilt zu treffen, nur weil die anderen sie dazu drängten. Sie mußte für sich selbst entscheiden, wen sie heiraten würde, sonst würde sie überhaupt nicht heiraten. Und wenn sie zwanzig Monde brauchte, um zu einer Entscheidung zu kommen, dann sollte es eben so sein!

Sie würde das wählen, was für sie selbst und das Baby am besten war.

»Stern, wir müssen miteinander reden! Jetzt sofort!« sagte ihre Mutter energisch.

Pirschjäger beugte sich näher, um zu lauschen.

»In unserem Zelt«, fügte Blaumeise hinzu.

Sie bugsierte Stern hastig von den beiden Männern fort und zu ihrem Zelt hinüber. Hinter sich konnte Stern einen erhitzten, wütenden Wortwechsel zweier rauher Stimmen hören, aber ihre Mutter trieb sie unbarmherzig weiter auf ihr Zelt zu.

Sie krochen durch die Zeltklappe. »Hör mir zu, Tochter«, sagte Blaumeise ernst. »Du hast jetzt zwei Männer, die dich heiraten wollen, und das in deinem Zustand! In meinem ganzen Leben habe ich noch nie so etwas gehört! Entscheide dich für einen von ihnen, und dann ist der Fall erledigt. Ich rate es dir dringend, denn ein solches Glück wird uns kein zweites Mal beschieden sein!«

»Mutter«, erwiderte Stern ruhig. »Ich war mit Falke verheiratet. Ich weiß nicht, warum er hier ist oder was er will. Und was Pirschjäger betrifft – ja, er ist ein guter Jäger, und, ja, er will mich heiraten, aber ich liebe ihn nicht.«

Sie sah die Enttäuschung in den dunklen Augen ihrer Mutter. »Ich weiß, du wünschst dir etwas anderes, aber ich kann mit keinem der beiden Männer leben«, fügte Stern hinzu.

Ein Schatten verdunkelte das faltige Gesicht ihrer Mutter. »Stern, ich mache mir große Sorgen um dich, um das Baby. Wer wird sich um dich kümmern, wenn ich nicht mehr da bin?«

»Ich werde für mich selbst sorgen. Ich habe die Dachsleute ...«

Ihre Mutter machte eine wegwerfende Handbewegung. »Pah! Die Dachsjäger werden dich erst dann mit Fleisch versorgen, nachdem ihre eigenen Kinder und Ehefrauen satt sind.«

Ratlos starrte Stern auf den festgestampften Lehmfußboden ihres Zeltes. Es stimmte. Was sollte sie nur tun?

»Mutter, ich kann nicht hinausgehen und einen dieser beiden Männer wählen! Ich weiß nicht, warum Falke gekommen ist. Und von Pirschjäger weiß ich sogar noch weniger. Er ist ein ganz anderer Mensch geworden, seit er aus der Sklaverei zurückgekehrt ist.«

Ihre Mutter runzelte die Stirn. »Er scheint tatsächlich ein wenig anders als früher ...«

»Nicht nur ein wenig, Mutter. Er hat sich sehr verändert. Er ist nicht mehr der freundliche junge Mann, der damals um mich geworben hat. Er ist älter geworden. Grimmiger.«

»Ach, nun komm schon, Tochter. Nicht grimmiger.«

»Doch, grimmiger«, erwiderte Stern beharrlich.

»Nun ja«, seufzte ihre Mutter, »zumindest willst du nicht den Jaguarmann!« Sie spähte zur Zeltklappe hinaus. »Laß uns hinausgehen und ihm sagen, er soll nach Hause gehen. Du brauchst Pirschjäger ja noch nicht zu heiraten. Laß dir ruhig noch eine Weile Zeit, wenn du möchtest. Aber laß uns diesen unglückseligen Falke loswerden. Ich kann seinen Anblick nicht ertragen! Wenn ich daran denke, was er dir angetan hat… dich hier wie einen alten Hirschkadaver abzuliefern, und du schwanger mit seinem Kind –«

»Mutter!«

»Verzeih mir, Tochter, aber es ist einfach so, daß ich den Mann nicht leiden kann.«

Stern seufzte. Sie konnte fühlen, wie ihr Baby mit den Füßen trat. Das Baby weiß Bescheid, dachte sie. Es weiß, daß sein Vater hier ist…

Sie verließen das Zelt.

»Stern hat euch etwas zu sagen«, verkündete Blaumeise.

Falke beobachtete sie gespannt, während er sich auf seinen Speer stützte. Pirschjäger wartete schweigend, die Arme vor der Brust gekreuzt.

»Ich-ich-«, begann Stern. Sie fing Falkes ernsten Blick auf. »Ich möchte, daß du gehst«, sagte sie zu ihm.

Pirschjäger lächelte Falke triumphierend an. »Du hast gehört, was sie gesagt hat. Verschwinde.«

Stern drehte sich zu Pirschjäger um. »Ich brauche noch mehr Zeit, bevor ich mich entschließen kann, dich zu heiraten.«

Er zuckte liebenswürdig die Achseln. »Wie du willst. Aber laß dir nicht zuviel Zeit…« Er beäugte ihren Bauch. »Vielleicht bist du in der Lage, dich zu entschließen, nachdem das Baby geboren ist.«

Stern schenkte ihm ein zittriges Lächeln. Sie war dankbar für sein unerwartetes Verständnis.

»Willst du wirklich, daß ich gehe, Stern?«

Falkes kehlige Stimme zog sie an wie Nektar eine Biene. Sie wandte sich zu ihm um. »Ja«, flüsterte sie.

Falke war völlig verwirrt. Er hatte seine kleine Tochter in

seiner Vision gesehen, das Kind, das Stern unter dem Herzen trug. Und er hatte angenommen, das bedeutete, daß er wieder Sterns Ehemann sein sollte. Und jetzt zog sie diesen Dachsmann vor, statt sich für ihn, den Vater ihres Kindes, zu entscheiden? Was hatte das zu bedeuten?

Er wollte nicht gehen. Er war lange, lange Zeit umhergewandert, als er versucht hatte, sie zu finden. Und nachdem er Stern jetzt endlich gefunden hatte, würde er sich nicht einfach abweisen lassen. Nichts da!

»Hast du immer noch nicht verstanden? Sie will, daß du gehst, Jaguarmann«, sagte Pirschjäger. Er baute sich drohend vor Falke auf und funkelte ihn böse an.

Die Vorstellung, mich mit diesem Mann anzulegen, gefällt mir gar nicht, dachte Falke. Er macht den Eindruck, als würde er kämpfen, bis einer von uns tot ist. Trotzdem werde ich mit ihm kämpfen, wenn ich muß. Plötzlich erinnerte er sich wieder, wo er diesen Mann schon einmal gesehen hatte. Er war Sterns ehemaliger Dachsbräutigam, derjenige, der von den Sklavenjägern abgeführt worden war. *Seine Zeit in der Sklaverei hat ihn hart und verbittert gemacht.* Laut sagte er: »Ich habe sie gehört.«

Falkes Blick schweifte zu Stern. Sie sah stark und stolz aus; ihr dichtes schwarzes Haar hing lose über ihren Rücken herab. Sie stand da und beobachtete ihn schweigend. Er sehnte sich schmerzlich danach, seine Finger in ihrem Haar zu vergraben, sie an sich zu drücken, sie nie wieder loszulassen. Dennoch stand sie wartend da – wartete darauf, daß er sie verließ und für immer aus ihrem Leben verschwand.

»Laß uns in Ruhe und verschwinde«, warnte Pirschjäger. »Sie hat ihre Wahl getroffen.«

56. Kapitel

Falke wanderte langsam am Flußufer entlang. Er horchte auf das Zwitschern der Vögel, als er sich verzweifelt fragte, was er tun sollte. In einiger Entfernung hinter ihm – getrennt durch den Weg, den er gekommen war – war das Dachslager. Und Stern.

Obwohl er auf Sterns Aufforderung hin das Lager verlassen hatte, war er zuerst nicht weit gegangen, und in der Nacht war er zu der Stelle zurückgeschlichen, wo Sterns Zelt stand. Wenn er doch nur an sie herankommen könnte, sie dazu bewegen könnte, mit ihm zu reden! Aber natürlich lag Pirschjäger vor ihrem Zelt auf der Lauer, seinen Speer griffbereit neben sich, um Stern zu bewachen.

Daraufhin hatte Falke das Lager wieder verlassen und war dem Fluß gefolgt, der sich nach Süden und Westen schlängelte. Auf der anderen Seite des Flusses ragten hohe Felsen auf, doch auf dieser Seite, wo er entlangging, war das Land flach und mit niedrigem Gebüsch bewachsen.

Dies war einst ein breites Flußbett gewesen, aber jetzt war der Fluß schmaler, obwohl er immer noch so tief war, daß das Wasser einem großen Mann, der auf den Schultern seines Bruders stand, bis über den Kopf gereicht hätte. Und er strömte auch sehr schnell dahin. Die Überreste des alten Flußbettes waren noch als dicke Felsbrocken zu erkennen, die in steinigen braunen Schichten hinter Falke aufstiegen.

Während er dahinwanderte, überlegte er, wie er es anstellen sollte, Stern zu treffen und sie davon zu überzeugen, daß er sie zurückhaben wollte.

Aber ihm fiel einfach nichts ein, und er beschloß, ein Nikkerchen zu machen. Er bog um eine Krümmung im Flußufer und entdeckte einen Baum in einem Dickicht von Unterholz. Ein Mann, der auf freiem Feld schlief, riskierte es, von Löwen, Jaguaren und anderen Raubtieren getötet zu werden, die zum Trinken an den Fluß kamen.

Er ließ sich in dem Gebüsch nieder und schlief eine Weile. Als er aufwachte, gähnte er ausführlich und war gerade im Begriff, sich zu erheben, als er ein gedämpftes Grunzen hörte und dann einen durchdringenden Schrei. Langsam drehte er den Kopf und spähte durch die Blätter des Dickichts.

Drei Gestalten kamen um die Flußbiegung herum in seine Richtung marschiert. Es waren zwei Männer und eine Frau – eine hochschwangere Frau. Mit langem schwarzen Haar.

Falke setzte sich auf, sorgsam darauf bedacht, nicht die ineinander verwobenen Zweige zu bewegen und so seine Position zu verraten.

Er beobachtete angespannt, wie die Männer näher kamen. Sie schleiften die Frau praktisch mit sich; sie selbst machte keine Anstrengung, ihre Füße voreinanderzusetzen.

Als die kräftigen, schwergebauten Männer noch näher kamen, hielt Falke alarmiert den Atem an. Die Sklavenfänger! Es waren Hakennase und Rotes Kinn, die beiden hinterhältigen Sklavenfänger, die er zuletzt in Betafors und Klaues Höhle gesehen hatte!

»Was um alles in der Welt –«, murmelte Falke. Er griff nach seinem Speer und glitt aus dem Gebüsch.

Die drei hatten ihn noch nicht bemerkt. Jetzt hielten die massigen Männer am Wasser an und wateten in den Fluß. Hakennase trank mehrere große Schlucke Wasser; dann tat Rotes Kinn es ihm nach. Sie ignorierten die Frau, die sie auf dem steinigen Strand zurückgelassen hatten.

Falke konnte seinen Blick nicht von ihr losreißen. Sie saß am Ufer und ließ erschöpft den Kopf hängen. Stern!

Er kroch aus dem Dickicht heraus und rannte zu der Stelle, wo die drei waren. Die Männer kehrten ihm weiterhin den Rücken zu und blickten über den Fluß hinweg auf die Felsen am anderen Ufer, die Frau hockte noch immer mit hängendem Kopf da.

Falke stürzte blitzschnell vorwärts und durchbohrte Hakennases Rücken mit seinem Speer. Der Mann fiel ins Wasser, und Falke versetzte ihm einen Stoß, um ihn in das tiefere Wasser zu befördern, wo die Strömung stärker war. Hakennase schlug ein paarmal schwach um sich und trieb dann davon, mit dem Gesicht nach unten.

Falke wirbelte herum, um gegen Roter Habicht zu kämpfen. Die beiden rangen im flachen Wasser in Ufernähe miteinander. Roter Habicht heulte wütend auf, während sie sich hin- und herrollten. Schließlich gewann Falke die Oberhand, und es gelang ihm, Roter Habichts Kopf unter Wasser zu drücken. Als sich sein Gegner nicht mehr rührte, sprang Falke wieder auf die Füße. Die Strömung hatte Hakennases Leichnam bereits ein ganzes Stück den Fluß hinuntergetrieben.

Erst dann drehte Falke sich zu Stern um. »Ist alles mit dir in Ordnung?« fragte er besorgt.

Sie nickte schwach. Sie sah seltsam benommen aus.

Er watete ans Ufer und ging zu ihr. »Komm, ich werde dir einen Schluck Wasser geben. Es wird dich beleben«, sagte er.

Sie nickte und erhob sich mühsam, während sie mit einer Hand ihren Bauch stützte. Er führte sie ans Wasser.

Nachdem sie mehrere Schlucke von dem Wasser getrunken hatte, das er mit der Hand für sie schöpfte, sagte sie: »Ich fühle mich wirklich schon besser.«

»Wie ist es überhaupt dazu gekommen, daß sie dich gefangengenommen haben?« Er stieß den reglosen Körper von Rotes Kinn, der im flachen Wasser trieb, mit der Fußspitze an.

»Sie haben mich einfach gepackt. Ich war im Wald, um Beeren zu pflücken, und sie überwältigten mich ganz überraschend und zerrten mich mit sich.«

Er runzelte die Stirn. »Ich frage mich, warum sie ausgerechnet dich ausgewählt haben. Es kommt mir merkwürdig vor, daß sie eine schwangere Frau rauben.«

»Sie haben es getan, weil sie immer noch wütend auf dich waren«, erklärte sie. »Um Vergeltung an dir zu üben. Ich habe zufällig mitbekommen, wie sie sich unterhielten. Tula hatte sie hergeschickt, mit dem Auftrag, mich zu rauben.«

»Tula!« fuhr Falke empört auf.

»Sie hatte die beiden offenbar dazu angestiftet, als sie im Jaguarlager waren.«

Er nickte. »Richtig. Ich habe sie in Klaues Höhle gesehen.«

»Sie hatten vor, mich an die Fischesser zu verkaufen, weil Hakennase sich an dir rächen wollte. Er sagte, du hättest ihm zwei Kinder gestohlen. Meine Gefangennahme sollte seine Rache an dir sein.«

Falke zog eine Braue hoch. »Es stimmt, daß ich Milky und Beere damals zu ihrer Mutter zurückgebracht habe.«

»Tja, nun, das hat den Sklavenfängern nicht gefallen.«

»Hakennase war offenbar sehr nachtragend.«

»Den Eindruck hatte ich auch. Tula scheint nicht minder nachtragend zu sein.«

»Tula kann dir jetzt nichts mehr tun«, erwiderte Falke. Er blickte in ihre schönen dunklen Augen. »Wie sehr ich dich vermißt habe...« Er seufzte schwer.

Sie wandte sich ab bei seinen leise gemurmelten Worten.

»Ich muß zu meinen Leuten zurück.«

»Warte! Bitte geh noch nicht.«

Stern drehte sich um und sah ihn an. »Was willst du eigentlich, Falke? Was soll dein seltsames Benehmen? Du erklärst mir, du willst mich nicht mehr als deine Ehefrau. Du bringst mich zu meinem Volk zurück und verläßt mich. Dann kommst du auf einmal zurück und suchst nach mir. Was hat das zu bedeuten? Warum tust du das?«

»Ich will dich als meine Ehefrau zurückhaben«, erwiderte er schlicht. »Es war unrecht von mir, dich zu verlassen. Ich bereue es zutiefst.« Er griff nach ihren Händen. »Stern, bitte komm mit mir. Sei meine Ehefrau. Wir werden unser Kind gemeinsam aufziehen.«

Sie befreite ihre Hände aus seinem Griff und drehte den Kopf weg. Er ertappte sich dabei, wie er sehnsüchtig auf ihr seidiges schwarzes Haar starrte.

»Ich kann nicht«, murmelte sie. »Ich bin einfach zu verwirrt.«

»Was verwirrt dich denn?«

Er hörte ihre Antwort nicht mehr, denn plötzlich wurde er von hinten an der Kehle gepackt und zu Boden geschleudert.

Sterns zukünftiger Dachsehemann ragte über ihm auf, ein scharfes Messer in der Hand. »Du hast gedacht, du könntest sie so einfach rauben, wie, Jaguarmann? Vergiß es! Ich bin hier, um sie zu verteidigen.«

»Nein, Pirschjäger! Er hat mich nicht geraubt!« schrie Stern.

»Wie kommt es dann, daß er hier ist?« fauchte Pirschjäger, während er Falke beäugte. »Los, steh auf«, knurrte er. »Steh auf, Jaguarmann, und kämpfe. Ich werde dich töten und dich für immer los sein!«

»Nein! Bitte nicht, Pirschjäger, nein!«

Aber Pirschjäger hörte Sterns Flehen nicht. Falke rappelte sich hastig auf. Drüben am Wasser, außerhalb seiner Reichweite, lag sein Speer. Er tastete nach dem Obsidianmesser, das er immer im Gürtel trug. Fort! Er mußte es bei seinem Kampf mit Rotes Kinn verloren haben.

Dann blieb ihm wohl nichts anderes übrig, als mit bloßen Händen gegen Pirschjägers Messer zu kämpfen. Er stürzte sich auf seinen Gegner. Pirschjäger holte einmal aus, und Falke kam mit einer Schnittwunde quer über seinen Rippen davon. Er hörte Sterns entsetzten Aufschrei, aber er ignorierte sie und konzentrierte sich statt dessen mit jeder Faser seines Körpers auf den tödlichen Mann vor ihm.

Pirschjäger hob drohend sein Messer und warf sich auf Falke. Falke versuchte, ihn wegzustoßen, doch der Dachsmann fügte ihm eine weitere lange Schnittwunde zu, diesmal an der Seite. Der stechende Schmerz ließ ihn zusammenzucken. Mit einer blitzschnellen Bewegung packte er das Messer, riß es Pirschjäger aus der Hand und schleuderte es fort. Er hörte es klatschend im Wasser landen.

»Jetzt sind wir ebenbürtige Gegner«, keuchte Falke.

Mit einem wilden Schrei stürzte sich Pirschjäger auf ihn, während er Falkes Kehle zu packen versuchte. Die beiden Männer gingen zu Boden.

»Hört auf damit!« schrie Stern. »Hört sofort auf!«

Doch die beiden Männer kämpften verbissen weiter, wobei jeder mit aller Kraft versuchte, die Kehle des anderen im tödlichen Würgegriff zu umklammern.

Schließlich gelang es Falke, sich auf Pirschjäger zu rollen. Er saß breitbeinig auf der Brust seines Gegners, und Pirschjägers Abwehrversuche waren jetzt zu schwach, um Falke noch etwas anhaben zu können. Seine Hände lagen um Pirschjägers Kehle.

»Nein!« schrie Stern verzweifelt.

Mühsam nach Atem ringend starrte Falke in Pirschjägers Augen. »Ich will dich nicht töten«, sagte er finster. »Aber ich werde es tun, wenn du mich wieder angreifst! Hast du verstanden?«

Pirschjäger funkelte ihn böse an. »Töte mich und bring es hinter dich, Jaguar!«

»Nein!« schrie Stern wieder.

Plötzlich versteifte Falke sich. Etwas Scharfes bohrte sich in seinen Rücken. Irgendwie fühlte sich das nach seinem eigenen Speer an.

»Los, steh auf!« zischte Stern. »Ich werde nicht zulassen, daß du ihn umbringst!«

Als Falke sich nicht rührte, drückte sie ihm erneut die Waffe in den Rücken – härter diesmal. Schweiß brach auf seiner Stirn aus.

»Stern«, sagte er vorsichtig. »Leg den Speer hin.«

»Erst dann, wenn du von ihm herunterkommst!« Ihm gefiel das Zittern in ihrer Stimme nicht. Eine panikerfüllte Frau konnte alles mögliche mit einem Speer tun.

»Leg ihn auf den Boden, Stern«, warnte er sie noch einmal. »Ich werde von ihm herunterkommen.«

Unter ihm gab Pirschjäger einen erstickten Laut von sich. Falke starrte ihn wütend an. Wenn er es nicht besser wüßte, hätte er doch glatt gedacht, Pirschjäger lachte ihn aus!

Langsam und vorsichtig zog er seine Hände von der Kehle seines Gegners zurück und stand auf. Der scharfe Speer war nicht länger in seinem Rücken. Pirschjäger erhob sich ebenso vorsichtig, dann wich er hastig aus Sterns Reichweite zurück.

»Ihr zwei!« schrie Stern. »Jetzt seht nur, was ihr angerichtet habt! Ihr habt mich so aufgeregt, daß das Baby kommt!«

»Es wird ein Mädchen«, sagte Falke, der ruhig neben Stern saß und ihre Hand hielt. Unten am Fluß schob Pirschjäger die Leiche von Roter Habicht weiter in die Strömung hinaus, wo sie rasch flußabwärts trieb. Als sie den Körper nicht länger sehen konnte, begann Pirschjäger, unruhig am Ufer auf- und abzuwandern.

»Nein, ein Junge«, keuchte sie. »Es wird ein Junge sein!«

»Wart's nur ab.« Nachdem er Pirschjäger eine Weile dabei zugeschaut hatte, wie dieser auf- und abmarschierte, schlug Falke vor: »Wir sollten Pirschjäger zurückschicken, damit er deine Mutter holt.«

»Ja«, japste Stern. »Tu das.«

Als Pirschjäger um die Biegung im Fluß verschwunden war, beugte Falke sich vor und fragte besorgt: »Hast du Durst?«

Stern schüttelte den Kopf.

Schweigen breitete sich zwischen ihnen aus, nur gelegentlich unterbrochen von Sterns heftigem Keuchen, wenn der Schmerz stärker wurde. »Bist du bei Tula geblieben, als sie euer Kind zur Welt gebracht hat?« fragte sie, als eine Pause zwischen zwei Wehen eintrat.

»Nein. Tulas Mutter und ihre Schwester haben ihr beigestanden. Bei meinem Volk ist es nicht üblich, daß Männer bei der Geburt helfen.«

»Bei meinem Volk helfen die Männer«, stieß Stern zwischen zusammengebissenen Zähnen hervor.

Tatsächlich war Falke froh, daß Stern nicht wußte, wieviel Mut er aufbringen mußte, um neben ihr zu sitzen und ihre Hand zu halten. Wenn das Baby kam, würden sie den neuen Erdenbürger gemeinsam begrüßen. Aufgrund seiner Vision wußte er, daß ihre Tochter – wie immer sie aussehen mochte – einen wachen, pfiffigen Verstand haben würde.

Stern stöhnte laut. »Ich wünschte, meine Mutter hätte mir mehr über das Gebären erzählt«, sagte sie gepreßt.

»Keine Angst. Es wird schon alles gutgehen«, log Falke.

Wenig später kamen Blaumeise und Pirschjäger herbeigeeilt, gefolgt von drei anderen Frauen, zu denen Wildkirsche gehörte, die ebenfalls schwanger war. Falke wunderte sich im stillen darüber, daß sie das Martyrium mitansehen wollte, das ihr selbst demnächst bevorstand.

Blaumeise schob Falke energisch aus dem Weg. »Ich werde ihr jetzt helfen«, sagte sie herrisch. »Sie braucht dich nicht.«

»Er hat mich gerettet, Mutter«, rief Stern erschrocken. »Vor den Sklavenfängern!«

»Ist das wahr?« Blaumeise sah aus, als glaubte sie ihrer Tochter nicht.

Falke nickte.

Blaumeise schnaubte nur ungläubig.

»Es ist wirklich wahr«, sagte Pirschjäger grimmig.

Falke warf seinem Widersacher einen überraschten Blick zu.

Pirschjäger nickte ihm steif zu, dann wandte er sich ab.

»Hmpf«, knurrte Blaumeise nur und schob ein zusammengerolltes Fell unter Sterns Kopf, bevor sie und die anderen Frauen Schilfmatten um die Gebärende herum ausbreiteten.

»Danke«, murmelte Blaumeise aus dem Mundwinkel zu Falke hinüber. Dann ignorierte sie ihn.

Die anderen Frauen machten sich daran, Holz für ein Feuer zu sammeln, und Wildkirsche legte den brennenden Zweig, den sie aus dem Lager mitgebracht hatte, zu den Ästen. Winzige Flammen züngelten hoch und fraßen sich in das Feuerholz.

Falke war klar, daß er nicht mehr gebraucht wurde, wenn so viele Frauen da waren, um Stern zu helfen, deshalb ging er davon, um sich in die Nähe des Dickichts zu setzen, in dem er sich versteckt hatte, als die Sklavenfänger gekommen waren. Innerlich zitterte er vor Furcht, aber er glaubte nicht, daß Stern seine Angst gespürt hatte.

Bitte, Großer Geist, hilf ihr, die Entbindung zu überstehen, flehte er verzweifelt. Hilf ihr und unserem Kind! Seit seiner Vision fühlte es sich irgendwie richtig für ihn an, zum Großen Geist zu beten.

Er konnte hören, wie Stern sich abmühte, und ihr gedämpftes, gequältes Stöhnen erfüllte sein Herz mit Angst um sie. Schließlich hielt er es nicht mehr länger aus. Sie hatte gesagt, daß Dachsmänner ihren Frauen beim Gebären beistanden. Also, warum sollte er das nicht auch können? Alles war besser, als neben dem Dickicht zu hocken und sich das Schlimmste auszumalen.

Er ging hinüber und hockte sich neben eine schwitzende, mühsam kämpfende Stern.

»Was willst du hier?« grummelte Blaumeise.

»Ich möchte bei ihr sitzen.«

»Geh weg«, schimpfte Blaumeise.

Falke erhob sich schweigend.

»Nein, Mutter! Er bleibt hier!«

Falke setzte sich wieder, und Stern umklammerte seine Hand so fest, daß sich ihre Nägel in sein Fleisch gruben.

Blaumeise preßte mißbilligend die Lippen zusammen, aber sie sagte nichts.

So saßen sie beisammen, Blaumeise auf Sterns einer Seite und Falke auf der anderen, während sie jeder eine von Sterns Händen hielten.

Nach einiger Zeit machte Falke Anstalten, wieder aufzustehen. Er mußte dringend seine Blase entleeren. »Geh nicht weg!« rief Stern ängstlich und zog ihn herunter.

»Keine Sorge, ich werde bleiben«, erwiderte er. »Ich werde für immer bei dir bleiben, wenn du es willst.« Er setzte sich wieder und ignorierte mit stoischer Entschlossenheit das Bedürfnis seines Körpers und Sterns stirnrunzelnde Mutter.

Stern blickte zu ihm auf, ihre braunen Augen verwirrt, dann schloß sie die Augen und stöhnte, und ein heftiges Zittern durchlief ihren Körper.

»Das Baby kommt bald«, wimmerte sie.

Blaumeise warf Falke einen Blick zu. »Wirst du ihr helfen?«

Er las die unmißverständliche Herausforderung in ihren Augen.

»Wirst du hierbleiben und meiner Tochter helfen, oder wirst du davonlaufen, Jaguarmann?«

»Ich werde bleiben«, erwiderte Falke mit ruhiger, fester

Stimme. »Es war unrecht von mir, sie zu verstoßen. Ich hatte Angst, ich –«

»Das Baby kommt!« Stern krümmte sich zusammen und zog sich in eine kauernde Stellung hoch. Ein schmerzerfülltes Wimmern stieg aus ihrer Kehle auf, und sie umklammerte Falkes Hand derart fest, daß er die Zähne zusammenbiß.

»Ohhhh!« stöhnte sie.

»Schnell, hilf ihr«, forderte Blaumeise ihn auf.

Falke stützte Stern, bis sie breitbeinig auf den Schilfmatten kauerte.

»Halt sie fest«, wies Blaumeise Falke an. »Von vorn.«

Wildkirsche nahm seinen Platz ein und stützte Stern von hinten, während Falke herumging und vor Stern niederkniete. Er lehnte sich auf die Fersen zurück, so daß er sie mit seinen Händen auf ihren Schultern stützen konnte.

»Aaaarghhh«, stöhnte Stern.

Falke wäre am liebsten aufgesprungen und davongerannt, so sehr grauste ihm vor dem, was jetzt kommen würde, aber Sterns Gewicht auf seinen Schultern drückte ihn zu Boden.

»Es ist gleich soweit. Das Baby kommt bei der nächsten Woge von Schmerz«, sagte Blaumeise.

Stern stieß einen gutturalen Schrei aus.

Falke hielt eine ihrer geballten Fäuste. »Alles wird gut. Nur keine Angst«, murmelte er beschwichtigend. Noch eine Lüge. Wenn sie diese Geburt tatsächlich überlebte, würde er auf den Knien zum Dachslager zurückkriechen, bis sein Fleisch blutig und wund war, um dem Großen Geist für seinen Beistand zu danken. Er würde es tun!

»Das Baby kommt!« schrie Stern jammernd.

Die anderen Frauen kamen aufgeregt herbeigelaufen. »Es kommt!« rief Wildkirsche.

»Ich kann schon seinen Kopf sehen!« verkündete Blaumeise freudig.

Falke wagte es nicht, hinunterzuschauen, um zu sehen, was passierte. Er starrte in Sterns verzerrtes Gesicht, als sie stöhnend den Kopf zurückwarf und in hastigen, keuchenden Zügen atmete, ihre nackten Brüste glänzend vor Schweiß.

»Ich liebe dich«, flüsterte er.

Sie öffnete die Augen, aber sie sah ihn nicht.

»Ahrrrrgh«, stöhnte sie.

»Du hältst dich sehr tapfer. Alles wird gut«, murmelte er ermutigend. Vielleicht war es doch keine Lüge. Die Frauen taten so, als wären diese Qualen völlig normal, wenn eine Frau ein Kind zur Welt brachte. Waren sie das?

»Das Baby ist da«, rief eine jubelnde Blaumeise.

»Oh!« schrie Wildkirsche aufgeregt.

Falke hielt Stern, stützte sie mit seinen Armen. Er hielt sie fest umschlungen, bis Blaumeise das Kind zwischen ihren Schenkeln hervorziehen konnte.

»Ein Messer, schnell, ein Messer!« rief Blaumeise. »Ich brauche ein Messer, um die Nabelschnur durchzuschneiden!«

Die Frauen rannten hastig hierhin und dorthin. Falke reichte ihr sein Obsidianmesser.

Ihre Blicke trafen sich. »Danke«, sagte Blaumeise, und er hatte das Gefühl, daß sie ihm für mehr als nur für das Messer dankte.

Erschöpft ließ Stern sich auf die Schilfmatten zurücksinken und streckte die Arme aus. Blaumeise legte ihr das lange, dünne Baby auf die Brust. »Mein Baby«, murmelte Stern glücklich, und ein verzücktes Lächeln spielte um ihre Lippen, als sie ihr Neugeborenes betrachtete. Falke wagte noch immer nicht hinzusehen und strich Stern sanft das schweißfeuchte Haar aus der Stirn.

»Es ist ein Mädchen!« sagte sie plötzlich überrascht.

Falke holte tief Luft, zwang sich mit äußerster Willensanstrengung, den verkrüppelten Körper seines Kindes anzusehen, das kränkliche kleine Gesicht anzulächeln. Er würde es tun. Stern zuliebe. Und er würde Stern beistehen bis zu ihrem Tod. Oder so lange, wie sie ihn bei sich haben wollte.

Er blickte auf das Kind hinunter. Ihr Gesicht war klein, ihre Augen geschlossen. Genau in dem Moment schlug sie die Augen auf, und er sah in ihre klaren braunen Tiefen. Er zuckte zurück, erschrocken. Ihr Gesicht sah aus wie… wie…

Sein Blick schweifte über den Körper seiner kleinen Tochter. Kräftige Beinchen traten und strampelten heftig. Kleine Fäuste fuchtelten in der Luft. Sie war kräftig. Sie war gesund!

Er holte erschüttert Luft. Sein Baby war gesund und wohlbehalten zur Welt gekommen! Er starrte Stern an, starrte das Baby an. Sein Kind, seine Tochter, lebendig, gesund, stark...

Plötzlich schlug Falke die Hände vors Gesicht und brach in Tränen aus.

58. Kapitel

Inzwischen war die Nacht hereingebrochen, aber Stern hatte keine Mühe, ihr Baby im tanzenden Lichtschein des Feuers zu sehen. Sie lächelte, als das Baby mit seinen winzigen Fäusten gegen ihre Brust drückte. »Sie weiß jetzt schon, was sie will«, strahlte Stern stolz. »Siehst du, wie sie nach der Brustwarze sucht? Sie weiß, daß sie es tun muß, um zu überleben.«

Falke saß neben ihr und betrachtete das Baby, aber er sagte nichts.

Überschwengliche Freude erfüllte Stern. Sie war so glücklich, daß ihr schönes Baby endlich auf der Welt war. Ach, was hatte sie doch für ein gutes Leben!

Sie bewunderte ihr Kind noch eine ganze Weile, dann blickte sie zu Falke auf. Sie wußte zwar, daß er es nicht mochte, über Dinge zu sprechen, die wirklich wichtig waren, dennoch mußte sie ihn dringend etwas fragen. Und obwohl sie damit riskierte, ihre neugefundene Ruhe einzubüßen, mußte sie die Antwort wissen, um ihrer selbst willen und um ihrer schönen Tochter willen. »Sag mir, Falke, warum bist du zurückgekommen?«

Sein ernster Blick hielt ihren fest. »Um dich zu sehen.«

»Nun, du hast mich gesehen. Wirst du jetzt wieder fortgehen?«

»Nein.«

Sie runzelte überrascht die Stirn. »Ich erinnere mich, daß du während der Geburt gesagt hast, du würdest für immer bei mir bleiben. Hast du das wirklich so gemeint?« Sie hielt gespannt den Atem an.

»Es war mein voller Ernst. Ich werde bei dir bleiben, solange du mich haben willst.«

Sie zog eine Braue hoch. »Das ist etwas völlig anderes als das, was du damals gesagt hast. Als du mich zu meinen Leuten zurückbrachtest.«

Sie war sich bewußt, wie vorwurfsvoll ihre Stimme klang. Jetzt würde Falke sicherlich jeden Moment aufspringen und erklären, er müßte zu seinen Leuten zurück oder auf die Jagd gehen. Sie wappnete sich innerlich.

Doch Falke machte keine Anstalten, aufzustehen und vor der Auseinandersetzung zu fliehen, sondern schüttelte nur langsam den Kopf. »Ich war ein Narr.«

Sie starrte ihn überrascht an. »Falke?«

»Ja?«

»Was ist mit dir geschehen?«

Um sie herum wateten die Frauen im Wasser oder sammelten Holz. Wildkirsche und Blaumeise unterhielten sich lachend am Ufer. Pirschjäger war damit beschäftigt, eine Messerklinge zu schärfen. Falke beugte sich näher zu Stern. »Nachdem du mir gesagt hattest, daß du schwanger warst, hatte ich große Angst, du würdest ein krankes, verkrüppeltes Kind zur Welt bringen.«

»Und wenn es so gewesen wäre?«

»Das ist der Grund, warum ich zurückgekommen bin. Um dir mit einem kranken Kind zu helfen.«

»Sie sieht aber nicht krank aus«, stellte Stern fest, während sie prüfend das Baby betrachtete, das an ihrer Brust eingeschlafen war. »Sie sieht gesund aus.«

»Ja, das tut sie.« In seiner Stimme schwang ein Unterton mit, den sie nicht deuten konnte; an seiner Wange zuckte ein Muskel, und seine Narbe hob sich weiß gegen seine gebräunte Haut ab.

»Ich-ich dachte, daß es so sein würde, wie es bei Tula war«, fügte Falke stockend hinzu. »Eine lange, schwierige Geburt, ein schwächliches Kind, das später sterben würde… und ich hatte Angst, daß du dich danach von mir abwenden würdest.«

Sie runzelte die Stirn. »Wie Tula?«

»Ja.« Er starrte blicklos auf den Fluß.

»Aber warum sollte ich das tun ?«

Falke zuckte die Achseln. »Ich dachte ganz einfach, du würdest mich verlassen.«

Sie ließ sich seine Worte eine Weile durch den Kopf gehen. »Ich bin aber nicht wie Tula«, sagte sie schließlich.

Er lachte. »Nein, das bist du nicht.« Der Gedanke schien ihn aufzuheitern. »Betafor hat mir übrigens das gleiche gesagt.«

»Betafor?«

Er lächelte reumütig. »Sie hat mir noch sehr viel mehr gesagt, was mich nachdenklich gemacht hat.« Dann wurde er wieder ernst. »Ich hatte Angst, du würdest aufhören, mich zu lieben, wenn unser Kind sterben würde. Ich hätte es nicht ertragen, mitansehen zu müssen, wie sich auch deine Liebe in Haß auf mich verwandelte.«

»Deshalb hast du mich fortgeschickt?«

Er nickte und seufzte tief. »Ich dachte, ich könnte einen solchen Schmerz nicht noch einmal aushalten. Es war sehr schwer für mich, Stern.«

»Für mich war es auch sehr schwer«, flüsterte sie. Sie dachte an die vielen Nächte zurück, die sie sich in den Schlaf geweint hatte. Die endlos langen Tage, die sie in der Hoffnung verbracht hatte, Falke ins Dachslager zurückkehren zu sehen. Sie wandte den Blick ab, damit er ihre Tränen nicht sah.

Falke streckte die Hand nach ihrem Kinn aus und zog ihr Gesicht sanft zu sich herum. »Ich liebe dich, Stern«, flüsterte er, während er die Tränen fortküßte, die über ihre Wangen rollten. »Ich möchte dir ein guter Ehemann sein und unserem Kind ein guter Vater.«

Stern schloß die Augen. Wie schmerzlich sie sich danach gesehnt hatte, diese Worte von ihm zu hören! Konnte sie es wagen, ihm zu vertrauen?

»Du hast gesagt, du wolltest einen solchen Schmerz nicht noch einmal ertragen, und dennoch hast du mich gesucht und bist zu mir ins Dachslager gekommen. Was hat dich so verändert?«

Falke zuckte die Achseln und schwieg eine Weile. »Ich hatte schließlich erkannt, daß ich dich liebte und bei dir sein wollte. Und wenn es bedeutete, dir mit unserem kranken Kind beizustehen, dann sollte es eben so sein. Ich wollte dir helfen.«

Sie lächelte unsicher. »Es sieht dir gar nicht ähnlich, so zu sprechen«, gestand sie. »Ich bin überrascht, daß du nicht längst aufgesprungen bist, um jagen zu gehen.«

Er lachte. Stern stimmte in sein Lachen ein.

Sie drückte einen Kuß auf den kleinen Kopf ihrer schlafenden Tochter. »Wenn wir wieder als Ehemann und Ehefrau zusammenleben, kann es sein, daß ich noch mehr Kinder bekomme, Falke. Wirst du dann jedesmal davonlaufen, wenn ich schwanger bin?«

»Ich hoffe nicht.« Er lachte, verstummte jedoch abrupt, als er sah, daß sie ihn argwöhnisch beobachtete.

»Ich könnte es nicht ertragen, Falke.« Tränen ließen alles vor ihren Augen verschwimmen.

»Ach, Stern«, murmelte er. »Weine nicht, meine Liebste.« Er küßte sie sanft auf die Lippen. Als er sich von ihr löste, sagte er: »Ich hatte in diesen letzten Monden ohne dich eine Menge Zeit zum Nachdenken. Es war meine Trauer um meinen toten Sohn und mein Kummer darüber, daß ich danach auch noch Tula verloren hatte, die mich so verbittert und verschlossen machten. Ich dachte, mein Leben wäre vorbei.

Und dann kamst du in mein Leben – eine schmutzstarrende, langbeinige Gazelle. Ich konnte einfach nicht glauben, daß du mich lieben könntest. Oder daß ich dich lieben könnte. Ich bildete mir ein, ich hätte ein solches Glück nicht verdient.« Er schüttelte den Kopf. »Ich erkannte deine Liebe noch nicht einmal in unserem Heim.«

»Und jetzt begreifst du?«

Er seufzte. »Es hat lange Zeit gedauert, aber, ja, jetzt begreife ich.«

Sie dachte über seine Worte nach. Ein Gefühl der Hoffnung regte sich in ihrem Herzen.

»Liebst-liebst du mich immer noch, Stern?«

»Ja«, flüsterte sie.

»Und ich liebe dich. Laß uns noch einmal ganz von vorn anfangen«, sagte Falke eindringlich und nahm ihre Hände in seine. »Laß uns gemeinsam mit unseren Problemen fertig werden. Wir können über alles reden. Gemeinsam können wir unsere Furcht überwinden und alles, was uns erwartet.«

»Falke, ich erkenne dich ja kaum wieder«, staunte Stern. »Bist *du* das, der sagt, wir können über unsere Probleme sprechen?«

Er machte ein verlegenes Gesicht. »Vielleicht sollte ich jetzt jagen gehen«, sagte er und machte Anstalten, aufzustehen.

»Falke, wehe dir!« rief Stern und versuchte, aufzuspringen. Das Baby an ihrer Brust wachte wimmernd auf und begann, nach ihrer Brustwarze zu suchen.

Falke lachte und ließ sich wieder neben Stern fallen. »Ich werde bei dir bleiben, Stern. Ich habe doch nur einen Scherz gemacht.«

»Komm her, Jaguarmann«, sagte sie und zog seinen Kopf näher zu sich. Sie preßte ihre Lippen auf seine in einem langen, innigen Kuß. »Ich liebe dich, aber du machst mir das Leben wirklich schwer.«

»Kannst du es über dich bringen, mir wieder zu vertrauen, Stern?« fragte er leise.

Sie blickte lange, lange Zeit in seine klaren, obsidianschwarzen Augen. Ohne ihn würde sich ihr Leben problemlos planen lassen, würden die Dinge so getan werden, wie sie es wollte. Ohne ihn würde sie Ruhe und Frieden in ihrem Zelt haben.

Und ohne ihn, erkannte sie plötzlich, als sie in den unergründlichen Tiefen seiner schwarzen Augen versank, wird eine schreckliche Leere in meinem Leben herrschen.

»Ja«, flüsterte Stern.

»Ich liebe dich«, murmelte Falke. »Und wir werden nie wieder ein Versprechen brechen, das wir einander gegeben haben, Frau.«

»Nie wieder«, flüsterte sie, als ihre Lippen sich trafen.

Über ihnen glitzerte Dunkler Stern hell am Himmel.

Epilog

Vier Jahre später

»Wo sind wir hier?« fragte Stern und blickte sich um. »Ich glaube, ich bin schon einmal an diesem Ort gewesen.«

Falke und Stern und ihre kleine Tochter standen am Fuße eines steilen, geröllbedeckten Abhangs. Blaumeise saß in der Nähe auf einem Bisonfell, um sich auszuruhen. Die lange Wanderung vom Dachslager bis hierher hatte sie erschöpft.

»Dieser Ort wird der Cañon der Tauben genannt«, erklärte Falke.

»Cañon der Tauben«, wiederholte Stern verwirrt. »Und warum hast du uns hierhergebracht?«

»Weil ich etwas Wichtiges zu erledigen habe.« Er streckte die Arme aus. »Ich werde Hoffnung jetzt tragen.«

Seine kleine Tochter rannte mit einem entzückten Aufschrei in seine Arme.

Stern lachte. »Sie will, daß ihr Vater sie trägt! Bist du es leid, von Mama getragen zu werden, mein kleiner Schatz?«

»Nachdem du jetzt unser zweites Kind unter dem Herzen trägst, müssen wir sorgsam darauf achten, daß du nicht ermüdest«, sagte Falke.

»Ich bin nicht müde«, versicherte Stern ihm, innerlich gewärmt von seiner Besorgnis um sie.

Sie machten sich an den steilen Aufstieg, hielten zwischendurch immer wieder an, um Rast einzulegen. Stern hatte eine zusätzliche Ration Dörrfleisch und drei Wasserblasen mitgenommen, so daß niemand Hunger oder Durst auf dieser weiten Reise leiden mußte.

Schließlich hatten sie den mühsamen Aufstieg geschafft und erreichten den Grat. Stern blickte hinunter in den Cañon auf der anderen Seite. »Es ist ein langer Weg hinunter«, sagte sie und trat vom Abgrund zurück.

»Das ist es«, stimmte Falke zu. Klein-Hoffnung wand sich unruhig in seinen Armen. »Ganz ruhig, mein Kleines. Ich habe dir etwas zu zeigen.« Er hob ihren Arm und wies damit in die verschiedenen Himmelsrichtungen, genauso wie sein Vater es damals bei ihm getan hatte.

Stern beobachtete ihren Mann und ihre Tochter, und ein warmes, überwältigendes Gefühl der Liebe wallte in ihr auf. Wie sehr sie ihn liebte, diesen Mann, der auf seine Art so völlig anders als sie war! Daß er sie und ihr gemeinsames Kind aufrichtig liebte, hatte er inzwischen unzählige Male bewiesen. Seit jenem Tag, als er bei ihr geblieben war und ihr bei Hoffnungs Geburt beigestanden hatte, waren sie durch ein Band miteinander verbunden, ein starkes Band, stärker als Leder, eines, das nichts und niemand durchtrennen konnte.

Stern befürchtete nicht länger, daß er sie verstoßen würde. Und Falke tat nicht länger so, als wäre nichts im Leben von Bedeutung. Jetzt waren ihm viele Dinge wichtig, und er schämte sich nicht, ihr davon zu erzählen und ihr seine Gefühle zu offenbaren.

Sie liebte ihn, diesen starken, unbezwingbaren Jaguarmann. Und er liebte sie. Er sagte es ihr jede Nacht. Und bewies es ihr mit seinen Zärtlichkeiten.

Sie horchte auf Hoffnungs Stimmchen, als sie die Worte ihres Vaters wiederholte. Vielleicht war Hoffnung noch zu jung, um den Sinn seiner Worte zu verstehen, vielleicht auch nicht. Aber da Stern ihren Ehemann kannte, wußte sie, daß er seine Tochter noch viele Male hierherführen und ihr das Land erklären würde.

Stern lächelte, als sie beobachtete, wie die beiden auf die Hügel und Täler zu ihren Füßen zeigten.

»Und in dem Flußbett dort drüben wirst du kräftige Binsen pflücken.«

Sterns Leben verlief völlig anders, als sie es geplant oder erwartet hatte. Aber das Leben, das sie jetzt führte, war wundervoll, viel besser und glücklicher, als sie es jemals hätte planen können.

Freude erfüllte ihr Herz, als sie zu dem tiefblauen Himmel hinaufblickte, der sich wie ein riesiges Zelt über ihren Köpfen spannte. Es gab dort oben jemanden, dem man vertrauen konnte, vertrauen, daß er die Menschen in seiner unendlichen Weisheit führte.

»Und in jenen Hügeln dort wirst du große Hirsche ausnehmen.«

Hoffnung nickte ernst bei den Worten ihres Vaters.

»Du bist eine prächtige Tochter, und all dieses Land gehört dir. Ich und vor mir mein Vater haben schon hier an diesem Ort gestanden. Es ist Jaguarland. Gutes Land. Und eines Tages wirst auch du wieder hier oben stehen und über das Land hinwegblicken, dein Land.«

Stern war gerührt über den feierlichen Ausdruck auf den Gesichtern der beiden.

»Es ist gut, dieses Land. Es ist für dich und für deine Töchter und Söhne.«

Hoffnung war sehr still, als begriffe sie, was ihr Vater ihr erklärte.

Stern war stolz auf die Klugheit ihrer Tochter.

Plötzlich wandte sich Falke zu Stern um. Sie hielt den Blick seiner kühnen, dunklen Augen fest, und ihr Herz machte einen Hüpfer in ihrer Brust vor Glück und Seligkeit.

»Es ist Zeit, daß wir zurückkehren, Frau«, sagte er, und seine rauhe, samtige Stimme ließ einen Schauer der Erregung über ihren Rücken rieseln.

Wie innig sie ihn liebte! Stern warf einen letzten Blick in den Cañon hinunter, dann folgte sie Falke und kletterte vorsichtig wieder den steilen Abhang hinunter.

Als sie den Fuß erreichten, wartete Blaumeise schon auf sie. »Ich werde sie tragen«, sagte sie und streckte die Arme nach Hoffnung aus. Falke reichte seiner Schwiegermutter das Kind.

Dann wanderten er und seine geliebte Ehefrau Hand in Hand den Pfad zurück, der sie in Jaguarland führen würde.